SECOND EDITION

EL MUNDO HISPANO 21

FABIÁN A. SAMANIEGO
University of California, Davis, Emeritus

NELSON ROJAS
University of Nevada, Reno

MARIO ENRIQUE DE ALARCÓN
Universidad Católica, Cochabamba, Bolivia

FRANCISCO RODRÍGUEZ NOGALES
Santa Barbara City College

HEINLE
CENGAGE Learning·

Australia · Brazil · Japan · Korea · Mexico · Singapore · Spain · United Kingdom · United States

El mundo 21 hispano, Second Edition
Samaniego | Rojas | De Alarcón | Rodríguez

Publisher: Beth Kramer

Executive Editor: Lara Semones

Assistant Editor: Joanna Alizio

Associate Media Editor: Patrick Brand

Executive Brand Manager: Ben Rivera

Market Development Manager: Courtney Wolstoncroft

Senior Marketing Communications Manager: Linda Yip Beckstrom

Rights Acquisitions Specialist: Jessica Elias

Manufacturing Planner: Betsy Donaghey

Art and Design Direction, Production Management, and Composition: PreMediaGlobal

Cover Image: © Getty/Adrian Weinbrecht

For product information and technology assistance, contact us at
Cengage Learning Customer & Sales Support, 1-800-354-9706

For permission to use material from this text or product, submit all requests online at **www.cengage.com/permissions.** Further permissions questions can be emailed to **permissionrequest@cengage.com**

Library of Congress Control Number: 2012947351

Student Edition:
ISBN-13: 978-1-133-93560-5
ISBN-10: 1-133-93560-5

Loose-Leaf Edition:
ISBN-13: 978-1-285-05243-4
ISBN-10: 1-285-05243-9

Heinle
20 Channel Center Street
Boston, MA 02210
USA

Cengage Learning is a leading provider of customized learning solutions with office locations around the globe, including Singapore, the United Kingdom, Australia, Mexico, Brazil and Japan. Locate your local office at **www.cengage.com/global**

Cengage Learning products are represented in Canada by Nelson Education, Ltd.

For your course and learning solutions, visit **www.cengage.com.**

Purchase any of our products at your local college store or at our preferred online store **www.cengagebrain.com.**

Instructors: Please visit **login.cengage.com** and log in to access instructor-specific resources.

El mundo21 hispano 2nd Edition is a translation of the English version of El Mundo21, 4th Edition.

Printed at CLDPC, USA, 03-19

CONTENIDO

Introduction to the Second Edition

El mundo 21 hispano is a user-friendly, culturally relevant intermediate Spanish program especially designed to help you acquire fluency while embracing the history and cultural identity traits of the Spanish-speaking world.

Content-based Approach for Heritage Spanish Speakers

El mundo 21 hispano's content-based approach provides you with a wealth of opportunities to interact with each other as you discuss the historical, cultural and literary readings in each lesson. The second edition text provides multiple levels of authentic, comprehensible input through culturally rich readings as well as country-specific literary readings all presented in a visually exciting magazine style. In addition, a fully integrated, text-specific video that features authentic footage from various regions of the Hispanic world is included along with six new, thought-provoking short films with pre- and post-viewing activities.

Content Equals Culture

With *El mundo 21 hispano* you will acquire cultural competency as you improve your listening, speaking, reading, and writing skills. As you venture into the twenty-one countries that comprise the Spanish-speaking world,* you gain insight into Hispanic cultures and civilizations, achieving a global understanding of the challenges and contributions of the Spanish-speaking world today.

Skill Development for Heritage Spanish Speakers

In *El mundo 21 hispano* you will develop strong reading and writing skills while continuing to work on your communicative skills. In the **Así hablamos y así escribimos** sections you will receive extensive help with accents and spelling and in the **Nuestra lengua en uso** sections you will delve into many of the unique uses of the language throughout the Spanish-speaking world. In the **Escribamos ahora** sections you will be asked to do a variety of writing tasks. Finally, you will be able to further develop your listening skills by using the video and audio that accompany the *Cuaderno para los hispanohablantes.*

*This number includes the United States, now the fifth-largest Spanish-speaking country in the world. In addition to these countries, Spanish is also widely spoken in the Philippines and is the official language of Equatorial Guinea.

Acknowledgments

The authors wish to express their sincere appreciation to the many users of the first edition who provided much of the feedback that helped shape this second edition.

We would especially like to acknowledge those instructors and reviewers who reviewed the second edition manuscript. Their insightful comments and constructive criticism were indispensable in its preparation:

Isabel Castro	*Towson University*
León Chang Shik	*Claflin University*
Elizabeth Correia-Jordan	*Mt. San Jacinto College*
Manuel Cortés	*Mt. San Jacinto College*
Javier Galván	*Santa Ana College*
Martha Guerrero-Phlaum	*Santa Ana College*
Marlene Koven	*Long Beach City College*
Amalia Llombart	*California Poly Pomona*
Leticia López-Jaurequi	*Santa Ana College*
José López-Marron	*Bronx Community College*
Kenneth Luna	*California State University, Northridge*
Charles Molano	*Lehigh Carbon Community College*
Ana Peña	*University of Texas at Brownsville*
Cynthia Quintero	*Long Beach City College*
Virginia Ramírez	*Northwest Arkansas Community College*
José Recinos	*San Bernardino Valley College*
Karyn Schell	*University of San Francisco*
Cecilio Tenorio	*Purdue University*
María Vera	*Utah Valley University*

Contributors to this edition of *El mundo 21 hispano* include Jacqueline Tabor, transition guide, syllabi, teaching suggestions, culture activities, and PowerPoints, and Karen Haller Beer, vocabulary quizzes, testing program, and PowerPoints.

We also acknowledge the contributions of the complete Heinle, Cengage Learning *El mundo 21 hispano* team. Without their input this project would not have been possible.

Finally, we wish to express heartfelt thanks to Janet, Bryan, Noah Rodríguez, Sheila Rojas.

F.A.S
N.R.
M.D.A.
F.R.

Los países de habla española

Escala de kilómetros
0   1000   2000   3000

0   1000   2000   3000
Escala de millas

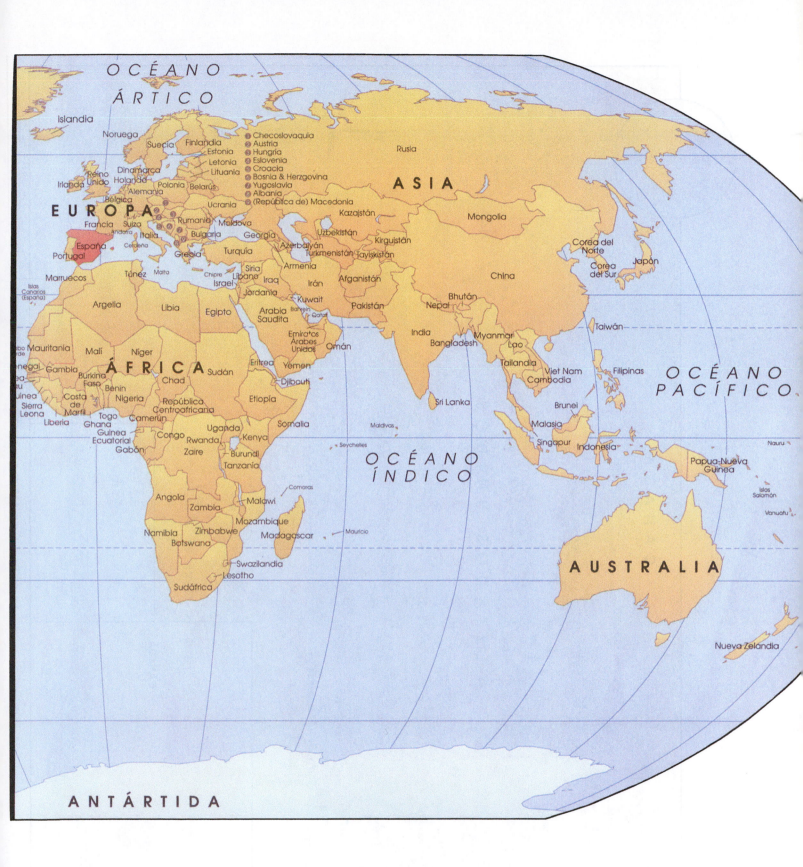

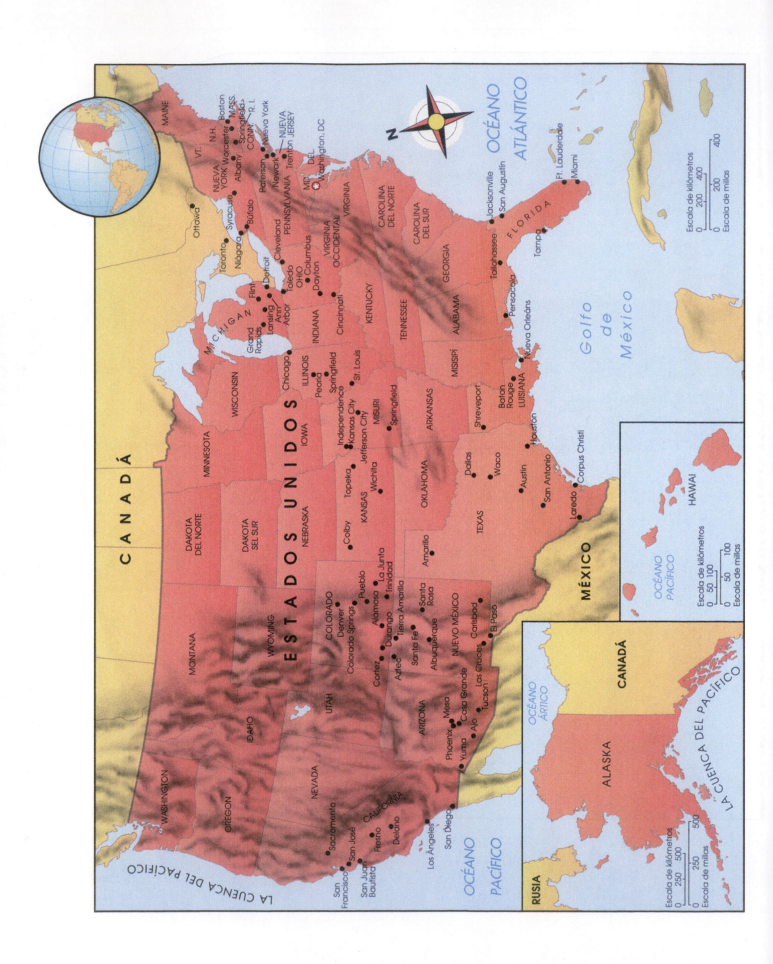

FRANCIA

Marsella

Golfo de León

Costa Brava

ANDORRA

CATALUÑA

Menorca

ISLAS BALEARES

Mallorca

Palma de Mallorca

Ibiza

Formentera

Tolosa

Golfo de Vizcaya

San Sebastián

Pamplona

Lérida

Zaragoza

Barcelona

Tarragona

Castellón

Valencia

COMUNIDAD VALENCIANA

Costa Blanca

Cartagena

Mar Cantábrico

Bilbao

VASCONGADAS

NAVARRA

LA RIOJA

Logroño

CANTABRIA

Burgos

R. Ebro

Guadalajara

Segovia

MADRID

Madrid

Alicante

MURCIA

Lorca

Murcia

Santander

ASTURIAS

Oviedo

León

CASTILLA-LEÓN

Valladolid

Ávila

Escorial

Toledo

CASTILLA-LA MANCHA

R. Júcar

Albacete

Almería

Golfo de Vizcaya

ÁFRICA

MARRUECOS

Melilla (Esp.)

Santiago de Compostela

La Coruña

GALICIA

Pontevedra

Vigo

Zamora

Salamanca

ESPAÑA

R. Duero

R. Tajo

Ciudad Real

Almadén

Linares

Jaén

ANDALUCÍA

Granada

Málaga

Costa del sol

Mar Mediterráneo

Ceuta (Esp.)

Tánger

Tetuán

MARRUECOS

Cáceres

Mérida

Badajoz

EXTREMADURA

R. Guadiana

Córdoba

R. Guadalquivir

Sevilla

Jérez de la Frontera

Huelva

Almonte

Gibraltar (R.U.)

Estrecho de Gibraltar

PORTUGAL

Oporto

ALGARVE

Golfo de Cádiz

Cádiz

OCÉANO ATLÁNTICO

Lisboa

N

Escala de kilómetros

100

100

50

50

0

0

Escala de millas

Islas Canarias

La Palma

Santa Cruz de la Palma

Tenerife

Santa Cruz de Tenerife

Lanzarote

Arrecife

Puerto del Rosario

Fuerteventura

Las Palmas

Gran Canaria

Gomera

Hierro

OCÉANO ATLÁNTICO

MARRUECOS

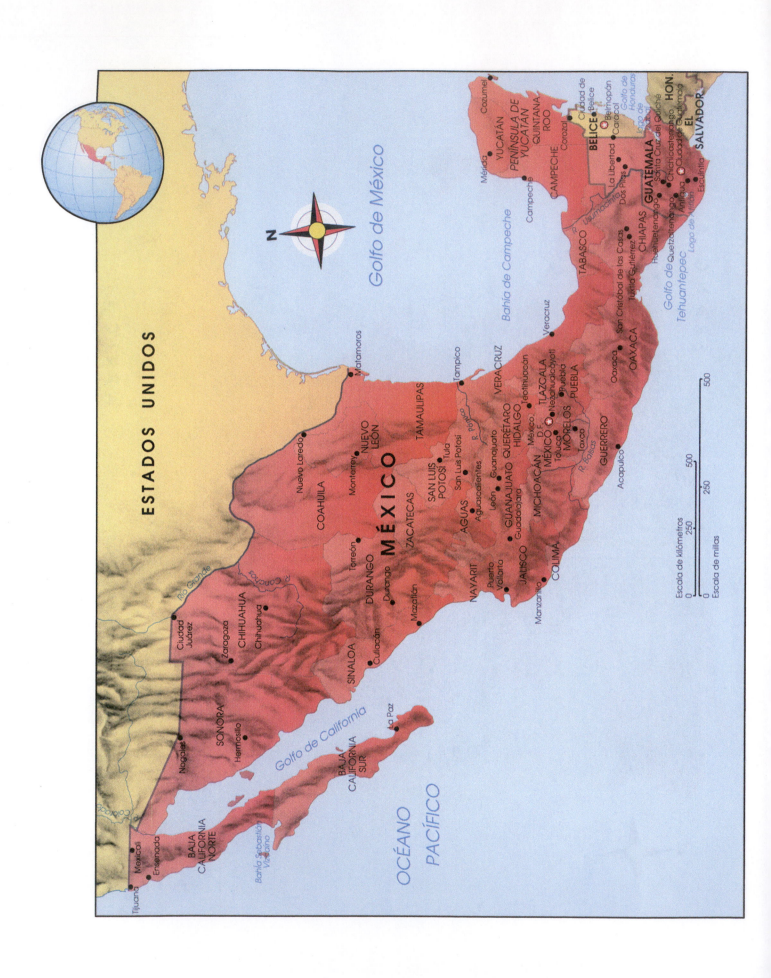

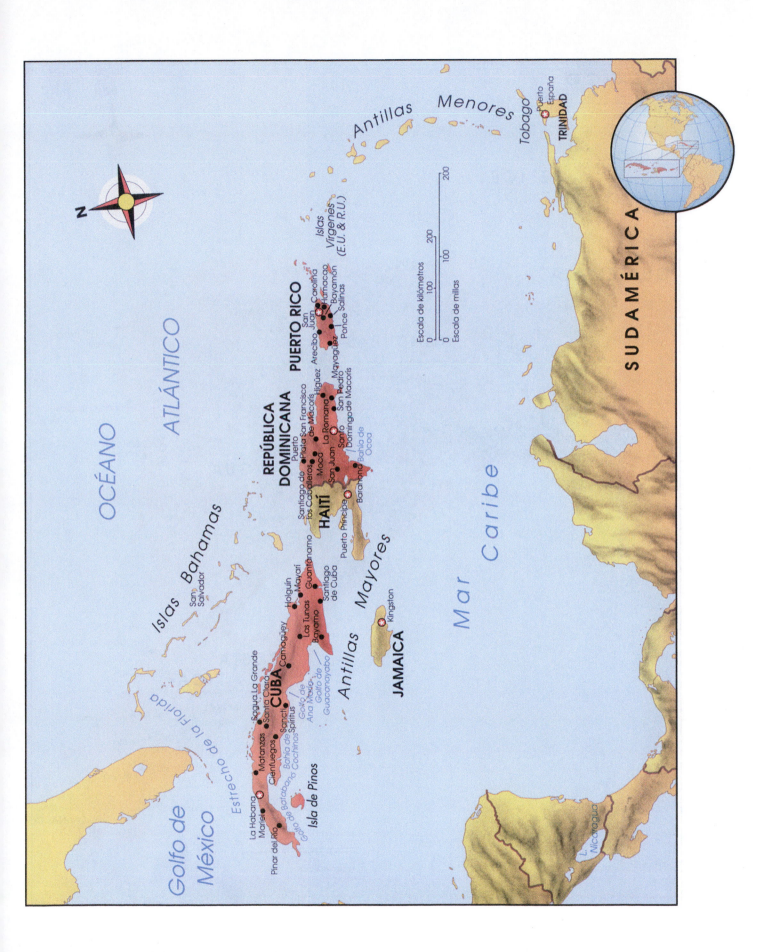

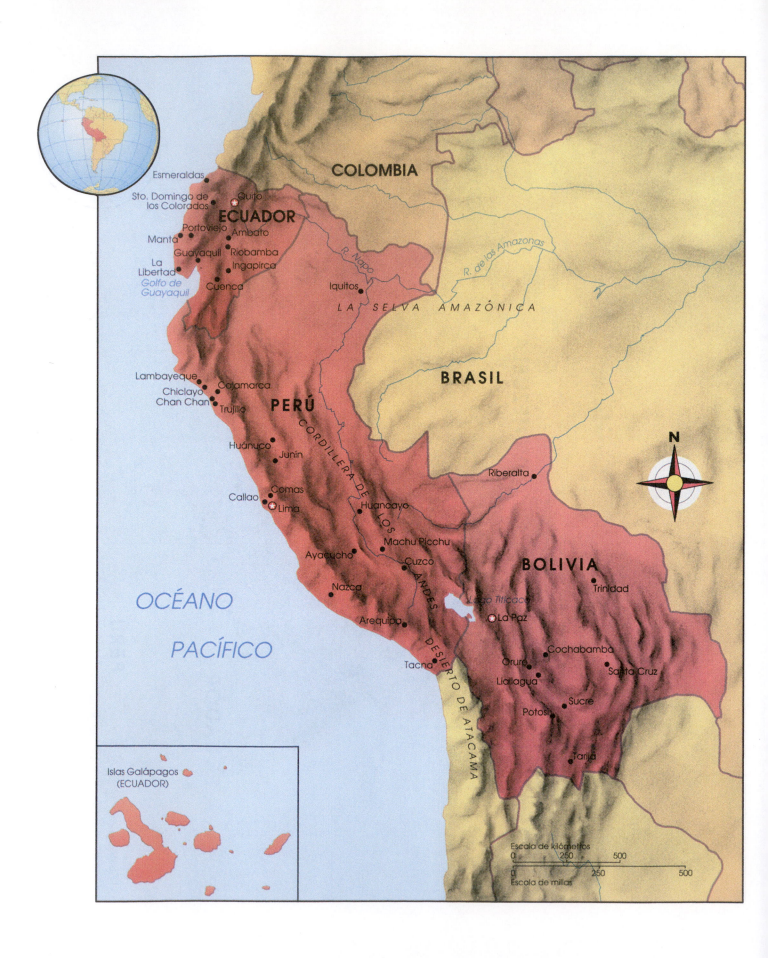

Cuna de sueños

ESTADOS UNIDOS Y PUERTO RICO

LOS ORÍGENES

Aprende acerca de los primeros hispanos en los Estados Unidos: ¿quiénes fueron?, ¿de dónde vinieron?, ¿dónde se establecieron?, ¿qué impacto tuvieron? (págs. 4–5)

SI VIAJAS A NUESTRO PAÍS…

❯ En **Nueva York, Los Ángeles y Miami** visitarás distintos barrios y museos hispanos, y marcharás en algunos de los mejores desfiles del país (págs. 6–7).

❯ En **Puerto Rico** visitarás la capital, San Juan, y el Viejo San Juan —la segunda ciudad más antigua de las Américas—, las islas de Culebra y Vieques, y bailarás al ritmo de la ¡salsa! (págs. 30–31).

AYER YA ES HOY

Infórmate acerca de los distintos grupos principales de hispanos en los EE.UU.: los chicanos, los centroamericanos y los caribeños. ¿Dónde se encuentran y por qué vinieron? (págs. 8–9) y haz un recorrido por la historia de Puerto Rico desde la época de la colonia hasta la actualidad (págs. 32–33).

LOS NUESTROS

❯ En los **EE.UU.** conoce a la presidenta y jefa ejecutiva del Consejo Nacional de la Raza, a un gran escritor dominicano de Nueva York y a un sobresaliente genio guatemalteco de las ciencias de la computación (págs. 10–11).

❯ En **Puerto Rico** conoce a una escritora de libros de ficción, ensayos, poesía y biografía, a un cantante y destacado intérprete de ritmos *Jazz-Soul-Blues* y a la actriz, cantante, empresaria y diseñadora de modas conocida como la latina más rica de Hollywood (págs. 34–35).

ASÍ HABLAMOS Y ASÍ ESCRIBIMOS

Aprende las reglas que determinan cómo se forman las sílabas en español y dónde llevan el acento las palabras de dos o más sílabas (págs. 12–13), cómo reconocer diptongos y triptongos y cómo separar un diptongo en dos sílabas distintas (pág. 36).

NUESTRA LENGUA EN USO

Familiarízate con el habla de los chicanos (págs. 14–15) y de los caribeños (pág. 37).

¡LUCES! ¡CÁMARA! ¡ACCIÓN!

En los EE.UU. conoce a Manuel Colón, un joven poeta chicano, y escúchalo leer uno de sus poemas en el que cuestiona su propia identidad (pág. 16).

ESCRIBAMOS AHORA

Describe un incidente en tu propia vida a través de un poema moderno (pág. 38).

Y AHORA, ¡A LEER!

❯ Lee "Esperanza muere en Los Ángeles" del poeta salvadoreño Jorge Argueta, quien reflexiona acerca de la muerte de su prima (págs. 17–19).

❯ Descubre las trampas de los concursos de belleza en el cuento "Del montón" de Mervin Román (págs. 39–42).

¡EL CINE NOS ENCANTA!

Acompaña a un joven inmigrante que vive el drama de la inmigración ilegal a los Estados Unidos en el cortometraje *Victoria para Chino* (págs. 43–46).

GRAMÁTICA

Repasa los siguientes puntos gramaticales:

❯ 1.1 Sustantivos y artículos (págs. 20–29)

❯ 1.2 El presente de indicativo: verbos regulares (págs. 47–50)

❯ 1.3 Adjetivos y pronombres demostrativos (págs. 51–53)

La población de América tuvo su origen en el aporte de diferentes grupos humanos: los aborígenes que poblaban vastas regiones del continente y los colonizadores europeos.

Puerto Rico y la Florida

¿Cuándo y por qué llegaron los exploradores españoles a Puerto Rico y la Florida?

El español Juan Ponce de León (1460?–1521), quien había viajado con Cristóbal Colón en su segundo viaje al *Nuevo Mundo*, colonizó para los españoles la isla de Borinquen (que llamaron San Juan Bautista y luego Puerto Rico) y en ella fundó la ciudad, hoy San Juan. Desde allí salió en busca de la isla de Biminí, donde creía que se encontraba la fuente de la eterna juventud, y llegó a una costa cercana a lo que hoy es San Augustín, Florida. A aquella región la llamó Pascua Florida, por la época del año en que llegó (Semana Santa).

El explorador y conquistador Hernando de Soto (1496–1542) llegó a un lugar que llamó Espíritu Santo, lo que hoy es *Shaw's Point* en Bradenton, Florida, en mayo de 1539. Con De Soto venían nueve barcos, más de seiscientos hombres y doscientos caballos. A esta tierra la llamó Espíritu Santo. Entre sus hombres vinieron curas, artesanos, ingenieros, granjeros y mercaderes, algunos de Cuba, pero la mayoría era de Europa. De Soto continuó con su expedición por lo que hoy es Georgia, las dos Carolinas, Tennessee y Alabama, hasta descubrir el río Mississippi el 8 de mayo de 1541.

North Wind Pictures/Photolibrary

Las misiones: de la Florida a California

¿Quiénes establecieron las misiones y qué se conserva de ellas?

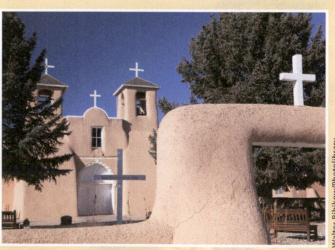

Walter Bibikow/Photolibrary

Con los exploradores y las luchas de conquista llegaron los misioneros españoles, principalmente los franciscanos. Para 1634 ya había en la Florida unas cuarenta misiones con una población indígena total de 30.000 personas. En 1630 había veinticinco misiones en lo que es ahora Nuevo México.

Pero fue en California donde las misiones, construidas cada una a un día de distancia a caballo de la otra, alcanzaron su mayor esplendor. En 1769, el misionero fray Junípero Serra estableció la primera misión en California, la de San Diego de Alcalá, en la actual bahía de San Diego. Fundó otras hasta su muerte en 1784. Alrededor de las misiones se fueron fundando ciudades, que hoy en día conservan el nombre de la misión. Entre ellas destacan San Juan Capistrano, Nuestra Señora de Los Ángeles, Santa Bárbara y San Francisco. Estas misiones sobreviven como testimonio de la importancia y del papel decisivo de lo hispano en los orígenes de los Estados Unidos.

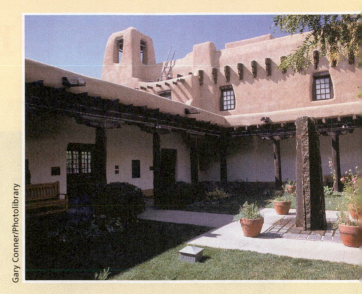

Gary Conner/Photolibrary

¿COMPRENDISTE?

A. Los orígenes. Con tu compañero(a) completen las siguientes oraciones:

1. Juan Ponce de León llegó a la actual Florida buscando...

2. Hernando de Soto descubrió...

3. Los misioneros españoles fundaron misiones en...

4. Las misiones de California están a la distancia...

5. El gran fundador de misiones en California fue...

6. Algunas ciudades que conservan los nombres de las misiones son...

B. A pensar y a analizar. Contesta las siguientes preguntas con dos o tres compañeros(as) de clase.

1. ¿Qué creen que motivó a los españoles a viajar hasta el Nuevo Mundo? Escriban una lista de motivaciones, en orden de importancia. Expliquen su lista y compárenla con las de otros compañeros.

2. La fuente de la eterna juventud es una leyenda que hizo que los exploradores se adentraran en el territorio americano. ¿Cómo creen que pensaban los exploradores explotar ese descubrimiento si se hubiera producido? ¿Solo para algunos de ellos? ¿Comercializando el descubrimiento? Expliquen sus respuestas.

3. Construidas a un día de distancia a caballo, ¿qué función creen que tenían las misiones? ¿Cómo ayudaron a la colonización? Expliquen.

MEJOREMOS LA COMUNICACIÓN

aborigen *(m. f.)*	en busca de
actual *(m. f.)*	época
alcanzar	esplendor *(m.)*
alrededor	fuente *(f.)*
aporte *(m.)*	fundar
artesano(a)	granjero(a)
bahía	juventud *(f.)*
barco	mercader *(m.)*
cercano(a)	papel *(m.)*
cura *(m.)*	sobrevivir
decisivo(a)	testimonio
destacar	vasto(a)

¡Diviértete en la red!
Busca misiones de California en YouTube para ver fascinantes videos de las misiones y de cómo se conservan. Ve a clase preparado(a) para compartir la información que encontraste.

Estados Unidos

Jim Wark/Photolibrary

Nombre oficial: Estados Unidos de América
Población: 307.212.123 (estimación de 2009)
Principales ciudades: Washington, D.C. (capital), Nueva York, Chicago, Los Ángeles, Miami
Moneda: Dólar $

En Nueva York y sus alrededores, vas a encontrar…

> la Federación Hispana, una organización con una red de más de cien agencias latinas dedicadas a servir a la sociedad hispana creando y apoyando instituciones latinas.

> el museo y la biblioteca de la Sociedad Hispana de América, con una extensa colección de obras de arte, cerámica, textiles, joyas y publicaciones que se concentran en la cultura hispana.

> varios desfiles hispanos como: el *Hispanic Day Parade*, el Desfile Anual Puertorriqueño, el Desfile de los Reyes Magos, el *Ecuadorian Day Parade*, el Desfile de la Independencia Cubana y el Desfile de Inmigrantes Internacionales.

> el *Hispanic New York Project*, dedicado a promover la herencia cultural latina en la ciudad y a facilitar la comunicación y el trabajo conjunto entre escritores, artistas e intelectuales.

> el este de Harlem que se conoce como "el Barrio" o "*Spanish Harlem*", una vibrante comunidad puertorriqueña.

> el Museo del Barrio.

En Los Ángeles, no dejes de...

❯ visitar el Pueblo de Los Ángeles, donde nació lo que hoy es la ciudad de Los Ángeles.

❯ visitar el *Latin Museum*, donde encontrarás las obras más sobresalientes de los artistas latinos contemporáneos.

❯ asistir al *Los Angeles Latino International Film Festival*, dedicado a presentar las mejores películas latinas filmadas en los Estados Unidos, España, el Caribe y Latinoamérica.

❯ pasear por el barrio de *East L.A.*, donde se encuentra la mayor concentración de latinos en Los Ángeles.

Bildagentur RM/Photolibrary

En Miami, no dejes de...

❯ visitar la Pequeña Habana, la capital del exilio cubano.

❯ jugar dominó en la Plaza de Máximo Gómez (la Plaza Dominó).

❯ visitar el Museo de Las Américas, con obras de grandes artistas latinoamericanos.

❯ visitar, también, los barrios de la Pequeña Managua, la Pequeña Haití, la Pequeña Buenos Aires y la Pequeña San Juan.

Index Stock Imagery/Photolibrary

Festivales hispanos en los Estados Unidos

❯ el *Hispanic Heritage Festival* en Miami

❯ el Festival Puertorriqueño y Cubano de Houston

❯ el Festival Dominicano en Boston

❯ el Festival Nicaragüense en Newark

❯ el Festival Boliviano de Virginia

❯ el Festival Salvadoreño en Los Ángeles

❯ el *Whole Enchilada Festival* en Las Cruces, Nuevo México

 ¡Diviértete en la red!
Busca cualquiera de estos sitios o festivales en Google Web y prepárate para presentar un breve resumen sobre lo más destacado de lo que seleccionaste.

Los hispanos en los EE.UU.: desafíos, éxitos y esperanzas

Los hispanos son la minoría más grande en los Estados Unidos. Se estima que hay más de **45.000.000 de hispanos** en los Estados Unidos, casi un quince por ciento de la población total del país. Aunque esa cifra incluye a personas de todas partes del mundo hispanohablante, la gran mayoría son chicanos o mexicoamericanos, caribeños y centroamericanos.

Mark Peterson/Redux

Chicanos

Las ciudades estadounidenses más pobladas por mexicoamericanos son Los Ángeles, Houston y Chicago. Muchos (175.000) ya vivían aquí cuando estas regiones eran parte de México antes del tratado de Guadalupe-Hidalgo (que puso fin a la guerra entre los Estados Unidos y México). Otros inmigraron por problemas políticos y económicos internos durante los últimos cien años, especialmente la Revolución Mexicana de 1910–1920.

Centroamericanos

Se estima que los grupos más grandes de centroamericanos en los Estados Unidos son los salvadoreños, los guatemaltecos, los hondureños y los nicaragüenses. Vinieron por la inestabilidad política y económica de varios países centroamericanos entre 1950 y 1970. En la década de los 80, emigraron debido a los movimientos revolucionarios en Guatemala y El Salvador y los conflictos entre los sandinistas y contras en Nicaragua. Las tres ciudades más habitadas por centroamericanos son Los Ángeles, Nueva York y Houston.

Caribeños (Cubanoamericanos, Dominicanos y Puertorriqueños)

Los puertorriqueños recibieron la ciudadanía estadounidenses en 1917. Entre las regiones más pobladas por puertorriqueños en los Estados Unidos continentales están Nueva York (aun más que en San Juan, la capital de Puerto Rico), la Florida y Filadelfia.

Los dominicanos llegaron por problemas políticos internos (dictaduras) o económicos en las décadas de los 70 y 80. Entre las ciudades más pobladas por dominicanos están *Washington Heights/Quisqueya Heights*, Nueva York y Lawrence, Massachusetts, donde más de un tercio de la población es dominicana. Los dominicanos han sido el segundo grupo más numeroso de inmigrantes, después de los mexicanos.

Para los cubanoamericanos, la llegada al poder de Fidel Castro

Martha Benedict

produjo un masivo éxodo de cubanos. Entre 1960 y 1979, cientos de miles abandonaron su isla buscando una nueva vida. En 1980 llegaron otros 125.000 cubanos que, en su mayoría, eran personas de clases menos acomodadas, lo cual hizo que les fuera bastante más difícil adaptarse a la vida en los EE.UU. Entre las ciudades más pobladas por cubanoamericanos está Miami.

▬▬ ¿COMPRENDISTE?

A. Los orígenes. Con tu compañero(a), completen las siguientes oraciones.

1. Los cuatro grupos más grandes de hispanos en los EE.UU. son...

2. De esos, el grupo más grande es el de los...

3. La ciudad de los EE.UU. con más dominicanos es...

4. La ciudad de los EE.UU. con más puertorriqueños es...

5. La ciudad de los EE.UU. con más cubanos es...

6. La ciudad de los EE.UU. con más chicanos es...

7. Las tres ciudades de los EE.UU. con más centroamericanos son...

8. La motivación principal por la cual la mayoría de los inmigrantes centroamericanos/dominicanos/cubanos/mexicanos decidieron venir fue...

MEJOREMOS LA COMUNICACIÓN	
acomodado(a)	éxito
aportación (f.)	éxodo
cifra	guerra
ciudadanía	inmigrar
clase menos acomodada	mayoría
década	minoría
desafío	poblado(a)
desarrollo	poner fin a
dictadura	por ciento
emigrar	tercio
estimarse	tratado
estadounidense (m. f.)	valioso(a)

B. A pensar y a analizar. Haz una comparación entre el origen de los chicanos, los cubanoamericanos, los dominicanos y los centroamericanos en los EE.UU. Refiérete a cuándo llegaron a los EE.UU. y por qué vinieron. Compara tus conclusiones con las de un(a) compañero(a).

C. Apoyo gramatical: artículos definidos e indefinidos. Completa el siguiente párrafo sobre algunas contribuciones de los inmigrantes hispanos empleando artículos definidos o indefinidos apropiados. Presta atención a las contracciones del artículo definido.

Es común hablar de (1) _____ nación estadounidense como de (2) _____ nación de inmigrantes. (3) _____ productividad manual y artística de estos inmigrantes ha sido y es (4) _____ recurso valioso de (5) _____ país norteamericano. (6) _____ inmigrantes hispanos han contribuido y contribuyen ampliamente a (7) _____ desarrollo de (8) _____ historia estadounidense. En (9) _____ campo de (10) _____ artes, por ejemplo, (11) _____ producción norteamericana se ha enriquecido con (12) _____ aportación de (13) _____ valiosas obras literarias, musicales y pictóricas hispanas.

Gramática 1.1: Antes de hacer esta actividad conviene repasar esta estructura en las págs. 24–29.

Janet Murguía

Actualmente es la presidenta y jefa ejecutiva del Consejo Nacional de La Raza, la organización más importante de derechos civiles para hispanos. En 2001 se une a la Universidad de Kansas como vicecanciller ejecutiva. Desde 2004, su nombre figura en diversas listas que reconocen su influencia. En 2006, la revista *Washingtonian* la incluye en su lista de las "100 Mujeres Más Poderosas de Washington". En 2007 aparece en la lista de "Los Poderosos 100" de la revista *Poder*, en la de los "101 Mejores Líderes de la Comunidad Hispana" de la revista *Latino Leaders* y fue nombrada una de los "Latinos Poderosos 2007" en la revista *Hispanic*.

Richard/Bloomberg via Getty Images

Taller Puertorriqueño, Inc.

Junot Díaz

El escritor dominicano Junot Díaz llegó con sus padres a Nueva Jersey cuando apenas tenía siete años. Allí vivió en extrema pobreza junto con otros inmigrantes dominicanos. En la escuela, estimulado por una profesora, se lanzó a describir sus sentimientos sobre su vida y la de los que lo rodeaban. Poco a poco se convirtió en el gran escritor que es hoy en día, ganador de premios tan importantes como el *Pushcart Prize XXII* (1997), el *Eugene McDermott Award* (1998), el *Guggenheim Fellowship* (1999) y finalmente el premio *Pulitzer* (2008) por su obra *The Brief Wondrous Life of Oscar Wao*.

Luis von Ahn

Es un científico y profesor guatemalteco de ciencias de la computación en Carnegie Mellon University. Es el fundador de la compañía Recaptcha que fue vendida a Google en 2009. Sus investigaciones en computación y en Crowdsourcing le han dado reconocimiento internacional y varios honores en el ámbito científico y tecnológico. En 2006 ganó el premio MacArthur, también conocido como el "premio del genio". Ha sido nombrado uno de los 50 mejores cerebros en la ciencia por la revista *Discover*, uno de los 10 científicos brillantes de 2006 por *Popular Science* y una de las 50 personas más influyentes en la tecnología por Silicon.com. En 2009, el diario *Siglo XXI de Guatemala* nombró a Luis von Ahn como su personaje del año.

© Mike McGregor/Contour by Getty Images

Otros latinos sobresalientes en los Estados Unidos

Julia Álvarez: novelista, poeta, ensayista, catedrática dominicana

Orlando Antigua: basquetbolista dominicano, miembro de los Globe Trotters

Gloria Estefan: cantante, compositora cubanomericana

Andy García: actor cubanoamericano

Carmen Lomas Garza: artista y autora chicana de libros para niños

Edward James Olmos: actor chicano

Mary Rodas: presidenta salvadoreña de una compañía de juguetes

Esmeralda Santiago: novelista, editora puertorriqueña

Claudia Smith: activista y abogada guatemalteca

Luis Valdéz: actor, director, dramaturgo y cineasta chicano

MEJOREMOS LA COMUNICACIÓN

actualmente	genio *(m. f.)*
al filo de	influyente *(m. f.)*
ámbito	jefe(a) ejecutivo(a)
apenas	lanzarse
cerebro	obra
computación *(f.)*	poderoso(a)
convertirse (ie)	reconocimiento
derechos civiles	revista
diario	rodear
diverso(a)	unirse
ganador(a)	vicecanciller *(m. f.)*

¿COMPRENDISTE?

A. Los nuestros. Contesta estas preguntas con un(a) compañero(a).

1. ¿Por qué crees que el nacer en una cultura y vivir en otra es el tema de muchos autores chicanos y latinos en general?

2. Si fueras un latino (o latina) sobresaliente, ¿a qué dedicarías tus esfuerzos?

B. Miniprueba. Demuestra lo que aprendiste de estos talentosos latinos al completar estas oraciones.

1. Janet Murguía es una de las mujeres hispanas más _____ de los EE.UU.

   a. dificultosas   b. motivadas   c. poderosas

2. Junot Díaz fue motivado a escribir sobre su vida por una profesora _____.

   a. en la escuela   b. universitaria   c. dominicana

3. En el 2009, Racaptcha, la compañía que fundó Luis von Ahn, fue comprada por _____.

   a. Crowdsourcing   b. *Popular Science*   c. Google

C. Diario. En un cuaderno dedicado especialmente a **Los nuestros,** escribe por lo menos media página sobre el siguiente tema.

Janet Murguía se incluye en la lista de "Los Poderosos 100" y Luis von Ahn ha sido nombrado uno de los mejores cerebros en la ciencia. ¿Qué crees que podrías hacer tú para ser incluido(a) en tal lista o declarado(a) uno de los mejores cerebros en tu especialidad?

 ¡Diviértete en la red!
Busca a tres de estas personas en Google Images y/o YouTube para ver imágenes y escuchar a estos talentosos latinos. Ve a clase preparado(a) para decir cuál de las tres es tu favorito y por qué. Si se puede, muestra unas de las imágenes o videos.

ASÍ HABLAMOS Y ASÍ ESCRIBIMOS

Sílabas

Todas las palabras se dividen en sílabas. Una sílaba es la letra o letras que forman un sonido independiente dentro de una palabra. Hay varias reglas que determinan cómo se forman las sílabas en español. Estas reglas hacen referencia tanto a las vocales (a, e, i, o, u) como a las consonantes (cualquier letra del alfabeto que no sea vocal).

Regla 1: Todas las sílabas tienen por lo menos una vocal.

mexicano ⟶ me-xi-ca-no   ruta ⟶ ru-ta

Regla 2: La mayoría de las sílabas en español comienzan con una consonante.

ayuda ⟶ **a**-yu-da*   cubanos ⟶ cu-ba-nos   vida ⟶ vi-da

*Una excepción a esta regla son las palabras que comienzan con una vocal.

Regla 3: Cuando la **l** o la **r** sigue a una **b, c, d, f, g, p** o **t**, forman grupos consonánticos que nunca se separan.

anglo ⟶ an-**gl**o   conflicto ⟶ con-**fl**ic-to   drama ⟶ **dr**a-ma

Regla 4: Las letras dobles de **ch, ll** y **rr** nunca se separan; siempre aparecen juntas en la misma sílaba.

borracho ⟶ bo-**rr**a-**ch**o   chicanos ⟶ **ch**i-ca-nos   cuchillo ⟶ cu-**ch**i-**ll**o

Regla 5: Cualquier otro grupo consonántico siempre se separa en dos sílabas.

alcalde ⟶ al-cal-de   excepto ⟶ ex-cep-to   grande ⟶ gran-de

Regla 6: Los grupos de tres consonantes siempre se dividen en dos sílabas, manteniendo los grupos consonánticos indicados en la Regla 3 y evitando la combinación de la letra **s** antes de otra consonante.

construcción ⟶ con**s**-tru**c**-ción   empleo ⟶ em-**pl**e-o   instante ⟶ in**s**-tan-te

¡A practicar!

A. Separación. Escucha mientras tu profesor(a) lee las siguientes palabras. Luego, divídelas en sílabas.

1. c e n t r o
2. e n t r a d a
3. a c o m o d a d o r
4. d i b u j o s
5. m u s i c a l e s
6. m i s t e r i o

B. El acento. En español, todas las palabras de más de una sílaba tienen una sílaba que se pronuncia con más fuerza o énfasis que las demás. Esta fuerza de pronunciación se llama "el acento". Hay tres reglas o principios generales que indican dónde llevan el acento la mayoría de las palabras de dos o más sílabas.

Regla 1: Las palabras que terminan en vocal, **n** o **s**, llevan el acento prosódico en la penúltima sílaba.

ci - ne   fas - **ci** - nan   mu - si - **ca** - les

Regla 2: Las palabras que terminan en consonante, excepto **n** o **s**, llevan el acento en la última sílaba.

sa - **lud**   tra - ba - ja - **dor**   u - ni - ver - si - **dad**

Regla 3: Todas las palabras que no siguen las dos reglas anteriores llevan acento ortográfico, o sea, acento escrito. El acento escrito se coloca sobre la vocal de la sílaba que se pronuncia con más fuerza o énfasis. En las siguientes palabras, la sílaba subrayada indica dónde iría el acento según las tres reglas anteriores.

co - <u>ra</u> - **zón**   <u>pa</u> - **pá**   Ra - **mí** - <u>rez</u>

¡A practicar!

A. Sílaba que lleva el acento. Ahora escucha mientras tu profesor(a) pronuncia las palabras que siguen y subraya la sílaba que lleva el acento según las tres reglas que acabas de aprender.

1. Val-dez
2. tra-ba-ja-dor
3. re-a-li-dad
4. o-ri-gen
5. pre-mios
6. glo-ri-fi-car

B. El acento escrito. Ahora escucha mientras tu profesor(a) pronuncia las siguientes palabras que requieren acento escrito. Subraya la sílaba que llevaría el acento según las tres reglas anteriores y luego pon el acento escrito en la sílaba que realmente lo lleva. Fíjate que la sílaba con el acento escrito nunca es la sílaba subrayada.

1. ar-tis-ti-co
2. fa-cil
3. pa-gi-na
4. e-co-no-mi-ca
5. po-li-ti-cos
6. in-di-ge-nas

C. ¡Ay, qué torpe! Un joven hispanohablante escribió el siguiente párrafo sin prestar atención ni a la silabación ni a las sílabas que llevan acento escrito. Por lo tanto, cometió diez errores en total. Encuéntralos y corrígelos, escribiendo el párrafo de nuevo en una hoja aparte.

Gregory Nava, distinguido por varias peliculas en ingles y tambien por varios filmes en español, mantiene el interés del publico con argumentos de gran contenido dramático. Todavia no ha filmado temas romanticos, ni de vaqueros ni ha hecho peliculas de ciencia ficcion como Richard Rodríguez, a quien le gustan los temas no realistas.

El español es una lengua viva y vibrante que siempre está cambiando ya sea debido a nuevo vocabulario, nuevos dialectos, variantes coloquiales, etc. Es importante entender y respetar todos estos cambios que son parte de la riqueza cultural del mundo de habla española. En esta unidad vas a familiarizarte con el habla de los chicanos y de los puertorriqueños. Ambas variantes utilizan regionalismos y dan testimonio de la gran riqueza lingüística del español de las Américas.

El "caló"

Una de las variantes coloquiales que se escucha en los barrios chicanos de EE.UU. se conoce como "caló". Este colorido lenguaje tiene su origen en el habla de los gitanos españoles que vinieron a las Américas. El "caló" adquirió popularidad en los años 40, la llamada era de los pachucos, jóvenes chicanos con un estilo rebelde de vestir, hablar y actuar. Esta rebeldía, que representaba una resistencia a ser asimilado a la cultura angloamericana, fue llevada al teatro y luego al cine por Edward James Olmos en 1981 en la obra de Luis Valdez, *Zoot Suit*.

Al descifrar el "caló". Algunos autores chicanos utilizan el caló en el habla de personajes chicanos en sus obras literarias. Gran parte del vocabulario caló es fácil de reconocer con un poco de esfuerzo. Es bueno empezar por identificar si la palabra que no reconoces es un sustantivo, adjetivo o verbo. Ya sabiendo eso, hay que fijarse en cómo se usa la palabra en la oración, en qué contexto. Por ejemplo, piensa en el significado de *gacho* y *chante* en la oración que sigue.

> Un día Sammy inventó una bomba de apeste y tan *gacho* era el olor que hasta entraba al *chante* de Sammy y todos se enfermaban.

Es fácil reconocer que *gacho* es un adjetivo y que *chante* es un sustantivo. El contenido implica que *gacho* sería algo como "feo, ofensivo, malo" y que *chante* sería algo como "casa, vivienda, hogar".

A entender y respetar el "caló". Lee ahora este fragmento inicial del cuento "Sammy y los del Tercer Barrio" del autor chicano José Antonio Burciaga y selecciona la palabra de la segunda columna que define mejor cada palabra caló de la primera columna.

El Sammy llegó a su chante[1] todo caldeado[2] porque los batos[3] lo habían cabuleado[4] ...quesque[5] era buti[6] agarrado[7] con su feria[8].

...

El Sammy era gaba[9], vivía a orilla del barrio y era el más calote[10] con la excepción de Iván que cantoneaba[11] al otro lado del *freeway*.

_____	1. chante	a. muy
_____	2. caldeado	b. dinero
_____	3. batos	c. tacaño
_____	4. cabuleado	d. gringo
_____	5. quesque	e. amigos
_____	6. buti	f. enojado
_____	7. agarrado	g. casa
_____	8. feria	h. grandote
_____	9. gaba	i. vivía
_____	10. calote	j. dicen que
_____	11. cantoneaba	k. burlado

La joven poesía: Manuel Colón

"Me siento como una mancha oscura en una sábana blanca".

"Me encuentro ajeno hasta en mi propia tierra".

Antes de empezar el video

Contesten las siguientes preguntas en parejas.

1. ¿Qué tipo de conflictos de identidad tienden a tener los jóvenes hoy en día?

2. En su opinión, ¿cuál es la mejor manera de resolverlos?

Después de ver el video

A. La joven poesía. Completa las siguientes oraciones.

1. El problema principal de Manuel Colón es...

2. Algunos conflictos de identidad que Manuel Colón menciona son...

3. Manuel Colón resolvió esos conflictos al decidir que...

B. A pensar y a interpretar. Contesten las siguientes preguntas en parejas.

1. ¿Creen Uds. que es importante tener una identidad étnica? ¿Por qué sí o no?

2. ¿Creen Uds. que el identificarse con un grupo étnico le prohíbe a alguien pertenecer a otro grupo? ¿Por qué sí o no?

3. ¿Cuáles son las ventajas y desventajas de ser miembro de un grupo étnico?

C. Apoyo gramatical: artículos definidos e indefinidos. Completa el siguiente párrafo con los artículos definidos o indefinidos apropiados para repasar lo que aprendiste en el video de esta lección.

En (1) _____ programa del video sobre "(2) _____ joven poesía", Cristina, (3) _____ entrevistadora, conversa con Manuel Colón, quien es (4) _____ joven poeta chicano. Manuel tiene (5) _____ conflicto de identidad étnica; no sabe si él es (6) _____ persona mexicana, norteamericana, mexicoamericana o chicana. Él trata de encontrar (7) _____ respuesta a su pregunta y finalmente se da cuenta de que (8) _____ respuesta está en su propia poesía. (9) _____ poema que él recita en (10) _____ emisión televisiva se llama "Autobiografía".

Gramática 1.1: Antes de hacer esta actividad conviene repasar esta estructura en las págs. 24–29.

 ¡Diviértete en la red!
Busca "identidad chicana", "identidad latina" o "identidad latinoamericana" en Google Web. Ve a clase preparado(a) para presentar un breve informe sobre cómo se reflejan estos temas en la red y a qué conclusiones llegan.

¡Antes de leer!

A. Anticipando la lectura: título y foto de fondo. Para ayudarte a anticipar el contenido de esta lectura, lee el título del poema y estudia la imagen de fondo. Luego contesta las siguientes preguntas con un(a) compañero(a).

1. ¿Cuántos significados pueden tener las palabras "Esperanza" y "Los Ángeles" en el título? ¿Cuáles son?

2. ¿Qué impresión les causa la foto de fondo? ¿Ayuda a enfocarse en un significado específico del título? Si así es, ¿cuál es ese significado?

3. En base al título del poema y la foto de fondo, hagan una lista de tres cosas que creen que se van a mencionar en el poema. Luego, después de leerlo, vuelvan a su lista y comprueben si anticiparon correctamente o no.

B. Anticipando la lectura: el contenido. Contesta las siguientes preguntas con un(a) compañero(a).

1. ¿Cuál es la diferencia entre un refugiado legal y uno ilegal? ¿Cómo entran los refugiados legales a los EE.UU.? Y los ilegales, ¿cómo entran?

2. ¿Qué peligros hay para los refugiados indocumentados?

3. ¿Qué seguridad hay de que van a encontrar una buena vida en los EE.UU.? Expliquen sus respuestas.

4. ¿Qué tipos de empleo encuentran los refugiados indocumentados? ¿Cuánto ganan?

5. ¿Es posible que algunos refugiados encuentren en los EE.UU. una vida peor de la que llevaban en su país de origen? Expliquen.

Sobre el autor

Jorge Argueta, poeta salvadoreño, llegó a los Estados Unidos en 1980. Se ha dedicado a enseñar poesía en las escuelas públicas de San Francisco y es autor de varios libros para niños, aunque en sus primeros años se dedicó a escribir sobre las experiencias de inmigrantes indocumentados. Está convencido de que todos pueden escribir, sobre todo los niños pequeños, a quienes considera poetas por naturaleza. Entre los muchos premios que ha recibido, están el Premio *America's Book Award* (2003) y el *Independent Publishers Book Award* (2004). Su trabajo es muy apreciado en textos universitarios y en antologías. Su poema "Esperanza muere en Los Ángeles" lleva una dedicatoria a su prima y la fecha de su muerte. Sería difícil encontrar otro poema que en tan pocos versos transmita la tragedia de una persona común y corriente, tal como lo consigue el autor.

Copyright Teresa Kennett

Esperanza muere en Los Ángeles

Tengo una prima
que salió **huyendo**
de la guerra
una prima que pasó
corriendo de la migra
por **los cerros** de Tijuana
una prima que llegó a Los Ángeles
escondida en el baúl de un carro
una prima que hoy se muere
se muere lejos de El Salvador
Pobre mi prima Esperanza
no la mató la guerra
la mató la explotación
$50 miserables dólares a la semana
40 horas a la semana
Pobre mi prima Esperanza
se está muriendo en Los Ángeles
muerta la van a **enviar** a El Salvador
Pobre mi prima Esperanza
dicen que sufrió un **derrame**
y que su hija piensa
que su madre sueña
sueña que está en El Salvador
Pobre mi prima Esperanza
ya se murió
ya la mataron
En un **cajón** negro
se va hoy para su **patria**
Pobre mi prima Esperanza
salió huyendo de la guerra
y muerta la envían a la guerra
pobre mi prima Esperanza
hoy se va a su tierra a descansar
con sus hermanos
todos los muertos
de la misma guerra

"Esperanza muere en Los Angeles," reprinted by permission of the author, Jorge Argueta, from *Love Street*. Editores Unidos Salvadoreños, 1991.

¡Después de leer!

A. Hechos y acontecimientos. ¿Recuerdas los datos más importantes de la lectura? Para asegurarte, completa estas preguntas. Luego compara tus respuestas con las de dos o tres compañeros(as).

1. ¿Quién es Esperanza? ¿Qué edad crees que tiene?

2. ¿Dónde vivía Esperanza? ¿Por qué se fue de ese lugar? ¿Adónde se fue?

3. ¿Dónde cruzó la frontera? ¿Cómo la cruzó?

4. ¿Cómo murió Esperanza? ¿Qué la mató?

5. ¿Dónde van a enterrar a Esperanza? ¿Por qué?

B. A pensar y a analizar. Contesta estas preguntas y compara tus respuestas con las de tus compañeros(as).

1. La ironía es un método literario para enfatizar una idea expresándola con palabras que indican lo contrario. En "Esperanza muere en Los Ángeles" hay un constante tono irónico. Por ejemplo, si observas las palabras "Esperanza", "El Salvador", "Los Ángeles" podrás ver que están llenas de ironía ya que, ¿hay esperanza para Esperanza? ¿Es El Salvador el salvador de Esperanza? ¿Es Los Ángeles un ángel para Esperanza? ¿Cuántos otros ejemplos de ironía puedes encontrar?

2. Examina los siguientes versos.

   "salió huyendo de la guerra
   y muerta la envían a la guerra"

   ¿Qué quiere decir el poeta aquí? ¿Hay otros versos que enfatizan la tragedia de Esperanza? ¿Cuáles son?

C. Nuestras experiencias. ¿Saben ustedes de casos parecidos, donde un(a) pariente(a) o un(a) amigo(a) o un(a) amigo(a) de un amigo ha sufrido gravemente tratando de huir de su país natal y/o de adaptarse en un nuevo país? Compartan algunos de los detalles con sus compañeros de clase.

D. Apoyo gramatical: sustantivos. Completa el siguiente párrafo sobre un lugar histórico de Los Ángeles con los plurales de las palabras que están entre paréntesis.

Si vas a Los Ángeles debes visitar el distrito histórico llamado Pueblo de los Ángeles. Allí puedes ver la plaza principal con los (1) _____ (nombre) de las once (2) _____ (familia) que fundaron el pueblo, tres (3) _____ (estatua) de importantes (4) _____ (figura) históricas, tal vez (5) _____ (celebración) en la plaza, (6) _____ (museo) cercanos, entre ellos el de Ávila Adobe, la casa más antigua de Los Ángeles cuyas (7) _____ (habitación) tienen (8) _____ (mueble) de la época. En ese vecindario hay también algunas (9) _____ (iglesia) y muchos interesantes (10) _____ (edificio) antiguos. Y si vas al mercado de la calle Olvera, puedes comprar (11) _____ (producto) mexicanos de tu gusto.

Gramática 1.1: Antes de hacer esta actividad conviene repasar esta estructura en las págs. 20–23.

¡Diviértete en la red!
Haz una búsqueda en YouTube con los siguientes poetas salvadoreños: Roque Dalton, Claudia Lars, Francisco Gavidia. Selecciona el videoclip que desees ver. Ve a clase preparado(a) para presentar un breve resumen sobre el videoclip que viste. Di si recomiedas leer al poeta que escuchaste y explica por qué.

GRAMÁTICA

1.1 Sustantivos y artículos

¡A que ya lo sabes!

Para probar que ya sabes bastante del uso de los artículos y los sustantivos, mira los siguientes pares de oraciones y decide, en cada par, cuál de las dos oraciones te suena bien, la primera o la segunda.

1. a. Tengo *un* problema en el trabajo.

   b. Tengo *una* problema en el trabajo.

> Para más práctica, haz las actividades de **Gramática en contexto** (sección 1.1) del *Cuaderno para los hispanohablantes*.

2. a. Me gustan las películas con *actrices* latinas.

   b. Me gustan las películas con *actriz* latinas.

¿Qué dice la clase? ¿Están de acuerdo contigo los otros estudiantes? Sin duda, casi todo el mundo seleccionó la primera opción en ambos casos. ¿Por qué? Porque Uds. ya saben mucho de gramática. Como hablantes de español, ya han internalizado la gramática. Lo que tal vez no saben es por qué una oración es correcta y la otra no. Pero, sigan leyendo y van a saber eso también.

Género de los sustantivos

Los sustantivos en español tienen género masculino o femenino. El género de la mayoría de los sustantivos es arbitrario, pero hay reglas que te pueden servir de guía.

> La mayoría de los sustantivos que terminan en **-a** son femeninos; los que terminan en **-o** son masculinos.

la película	el mundo
la tierra	el tratado

Algunas excepciones de uso común son:

la mano	el día
la foto (=la fotografía)	el mapa
la moto (=la motocicleta)	el cometa

Nota para hispanohablantes

En algunas comunidades de hispanohablantes, hay una tendencia a usar el artículo masculino con todo sustantivo que termina en -o y el artículo femenino con todo sustantivo que termina en -a, aun cuando no sea apropiado: *el mano, el foto, el moto, la día, la mapa, la planeta.* Es importante evitar este uso fuera de esas comunidades y en particular al escribir.

> Los sustantivos que se refieren a varones son masculinos y los que se refieren a mujeres son femeninos.

el primo	la prima
el escritor	la escritora
el hombre	la mujer
el padre	la madre

> Algunos sustantivos, tales como los que terminan en **-ista,** tienen la misma forma para el masculino y el femenino. El artículo o el contexto identifica el género.

el artista	la artista
el cantante	la cantante
el estudiante	la estudiante
el pianista	la pianista

> La mayoría de los sustantivos que terminan en **-d, -ión** y **-umbre** son femeninos.

la ciudad	la confusión	la certidumbre
la comunidad	la inmigración	la muchedumbre
la pared	la tradición	la costumbre

Algunas excepciones a esta regla son:

el césped	el avión
el ataúd	el camión

> Los sustantivos **persona** y **víctima** son siempre femeninos, incluso si se refieren a un varón.

Matilde es una persona muy creativa.

Pedro es una persona muy imaginativa.

> Los sustantivos de origen griego que terminan en **-ma** son masculinos.

el idioma	el problema	el clima
el poema	el programa	el tema

Nota para hispanohablantes

En algunas comunidades de hispanohablantes, hay una tendencia a usar siempre el artículo femenino con sustantivos de origen griego que terminan en -ma y decir *la clima, la idioma, la problema,* etcétera. Es importante evitar este uso fuera de esas comunidades y en particular al escribir.

> La mayoría de los sustantivos que terminan en **-r** o **-l** son masculinos.

el favor	el papel
el lugar	el control

Algunas excepciones a esta regla son:

la flor	la catedral
la labor	la sal

> Los sustantivos que nombran los meses y los días de la semana son masculinos; son igualmente masculinos los que nombran océanos, ríos y montañas.

el jueves	el Pacífico
el cálido agosto	el Everest

> Algunos sustantivos tienen dos géneros; el significado del sustantivo determina el género.

el capital *(dinero)*	la capital *(ciudad)*
el corte *(del verbo "cortar")*	la corte *(del rey, o la corte judicial)*
el guía *(un varón que guía)*	la guía *(un libro; una mujer que guía)*
el modelo *(un ejemplo; un varón que modela)*	la modelo *(una mujer que modela)*
el policía *(un varón policía)*	la policía *(la institución; una mujer policía)*

Ahora, ¡a practicar!

A. La tarea. Ayúdale a Pepito a hacer la tarea. Tiene que identificar el sustantivo de género diferente, según el modelo.

> **MODELO** opinión, avión, satisfacción, condición
> **el avión** (los otros usan el artículo **la**)

1. mapa, literatura, ciencia, lengua

2. ciudad, césped, variedad, unidad

3. problema, tema, guerra, poema

4. calor, color, clamor, labor

5. metal, catedral, canal, sol

6. moto, distrito, exilio, gobierno

B. ¿Qué opinas? Indica si en tu opinión lo siguiente es o no fascinante.

> **MODELO** variedad cultural
> **La variedad cultural es fascinante.** o **La variedad cultural no es fascinante.**

1. cuentos de Junot Díaz

2. idioma español

3. diversidad cultural de EE.UU.

4. capital de nuestro estado

5. programas de videos latinos

6. arquitectura del suroeste

7. vida de Janet Murguía

8. cine mexicano

C. Encuesta. Entrevista a varios(as) compañeros(as) de clase para saber qué opinan sobre estos temas. Si la persona contesta afirmativamente, escribe su nombre en el cuadro apropiado. No se permite tener el nombre de la misma persona en más de un cuadro.

> **MODELO** diversidad en nuestra universidad
> —¿Qué opinas de la diversidad en nuestra universidad?
> **—Es fascinante.** o **No es muy interesante.**

la diversidad cultural en nuestra universidad	la película *Selena*	problema de las drogas
el clima hoy día	la foto de Janet Murguía en la página 10	el Festival Nicaragüense en Newark
la cantante Gloria Estefan	los programas universitarios	las películas de Andy García

El plural de los sustantivos

Para formar el plural de los sustantivos se siguen las siguientes reglas básicas.

❯ Se agrega una **-s** a los sustantivos que terminan en vocal.

tratado	tratados
detalle	detalles
programa	programas

❯ Se agrega **-es** a los sustantivos que terminan en consonante.

escritor	escritores
origen	orígenes

> Los sustantivos que terminan en una vocal no acentuada + **-s** usan la misma forma para el singular y el plural.

el lunes	los lunes
la crisis	las crisis

Sustantivos con cambios ortográficos

> Los sustantivos que terminan en **-z** cambian la **z** a **c** en el plural.

la voz	las voces
la actriz	las actrices

> Los sustantivos que terminan en una vocal acentuada seguida de **-n** o **-s** pierden el acento ortográfico en el plural.

la población	las poblaciones
el interés	los intereses

Ahora, ¡a practicar!

A. Contrarios. Tú y tu mejor amigo(a) son completamente diferentes. ¿Qué dices tú cuando tu amigo(a) hace estos comentarios?

MODELO Yo no conozco a ese candidato.

Yo conozco a todos los candidatos. o **Yo conozco a muchos candidatos.**

1. Yo no conozco a esa actriz.
2. Yo no sé hablar otra lengua.
3. Mi lección de guitarra es el lunes
4. Yo no conozco ni una obra de Junot Díaz.
5. No tengo una crisis al día.
6. Yo no conozco a esa escritora.
7. Yo no reconozco la voz de nadie.
8. Yo visité una misión en el verano.

B. ¿Cuántos hay? Pregúntale a un(a) compañero(a) cuántos de los siguientes objetos hay en los lugares indicados.

MODELO mochila: libro, lápiz, bolígrafo, cuaderno

—¿Cuántos libros hay en tu mochila?

—Hay tres libros.

1. cuarto: escritorio, cama, silla, diccionario, computadora
2. sala de clase: estudiante, escritorio, silla, pizarra, tiza
3. casa de tus padres: cuarto, baño, televisor, persona, bicicleta
4. estado en que vives: universidad, ciudad importante, habitante, lugar turístico principal
5. el poema "Esperanza muere en Los Ángeles": protagonista, narrador, país, ciudad

C. La Pequeña Habana. Completa el siguiente párrafo acerca de un barrio hispano de Miami con los plurales de las palabras que aparecen entre paréntesis.

Si te paseas por la Pequeña Habana, puedes ver (1) _____ (monumento) históricos, (2) _____ (centro) culturales, (3) _____ (letrero) de (4) _____ (negocio), (5) _____ (restaurante) típicos, (6) _____ (bar), (7) _____ (fábrica) de (8) _____ (puro) habanos, (9) _____ (salón) de espectáculos, (10) _____ (local) comerciales, (11) _____ (tienda) diversas, (12) _____ (galería) de arte y otros (13) _____ (lugar) de exhibición y, por supuesto, gran cantidad de (14) _____ (turista). Y si vas al Parque del Dominó, puedes ver a muchos (15) _____ (jugador) que se divierten jugando al dominó.

Artículos definidos
Formas

	Masculino	Femenino
Singular	el	la
Plural	los	las

❯ El género y el número del sustantivo determinan la forma del artículo.

nombre	⟶	*masculino singular*	⟶	**el** nombre
gente	⟶	*femenino singular*	⟶	**la** gente
pasaportes	⟶	*masculino plural*	⟶	**los** pasaportes
labores	⟶	*femenino plural*	⟶	**las** labores

❯ Observa las siguientes contracciones.

a + el = al

de + el = del

¿Conoces **al** autor **del** cuento "Drown"?

El calentamiento global es una **de las** cuestiones centrales **del** siglo XXI.

❯ El artículo **el** se usa con sustantivos femeninos singulares que comienzan con **a-** o **ha-** acentuada. En tal caso, va inmediatamente delante del sustantivo; de otro modo, se usa la forma **la** o **las**.

El arma más poderosa para combatir la pobreza es la educación.

El agua de este lago está contaminada.

Las aguas de muchos ríos están contaminadas.

Algunos sustantivos femeninos de uso común que comienzan con **a-** o **ha-** acentuada:

águila	área
agua	aula
ala	habla
alba	hada
alma	hambre

Nota para hispanohablantes

En algunas comunidades hispanohablantes hay una tendencia a usar siempre el artículo femenino con sustantivos que comienzan con a- o ha- acentuada y decir *la águila, la agua, la ala,* etcétera. Los adjetivos que modifican a estos sustantivos deben ser femeninos. Así, hay que decir "El agua está contaminada" y no *"El agua está contaminado"*. Es importante evitar este uso fuera de esas comunidades y en particular al escribir.

Usos

El artículo definido se usa en los siguientes casos:

❯ Con sustantivos usados en sentido general o abstracto.

La violencia no soluciona **los** problemas.

Debemos continuar mejorando **la** educación.

Respetamos **la** diversidad cultural.

❯ Con partes del cuerpo o artículos de ropa cuando va precedido de un verbo reflexivo o cuando es claro quién es el poseedor.

> ¿Puedo sacarme **la** corbata?
> Me duele **el** hombro.

❯ Con nombres de lenguas, excepto cuando siguen a **en**, **de** o a las formas del verbo **hablar**. A menudo se omite el artículo después de los siguientes verbos: aprender, enseñar, entender, escribir, estudiar, saber y leer.

> **El** español y **el** inglés son las lenguas oficiales de Puerto Rico.
> Este libro está escrito en portugués. Yo no entiendo **(el)** portugués, pero un amigo mío es profesor de portugués.

❯ Con títulos, excepto **San/Santa** y **don/doña,** cuando se habla acerca de alguien. Se omite el artículo cuando se habla directamente a alguien.

> Necesito hablar con **el** profesor Núñez.
> Doctora Cifuentes, ¿cuáles son sus horas de oficina?
> ¿Conoces a **don** Eugenio?
> Hoy es el día de **Santa** Teresa.

❯ Con los días de la semana para indicar cuándo ocurre algo.

> Te veo **el** martes.

❯ Con las horas del día y con las fechas.

> Son **las** nueve de la mañana. Salimos **el** dos de septiembre.

> **Nota para bilingües**
>
> En contraste con el español, el inglés omite el artículo con las horas del día: *It's nine a.m.*

❯ Con los nombres de ciertas ciudades, regiones y países en los cuales el artículo forma parte del nombre, como en los siguientes ejemplos: Los Ángeles, La Habana, Las Antillas, El Salvador y Las Antillas y El Salvador. El artículo definido es optativo con los siguientes países:

(la) Argentina	(el) Ecuador	(el) Perú
(el) Brasil	(los) Estados Unidos	(el) Uruguay
(el) Canadá	(el) Japón	
(la) China	(el) Paraguay	

❯ Con sustantivos propios modificados por un adjetivo o una frase.

> Quiero leer sobre **el** México colonial.   ¿Dónde está **la** pequeña Lucía?

❯ Con unidades de peso o de medida.

> Las uvas cuestan dos dólares **el kilo**.

> **Nota para bilingües**
>
> El inglés usa el artículo indefinido a con unidades de peso o de medida: *Grapes are $1.00 a pound.*

Ahora, ¡a practicar!

A. Preparativos. ¿Quién es responsable de enviar las invitaciones? Para saberlo, escribe el artículo definido solo en los espacios donde sea necesario.

— (1) _____ Señora Olga, ¿cuándo es la próxima exposición de (2) _____ doña Carmen?

— Es (3) _____ viernes próximo.

— (4) _____ señor Cabrera se ocupa de las invitaciones, ¿verdad?

— ¿Enrique Cabrera? No, (5) _____ pobre Enrique está enfermo. Tú debes enviar (6) _____ invitaciones esta vez.

B. De excursión. Completa el párrafo siguiente con el artículo definido apropiado (**el/la, los/las**) para saber las impresiones de Pat cuando sale de paseo.

Me gusta ir de excursión con mis amigos. Como caminamos tanto es increíble (1) _____ hambre que tenemos al almuerzo y a la cena. A veces pasamos la noche en una de (2) _____ áreas que visitamos. Al día siguiente ver (3) _____ alba es algo que te quita (4) _____ habla y que te levanta (5) _____ alma. Es evidente que prefiero las excursiones a (6) _____ aulas.

C. Entrevista. Tú eres reportero(a) del periódico estudiantil. Hazle las siguientes preguntas a un(a) compañero(a) de clase.

1. ¿Qué lenguas hablas?

2. ¿Qué lenguas lees?

3. ¿Qué lenguas escribes?

4. ¿Qué lenguas consideras difíciles? ¿Por qué?

5. ¿Qué lenguas consideras importantes? ¿Por qué?

D. Resumen. Ahora escribe un breve resumen de la información que conseguiste en la entrevista.

Artículos indefinidos
Formas

	Masculino	Femenino
Singular	un	una
Plural	unos	unas

❯ El artículo indefinido, tal como el artículo definido, concuerda en género y número con el sustantivo al cual modifica.

> Eso es **un** error.
> Nueva York es **una** ciudad con más puertorriqueños que San Juan, la capital de Puerto Rico.

❯ Cuando el artículo está inmediatamente delante de un sustantivo singular femenino que comienza con **a-** o **ha-** acentuada, se usa la forma **un**.

> Ese joven tiene **un** alma noble.

Usos

El artículo indefinido indica que el sustantivo no es conocido por el oyente o lector. Una vez que se ha mencionado el sustantivo, se usa el artículo definido. En general, el artículo indefinido se usa mucho menos frecuentemente en español que en inglés.

> —Hoy en el periódico aparece **un** artículo sobre Janet Murguía.
> —¿Y qué dice **el** artículo?

Omisión del artículo indefinido

El artículo indefinido no se usa:

❯ Detrás de los verbos **ser** y **hacerse** cuando va seguido de un sustantivo que se refiere a profesión, nacionalidad, religión o afiliación política.

> Jennifer López es actriz.
> Mi primo es profesor, pero quiere hacerse abogado.

Sin embargo, el artículo indefinido se usa cuando el sustantivo está modificado por un adjetivo o por una frase descriptiva.

> Edward James Olmos es **un** actor famoso. Es **un** actor de renombre mundial.

> Con las palabras **cien(to), cierto, medio, mil, otro** y **tal.**

—¿Quieres que te preste mil dólares?

—¿De dónde voy a sacar tal cantidad?

> Después de las preposiciones **sin** y **con.**

Luis Valdez nunca sale sin sombrero.

Mi prima Norma vive en una casa con piscina.

> En oraciones negativas y después de ciertos verbos **como tener, haber** y **buscar** cuando el concepto numérico de **un(o)** o **una** no es importante.

No tengo boleto. Necesito boleto para esta noche.

Busco solución a mi problema.

Nota para bilingües

En inglés no se omite el artículo indefinido en estos casos: Jennifer López is <u>an</u> actress; she is <u>a</u> famous actress. Do you want me to lend you <u>a</u> thousand dollars? Luis Valdez never leaves without <u>a</u> hat. I don't have <u>a</u> ticket.

Otros usos

> Delante de un número, los artículos indefinidos **unos** y **unas** indican una cantidad aproximada.

Unos diez millones de hispanos vivían en el condado de Los Ángeles en 2008.

> Los artículos indefinidos **unos** y **unas** pueden omitirse delante de sustantivos plurales cuando no son el sujeto de la oración.

Necesitamos **(unas)** entradas para este fin de semana.

¿Ves **(unos)** errores en la historia de los chicanos?

Para poner énfasis en la idea de cantidad, se usa **algunos** o **algunas.**

¿Puedes nombrar **algunas** de las obras de Jorge Argueta?

Ahora, ¡a practicar!

A. **Misiones de California.** Completa el siguiente párrafo con el artículo definido correspondiente para aprender acerca de las misiones californianas.

(1) _____ estado de California tiene 21 hermosas misiones construidas a lo largo de (2) _____ carretera conocida como (3) _____ Camino Real. Fueron fundadas entre 1769 y 1823. Una de (4) _____ personas más involucradas en (5) _____ construcción de (6) _____ misiones fue (7) _____ padre Junípero Serra. Él fundó (8) _____ primera misión, Misión San Diego, y participó activamente en (9) _____ creación de otras nueve misiones. De todas (10) _____ misiones, tal vez la más bella es (11) _____ misión San Juan Capistrano, famosa también porque en (12) _____ mes de marzo, cada año, (13) _____ golondrinas vuelven a esta misión a construir sus nidos.

B. Personalidades. Di quiénes son las siguientes personas.

> **MODELO** Edward James Olmos / chicano / actor / actor chicano
> **Edward James Olmos es chicano. Es actor. Es un actor chicano.**

1. Gloria Estefan / cubanoamericana / cantante / cantante cubanoamericana

2. Jorge Argueta / salvadoreño / poeta / poeta salvadoreño

3. Sandra Cisneros / chicana / escritora / escritora chicana

4. Esmeralda Santiago / puertorriqueña / novelista / novelista puertorriqueña

5. Junot Díaz / dominicano / escritor / escritor dominicano

6. Luis Valdez / chicano / cineasta / cineasta chicano

C. Fiesta. Completa este párrafo con los artículos definidos o indefinidos apropiados, si son necesarios.

Me gusta asistir a (1) _____ fiestas y me encanta preparar (2) _____ postres. (3) _____ sábado próximo voy a asistir a (4) _____ fiesta y voy a preparar (5) _____ torta. Vienen (6) _____ (=aproximadamente) veinticinco personas a (7) _____ fiesta. Debo llevar (8) _____ cierta torta de frutas que es mi especialidad. Tengo (9) _____ mil cosas que hacer, pero (10) _____ postre va a estar listo.

Puerto Rico

PUERTO RICO

Río Piedras
San Juan
Arecibo•
Bayamón• •Carolina   Isla Culebra
•El Yunque
•Mayagüez
•Ponce
Isla Vieques

© Cengage Learning 2012

Nombre oficial: Estado Libre Asociado de Puerto Rico
Población: 3.971.020 (estimación de 2009)
Principales ciudades: San Juan (capital), Bayamón, Carolina, Ponce
Moneda: Dólar estadounidense ($)

En San Juan, la capital, con una población de casi medio millón de habitantes, tienes que conocer...

> el Viejo San Juan, el barrio histórico. Fundado en 1521, es la segunda ciudad más antigua de las Américas.

> el Castillo San Felipe del Morro, que se construyó en 1539 y continuó renovándose hasta fines del siglo XVIII.

> la Alcaldía, que data de 1604.

> el Museo de Arte de Puerto Rico, con una colección de obras que va desde el siglo XVII al presente y que incluye obras de los maestros puertorriqueños.

> el Teatro Tapia, donde puedes gozar de excelente ballet u ópera.

Hola Images/Photolibrary

En Ponce, la segunda ciudad más grande de la isla, no dejes de ver...

> el Parque de Bombas, una antigua casa de bomberos.
> la Catedral de Nuestra Señora de Guadalupe, la patrona de la isla.
> la Casa Alcaldía.
> el barrio histórico, con más de mil edificios antiguos.
> el Museo de Música Caribeña, con una impresionante colección de instrumentos musicales taínos, africanos y españoles.

Steve Dunwell/Photolibrary

En los alrededores, no dejes de visitar...

> El Yunque, un bosque lluvioso nacional y paraíso del ecoturismo a unas veinticinco millas de la capital.
> la Parquera, un pequeño pueblo con excelentes deportes acuáticos, buceo y pesca.
> Rincón, mejor conocido como "Pueblo del Surfing", *Little Malibu* o el "Paraíso de los Gringos".
> la isla de Culebra, una de veintitrés isletas que forman un archipiélago en miniatura.
> la isla de Vieques, una de las más hermosas.

John Lavin/Photolibrary

Los ritmos de Puerto Rico

> la **salsa**, creada en Puerto Rico y foro de expresión de los puertorriqueños en Nueva York
> el **merengue**, música nacional de la República Dominicana, se disfruta en grande en Puerto Rico
> la **bomba** y la **plena**, sonidos autóctonos que utilizan la percusión
> la **danza**, el baile elegante de salón
> y los instrumentos que producen los ritmos puertorriqueños: el **cuatro**, el **güiro**, las **maracas** y la **conga**

 ¡Diviértete en la red!
Busca "San Juan", "Ponce" o uno de los lugares en los alrededores en Google Web o YouTube. Selecciona un sitio que hable de estas ciudades y ve a clase preparado(a) para presentar un breve resumen sobre lo que más te impresionó.

Puerto Rico: entre varios horizontes

La colonia española

En Puerto Rico, como en las otras Antillas Mayores, la mayoría de los indígenas fue exterminada poco tiempo después de la llegada de los españoles. Para mediados del siglo XVI la salida de la población hispana hacia las minas de Perú casi despobló toda la isla. No obstante, quedaron suficientes colonos para que sobreviviera la colonia. A partir de entonces, la economía de la isla se basó en la agricultura y el trabajo de los esclavos africanos. Más aún, la isla fue convertida en un bastión militar: la capital fue fortificada con gigantescas murallas y fortalezas que servían para defender la ciudad de piratas y armadas enemigas. Debido a su situación militar estratégica, Puerto Rico llegó a ser una de las posesiones americanas más importantes de España.

La guerra hispano-estadounidense de 1898

Creatas/Photolibrary

Como resultado de la guerra contra España de 1898, los EE.UU. tomaron posesión de toda la isla sin mucha resistencia. Ese año la isla de Puerto Rico cambió de dueño, pero la cultura que se había formado allí por cuatro siglos permaneció intacta. A diferencia de Cuba, donde hubo oposición política y militar a la presencia de los EE.UU., en Puerto Rico no se generó fuerte oposición. Hubo algunos que lucharon a favor de la independencia política, pero estos fueron una minoría. Tras la guerra de 1898, el café dejó de ser el producto principal y fue sustituido por la caña de azúcar. En la isla aparecieron grandes centrales azucareras donde se empleaba la fuerza laboral. En 1917, el Congreso de los EE.UU. aprobó la Ley Jones que declaró ciudadanos estadounidenses a todos los residentes de la isla.

Estado Libre Asociado de EE.UU.

Después de la depresión de la década de los 30 y de la Segunda Guerra Mundial, la economía de la isla se encontraba en crisis. Además, los problemas políticos hicieron que los EE.UU. cambiaran su política hacia el territorio y que le otorgaran más autonomía a los puertorriqueños. En 1952 la inmensa mayoría de los puertorriqueños aprobaron una nueva constitución que garantizaba un gobierno autónomo, el cual se llamó Estado Libre Asociado (ELA) de Puerto Rico. El primer gobernador elegido por los puertorriqueños fue Luis Muñoz Marín.

Ewing Galloway/Photolibrary

La industrialización de la isla de Puerto Rico

Mientras ocurrían estos cambios políticos, la economía de la isla pasó por un acelerado proceso de industrialización. Puerto Rico pasó de una economía agrícola a una industrial en unas pocas décadas. La industrialización de Puerto Rico se inició con la industria textil y más recientemente incluye también la farmacéutica, la petroquímica y la electrónica. Esto ha hecho de Borinquen uno de los territorios más ricos de Latinoamérica —y de San Juan, un verdadero "puerto rico".

El Puerto Rico de hoy

Franz Marc Frei/Photolibrary

› Desde 2007, en Puerto Rico existen cuatro partidos políticos: el Partido Popular Democrático, el Partido Nuevo Progresista, el Partido Independentista Puertorriqueña y el partido Puertorriqueños por Puerto Rico.

› El debate sobre el estatus político de Puerto Rico ha sido continuo en muchas esferas locales, federales e internacionales. Sin embargo, Puerto Rico continúa totalmente sujeto a la autoridad del Congreso de los EE.UU., bajo las cláusulas territoriales.

› Las perspectivas económicas apuntan a una leve mejoría en el comportamiento de la economía puertorriqueña en el año fiscal 2010 debido, principalmente, a una mejoría de la economía global y al plan de rescate aprobado por el Presidente Obama.

¿COMPRENDISTE?

A. Hechos y acontecimientos. ¿Recuerdas los datos más importantes de la lectura? Para asegurarte, completa las siguientes oraciones.

1. A mediados del siglo XVI, lo que casi despobló Puerto Rico fue…

2. A fines del siglo XVI, la economía de Puerto Rico se basaba en…

3. En 1898, a diferencia de Cuba, en Puerto Rico no…

4. El producto agrícola que sustituyó al café en Puerto Rico después de la Guerra Hispano-Estadounidense de 1898 fue…

5. La ley que declaró a todos los residentes de Puerto Rico ciudadanos de los EE.UU. se llama… Se aprobó en…

6. En 1952, los puertorriqueños lograron aprobar…

7. En el siglo XX, la agricultura fue reemplazada como base de la economía de Puerto Rico por…

B. A pensar y a analizar. En grupos de seis, debatan si los puertorriqueños deberían continuar siendo ciudadanos estadounidenses o si deberían declararse independientes. Al terminar el debate, que la clase decida quién ganó.

C. Redacción colaborativa. En grupos de dos o tres, escriban una composición colaborativa de una página a página y media sobre el tema que sigue. Hagan primero una lista de ideas de lo que podrían decir en su composición; luego preparen un primer borrador que incluya todas las ideas de su lista que les parezcan apropiadas. Revisen ese borrador con mucho cuidado, corríjanlo para eliminar errores de acentuación y ortografía y asegúrense de que sus ideas se expresen claramente. Una vez corregido, preparen la versión final en la computadora y entréguenla.

Si los puertorriqueños quisieran, Puerto Rico podría convertirse en el estado número cincuenta y uno de EE.UU. ¿Creen Uds. que deberían hacerlo? ¿Por qué sí o por qué no? ¿Cuáles serían las ventajas y desventajas?

MEJOREMOS LA COMUNICACIÓN

a partir de	fortaleza
aprobar (ue)	fuerza laboral
autonomía	leve (m. f.)
azucarera	muralla
caña	no obstante
colono	otorgar
comportamiento	permanecer
despoblar	petroquímico(a)
dueño(a)	rescate (m.)
farmacéutico(a)	textil (m.)

Rosario Ferré

Esta escritora nació en Ponce, Puerto Rico. En 1976 obtuvo un premio del Ateneo Puertorriqueño por sus cuentos, los cuales aparecieron en el volumen *Papeles de Pandora*. Su obra literaria incluye libros de ficción, ensayos, poesía y biografía. Ha publicado varios libros en inglés, entre ellos *The House on the Lagoon* (1995) y *Eccentric Neighborhoods* (1998). En sus artículos escribe principalmente sobre escritoras del pasado y del presente y sobre la mujer en la sociedad contemporánea. Sus últimas publicaciones incluyen un ensayo, "Las Puertas del Placer" (2005), y un libro de poesía, *Fisuras* (2006). En la actualidad, es profesora en la Universidad de Puerto Rico y además colabora en *The San Juan Star*, un periódico puertorriqueño.

AP Images/Ricardo Figuero

Brigitte Engl/Getty Images

José Feliciano

Cantante puertorriqueño de boleros y baladas, José Feliciano es también un destacado intérprete de la guitarra española. Ciego de nacimiento, muy pronto se interesó por la música. Gran intérprete de la música de Iberoamérica y sus éxitos pasados, ha recreado versiones a las que siempre aportó su toque personal al incorporar elementos de *blues*. Además de tocar la guitarra "maravillosamente" con su inigualable estilo, toca diecisiete instrumentos más y canta en seis idiomas. La combinación de su voz, el ritmo *Jazz-Soul-Blues* de su guitarra y su inspiración latina, han dado como resultado un fenómeno indiscutible, vendedor de millones de discos y ganador de grandes premios. Gracias a su álbum *Señor Bachata* (2009) ganó su octavo Grammy.

Jennifer López

Jennifer López es actriz, cantante, empresaria y diseñadora de modas. Es la persona de ascendencia latinoamericana más rica de Hollywood, según la revista *Forbes*, y la artista hispana con mayor influencia en los Estados Unidos, según la lista de "Los 100 Hispanos Más Influyentes en los Estados Unidos" de la revista *People en español*. Nació en Nueva York, de padres puertorriqueños. En 1997 llegó a la fama al ser protagonista de la película *Selena*. Sin embargo, Jennifer no olvidó su gran sueño: el canto y el baile. El 1999 lanzó su primer álbum, *On the 6*, y en 2007 su primer álbum totalmente en español, *Como ama una mujer*. Ese mismo año salió de gira por Europa por primera vez, acompañada por su esposo Marc Anthony, y logró un gran éxito. En 2009 lanzó un disco que incluye todos sus éxitos de 1999 a 2009.

Mike Blake/Reuters/Landov

Otros puertorriqueños sobresalientes

Miriam Colón: actriz

Isolina Ferré (1914–2000): educadora dedicada al servicio de los más desfavorecidos

Justino Díaz: cantante de ópera

José González: músico y compositor

José Luis González: cuentista

Víctor Hernández Cruz: poeta

Idalis de León: modelo, cantante y actriz

Ricky Martin: cantante y actor

Rosie Pérez: actriz

Jimmy Smits: actor

Pedro Juan Soto: cuentista, novelista y dramaturgo

Ana Lydia Vega: novelista y cuentista

MEJOREMOS LA COMUNICACIÓN

aparecer	éxito
aportar	indiscutible
ascendencia	inigualable *(m. f.)*
ciego(a)	lanzar
colaborar	moda
contemporáneo(a)	nacimiento
destacado(a)	placer *(m.)*
empresario(a)	protagonista *(m. f.)*
ensayo	toque *(m.)*

¿COMPRENDISTE?

A. Los nuestros. Contesta las siguientes preguntas.

1. En tu opinión, ¿qué tienen en común José Feliciano y Jennifer López? ¿Cuál de los dos combina mejor el mundo anglo con el mundo hispano? Explica.

2. Rosario Ferré destaca por un interés en particular, ¿cuál es? ¿Qué otros logros crees que predominan en su carrera?

B. Miniprueba. Demuestra lo que aprendiste de estos talentosos puertorriqueños al completar estas oraciones.

1. Rosario Ferré escribe en _____.

   a. español y francés   b. inglés y español
   c. español y portugués

2. Las canciones de José Feliciano son una combinación de _____.

   a. talento y perseverancia   b. voz y guitarra   c. ritmos latinos y ritmos afroamericanos

3. Jennifer López es la actriz latina con _____ en el mundo estadounidense.

   a. mayor influencia   b. más prestigio   c. más dinero

C. Diario. En tu diario, dedicado especialmente a esta parte de cada lección del texto, selecciona uno de estos dos temas y escribe por lo menos media página expresando tus pensamientos.

1. A pesar de ser ciego de nacimiento, José Feliciano toca diecisiete instrumentos distintos y canta en seis idiomas. ¿Cuánto esfuerzo crees que ha tenido que hacer para lograr todo eso? ¿Qué crees que podrías hacer tú para dearrollar tus talentos al máximo?

2. Jennifer López es la actriz latina mejor pagada en la historia de Hollywood. Si tú fueras ella, ¿qué harías con todo ese dinero? ¿Cómo lo usarías?

 ¡Diviértete en la red!
Busca "Rosario Ferré", "José Feliciano" y/o "Jennifer López" en Google Web o en YouTube para leer, ver videos y/o escuchar a estos talentosos puertorriqueños. Ve a clase preparado(a) para presentar un breve resumen de lo que encontraste y lo que viste.

Diptongos y triptongos

Diptongos. Un diptongo es la combinación de una vocal débil (**i, u**) con cualquier vocal fuerte (**a, e, o**) o de dos vocales débiles en una sílaba. Los diptongos se pronuncian con un solo sonido en las sílabas donde ocurren. Estudia estas palabras con diptongos.

> a - **cei** - te   **cui** - da - do   gra - **cias**

Separación en dos sílabas. Un diptongo con un acento escrito sobre la vocal débil (**i, u**) deja de ser diptongo y forma dos sílabas distintas. Estudia estas palabras con vocales fuertes y débiles separadas en dos sílabas por un acento escrito.

> ba - **úl**   ma - **íz**   me - lo - **dí** - a

Triptongos. Un triptongo es la combinación de tres vocales: una vocal fuerte (**a, e, o**) en medio de dos vocales débiles (**i, u**). Los triptongos pueden ocurrir en varias combinaciones: **iau, uai, uau, uei, iai, iei,** etcétera. Los triptongos siempre se pronuncian como una sola sílaba. Estudia las siguientes palabras con triptongos.

> desafi**áis**   financi**áis**   g**uau**   m**iau**

La **y** tiene valor de vocal **i**, por lo tanto cuando aparece después de una vocal fuerte precedida por una débil forma un triptongo. Estudia las siguientes palabras con una **y** final.

> b**uey**   Parag**uay**   Urug**uay**

¡A practicar!

A. Identificar diptongos. Ahora, al escuchar a tu profesor(a) pronunciar las siguientes palabras, pon un círculo alrededor de cada diptongo y subraya cada triptongo.

1. b a i l a r i n a
2. v e i n t e
3. a v e r i g u a i s
4. m o v i m i e n t o
5. c o n s i g u i e r a m o s
6. c i u d a d a n o

B. Separar diptongos. Ahora, al escuchar a tu profesor(a) pronunciar las siguientes palabras, pon un acento escrito en aquellas donde se dividen las dos vocales en sílabas distintas.

1. d i f e r e n c i a
2. j u d i o
3. t a i n o s
4. d e s a f i o
5. t o d a v i a
6. c u a t r o

C. ¡Ay, qué torpe! Cuando Alicia Méndez escribe mensajes electrónicos, olvida totalmente todo lo que sabe de silabación y acentuación. Este es el último mensaje que mandó. ¿Puedes corregir los diez errores que cometió?

Querida tia Amelita:

Hoy dia he leido una fascinante autobiografia de Diego Forlán, el famoso futbolista urugu-ayo. Sus experiencias son tan interesantes que bien podrían servir como argúmento para una muy provocativa pelicula de tipo documental ya que sus datos autobiográficos parecen más fantasia que realidad.

En la primera lección aprendiste que es importante entender y respetar todas las variantes coloquiales que son parte de la riqueza cultural del mundo de habla española e hiciste un esfuerzo por entender el caló, el habla de muchos chicanos. En esta lección vas a familiarizarte con el habla caribeña, el habla de muchos puertorriqueños.

El habla caribeña: los puertorriqueños

Muchos caribeños, ya sean cubanos, puertorriqueños o dominicanos, y hasta algunos mexicanos, centroamericanos, colombianos y venezolanos que viven en la costa del Caribe, muestran una riqueza de variantes coloquiales en su habla. Estas variantes, llamadas o señaladas como el "habla caribeña", incluyen consonantes aspiradas (**esta** ⟶ *ehta*), sílabas o letras desaparecidas (**todo** ⟶ *to*) y unas consonantes sustituidas por otras (**muerto** ⟶ *muelto*). Es importante reconocer que estas variantes solo ocurren al hablar y no al escribir, a menos que un autor trate de imitar el diálogo caribeño, como es el caso del autor puertorriqueño en la actividad que sigue.

Al descifrar el habla caribeña. Pedro Juan Soto es un autor puertorriqueño que utiliza el habla caribeña en los personajes puertorriqueños de sus obras literarias. El habla caribeña es fácil de reconocer si no olvidas que tiende a emplear consonantes aspiradas, a no pronunciar ciertas vocales o consonantes y a sustituir la letra **r** por **l**. Por ejemplo, piensa en las palabras *levantalte, condenao y quiereh* en el fragmento que sigue del cuento "Garabatos" del autor puertorriqueño Pedro Juan Soto.

—¡Acaba de *levantalte, condenao*! ¿o *quiereh* que te eche agua?

Es fácil reconocer que en *levantalte* la **l** ha sustituido a la **r**, en *condenao* falta la **d** y en *quiereh* la **s** final ha sido sustituida por aspiración, representada por la letra "h". Es fácil, ¿no?

A entender y respetar el habla caribeña. Lee ahora este fragmento del cuento "Garabatos" del autor puertorriqueño Pedro Juan Soto, donde aparecen muchas palabras de uso coloquial puertorriqueño. Luego cambia las palabras coloquiales al español formal.

—¡Qué! ¿Tú piensah[1] seguil[2] echao[3] toa[4] tu vida? Parece que la mala

barriga te ha dao[5] a ti. Sin embargo, yo calgo[6] el muchacho.

…

—¡Me levanto cuando salga de adentro y no cuando uhté[7] mande!
¡Adiós! ¿Qué se cree uhté[7]?...

Palabra coloquial	Palabra formal
1. piensah	_____
2. seguil	_____
3. echao	_____
4. toa	_____
5. dao	_____
6. calgo	_____
7. uhté	_____

ESCRIBAMOS AHORA

La descripción: la poesía moderna

1 **Para empezar.** La poesía moderna con frecuencia no tiene rima ni mantiene una estructura tradicional de estrofas con el mismo número de versos. Al contrario, tiene una forma libre que hasta puede imitar la forma de lo que se escribe. La descripción en la poesía hace visible a una persona, un objeto, una idea o un incidente. Por ejemplo, en el poema "Esperanza muere en Los Ángeles", el poeta describe en detalle lo que le pasó a su prima Esperanza cuando inmigró a los Estados Unidos. Vuelve ahora a ese poema en la página 18 y contesta estas preguntas.

Mark Lewis/Photolibrary

1. ¿Cuántas estrofas tiene?, ¿cuántos versos? ¿Tiene rima?

2. ¿Qué describe el poeta, la salida de su prima de El Salvador o su vida en los Estados Unidos? ¿Cómo lo describe, directa o indirectamente, con emoción o imparcialmente?

2 **A generar ideas.** Piensa ahora en un incidente en tu propia vida que puedes describir en un poema. Por ejemplo, puede ser algo que le pasó a un(a) pariente(a) o a un(a) amigo(a), una buena noticia o una mala noticia, un accidente o una boda. Lo importante es que sea un incidente personal de interés para ti. Luego, prepara una lista de todas las actividades o hechos que asocias con este incidente.

3 **Tu borrador.** Vuelve ahora a la lista que preparaste y organízala en orden cronológico. Luego, trata de expresar cada hecho de tu lista en una o dos oraciones cortas y directas. Al escribir tus oraciones, divídelas en frases cortas, fáciles de decir, como en el poema de Argueta. Continúa así hasta completar tu descripción del incidente.

4 **Revisión.** Intercambia tu borrador con el de un(a) compañero(a). Revisa su poema, prestando atención a las siguientes preguntas. ¿Entiendes bien el tema y el significado del poema? ¿Es lógica la secuencia de los hechos? ¿Queda claro dónde empieza y termina cada oración? ¿Tienes algunas sugerencias sobre cómo podría mejorar su poema?

5 **Versión final.** Corrige las ideas que no están claras. Presta especial atención a los verbos y adjetivos. Como tarea, escribe la copia final en la computadora. Antes de entregarla, dale un último vistazo a la acentuación, la puntuación, la concordancia de sustantivos y adjetivos y las formas de los verbos en el presente.

¡Antes de leer!

A. Anticipando la lectura. Contesta estas preguntas para definir lo que piensas sobre la apariencia física y la importancia que tiene en la sociedad.

1. ¿Crees que la belleza física de las personas es algo objetivo o algo que depende de la sociedad? Da algunos ejemplos.

2. ¿Crees que nuestra sociedad da mucha importancia a la apariencia física? ¿Cómo lo sabes? ¿Cuáles son algunos ejemplos en los que la sociedad juzga a veces por las apariencias?

3. ¿Te dejas llevar por la apariencia física? ¿Es importante para ti? ¿Crees que juzgas de una manera justa o injusta de acuerdo a la apariencia física de los demás? ¿Qué consecuencias tiene esto para ti?

B. Vocabulario en contexto. Busca estas palabras en la lectura que sigue y, en base al contexto, decide cuál es su significado. Para facilitar el encontrarlas, las palabras aparecen en negrilla en la lectura.

1. comprobar	a. indicar	b. asegurar	c. verificar
2. monísimos	a. muy bonitos	b. muy molestos	c. dificilísimos
3. inquietudes	a. preocupaciones	b. confianza	c. parientes
4. coraje	a. alegría	b. irritación	c. emoción
5. donaire	a. miedo	b. fuerza	c. gracia
6. desapercibido	a. inadvertido	b. incorrecto	c. equivocado

Sobre la autora

Mervin Román nació en Yabucoa, Puerto Rico, en 1953. Estudió psicología en la Universidad de Puerto Rico y se doctoró en estudios puertorriqueños y español en la Universidad de Nueva York en Buffalo. Ha publicado *...salidos del útero*, un libro de cuentos en el que aparece "Del montón", libros de poesía, *Mejunje, Bajo la luna erótica del Caribe...* y dos novelas, *La negra Micaela* y *La elegía de un elegido*. Aparte de escribir poesía y ficción, Mervin Román se dedica a la investigación literaria, con especial interés en temas de la mujer, la negritud, el racismo y la identidad puertorriqueña.

Courtesy of Mervin Roman Capeles

Del **montón**

(Fragmento)

Yo sabía que tendría que hacer unos ajustes al presupuesto. Todo era cuestión de no pagar el gas, ni la luz, ni el teléfono, ni los préstamos, ni comprar mucha comida. Por lo demás estaba convencida, o más bien me convenció la mujer que conocí en la esquina, de que mis dos hijas eran dos pedazos de sol. Así que en secreto, para que mi esposo no se enterara del gasto, apunté a mis dos niñas en el concurso de belleza de niñas […]

Cuando llegó el día del concurso, íbamos radiantes las tres. Lo primero que hice fue observar a las demás niñas para **comprobar** que las mías eran especiales. Llevaban encima ese color peculiar caribeño combinado con esa fisonomía parte india, parte negra y parte española que las hacían resaltar en cualquier grupo. A eso le sumaba el pelo rizo de una y el lacio azabache de la otra que me hacían sentir orgullosa cada vez que alguien decía "How cute are those girls". Así que convencida de que llevaba dos versiones diferentes de lo que el americano tenía por "cute" y de que íbamos a cargar con dos premios, pagué la cuota de entrada de cien dólares […]

[…] y comenzó el desfile de los bebés. Yo no sé a los demás, pero a mí se me hacía que todos eran monísimos. Buena tarea se iba a dar el **jurado**… fue cuando comprendí que no lo habían presentado. Traté de buscarlo con la mirada pero no se podía ver quién formaba tan grande entidad. Hasta que por fin pude divisar a aquellas tres mujeres vestidas de fiesta y con apariencia de quién tú eres que no sé, pero me hicieron sentir incómoda. Sin embargo, traté de que mis **inquietudes** no me arruinaran la tarde y seguí preguntándome a quién escogerían. Le pregunté a una señora qué era lo que buscaban de los niños, a lo que ella me contestó un "I really don't have any idea". Lo único que podía hacer era esperar por el ganador para saberlo. No me extrañó que ganara un bebé rosadito de tan blanquito que era, cargado también por su rosadita madre. En la próxima categoría, la de las monadas de un año, tampoco me extrañó ver que ganaba otra niña rosadita, esta vez bien rubita y de ojos verdes. Y tampoco, que cargaba con el trofeo la tercera monadita de dos años rubita, de ojos azules. Fue cuando en la categoría de los tres años volvió a ganar otra monada rubia y de ojos grises que me asusté.

Me pareció que estaba en las competencias equivocadas y que lo único que buscaban era niñas rubias y de ojos verdes, azules o grises, qué más da, pero rubias [...] Al principio el incomodo era por lo de las niñas rubias, pero luego me molestó ver que aquello parecía un matadero de niñas donde se sacrificaba a veinte para endiosar a una. Aterrorizada, corrí a la mesa de registro.

"Can I have a refund, please?"

"Excuse me?"

"My daughters can't participate in the contest, can I have a refund?"

"I am sorry, but I can't give you a refund."

Me tuve que sentar alejada del montón de gente para no llorar de **coraje**, para que ningún conocido (si lo había) me reconociera. Hasta que le llegó el turno a la pequeña mía. Cuando desfiló me sentí orgullosa de ella. No era rubia, pero de verdad se merecía el premio. Algunos la aplaudieron, otros ni se fijaron. Pero entre los que la aplaudieron estaba yo. A la hora de dar el premio, me paré a su lado y le susurré, "sabes mi amor, puede que no ganes el premio".

"No mami, yo quiero un trofeo." [...]

Y como era normal, ganó la monada rubia de ojos amarillos. Me costó trabajo sacar a la niña de aquella plataforma. Cuando por fin lo hice, le tocaba el turno a la mayor en la categoría de seis años. Mi nena se lució. Desfiló con ese **donaire** con el que tuvieron que haber desfilado las reinas indias de mi país. Se tomó su tiempo para saludar de una forma muy peculiar (se me antojó que muy hispana) al jurado. Y me reí por dentro. Me reí porque el jurado se estaba perdiendo la oportunidad de cargar con dos monadas puertorriqueñas. [...]

En mi mente estaba tratando de ver lo que le diría a mi esposo cuando echara de menos los cientos de dólares y viera la pila de facturas sin pagar. Por eso me tomó de sorpresa la gritería **de mi niña mayor. Esta vez, lo pícaro de su porte no pudo pasar tan desapercibido** y se ganó una mención de "revelación del concurso". Le dieron una papelería que al leerla me produjo más risa al comprender que se había ganado la mitad de una beca para competir en otro concurso. Me puse a reír como una loca ante el asombro de mis niñas. Y con la paciencia que tiene el que no le importa nada, fui a la mesa del jurado con un ramillete de papeles rotos.

Background Photo: Robin Laurance/Photolibrary

¡Después de leer!

A. Hechos y acontecimientos. ¿Recuerdas los datos más importantes de la lectura? Para asegurarte, contesta las preguntas que siguen.

1. ¿Quién convence a la mamá para que lleve a sus hijas a un concurso infantil de belleza? ¿Qué es lo que quiere la mamá? ¿Por qué cree que lo puede conseguir?

2. ¿Qué es lo primero que echa de menos? ¿Qué gana una de las hijas?

3. Pronto la mamá se da cuenta que las niñas que ganaban en el concurso eran todas iguales. ¿Cómo eran?

4. La mamá está preocupada porque su marido verá la cantidad que gastó en el concurso. ¿Cuánto crees que gastó en total? ¿En qué crees que gastó tal cantidad?

5. ¿Qué hace la mamá al final con el premio que consiguió su hija?

B. A pensar y a analizar. En grupos de tres o cuatro, contesten las siguientes preguntas. Luego, compartan sus respuestas con la clase.

1. ¿Les parece que esta historia describe objetivamente lo que pasa en los concursos de belleza infantiles? ¿Por qué sí o no?

2. ¿Están de acuerdo en que los concursos de belleza infantil son o pueden ser un matadero para todos los participantes menos para quien gana? ¿Creen que eso es normal en todas las competiciones o solo en las de belleza? Expliquen.

C. Apoyo gramatical. **Presente de indicativo: verbos regulares**. Completa el siguiente resumen de la lectura "Del montón" empleando la forma apropiada del presente de indicativo de los verbos que están entre paréntesis.

Mi familia (1) _____ (necesitar) pagar muchas cuentas. Yo no le (2) _____ (avisar) a mi marido porque (3) _____ (decidir) no pagar esas cuentas porque (4) _____ (esperar) ganar dinero de un modo especial. Yo (5) _____ (apuntar) a mis dos bellísimas hijas en un concurso de belleza para niñas. En mi opinión, mis hijas (6) _____ (ganar) el concurso. Desgraciadamente, en todas las categorías, los jueces del jurado (7) _____ (seleccionar) a niñas rubias y blancas; las morenas, bellas o no, no les (8) _____ (interesar). Los jueces (9) _____ (considerar) a una de mis hijas común y corriente, niña "del montón". Mi segunda hija, sin embargo, (10) _____ (ganar) un premio más bien ridículo. La próxima vez, yo solo (11) _____ (deber) pagar la mitad del precio de participación en el concurso.

D. Análisis literario: narrador(a) y voz narrativa. El (La) narrador(a) es la persona que cuenta la historia en una obra. Puede ser una de las personas en el cuento o simplemente una voz creada por el autor que solo existe para relatar el cuento. La **voz narrativa** es la voz o perspectiva que el (la) narrador(a) usa para narrar la historia. La voz narrativa está en primera persona cuando un "yo" relata lo sucedido, en segunda persona cuando se narra lo sucedido a través de un "tú" o en tercera persona cuando un "él" o "ella" cuenta lo que les sucede a los personajes. ¿Quién es el narrador en este cuento? ¿Cómo lo sabes? ¿En qué persona narra: primera, segunda o tercera? Da ejemplos para confirmar tu respuesta.

Gramática 1.2: Antes de hacer esta actividad conviene repasar esta estructura en las págs. 47–50.

Victoria para Chino

Un cortometraje de Cary Joji Fukunaga

Ganador de 11 premios al mejor cortometraje, incluido el de Woodstock Film Festival y el Student Academy Award

DIRECCIÓN: CARY JOJI FUKUNAGA **GUION: CARY JOJI FUKUNAGA Y PATRICIO SERNA**
PRODUCCIÓN EJECUTIVA: RODRIGO GUARDIOLA Y CARY JOJI FUKUNAGA **PRODUCCIÓN: GABRIEL NUNCIO, PATRICIO SERNA Y GRETCHEN GRUFMAN** **DIRECCIÓN DE FOTOGRAFÍA: ROBERT HAUER**
SONIDO: MATTHEW POLIS **ACTORES PRINCIPALES: ALDO DE ANDA EN EL PAPEL DE CHINO Y WILLIAM MCCLINTOCK EN EL PAPEL DE MANO**

Nick Koudis/Photolibrary

Antes de ver el corto

¿Qué sabes de la migración?

asilo

cerca

desplazamiento

emigrante (m./f.)

expulsión (f.)

extradición (f.)

globalización (f.)

indocumentado(a)

migra

militarización

país en desarrollo (m.)

papel (m.)

redada

refugiado(a)

retén (m.)

tarjeta verde

¿Y de las experiencias de algunos inmigrantes?

abarrotado(a)

ahogarse

camión frigorífico (m.)

control (m.)

detenerse

encerrar (ie)

morirse (ue)

sobrevivir

respirar

A. ¿Sinónimos? Con tu compañero(a), indiquen si los siguientes pares de palabras son sinónimas (**S**) o antónimas (contrarias) (**A**).

1. país en desarrollo / país desarrollado

2. migración / desplazamiento externo

3. retén / control

4. indocumentado / emigrante legal

5. respirar / ahogarse

6. emigrante / inmigrante

7. asilo / expulsión

8. papeles / tarjeta verde

9. cerca / pared

10. morirse / sobrevivir

B. Migración. Con tu compañero(a), completen las siguientes frases usando palabras relacionadas con la migración.

1. Ayer hubo una (1) _____ de la (2) _____ en la empresa (compañía) empacadora, y detuvieron a varios inmigrantes (3) _____.

2. Ayer, finalmente, me llegó mi (4) _____. Para celebrarlo, nos fuimos a cenar.

3. Tres personas han solicitado (5) _____ político esta mañana.

4. La (6) _____ acentúa el problema de los (7) _____, especialmente en los (8) _____.

5. ¿Tú crees que se puede levantar una (9) _____ lo suficientemente alta que no permita entrar a (10) _____ ilegales?

C. Modismos. Con tu compañero(a), indiquen otra manera de expresar los siguientes modismos que aparecen en el cortometraje.

_____ 1. Yo ya he pasado por esto.

_____ 2. Así que calladitos.

_____ 3. En un rato...

_____ 4. Te vas a morir en dos días.

_____ 5. Si nos morimos, nos morimos.

a. Dentro de poco tiempo.

b. No te cuidas lo suficiente.

c. Ya no importa lo que nos pase.

d. Yo tuve esta experiencia.

e. Por lo tanto, manténganse en silencio.

Fotogramas de *Victoria para Chino*

Este cortometraje ilustra la difícil experiencia de algunos emigrantes indocumentados. Con un(a) compañero(a), observa estos fotogramas y relaciona cada uno con las siguientes frases. Después, escriban una sinopsis de lo que creen que es la trama de este cortometraje. Después de ver el corto, decidan si acertaron al anticipar la trama en la sinopsis que escribieron.

_____ a. Vamos, suban al camión rápidamente.

_____ b. El camión "coyote" ha llegado.

_____ c. Está oscuro y somos muchos en el camión.

_____ d. Hace mucho calor fuera y dentro del camión.

_____ e. Levántense, ¡nos vamos!

Después de ver el corto

A. ¿Qué piensan? Con tu compañero(a), contesten ahora las siguientes preguntas.

1. ¿Qué opinan de este corto? ¿Les gustó? ¿Por qué sí o no?

2. ¿Creen que con noventa personas en el camión, el corto representa de forma realista los eventos?

3. ¿Creen que *Victoria para Chino* representa la realidad del drama de la inmigración ilegal en muchos países? Expliquen.

B. La migración. ¿Cuáles son tus ideas sobre migración? Con tu compañero(a), contesten las siguientes preguntas. Luego compartan sus respuestas con la clase.

1. ¿Qué opinan de la migración? ¿Creen que favorece a ciertos países? Expliquen.

2. ¿Cuáles son las causas de la migración?

3. ¿Cuáles son los aspectos positivos y negativos de la migración?

4. ¿Conocen a personas que han inmigrado a este país? ¿Cuándo y cómo inmigraron?

5. Si ustedes estuvieran en una situación desesperada, ¿creen que emigrarían a otro país? ¿Lo harían de una forma legal o ilegal?

C. Apoyo gramatical: adjetivos demostrativos. Completa las siguientes oraciones con la forma apropiada del adjetivo demostrativo.

1. Dime, ¿cómo se llama _____ gatito que llevas en brazos?

2. ¿Sabes qué intérprete canta en _____ discos compactos que tengo en la mano?

3. Yo vivo en _____ casa que apenas se ve y que está al final de la calle en que estamos.

4. Tengo una sorpresa para ti en _____ paquete que llevo conmigo.

5. Laura, pásame, por favor, _____ cartas que están junto a ti.

6. Son las diez de la mañana; estoy atrasado. Se supone que a _____ hora debo estar en mi clase de química.

7. _____ libro de texto que tú estás leyendo parece muy complicado.

8. Cuando el abuelo habla de su juventud siempre empieza diciendo: "En _____ tiempos,…"

Gramática 1.3: Antes de hacer esta actividad conviene repasar esta estructura en las págs. 51–53.

Películas que te recomendamos
- *El Super* (Leon Ichaso y Orlando Jiménez Leal, 1979)
- *El norte* (Gregory Nava, 1983)
- *A Day Without a Mexican* (Sergio Arnau, 2004)

1.2 El presente de indicativo: verbos regulares

¡A que ya lo sabes!

Para probar que ya sabes bastante de verbos regulares, mira los siguientes pares de oraciones y decide, en cada par, cuál de las dos oraciones te suena bien, la primera o la segunda.

1. a. Mis padres *viajamos* a Guadalajara todos los veranos.

   b. Mis padres *viajan* a Guadalajara todos los veranos.

2. a. Mi tío *venda* zapatos en esa zapatería.

   b. Mi tío *vende* zapatos en esa zapatería.

> Para más práctica, haz las actividades de **Gramática en contexto** (sección 1.2) del *Cuaderno para los hispanohablantes.*

¿Qué dice la clase? ¿Están de acuerdo contigo? Sin duda, toda la clase seleccionó la segunda opción en ambos casos. ¿Cómo lo sé? Porque, como les dije antes, Uds. ya saben mucho de verbos regulares. Lo que tal vez no saben es qué hace que una oración sea apropiada y la otra no. Pero, sigan leyendo y van a saber eso también.

En español, todos los verbos terminan en **-ar, -er** o **-ir**. Lo que queda de un verbo si se quitan estas terminaciones es la raíz del verbo; la raíz del verbo **comprar,** por ejemplo, es **compr-.** En los verbos regulares la raíz nunca cambia cuando se le añaden las distintas terminaciones: **compr**o, **compr**amos, **compr**aste, etcétera.

Formas

	Verbos en –ar	Verbos en –er	Verbos en –ir
	comprar	**vender**	**decidir**
yo	compr**o**	vend**o**	decid**o**
tú	compr**as**	vend**es**	decid**es**
Ud., él, ella	compr**a**	vend**e**	decid**e**
nosotros(as)	compr**amos**	vend**emos**	decid**imos**
vosotros(as)	compr**áis**	vend**éis**	decid**ís**
Uds., ellos, ellas	compr**an**	vend**en**	decid**en**

> Para formar el presente de indicativo de los verbos regulares, se quitan las terminaciones **-ar, -er** o **-ir** del infinitivo y se agregan a la raíz verbal las terminaciones que corresponden a cada pronombre, como se ve en el cuadro.

Nota para hispanohablantes

En algunas comunidades hispanas hay una tendencia a sustituir la terminación -imos por -emos y decir: *vivemos, recibemos, escribemos, dicemos,* etcétera. Es importante estar consciente de esta tendencia y evitar esta sustitución fuera de esas comunidades y en particular al escribir.

> Para hacer oraciones negativas, se coloca la partícula **no** directamente delante del verbo.

> A veces **leo** periódicos hispanos, pero **no compro** revistas hispanas.

> Cuando el contexto o las terminaciones verbales indican claramente cuál es el sujeto, por lo general se omiten los pronombres sujetos. Sin embargo, hay que usar los pronombres sujeto para poner énfasis, para indicar claramente cuál es el sujeto o para establecer contrastes entre sujetos.

> —¿Son chicanos Jennifer López y Luis Valdez?
> —No, **él** es chicano, pero **ella** es puertorriqueña.

Nota para bilingües

Los pronombres sujeto *it* y *they* del inglés, cuando se refieren a objetos o conceptos, no tienen equivalente en español. *It is necessary to consult the dictionary.* = Es necesario consultar el diccionario. *I don't know those verbs; they are irregular.* = No conozco esos verbos; son irregulares.

Usos

> Para expresar acciones que ocurren en el presente, incluyendo las acciones en curso en el momento de hablar.

> **Soy** estudiante. Me **interesa** la literatura.
> —¿Qué **haces** en este momento?
> —**Escribo** una composición para la clase de español.

> Para indicar acciones ya planeadas que tendrán lugar en un futuro próximo.

> El miércoles próximo nuestra clase de español **visita** el Museo del Barrio.

Nota para bilingües

En acciones ya planeadas el inglés emplea el verbo *to be* + una forma verbal terminada en *-ing: Next Wednesday we are visiting the Barrio Museum.*

> Para reemplazar los tiempos pasados en las narraciones, de modo que éstas resulten más vívidas y animadas.

> La escritora Rosario Ferré **nace** en Puerto Rico en 1938 y **publica** su primera colección de cuentos *Papeles de Pandora* en 1976.

Ahora, ¡a practicar!

A. Planes. Tú y dos amigos(as) van a pasar una semana en Puerto Rico. Di qué planes tienen para esa semana de vacaciones.

> **MODELO** lunes / volar a San Juan
> **El lunes volamos a San Juan.**

1. martes / recorrer la ciudad y pasear por el centro

2. miércoles / practicar deportes submarinos

3. jueves / explorar la belleza natural del Bosque Nacional El Yunque

4. viernes / viajar a Ponce, la segunda ciudad más grande de la isla

5. sábado / regresar a casa

6. domingo / descansar todo el día

B. Información personal. Estás en una fiesta y hay una persona muy interesante que quieres conocer. Hazle estas preguntas.

1. Soy…, y tú, ¿cómo te llamas?

2. ¿Dónde vives?

3. ¿Con quién vives?

4. ¿Trabajas en algún lugar? ¿Ah, sí? ¿Dónde?

5. ¿Tomas el autobús para ir a clase?

6. ¿Miras mucha o poca televisión?

7. ¿Qué tipos de libros lees?

8. ¿Qué tipos de música escuchas?

9. … *(inventen otras preguntas)*

C. Una cita. Mira los dibujos y cuenta la historia, usando el presente de indicativo de los verbos indicados.

1. llamar / invitar / aceptar

2. llegar / comprar / comentar

3. entrar / pasar los boletos / pensar

D. Ícono puertorriqueño. Completa el siguiente párrafo acerca de José Feliciano empleando la forma apropiada del presente de indicativo de los verbos que están entre paréntesis.

El cantante y guitarrista José Feliciano (1) _____ (adorar) su Puerto Rico natal. Desde temprano el niño ciego (2) _____ (descubrir) el mundo de la música. Sin ayuda de nadie, el niño (3) _____ (aprender) a tocar instrumentos. Primero él (4) _____ (tocar) el acordeón y luego la guitarra, uno de los instrumentos en que (5) _____ (sobresalir). Adulto, José Feliciano (6) _____ (dominar) dieciocho instrumentos. Además de tocar instrumentos, él (7) _____ (cantar), especialmente boleros y baladas. Este talentoso artista (8) _____ (interpretar) de modo notable la música del mundo hispano y su voz se (9) _____ (escuchar) en todo el mundo. Diversos jurados le _____ (10) _____ (otorgar) premios, uno de los últimos en 2009, año en que el artista (11) _____ (ganar) su octavo Premio Grammy.

E. Hermanos gemelos. ¡Mi hermano gemelo y yo tenemos vidas muy semejantes! Lee el párrafo siguiente y corrige cualquier forma verbal que no sea apropiada para el nivel escrito.

Mi hermano y yo trabajamos en un restaurante mientras terminamos la universidad. Vivemos con nuestros padres y así ahorramos dinero. Estudiamos español; lo comprendemos y escribemos bastante bien. Asistemos a clases regularmente, preparamos las pruebas y exámenes lo mejor posible y en general recibemos buenas notas.

F. Mi vida actual. Describe tu situación personal en este momento.

MODELO Vivo en (Nueva York). Asisto a clases por la mañana y por la tarde.
Una de las materias que más me fascina es la historia. …

1.3 Adjetivos y pronombres demostrativos

¡A que ya lo sabes!

Veamos ahora qué te dice tu conocimiento tácito (sí, conocimiento internalizado) de los adjetivos y pronombres demostrativos. (¡Cuánta terminología!) Mira estos pares de oraciones y decide, en cada par, cuál de las dos dirías.

> Para más práctica, haz las actividades de **Gramática en contexto** (sección 1.3) del *Cuaderno para los hispanohablantes*.

1. a. *Estas* blusa es más cara que *ese* pantalones.

   b. *Esta* blusa es más cara que *esos* pantalones.

2. a. *Esta* aquí no me gusta; prefiero *aquella* que está allá.

   b. *Aquella* aquí no me gusta; prefiero *esta* que está allá.

Qué fácil es usar el conocimiento tácito, ¿no? Pero para convertirlo en conocimiento explícito hay que seguir leyendo.

Adjetivos demostrativos

	Cerca		No muy lejos		Lejos	
	Singular	**Plural**	**Singular**	**Plural**	**Singular**	**Plural**
Masculino	este	estos	ese	esos	aquel	aquellos
Femenino	esta	estas	esa	esas	aquella	aquellas

> Los adjetivos demostrativos se usan para señalar gente, lugares y objetos. **Este** indica que algo está cerca del hablante. **Ese** sirve para señalar a personas y objetos que no están muy lejos del hablante y que a menudo están cerca del oyente, es decir, de la persona a quien el hablante se dirige. **Aquel** se refiere a personas y objetos que están lejos tanto del hablante como del oyente.

> **Este** edificio no tiene tiendas; **ese** edificio que está enfrente solo tiene apartamentos.
> Las tiendas que buscamos están en **aquel** edificio, al final de la avenida.

Nota que los adjetivos demostrativos preceden al sustantivo que modifican y concuerdan en género y número con ese sustantivo.

Pronombres demostrativos

	Cerca		No muy lejos		Lejos	
	Singular	**Plural**	**Singular**	**Plural**	**Singular**	**Plural**
Masculino	este	estos	ese	esos	aquel	aquellos
Femenino	esta	estas	esa	esas	aquella	aquellas
Neutro	esto	—	eso	—	aquello	—

❯ Los pronombres demostrativos masculinos y femeninos tienen las mismas formas que los adjetivos demostrativos y también concuerdan en género y número con el sustantivo al que se refieren. No llevan acento escrito.

> —¿Vas a comprar este disco compacto?
> —No, **ese** no; quiero **este** que está aquí.

Nota para hispanohablantes

¡Ojo! Los demostrativos **este/esta** no se deben confundir con las formas verbales de **estar** (**esté, está**). Estas distinciones son aún más importantes cuando escribes.

❯ Los pronombres neutros **esto**, **eso** y **aquello** son invariables. Se usan para referirse a objetos no específicos o no identificados, a ideas abstractas o a acciones y situaciones en sentido general.

> —¿Qué es **eso** que llevas en la mano?
> —¿**Esto?** Es un CD de José Feliciano.
> A menudo hablo de música tropical con mis amigos. **Eso** siempre es muy entretenido.
> Hace un mes asistí a un concierto de rock. **Aquello** fue muy ruidoso.

Ahora, ¡a practicar!

A. Decisiones, decisiones. Estás en una tienda de comestibles junto a Tomás Ibarra, el dueño. Él siempre te pide que decidas qué producto vas a comprar.

© Cengage Learning 2012

> **MODELO** ¿Deseas estos aguacates o aquellos?
> **Deseo aquellos.** o **Deseo estos.**

1. ¿Quieres esas tortillas o aquellas?

2. ¿Te vas a llevar aquellos frijoles o estos?

3. ¿Vas a comprar estos limones o esos?

4. ¿Prefieres esos chiles verdes o aquellos?

5. ¿Te doy estos jitomates o esos?

B. Mis opiniones. Tú das tu opinión sobre diversos tipos de música siguiendo el modelo.

> **MODELO** ¿La música de protesta? (emocionar)
> **Esa me emociona. Me preocupan las causas sociales.**
> **Esa no me emociona. Prefiero otro tipo de música.**

1. ¿La música caribeña? (apasionar)

2. ¿La música romántica? (fascinar)

3. ¿La música folclórica? (agradar)

4. ¿La música pop? (atraer)

5. ¿La música clásica? (impresionar)

6. ¿La música tejana? (encantar)

7. ¿La música pop? (entusiasmar)

C. ¡Siempre atrasada! Completa el siguiente párrafo para saber qué problema tiene Sofía.

Miro con horror una de (1) _____ (estas/estás) novelas que tengo sobre mi escritorio. No es la delgadita con pocas páginas; es (2) _____ (esta/ésta), la que parece tener más de mil páginas. Se supone que (3) _____ (esta/ésta) tarde debo terminar una presentación sobre ella y, por supuesto, tal exposición no (4) _____ (esta/está) terminada. Creo que (5) _____ (esta/está) noche no voy a dormir mucho.

Lección 1: Estados Unidos

Personas

aborigen *(m. f.)*
artesano(a)
cura *(m.)*
estadounidense *(m. f.)*
ganador(a)
genio(a)
granjero(a)
jefe(a) ejecutivo(a)
juventud *(f.)*
mercader *(m.)*
vicecanciller *(m. f.)*

Escritor

cerebro
computación *(f.)*
diario
obra
papel *(m.)*
reconocimiento
revista

Descripción

acomodado(a)
actual *(m. f.)*
actualmente
cercano(a)
decisivo(a)
diverso(a)
esplendor *(m.)*
influyente *(m. f.)*
mayoría
minoría
poblado(a)
poderoso(a)
valioso(a)
vasto(a)

Local

al filo de
alrededor
ámbito
bahía
fuente *(f.)*

Inmigrantes

barco
ciudadanía
clase menos acomodada
derechos civiles
desafío
desarrollo
emigrar
estimarse
éxito
éxodo
inmigrar
lanzarse
sobrevivir
unirse

Cantidad y apoyo

apenas
aportación *(f.)*
aporte *(m.)*
cifra
década
época
por ciento
tercio

Conflictos

dictadura
guerra
testimonio
tratado

Verbos y expresiones útiles

alcanzar
convertirse (ie)
destacar
en busca de
fundar
poner fin a
rodear

Leccion 1: Puerto Rico

Personas
colono
dueño(a)
empresario(a)
protagonista *(m. f.)*

Descripción
azucarero(a)
ciego(a)
contemporáneo(a)
destacado(a)
farmacéutico(a)
indiscutible
inigualable *(m. f.)*
leve *(m. f.)*
petroquímico(a)

Colonizar
ascendencia
autonomía
caña
colaborar
comportamiento
despoblar
éxito
fortaleza
fuerza laboral
lanzar
muralla
nacimiento
rescate *(m.)*

John Lavin/Photolibrary

Diseño
ensayo
moda
placer *(m.)*
textil

Verbos y expresiones útiles
a partir de
aparecer
aportar
aprobar (ue)
no obstante
otorgar
permanecer
toque *(m.)*

Raíces y esperanza
ESPAÑA Y MÉXICO

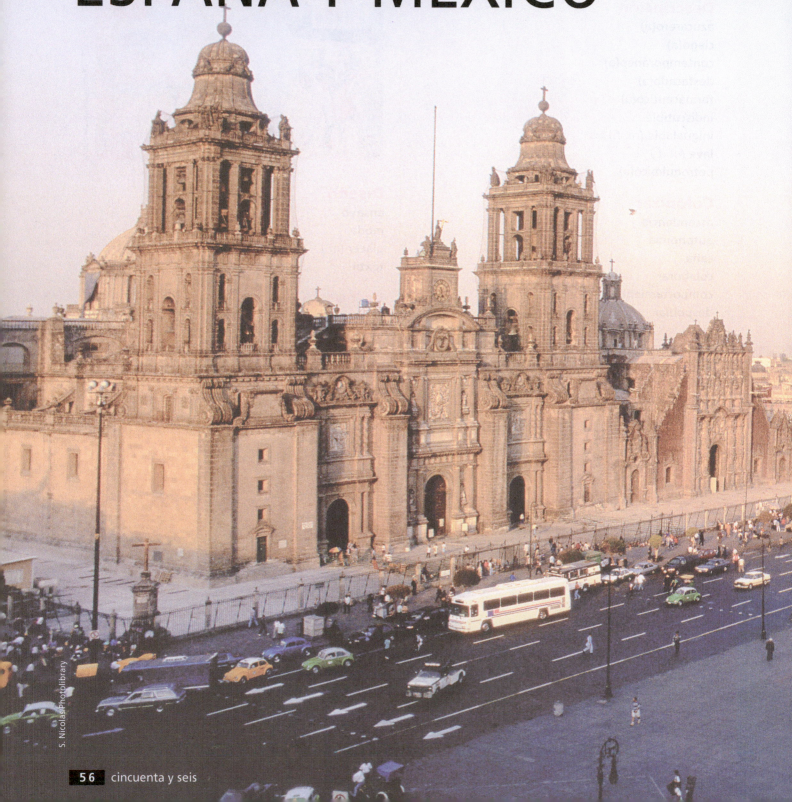

S. Nicolas/Photolibrary

LOS ORÍGENES

Descubre quiénes fueron los primeros pobladores e invasores de la Península Ibérica y algo de las grandes civilizaciones mesoamericanas (págs. 58–59).

SI VIAJAS A NUESTRO PAÍS…

> En **España** visitarás la capital, Madrid —con una población de unos seis millones—, Sevilla, Barcelona y varios festivales españoles (págs. 60–61).

> En **México** conocerás la capital, México D.F. —una de las ciudades más grandes del mundo—, Guadalajara, Mérida y cinco importantes festivales mexicanos (págs. 80–81).

AYER YA ES HOY

Haz un recorrido por la historia de la Península Ibérica desde tiempos remotos hasta el presente (págs. 62–63) y por la historia de México desde la llegada de Colón hasta nuestros días (págs. 82–83).

LOS NUESTROS

> En **España** conoce a un cardiólogo de fama mundial, a un verdadero campeón de baloncesto y a la actriz española de mayor fama internacional (págs. 64–65).

> En **México** conoce a quien se considera la mejor periodista y escritora mexicana, a un extraordinario grupo de rock y a la golfista número uno del mundo (págs. 84–85).

ASÍ HABLAMOS Y ASÍ ESCRIBIMOS

Aprende a distinguir entre palabras parecidas que tienen distintos significados según dónde llevan el acento y si requieren acento ortográfico (pág. 66), y cómo la letra **c** tiene un sonido frente a las vocals **e**, **i** y un sonido totalmente distinto frente a las vocales **a**, **o** y **u** (pág. 86).

NUESTRA LENGUA EN USO

Aprende a reconocer y usar una variedad de prefijos del latín (pág. 67) y familiarízate con una variante de la lengua campesina de muchas zonas rurales de México y del suroeste de los EE.UU. (págs. 88–89).

¡LUCES! ¡CÁMARA! ¡ACCIÓN!

Conoce lo divertido que era hacer comedia en una España en la que todavía había censura (pág. 68).

ESCRIBAMOS AHORA

Describe desde varios puntos de vista un incidente en tu coche o bicicleta (pág. 90).

Y AHORA, ¡A LEER!

> Conduce por las calles de una ciudad española en hora punta con un tráfico de locos en la lectura "El arrebato", de la periodista española Rosa Montero (págs. 69–72).

> Experimenta la transformación completa de un hombre en "Tiempo libre", del escritor mexicano Guillermo Samperio (págs. 91–94).

¡EL CINE NOS ENCANTA!

Disfruta de la ironía de un final inesperado del cortometraje *Ana y Manuel* (págs. 95–98).

GRAMÁTICA

Repasa los siguientes puntos gramaticales:

> 2.1 El presente de indicativo: verbos con cambios en la raíz (págs. 73–75)

> 2.2 El presente de indicativo: verbos con cambios ortográficos y verbos irregulares (págs. 76–79)

> 2.3 Adjetivos descriptivos (págs. 99–103)

> 2.4 Usos de los verbos **ser** y **estar** (págs. 104–107)

LOS **ORÍGENES**

Tanto España como México tienen en sus raíces grandes civilizaciones de enorme peso histórico en el mundo y en el subconsciente de sus habitantes actuales.

La Península Ibérica

¿Qué sabemos de los primeros pobladores?

De los pobladores prehistóricos de la Península Ibérica quedan extraordinarias pinturas en las rocas de la cueva de Altamira, en Santander, y en otras cuevas. A los primeros pueblos y tribus se les llamó "iberos". Estos se unieron a los celtas para formar el pueblo celtíbero.

¿Qué otros pueblos invadieron la península y cuáles fueron sus contribuciones?

Entre los primeros invasores destacaron los fenicios, quienes trajeron a la Península Ibérica el alfabeto y su conocimiento de la navegación. Los griegos fundaron varias ciudades en la costa mediterránea. Los celtas introdujeron en la península el uso del bronce y otros metales. En último término, predominaron los romanos, quienes la nombraron "Hispania" y le impusieron su lengua, cultura y gobierno.

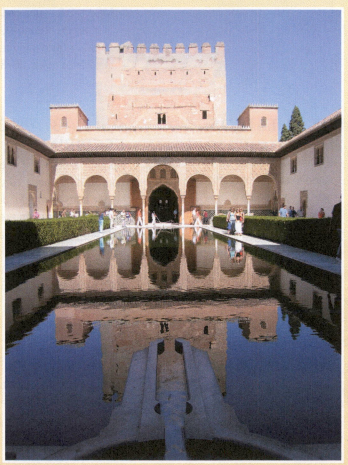

Jennifer Stone/Shutterstock

Los romanos también construyeron grandes ciudades, una multitud de carreteras, puentes excelentes y acueductos impresionantes que todavía perduran. En el siglo IV d.C. triunfó el cristianismo, y el Imperio Romano —incluyendo Hispania— lo aceptó oficialmente como su religión. Los musulmanes conquistaron la mayor parte de la península en 711 y la convirtieron en un gran centro intelectual con grandes avances en las ciencias, las letras, la artesanía, la agricultura, la arquitectura y el urbanismo.

¿Por qué es importante 1492?

En 1492, ocurrieron tres eventos trascendentales:

> El último rey moro (Boabdil) salió de Granada y se logró así la unidad política y territorial de la España actual.

> Los Reyes Católicos expulsaron a los judíos que rehusaron convertirse al cristianismo.

> El viaje de Cristóbal Colón dio inicio al Imperio Español en las Américas.

Las grandes civilizaciones mesoamericanas

¿Qué pueblos las componían y dónde habitaban?

Mesoamérica ocupa la mayor parte de lo que hoy conocemos como México y Centroamérica. Allí habitaron los olmecas, teotihuacanos, mayas, aztecas, mixtecas, toltecas, zapotecas y muchos más. En Teotihuacán, Monte Albán, Chichén Itzá, Tenochtitlán, Tikal y Cobán crearon grandes núcleos urbanos con impresionantes templos y pirámides. La ciudad de Tenochtitlán, fundada por los aztecas en 1325, hoy ocupa el centro histórico de la Ciudad de México.

Ian D. Walker/Shutterstock

■■ ¿COMPRENDISTE?

A. Los orígenes. Con tu compañero(a) completen las siguientes oraciones:

1. Los primeros habitantes de la Península Ibérica fueron los...

2. Algunos invasores de la Península Ibérica fueron los... y los... y sus contribuciones fueron...

3. Los romanos dieron a Hispania...

4. En España, los musulmanes hicieron grandes avances en...

5. Mesoamérica ocupa los territorios que hoy conocemos como... y...

6. Algunos de los grandes centros urbanos mesoamericanos fueron creados en...

B. A pensar y a analizar. Contesta las siguientes preguntas con dos o tres compañeros(as) de clase.

1. ¿Qué efecto creen que tiene en la gente y las costumbres de un país que tantas civilizaciones hayan pasado y, a veces, convivido en él? ¿Creen que lo hace más o menos tolerante? ¿Por qué creen eso?

2. ¿Cómo creen que está presente en la vida del México de hoy el gran pasado azteca? ¿En qué aspectos de la vida mexicana se manifiesta? Den ejemplos concretos de las artes y la vida en general.

MEJOREMOS LA COMUNICACIÓN

acueducto	judío(a)
artesanía	moro(a)
bronce *(m.)*	musulmán(ana)
	perdurar
conocimiento	poblador(a)
cueva	predominar
destacarse	rehusar
en último término	siglo
habitante *(m. f.)*	subconsciente *(m.)*
habitar	urbanismo

 ¡Diviértete en la red!
Busca España altamira/romana/musulmana y/o culturas mesoamericanas en YouTube para ver fascinantes videos de estas grandes culturas. Ve a clase preparado(a) para compartir la información que encontraste.

España

© Cengage Learning 2012

Nombre oficial: Reino de España   **Población:** 40.525.002 (estimación de 2009)
Principales ciudades: Madrid (capital), Barcelona, Valencia, Sevilla
Moneda: Euro €

En Madrid la capital, con una población de casi 6 millones, tienes que conocer...

› la Plaza Mayor, un hermoso lugar para caminar, tomar unas copitas de vino al aire libre, participar en actividades culturales y visitar tiendas que están allí desde el siglo XVII.

› el Palacio Real, con más de 2000 cuartos hermosamente decorados.

› el Museo del Prado, que tiene la colección más grande de obras de artistas españoles como El Greco, Velázquez, Goya y Murillo.

Rafael Ramírez Lee/Shutterstock

Plaza Mayor de Madrid, de origen medieval

› el Centro de Arte Reina Sofía, con una impresionante colección de arte moderno de los grandes artistas españoles como Joan Miró, Salvador Dalí y Pablo Picasso.

En Sevilla, no dejes de ver...

> la Catedral de Sevilla, construida sobre la gran mezquita, es la catedral gótica más grande del mundo.

> el Barrio de Santa Cruz, el pintoresco barrio antiguo de los judíos.

> el Archivo de Indias, una colección de todos los documentos relacionados con las "Indias", incluso cartas de Cristóbal Colón, Hernán Cortés y Miguel de Cervantes.

> los edificios de los Reales Alcázares (el Alcázar), construidos desde la Alta Edad Media, son residencia oficial de la familia real y de los jefes de estado que visitan la ciudad.

> el Parque de María Luisa, con la hermosa Plaza de España.

María Damore/Photolibrary

La Catedral de Sevilla y su torre, la Giralda vistas desde el río Guadalquivir.

En Barcelona,

puedes visitar...

> el templo de la Sagrada Familia, diseñado por Antoni Gaudí, sin duda la iglesia más extravagante de Europa.

> las Ramblas, los hermosos bulevares por donde todo el mundo sale de paseo en Barcelona.

> el impresionante Parc Güell, declarado por la UNESCO Patrimonio de la Humanidad.

> la hermosa casa Batlló, un edificio restaurado por Antoni Gaudí.

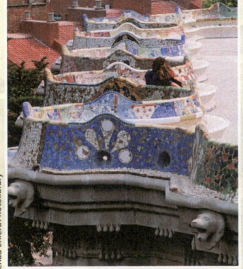

Chad Ehlers/Photolibrary

El Parc Güell, un precioso jardín situado en la parte alta de Barcelona.

Festivales españoles

> Semana Santa en Sevilla y la Feria de Sevilla, una expresión religiosa y otra puramente festiva.

> Las Fallas de Valencia, donde se disfruta de las fallas, o estatuas enormes de papel y madera, que se queman la última noche de la fiesta.

> Los Sanfermines de Pamplona, donde la gente corre por la calle con enormes y peligrosos toros de más de 1000 libras de peso.

Jose Fuste Raga/Photolibrary

España como potencia mundial

Por medio de un eficaz matrimonio de conveniencia política, los Reyes Católicos, Fernando e Isabel, logran acumular un extenso territorio que hereda finalmente su nieto Carlos de Habsburgo, quien en 1519 pasa a ser emperador del Sacro Imperio Romano Germánico con el apelativo de Carlos V. Su imperio era tan extenso que en sus dominios "nunca se ponía el sol" y comprendía gran parte de Holanda y Bélgica, Italia, Alemania, Austria, partes de Francia y del norte de África, además de los territorios de las Américas.

Erich Lessing/Art Resource, NY

El Siglo de Oro

De 1550 a 1650, el arte y la literatura de España florecen con grandes pintores tales como El Greco, Diego Rodríguez de Silva y Velázquez y Bartolomé Esteban Murillo, grandes escritores como Santa Teresa de Jesús, Fray Luis de León, San Juan de la Cruz, Miguel de Cervantes y Francisco de Quevedo y geniales dramaturgos como Lope de Vega, Tirso de Molina y Pedro Calderón de la Barca.

MPI/Getty Images

Época moderna

La decadencia del imperio español comienza hacia fines del siglo XVI y continúa con unas cuantas interrupciones hasta el siglo XX. La Guerra Civil Española (1936–1939) acabó con el triunfo de las fuerzas nacionalistas dirigidas por el generalísimo Francisco Franco, quien gobernó el país por cuarenta años. Franco monopolizó la vida política y social de España, prohibió todos los partidos políticos y los sindicatos no oficiales y mantuvo una estricta censura y vigilancia sobre el país.

ROBERT CAPA ©2001 By Cornell Capa/ Magnum Photos

Juan Carlos de Borbón, coronado rey de España en 1975, luchó desde el primer momento por instituir una muy anhelada democracia. Sus esfuerzos tuvieron fruto en 1978 cuando se dictó una nueva constitución que refleja la diversidad de España al designarla como un Estado de Autonomías.

La España de hoy

España es un país abierto al futuro, económicamente desarrollado y con instituciones democráticas sólidas, que está al nivel de los países europeos más adelantados.

el país/newscom

❯ Goza de todas las libertades públicas y sociales así como de un alto nivel de tolerancia política y religiosa.

❯ Tiene acceso al libre comercio de bienes y trabajadores dentro de la Comunidad Económica Europea, de la que es miembro. Participa de la moneda de la Unión Europea, el euro.

❯ A finales del siglo XX España recibió a una gran cantidad de inmigrantes de países latinoamericanos como Ecuador, Colombia, Argentina, Bolivia, Perú y la República Dominicana, así como de diferentes zonas de África, Asia y Europa.

❯ Según anunció el director del Banco de España en febrero de 2007, España se podría situar como la séptima mayor economía del mundo.

❯ José Luis Rodríguez Zapatero ganó las elecciones de 2004, convirtiéndose en el quinto presidente del gobierno de la democracia. En 2008, José Luis Rodríguez Zapatero volvió a ganar, esta vez en elecciones que consolidaron y reforzaron el bipartidismo.

❯ El 20 de noviembre del 2011, Mariano Rajoy logró la presidencia con la mayoría absoluta en el Congreso y en el Senado, representando estos los mejores resultados electorales en la historia del Partido Popular.

¿COMPRENDISTE?

A. Hechos y acontecimientos. ¿Recuerdas los datos más importantes de la lectura? Para asegurarte, completa las siguientes oraciones. Luego, compara tus respuestas con las de un(a) compañero(a).

1. Se decía que "el sol nunca se ponía" en el imperio de Carlos V porque...
2. El período entre 1550 y 1650 se conoce como el... en España.
3. La decadencia española fue muy gradual, extendiéndose de...
4. A la muerte de Franco en 1975,... fue declarado rey de España.
5. Se dice que la reelección de José Luis Rodríguez Zapatero en 2008... y... el bipartidismo.
6. En las elecciones del 2011, el ...logró los... del Partido Popular.

B. A pensar y a analizar. En grupos de tres o cuatro contesten estas preguntas. Luego, compartan sus conclusiones con la clase.

1. ¿Por qué se llama "Siglo de Oro" en España al período que va de 1550 a 1650? ¿Han tenido los EE.UU. un Siglo de Oro? Si dicen que sí, ¿cuándo y cómo fue? Si dicen que no, ¿creen que lo tendrá pronto? ¿Por qué sí o no?
2. Comparen la España de Franco con la del rey Juan Carlos I. ¿Cómo explican Uds. las diferencias? ¿Por qué creen que el joven Juan Carlos I no continuó la política de Franco?

C. Apoyo gramatical: Presente indicativo: verbos con cambio en la raíz. Completa este párrafo.

Gracias a matrimonios de conveniencia, los Reyes Católicos (1) _____ (extender) su reino hasta convertirlo en un imperio. Dicho imperio, en el siglo XVI (2) _____ (contar) con grandes pintores y escritores. A fines de ese mismo siglo (3) _____ (comenzar) la decadencia del imperio español. Ya en nuestro siglo, España se (4) _____ (poder) situar entre las siete economías más grandes del mundo. En 2004, Rodríguez Zapatero se (5) _____ (convertir) en el quinto presidente de la democracia y (6) _____ (gobernar) hasta 2008, año en el que (7) _____ (volver) a ganar las elecciones. Este último hecho (8) _____ (reforzar) el bipartidismo existente en España.

Gramática 2.1: Antes de hacer esta actividad, conviene repasar esta estructura en las págs. 73–75.

MEJOREMOS LA COMUNICACIÓN

adelantado(a)	dramaturgo(a)
anhelado(a)	eficaz
apelativo	genial
así como	heredar
censura	instituir partido
comprender	por medio de
coronar	potencia mundial
decadencia	Siglo de Oro
dictar	sindicato
dominio	vigilancia

Penélope Cruz

Esta bella y talentosa actriz española es una de las más populares en el mundo entero y es la primera, y hasta el momento, la única española que ha conseguido integrarse plenamente al mundo del cine estadounidense. Desde niña quiso ser actriz y estudió para serlo. Su primera película *Jamón Jamón,* le dio la fama entre el público español. La fama internacional le llegó por su interpretación en *Belle Époque* (1992), y más tarde en *Todo sobre mi madre* (1999), ambas ganadoras del Premio Óscar a la mejor película extranjera. Ha conseguido varios premios internacionales, entre los que destaca el Óscar a la mejor actriz secundaria por su papel en *Vicky Cristina Barcelona* de Woody Allen en 2008.

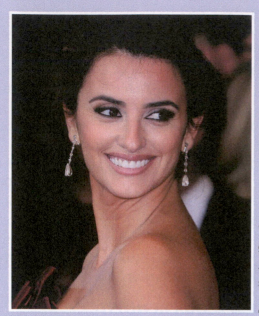
Frazer Harrison/Getty Images

Valentín Fuster

Este médico español es el único cardiólogo del mundo en recibir los cuatro reconocimientos por investigación de las más importantes organizaciones de cardiólogos del mundo. Nacido en Barcelona, emigró a los Estados Unidos y en la actualidad es el Director del hospital *Mount Sinai Heart*, el Instituto Cardiovascular Zena y Michael A. Wiener y el Centro de Salud Cardiovascular Marie-Josee y Henry R. Kravis, en Nueva York. En 2006 Fuster coordinó con éxito un transplante de corazón y pulmón en un paciente, lo que la revista *New York Magazine* consideró una de las once maravillas médicas del año.

© Miguel Rajmil/EFE/Corbis

Pau Gasol

Pau Gasol nació y se crió en Barcelona. Es el primer jugador en conseguir algunos de los logros más importantes del mundo del baloncesto. En 2006, con la selección española, fue campeón del mundo. Tres años más tarde, en 2009, fue el primer jugador español en ganar el campeonato de la NBA, con el equipo de *Los Ángeles Lakers,* algo que repitió en 2010. Y por si fuera poco, en 2009 volvió a la selección española para ganar la medalla de oro del campeonato europeo de baloncesto, algo que no había logrado nunca España.

Rock Widmer/NBAE/Getty Images

Otros españoles sobresalientes

Pedro Almodóvar: director de cine

Fernando Alonso: corredor de Fórmula 1

Sara Baras: bailadora flamenca

Javier Bardem: actor

Juan Carlos y Sofía de Borbón: reyes de España

Plácido Domingo: cantante de ópera

Enrique Iglesias: cantante

Miguel Induráin: ciclista

Rafael Nadal: tenista

Joaquín Sabina: cantante

Paz Vega: actriz

¿COMPRENDISTE?

A. Los nuestros. Contesta estas preguntas con un(a) compañero(a).
1. En tu opinión, ¿qué tienen en común estos tres españoles?
2. Tanto Valentín Fuster como Pau Gasol han conseguido dos logros muy importantes. ¿Cuáles son? ¿Qué otros logros crees que aspiran a conseguir en sus carreras?

B. Miniprueba. Demuestra lo que aprendiste de estos talentosos españoles al completar estas oraciones.
1. Penélope Cruz es la _____ actriz española que se ha integrado al cine estadounidense.
   a. tercera   b. única   c. más reciente
2. Un transplante que Valentín Fuster coordinó en 2006 ha sido considerado una verdadera _____.
   a. maravilla   b. dificultad   c. investigación
3. Pau Gasol triunfó con los Lakers y con _____.
   a. el Barcelona   b. la selección española
   c. la selección estadounidense

C. Diario. En tu diario, escribe por lo menos media página expresando tus pensamientos sobre uno de estos temas.

1. Penélope Cruz se ha integrado a la vida de Hollywood con mucha facilidad. Si tú fueras artista de cine, ¿qué tendrías que hacer para integrarte a la vida de Hollywood? ¿Podrías hacerlo con facilidad o te costaría mucho esfuerzo? Explica por qué.

2. Pau Gasol ha logrado triunfar en el baloncesto estadounidense, a pesar de ser la mejor liga del mundo en este deporte. ¿A qué crees que se debe su éxito? ¿Qué supondría para ti lograr un éxito similar?

MEJOREMOS LA COMUNICACIÓN

ambos(as)	hasta el momento
baloncesto	integrarse
campeonato	lograr
cardiólogo(a)	plenamente
conseguir (i, i) (g)	por si fuera poco
crearse	pulmón *(m.)*
extranjero(a)	selección *(f.)*

 ¡Diviértete en la red!
Busca "Penélope Cruz", "Valentín Fuster" y/o "Pau Gasol" en YouTube para ver videos y escuchar a estos talentosos españoles. Ve a clase preparado(a) para presentar un breve resumen de lo que encontraste y de lo que viste.

ASÍ HABLAMOS Y ASÍ ESCRIBIMOS

Palabras que cambian de significado

Hay palabras parecidas que tienen distintos significados según dónde va el acento y si requieren acento ortográfico. Ahora presta atención a la ortografía y al cambio del golpe en estas palabras mientras tu profesor(a) las pronuncia.

ánimo	animo	animó
célebre	celebre	celebré
depósito	deposito	depositó
estímulo	estimulo	estimuló
hábito	habito	habitó
práctico	practico	practicó
título	titulo	tituló

¡A practicar!

A. ¿Dónde va el acento? Escucha mientras tu profesor(a) lee estas palabras parecidas y escribe el acento donde sea necesario.

1.	critico	critico	critico
2.	dialogo	dialogo	dialogo
3.	domestico	domestico	domestico
4.	equivoco	equivoco	equivoco
5.	filosofo	filosofo	filosofo
6.	liquido	liquido	liquido
7.	numero	numero	numero
8.	pacifico	pacifico	pacifico
9.	publico	publico	publico
10.	transito	transito	transito

B. Acento escrito. Ahora, escucha a tu profesor(a) leer estas oraciones y coloca el acento ortográfico sobre las palabras que lo requieran.

1. Hoy publico mi libro para que lo pueda leer el publico.

2. No es necesario que yo participe esta vez; participe el sábado pasado.

3. Cuando lo magnifico con el microscopio, pueden ver lo magnifico que es.

4. No entiendo como el calculo debe ayudarme cuando calculo.

5. Pues ahora yo critico todo lo que el critico critico.

C. ¡Ay, qué torpe! Este joven hispanohablante se confunde tanto con los acentos que con frecuencia decide no usarlos. Ayúdale a poner acentos donde sean necesarios en las palabras parecidas.

Cuando en 1929 Diego Rivera se caso con Frida Kahlo, fue un caso notable, ya que él tenía cuarenta y tres años y ella, veintidós. Rivera era el artista del momento. Ambos son ahora reconocidos como dos de los artistas mexicanos mas importantes del siglo XX, mas en esa época, solamente Diego era famoso. Después de pasar muchos años en Europa, Diego Rivera regreso a México en 1921 y este regreso fue el reflejo de temas sociales y revolucionarios que reflejo en pinturas estimulantes.

Prefijos del latín

Muchas palabras se forman anteponiendo una partícula o **prefijo** a la raíz de una palabra. Por ejemplo, del verbo **poner** se derivan **contra**poner, **de**poner, **ex**poner, **im**poner, **inter**poner, **pos**poner, **sobre**poner, **su**poner y **tras**poner.

El español es una de las lenguas que se derivan del latín, la lengua del Imperio Romano, del cual formó parte la Península Ibérica por varios siglos. Por eso, la mayoría de los prefijos en español tienen su origen en el latín. Algunos de los prefijos latinos más comunes son los siguientes.

Prefijo latino	Ejemplos
ante- (delante, previo)	**ante**ojos, **ante**ayer
contra- (oposición)	**contra**decir, **contra**rrevolución
extra- (fuera de)	**extra**ordinario, **extra**oficial
i-, im-, in- (no, negación)	**i**legal, **im**posible, **in**móvil
inter- (entre)	**inter**nacional, **inter**cambio
multi- (muchos)	**multi**color, **multi**forme
pos-, post- (después)	**pos**data (**post**data), **post**moderno
pre- (antes)	**pre**ver, **pre**ocupar
re- (repetición)	**re**leer, **re**elección
retro- (hacia atrás)	**retro**activo, **retro**spección
semi- (medio, casi)	**semi**círculo, **semi**final
sobre-, super- (encima, superior)	**sobre**mesa, **sobre**saliente, **super**mercado
sub- (bajo, inferior)	**sub**terráneo, **sub**consciencia
trans-, tras- (pasar al lado opuesto)	**trans**oceánico, **trans**portar, **tras**mudar

Detalles de la lengua

Prefijos latinos. Con un(a) compañero(a), identifica las palabras que empiezan con prefijos latinos en las siguientes oraciones y explica su significado.

MODELO Tenemos que subrayar el título y reescribir el ejercicio.

> **subrayar: hacer una línea debajo de la palabra**
> **reescribir: escribir de nuevo**

1. Nuestros antepasados vivieron en una zona semitropical.

2. Tú mismo te contradices al afirmar que eres incapaz de mentir.

3. Para tomar este curso hay varios prerrequisitos.

4. No hay países subdesarrollados sino naciones sobreexplotadas.

5. Por favor, mueve el retrovisor a la izquierda que no puedo ver muy bien el coche que nos sigue.

6. Muchos científicos están reexaminando las teorías sobre la vida extraterrestre.

7. No pospongas lo que ahora puedes prevenir.

Castañuela 70: teatro prohibido

Antes de empezar el video

From Castañuela 70: Teatro prohibido

En parejas. Contesten estas preguntas en parejas.

1. ¿Qué saben del movimiento hippy? ¿Cómo lo caracterizarían? ¿Creen que se dio en otros países además de los Estados Unidos? ¿Qué matices pudo tomar en otros países?

2. ¿En qué creen que consiste la censura política? Creen que el humor puede ser una herramienta para luchar contra ella? ¿Cómo creen que se puede eludir la censura a base de humor? ¿Creen que en los Estados Unidos la hay? Expliquen su respuesta.

3. ¿Han hecho ustedes alguna vez teatro? ¿Disfrutaron haciéndolo? ¿Creen que puede ser una experiencia divertida tanto para el que lo hace como para el que lo ve? Expliquen.

Después de ver el video

A. El teatro prohibido. Contesta las siguientes preguntas con un(a) compañero(a) de clase.

1. ¿Qué fue Castañuela 70? ¿Por qué Castañuela? ¿Por qué 70?

2. ¿Cómo recuerdan los actores la experiencia de Castañuela 70? ¿Se consideraban buenos actores? ¿Era una obra ambiciosa? ¿Qué tipo de teatro era?

3. ¿En qué consistía la originalidad de Castañuela 70? ¿Qué tipo de censura sentían? ¿Qué gritaba el público? ¿Cómo trabajaban con la censura política? ¿Qué pretendía este grupo con su teatro?

4. ¿De qué tipo de producción se trataba? ¿En qué hoteles se quedaban los actores? ¿Cómo preparaban sus actuaciones? ¿Qué tipo de amenazas sufrían? ¿Cómo reaccionaba el público a sus actuaciones?

B. A pensar y a interpretar. Contesta las siguientes preguntas.

1. ¿Qué tipo de teatro u otra expresión artística hoy es tan refrescante como Castañuela 70?

2. ¿Crees que la nostalgia que sienten los actores por lo que hicieron en el pasado es algo normal? ¿Qué cosas has hecho tú que consideras innovadoras y que te ayudaron a crecer?

3. ¿En qué creen que se parece y se diferencia la censura política bajo el generalísimo Franco en España y la censura del cine y teatro en los Estados Unidos?

4. ¿Crees que hay algún paralelo entre esta generación de actores y los actores hoy en día? Expliquen.

5. ¿Te habría gustado ser miembro de este grupo de teatro? ¿Por qué sí o no?

C. Apoyo gramatical. Presente indicativo: verbos con cambios ortográficos. Completa estas preguntas, luego házselas a un(a) compañero(a).

1. ¿A qué _____ (atribuir) tú el éxito de Castañuela 70?

2. En tu opinión, ¿se _____ (conseguir) más con el humor o con la violencia para efectuar cambios sociales?

3. ¿Crees tú que los grupos teatrales de hoy _____ (influir) en la opinión de la gente tanto como influyeron los grupos del video?

4. En nuestra época, cuando los miembros de grupos teatrales viajan, ¿_____ (elegir) hospedarse en un hotel o _____ (elegir) solicitar hospedaje a los espectadores?

5. ¿Crees que los actores del video _____ (reconocer) ahora la importancia que tuvo el grupo teatral durante la dictadura del generalísimo Francisco Franco?

> **Gramática 2.2:** Antes de hacer esta actividad, conviene repasar esta estructura en las págs. 76–79.

¡Antes de leer!

A. Anticipando la lectura. Contesten estas preguntas para saber cómo se comportan cuando tienen problemas de tráfico.

1. ¿Usan mucho sus automóviles para viajar en su ciudad? ¿Tienen ustedes normalmente problemas de tráfico? ¿Qué tipo de problemas? ¿Embotellamientos? ¿Zonas de obras? ¿Otros?

2. ¿Cómo se sienten cuando están en un embotellamiento y tienen prisa? ¿Se comportan normalmente o cambia su forma de ser?

3. ¿Conocen a alguien que se comporta de una manera completamente inaceptable cuando conduce? ¿Qué hace o dice?

B. Vocabulario en contexto. Busca estas palabras en la lectura que sigue y, en base al contexto, decide cuál es su significado. Para facilitar el encontrarlas, las palabras aparecen en negrilla en la lectura.

1. **arrebato**   a. tráfico   b. cortesía   c. furia
2. **semáforo**   a. carro bombero   b. señal de tráfico   c. esquina
3. **embotellamiento** a. policía   b. obstrucción   c. señal
4. **mandíbula**   a. pierna   b. hombro   c. boca
5. **atropellas**   a. pasas por encima   b. saludas   c. le gritas
6. **estacionar**   a. doblar   b. aparcar   c. retroceder

Sobre la autora

Rosa Montero nació en Madrid el 3 de enero de 1951. En 1969, ingresó en la Escuela de Periodismo y comenzó a sobresalir pronto como escritora y periodista. Ha escrito varias exitosas novelas como *La loca de la casa* (2003), *Historia del rey transparente* (2007) e *Instrucciones para salvar el mundo* (2008). Montero se destaca también por sus artículos periodísticos, algunos de los cuales están cargados de contenido, como el que vamos a leer, que describe la furia de un conductor en un día típico de atasco en una ciudad española.

Quim Llenas/Getty Images

El arrebato

Las nueve menos cuarto de la mañana. Semáforo en rojo. Un rojo inconfundible. Las nueve menos trece, hoy no llego. Embotellamiento de tráfico. Doscientos mil coches junto al tuyo. Tienes la mandíbula tan tensa que entre los dientes aún está el sabor del café del desayuno. Miras al vecino. Está intolerablemente cerca. La chapa de su coche casi roza la tuya. Verde. Avanza, imbécil. ¿Qué hacen? No arrancan. No se mueven, los estúpidos. Están paseando, con la inmensa urgencia que tú tienes.

Doscientos mil coches que salieron a pasear a la misma hora solamente para fastidiarte. ¡Rojjjjjo! ¡Rojo de nuevo! No es posible. Las nueve menos diez. Hoy desde luego que no llego- o- o- o (gemido desolado). El vecino te mira con odio. Probablemente piensa que tú tienes la culpa de no haber pasado el **semáforo** (cuando es obvio que los culpables son los idiotas de delante). Tienes una premonición de catástrofe y derrota. Hoy no llego. Por el espejo ves cómo se acerca un chico en una motocicleta, zigzagueando entre los coches. Su facilidad te causa indignación, su libertad te irrita. Mueves el coche unos centímetros hacia el del vecino, y ves que el transgresor está bloqueado, que ya no puede avanzar. ¡Me alegro! Alguien pita por detrás. Das un salto, casi arrancas. De pronto ves que el semáforo sigue aún en rojo. ¿Qué quieres, que salga con la luz roja, imbécil? Te vuelves en el asiento, y ves a los conductores a través de la contaminación y el polvo que cubre los cristales de tu coche. Los insultas. Ellos te miran con odio asesino. De pronto, la luz se pone verde y los de atrás pitan desesperadamente. Con todo ese ruido reaccionas, tomas el volante, al fin arrancas. Las nueve menos cinco. Unos metros más allá la calle es mucho más estrecha; solo cabrá un coche. Miras al vecino con odio. Aceleras. Él también. Comprendes de pronto que llegar antes que el otro es el objeto principal de tu existencia. Avanzas unos centímetros. Entonces, el otro coche te pasa victorioso. «Corre, corre,» gritas, fingiendo gran desprecio: «¿a dónde vas, idiota?, tanta prisa para adelantarme solo un metro»... Pero la derrota duele. A lo lejos ves una figura negra, una vieja que cruza la calle lentamente. Casi la **atropellas**. «Cuidado, abuela» gritas por la ventanilla; estas viejas son un peligro, un peligro. Ya estás llegando a tu destino, y no hay posibilidades de aparcar.

De pronto descubres un par de metros libres, un pedacito de ciudad sin coche: frenas, el corazón te late apresuradamente. Los conductores de detrás comienzan a tocar la bocina: no me muevo. Tratas de **estacionar**, pero los vehículos que te siguen no te lo permiten. Tú miras con angustia el espacio libre, ese pedazo de paraíso tan cercano y, sin embargo, inalcanzable.

De pronto, uno de los coches para y espera a que tú aparques. Tratas de retroceder, pero la calle es angosta y la cosa está difícil. El vecino da marcha atrás para ayudarte, aunque casi no puede moverse porque los otros coches están demasiado cerca. Al fin aparcas. Sales del coche, cierras la puerta. Sientes una alegría infinita, por haber cruzado la ciudad enemiga, por haber conseguido un lugar para tu coche; pero fundamentalmente, sientes enorme gratitud hacia el anónimo vecino que se detuvo y te permitió aparcar. Caminas rápidamente para alcanzar al generoso conductor, y darle las gracias. Llegas a su coche, es un hombre de unos cincuenta años, de mirada melancólica. «Muchas gracias,» le dices en tono exaltado. El otro se sobresalta, y te mira sorprendido. «Muchas gracias,» insistes; «soy el del coche azul, el que estacionó.» El otro palidece, y al fin contesta nerviosamente: «Pero, ¿qué quería usted? ¡No podía pasar por encima de los coches! No podía dar más marcha atrás». Tú no comprendes. «¡Gracias, gracias!» piensas. Al fin murmuras: «Le estoy dando las gracias de verdad, de verdad...» El hombre se pasa la mano por la cara, y dice: «es que... este tráfico, estos nervios...» Sigues tu camino, sorprendido, pensando con filosófica tristeza, con genuino asombro: ¿Por qué es tan agresiva la gente? ¡No lo entiendo!

Rosa Montero. "El arrebato" © Rosa Montero. Reprinted by permission.

¡Después de leer!

A. Hechos y acontecimientos. ¿Recuerdas los datos más importantes de la lectura? Para asegurarte, contesta estas preguntas.

1. ¿A qué hora del día ocurre la acción de esta lectura? ¿Por qué hay normalmente más tráfico a esa hora? ¿Es esa la misma hora punta de tu ciudad? ¿Por qué piensas que hay diferentes horas punta en el país donde ocurre esta lectura y en los Estados Unidos?

2. ¿A qué se refiere el título del cuento "El arrebato"?

3. ¿Cuánto tiempo calcula el chofer que su vehículo se encuentra en el semáforo?

4. ¿Por qué puede aparcar el chofer al final?

5. ¿Qué piensa el señor que retrocede cuando el chofer le da las gracias?

6. Al final, ¿qué concluye el chofer de todos los demás conductores?

B. A pensar y a analizar. En grupos de tres o cuatro, contesten las siguientes preguntas. Luego, compartan sus respuestas con la clase.

1. ¿Les parece que este cuento refleja la realidad de lo que pasa en las grandes ciudades? ¿Por qué sí o no?

2. Es el (la) narrador(a) de este cuento una persona normal? ¿Por qué creen que narra en segunda persona? ¿Creen que este artículo tiene una moraleja, una enseñanza? ¿Cuál es?

C. Dramatización. En grupos de tres o cuatro, dramaticen un incidente (verdadero o imaginario) de tráfico que ocasiona frustración y rabia en los conductores. Hagan un esfuerzo para que sea lo más realista posible.

D. Apoyo gramatical. **Presente indicativo: verbos irregulares.** Con un(a) compañero(a), túrnense para comentar sus experiencias al conducir usando estos verbos.

tener	venir	traer	ir	caber
salir	conducir	decir	hacer	permanecer

Gramática 2.2: Antes de hacer esta actividad, conviene repasar esta estructura en las págs. 76–79.

2.1 El presente de indicativo: verbos con cambios en la raíz

¡A que ya lo sabes!

Incluso si no te recuerdas cuál es la raíz de un verbo, no hay ninguna duda de que ya sabes bastante de verbos con cambios en la raíz. Para probarlo, mira los siguientes pares de oraciones y decide, en cada par, cuál de las dos oraciones te suena bien, la primera o la segunda.

1. a. ¿A qué hora *comienza* la fiesta?

   b. ¿A qué hora *comenza* la fiesta?

> Para más práctica, haz las actividades de **Gramática en contexto** (sección 2.1) del *Cuaderno para los hispanohablantes.*

2. a. Mi hermano *dorme* por lo menos diez horas al día.

   b. Mi hermano *duerme* por lo menos diez horas al día.

¿Cómo? ¿No todo el mundo contestó igual? Sin embargo la mayoría no tuvo problema en seleccionar la primera oración en el primer par y la segunda en el segundo par. ¿Por qué? Porque ya han internalizado un gran número de verbos con cambios en la raíz. Pero, sigan leyendo y todos van a entender mejor.

En el presente de indicativo, la última vocal de la raíz de ciertos verbos cambia de **e** a **ie**, de **o** a **ue** o de **e** a **i** cuando lleva acento prosódico. Este cambio afecta las formas verbales de todas las personas del singular y la tercera persona del plural. La primera y segunda persona del plural (**nosotros** y **vosotros**) son regulares porque el acento prosódico cae en la terminación, no en la raíz.

	pensar	**recordar**	**pedir**
	e → ie	o → ue	e → i
yo	pienso	recuerdo	pido
tú	piensas	recuerdas	pides
Ud., él, ella	piensa	recuerda	pide
nosotros(as)	pensamos	recordamos	pedimos
vosotros(as)	pensáis	recordáis	pedís
Uds., ellos, ellas	piensan	recuerdan	piden

En este libro de texto los verbos con cambios en la raíz se escriben con el cambio entre paréntesis después del infinitivo: pensar **(ie)**, recordar **(ue)**, pedir **(i)**.

❯ Los siguientes son algunos verbos de uso común que tienen cambios en la raíz.

e → ie	o → ue	e → i (*solo* verbos en *-ir*)
cerrar	almorzar	conseguir
comenzar	aprobar	corregir
despertar		
empezar	contar	
nevar	mostrar	despedir(se)
recomendar	probar	elegir
	sonar	medir

e → ie	o → ue		e → i (*solo* verbos en -*ir*)
atender	volar		reír
defender			repetir
entender	devolver		seguir
perder	llover		servir
querer	mover		sonreír
	poder		vestir(se)
convertir	resolver		
divertir(se)	volver		
mentir			
preferir			
sentir(se)	dormir		
sugerir	morir		

Nota para hispanohablantes

En algunas comunidades de hispanohablantes, hay una tendencia a hacer regulares los verbos con cambios e → ie y o → ue. Así, las formas del verbo **pensar** son *penso, pensas, pensa,…* en vez de **pienso, piensas, piensa,…** y las del verbo **recordar** son *recordo, recordas, recorda,…* en vez de **recuerdo, recuerdas, recuerda,…** Es importante evitar este uso fuera de esas comunidades, en particular al escribir.

❯ Los verbos **adquirir**, **jugar** y **oler** se conjugan como verbos con cambios en la raíz.

adquirir (i → ie)	jugar (u → ue)	oler (o → hue)
adquiero	juego	huelo
adquieres	juegas	hueles
adquiere	juega	huele
adquirimos	jugamos	olemos
adquirís	jugáis	oléis
adquieren	juegan	huelen

Nota para hispanohablantes

En algunas comunidades de hispanohablantes, hay una tendencia a hacer regulares las formas del verbo oler **y decir** *olo, oles, ole,…* en vez de **huelo, hueles, huele,…** Es importante evitar este uso fuera de esas comunidades, en particular al escribir.

Ahora, ¡a practicar!

A. Llegada a Madrid. Completa el texto en el presente de indicativo para saber lo que te dice tu amigo René de su llegada a Madrid.

Durante el vuelo yo no (1) _____ (poder) dormir. En general no (2) _____ (dormir) durante los vuelos. Así, al llegar a Madrid, me (3) _____ (sentir) bastante cansado. En el aeropuerto (4) _____ (encontrar) el centro de información y (5) _____ (pedir) consejo sobre hoteles. Yo (6) _____ (conseguir) uno en el centro de la ciudad. (7) _____ (Comenzar) a hacer planes para ese día, pero (8) _____ (entender) que lo primero es descansar porque me (9) _____ (morir) de cansancio.

B. Congestión de tráfico. Completa el siguiente texto en el presente de indicativo para repasar lo que le ocurre al protagonista de la lectura "El arrebato".

La historia (1) _____ (comenzar) a las nueve menos cuarto de la mañana. Todos (2) _____ (contar) con llegar al trabajo en quince minutos. Seguramente muchos se (3) _____ (despertar) tarde. Los coches apenas se (4) _____ (mover). Avanzar (5) _____ (costar) mucho. Un motorista (6) _____ (mostrar) cortesía al dejarla adelantar; el protagonista (7) _____ (querer) agradecerle, el motorista no (8) _____ (entender) esa expresión de simpatía. Ya nadie aprecia gestos amistosos. Todos solo (9) _____ (pensar) en adelantar.

C. Hábitos diarios. Tu nuevo(a) compañero(a) te hace estas preguntas porque desea conocer algunos aspectos de tu rutina diaria. Una vez que él/ella termine, cambien papeles.

1. ¿A qué hora (despertarte)?

2. ¿(Levantarte) en seguida o (dormir) otro rato?

3. ¿(Vestirte) de inmediato o (desayunarte) primero?

4. ¿A qué hora (empezar) tu primera clase?

5. ¿Dónde (almorzar), en la universidad, en un restaurante o en casa?

6. ¿Qué (hacer) después de las clases, (trabajar) o (jugar) a algún deporte?

7. ¿A qué hora (regresar) a casa?

8. ¿A qué hora (acostarte)? ¿(Dormirte) sin dificultad?

9. ¿(Reír) mucho durante el día ¿Qué te (hacer) reír?

2.2 El presente de indicativo: verbos con cambios ortográficos y verbos irregulares

¡A que ya lo sabes!

Para más práctica, haz las actividades de **Gramática en contexto** (sección 2.1) del *Cuaderno para los hispanohablantes*.

A que eso de "ortográficos" medio te asustó. Pero no te preocupes porque tú ya sabes mucho de verbos con cambios ortográficos y de verbos irregulares. ¿No estás muy convencido(a)? Pues, mira los siguientes pares de oraciones y decide, en cada par, cuál de las dos oraciones te suena bien, la primera o la segunda. Entonces vas a ver que sí lo sabes.

1. a. Yo *corrijo* mis composiciones antes de entregarlas.

b. Yo *corrigo* mis composiciones antes de entregarlas.

2. a. *Vengo* todos los días a la misma hora.

b. *Veno* todos los días a la misma hora.

Seguramente que seleccionaste la primera oración de cada par. Ya ves, aunque no sepas que "ortográficos" tiene que ver con la escritura y que en los verbos irregulares la raíz del verbo cambia mucho, ya sabes mucho de estos dos tipos de verbos y vas a aprender más cuando sigas leyendo.

Verbos con cambios ortográficos

Algunos verbos requieren un cambio ortográfico para mantener la pronunciación de la raíz.

❯ Los verbos que terminan en **-ger** o **-gir** cambian la **g** por **j** en la primera persona del singular.

| dirigir: | dirijo, diriges, dirige, dirigimos, dirigís, dirigen |
| proteger: | protejo, proteges, protege, protegemos, protegéis, protegen |

Otros verbos terminados en **-ger** o **-gir:**

coger	corregir (i)
recoger	elegir (i)
	exigir

❯ Los verbos que terminan en **-guir** cambian **gu** por **g** en la primera persona del singular.

| distinguir: | distingo, distingues, distingue, distinguimos, distinguís, distinguen |

Otros verbos terminados en **-guir:**

| conseguir (i) | proseguir (i) |
| extinguir | seguir (i) |

❯ Los verbos que terminan en **-cer** o **-cir** precedidos de una consonante, cambian la **c** por **z** en la primera persona del singular.

| convencer: | convenzo, convences, convence, convencemos, convencéis, convencen |

Otros verbos en esta categoría:

| ejercer | vencer | esparcir |

❯ Los verbos que terminan en **-uir** cambian la **i** por **y** delante de **o** y **e.**

| construir: | construyo, construyes, construye, construimos, construís, construyen |

Otros verbos terminados en **-uir:**

| atribuir | contribuir | distribuir | incluir | obstruir |
| concluir | destruir | excluir | influir | substituir |

> Algunos verbos que terminan en **-iar** y **-uar** cambian la **i** por **í** y la **u** por **ú** en todas las formas excepto **nosotros** y **vosotros**.

enviar:	envío, envías, envía, enviamos, enviáis, envían
acentuar:	acentúo, acentúas, acentúa, acentuamos, acentuáis, acentúan

Otros verbos en esta categoría:

ampliar	continuar
confiar	efectuar
enfriar	graduar(se)
guiar	situar

Los siguientes verbos terminados en **-iar** y **-uar** son regulares:

anunciar	cambiar	estudiar
apreciar	copiar	limpiar
averiguar		

Nota para hispanohablantes

Algunos hispanohablantes tienden a no prestar atención a cambios de ortografía. Es muy importante hacer siempre estos cambios, porque si no, se consideran errores de ortografía.

Verbos irregulares

> Los siguientes verbos de uso frecuente tienen varias irregularidades en el presente de indicativo.

decir	estar	ir	oír	ser	tener	venir
digo	estoy	voy	oigo	soy	tengo	vengo
dices	estás	vas	oyes	eres	tienes	vienes
dice	está	va	oye	es	tiene	viene
decimos	estamos	vamos	oímos	somos	tenemos	venimos
decís	estáis	vais	oís	sois	tenéis	venís
dicen	están	van	oyen	son	tienen	vienen

Los verbos derivados de cualquiera de estas palabras tienen las mismas irregularidades.

decir:	**contradecir**
tener:	**contener, detener, mantener, obtener**
venir:	**convenir, intervenir, prevenir**

Nota para hispanohablantes

En algunas comunidades de hispanohablantes, hay una tendencia a usar la terminación de la primera persona plural (*-emos*) en lugar de -imos en los verbos **decir, salir y venir** y dicen: *decemos* en vez de **decimos**, *salemos* en vez de **salimos** y *venemos* en vez de **venimos**.
Es importante evitar estos usos fuera de esas comunidades y evitarlos siempre al escribir.

> Los siguientes verbos son irregulares en la primera persona del singular solamente.

caber:	**quepo**	saber:	**sé**
dar:	**doy**	traer:	**traigo**
hacer:	**hago**	valer:	**valgo**
poner:	**pongo**	ver:	**veo**
salir:	**salgo**		

Los verbos derivados muestran las mismas irregularidades.

hacer:	**deshacer, rehacer, satisfacer**
poner:	**componer, imponer, oponer, proponer, reponer, suponer**
traer:	**atraer, contraer, distraer(se)**

Nota para hispanohablantes

En algunas comunidades de hispanohablantes dicen *cabo* en vez de **quepo.** Es importante evitar este uso fuera de esas comunidades y en particular al escribir.

> Los verbos que terminan en **-cer** o **-cir** precedidos de una vocal, agregan una **z** delante de la **c** en la primera persona del singular.

ofrecer: ofre**z**co, ofreces, ofrece, ofrecemos, ofrecéis, ofrecen

Otros verbos en esta categoría:

agradecer	**establecer**	**conducir**
aparecer	**obedecer**	**deducir**
complacer	**parecer**	**introducir**
conocer	**permanecer**	**producir**
crecer	**pertenecer**	**reducir**
desconocer	**reconocer**	**traducir**

Ahora, ¡a practicar!

A. Basquetbolista exitoso. Completa las oraciones con la forma apropiada del verbo que aparece entre paréntesis para saber de la vida de Pau Gasol.

Mi nombre (1) _____ (ser) Pau Gasol. (2) _____ (Ser) un basquetbolista español. Ahora (3) _____ (estar) jugando en la NBA, la liga más importante del mundo. Afortunadamente (4) _____ (tener) éxito como jugador profesional. Aunque yo (5) _____ (residir) en los Estados Unidos, (6) _____ (ir) con frecuencia a España, donde (7) _____ (estar) mi familia. Me (8) _____ (mantener) en contacto con mis parientes y amigos de allá. (9) _____ (Pertenecer) también al equipo nacional español y me (10) _____ (sentir) orgulloso de ser parte de ese equipo.

B. Somos individualistas. Cada uno de los miembros de la clase menciona algo especial acerca de sí mismo(a). ¿Qué dicen?

> **MODELO** pertenecer al Club de Español
> **Pertenezco al Club de Español.**

1. traducir del español al francés

2. saber hablar portugués

3. construir barcos en miniatura

4. dar lecciones de guitarra

5. conseguir dinero para el Museo del Barrio

6. guiar a los turistas a sitios de interés en el barrio

7. mantener correspondencia con puertorriqueños de la isla

8. ofrecer mis servicios como voluntario en un hospital local

9. proteger animales abandonados

10. componer poemas de amor

C. ¿Preguntas razonables o locas? Selecciona cuatro verbos de esta lista y escribe una pregunta razonable o loca con cada verbo. Escribe cada pregunta en un pedazo de papel. Luego, tu profesor(a) va a recoger todos los papeles y dejar que cada persona de la clase seleccione uno y conteste la pregunta.

> **MODELO** graduarse
> **¿Cuándo te gradúas?** o **¿Te gradúas este año o el año próximo?**

averiguar	conseguir	incluir
caber	convencer	obedecer
concluir	dirigir	oír
conducir	graduarse	proponer

D. Mi familia y yo. Lee con atención el párrafo siguiente en que un amigo tuyo habla de su familia. En hoja aparte, corrige cualquier tiempo verbal que no te parezca apropiado en la lengua escrita.

Mi familia y yo semos originarios de España, pero ahora vivemos en Nueva Jersey. Tenimos parientes en el viejo continente y los visitamos de vez en cuando. En Nueva Jersey recibemos en nuestra casa a muchos amigos de España y salemos con ellos a pasear cuando nos visitan.

México

© Cengage Learning 2012

Nombre oficial: Estados Unidos Mexicanos
Población: 111.211.789 (estimación de 2009)
Principales ciudades: México, D.F., Guadalajara, Netzahualcóyotl, Monterrey
Moneda: Peso ($)

En México, D.F., la capital, con una población de casi nueve millones, tienes que visitar...

Jeremy Woodhouse/Photolibrary

› el Zócalo, sitio del antiguo centro ceremonial azteca, y ahora una enorme plaza con la Catedral Metropolitana (la catedral más grande de todo el continente), el Palacio Nacional y el Ayuntamiento.

› el Templo Mayor, ruinas del gran templo azteca donde tuvieron lugar miles de sacrificios humanos.

› el Bosque de Chapultepec, un parque de unos 1600 acres que incluye el Monumento a los Niños Héroes, el Castillo de Chapultepec, el Museo de Arte Moderno, el Museo Tamayo Arte Contemporáneo y el Museo Nacional de Antropología.

› el Museo Nacional de Antropología, con sus veintitrés salones, en un área de casi veinte acres. Dedicado a las culturas mesoamericanas, es considerado uno de los mejores del mundo.

› el Palacio de Bellas Artes, una verdadera joya cultural debido no solo a su arquitectura exquisita sino también a la gran cortina de cristal de Tiffany y a los extraordinarios murales de Diego Rivera, José Clemente Orozco, David Alfaro Siqueiros, Rufino Tamayo y mucho más.

En Guadalajara, no dejes de visitar...

> el Hospicio Cultural de Cabañas, con cincuenta y tres murales en su capilla, pintados por el sobresaliente muralista José Clemente Orozco.

> la Plaza de los Mariachis, donde puedes contratar a tu propia banda de mariachis.

> el Teatro Degollado, escenario de conciertos, óperas, ballets, recitales, obras teatrales y presentaciones de artistas nacionales e internacionales.

> la Catedral de Guadalajara, símbolo de la ciudad.

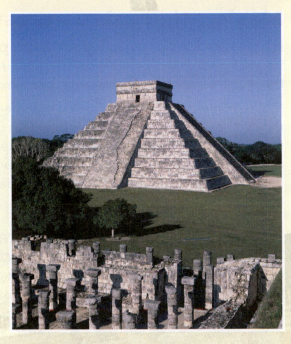

Steve Vidler/Photolibrary

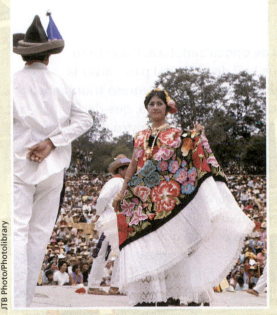

JTB Photo/Photolibrary

En Mérida, puedes visitar...

> la Plaza Mayor, centro cultural y comercial de la ciudad desde que se estableció en 1545.

> el Mercado Municipal, donde se pueden adquirir desde productos de primera calidad hasta curiosidades y lo mejor de la gastronomía maya.

> las ruinas de la legendaria ciudad maya de Chichén Itzá, declarada Maravilla del Mundo en 2007, a unas setenta y cinco millas de la ciudad.

Festivales mexicanos

> Las Fiestas Patrias (Día de la Independencia) en el Zócalo de la Ciudad de México

> el Festival de Nuestra Señora de Guadalupe que se celebra el 12 de diciembre en todo México

> Guelaguetza en Oaxaca, fiesta en honor de Centeotl, la diosa zapoteca y mixtecadel maíz

> la Semana Santa en Taxco

> el Día de los Muertos que se celebra el 2 de noviembre en todo México

 ¡Diviértete en la red!
Busca en Google Images o en YouTube Guelaguetza, Chichén Itzá, el Castillo de Chapultepec, el Festival de Nuestra Señora de Guadalupe y el Día de los Muertos para ver en qué consisten. Ve a clase preparado(a) para describir en detalle lo que descubriste.

México: tierra de contrastes

El período colonial y la independencia

De 1521 a 1821, México sirvió como capital del Virreinato de Nueva España, una importante colonia del vasto imperio español.

Esta región era riquísima, ya que en ella se encontraban grandes minas de oro y plata que fueron explotadas con el trabajo inhumano impuesto a la población indígena. Al final de este período, los criollos (españoles nacidos en América) se levantaron contra el poder de los gachupines (españoles nacidos en España) y consiguieron la independencia de México en 1821.

Toño Labra/Photolibrary

Stockbyte/Photolibrary

El Tratado de Guadalupe-Hidalgo

En 1836, México se vio obligado a conceder la independencia a los colonos anglosajones de Texas. Además, después de la desastrosa guerra con los EE.UU., de 1846 a 1848, tuvo que ceder la mitad de su territorio a los EE.UU. por el Tratado de Guadalupe-Hidalgo.

Benito Juárez

En 1858 fue elegido presidente Benito Juárez, político liberal de origen zapoteca. Durante su gobierno, los franceses invadieron México y, en 1862, tuvo que huir de la capital para salvar la presidencia. Diez años después, los franceses fueron derrotados y Benito Juárez regresó triunfante a la Ciudad de México. Durante su presidencia logró establecer las Leyes de Reforma, que declaraban la independencia del Estado respecto de la Iglesia, la ley sobre matrimonio civil y registro civil, y el paso de los bienes de la Iglesia a la nación.

Porfirio Díaz

En 1877, el general Porfirio Díaz se proclamó dictador y gobernó durante más de treinta años en una época conocida como el "porfiriato". Durante el porfiriato, el pueblo decía que México era "la madre de los extranjeros" y "la madrastra de los mexicanos" debido a una política que, por un lado, favorecía a los extranjeros y, por otro, les quitaba las tierras a los campesinos. Esta situación derivó en la Revolución Mexicana en 1910, un período violento que duró dos décadas y dejó más de un millón de muertos.

El México de hoy

› La región metropolitana de la Ciudad de México, con veintitrés millones de habitantes, es una de las ciudades más pobladas del mundo y quizás también la más contaminada.

› En 2006, Felipe de Jesús Calderón Hinojosa ganó las elecciones presidenciales por un pequeño margen. Su campaña política se centró, además de otros aspectos, en la promesa de crear fuentes de trabajo y en tratar de superar el subempleo.

© Jorge Gutierrez/epa/Corbis

> El narcotráfico se ha convertido en una de las grandes plagas de la sociedad mexicana, generando verdaderas batallas entre el gobierno y los distintos cárteles. Solo entre 2006 y 2010, se contabilizaron 22.000 muertes violentas.

> México es, hoy por hoy, una potencia económica mundial. Se ha consolidado como un país de ingresos económicos medio-superior y como un país industrializado.

> La distribución tan desigual de la riqueza y la creciente violencia relacionada con la droga son dos de los más grandes desafíos del México de hoy.

■■ ¿COMPRENDISTE?

A. Hechos y acontecimientos. Completa las siguientes oraciones. Luego, compara tus respuestas con las de un(a) compañero(a).

1. La riqueza de los españoles en el Virreinato de Nueva España durante el período colonial se basaba en...

2. Con el Tratado de Guadalupe-Hidalgo, México cedió a los Estados Unidos más de...

3. Entre los logros más importantes de la presidencia de Benito Juárez están...

4. Durante el porfiriato, el pueblo decía que México era "la madre de los extranjeros" y "la madrastra de los mexicanos" porque...

5. Un ejemplo de lo violenta que fue la Revolución Mexicana es...

6. Con veintitrés millones de habitantes, la región metropolitana de la Ciudad de México es...

7. Felipe de Jesús Calderón Hinojosa ganó las elecciones presidenciales en 2006 prometiendo crear...

8. Hoy día, México se ha consolidado como un país de...

9. Dos de los más grandes desafíos de México, hoy, son...

MEJOREMOS LA COMUNICACIÓN

bienes *(m.)*	huir
ceder	imponer
conceder	ingreso
derivar	madrastra
derrotado(a)	maltrecho(a)
desigual	potencia
explotar	subempleo
golpeado(a)	virreinato

B. A pensar y a analizar. ¿Por qué crees que el título de esta lectura es "México: tierra de contrastes"? ¿Cuáles son esos contrastes? Con un(a) compañero(a), prepara una lista de los contrastes que más les han impresionado y preséntensela a la clase.

C. Redacción colaborativa. En grupos de dos o tres, escriban una composición colaborativa de una página a una página y media sobre el tema que sigue. Sigan el proceso de escribir colaborativamente que aprendieron en la **Redacción colaborativa** de la *Unidad 1, Lección 1:* escriban primero una lista de ideas, organícenlas en un primer borrador, revisen las ideas, escriban un segundo borrador, revisen la acentuación y ortografía y escriban la versión final.

Uno de los resultados sociales más importantes de la revolución mexicana fue la revaloración de las raíces indígenas. Sin embargo, todavía en el siglo XXI los indígenas siguen cuestionando la política del gobierno hacia los más pobres. ¿Por qué será que después de tanto tiempo, México parece no preocuparse por su gente más necesitada, los indígenas? ¿Cómo ha cuidado EE.UU. a sus indígenas? ¿Llevan una vida mejor que la de los indígenas mexicanos? Expliquen su respuesta.

Maná

Este grupo musical de pop y rock, muy conocido, en sus inicios se llamó *"Green Hat"*. En 1986 cambiaron el nombre por el de "Maná". Su carrera se ha prolongado por más de dos décadas. Han ganado tres Premios Grammy, cinco premios *Latin Grammy*, un premio MTV, tres Premios Juventud, nueve *Billboard Latin Music* y doce Premios Lo Nuestro. Su música ha sido caracterizada como ritmos que se sitúan entre el pop rock, pop latino, calipso y reggae. Al comienzo de su carrera eran conocidos en Australia y España. Desde entonces han ganado popularidad en los Estados Unidos, Europa Occidental, Asia y Medio Oriente. Hasta 2009 han vendido más de veintidós millones de álbumes.

Reuters/Rene Gonzalez/Landov

Elena Poniatowska

Quim Llenas/Getty Images

Se inició en el periodismo en 1954 y desde entonces ha publicado numerosas novelas, cuentos, crónicas y ensayos. *La noche de Tlatelolco* (1971) es su obra más conocida. Por sus obras ha sido galardonada con una multitud de premios de gran prestigio, entre ellos el Premio Nacional de Periodismo, 1978 (fue la primera mujer que recibió esta distinción); el Premio Coatlicue, 1990 (por ser considerada la mujer del año); el Premio Nacional de Ciencias y Artes, 2002 (Lingüística y Literatura); el Premio Nacional de la Asociación de Radio Difusores Polonia, 2008; y el Premio Internacional Fray Domínico Weinzierl, 2009.

Lorena Ochoa

La joven golfista mexicana Lorena Ochoa recibió en noviembre de 2001 de manos del presidente Vicente Fox el Premio Nacional del Deporte, convirtiéndola en la persona más joven en recibirlo. Tenía solo diecinueve años. Actualmente está clasificada como la golfista número uno del mundo, siendo la primera deportista mexicana en lograrlo. Hace poco, Lorena afirmó durante una entrevista: "Me siento afortunada de tener la oportunidad de representar a mi país y ser un ejemplo para los niños de México. Es una responsabilidad que acepto con honor". El 23 de abril del 2010 anunció oficialmente su retiro del golf profesional como ella quería: siendo la número uno del mundo.

Andy Lyons/Getty Images

Otros mexicanos sobresalientes

Miguel Alemán Velasco: abogado, escritor, productor, cronista y hombre de negocios

Yolanda Andrade: actriz

Laura Esquivel: novelista y guionista

Alejandro Fernández: cantante

Carlos Fuentes: novelista, cuentista, ensayista, dramaturgo y diplomático

Salma Hayek: actriz

Ángeles Mastretta: novelista, cuentista y periodista

Luis Miguel: cantante

Carlos Monsiváis: periodista y escritor

Octavio Paz (1914–1998): poeta, ensayista, Premio Nobel de Literatura 1990

Arturo Ripstein: director de cine

¿COMPRENDISTE?

A. Los nuestros. Con un(a) compañero(a), comparen estos mexicanos sobresalientes. Indiquen las similitudes y las diferencias.

B. Miniprueba. Demuestra lo que aprendiste de estos talentosos mexicanos al completar estas oraciones.

1. Maná toca música _____.

   a. folclórica   b. ranchera   c. pop/rock

2. Como muchos escritores, Elena Poniatowska empezó escribiendo para _____.

   a. una revista de moda   b. un periódico   c. poder comer

3. Una responsabilidad que Lorena Ochoa acepta con honor es el _____.

   a. Premio Nacional del Deporte

   b. servir de modelo para los niños

   c. ser la golfista número uno del mundo

MEJOREMOS LA COMUNICACIÓN

abreviar	iniciarse
afirmar	periodismo
al comienzo de	prolongarse
galardonado(a)	radio difusor
hace poco	situarse

C. Diario. En tu diario, escribe por lo menos media página expresando tus pensamientos sobre uno de estos temas.

1. Elena Poniatowska es una famosa escritora y periodista mexicana que se preocupa mucho por los problemas sociales de México. Si tú fueras un(a) periodista preocupado(a) por los problemas sociales de este país, ¿a qué temas específicos te dedicarías y qué soluciones propondrías?

2. Maná ha alcanzado un éxito muy grande en toda Latinoamérica y sus canciones han acompañado ya a varias generaciones que disfrutan de su música. Si tú fueras parte de un grupo famoso como Maná, ¿qué instrumento te gustaría tocar o preferirías ser el vocalista? ¿Qué contenidos elegirías para que predominen en la letra de tus canciones y por qué? ¿Cómo crees que llegarías a conquistar los corazones de tus fans y porqué?

 ¡Diviértete en la red!
Busca "Maná", "Elena Poniatowska" y/o "Lorena Ochoa" en YouTube para ver videos y escuchar a estos talentosos mexicanos. Ve a clase preparado(a) para presentar lo que encontraste.

Letras problemáticas: la *c*

La **c** en combinación con la **e** y la **i** tiene el sonido /s/*. Frente a las vocales **a**, **o** y **u** tiene el sonido /k/. Observa esta relación entre los sonidos de la letra **c** y la escritura al escuchar a tu profesor(a) leer estas palabras.

/k/	/s/*
catastrófica	ceder
constitución	civil
cuentos	civilización
electrónico	enriquecerse
gigantesco	exportación
vocalista	reconocido

* En España, la **c** delante de la **e** o **i** tiene el sonido de la combinación *th* de *think* en inglés.

¡A practicar!

A. Sonidos de la letra **c**. Escucha mientras tu profesor(a) lee varias palabras. Marca con un círculo el sonido que oyes en cada una. Cada palabra se leerá dos veces.

1. /k/   /s/
2. /k/   /s/
3. /k/   /s/
4. /k/   /s/
5. /k/   /s/

6. /k/   /s/
7. /k/   /s/
8. /k/   /s/
9. /k/   /s/
10. /k/   /s/

B. La escritura con la letra **c**. Ahora, escucha mientras tu profesor(a) lee las siguientes palabras. Escribe las letras que faltan en cada una. Cada palabra se leerá dos veces.

1. e s ___ ___ n a r i o
2. a s o ___ ___ a d o
3. ___ ___ l o n o
4. d e n o m i n a ___ ___ ó n
5. g i g a n t e s ___ ___

6. ___ ___ ñ a
7. p r e s e n ___ ___ a
8. a ___ ___ l e r a d o
9. p e t r o q u í m i ___ ___
10. f a r m a ___ ___ u t i ___ ___

C. ¡Ay, qué torpe! Por mucho que esta jovencita hispanohablante trata de no olvidar poner acentos escritos donde sean necesarios, siempre se le pasan unos cuantos. Encuentra los que se le pasaron en este parrafito y pónselos. Hay diez errores en total.

La próxima vez que estés en un circulo de amigos discutiendo la devastacion catastrofica causada por el último huracan en el Caribe, menciona que en la nacion de Sammy Sosa, la República Dominicana, la mayor fuente de ingresos no se basa en los productos electronicos, petroquimicos ni farmaceuticos sino en la estratégica exportacion de fantasticos jugadores de béisbol. La mayoría de ellos provienen del pueblo de San Pedro de Macorís donde parece que cada chico descalzo tiene o una gorra de béisbol, o un bate o guante y pelota.

Variantes coloquiales: lengua campesina

En cada región del mundo hispano existen formas de lenguaje antiguo o "arcaísmos" que son poco usados en el español moderno. Estos arcaísmos tienen su origen en el habla española de los siglos XVI y XVII, o sea en el habla del Siglo de Oro. Por ejemplo, en muchas zonas rurales de México y en el suroeste de los EE.UU., se oyen muchas de estas palabras que antiguamente eran comunes pero, como la lengua es algo vivo que cambia constantemente, hoy se han dejado de usar en las grandes metrópolis. Las siguientes palabras son parte de esta lengua arcaica que aún continúa viva:

Arcaísmo	Norma contemporánea	Arcaísmo	Norma contemporánea
ansina	así	naiden	nadie
creiba	creía	semos	somos
haiga	haya	traiba	traía
mesmo	mismo	truje	traje
muncho	mucho	vide	vi

Interferencia en la lengua escrita

A veces la lengua escrita refleja algunas de las variantes coloquiales de la lengua hablada: la omisión de ciertas consonantes y letras, la sustitución de unas consonantes por otras y el uso de palabras regionales. Además de estas variantes, es común ver errores ortográficos que hispanohablantes de todo el mundo tienden a cometer: (a) la confusión de la **b** y la **v**; de la **s**, la **z** y la **c**; de la **y** y la **ll**; (b) la omisión de la **h**; y, claro, (c) la acentuación.

Esta interferencia en la lengua escrita tiende a darse con más frecuencia entre hispanohablantes que se mudaron a los EE.UU. antes de completar la escuela secundaria en sus países de origen o que se han criado en los EE.UU. y nunca han tenido entrenamiento formal en escribir la lengua de sus padres. Esto también ocurre con frecuencia con campesinos pobres que han tenido que trabajar toda su vida y nunca han podido completar su educación.

A entender y respetar

A. Los de abajo. Las siguientes oraciones fueron tomadas de la famosa novela titulada *Los de abajo,* escrita por el novelista mexicano Mariano Azuela (1873–1952). Esta obra es considerada la primera gran novela de la Revolución Mexicana. Identifica todas las palabras arcaicas que difieren del español formal. Luego, en hoja aparte, reescribe las oraciones usando las palabras de la lengua contemporánea más formal.

MODELO ¿Y pa qué jirvió la agua?

¿Y para qué hirvió el agua?

1. ¡Ande, pos si yo creiba que el aguardiente no más pal cólico era güeno!

2. ¿De moo es que usté iba a ser dotor?

3. Pos la mera verdá, yo le traiba al siñor estas sustancias…

4. Lo que es pa mí naiden es más hombre que otro…

5. Pa peliar, lo que uno necesita es tantita vergüenza.

B. "La carta". Con un compañero(a), escribe de nuevo la carta de Juan, un joven campesino que se ha mudado del campo a la capital de su país, cambiando la lengua campesina a una más formal y corrigiendo los errores de acentuación y ortografía.

---

8 de marso de 1947

Qerida bieja:

Como yo le desia antes de venirme, aqui las cosas me van vién. Desde que llegué enseguida incontré trabajo. Me pagan 8 pesos la semana y con eso bivo igual que el administrador de la central allá.

La ropa aquella que quedé en mandale, no la he podido comprar pues qiero buscarla en una de las tiendas mejores. Dígale a Petra que cuando valla por casa le boy a llevar un regalito al nene de ella.

Boy a ver si me saco un retrato un dia de éstos para mandalselo a uste, mamá.

El otro dia vi a Felo el ijo de la comai María. El también esta travajando pero gana menos que yo. Es que yo e tenido suerte. bueno, recueldese de escrivirme y contarme todo lo que pasa por alla.

Su ijo que la quiere y le pide la bendicion.

Juan

La descripción: punto de vista

1 **Para empezar.** En la Lección 1 aprendiste que la descripción hace visible a una persona, un objeto, una idea o un incidente. Ya que cada persona percibe la realidad de distinto modo, cada descripción es diferente. Por ejemplo, piensa ahora en la siguiente descripción que leíste en el cuento de Rosa Montero, "El arrebato". Luego, contesta las siguientes preguntas con un(a) compañero(a) de clase.

"Por el espejo ves cómo se acerca un chico en una motocicleta, zigzagueando entre los coches. Su facilidad te causa indignación, su libertad te irrita. Mueves el coche unos centímetros hacia el del vecino, y ves que el transgresor está bloqueado, que ya no puede avanzar. ¡Me alegro!"

   a. ¿Quién es el (la) narrador(a)? ¿Desde qué punto de vista se está describiendo a la persona?

   b. ¿Cuáles son las palabras descriptivas que usa la autora?

   c. ¿Cómo cambiaría la descripción si el punto de vista fuera de otros conductores o del motociclista? ¿Qué perdería o ganaría la descripción?

2 **A generar ideas.** Piensa ahora en un incidente automovilístico o de bicicleta que tuviste. Escribe "auto" o "bici" en el centro de un círculo. Luego, en un diagrama araña, anota varios sucesos interesantes que relacionas con este incidente. Luego, haz un segundo diagrama araña del mismo incidente, pero visto no como tú lo ves sino como lo ve otra persona, quizás una persona con quien casi chocaste o a quien casi atropellaste. No hace falta describir los incidentes; basta con anotar unas tres o cuatro palabras que te hagan recordar lo que pasó.

3 **Tu borrador.** Usa la información en la sección anterior para escribir unos dos o tres párrafos describiendo el incidente. Lo importante es incluir todas las ideas que tú consideras importantes. Luego, escribe una segunda descripción del mismo incidente, pero esta vez desde el punto de vista de la otra persona que escogiste. ¡Buena suerte!

4 **Revisión.** Intercambia tus dos descripciones del incidente con las de un(a) compañero(a). Revisa las descripciones prestando atención a las siguientes preguntas. ¿Escribe con claridad? ¿Evita transiciones inesperadas de una oración a otra o de un párrafo a otro? ¿Son claros los detalles del incidente? ¿Da bastantes detalles? ¿Son adecuadas las dos descripciones?

5 **Versión final.** Considera las correcciones que tu compañero(a) te ha indicado y revisa tus descripciones por última vez. Como tarea, escribe las copias finales en la computadora. Antes de entregarlas, dales un último vistazo a la acentuación, a la puntuación y a la concordancia.

6 **Reacciones (opcional).** En grupos de seis u ocho, lean sus descripciones para que el grupo seleccione la que más le gustó. Luego, que la persona seleccionada de cada grupo lea su descripción a toda la clase para que la clase seleccione la que más le gustó de todas.

¡Antes de leer!

A. Anticipando la lectura. Contesta estas preguntas para ver qué papel tiene el periódico en tu vida.

1. ¿Acostumbras leer un diario todos los días? ¿Cuál? Si no lees el periódico, ¿cómo te informas de las noticias?

2. Muchas cosas pueden pasar mientras una persona lee el periódico. Usa tu imaginación y saca una lista de todo lo raro, peligroso o fantástico que te podría pasar al leer el periódico. Compara tu lista con la de dos compañeros(as) de clase.

B. Vocabulario en contexto. Busca estas palabras en la lectura que sigue y, en base al contexto en el cual aparecen, decide cuál es su significado. Para facilitar el encontrarlas, las palabras aparecen en negrilla en la lectura.

1. malestar	a. choque	b. satisfacción	c. intranquilidad
2. estar al día	a. estar informado	b. estar listo	c. estar contento
3. enterarme	a. convencerme	b. pensar	c. informarme
4. apeñuscadas	a. agrupadas	b. enfurecidas	c. tranquilas
5. estrepitosamente	a. cuidadosamente	b. lentamente	c. con mucho ruido

Sobre el autor

Guillermo Samperio nació en 1948 en la Ciudad de México, donde se educó y ha vivido toda su vida. La realidad urbana que se confronta todos los días en la gran metrópolis ha sido la temática de la mayoría de sus cuentos, muchos de ellos llenos de humor. Ha publicado varios libros. De sus libros de cuentos, los que más se destacan son *Tomando vuelo y demás cuentos* (1975), *Medio ambiente* (1977) con el que ganó el premio Casa de las Américas y *Textos extraños* (1981), de donde viene el cuento "Tiempo libre". También ha escrito novelas.

Courtesy Guillermo Samperio

Tiempo libre

Todas las mañanas compro el periódico y todas las mañanas, al leerlo, me mancho los dedos con tinta. Nunca me ha importado ensuciármelos con tal de estar al día en las noticias. Pero esta mañana sentí un gran malestar apenas toqué el periódico. Creí que solamente se trataba de uno de mis acostumbrados mareos. Pagué el importe del diario y regresé a mi casa.

Mi esposa había salido de compras. Me acomodé en mi sillón favorito, encendí un cigarro y me puse a leer la primera página. Luego de **enterarme** de que un jet se había desplomado, volví a sentirme mal; vi mis dedos y los encontré más tiznados que de costumbre. Con un dolor de cabeza terrible, fui al baño, me lavé las manos con toda calma y, ya tranquilo, regresé al sillón. Cuando iba a tomar mi cigarro, descubrí que una mancha negra cubría mis dedos. De inmediato retorné al baño, me tallé con zacate, piedra pómez y, finalmente, me lavé con blanqueador; pero el intento fue inútil, porque la mancha creció y me invadió hasta los codos. Ahora, más preocupado que molesto, llamé al doctor y me recomendó que lo mejor era que tomara unas vacaciones, o que durmiera. En el momento en que hablaba por teléfono, me di cuenta de que, en realidad, no se trataba de una mancha, sino de un número infinito de letras pequeñísimas, **apeñuscadas**, como una inquieta multitud de hormigas negras. Después, llamé a las oficinas del periódico para elevar mi más rotunda protesta; me contestó una voz de mujer, que solamente me insultó y me trató de loco. Cuando colgué, las letritas habían avanzado ya hasta mi cintura. Asustado, corrí hacia la puerta de entrada; pero, antes de poder abrirla, me flaquearon las piernas y caí **estrepitosamente**. Tirado bocarriba descubrí que, además de la gran cantidad de letrashormiga que ahora ocupaban todo mi cuerpo, había una que otra fotografía. Así estuve durante varias horas hasta que escuché que abrían la puerta. Me costó trabajo hilar la idea, pero al fin pensé que había llegado mi salvación. Entró mi esposa, me levantó del suelo, me cargó bajo el brazo, se acomodó en mi sillón favorito, me hojeó despreocupadamente y se puso a leer.

"Tiempo libre" by Guillermo Samperio, from *El muro y la intemperie*. Used with permission from the publisher, Ediciones del Norte.

¡Después de leer!

A. Hechos y acontecimientos. ¿Recuerdas los datos más importantes de la lectura? Para asegurarte, contesta las preguntas y completa las oraciones que siguen.

1. ¿Dónde ha vivido toda su vida Guillermo Samperio? ¿Qué importancia tiene este hecho en su obra literaria?

2. El título del cuento "Tiempo libre" se refiere a...

3. El periódico que el protagonista lleva a su casa es importante porque...

4. Lo primero que pensó el protagonista al ver la mancha que le cubría los dedos fue...

5. El resultado de las dos llamadas del protagonista, primero al doctor y luego a las oficinas del periódico, fue...

6. El protagonista corrió hacia la puerta de entrada e intentó abrirla porque...

7. Al entrar a la casa, su esposa...

8. El protagonista se convirtió en... cuando no pudo abrir la puerta de su casa.

B. A pensar y a analizar. En grupos de tres o cuatro, contesten las siguientes preguntas. Luego, compartan sus respuestas con la clase.

1. ¿Les parece que este cuento tiene algo que ver con una pesadilla (un mal sueño)? ¿Por qué?

2. Describan al narrador de este cuento. ¿Se narra en primera, segunda o tercera persona?

3. ¿Qué opinan del final del cuento? ¿Les sorprendió? ¿Por qué? ¿Cómo pensaban Uds. que iba a terminar?

C. Teatro para ser leído. En grupos de cuatro, preparen una lectura dramática del cuento "Tiempo libre". Dos personas pueden narrar mientras el (la) tercero(a) hace el papel de protagonista y el (la) cuarto(a) el de la esposa del protagonista.

1. Escriban lo que ocurre en el cuento "Tiempo libre" usando diálogos solamente.

2. Añadan un poco de narración para mantener transiciones lógicas entre los diálogos.

3. Preparen cinco copias del guion: una para la persona que hace el papel del protagonista, una para la que hace el papel de la esposa, una para cada narrador(a) y una para su profesor(a), que tendrá el papel de director(a).

4. ¡Preséntenlo!

D. Análisis literario: la transformación. En "Tiempo libre" el autor utiliza la técnica de la **transformación** que, como una varita mágica, le permite convertir una realidad ordinaria y normal en otra fantástica. ¿Cuáles son otros ejemplos en el cuento "Tiempo libre" de la rutina diaria del narrador y de las transformaciones graduales que ocurrieron? Con un(a) compañero(a), preparen dos listas: una de la rutina diaria y otra de las transformaciones. ¿Qué relación existe en este cuento entre la vida y la falta de actividad física? Luego escriban una pequeña historia de transformación de lo normal a lo fantástico. Primero, describan su rutina diaria. Luego, añadan palabras, acciones o acontecimientos a su cuento que indiquen cambios negativos o positivos, ya sea que se conviertan en Drácula, Godzila, Superhombre (Supermujer) u otra persona real o imaginaria.

E. Apoyo gramatical. **Uso de los verbos *ser* y *estar*.** Llena los espacios en blanco con la forma apropiada del infinitivo o del presente de indicativo de los verbos *ser* o *estar*.

Yo (1) _____ una persona muy bien informada porque (2) _____ un lector insaciable. El periódico (3) _____ mi lectura favorita porque me gusta (4) _____ al día en las noticias. Ahora (5) _____ las nueve de la mañana y (6) _____ en mi sillón favorito. (7) _____ leyendo las noticias del día.

Gramática 2.4: Antes de hacer esta actividad conviene repasar esta estructura en las págs. 104–107.

Photodisc / Photolibrary

Ana y Manuel

Un cortometraje de Manuel Calvo

Mención especial a la Interpretación Femenina (Elena Anaya) y Guion del II Certamen de Cortometrajes Cine de Málaga. Mejor Corto ex-aequo de la XIV Muestra de Cine Internacional de Palencia y Mención Especial en el VII Premio de Cortometrajes Iberia

DIRECCIÓN: **MANUEL CALVO** GUION: **MANUEL CALVO BASADO EN UN RELATO DE ISABEL GALÁN** PRODUCCIÓN: **ELAMEDIA, ENCANTA FILMS Y KOLDO ZUAZUA PC PRESENTAN** PRODUCCIÓN EJECUTIVA: **ROBERTO BUTRAGUEÑO, KOLDO ZUAZUA Y MÓNICA BLAS** DIRECCIÓN DE PRODUCCIÓN: **ROBERTO BUTRAGUEÑO Y ALICIA RODRÍGUEZ** FOTOGRAFÍA: **DANI SOSA** ARTE: **HENAR MONTOYA** SONIDO: **SOUNDERS CREACIÓN SONORA** MÚSICA: **JOSÉ VILLALOBOS** ACTORES PRINCIPALES: **ELENA ANAYA EN EL PAPEL DE ANA Y DIEGO MARTÍN EN EL PAPEL DE MANUEL**

vgm/Shutterstock

Antes de ver el corto

Vocabulario útil

al principio	genial (*m. f.*)
arrastrar	impedir
aviso (*m.*)	mercadillo
bidé (*m.*)	monosílabo(*a*)
bufanda de lana	ni siquiera
cartel (*m.*)	quizá
dar vergüenza	rastro
descampado	reparo
deshacerse de	soler
echar de menos	trasto

A. ¿Sinónimos? Con tu compañero(a), indiquen si estas palabras están relacionadas o no.

1. rastro / huella
2. bufanda / suéter
3. genial / cariñoso
4. principio / origen
5. aviso / noticia

6. mercadillo / mercado al aire libre
7. pelo / río
8. soler / acostumbrar
9. tortuga / reptil
10. impedir / evitar

B. Palabras. Con tu compañero(a), completen las siguientes oraciones usando palabras del vocabulario.

1. El niño no quería ir a la escuela. Su madre lo tuvo que, literalmente, _____ hasta la puerta de su clase.

2. ¿Es para un regalo? ¿Quiere que se lo _____?

3. No hace más que coleccionar basura. Tiene la casa llena de _____.

4. Debería _____ comportarse de esa manera. El problema es que tal vez no tiene vergüenza.

5. En español, las palabras que son _____ no llevan acento ortográfico, salvo aquellas que se pueden confundir, como si y sí, de y dé, etc.

C. Expresiones. Con tu compañero(a), indiquen otra manera de decir las siguientes palabras y expresiones.

_____ 1. genial
_____ 2. descampado
_____ 3. rastro
_____ 4. regatear
_____ 5. reparo
_____ 6. echar de menos

a. sentimiento de duda o malestar ante algo
b. señal de que alguien o algo pasó por allí
c. ofrecer menos dinero por un producto
d. espacio de terreno abierto y, a veces, abandonado
e. sentir la ausencia de algo o alguien
f. brillante, muy inteligente

Fotogramas de *Ana y Manuel*

Este cortometraje cuenta la historia de un chico y una chica que viven en una gran ciudad. Con un(a) compañero(a), observen estos fotogramas y relacionen cada uno con las siguientes frases que describen la acción. Después, escriban una sinopsis de lo que creen que es la trama. Compartan su sinopsis con las de otras dos parejas de la clase.

_____ a. Era la segunda vez que me robaban el coche, pero la primera que me lo robaban con perro dentro.

_____ b. Tuve la genial idea de comprarme un perro.

_____ c. No era más que un pobre perro que se merecía algo más que vivir conmigo.

_____ d. Me contó que se lo acababa de encontrar ese mismo día en el mercadillo.

_____ e. Ni siquiera quise que nos quedáramos con la tortuga que le habían regalado a Manuel sus compañeros de trabajo.

_____ f. porque era la mitad de Manuel, y además significaba "hombre" en inglés.

1

2

3

4

5

6

Después de ver el corto

A. Lo que vimos. Con tu compañero(a), decidan si acertaron al anticipar la trama en la sinopsis que escribieron. ¿Hasta qué punto acertaron? ¿Dónde variaron de la trama?

B. ¿Entendiste? Prepara 5 ó 6 preguntas sobre *Ana y Manuel* y házselas a tu compañero(a). Luego responde a sus preguntas.

C. ¿Qué piensan? Con tu compañero(a), respondan ahora las siguientes preguntas.

1. ¿Qué opinan de este corto? ¿Les gustó? ¿Por qué sí o no?

2. ¿Creen que el corto defiende alguna tesis o tiene alguna enseñanza? ¿Cuál es? ¿Están de acuerdo, sí o no? ¿Por qué?

3. ¿Creen que este corto se puede convertir en un largometraje? ¿Qué añadirían a la historia? Expliquen.

D. El amor y las mascotas. Con tu compañero(a), respondan a las siguientes preguntas. Luego compartan sus respuestas con la clase.

1. ¿Creen que las mascotas ayudan a relacionarse mejor con las personas? ¿Creen que para mucha gente pueden ser una forma de evitar relacionarse con las personas? Expliquen.

2. ¿Tienen mascota? ¿Qué animal es? ¿Qué relación mantienen con su mascota? ¿Atienden ustedes a sus necesidades? ¿Cuánto tiempo le dedican al día?

3. ¿Qué les enseña su mascota? ¿Creen que su mascota les ayuda a ser felices? ¿Qué más les aporta su mascota? Expliquen.

E. Debate. En grupos de tres preparen un debate sobre las mascotas en nuestra sociedad. ¿Creen que es justo que nuestros perros y gatos coman mejor que muchas personas del mundo, que haya cementerios para mascotas, que se gaste tanto dinero en veterinarios… ¿Por qué sí o no? Un grupo defiende que sí y otro que no. Preparen sus argumentos y defiéndalos frente a la clase. Decidan quién ganó con sus argumentos.

F. Apoyo gramatical: Los usos de los verbos ser y estar. Completa este párrafo con las formas apropiadas del presente de indicativo de los verbos **ser** o **estar**.

Mi nombre (1) _____ Ana; yo (2) _____ la novia de Manuel. Yo (3) _____ en contra de tener mascotas, pero él (4) _____ amante de las mascotas. Mi historia (5) _____ larga. La siguiente (6) _____ una versión breve. En un momento, Manuel no (7) _____ parte de mi vida. Yo (8) _____ sola; (9) _____ hora de comprar un perro. El perro —a quien llamo Man, por Manuel— (10) _____ conmigo. Más tarde, de visita en casa de mis padres, me roban el coche donde (11) _____ Man, quien se pierde. Pasa el tiempo y un día llaman a la puerta: frente a mí (12) _____ Manuel, con Man a su lado. Esto (13) _____ un verdadero milagro. Ahora Man, Manuel y yo (14) _____ juntos.

Gramática 2.4: Antes de hacer esta actividad conviene repasar esta estructura en las págs. 104–107.

Películas que te recomendamos
- *El secreto de sus ojos* (Juan José Campanella, 2009)
- *La teta asustada* (Claudia Llosa, 2009)
- *Amores Perros* (Alejandro González Iñárritu, 2000)

2.3 Adjetivos descriptivos

¡A que ya lo sabes!

Tal como te imaginas, un adjetivo descriptivo describe personas o cosas. Tú ya sabes mucho acerca de estos adjetivos. Para probarlo, mira ahora estos pares de expresiones y decide, en cada par, cuál de las dos dirías.

1. a. dos muchachas *atractiva y estudiosa*

   b. dos muchachas *atractivas y estudiosas*

2. a. una *casa amarilla*

   b. una *amarilla casa*

> Para más práctica, haz las actividades de **Gramática en contexto** (sección 2.2) del *Cuaderno para los hispanohablantes*.

Esto sí que es fácil, ¿no? Seguramente que seleccionaste la segunda oración del primer par y la primera oración del segundo par. Ahora veamos las reglas relacionadas a los adjetivos descriptivos que ya has internalizado pero que a veces no sabes expresar.

Formas

> Los adjetivos que terminan en **-o** en el masculino singular tienen cuatro formas: masculino singular, masculino plural, femenino singular y femenino plural.

	Masculino	Femenino
Singular	mexican**o**	mexican**a**
Plural	mexican**os**	mexican**as**

> Los adjetivos que terminan en cualquier otra vocal en el singular tienen solo dos formas: el masculino y femenino singular y el masculino y femenino plural.

pesimista	pesimistas
impresionante	impresionantes

> Los adjetivos de nacionalidad que terminan en consonante en el masculino singular tienen cuatro formas.

español	española	españoles	españolas
francés	francesa	franceses	francesas

> Los adjetivos que terminan en **-án, -ín, -ón** o **-dor** en el masculino singular tienen también cuatro formas.

holgazán	holgazana	holgazanes	holgazanas
pequeñín	pequeñina	pequeñines	pequeñinas
juguetón	juguetona	juguetones	juguetonas
conmovedor	conmovedora	conmovedores	conmovedoras

> Otros adjetivos que terminan en consonante en el masculino singular tienen solo dos formas.

cultural	culturales	común	comunes
cortés	corteses	feliz	felices

> Unos pocos adjetivos tienen dos formas para el masculino singular: la forma más corta se usa cuando el adjetivo está antepuesto, es decir, se ubica antes de un sustantivo masculino singular. Algunos adjetivos de este tipo son:

bueno:	**buen** viaje	hombre **bueno**
malo:	**mal** amigo	individuo **malo**
primero:	**primer** hijo	artículo **primero**
tercero:	**tercer** capítulo	artículo **tercero**

> **Nota para hispanohablantes**
>
> En algunas comunidades de hispanohablantes se dice *güeno* en vez de **bueno.** Es importante evitar este uso fuera de esas comunidades y en particular al escribir.

El adjetivo **grande**, que indica tamaño, también tiene una forma corta, **gran**, la cual se usa delante de un sustantivo singular y significa "notable, célebre, distinguido": un gran amor, una gran idea, un gran hombre.

Concordancia de los adjetivos

> Los adjetivos concuerdan en género y número con el sustantivo al cual modifican.

Mis primas son **activas** y **trabajadoras.**

Los murales de Diego Rivera son **grandiosos** e **imaginativos.**

> **Nota para bilingües**
>
> En inglés los adjetivos son invariables, siempre usan la misma forma: *My cousin is active; My cousins are active.*

> Si un solo adjetivo está pospuesto y modifica a dos o más sustantivos y uno de ellos es masculino, se usa la forma masculina plural del adjetivo.

En esta calle hay tiendas y negocios hispan**os.**

> Si un solo adjetivo está antepuesto y modifica a dos o más sustantivos, concuerda con el primer sustantivo.

Me gusta leer bell**as** leyendas y relatos del México colonial.

Posición de los adjetivos

> Los adjetivos descriptivos normalmente van pospuestos al sustantivo al cual modifican; por lo general, restringen, clarifican o especifican el significado del sustantivo.

Nuestra familia es de origen **mexicano.**

Vivimos en una casa **amarilla.**

La industria **turística** es importante para México.

❯ Los adjetivos descriptivos van antepuestos al sustantivo para poner énfasis en una característica asociada comúnmente con ese sustantivo.

> En ese cuadro se ve un **fiero** león que descansa entre **mansas** ovejas.
> Vemos un ramo de **bellas** flores sobre la mesa.

❯ Algunos adjetivos tienen diferente significado según la posición que ocupe respecto del sustantivo. Cuando el adjetivo está pospuesto, tiene a menudo un significado objetivo o concreto; cuando está antepuesto tiene un significado abstracto o figurado. La siguiente es una lista de está tipo de adjetivos.

	Pospuesto	Antepuesto
antiguo	civilización **antigua**	mi **antiguo** profesor
cierto	una prueba **cierta**	**cierto** individuo
medio	el plano **medio**	**media** naranja
mismo	Lo hice yo **mismo**.	Tenemos el **mismo** trabajo.
nuevo	un coche **nuevo**	un **nuevo** empleado
pobre	mujer **pobre**	¡**Pobre** mujer!
propio	clima **propio** de esta zona	mi **propio** padre
viejo	una persona **vieja**	un **viejo** amigo

> Mi padre es un hombre **viejo**. Él y mi tío Miguel son **viejos** amigos.
> A veces veo a mi **antiguo** profesor de historia; le gustaba hablar de la Roma **antigua**.

❯ Cuando varios adjetivos modifican a un sustantivo, se aplican las mismas reglas que se usan en el caso de un solo adjetivo. Los adjetivos se posponen para restringir, clarificar o especificar el significado del sustantivo. Se anteponen al sustantivo para poner énfasis en características inherentes, en juicios de valores o en una actitud subjetiva.

> En 1910 estalla la Revolución Mexicana, un período **violento** y **cruento**.
> Los mexicanos tienen un **intenso** y **profundo** amor por su país.
> Lorena Ochoa es una **famosa** golfista **mexicana**.

Lo + adjetivos de género masculino singular

❯ **Lo**, la forma neutra del artículo definido, se usa con un adjetivo masculino singular para describir ideas abstractas o cualidades generales.

> **Lo fascinante** es la coexistencia de **lo antiguo** y **lo moderno** en México.
> **Lo indiscutible** es que la contaminación de la Ciudad de México requiere pronta atención.

> ### Nota para bilingües
> Esta construcción es muy poco común en inglés: *We prepared for the worst.* = Nos preparamos para lo peor. *What is good / The good thing is that the boy is hard-working.* = Lo bueno es que el muchacho es trabajador.

Ahora, ¡a practicar!

A. Una historia extraña. Completa el siguiente texto sobre lo que le ocurre al protagonista del cuento "Tiempo libre". Pon atención a la posición del adjetivo.

El protagonista de "Tiempo libre" no es ningún héroe; es un (1) _____ (hombre; medio). Lee todos los días el (2) _____ (periódico; mismo). Sin embargo, (3) _____ (día; cierto), las cosas cambian. Su (4) _____ (cuerpo; propio) comienza a cambiar. Él tiene, sin ninguna duda, (5) _____ (síntomas; ciertos) de que sufre una enfermedad especial. El (6) _____ (hombre; pobre) no sabe qué hacer. Llama a su doctor, que es un (7) _____ (hombre; viejo) con mucha experiencia, pero este le dice que no es nada grave; solo necesita tomar (8) _____ (vacaciones; placenteras). No es así. Al final vemos que el (9) _____ (protagonista; mismo) ha desaparecido; solo queda un periódico.

B. Un grupo musical mexicano. Usa la información dada entre paréntesis para hablar del grupo Maná. Presta atención a la forma apropiada de los adjetivos.

MODELO El grupo Maná tiene una _____. (carrera / artístico / destacado)
   El grupo Maná tiene una destacada carrera artística.

1. Maná es un _____. (grupo / musical / mexicano)

2. El grupo tiene y ha tenido _____. (éxitos / grande)

3. Maná interpreta _____. (ritmos / movido)

4. Es un grupo que tiene una _____. (carrera / largo)

5. Maná tiene admiradores en el _____. (mundo / entero)

6. Algunas de sus canciones reflejan el interés del grupo por _____. (temas / político)

7. El grupo mantiene una fundación que apoya _____. (iniciativas / ecológico)

8. El grupo ha acumulado _____. (premios, numeroso, artístico)

C. Este semestre. Tu compañero(a) te hace unas preguntas porque desea saber cómo te va este semestre. Usa los adjetivos que aparecen a continuación u otros que conozcas para contestar sus preguntas. Luego, cambien papeles.

MODELO horario este semestre
   —**¿Cómo es tu horario este semestre?**
   —**Es bastante complicado; tengo seis clases.**

aburrido	entretenido	estupendo	interminable
cansador	espantoso	fácil	pésimo simpático
complicado	estimulante	interesante	

1. la clase de español

2. las otras clases

3. los compañeros de clase

4. las conferencias de los profesores

5. las pruebas y exámenes

6. los trabajos escritos

7. …

D. Impresiones. Usa los adjetivos que aparecen a continuación u otros que conozcas para expresar tus reacciones a los siguientes datos sobre México.

MODELO En la Plaza de los Mariachis de Guadalajara puedes contratar a tu propio conjunto de mariachis.

Lo increíble es que en la Plaza de los Mariachis de Guadalajara puedes contratar a tu propio conjunto de mariachis.

admirable	impresionante	lamentable	sorprendente
cierto	increíble	notable	trágico
importante	interesante	raro	triste

1. La Catedral Metropolitana de la Ciudad de México es la más grande de todo el continente americano.

2. El Zócalo, la plaza mayor de la Ciudad de México, está situado en lo que fue el centro ceremonial del imperio azteca.

3. Octavio Paz es el único escritor mexicano que ha recibido el Premio Nobel.

4. El narcotráfico es una de las plagas de la sociedad mexicana.

5. El Palacio de Bellas Artes no solo tiene una arquitectura exquisita sino también una extraordinaria colección de arte de los grandes muralistas mexicanos.

6. El Museo Nacional de Antropología alberga la más grande colección de arte precolombino de todo el mundo.

7. La Ciudad de México es también una de las ciudades más pobladas del mundo.

E. Oro y plata en la Nueva España. Completa el siguiente párrafo acerca de las riquezas mineras de México durante la colonia.

Durante los años del período (1) _____ (colonial/coloniales)— entre 1521 y 1821— México, capital del Virreinato de Nueva España, fue una (2) _____ (valioso/valiosa) colonia del (3) _____ (extenso/extensa) imperio (4) _____ (español/españoles). En este territorio había (5) _____ (gran/grandes) minas de oro y plata que se explotaron con el trabajo (6) _____ (inhumano/inhumana) de la población (7) _____ (indígena/indígenas). Las minas (8) _____ (principal/principales) estaban en las regiones (9) _____ (norteños/norteñas), en sierras (10) _____ (fríos/frías).

2.4 Usos de los verbos *ser* y *estar*

¡A que ya lo sabes!

Muchos anglohablantes que estudian español dicen que **ser** y **estar** son dos verbos dificilísimos de aprender a usar correctamente, pero no tú. ¿Por qué? Pues, porque como hispanohablante, ¡ya los has internalizado! Lo vas a ver cuando mires estos pares de oraciones y decidas, en cada par, cuál de las dos dirías.

1. a. Hoy *es* viernes y *son* las ocho de la mañana.

   b. Hoy *está* viernes y *están* las ocho de la mañana.

2. a. La profesora *está* furiosa porque su café *está* frío.

   b. La profesora *es* furiosa porque su café *es* frío.

> Para más práctica, haz las actividades de **Gramática en contexto** (sección 2.3) del *Cuaderno para los hispanohablantes*.

¡Qué fácil es! Pero, ¿qué reglas rigen el uso de **ser** y de **estar**? Sigue leyendo y ya lo sabrás.

Usos de *ser*

❭ Para identificar, describir o definir al sujeto de la oración.

> Elena Poniatowska **es** una escritora mexicana.
> *La noche de Tlatelolco* **es** la obra más conocida de Poniatowska.

❭ Para indicar el origen, la posesión o el material de que algo está hecho.

> La golfista Lorena Ochoa **es** de Guadalajara.
> Esos muebles antiguos **son** de mi abuelita. **Son** de madera.

❭ Para describir cualidades o características inherentes de las personas, los animales y los objetos.

> Mi amiga Cristina **es** rubia; **es** lista y amable. **Es** divertida y muy enérgica.

❭ Con el participio pasado para formar la voz pasiva. (Consúltese la *Lección 7, pags. 371–373* sobre la voz pasiva.)

> El Museo Nacional de Antropología **es** visitado por millones de personas cada año.
> La ciudad de Mérida **fue** fundada en el siglo XVI.

❭ Para indicar la hora, las fechas y las estaciones del año.

> Hoy **es** miércoles. **Son** las diez de la mañana.
> **Es** octubre; **es** otoño.

❭ Para indicar la hora o la localización de un evento.

> No se sabe cuándo **será** el próximo concierto de Maná.
> La fiesta de Guelaguetza **es** en Oaxaca.

❭ Para formar ciertas expresiones impersonales.

> **Es** importante preservar la herencia precolombina.
> **Es** fácil llegar al Bosque de Chapultepec usando el metro.

Usos de *estar*

> Para indicar una ubicación.

> > Mis padres son de Mérida, pero ahora **están** en Guadalajara.
> >
> > Oaxaca **está** a 450 kilómetros de la Ciudad de México.

> Con el gerundio (la forma verbal que termina en **-ndo**) para formar los tiempos progresivos.

> > La población de la Ciudad de México **está** aument**ando** cada día.

> Con un adjetivo para describir estados o condiciones o para describir un cambio en alguna característica.

> > El hombre **está** preocupado porque tiene manchas negras en el cuerpo.
> >
> > No puedes comerte esa banana porque no **está** madura todavía.

¡Este café **está** frío!

> Con un participio pasado para indicar la condición que resulta de una acción. En este caso, el participio pasado funciona como adjetivo y concuerda en género y número con el sustantivo al cual se refiere.

Acción:	*Condición resultante:*
Pedrito rompió la taza.	La taza **está rota.**
Adolfo terminó sus quehaceres.	Sus quehaceres **están terminados.**

Ser y *estar* con adjetivos

Algunos adjetivos tienen un significado diferente cuando se usan con **ser** o **estar.** Los más comunes son los siguientes:

ser	**estar**
Es aburrido. (persona que cansa)	Está aburrido. (cansado, malhumorado)
Es bueno. (bondadoso)	Está bueno. (sano)
Es interesado. (egoísta)	Está interesado. (se interesa por algo)
Es limpio. (pulcro, aseado)	Está limpio. (se ha lavado)
Es listo. (inteligente, astuto)	Está listo. (preparado)
Es loco. (persona demente)	Está loco. (irreflexivo, imprudente)
Es malo. (malvado)	Está malo. (enfermo)
Es verde. (color)	Está verde. (no maduro)
Es vivo. (vivaz, despierto)	Está vivo. (no muerto)

Ese muchacho **es** aburrido. Como no tiene nada que hacer, **está** aburrido.

Ese estudiante **es** listo, pero nunca **está** listo para sus exámenes.

Esas manzanas **son** verdes, pero no **están** verdes.

Ahora, ¡a practicar!

A. Chichén Itzá. Completa la siguiente información acerca de las ruinas de Chichén Itzá con la forma apropiada del presente de indicativo de **ser** o **estar**.

Chichén Itzá (1) _____ uno de los sitios arqueológicos más grandes y mejor restaurados de México. (2) _____ situado a unos 120 kilómetros de Mérida, en las selvas de Yucatán. Las ruinas de la ciudad (3) _____ visitadas por viajeros de todo el mundo. (4) _____ verdad que la ciudad (5) _____ en ruinas, pero para los mayas antiguos (6) _____ una ciudad llena de vida. Las ruinas nos (7) _____ contando parte de la historia de los mayas. Chichén Itzá (8) _____ una joya prehispánica que (9) _____ en la lista del Patrimonio de la Humanidad de la UNESCO. Los mayas antiguos (10) _____ muertos, pero sus maravillosas obras (11) _____ vivas en las ruinas de Chichén Itzá.

B. Lorena Ochoa. Completa la información sobre la golfista Lorena Ochoa con la forma apropiada del presente histórico de indicativo de **ser** o **estar**.

Lorena Ochoa (1) _____ de Guadalajara, ciudad que (2) _____ en el estado de Jalisco. (3) _____ una niña de cinco años cuando comienza a jugar al golf; en ese tiempo la casa de la familia (4) _____ al lado del Guadalajara Country Club. Desde pequeña siempre (5) _____ practicando al golf u otras actividades físicas. (6) _____ campeona en numerosos torneos. En realidad, actualmente ella (7) _____ la mejor golfista del mundo. (8) _____ una persona simpática y activa. No (9) _____ interesada, pero siempre (10) _____ interesada en ayudar a sus amigos y (11) _____ lista también para ayudar a los golfistas jóvenes. Lorena (12) _____ un ícono y un ejemplo para todos los niños y jóvenes de México.

C. Preguntas personales. Quieres conocer mejor a un(a) compañero(a) de clase. Primero completa estas preguntas, y luego házselas.

1. ¿Cómo _____ tú hoy?

2. ¿_____ contento(a)?

3. ¿De dónde _____ tu familia?

4. ¿_____ pocos o muchos los miembros de tu familia?

5. ¿Cómo _____ tú generalmente?

6. ¿_____ pesimista u optimista?

7. ¿_____ interesado(a) en la música de Maná?

8. ¿_____ verdad que _____ amigo(a) personal de Luis Miguel?

D. Persona o cosa. Escribe el nombre de una persona o cosa que corresponda a cada descripción. Luego, compara tu lista con la de un(a) compañero(a).

1. _____ es muy listo(a).

2. _____ nunca está listo(a) a tiempo.

3. _____ está interesado(a) en el dinero, nada más.

4. _____ es un(a) loco(a).

5. _____ es la persona más aburrida del mundo.

6. _____ siempre está aburrido(a).

7. _____ es simplemente una persona mala.

8. _____ siempre dice que está malo(a).

Lección 2: España

Personas

cardiólogo(a)
dramaturgo(a)
extranjero(a)
habitante *(m. f.)*
habitar
judío(a)
moro(a)
musulmán(ana)
poblador(a)

Gobiernos

autonomía
censura
comprender
conocimiento
coronar
decadencia
dictar
dominio
eficaz
heredar
instituir
integrarse
lograr
partido
perdurar
potencia mundial
predominar
sindicato
urbanismo
vigilancia

Deportes

baloncesto
campeonato
destacarse
pulmón *(m.)*
reconocimiento
selección *(f.)*

Lugares y épocas

acueducto
cueva
siglo
Siglo de Oro

Descripción

adelantado(a)
ambos(as)
anhelado(a)
apelativo
artesanía
bronce *(m.)*
genial
plenamente
subconsciente *(m.)*

Verbos y expresiones útiles

conseguir (i, i) (g)
en último término
hasta el momento
por medio de
por si fuera poco
rehusar

Lección 2: México

Período colonial
bienes *(m.)*
ceder
conceder
derrotado(a)
explotar
huir
imponer
maltrecho(a)
potencia
virreinato

Personas
galardonado(a)
madrastra

Noticias
abreviar
afirmar
golpeado(a)
ingreso
periodismo
radio difusor
subempleo

Verbos y expresiones útiles
al comienzo de
derivar
iniciarse
prolongarse
situarse

S. Nicolas/Photolibrary

Camino de los incas

PERÚ, BOLIVIA Y ECUADOR

Tony Saltham / Photolibrary

LOS ORÍGENES

Acércate al fascinante mundo andino, con su riquísima historia y sus grandes desafíos y esperanzas (págs. 112–113).

SI VIAJAS A NUESTRO PAÍS…

❯ En **Perú** visitarás la capital, Lima —una joya del período colonial con una población de más de veintinueve millones—, Cusco, varios tesoros de las civilizaciones precolombinas y algunos festivales peruanos (págs. 114–115).

❯ En **Bolivia** llegarás a La Paz, cuyo aeropuerto es el más alto del mundo de una sede de gobierno, y conocerás Sucre y varios sitios de la historia y de la cultura boliviana, además de tres grandes festivales bolivianos (págs. 134–135).

❯ En **Ecuador** estarás en la "mitad del mundo" en latitud 0 en la capital, Quito, y visitarás Guayaquil, las islas Galápagos y algunos festivales ecuatorianos (págs. 152–153).

AYER YA ES HOY

Haz un recorrido por la historia de Perú, desde la colonia hasta la época contemporánea (págs. 116–117), por la de Bolivia, desde el siglo XVI hasta el presente (págs. 136–137) y por la de Ecuador, desde su independencia hasta nuestros días (págs. 154–155).

LOS NUESTROS

❯ En **Perú** conoce a uno de los más importantes novelistas y ensayistas de Latinoamérica, a un cantante peruano de fama internacional y a una actriz, conductora de televisión y modelo peruana (págs. 118–119).

❯ En **Bolivia** conoce a un artista aymara cuyas pinturas reflejan su herencia cultural, a un grupo musical representante del colorido folklore boliviano y a una modista y verdadera embajadora de la lana de alpaca (págs. 138–139).

❯ En **Ecuador** conoce a un pintor, muralista y escultor de fama mundial, a una artista que se ha dedicado a expresar rangos de sentimientos positivos del ser humano y a una escritora, crítica literaria, ensayista y profesora universitaria por excelencia (págs. 156–157).

ASÍ HABLAMOS Y ASÍ ESCRIBIMOS

Aprende cómo, al escribir, el sonido **/k/** puede ser representado por la **c, k** y **q** y el sonido **/s/** por la **c, s** y **z** (págs. 120–121) y cómo el sonido **/s/** puede ser representado por las letras **s** y **z** tanto como la letra **c** en la combinación **ce, ci** (págs. 140–141). También aprende algunas reglas para ayudarte a diferenciar entre la **g** y la **j** al escribir (págs. 158–159).

NUESTRA LENGUA EN USO

Descubre cuánto sabes de la jerga multinacional y familiarízate con la jerga peruana (págs. 122–123), ve cómo dos lenguas en contacto, el quechua y el español, se han mezclado la una con la otra (págs. 142–143), y aprende el origen de un buen número de sobrenombres como **Yoya**, **Fito** y **Memo** (págs. 160–161).

¡LUCES! ¡CÁMARA! ¡ACCIÓN!

❯ Visita "Cusco y Pisac: formidables legados incas" (pág. 124).

❯ Goza de "La maravillosa geografía musical boliviana" (pág. 144).

ESCRIBAMOS AHORA

Descríbete a base de paradojas (pág. 162).

Y AHORA, ¡A LEER!

❯ Conoce la compleja personalidad del narrador de "El canalla sentimental", en el cuento de Jaime Bayle (págs. 125–127).

❯ En los Andes, conoce a dos mineros de la mina La Frontera, que se creía abandonada (págs. 145–147).

❯ Descubre dónde un grupo de artistas prefiere ser enterrado, en "Vasija de barro" de Jorge Carrera Andrade, Hugo Alemán, Jorge Enrique Adoum y Jaime Valencia (págs. 163–165).

GRAMÁTICA

Repasa los siguientes puntos gramaticales:

❯ 3.1 Pronombres de objeto directo e indirecto y la *a* personal (págs. 128–131)

❯ 3.2 El verbo *gustar* y construcciones semejantes (págs. 131–133)

❯ 3.3 El pretérito: verbos regulares (págs. 148–151)

❯ 3.4 El pretérito: verbos con cambios en la raíz y verbos irregulares (págs. 166–169)

Miles de años antes de la conquista española, las tierras que hoy forman las repúblicas independientes de Perú, Ecuador y Bolivia estaban habitadas por sociedades complejas y refinadas.

¿Qué grandes civilizaciones antiguas poblaban estos territorios?

En el área peruana se destacaron grandes civilizaciones, como la de Chavín de Huántar con sus inmensos templos; la mochica con sus impresionantes pirámides y sus finas cerámicas; la chimú con su enorme capital en Chan Chan y sus magníficas obras en oro; la nazca, la huari, la sicán y tantas, tantas más. En la zona ecuatoriana sobresalieron los chibchas, los colorados, los capayas, los jíbaros y los shiris. En el actual territorio boliviano se destacó la cultura andina de Tiwanaku, cuyos habitantes eran conocidos como "aymaras".

©Gianni Dagli Orti / Corbis

Vaso mochica que representa a un noble

De estas civilizaciones, ¿cuál alcanzó un mayor apogeo?

Menos de un siglo antes de la llegada de los españoles, la gran civilización de los incas alcanzó un gran nivel de civilización, manifestado en todos los aspectos de su vida cultural y política. En un período relativamente corto, subyugaron la mayor parte de los reinos precolombinos e instituyeron un imperio que se extendía por las actuales repúblicas de Perú, Ecuador, Bolivia y el norte de Argentina y de Chile. Establecieron su capital en Cusco. Para 1525, el imperio incaico se encontraba en una situación vulnerable debido a que el inca Huayna Cápac decidió dividir el reino entre su hijo Atahualpa, heredero shiri por parte de su madre, y Huáscar, nacido de una princesa inca. A su muerte, estalló una guerra entre los dos hermanos.

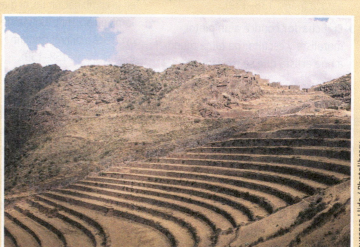

Laurence Llido / Photolibrary

Los incas desarrollaron la agricultura por terrazas.

¿Cómo se produjo la conquista por parte de los españoles?

En este contexto de guerra y división interna, en 1531 se presenta Francisco Pizarro acompañado por 180 hombres y unos treinta caballos. Los conquistadores pronto se dieron cuenta de la situación política y militar favorable y capturaron a Atahualpa en una batalla que dio muerte a unos cinco mil incas y solo cinco españoles. Atahualpa, desde su cautiverio, mandó asesinar a su medio hermano Huáscar y luego ofreció una enorme cantidad de oro por su propia libertad, oferta que Pizarro aceptó inmediatamente. Sin embargo, una vez en posesión del oro y la plata, el capitán español condenó a muerte a Atahualpa en 1533. De esta manera, se inició el poderío de los españoles, quienes se dedicaron inmediatamente a conquistar todos los rincones del imperio derrotado.

Jacques Jangoux / Photolibrary

La música andina, con sus maravillosos instrumentos autóctonos

■ ¿COMPRENDISTE?

A. Hechos y acontecimientos. ¿Recuerdas los datos más importantes de la lectura? Para asegurarte, contesta las siguientes preguntas. Luego, compara tus respuestas con las de un(a) compañero(a).

1. ¿Dónde se desarrollaron las civilizaciones de Chavín de Huantar, la mochica y la chimú, y cómo se destacaron?

2. ¿De dónde eran los chibchas? ¿y los aymaras?

3. ¿Estaba la civilización inca en su apogeo cuando llegaron los españoles? Expliquen.

4. ¿Cómo se llamaba la capital del imperio inca?

5. ¿Quiénes son Atahualpa y Huáscar? ¿Qué les pasó cuando se enfrentaron con los españoles?

6. ¿Cuánto tiempo tardaron los españoles en conquistar a los incas?

> **MEJOREMOS LA COMUNICACIÓN**
>
> | | |
> |---|---|
> | andino(a) | heredero(a) |
> | apogeo | nivel (m.) |
> | cautiverio | poderío |
> | dar muerte | reino |
> | darse cuenta | rincón (m.) |
> | estallar | sobresalir |
> | habitado(a) | subyugar |

B. A pensar y a analizar. Contesta las siguientes preguntas con dos o tres compañeros(as) de clase.

1. ¿Por qué creen Uds. que tantas grandes civilizaciones se desarrollaron en Perú? ¿Cuál fue la más grande? ¿Por qué creen eso?

2. ¿Cómo es posible que menos de doscientos españoles pudieran conquistar el imperio inca en tan poco tiempo? ¿Por qué creen Uds. que los españoles no se interesaron en preservar el imperio inca? ¿Cómo creen Uds. que serían Perú, Bolivia y Ecuador hoy en día si los incas hubieran derrotado a los españoles? Expliquen sus respuestas.

 ¡Diviértete en la red!
Busca civilización inca en YouTube para ver fascinantes videos de esta gran cultura. Ve a clase preparado(a) para compartir la información que encontraste.

Perú

© Cengage Learning 2012

Nombre oficial: República del Perú
Población: 29.546.963 (estimación de 2009)
Principales ciudades: Lima (capital),
Arequipa, El Callao, Trujillo
Moneda: Nuevo sol (S/.)

En Lima, la capital, con una población de unos 9 millones, tienes que conocer...

› la Plaza Mayor, rodeada de la Catedral y edificios del gobierno y que fue recientemente declarada Patrimonio Cultural de la Humanidad por la UNESCO.

› el Monasterio de San Francisco, una joya del período colonial, que cuenta con una biblioteca de unos 25.000 tomos (siglos XV-XVII) y con unas fascinantes catacumbas.

› el Museo de la Nación con impresionantes réplicas y artefactos de la vida precolonial.

› el barrio de Miraflores, un lugar de excelentes restaurantes, cafés y una vida nocturna muy activa.

Angelo Cavalli / Photolibrary

Catedral y Plaza de Armas en Lima, Perú

En Cusco, no dejes de ver...

> la Plaza de Armas, el centro preciso del antiguo imperio inca, donde se celebraban importantes eventos religiosos y militares.

> el Templo de Coricancha (Templo del Sol), que en tiempos de los incas estaba cubierto con láminas de oro, esmeraldas y turquesa, y tenía un patio lleno de réplicas en tamaño real de llamas, ovejas, árboles, frutas y flores, todas hechas de oro y plata.

> la fortaleza de Sacsayhuamán, que fue construida con enormes piedras, varias de más de 125 toneladas, para proteger la ciudad de Cusco.

De las civilizaciones precolombinas, no dejes de ver...

> Machu Picchu, la ciudad escondida de los incas.

> la tumba de Sipán, un hallazgo considerado comparable al descubrimiento de Tutankamón y Machu Picchu.

> la cerámica de los mochicas, un brillante ejercicio escultórico que representaba toda faceta de vida humana y animal.

> las ruinas de Chan Chan, misteriosa capital antigua del imperio chimú y tal vez la ciudad de adobe más grande del mundo antiguo.

Chris Hovey / Shutterstock

Chan Chan, cerca de Trujillo, Perú

Festivales peruanos

> el Festival Inti Raymi, el festival del sol, en Cusco

> la Fiesta de la Virgen de la Candelaria, en Puno

> la Fiesta del Señor de los Temblores, en Cusco

JTB Photo / Photolibrary

El festival Inti Raymi, en Cusco, Perú

🌐 **¡Diviértete en la red!**
Busca en Google Images o en YouTube para ver fotos y videos de cualquiera de los lugares o festivales mencionados aquí. Ve a clase preparado(a) para describir en detalle el lugar o festival que escogiste.

Perú: piedra angular de los Andes

Cerca de la costa central, Pizarro fundó la ciudad de Lima el 6 de enero de 1535, el día de los Reyes Magos; por eso Lima se conoce como "la Ciudad de los Reyes".

La colonia

Pronto, Lima se convertiría en la capital del Virreinato del Perú que se estableció en 1543 y llegó a ser una de las ciudades principales del imperio español. En Lima se estableció en 1553 la Universidad de San Marcos, una de las primeras universidades del continente.

RJ Lerich / Shutterstock

Palacio presidencial en la Plaza Mayor de Lima

La independencia

Después de lograr la liberación de Argentina y Chile, el general argentino José de San Martín decidió atacar el poder español en Perú. San Martín tomó Lima en 1821. En diciembre de 1822 se proclamó la República del Perú.

La Guerra del Pacífico

La importancia de los depósitos minerales de nitrato, localizados en el desierto de Atacama (en ese entonces territorio boliviano), provocó conflictos entre Chile y Bolivia

Jarno Gonzalez Zarraonandia / Shutterstock

Plaza San Martín en Lima

Private Collection / Index / The Bridgeman Art Library

La Guerra del Pacífico: bombardeo sobre la ciudad de Iquique, en Chile, la noche del 16 de julio de 1879

debido al interés de Chile en los depósitos minerales bolivianos. Perú había firmado un tratado de defensa mutua con Bolivia. Al fracasar las negociaciones, Chile declaró la guerra a Perú y a Bolivia el 5 de abril de 1879. En esta guerra, que se conoce como la Guerra del Pacífico, Chile derrotó a Perú y a Bolivia y llegó a ocupar, durante dos años, la capital peruana. El Tratado de Ancón, firmado en 1883, significó el fin de la Guerra del Pacífico cediéndole a Chile la provincia de Tarapacá y dejando bajo administración chilena durante diez años las de Tacna y Arica.

La época contemporánea

❯ Durante la década de los 80 y sobre todo a finales de la misma, la crisis económica, la penetración del narcotráfico y el terrorismo del grupo guerrillero Sendero Luminoso agobiaron cada vez más a Perú.

❯ En 1990 salió elegido presidente Alberto Fujimori. Durante sus dos períodos de gobierno llevó a cabo importantes reformas económicas y políticas. Fue reelegido, por tercera vez, en unas controvertidas elecciones en el año 2000. Más tarde, ese mismo año, se vio obligado a renunciar a la presidencia debido a corrupciones internas.

> En junio de 2001 se llevaron a cabo elecciones presidenciales que elevaron al economista Alejandro Toledo a la presidencia. Su ascenso fue notable, a pesar de sus orígenes humildes. Toledo fue sucedido por Alan García Pérez en 2006.

> Alan García ha continuado con la política económica del gobierno anterior, logrando baja inflación, crecimiento notable de las exportaciones, aumento sustancial del producto nacional bruto e incremento de las reservas internacionales por encima de los treinta mil millones de dólares a fines de 2008.

> Ollanta Humala Tasso fue elegido presidente el 28 de julio del 2011. Humala ha instaurado una política económica responsable y técnica, consiguiendo importante aprobación pública y un alto crecimiento económico, no obstante los problemas de la economía mundial.

▬ ¿COMPRENDISTE?

A. Hechos y acontecimientos. ¿Recuerdas los datos más importantes de la lectura? Para asegurarte, completa las siguientes frases.

1. Lima se conoce como "la Ciudad de los Reyes" porque…

2. La primera universidad de Lima fue…

3. La Guerra del Pacífico resultó en…

4. Antes de llegar a ser presidente, Alejandro Toledo fue…

5. Los principales logros de la gestión presidencial de Alan García son…

MEJOREMOS LA COMUNICACIÓN	
agobiar	localizado(a)
crecimiento	mutuo(a)
en ese entonces	producto nacional bruto
fracasar	renunciar
llevar a cabo	Reyes Magos (m.)

B. A pensar y a analizar. En grupos de cuatro, tengan un debate sobre uno de los siguientes temas. Dos personas en su grupo deben argüir a favor y dos en contra.

1. Los españoles son responsables de todos los problemas de Perú hoy día.

2. Si los españoles no hubieran llegado al Nuevo Mundo, toda Sudamérica probablemente sería un solo país gobernado por un emperador.

C. Redacción colaborativa. En grupos de dos o tres, escriban una composición colaborativa de una a dos páginas sobre el tema que sigue. Escriban primero una lista de ideas, organícenlas en un borrador, revisen las ideas, la acentuación y ortografía y escriban la versión final.

Alberto Fujimori, un político peruano-japonés, combatió a terroristas y narcotraficantes con mano fuerte; sin embargo, a la vez, se vio obligado a renunciar a la presidencia debido a corrupciones internas. ¿Cuáles son los límites que deben sobreponerse a un presidente que, por una parte combate con mano fuerte la corrupción de terroristas y narcotraficantes pero por otra, crea su propia corrupción interna? ¿Hay casos parecidos en el gobierno de Estados Unidos? Si así es, ¿cómo se han solucionado?

Mario Vargas Llosa

Este escritor peruano es uno de los más importantes novelistas y ensayistas de Latinoamérica. Ha escrito prolíficamente en una serie de géneros literarios, incluyendo crítica literaria y periodismo. Entre sus novelas se cuentan comedias, novelas policíacas, históricas y políticas. De los innumerables premios y distinciones que ha recibido, cabe destacar tres de los máximos galardones literarios: el Premio Rómulo Gallego (1967), el Premio Cervantes (1994) y el Premio Nobel de Literatura (2010). Es miembro de la Academia Peruana de la Lengua y de la Real Academia Española. Cuenta con varios doctorados honoris causa otorgados por universidades de Europa y América: Yale (1994), Harvard (1999), San Marcos de Lima (2001), Oxford (2003) y la Sorbona (2005), tanto para nombrar algunas.

Mariana Bazo / Reuters / Landov

Gian Marco Zignago

Rodrigo Varela / Getty Images

Cantante peruano de fama internacional que a los seis ya dominaba la guitarra. A esa edad grabó un disco con su padre titulado *Navidad Es.* Su consagración definitiva se da en colaboración con Gloria Estefan y Jon Secada en la canción "El último adiós" en un programa conmemorativo, el 12 de octubre de 2001 en la Casa Blanca de los EE.UU. Entre los muchos reconocimientos que ha obtenido, destacan el Grammy Latino como cantautor (2005), el ser elegido embajador de buena voluntad en el Perú por la UNICEF (2006) y el haber sido condecorado por el presidente de su país con la Orden del Sol del Perú (2007).

Marisol Aguirre Morales Prouvé

La actriz, conductora de televisión y modelo peruana Marisol Aguirre debutó en televisión en 1992, cuando condujo junto al actor Sergio Galliani el programa *Locademia TV* en el canal del estado, con el que obtuvo un gran éxito televisivo.

En 2008 aparece en la telenovela "Esta Sociedad 2" y en 2009, vuelve a la conducción con el programa "El otro show". Paralelamente ha realizado obras de teatro, principalmente para niños, y se ha dedicado al modelaje, siendo el rostro oficial de algunas marcas de cosméticos en Perú.

zuma / newscom

Otros peruanos sobresalientes

Ciro Alegría (1909–1967): novelista, cuentista, poeta y periodista

Alberto Benavides de la Quintana: empresario minero

Alfredo Bryce Echenique: catedrático, cuentista y novelista

Moisés Escriba: pintor

María Eugenia González: poeta

Ana María Gordillo: pintora

Miguel Harth-Bedoya: conductor

Ciro Hurtado: compositor y guitarrista

Tania Libertad: cantante

Wilfredo Palacios-Díaz: pintor

Javier Pérez de Cuéllar: catedrático, diplomático y ex secretario general de la Organización de las Naciones Unidas

Fernando de Szyszlo: pintor y grabador

MEJOREMOS LA COMUNICACIÓN

cantautor(a)	género
condecorado(a)	grabar
conducción *(f.)*	modelaje *(m.)*
conductor(a)	prolífico(a)
consagración *(f.)*	realizar
galardón *(m.)*	rostro

¿COMPRENDISTE?

A. Los nuestros. Usando su imaginación, describan cómo creen que fue la vida familiar de estos tres peruanos cuando eran niños.

B. Miniprueba. Demuestra lo que aprendiste de estos talentosos peruanos al completar estas oraciones.

1. El escritor peruano Mario Vargas Llosa escribe novelas, ensayos, crítica literaria y _____.

   a. poesía   b. periodismo   c. teatro

2. El impacto de la canción "El último adiós" en la vida profesional de Gian Marco fue _____.

   a. poco   b. muy fuerte   c. una sorpresa

3. Se puede decir que Marisol Aguirre Morales Prouvé es una persona con muchas _____.

   a. habilidades   b. virtudes   c. grabaciones

C. Diario. En tu diario, escribe por lo menos media página expresando tus pensamientos sobre este tema.

> Mario Vargas Llosa pasó dos años en una academia militar y luego escribió sobre sus experiencias en esa escuela. Si tú decidieras escribir sobre tus años de experiencia en una escuela, ¿qué escuela escogerías? ¿Cuáles son algunas de las experiencias que mencionarías? ¿Por qué son importantes esas experiencias para ti?

¡Diviértete en la red!
Busca "Mario Vargas Llosa", "Gian Marco" y/o "Marisol Aguirre" en YouTube para ver videos y escuchar a estos talentosos peruanos. Ve a clase preparado(a) para presentar lo que encontraste.

ASÍ HABLAMOS Y ASÍ ESCRIBIMOS

La escritura del sonido /k/

La **q** y la **k,** y la **c** antes de las vocales **a, o** y **u,** se pronuncian de la misma manera, /k/. El sonido /k/ solo se escribe con la letra **k** en palabras prestadas o derivadas de otros idiomas, como **kabuki, karate, kibbutz, koala** y **kilo.** El sonido /k/ se escribe con la **q** solo en las combinaciones **que** o **qui,** con la excepción de unas pocas palabras incorporadas al español como préstamos de otros idiomas (**quáter, quásar** y **quórum,** por ejemplo). Finalmente, el sonido /k/ solo ocurre con la letra **c** en las combinaciones **ca, co** y **cu.** ¡Mantén estas guías en mente y mejorarás tu ortografía!

Al escuchar a tu profesor(a) leer las siguientes palabras con el sonido /k/, observa cómo se escribe este sonido.

ca o **ka**	**c**anción	ex**c**avaciones	**k**aftén
que o **ke**	**que**mar	ata**que**	**k**etchup
qui o **ki**	**qui**nce	oligar**quí**a	**k**ilómetro
co o **ko**	**c**olor	romá**c**tico	**k**odak
cu o **ku**	**c**ultivar	re**c**uperar	**k**urdo

¡A practicar!

A. Práctica con la escritura del sonido /k/. Escucha mientras tu profesor(a) lee las siguientes palabras. Escribe las letras que faltan en cada una. Cada palabra se leerá dos veces.

1. __ __ __ e x i ó n
2. a r __ __ __ __ o l ó g __ __ __ __
3. __ __ __ e r c i a n t e
4. m a g n í f __ __ __ __
5. p __ __ __ __ l i a r
6. __ __ __ c h é
7. b l o __ __ __ __ a r
8. d e r r __ __ __ __ d o
9. __ __ __ t z a l c ó a t l
10. __ __ __ p e s i n o

La escritura del sonido /s/

La escritura con la **c, s** y **z** también resulta problemático con frecuencia al escribir. Esto se debe a que las tres letras pueden representar los mismos sonidos cuando son seguidas por una vocal. El primer paso para aprender a evitar problemas de ortografía es reconocer los sonidos. Al escuchar las siguientes palabras con el sonido /s/, observa cómo se escribe este sonido.

sa o **za**	**s**agrado	**z**ambullir	pobre**z**a
se o **ce**	**s**egundo	**c**ero	enrique**c**er
si o **ci**	**s**ituado	**c**ivilización	pala**c**io
so o **zo**	**s**oviético	**z**orra	colap**s**o
su o **zu**	**s**uicidio	**z**urdo	insurre**cc**ión

¡A practicar!

A. Práctica con la escritura del sonido /s/. Escucha mientras tu profesor(a) lee las siguientes palabras. Escribe las letras que faltan en cada una. Cada palabra se leerá dos veces.

1. r o ___ ___ o
2. o p r e ___ ___ ó n
3. b r o n ___ ___ a r s e
4. f u e r ___ ___
5. r e ___ ___ l v e r

6. o r g a n i ___ ___ ___ ___ ó n
7. ___ ___ r g i r
8. r e ___ ___ s t e n ___ ___ a
9. u r b a n i ___ ___ d o
10. ___ ___ m b a r

B. ¡Ay, qué torpe! Por mucho que esta jovencita hispanohablante trata de no olvidar poner acentos escritos donde sean necesarios, siempre se le pasan unos cuantos. Encuentra los diez que se le pasaron en este parrafito y pónselos.

Si ya te empieza a aburrir la musica electronica aquí te ofrecemos una alternativa; la calida oposicion de sonidos en los cuales los instrumentos de percusion dan una acentuacion rítmica sincopada, palpitante y acelerada para formar una modalidad de sonidos sabrosos y apasionados. Reflejan apropiadamente a una civilizacion que mezcla la dominacion de la cultura africana con la monarquia española. Celebre representante de esta música salada fue Dámaso Pérez Prado y un sinnúmero de seguidores tan famosos como Tito Puente, Celia Cruz, Chucho Valdés y Gonzalo Rubalcaba.

La jerga

Cada generación de hispanohablantes tiene su propia jerga para distinguirse de otras generaciones. La jerga convierte el español en algo pintoresco y vivo, dándole un sabor muy regional a la lengua. Igualmente, existen maneras coloquiales muy particulares que distinguen a los hablantes de cada región. Por ejemplo, la palabra **chévere**, que se dice en aprobación de algo, es muy común entre los venezolanos. La repetición de la palabra **che** caracteriza el habla de muchos argentinos y el uso de la palabra **vato** es muy común entre muchos méxicoamericanos.

Por regional que sea la jerga, ciertas expresiones llegan a ser tan populares que acaban o por ser aceptadas en la lengua formal o por incorporarse a una jerga de otros países.

A. La jerga multinacional. A continuación aparece una lista de palabras sacadas de la jerga conocida y usada en varios países hispanohablantes. Encuentra en la segunda columna el significado de cada palabra de la primera columna.

Jerga multinacional	Significado
_____ 1. chamba	a. molestar
_____ 2. fregar	b. prisión
_____ 3. hablar pipa	c. trabajo
_____ 4. jodido	d. arruinado
_____ 5. milico	e. soldado, militar
_____ 6. cana	f. decir trivialidades

B. La jerga peruana. En estos comentarios típicos de jóvenes peruanos, trata de encontrar, en la lista que sigue, el significado de la jerga peruana que aparece en negrilla en cada oración.

Significados:

amigo(a)	cabeza	diccionario	dormida	Internet
borracho(a)	ceso	dinero	hacerle(s) caso	pariente

1. ¿Cuántas veces te he dicho que no debes **darles bola** a esos niños?

2. Dice que no nos puede acompañar porque le duele la **tutuma** de tanto estudiar.

3. ¿Es verdad? ¿Tú eres **pata** de Graciela?

4. Cuando llegamos a casa ya estaba bien **choborra**.

5. Búscalos en el **mataburro**, solo así vas a aprender.

C. Mi jerga. ¿Cuáles son algunos ejemplos de la jerga que se usa en tu comunidad? Prepara una lista de tres a cinco ejemplos y escribe una oración con cada uno de ellos. Luego, léeselas a un compañero(a) de clase para ver si puede adivinar el significado.

Cusco y Pisac: formidables legados incas

Antes de empezar el video

En parejas. Contesten las siguientes preguntas en parejas.

1. ¿En qué consiste el legado indígena de los EE.UU.? ¿Qué hay en ese legado que se considera formidable? Den ejemplos específicos.

2. ¿Existe una artesanía indígena actual en los EE.UU.? Si la hay, ¿qué tipo de artesanía es? ¿de textiles, de barro, de cuero, de metales o piedras preciosas o de otros materiales? Den algunos ejemplos de los productos que hacen.

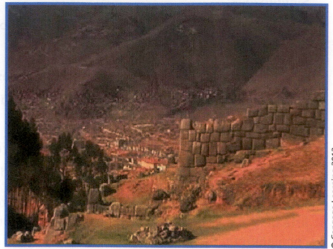
© Cengage Learning 2012

La fortaleza de Sacsayhuamán, una construcción monumental con cabeza de puma

Después de ver el video

A. Cusco y Pisac. Contesta las siguientes preguntas con un(a) compañero(a).

1. ¿Qué hace que Cusco sea hoy, igual que en el pasado, una ciudad de belleza excepcional?

2. ¿Qué es Sacsayhuamán? ¿Qué propósito tenía?

3. ¿Por qué se dice que en los productos de Pisac están presente el espíritu y el ingenio indígena?

B. A pensar y a interpretar. Contesten las siguientes preguntas en parejas.

1. ¿Qué significa que la mayoría de los edificios coloniales en Cusco estén construidos sobre los cimientos de la antigua ciudad incaica?

2. En tu opinión, ¿cómo se construyó Sacsayhuamán? ¿Cómo fue posible que los indígenas de esa época movieran rocas de 125 toneladas de peso? Explica. ¿Qué otros ejemplos conoces de civilizaciones que construyeron monumentos o fortificaciones similares?

C. Apoyo gramatical: *gustar* y construcciones similares. Expresa tus reacciones a las siguientes vistas de Perú. Usa los verbos que aparecen a continuación u otros semejantes que conozcas.

MODELO la fortaleza de Sacsayhuamán
> **Me impresionó (Me encantó) la fortaleza de Sacsayhuamán.**

agradar   encantar   fascinar   impresionar   interesar   sorprender

1. el video sobre Cusco y Pisac

2. el mercado de artesanía de Pisac

3. la ciudad perdida de Machu Picchu

4. la tumba del señor de Sipán

5. Lima, la Ciudad de los Reyes

Gramática 3.2: Antes de hacer esta actividad conviene repasar esta estructura en las págs. 131–133.

 ¡Diviértete en la red!
Busca "Cusco", "Sacsayhuamán" y/o "Pisac" en Google Images y YouTube para ver imágenes de maravillosos legados incas. Ve a clase preparado(a) para presentar un breve informe sobre uno de estos lugares.

¡Antes de leer!

A. Anticipando la lectura. Contesta estas preguntas para ver cómo defines tu personalidad.

1. ¿Cómo te definirías a ti mismo(a)? ¿Qué adjetivos usarías? Crea una lista y compárala con la de un(a) compañero(a).

2. ¿Te consideras una persona ambigua o crees que hay ambigüedades en tu vida? ¿Tienes ejemplos concretos para demostrar si sí o no? Crea una lista de ejemplos de estas ambigüedades y compara tu lista con las de dos compañeros(as) de clase.

B. Vocabulario en contexto. Busca estas palabras en la lectura que sigue y, en base al contexto en el cual aparecen, decide cuál es su significado. Para facilitar encontrarlas, las palabras aparecen en color en la lectura.

1. **canalla**   a. sin vergüenza   b. caballero   c. intelectual
2. **empeñoso**   a. gentil   b. perezoso   c. trabajador
3. **sobornos**   a. mis cuentas   b. deudas   c. corrupción
4. **libertino**   a. vicioso   b. divertido   c. soltero
5. **pudor**   a. dinero   b. vergüenza   c. energía
6. **miope**   a. un don Juan   b. aventurero   c. corto de vista

Sobre el autor

Jaime Bayly Letts es escritor, periodista y presentador de televisión. Como escritor se destaca por su estilo directo, sencillo y convincente, y por un manejo de diálogos muy sugestivos y persuasivos. En la actualidad conduce programas diarios de entrevistas en Lima, siendo además columnista de diversos medios de prensa. Muchas de las novelas de Bayly giran en torno a temas sexuales y la drogadicción. Otros elementos recurrentes en sus obras son los escenarios de la ciudad de Lima, la alta sociedad peruana y los conflictos en las relaciones interpersonales.

© Paulo Aguilar / Corbis

El **canalla** sentimental

(Fragmento)

Soy agnóstico pero rezo en los aviones. Soy optimista pero no espero nada bueno. Soy materialista pero no me gusta ir de compras. Soy pacifista pero me gusta que la gente se pelee. Soy vago pero **empeñoso**. Soy romántico pero duermo solo. Soy amable pero insoportable. Soy honesto pero mitómano. Soy limpio pero huelo mal. Tengo amor propio pero soy autodestructivo. Soy autodestructivo pero con espíritu constructivo. Soy insobornable pero pago **sobornos**. Soy narcisista pero con impulsos suicidas. Estoy a dieta pero sigo engordando. Soy liberal pero no permito que fumen a mi lado. Soy libertino pero no me gustan las orgías. Soy **libertario** pero no sé lo que es eso. Creo en la democracia pero no me gusta ir a votar. Creo en la libre competencia pero no me gusta competir con nadie. Creo en el mercado pero odio ir al mercado. No soy chismoso pero compro revistas de chismes. Soy intelectual pero no inteligente. Soy vanidoso pero no me corto los pelos de la nariz. Creo en la superioridad de Occidente pero no conozco Oriente. Amo a los animales pero odio a los gatos. Odio a los gatos pero no a los de mis hijas. Quiero a mis padres pero no los veo hace años. Quiero a mis hermanos pero no sé dónde viven. Creo en el sexo seguro, pero soy sexualmente inseguro. Soy comprensivo pero no sé perdonar. Respeto las leyes pero prefiero burlarlas. Soy humanista pero no creo en la humanidad. Soy tímido pero no tengo **pudor**. Soy impúdico pero no me gusta andar desnudo. Me gusta ahorrar pero no ir al banco. Soy bisexual pero asexuado. Me gusta leer pero no leerme. Me gusta escribir pero no que me escriban. Me gusta hablar por teléfono pero no que suene el teléfono. Creo en el capitalismo pero no tengo capitales. Estoy a favor de la globalización pero no la de mi cuerpo. No soy rico pero tengo fortuna. Hablo de mi vida privada pero nunca de mi vida pública. Soy coherente pero inconsecuente. Tengo principios pero me gusta que se terminen. Creo en la Virgen del Carmen pero no en la de Guadalupe. No creo en Dios pero sí en Jesucristo su único hijo. Soy frívolo pero profundamente. No consumo drogas pero las echo de menos. No me gusta fumar marihuana pero me gusta que la fumen a mi lado. Soy intolerante con los que no me toleran. Me gusta el arte pero me aburren los museos. Me aburren los museos pero me gusta que me vean en ellos. No me gusta que me roben pero sí que pirateen mis libros. Creo en el amor a primera vista pero soy **miope**. Soy ciudadano del mundo pero me niegan las visas. No tengo techo propio pero sí amor propio. Me gusta ir contra la corriente si sirve a mi cuenta corriente. Soy mal escritor pero una buena persona. Soy una buena persona pero no cuando escribo...

Jaime Bayly. Excerpt from EL CANALLA SENTIMENTAL © Jaime Bayly, 2008, published by Planeta. Reprinted by permission.

¡Después de leer!

A. Soy como soy. Indica (✓) los rasgos *(traits)* que admite el narrador.

1. _____ religioso
2. _____ pesimista
3. _____ maloliente
4. _____ buen escritor
5. _____ sobornable

6. _____ intransigente
7. _____ hablador
8. _____ parcial en su odio a los gatos
9. _____ orgulloso
10. _____ interesado en el dinero

B. A pensar y a analizar. En grupos de tres o cuatro, contesten las siguientes preguntas. Luego, compartan sus respuestas con la clase.

1. ¿Qué tipo de personalidad nos transmite el narrador? Usen un adjetivo para definir esta personalidad. Usen uno solo. Compárenlo con los que usan otros grupos hasta ponerse de acuerdo en uno para toda la clase.

2. ¿Se fían del narrador? Expliquen por qué sí o no, y qué implica para la lectura del texto.

3. ¿Creen que el título *El canalla sentimental* sugiere que el narrador habla del autor? Expliquen por qué sí o no.

C. Tiempo para la lírica. Este texto tiene algunos elementos que se adaptarían bien para convertir el texto en un poema. Con un(a) compañero(a), conviertan las primeras seis u ocho oraciones en versos y abrévienlos, si es necesario, para crear un poema. Luego hagan lo mismo con una descripción de sus personalidades. Compartan los poemas con la clase.

D. Apoyo gramatical: la _a_ personal. Utiliza la información que aparece a continuación para saber lo que dicen diversos amigos tuyos sobre algunas personalidades peruanas. Atención: en algunos casos necesitas usar la **a** personal.

MODELO escuchar / a menudo algunos **CDs** de Gian Marco
        Yo escucho a menudo algunos CDs de Gian Marco.
        escuchar / Gian Marco también
        Yo escucho a Gian Marco también.

1. escuchar / otros cantantes peruanos también

2. no escuchar / ningún cantante peruano

3. no entender / todas las canciones de Gian Marco

4. leer / las novelas políticas de Mario Vargas Llosa

5. preferir / sus novelas históricas

6. no entender / los novelistas del *boom,* como Vargas Llosa

7. entender / Vargas Llosa muy bien; no es complicado

8. mirar / los programas de Marisol Aguirre

9. ver / Marisol en algunos avisos publicitarios

10. admirar / esa conductora de televisión

11. preferir / su hermana gemela Celine Aguirre

Gramática 3.1: Antes de hacer esta actividad conviene repasar esta estructura en las págs. 128–131.

GRAMÁTICA

Para más práctica, haz las actividades de **Gramática en contexto** (sección 3.1) del *Cuaderno para los hispanohablantes*.

3.1 Pronombres de objeto directo e indirecto y la *a* personal

¡A que ya lo sabes!

fernando acaba de regresar del correo. Según él, ¿por qué fue al correo?

1. a. *La* envié una carta a mamá.

   b. *Le* envié una carta a mamá.

2. a. Les mandé un regalo *a mis tíos*.

   b. Les mandé un regalo *mis tíos*.

Sin duda toda la clase contestó igual y seleccionó la oración **b** en el primer grupo y la oración **a** en el segundo grupo, porque todos tienen un conocimiento tácito de los objetos directos e indirectos y de la **a** personal. Pero, sigan leyendo y van a aprender mucho más sobre este tema.

Formas

Directo	Indirecto
me	me
te	te
lo/la	le
nos	nos
os	os
los/las	les

> El objeto directo de un verbo responde a la pregunta "¿qué?" o, con personas, "¿a quién?"; el objeto indirecto responde a la pregunta "¿a quién?" o "¿para quién?", como se ve en el cuadro siguiente.

	Objeto directo nominal	Objeto directo pronominal
Vi... (¿qué?)	Vi **la película.**	**La** vi.
Vi... (¿a quién?)	Vi **al actor.**	**Lo** vi.

	Objeto indirecto nominal	Objeto indirecto pronominal
Hablé... (¿a quién?)	Hablé **a la actriz.**	**Le** hablé.

Nota para hispanohablantes

Es importante notar que en algunas regiones, en España en particular, **le** y **les** se usan como pronombres de objeto directo en lugar de **lo** y **los** cuando se refieren a personas: Mis hermanas admiran a Gian Marco Zignago y le escuchan a menudo.

❯ Las formas del pronombre de objeto directo e indirecto son idénticas, excepto en la tercera persona del singular y del plural.

> El profesor **nos** (directo) saludó. Luego **nos** (indirecto) habló del escritor Mario Vargas Llosa.
> Vi a Marisol Aguirre en la televisión. El entrevistador **la** (directo) felicitó por su éxito y **le** (indirecto) hizo preguntas sobre sus planes futuros.

❯ Los pronombres objeto preceden inmediatamente a los verbos conjugados y los mandatos negativos.

> Las ruinas incaicas **me** fascinan.
> La historia "El canalla sentimental" no **nos** aburrió en absoluto.
> No **me** leas historias de horror; me dan miedo.

❯ Los pronombres objeto se colocan al final de los mandatos afirmativos, con los cuales forman una sola palabra. Se debe colocar un acento escrito si el acento prosódico cae en la antepenúltima sílaba.

> **Cuénta**me tu visita al Valle Sagrado y di**me** qué lugar te impresionó más.

❯ Cuando un infinitivo o un gerundio sigue al verbo conjugado, los pronombres de objeto directo e indirecto se colocan al final del infinitivo o del gerundio, formando una sola palabra, o se colocan delante del verbo conjugado como palabra independiente. Cuando los pronombres se colocan al final del infinitivo o del gerundio, se debe colocar un acento escrito si el acento prosódico cae en la antepenúltima sílaba.

> El profesor va a tocar**nos** una canción de Tania Libertad. (El profesor **nos** va a tocar una canción de Tania Libertad.)
> —¿Terminaste el informe sobre la civilización inca?
> —No, todavía estoy escribiéndo**lo**. (No, todavía **lo** estoy escribiendo.)

❯ Los pronombres de objeto indirecto preceden a los pronombres de objeto directo cuando los dos se usan en la misma oración.

> —¿Nos leyó la profesora un poema de César Vallejo?
> —Sí, **nos lo** leyó ayer.

❯ Los pronombres de objeto indirecto **le** y **les** cambian a **se** cuando se usan con los pronombres de objeto directo **lo, la, los** y **las**. El significado de **se** puede aclararse usando frases tales como "a él/ella/Ud./ellos/ellas/Uds."

> —Mi hermano quiere saber dónde está su libro sobre Machu Picchu.
> —**Se lo** devolví hace una semana.
> Mónica y Eduardo quieren ver las ruinas de Sacsayhuamán, pero no pueden ir juntos. **Se las** mostraré **a ella** primero.

❯ Se puede poner énfasis o aclarar a quién se refiere el pronombre de objeto indirecto usando frases tales como **a mí/ti/él/nosotros**, etcétera.

> ¿**Te** gustó **a ti** la última novela de Vargas Llosa? **A mí me** pareció sensacional.
> Irene dice que no le devolví las fotos de Lima, pero yo estoy segura de que **se las** di **a ella** hace una semana.

❯ En español, las oraciones con un objeto indirecto nominal (que tiene un sustantivo) también incluyen normalmente un pronombre de objeto indirecto que se refiere a ese sustantivo.

> Varios canales de televisión **le** han ofrecido contratos **a Marisol Aguirre**.
> **Les** recomendé el programa "Bayly" **a mis amigos peruanos**.

La *a* personal

> La *a* personal se usa delante de un objeto directo que se refiere a una persona o personas específicas.

Muchas jóvenes admiran **a Marisol Aguirre.**

En muchas festividades los peruanos recuerdan **a sus héroes.**

Nota para bilingües

La a personal no existe en inglés: *Many young women admire Marisol Aguirre*

> La **a** personal no se usa delante de sustantivos que se refieren a personas anónimas o no específicas.

Necesito **un voluntario.**

Necesitan **trabajadores** en esta compañía.

> La **a** personal se usa siempre delante de **alguien, alguno, ninguno, nadie** y **todos** cuando estas palabras se refieren a personas.

El presidente actual no ha perdido **a todos** sus simpatizantes, pero no convence **a nadie** con su nuevo programa económico.

> La **a** personal no se usa normalmente después del verbo **tener**.

Tengo **varios amigos** que han visitado las líneas de Nazca.

Ahora, ¡a practicar!

A. Actividades deportivas. Trabajando con un(a) compañero(a) túrnense para hacerse las preguntas que siguen.

MODELO ¿Visitas los gimnasios de vez en cuando?

Sí, los visito a veces. o **No, no los visito nunca.**

1. ¿Ves a tus basquetbolistas favoritos en la tele?
2. ¿Ves los partidos del mundial de fútbol?
3. ¿Conoces a algún tenista peruano?
4. ¿Practicas el tenis?
5. ¿Estiras los músculos antes de hacer ejercicio?
6. ¿Consultas a tu médico antes de comenzar un programa de ejercicios?
7. ¿Escuchas tus canciones preferidas cuando haces ejercicio?
8. ¿Escuchas a tu entrenador cuando participas en competencias?
9. ¿Invitas a tus amigos a hacer caminatas?
10. ¿Compras los videos de ejercicio de tu artista predilecta?

B. Estudios. Usa estas preguntas para entrevistar a un(a) compañero(a) de clase. Luego, él (ella) hace las preguntas y tú contestas.

MODELO ¿Te aburren las clases de historia?

Sí, (a mí) me aburren esas clases. o **No, (a mí) no me aburren esas clases.**
Me fascinan esas clases.

1. ¿Te interesan las clases de ciencias naturales?
2. ¿Te parecen importantes las clases de idiomas extranjeros?

3. ¿Te entusiasman las clases de arte?

4. ¿Te es difícil memorizar información?

5. ¿Te falta tiempo siempre para completar la tarea?

6. ¿Te cuesta mucho trabajo obtener buenas notas?

C. Trabajo de jornada parcial. Han entrevistado a tu amiga para un trabajo en la oficina de unos abogados. Un amigo quiere saber si ella obtuvo ese trabajo.

> **MODELO** ¿Cuándo entrevistaron a tu amiga? (el lunes pasado)
> **La entrevistaron el lunes pasado.**

1. ¿Le pidieron recomendaciones? (sí)

2. ¿Le sirvieron sus conocimientos de español? (sí, mucho)

3. ¿Le dieron el trabajo? (sí)

4. ¿Cuándo se lo dieron? (el jueves)

5. ¿Cuánto le van a pagar por hora? (ocho dólares)

6. ¿Conoce a su jefe? (no)

7. ¿Por qué quiere trabajar con abogados? (fascinarle las leyes)

D. Hablando de Perú. Con un(a) compañero(a), túrnense para hacerse las siguientes preguntas.

1. ¿Conoces a algún cantautor peruano? ¿A cuál? ¿Qué canciones de él conoces?

2. ¿Cuál, crees tú, es el lugar más visitado de Perú? ¿Qué sabes de ese lugar? ¿Es un lugar que todo el mundo reconoce?

3. ¿Qué sabes de las culturas precolombinas de Perú? ¿Qué te sorprende más de esas culturas?

4. ¿Qué escritor peruano conoces? ¿Te gusta lo que escribe ese escritor? ¿Se lo recomiendas a tus amigos?

5. Si vas a Perú ¿qué te gustaría ver o volver a ver? ¿Por qué?

E. Regalos para todos. En grupos de tres, digan qué regalos recibieron para Navidad u otra celebración familiar el año pasado y quién se los dio. Luego mencionen dos regalos que compraron y digan a quiénes se los dieron. Cada persona debe mencionar por los menos dos regalos que recibió y dos que regaló.

3.2 El verbo *gustar* y construcciones semejantes

¡A que ya lo sabes!

Para más práctica, haz las actividades de **Gramática en contexto** (sección 3.2) del *Cuaderno para los hispanohablantes*.

Acabas de conocer a un nuevo amigo en la universidad y decides invitarlo a cenar. ¿Qué dices tú y qué te contesta él? Mira los siguientes pares de oraciones y decide, en cada par, cuál de las dos te suena bien, la primera o la segunda.

1. a. ¿*Tú gusta* la comida peruana?

   b. ¿*Te gusta* la comida peruana?

2. a. *Me* fascina la comida peruana.

   b. *Yo* fascina la comida peruana.

¡A todos nos gusta! Y no, no es el hambre la que les hizo seleccionar las mismas oraciones, la **b** en el primer grupo y la **a** en el segundo grupo. Es ese conocimiento tácito que todos tenemos. Pero, sigan leyendo y van a aprender bastante más de **gustar** y de construcciones semejantes.

El verbo *gustar*

❭ El verbo *gustar* se usa en estructuras con sujeto, verbo y objeto indirecto. Normalmente el objeto indirecto precede al verbo y el sujeto sigue al verbo.

Objeto indirecto	Verbo	Sujeto
Me	gustan	las novelas de Vargas Llosa.

Nota para bilingües

El verbo **gustar** significa en inglés *to be pleasing: Semperio's short stories are pleasing to me*. Más comúnmente, sin embargo, **gustar** equivale al verbo inglés *to like*, que se usa en estructuras con sujeto, verbo y objeto directo; el objeto directo del inglés es sujeto en español y el sujeto del inglés es objeto indirecto en español: *I like Vargas Llosa's novels* = Me gustan las novelas de Varas Llosa. *I like them* = Me gustan.

❭ Cuando el objeto indirecto es un sustantivo, la oración incluye también un pronombre de objeto indirecto.

A **mi hermano** no **le** gustan las competencias deportivas.

❭ Para aclarar o para poner énfasis en el pronombre de objeto indirecto, se usa la frase **a** + pronombre preposicional.

Hablaba con los Morales. **A ella le** gusta mucho caminar por las calles, pero **a él** no **le** gustan esas caminatas.
A mí me gustan mucho las novelas de Vargas Llosa, pero **a ti** no **te** gustan tanto.

❭ Los siguientes verbos tienen la misma estructura que "gustar":

agradar	fascinar	molestar
disgustar	importar	ofender
doler (ue)	indignar	preocupar
encantar	interesar	sorprender
enojar		

—¿Te **agradan** las frutas tropicales?
—Me **gustan** muchísimo. Me **sorprende** que mucha gente no las conozca.
A los peruanos les **encanta** el fútbol.

❭ Los verbos **faltar**, **quedar** y **parecer** son semejantes a **gustar** ya que se pueden usar con un objeto indirecto. Sin embargo, a diferencia de **gustar**, se usan también a menudo sin objeto indirecto en aseveraciones impersonales.

Nos faltan recursos para promover los deportes.
Faltan recursos para promover los deportes.
A mí me parecen ininteligibles las discusiones económicas.
Muchas discusiones económicas **parecen** ininteligibles.

Ahora, ¡a practicar!

A. Iquitos. Tú y tus amigos hacen comentarios acerca de su viaje a la ciudad de Iquitos, la ciudad más grande de la Amazonia peruana.

MODELO a todo el mundo / fascinar el Parque Zoológico de Quistococha
A todo el mundo le fascinó el Parque Zoológico de Quistococha.

1. a algunos / encantar las caminatas por el bosque

2. a otros / doler no poder navegar por el Amazonas

3. a mí / sorprender la variedad de frutas tropicales

4. a todos nosotros / encantar los paseos por el malecón

5. a muchos de mis amigos / no gustar algunos platos típicos de la selva

6. a todos nosotros / parecer fascinante la Plaza de Armas de la ciudad

7. a la mayoría / impresionar los paseos en mototaxi

8. a todos nosotros / faltar tiempo para conocer mejor los alrededores de la ciudad

B. **Gian Marco Zignago.** Tu amiga Mónica es gran admiradora de Gian Marco. Tú le haces algunas preguntas. ¿Cómo te contesta?

MODELO ¿Por qué te agrada Gian Marco? (por su gran originalidad)
Me agrada por su gran originalidad.

1. ¿Les gustan a todos los peruanos las canciones de Gian Marco? (en general, sí, y también a muchos latinoamericanos)

2. ¿Le preocupan a Gian Marco las causas sociales? (sí, en 1997 hizo un concierto para ayudar a los damnificados de un terremoto en su país)

3. ¿Le encanta cantar solamente? (no, también le encanta escribir canciones)

4. ¿Le atrae cantar con otros artistas? (sí, ha cantado con Jon Secada, por ejemplo)

5. ¿Le agrada comunicarse con sus admiradores? (sí, por supuesto, tiene un blog donde sus admiradores dejan comentarios)

6. ¿Te impresiona algún álbum de él en particular? (sí, el álbum *Desde adentro*)

C. **Es tu turno de opinar.** En la lectura "El canalla sentimental" Jaime Bayly expresa su opinión sobre muchos temas. Da tu propia opinión sobre los temas que aparecen a continuación. Usa verbos como **gustar, disgustar, agradar, aburrir, interesar, fascinar, encantar, molestar** u otros semejantes.

MODELO los museos
Me fascinan los museos. o: **Me aburren los museos.**

1. el humo de los cigarrillos

2. las dietas para adelgazar

3. los animales domésticos en general

4. los gatos

5. los libros divertidos

6. las discusiones políticas

7. las personas incomprensivas

D. **Gustos personales.** En grupos de tres, completen estas oraciones para expresar sus opiniones sobre actividades deportivas.

MODELO dos actividades / disgustar / muchos / ser
Dos deportes que les disgustan a muchos son el boxeo y el hockey.

1. Dos actividades / encantar / mis hermanos / ser

2. algunas carreras / agradar / mí / ser

3. dos modos de mantenerse en forma / gustar / todos / ser

4. un deporte / fascinar / los peruanos / ser

5. un torneo deportivo / impresionar / mi novio(a) / ser

Bolivia

BRASIL

R. Beni

Lago Titicaca

Trinidad

BOLIVIA

R. Mamoré

Copacabana
Tiwanaku
La Paz
Cochabamba

Quillacollo
Oruro

la Chiquitanía

Santa Cruz

el Salar de Uyuni
Potosí

Sucre

Tarija

CHILE

ARGENTINA

PARAGUAY

© Cengage Learning 2012

Nombre oficial: Estado Plurinacional de Bolivia
Población: 9.247.816 (estimación de 2008)
Ciudades principales: La Paz (sede del gobierno), Sucre (capital oficial), Santa Cruz, Cochabamba
Moneda: Boliviano (Bs)

En la sede de gobierno, La Paz, con una
población de unos 2.757.000 y una altura que varía entre diez mil y trece mil pies, tienes que conocer...

> la Avenida 16 de Julio o "El Prado", en la que puedes ver modernos edificios y hermosos palacios de arquitectura colonial.

> la Plaza Murillo, rodeada del Palacio de Gobierno, la Catedral y la sede de la Asamblea Legislativa Plurinacional.

> el Templo y Convento de San Francisco, hermosa construcción colonial con hermosos retablos de madera y oro.

Jeremy Woodhouse / Photolibrary

La Paz, Bolivia, la sede de gobierno más alta del mundo

En la capital, Sucre, hermosa joya colonial con una población de unos 265.300 habitantes, tienes que conocer...

> la Casa de la Libertad, donde se firmó el Acta de Independencia de Bolivia el 6 de agosto de 1825.

> el Palacio de la Glorieta, un castillo de fantasía en las afueras de la ciudad, que recuerda los cuentos de la infancia.

> el Convento de la Recoleta, fundado en el año 1601.

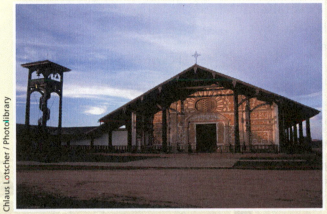

Una histórica misión jesuítica, Patrimonio Cultural de la Humanidad

En la historia y la cultura bolivianas, no dejes de apreciar...

> Tiwanaku, las ruinas de la ciudad capital de esta cultura que perduró más de mil años en el altiplano boliviano.

> las misiones jesuíticas de Chiquitos, declaradas Patrimonio de la Humanidad por la UNESCO en 1990. Fueron establecidas en el siglo XVII y continúan siendo centro de enseñanza y conservatorio de música barroca.

> el Salar de Uyuni, el mayor desierto de sal y depósito de litio del mundo.

Festivales bolivianos

> el Carnaval en Oruro, con sus más de veintiocho mil danzantes y diez mil músicos

> el Festival de la Virgen de Urkupiña, religiosidad popular en vivo

> un concurso de belleza en Santa Cruz, donde se dice que viven las mujeres más hermosas del mundo

La Diablada de Oruro, una mezcla de teatro colonial español y rituales andinos precolombinos

Una colorida y desafiante máscara de la diablada

 ¡Diviértete en la red!
Busca en Google Images o en YouTube para ver fotos y videos de cualquiera de los lugares, y/o festivales mencionados aquí. Ve a clase preparado(a) para describir en detalle el lugar que escogiste.

Bolivia: desde las alturas de América

Colonia y maldición de las minas

En 1545 se descubrieron grandes depósitos de plata en el cerro de Potosí, al pie del cual, el siguiente año, se fundó la ciudad del mismo nombre. A mediados del siglo XVII era la segunda ciudad más grande del mundo y la mayor ciudad de América. Se fundaron otras ciudades en las zonas mineras: La Paz (1548) y Cochabamba (1570). Las minas de plata del Alto Perú (hoy Bolivia) fueron el principal tesoro de los españoles durante la colonia. Pero, para los indígenas de la región andina estas mismas minas eran lugares donde se les explotaba inhumanamente bajo el sistema de trabajo forzado llamado "mita", que también se aplicaba a la agricultura y al comercio.

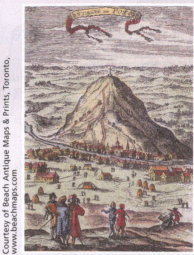

Courtesy of Beach Antique Maps & Prints, Toronto, www.beachmaps.com

El Cerro Rico de Potosí

© Leo La Valle / Corbis

Manifestación en Buenos Aires, Argentina, a favor de Bolivia.

La independencia y el siglo XIX

La independencia se declaró el 6 de agosto de 1825 y se eligió el nombre de República Bolívar, en honor de Simón Bolívar, aunque después prevaleció el nombre de Bolivia. El general Antonio José de Sucre, vencedor de los españoles en la decisiva batalla de Ayacucho (1824), ocupó la presidencia de 1826 a 1828. La ciudad de Chuquisaca cambió su nombre a Sucre en 1839 en honor a este héroe de la independencia, quien murió asesinado en 1830.

Guerras territoriales

Durante su vida independiente, Bolivia ha perdido más de la mitad de su territorio original a causa de disputas fronterizas con países vecinos: con Chile la provincia de Atacama, con Argentina una parte de la región del Chaco y con Brasil la rica región amazónica de Acre. En la Guerra del Chaco (1933–1935) con Paraguay, sufrió enormes pérdidas humanas y territoriales.

Pérdida de territorios
- Chile
- Argentina
- Paraguay
- Brasil

Bolivia

Océano Pacífico

© Cengage Learning 2012

De la Revolución de 1952 al presente

❭ En abril de 1952, se inició la llamada Revolución Nacional Boliviana que, bajo la dirección de su líder, Víctor Paz Estenssoro, impulsó una ambiciosa reforma agraria, nacionalizó las principales empresas mineras y, en general, abrió las puertas para el avance social de los mestizos.

❭ Desde 1964 hasta 1982 Bolivia estuvo gobernada por distintas juntas militares.

❭ En enero de 2006 fue elegido Presidente Evo Morales Ayma, el primer presidente indígena de Bolivia y de América Latina, marcando un hito en la historia de este país.

John Warburton-Lee / Photolibrary

Contemplando el inmenso salar de Uyuni

> La pobreza, el desempleo, la falta de industria y el narcotráfico son algunos de los principales flagelos de la sociedad boliviana.

> De cara al futuro, los enormes yacimientos de litio del famoso Salar de Uyuni se presentan como una esperanza de este pueblo sacrificado y luchador.

> El 22 de enero de 2010, Evo Morales empezó su segundo período como presidente. Esta es también la fecha de la fundación del nuevo Estado Plurinacional de Bolivia.

¿COMPRENDISTE?

A. Hechos y acontecimientos. Completa las siguientes oraciones. Luego compara tus respuestas con las de un(a) compañero(a).

1. El resultado del descubrimiento de grandes depósitos de plata en el cerro de Potosí en 1545 fue...

2. Antonio José de Sucre fue importante en la historia de Bolivia porque...

3. El resultado para Bolivia en conflictos fronterizos con sus países vecinos fue...

4. Algunos de los efectos de la Revolución de 1952 fueron...

5. La importancia de las elecciones de 2006 es...

6. El Salar de Uyuni presenta una importante esperanza para el pueblo boliviano debido a...

B. A pensar y a analizar. Contesta las siguientes preguntas con dos o tres compañeros(as) de clase.

1. ¿Cómo es posible que Bolivia haya acabado por ser un país pobre, con toda la riqueza minera que ha existido en la región desde antes del siglo XVI?

2. En la opinión de Uds., ¿a qué se debe la falta de estabilidad política de Bolivia que permitió que sus vecinos anexaran más de la mitad de su territorio a fines del siglo pasado?

3. En su opinión, ¿qué necesita este país para asegurarse un futuro más próspero?

C. Redacción colaborativa. En grupos de dos o tres, escriban una composición colaborativa de una a dos páginas sobre el tema que sigue. Escriban primero una lista de ideas, organícenlas en un borrador, revisen las ideas, la acentuación y ortografía y escriban la versión final.

Desde la colonia, Bolivia ha sido un país rico en depósitos minerales: plata en el Cerro de Potosí, estaño de los Patiño, y más recientemente litio del Salar de Uyuni, además de muchos otros recursos naturales. Sin embargo, desde sus inicios, Bolivia ha sido y sigue siendo uno de los países más pobres de Sudamérica. ¿Por qué será esto? ¿Qué causa que un país rico en recursos naturales sea tan pobre? ¿Ha ocurrido algo parecido en Estados Unidos? ¿Por qué sí o por qué no?

MEJOREMOS LA COMUNICACIÓN

a causa de	junta militar
agrario(a)	litio
amazónico(a)	maldición (f.)
desempleo	mestizo(a)
empresa	pérdida
flagelo	prevalecer
fronterizo(a)	salar (m.)
hito	vencedor(a)
indígena	yacimiento

Roberto Mamani Mamani

El trabajo de este artista aymara es muy significativo por su fidelidad a las tradiciones artísticas indígenas y símbolos aymaras. Sus pinturas reflejan su herencia cultural e incluyen un uso muy fuerte de colores y de imágenes: madres, cóndores, soles y lunas…, todos temas muy importantes en la cosmovisión aymara. Los colores que usa buscan imitar los colores usados en los tejidos típicos del mundo aymara. Para Mamani Mamani, el color representa a la mujer, al hombre, a la esperanza, al amanecer como el comienzo del triunfo sobre la oscuridad de la noche.

Una escultura estilo aymara de Mamani Mamani

Los Kjarkas

Este grupo musical boliviano fue fundado en Capinota (Cochabamba, Bolivia) en 1965, por los hermanos Hermosa. El nombre del conjunto tiene su origen en la palabra kharka, del quechua sureño, que significa "temor o recelo". Tienen una producción discográfica de unos cincuenta discos. Sus composiciones reflejan los coloridos ritmos bolivianos: huayños, cuecas, t'inkus, caporales, sayas, bailecitos, chuntunquis y otros. Son magníficos representantes del colorido folklore boliviano.

Los Kjarkas celebran 35 años de éxitos.

Liliana Castellanos

Nació en Tarija, al sur de Bolivia. Allí desarrolló su pasión y creatividad que más tarde puso en la alta costura. Trabaja desde hace más de veinte años en la moda, dedicándose a las fibras y telas de alpaca, llama y vicuña. Su marca está presente en más de veinticinco países, con boutiques propias en Europa y América Latina, y cerca de ciento cincuenta puntos de venta en los Estados Unidos, Canadá, Japón, Corea del Sur y otros países. Sus hermosos diseños la han convertido en una verdadera embajadora de la lana de alpaca.

Liliana Castellanos y la elegancia de sus modelos

Otros bolivianos sobresalientes

Héctor Borda Leaño: poeta, político

Matilde Casazola: poeta y compositora

Jaime Escalante (1931–2010): ingeniero y profesor de física, matemáticas e informática

Agnes de Franck: artista

Alfonso Gumucio Dagron: escritor, cineasta, fotógrafo

Gil Imaná: pintor

Renato Oropeza Prada: escritor

Jorge Sanjinés Aramayo: cineasta

Pedro Shimose: escritor, poeta y músico

Piraí Vaca: músico

Gaby Vallejo: escritora y activista

Blanca Wiethüchter: poeta, ensayista

¿COMPRENDISTE?

A. Los nuestros. ¿Qué aspectos de la cultura boliviana han destacado estos personajes? ¿Por qué crees que han buscado resaltar aspectos concretos de la cultura boliviana?

B. Miniprueba. Demuestra lo que aprendiste de estos talentosos bolivianos al contestar estas preguntas.

1. ¿En qué se centra el arte de Roberto Mamani Mamani?

2. ¿A qué crees que se debe la popularidad de los Kjarkas? ¿Hay grupos parecidos en los Estados Unidos?

3. ¿Por qué crees que el presidente de Bolivia ha seleccionado a Liliana Castellanos como su diseñadora?

C. Diario. En tu diario, escribe por lo menos media página expresando tus pensamientos sobre uno de estos temas.

1. El trabajo de Mamani Mamani y sus pinturas reflejan su herencia cultural e incluyen un uso muy fuerte de colores y de imágenes: madres, cóndores, soles y lunas…, todos temas muy importantes en la cosmovisión aymara. Si fueras artista, ¿qué elementos de tu propia identidad te gustaría plasmar y por qué? ¿Crees poseer elementos culturales irrenunciables en tu propia identidad? ¿Tienes dificultades para vivirlos en un país como Estados Unidos?

2. Liliana Castellanos ha logrado ser muy exitosa en su gran pasión por la alta costura y, al mismo tiempo, ha sabido hacerlo trabajando con fibras de llama, alpaca y vicuña tan típicas de la rica y ancestral cultura boliviana. ¿Puede uno conjugar sueños personales con la riqueza de sus orígenes? ¿Por qué crees que no le resultó difícil dedicarse a su pasión y al mismo tiempo darle a su producción un toque boliviano? ¿Qué toque le darías a algo que produjeras cumpliendo tus sueños?

 ¡Diviértete en la red!
Busca "Roberto Mamani Mamani", "Los Kjarkas" y/o "Liliana Castellanos" en Google Images y/o en YouTube para ver videos y escuchar a estos talentosos bolivianos. Ve a clase preparado(a) para presentar lo que encontraste.

Letras problemáticas: la *s* y la *z*

La **s** y la **z** tienen solo un sonido, /s/, que es idéntico al sonido de la **c** en las combinaciones **ce** y **ci**. Una excepción ocurre en España, donde la **z** tiene el sonido de la combinación *th* de *think* en inglés.

La escritura con la letra *s*

Las siguientes terminaciones se escriben siempre con la **s.**

❯ La terminación **-sivo(a)**

deci**sivo**	defen**siva**	expre**siva**	pa**sivo**

❯ La terminación **-sión** añadida a sustantivos que se derivan de adjetivos que terminan en **-so, -sor, -sible, -sivo**

compren**sión**	confe**sión**	transmi**sión**	vi**sión**

❯ Las terminaciones **-és** y **-ense** para indicar nacionalidad o localidad

holand**és**	leon**és**	chihuahu**ense**	costarric**ense**

❯ La terminación **-oso(a)**

bondad**osa**	contagi**oso**	estudi**oso**	graci**osa**

❯ La terminación **-ismo**

barbar**ismo**	capital**ismo**	comun**ismo**	islam**ismo**

❯ La terminación **-ista**

art**ista**	dent**ista**	futbol**ista**	guitarr**ista**

La escritura con la letra *z*

La **z** siempre se escribe en ciertos sufijos, patronímicos y terminaciones.

❯ Con el sufijo **-azo** para indicar una acción realizada con un objeto determinado

botell**azo**	latig**azo**	manot**azo**	puñet**azo**

❯ Con los patronímicos (apellidos derivados de nombres propios españoles) **-az, -ez, -iz, -oz, -uz**

Alcar**az**	Domíngu**ez**	Muñ**oz**	Ru**iz**

❯ Con la terminación **-ez(a)** de sustantivos abstractos

honrad**ez**	nobl**eza**	timid**ez**	trist**eza**

Práctica para escribir con las letras s y z. Escucha mientras tu profesor(a) lee las siguientes palabras. Escribe las letras que faltan en cada una. Cada palabra se leerá dos veces.

1. p i a n _ _ _ _ _
2. g o l p _ _ _ _
3. e s c a s _ _ _
4. c o r d o b _ _ _
5. Á l v a r _ _
6. e x p l o _ _ _ _ _
7. p e r e z _ _ _ _
8. p e r _ _ _ _
9. r i g i d _ _ _
10. l e n i n _ _ _ _ _

La escritura con el sonido /s/

Observa la escritura de este sonido al escuchar a tu profesor(a) leer las siguientes palabras.

ce, ci	s	z
apreciado	asesinado	arzobispo
proceso	subdesarrollo	diez
cerámica	trasladarse	izquierdista
ciclo	estás	zacate

¡A practicar!

A. La escritura del sonido /s/. Escucha mientras tu profesor(a) lee las siguientes palabras. Escribe las letras que faltan en cada una. Cada palabra se leerá dos veces.

1. c o n f u _ _ _ _ _
2. n o v e l _ _ _ _ _
3. C a m u ñ _ _
4. _ _ p a t o
5. c o s t a r r i c e n _ _
6. _ _ _ n c u e n t a
7. s o _ _ _ a l i s m o
8. d i f i c u l t _ _ _ _
9. e s c o c _ _ _
10. c a b e z _ _ _ _

Variantes coloquiales: presencia del quechua en el habla de Bolivia

El quechua o *runa simi* (que quiere decir "lenguaje humano") fue la lengua oficial del imperio inca y en la actualidad se sigue hablando en una gran región andina que abarca cinco países sudamericanos: Colombia, Ecuador, Perú, Bolivia y Argentina. Este continuo contacto, por más de 500 años, entre el español y el quechua ha hecho que ambas lenguas se hayan influido mutuamente. Muchas palabras quechuas han pasado a enriquecer la lengua española tanto como muchas palabras del español han sido y siguen siendo adaptadas al quechua. Sin duda Uds. ya conocen estas que no solo pasaron del quechua al español, sino del español al inglés: *coca, cóndor, inca y papa.* Tampoco tendrán problema en reconocer estas adaptaciones del español al quechua: *chamisa, dewda, escribiy.*

A. Influencia del quechua en el español. A ver cuántas de las palabras que pasaron al español del quechua ya conoces. Selecciona la palabra o frase de la segunda columna que define cada palabra quechua de la primera columna.

_____ 1. quena	a. pequeña finca rústica
_____ 2. alpaca	b. mazorca de maíz
_____ 3. puma	c. mal de los Andes
_____ 4. cóndor	d. flauta hecha de cañas
_____ 5. choclo	e. conejo de las Indias
_____ 6. pampa	f. llano
_____ 7. chacra	g. animal parecido a la llama cuya lana es muy apreciada
_____ 8. cuy	h. una especie de tigre
_____ 9. vicuña	i. un ave grande de rapiña
_____ 10. soroche	j. bestia de carga de pelo largo, fino y rojizo

B. Influencia del español en el quechua. Ahora, a ver cuántas de estas palabras que vinieron al quechua del español puedes reconocer. Escribe la palabra española de la cual se derivó la palabra quechua correspondiente.

1. delikaw _____
2. dansaq _____
3. bawtisay _____
4. moso _____
5. algudón _____
6. alkól _____
7. eskwela _____
8. kaballu _____
9. kasachidor _____
10. agradesey _____

Dígales a los estudiantes que si prefieren no escribir en sus libros, pueden escribir las palabras en hoja aparte.

C. ¿Eres buen lingüista? ¿A qué conclusión puedes llegar con respecto a las terminaciones de verbos en quechua? ¿Cuántos verbos hay en la lista de la actividad anterior? ¿Qué forma del verbo tienen? ¿Cuál dirías es el equivalente de **-ar, -er, -ir** en quechua?

¡LUCES! ¡CÁMARA! ¡ACCIÓN!

La maravillosa geografía musical boliviana

Antes de empezar el video

En parejas. Contesten estas preguntas en parejas.

1. ¿Cómo se imaginan Uds. que será vivir en un altiplano a más de doce mil pies sobre el nivel del mar? ¿Será difícil o agradable? ¿Por qué? Den algunos ejemplos específicos.

2. ¿Han escuchado alguna vez música andina? ¿Dónde? ¿Qué les pareció? ¿Cómo la describirían: alegre, dramática, triste, melancólica,…?

Después de ver el video

A. La maravillosa geografía musical boliviana. Contesta las siguientes preguntas con un(a) compañero(a) de clase.

1. ¿Cuál es la ciudad capital más alta del planeta?

2. ¿Cómo es el altiplano boliviano?

3. ¿Cuál es la lengua indígena más antigua de Sudamérica? ¿Dónde sigue hablándose?

4. ¿Se puede decir que el hacer instrumentos es para Micasio Quispe solo una manera de ganarse la vida? ¿Tiene para él una importancia más profunda?

B. A pensar y a interpretar. Contesta las siguientes preguntas.

1. ¿Qué impresión tienes de Bolivia después de ver este video? ¿De su geografía? ¿De la música aymara?

2. ¿Por qué crees que Nicasio Quispe se refiere a los instrumentos nativos como "sagrados"? Explica por qué dice que los instrumentos nativos están en contacto con la naturaleza. ¿Qué ejemplo da?

3. Bolivia, así nombrada en honor de Simón Bolívar, fue la república preferida del gran libertador. ¿Por qué crees que de los cinco países que liberó, Bolivia fue el preferido?

C. Apoyo gramatical: El pretérito: verbos regulares. Contesta las preguntas que te hace un(a) amigo(a) acerca de tu visita a la capital boliviana.

MODELO ¿Cuánto tiempo pasaste en La Paz? (seis días)
   Pasé allí seis días.

1. ¿Qué día de la semana llegaste a La Paz? (un martes)

2. ¿Dónde te hospedaste? (en un hostal)

3. ¿Te enfermaste a causa de la altura? (afortunadamente no)

4. ¿Qué sitios visitaste? (muchos, como la Plaza Murillo, el Prado, la Basílica de San Francisco, el Valle de la Luna)

5. ¿Conociste a jóvenes bolivianos de tu edad? (sí, a algunos)

6. ¿Te gustó tu estadía en La Paz? (sí, muchísimo)

7. ¿Paseaste por lugares arqueológicos? (sí; por las ruinas de Tiwanaku)

8. ¿Influyó esta visita en tu mejor conocimiento del país? (sí, bastante)

Gramática 3.3: Antes de hacer esta actividad conviene repasar esta estructura en las págs. 148–151.

¡Antes de leer!

A. Anticipando la lectura. Contesta estas preguntas para ver cómo estableces la relación entre la realidad y la ficción.

1. ¿Te ayuda la ficción o fantasía a recordar enseñanzas importantes o moralejas? Explica con ejemplos concretos.

2. ¿Estás de acuerdo en que "la realidad supera a la ficción"? ¿Tienes ejemplos concretos para demostrar si sí o no? Crea una lista de ejemplos y compara tu lista con las de dos compañeros(as) de clase.

B. Vocabulario en contexto. Busca estas palabras en la lectura que sigue y, en base al contexto, decide cuál es su significado. Para facilitar encontrarlas, las palabras aparecen en negrilla en la lectura.

1. desastrada	a. sucia	b. nueva	c. elegante
2. pancartas	a. correo	b. grupo	c. letrero
3. carecen de	a. les falta	b. imponen	c. miran con
4. acaso	a. tal vez	b. fuertemente	c. definitivamente
5. leve	a. rápido	b. pequeño	c. difícil
6. reemprender	a. abandonar	b. volver a	c. buscar

Sobre el autor

José Edmundo Paz Soldán nació en Cochabamba, Bolivia, en 1967. Es licenciado en Ciencias Políticas y obtuvo un doctorado en Lenguas y Literatura Hispana otorgado por la Universidad de California en Berkeley. En la actualidad es profesor de la Universidad de Cornell. Ha sido ganador de varios premios literarios: el Premio Erich Guttentag de Bolivia (1992), el Premio Juan Rulfo (1997) y el Premio Nacional de Novela (2002) de Bolivia. Paz Soldán pertenece a una nueva corriente narrativa latinoamericana, que registra en sus obras el impacto de los medios de comunicación masivos y las nuevas tecnologías en el paisaje urbano del continente. Sus obras han sido traducidas a varios idiomas y han aparecido en antologías en España, Estados Unidos, Alemania, Suiza, Francia, Perú, Argentina y Bolivia.

© Liliana Colanzi

La frontera

A la entrada de la mina La Frontera, que creía aban- donada, se hallan dos hombres. Tienen el rostro terroso, apariencia de mineros en la vestimenta **desastrada** y pancartas en alto condenando el cierre de las minas decretado por Paz Estenssoro. La escena me parece curiosa; detengo el jeep, me bajo y me acerco a ellos. Hace años que no venía por este camino abandonado, hace años que no visitaba la finca de Sergio. Bien puede esperar unos minutos, me digo, y perdonar al periodista que siempre hay en mí.

De cerca, confirmo que son mineros. Los rayos del sol refulgen en todas partes menos en sus cascos, tan viejos y oxidados que **carecen de** fuerzas para reflejar cualquier cosa. Los mineros no mueven un músculo cuando me acerco a ellos, no pestañean, miran a través de mí. Sus pies de abarcas destrozadas se hallan encima de huesos blanquinegros. Miro el suelo, y descubro que yo también estoy posando mis pies sobre huesos: de todos los tamaños y formas, algunos sólidos y otros muy frágiles, pulverizándose al roce de mis zapatos. En mi corazón se instala algo parecido al pavor.

Las minas fueron cerradas hace más de siete años.

Muchos mineros entraron en huelga pero al final terminaron aceptando lo inevitable y marcharon hacia su forzosa relocalización, a las ciudades o a cosechar coca al Chapare.

¿Podía ser, me pregunto, que la noticia del fin de la huelga no hubiera llegado hasta ahora a los mineros de esta mina? La región de Sergio progresó con la inauguración del camino asfaltado, y aquí quedaron, abandonados, esta mina y el camino viejo.

Les pregunto qué están protestando.

Silencio.

Después de un par de minutos insisto esta vez tartamudeando, **acaso** dirigiendo la pregunta más a mí mismo que a ellos. Y entonces veo un **leve** movimiento en la boca de uno de ellos. Un par de músculos faciales se estiran, quiere decirme algo.

Pero el esfuerzo es demasiado. Boquiabierto, veo el quebrarse de la reseca piel de las mejillas y el pesado caer de la pancarta: luego, súbitamente, el rostro se contrae sobre sí mismo y la carne se torna polvo y se derrumba y del minero no queda más que un montón de huesos blancos y secos.

Pienso que es hora de no hacer más preguntas, de **reemprender** mi camino, de aparentar, una vez más, no haber visto nada.

¡Después de leer!

A. Hechos y acontecimientos. ¿Recuerdas los datos más importantes de la lectura? Para asegurarte, completa las oraciones que siguen.

1. El narrador encuentra...

2. El narrador quiere que le perdonen la curiosidad típica del...

3. Los cascos no brillan porque...

4. Las minas llevaban más de 7 años...

5. El narrador pensó que los mineros podían no saber que...

6. Cuando uno de los mineros quiere hablar...

B. A pensar y a analizar. En grupos de tres o cuatro, contesten las siguientes preguntas. Luego, compartan sus respuestas con la clase.

1. ¿Creen que este cuento narra algo que ocurrió realmente? ¿Por qué sí o no?

2. ¿Cuál creen que es el punto de vista del autor de este cuento sobre la situación de los mineros?

3. ¿Qué tipo de sensaciones provoca en ustedes este cuento? ¿Creen que la narración sería más efectiva informando sobre la situación de los mineros en un ensayo o artículo periodístico, o con este cuento? Expliquen.

4. ¿Qué les pareció el final del cuento? ¿Pueden imaginarse otro tipo de final? Inventen dos o más posibilidades para terminar el cuento y compártanlas con la clase.

C. Teatro para ser leído. En grupos de tres, preparen una lectura dramática del cuento "La Frontera". Dos personas pueden narrar mientras el (la) tercero(a) hace el papel de protagonista y el cuarto el de minero.

1. Escriban lo que ocurre en el cuento "La Frontera" usando diálogos solamente.

2. Añadan un poco de narración para mantener transiciones lógicas entre los diálogos.

3. Preparen cuatro copias del guion: una para la persona que hace el papel del protagonista, una para la persona que hace el papel de minero, una para cada narrador(a) y el original para su profesor(a), que tendrá el papel de director(a).

4. ¡Preséntenlo!

D. Análisis literario: el ambiente narrativo. Toda historia ocurre dentro de un ambiente—el lugar donde actúan los personajes. Tal lugar puede ser un

- **ambiente físico:** el medio natural donde sucede el relato, ya sea el local en que se desarrolla la historia (por ejemplo, Bolivia) y la época en que transcurre la acción.

- **ambiente psicológico:** el clima que resulta de los problemas psíquicos… el amor, el odio, el miedo, el terror, y así.

- **ambiente social:** las condiciones sociales en que se desenvuelve la acción… la pobreza, la herencia cultural, la vida cotidiana, y así.

Ahora que la clase se divida en tres grupos y que el primer grupo describa en detalle el **ambiente físico** de esta historia, el segundo el **ambiente psicológico** del cuento y el tercero el **ambiente social**. Cada grupo informará a la clase de sus conclusiones.

GRAMÁTICA

3.3 El pretérito: verbos regulares

Para más práctica, haz las actividades de **Gramática en contexto** (sección 3.3) del *Cuaderno para los hispanohablantes*.

¡A que ya lo sabes!

Nada de pares de oraciones, señoras y señores; esta vez tenemos tres oraciones para que Uds. decidan si dirían la primera, la segunda o la tercera.

1. ¿Cuánto tiempo *trabajastes* allí?
2. ¿Cuánto tiempo *trabajates* allí?
3. ¿Cuánto tiempo *trabajaste* allí?

¿Qué decidieron? Esta vez es más difícil, ¿verdad? Sin embargo, la mayoría de la clase debe de haber optado por la número tres. ¿Por qué? Porque ésa es la que la gran mayoría de hispanohablantes dirían. Pero, ¿por qué fue más difícil decidir esta vez? Porque las otras dos oraciones son variantes que se usan en algunas comunidades de hispanos. Pero, sigan leyendo y van a aprender a tomar estas decisiones con facilidad.

Formas

Verbos en *-ar* preparar	Verbos en *-er* comprender	Verbos en *-ir* recibir
prepar**é**	comprend**í**	recib**í**
prepar**aste**	comprend**iste**	recib**iste**
prepar**ó**	comprend**ió**	recib**ió**
prepar**amos**	comprend**imos**	recib**imos**
prepar**asteis**	comprend**isteis**	recib**isteis**
prepar**aron**	comprend**ieron**	recib**ieron**

❯ Las terminaciones del pretérito de los verbos regulares terminados en **-er** e **-ir** son idénticas.

❯ Las formas correspondientes a **nosotros** en los verbos regulares terminados en **-ar** e **-ir** son idénticas en el pretérito y en el presente de indicativo. El contexto normalmente aclara el sentido.

> **Gozamos** ahora con las canciones de Los Kjarkas. Y también **gozamos** cuando las escuchamos por primera vez.

Nota para hispanohablantes

Hay una tendencia dentro de algunas comunidades de hispanohablantes a variar las terminaciones del pretérito de la segunda persona singular (**tú**). De esta manera, en vez de usar las terminaciones más aceptadas de -aste para verbos en -ar (**preparaste**) y de -iste para verbos en -er/-ir (comprendiste, recibiste), usan las teminaciones -astes/-istes y dicen *preparastes, comprendistes, recibistes* o usan las terminaciones -ates/-ites y dicen *preparates, comprendites, recibites*. Es importante evitar este uso fuera de esas comunidades y en particular al escribir.

Cambios ortográficos en el pretérito

Algunos verbos regulares requieren un cambio ortográfico para mantener la pronunciación de la raíz.

❯ Los verbos que terminan en **-car, -gar, -guar** y **-zar** sufren un cambio ortográfico en la primera persona del singular.

c ⟶ qu	buscar: bus**qu**é
g ⟶ gu	llegar: lle**gu**é
u ⟶ ü	averiguar: averi**gü**é
z ⟶ c	alcanzar: alcan**c**é

Otros verbos en estas categorías:

almorzar (ue)	comenzar (ie)	indicar	rogar (ue)
atacar	empezar (ie)	jugar (ue)	sacar
atestiguar	entregar	pagar	tocar

Comencé mi trabajo de investigación sobre las ruinas de Tiwanaku hace una semana y lo **entregué** ayer.

❯ Ciertos verbos terminados en **-er** e **-ir** cuya raíz termina en una vocal cambian la **i** por **y** en las terminaciones de tercera persona del singular y del plural.

leer: leí, leíste, le**y**ó, leímos, leísteis, le**y**eron

oír: oí, oíste, o**y**ó, oímos, oísteis, o**y**eron

Otros verbos en esta categoría:

caer	creer	influir
construir	huir	

Los estudiantes **leyeron** acerca de Simón Bolívar, quien **influyó** en la historia de muchas naciones sudamericanas.

Nota para hispanohablantes

Al escribir, algunos bilingües tienden a regularizar estos cambios de ortografía. Por ejemplo, en vez de usar las formas de mayor uso de **busqué, llegué** y **leyeron,** escriben *buscé, llegé, analizé y leeron*. Es muy importante estar consciente de los cambios de ortografía al escribir porque el usar las formas recién anotadas se considera un error.

Uso

> El pretérito se usa para describir una acción, un acontecimiento o una condición considerada acabada en el pasado. Puede indicar el comienzo o el fin de una acción.

Bolivia **declaró** su independencia en 1825. **Recibió** el nombre de República Bolívar, pero luego **prevaleció** el nombre de Bolivia.

Ahora, ¡a practicar!

A. El rey del estaño. Usa el pretérito para completar la siguiente narración acerca de la vida de un boliviano famoso.

La vida del magnate minero Simón Patiño (1860–1949) (1) _____ (fascinar) a sus contemporáneos y a los bolivianos de hoy. Hombre visionario y emprendedor, (2) _____ (realizar) varios trabajos y oficios; (3) _____ (ocupar) algunos puestos administrativos de cierta importancia.(4) _____ (Continuar) trabajando arduamente. (5) _____ (Pasar) tiempos difíciles, pero su suerte (6) _____ (cambiar) hacia 1900 cuando (7) _____ (descubrir) una de las minas de estaño más ricas del mundo. (8) _____ (Comprar) numerosas minas y su fortuna (9) _____ (prosperar). Hombre de una riqueza fabulosa, a partir de 1912 (10) _____ (dirigir) sus negocios desde París, ciudad donde este "Rey del Estaño" (11) _____ (instalarse). (12) _____ (Jugar) un papel clave en el Comité Internacional del Estaño, un cartel internacional. Por los años 40 (13) _____ (llegar) a ser uno de los hombres más ricos del mundo. Después de su muerte en 1949, sus herederos (14) _____ (crear) la Fundación Patiño para desarrollar actividades culturales y ofrecer becas de estudio en el extranjero.

B. Primer presidente indígena de Bolivia. Completa el siguiente párrafo para saber más de Evo Morales, quien fue elegido presidente de Bolivia en 2005.

Evo Morales (1) _____ (nacer) en 1959, segundo hijo de una humilde familia indígena, de etnia aymara. De niño (2) _____ (trabajar) la tierra y se (3) _____ (ocupar) de cuidar llamas. Su actividad política se (4) _____ (iniciar) en los sindicatos, en la década de los 80. Más tarde Evo Morales (5) _____ (fundar) un partido político, Movimiento al Socialismo, MAS. En 1997 ganó una elección como diputado. A comienzos de 2002 más de cien parlamentarios (6) _____ (votar) a favor de la expulsión de Morales del parlamento, acusado de terrorista. Sin embargo Morales (7) _____ (regresar) al parlamento a mediados de ese mismo año. En 2005 se (8) _____ (presentar) a las elecciones presidenciales, (9) _____ (triunfar) y (10) _____ (pasar) a ser el primer presidente indígena de Bolivia y de América Latina.

C. **¡De compras!** Tu amiga Rebeca te cuenta cómo le fue en su visita a una tienda de ropa.

Yo (1) _____ (entrar) en la tienda a las diez y media y (2) _____ (salir) poco tiempo después. Primero me (3) _____ (llevar) al probador tres blusas. Me las (4) _____ (probar) una tras otra. Desgraciadamente dos me (5) _____ (quedar) muy holgadas y la tercera muy ajustada. (6) _____ (Decidir) intentar con zapatos de tacón alto. (7) _____ (Continuar) sin suerte porque el par que (8) _____ (escoger) me (9) _____ (quedar) muy ajustado. Por último, (10) _____ (encontrar) una prenda que me (11) _____ (quedar) divinamente: un par de pantalones que (12) _____ (comprar) de inmediato.

D. **Semestre difícil.** Selecciona la forma que consideras más apropiada para contarle a tu amiga Margarita cómo te fue el semestre anterior.

El semestre pasado yo (1) (pasé/pase) muchas dificultades. Entiendo que tú (2) (pasates/pasaste) un semestre fantástico. Bueno, yo (3) (comenzé/comencé) con seis clases pero pronto tuve dejar dos por falta de tiempo. No (4) (saqué/sacé) excelentes notas en todas esas clases, pero (5) (averigué/averigüé) que mi promedio general no bajó demasiado. Dos de mis profesores, excelentes personas y excelentes académicos, (6) (creeron/creyeron) que yo saldría adelante; ellos (7) (influyeron/influeron) mucho en mí. ¿Es verdad que tú (8) (sacastes/sacaste) "A" en todas tus clases?

Ecuador

Islas Galápagos

COLOMBIA

Esmeralda
Quevedo
ECUADOR
La Libertad
Guayaquil
Machala
Otávalo
Riobamba
Quito
Guaranda
Latacunga
Cuenca
Loja
PERÚ

© Cengage Learning 2012

Nombre oficial: República del Ecuador
Población: 14.573.101 (estimación de 2009)
Principales ciudades: Quito (capital),
Guayaquil, Cuenca, Machala
Moneda: Dólar (US$)

En Quito, la capital, declarada Patrimonio de la Humanidad por la UNESCO en 1978 y con una población de unos 2 millones, tienes que conocer...

> la Plaza Independencia en el centro histórico de Quito con la catedral al sur, el Palacio del Arzobispo en el norte, el Palacio Presidencial en el este y el Palacio Municipal en el oeste.

> la Universidad Central de Quito, que se fundó en 1769 con la unificación de la Universidad de San Gregorio Magno y la Universidad de Santo Tomás de Aquino.

> el obelisco de la Mitad del Mundo, construido en el ecuador latitud 0 a una distancia de 22 km. al norte de Quito.

Doco Dalfiano / Photolibrary

La ciudad de Quito, con su impresionante catedral

En Guayaquil, no dejes de visitar...

> la Plaza Cívica, un complejo de parques, museos y tiendas comerciales, construida en torno al monumento de La Rotonda, que recuerda la célebre entrevista entre los libertadores Simón Bolívar y José de San Martín.

> el Parque Seminario, que también se conoce como el Parque de las Iguanas por la gran cantidad de iguanas que viven en él.

> el Malecón, el colorido pilar histórico de la ciudad.

> el barrio Las Peñas, el más antiguo de la ciudad.

Gonzalo Azumendi / Photolibrary

Casas del cerro Santa Ana en Guayaquil

Pixtal Images / Photolibrary

Un ejemplo de la belleza y la riqueza marina de las Galápagos

Y no dejes de visitar las Islas Galápagos,...

> un archipiélago de unas 19 islas (13 mayores, 6 menores) y 42 islotes, distribuidas a lo largo del ecuador.

> donde Charles Darwin llevó a cabo los estudios que le llevaron a establecer su Teoría de la Evolución por la selección natural.

> donde especies únicas de flora y fauna — algunas de singular importancia— habitan las islas, entre ellas la tortuga gigante, la iguana marina, la gaviota de lava, el pingüino de Galápagos y la garza enana.

Festivales ecuatorianos

> Carnaval en todo el país

> la Fiesta religiosa indígena de la Mama Negra en Latacunga

> las celebraciones de Inti Raymi y Yamor en Otavalo

Rob Francis / Photolibrary

Carnaval en la ciudad de Guaranda, en la provincia de Bolívar

 ¡Diviértete en la red!
Busca en Google Images o en YouTube para ver en qué consiste uno de los siguientes: Carnaval en Ecuador, la Fiesta de la Mama Negra, Inti Raymi o Yamor. Ve a clase preparado(a) para describir en detalle lo que descubriste.

Ecuador: la línea que une

Proceso independentista

Entre 1794 y 1812 hubo varias rebeliones independentistas que fueron suprimidas por las autoridades españolas. El 9 de octubre de 1820 una revolución militar proclamó la independencia en Guayaquil. La victoria de Antonio José de Sucre el 24 de mayo de 1822 en Pichincha terminó con el poder español en el territorio ecuatoriano, el cual pasó a ser una provincia de la Gran Colombia. El 13 de mayo de 1830 una asamblea de notables proclamó en Quito la independencia ecuatoriana y promulgó una constitución de carácter conservador.

Placa conmemorativa de la visita de Simón Bolívar en 1822.

Alfredo Maiquez / Photolibrary

Yoshio Tomii / Photolibrary

La hermosa Plaza Independencia de Quito

Ecuador independiente

En el siglo XIX, Ecuador pasó por un largo período de lucha entre liberales y conservadores. La rivalidad entre ambos partidos reflejaba la diferencia entre la sierra (Quito) y la costa (Guayaquil). A finales del siglo XIX, el gobierno fue ejercido por los liberales. Durante esta época se construyó el ferrocarril entre Quito y Guayaquil, el cual ayudó a la integración del país.

En la década de los 20 se produjo una fuerte crisis que llevó a la intervención del ejército en 1925. Esta duró hasta 1948 y fue una de las épocas más violentas en la historia del país. Durante este período ocurrió la guerra de 1941 con Perú, el cual se apoderó de la mayor parte de la región amazónica de Ecuador. Una conferencia de paz celebrada en Río de Janeiro en 1942 ratificó la pérdida del territorio, pero Ecuador no ha cesado de reclamar estas tierras.

Segunda mitad del siglo XX

A partir de 1972, gracias a la explotación de reservas petroleras, Ecuador vio un acelerado desarrollo industrial. En 1982 los ingresos del petróleo empezaron a disminuir, causando grandes problemas económicos en el país. En 1987 un terremoto destruyó parte de la línea principal de petróleo, afectando aún más la economía y dando origen a una serie de enfrentamientos políticos que perduraron hasta el 2000. Ese mismo año, tomó el poder Gustavo Noboa, un académico de carácter tranquilo y moderado. Al igual que El Salvador y Panamá, Ecuador cambió el sucre por el dólar en marzo de 2000.

Julian Love / Photolibrary

Tren en Ríobamba, Ecuador, que ayudó a conectar importantes zonas del país.

El Ecuador de hoy

❯ Noboa centró sus esfuerzos en la construcción de un gran oleoducto desde la Amazonía hasta la costa del océano Pacífico, para que la exportación de petróleo se duplicara a partir del 2003.

❯ En noviembre de 2006, Rafael Correa fue elegido para el período 2007–2011. En 2007 se eligió una Asamblea Constituyente, la que promulgó una nueva Constitución.

❯ Ecuador es el mayor exportador de bananas en el mundo. También exporta flores y es el octavo productor mundial de cacao. Es significativa también su producción de camarón, caña de azúcar, arroz, algodón, maíz, palmitos y café.

❯ En el 2009, después de la aprobación de una nueva Carta Magna, se llamó a elecciones de nuevas autoridades. Rafael Correa fue reelegido como Presidente y ocupará el cargo hasta 2013.

Doco Dalfiano / Photolibrary

Malecón 2000 en Guayaquil, con más de 300.000 m² de zonas recreativas

■■ ¿COMPRENDISTE?

A. Hechos y acontecimientos. Completa las siguientes oraciones con información que leíste sobre la historia de Ecuador.

1. El poder español terminó en el territorio ecuatoriano con…

2. La rivalidad entre Quito y Guayaquil reflejaba la diferencia entre…

3. El resultado de la guerra de 1941 con Perú fue…

4. El acelerado desarrollo económico que empezó en 1972 solamente duró…

5. Los problemas políticos de fines del siglo XX se debieron en gran medida a…

6. En marzo de 2000, Ecuador cambió el sucre por…

7. Ecuador se destaca por sus exportaciones en…

B. A pensar y a analizar. Contesta las siguientes preguntas con dos o tres compañeros(as) de clase.

1. En su opinión, ¿por qué Ecuador se llama así y por qué se le llama también el "corazón de América"?

2. Además de petróleo, ¿qué productos exporta Ecuador? ¿Creen que sería mejor concentrarse en la producción de un solo producto, como el petróleo, o en una variedad de productos para exportar? Expliquen su respuesta.

C. Redacción colaborativa. En grupos de dos o tres, escriban una composición colaborativa de una a dos páginas sobre el tema que sigue. Escriban primero una lista de ideas, organícenlas en un borrador, revisen las ideas, la acentuación y ortografía y escriban la versión final.

En el año 2000 Ecuador cambió su moneda, el sucre, por el dólar estadounidense. ¿Qué opinan Uds. de esta medida? ¿Por qué querrá un país adoptar la moneda de otro país? ¿Qué ventajas y desventajas ha traído este cambio para Ecuador? ¿Sería ventajoso para EE.UU. cambiar su moneda? ¿Por qué sí o por qué no?

Oswaldo Guayasamín

Este pintor, muralista y escultor de fama mundial, nació en Quito de padre indígena y madre mestiza. Prefirió ser conocido solamente como Guayasamín. Su obra, al igual que su vida personal, es altamente controvertida y fascinante. Su arte avergüenza al mundo porque retrata los crímenes humanos, dibuja la injusticia del hombre hacia sus semejantes y denuncia las injusticias que sufren los débiles a manos de los poderosos. De hecho, su colección más conocida lleva por título: *La edad de la ira.* Es considerado por muchos el creador del expresionismo kinético. Sus cuadros se valoran hasta en un millón de dólares.

© Pablo Corral Vega / Corbis

Fundación Grace Polit; http://www.grace-polit.org.

Grace Polit

Esta artista nació en Santiago de Guayaquil en el seno de una familia de clase media pero caracterizada por su calidad intelectual. En 1974 empezó su creación artística con la obra *Herencia universal.* En ella, con la ayuda de los cuatro elementos básicos —agua, tierra, aire y fuego—, combinados con la figura humana, expresa diferentes matices de sentimientos positivos del ser humano. Ha sido galardonada con varios premios, medallas y menciones internacionales. Ha tenido exhibiciones en Ecuador, Suecia, Francia, Italia, Inglaterra y Canadá. Sus pinturas se encuentran en muchos museos y galerías de arte, así como en colecciones privadas en todo el mundo.

Fanny Carrión de Fierro

Esta escritora, crítica literaria, ensayista y profesora universitaria, recibió el Doctorado en Literatura de la Pontificia Universidad Católica del Ecuador (Quito, 1981). Ha escrito y publicado ensayos y artículos sobre varios temas: política, cultura, sociedad, derechos de la mujer, derechos humanos, derechos de los niños, el movimiento indígena y lingüística. En las elecciones de Ecuador en 2006, escribió y publicó electrónicamente un ensayo titulado "Hacia el quinto poder", sobre la importancia de la participación de la sociedad civil para consolidar la democracia. Ha sido profesora en varias universidades de Ecuador y Estados Unidos. En la actualidad, es profesora en la Pontificia Universidad Católica del Ecuador.

Latinstock USA - Photographer Frank Sanchez

Otros ecuatorianos sobresalientes

Jorge Enrique Adoum: poeta, dramaturgo, novelista, ensayista

César Dávila Andrade: poeta, cuentista, ensayista

Andrés Gómez: jugador de tenis

Maria Luisa González: bailarina, coreógrafa, maestra

Jaime Efraín Guevara: compositor y cantante de música popular

Julio Jaramillo: cantante de música folclórica y romántica

Viera Kléver: coreógrafo, bailarín, maestro, director

Camilo Luzuriaga: director de cine

Beatriz Parra Durango: cantante de ópera

Enrique Tábara: pintor

Abdón Ubidia: escritor

Alicia Yáñez Cosío: novelista

¿COMPRENDISTE?

A. Los nuestros. Contesta las siguientes preguntas con un(a) compañero(a) de clase.

1. ¿Por qué es fascinante y controvertida la obra de Guayasamín? ¿Qué creen que lo motivó a tratar el tema de la ira humana? ¿Por qué es tan importante mostrarle al mundo las barbaridades cometidas a lo largo de la historia?

2. ¿Creen Uds. que la combinación de los elementos de la naturaleza y del cuerpo humano puede expresar lo mejor de los sentimientos humanos? Expliquen su respuesta.

3. ¿Creen que la política es importante para la literatura en Ecuador? ¿Por qué? ¿Están de acuerdo en que la sociedad civil consolida una democracia o esa es más bien tarea del gobierno?

B. Diario. En tu diario, escribe por lo menos media página expresando tus pensamientos sobre este tema.

El célebre pintor Guayasamín sacudió la conciencia del público con sus pinturas, especialmente la colección *La edad de la ira*. Evidentemente, este gran hombre canalizó su furia a través de la pintura. Cuando tú necesitas canalizar tu frustración, enojo o rabia, ¿por qué medio lo haces: arte, escritura, silencio, violencia,…? ¿Estás satisfecho(a) con el medio que usas o te gustaría cambiar a otro? (¿A cuál cambiarías? ¿Por qué?)

MEJOREMOS LA COMUNICACIÓN	
al igual que	ira
avergonzar (üe)	matices *(m.)*
controvertido(a)	retratar
de hecho	semejantes *(m.)*
en la actualidad	seno
calidad	valorarse

 ¡Diviértete en la red!
Busca "Oswaldo Guayasamín," "Grace Polit" y/o "Fanny Carrión de Fierro" en Google Images y YouTube para ver videos y escuchar a estos talentosos ecuatorianos. Ve a clase preparado(a) para presentar un breve resumen de lo que encontraste y lo que viste.

Letras problemáticas: la *g* y la *j*

El sonido /g/ es un sonido fuerte que ocurre delante de las vocales **a, o** y **u.** Este sonido solo ocurre delante de **e** o **i** cuando se escribe **gue** o **gui.** El sonido /x/, similar al sonido de la **h** en inglés, con frecuencia resulta problemático debido a que tanto la **g** como la **j** tienen el mismo sonido cuando ocurren delante de la **e** o **i**.

La escritura del sonido /g/

Al escuchar las siguientes palabras con el sonido /g/, observa cómo se escribe este sonido.

ga	**ga**lán	nave**ga**ción
gue	**gue**rrillero	jugue**tón**
gui	**guí**a	conse**guir**
go	**go**bierno	visi**go**do
gu	**gu**sto	or**gu**llo

Práctica con la escritura del sonido /g/. Escucha mientras tu profesor(a) lee las siguientes palabras. Escribe las letras que faltan en cada una.

1. _ _ n a r
2. n e _ _ _ c i a c i ó n
3. N i c a r a _ _ _ _
4. o b l i _ _ _ d o
5. n e _ _ _ r
6. _ _ b e r n a d o r
7. _ _ _ _ r r a
8. R i _ _ _ b e r t a
9. s e _ _ _ _ r
10. f u e _ _ _

La escritura del sonido /x/

Al escuchar las siguientes palabras con /x/, observa cómo se escribe este sonido.

ja	**ja**rdín	feste**jar**	emba**ja**dor
je o **ge**	**je**fe	**ge**nte	extran**je**ro
ji o **gi**	**ji**tomate	**gi**gante	comple**ji**dad
jo	**jo**ya	espe**jo**	anglosa**jón**
ju	**ju**dío	**ju**gador	con**ju**nto

Práctica con la escritura del sonido /x/. Escucha mientras tu profesor(a) lee las siguientes palabras. Escribe las letras que faltan en cada una.

1. e _ _ r c i t o
2. i n _ _ n i e r o
3. p r o t e _ _ d o
4. e l e _ _ r
5. _ _ n e r a c i ó n
6. _ _ b ó n
7. m e _ _ r
8. m á _ _ c o
9. c a d e _ _ s
10. _ _ m n a s i o

Los sonidos /g/ y /x/. Escucha mientras tu profesor(a) lee varias palabras. Indica si el sonido inicial de cada una es /g/ —como en **gordo** y **ganga**— o /x/ —como en **japonés** y **jurado**. Cada palabra se leerá dos veces.

1. /g/   /x/
2. /g/   /x/
3. /g/   /x/
4. /g/   /x/
5. /g/   /x/
6. /g/   /x/
7. /g/   /x/
8. /g/   /x/
9. /g/   /x/
10. /g/   /x/

¡A practicar!

A. **La escritura de los sonidos /g/ y /x/.** Escucha mientras tu profesor(a) lee las siguientes palabras. Escribe las letras que faltan en cada una.

1. _ _ l p e a d o
2. e m b a _ _ d a
3. _ _ r r a
4. s u r _ _ r
5. _ _ e g o
6. t r a _ _ d i a
7. _ _ _ r r i l l e r o
8. p r e s t i _ _ o s o
9. f r i _ _ l
10. a _ _ n c i a

Los sobrenombres

En el mundo hispano es muy común el uso de sobrenombres o nombres informales con amigos y parientes. En general, los sobrenombres se derivan de los nombres de pila, como **Lupe** de **Guadalupe** y **Toño** de **Antonio**. Otros sobrenombres se alejan bastante de los nombres de pila, como **Yoya** por **Elodia** y **Fito** por **Adolfo**.

A. Sobrenombres masculinos. ¿Cuántos de estos sobrenombres reconoces? De la segunda columna selecciona los nombres de pila que corresponden a los sobrenombres de la primera columna.

_____	1. Pepe	a. Francisco
_____	2. Beto	b. Guillermo
_____	3. Chuy	c. Salvador
_____	4. Nacho	d. Rafael
_____	5. Memo	e. José
_____	6. Pancho	f. Manuel
_____	7. Quico	g. Roberto
_____	8. Rafa	h. Ignacio
_____	9. Chava	i. Jesús
_____	10. Manolo	j. Enrique

B. Sobrenombres femeninos. Ahora a ver cuántos de los sobrenombres femeninos reconoces. De la segunda columna selecciona los nombres de pila que corresponden a los sobrenombres de la primera columna.

_____ 1. Chelo   a. Rosario

_____ 2. Chavela   b. Concepción

_____ 3. Pepa   c. Teresa

_____ 4. Lola   d. María Luisa

_____ 5. Concha   e. Cristina

_____ 6. Tina   f. Consuelo

_____ 7. Meche   g. Dolores

_____ 8. Chayo   h. Isabel

_____ 9. Marilú   i. Josefa

_____ 10. Tere   j. Mercedes

C. Sobrenombres de compañeros. ¿Cuántos de tus amigos(as) y familiares tienen sobrenombres distintos a los que aparecen en las actividades A y B? En grupos de tres, preparen una lista de otros sobrenombres masculinos y femeninos y de los nombres de pila de los cuales se originaron.

La descripción: a base de paradojas

1 Para empezar. La paradoja es una declaración aparentemente cierta que lleva unida una contradicción lógica. El cuento de Jaime Bayly Letts *El canalla sentimental* consta de una descripción detallada de una persona, plagada de paradojas. Desde el principio abundan los ejemplos:

"Soy agnóstico pero rezo en los aviones. Soy optimista pero no espero nada bueno. Soy materialista pero no me gusta ir de compras".

Un martín pescador junto al cartel de "prohibido pescar"

a. Identifica y explica las paradojas en cada una de estas oraciones.

b. ¿Qué efecto crea el narrador al definirse de una forma tan paradójica? ¿Es fiable? ¿Por qué sí o no?

c. Selecciona las tres descripciones de *El canalla sentimental* que más te gustaron y compártelas con la clase. Explica por qué te gustaron.

2 A generar ideas. Piensa ahora en tu propia persona. Escribe tu nombre y debajo, haz una tabla de dos columnas. Anota en la primera columna todas las características que consideras importantes en tu persona y en la segunda columna, características contradictorias que son muy parte de tu persona. Si prefieres, puedes describir a un pariente o un(a) amigo(a) favorito(a).

3 Tu borrador. Ahora desarrolla la información que anotaste en oraciones que vayan destacando contradicciones y/o ironía. Luego, organízalas en dos o tres párrafos descriptivos con ironía. Escribe tu borrador ahora. ¡Buena suerte!

4 Revisión. Intercambia tu borrador con un(a) compañero(a). Revisa la descripción, prestando atención a las siguientes preguntas. ¿Ha comunicado bien sus características? ¿Ha usado paradojas? ¿Ha revelado suficiente información? ¿Ayuda la descripción a entenderlo/la mejor? ¿Tienes algunas sugerencias sobre cómo podría mejorar su descripción?

5 Versión final. Considera las correcciones que tu compañero(a) te ha indicado y revisa tu descripción por última vez. Como tarea, escribe la copia final en la computadora. Antes de entregarla, dale un último vistazo a la acentuación, a la puntuación, a la concordancia y a las formas de los verbos.

6 Publicación (opcional). Cuando tu profesor(a) te devuelva la descripción corregida, revísala con cuidado y luego devuélvesela a tu profesor(a) para que las ponga todas en un libro que va a titular: **Lo especial de los estudiantes del señor (de la señora/señorita)…**

¡Antes de leer!

A. Anticipando la lectura. Contesta estas preguntas para ver cómo te relacionas con tus antepasados.

1. ¿Has pensado alguna vez sobre la fugacidad de la vida? ¿Conociste a personas que ya han muerto? ¿Qué huellas han dejado en ti o en los demás?

2. ¿Conoces a tus antepasados? ¿Quiénes son? ¿Crees que hay enseñanzas que podemos aprender de ellos? ¿Crees que vale la pena repetir algunas de las cosas que hicieron? ¿Cuáles? Crea una lista de ejemplos y compara tu lista con la de dos compañeros(as) de clase.

B. Vocabulario en contexto. Busca estas palabras en el poema y, en base al contexto, decide cuál es su significado. Para facilitar encontrarlas, las palabras aparecen en negrilla en la lectura.

1. vasija	a. plato	b. jarra	c. ataúd
2. vientre	a. barriga	b. tapa	c. costado
3. desengaños	a. deseos	b. decepciones	c. tiempos felices
4. arcilla	a. papa	b. arroz	c. barro
5. collados	a. del cerro	b. árboles	c. joyas
6. yazgo	a. camino contigo	b. vivo	c. me acuesto

Sobre los autores

El poema hecho canción, *Vasija de barro*, es el producto de la espontánea colaboración de cuatro artistas ecuatorianos, inspirados por la obra *El origen* (1956) del pintor ecuatoriano Oswaldo Guayasamín. En una reunión en el departamento de Guayasamín, tres poetas —Jorge Carrera Andrade, Hugo Alemán y Jorge Enrique Adoum—, y un pintor —Jaime Valencia— escribieron las cuatro estrofas de *Vasija de barro*. En el mismo lugar, a continuación, Carlos Gonzalo Benítez y Luis Alberto 'Potolo' Valencia escribieron la música de esta hermosa y representativa canción.

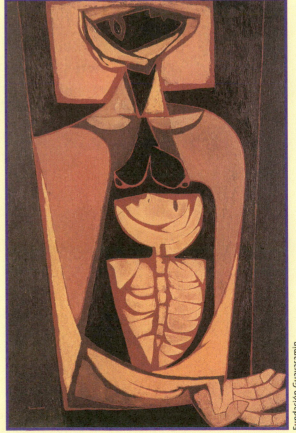

Fundación Guayasamín

Vasija de barro

"Yo quiero que a mí me entierren
como a mis antepasados
en el **vientre** oscuro y fresco
de una vasija de barro".

"Cuando la vida se pierda
tras una cortina de años
vivirán a flor de tiempo
amores y desengaños..."

"**Arcilla** cocida y dura
alma de verdes **collados,**
luz y sangre de mis hombres,
sol de mis antepasados..."

"De ti nací y a ti vuelvo
arcilla vaso de barro
con mi muerte **yazgo** en ti
en tu polvo enamorado".

Background Photo: Fundación Guayasamin

¡Después de leer!

A. Hechos y acontecimientos. ¿Recuerdas los datos más importantes de la lectura? Para asegurarte, completa las oraciones que siguen.

1. El poeta quiere ser enterrado en...

2. Cuando la muerte llegue, vivirán los...

3. La vasija está hecha de...

4. La arcilla es...

5. Al final del poema, el poeta dice que va a yacer...

B. A pensar y a analizar. En grupos de tres o cuatro, contesten las siguientes preguntas. Luego, compartan sus respuestas con la clase.

1. Si no supieran que este poema es un trabajo de colaboración, ¿notarían que más de una persona participó en su creación? ¿Por qué sí o no? ¿Cuáles son algunas canciones que Uds. conocen en las que colaboraron varias personas?

2. El poema define una forma de ver la muerte, ¿Cómo se concibe la muerte? Según el poema, ¿hay vida después de la muerte? Defiendan su opinión.

3. El poema reflexiona sobre una práctica funeraria. Comparen su mensaje con las prácticas funerarias de nuestra sociedad. ¿Qué creen que aporta el poema a nuestra cultura? ¿Qué enseña?

C. Escribamos un poema. Individualmente y luego en grupos de tres, escriban un poema que comience con el siguiente verso: "Yo quiero que a mí me entierren..."

1. Pueden hablar de dónde, cómo, cuándo...

2. Hablen sobre la fugacidad de la vida.

3. Escriban un verso que sirva de conclusión.

4. ¡Recítenlo para la clase!

D. Apoyo gramatical. Pretérito: verbos con cambios en la raíz y verbos irregulares. Completa el siguiente párrafo sobre el poema de esta lección usando el pretérito de los verbos que están entre paréntesis.

"Vasija de barro" (1) _____ (ser) el poema que yo (2) _____ (leer). (3) _____ (Saber) por el diccionario que una vasija es un recipiente y que el barro es la mezcla de tierra y agua. Supongamos: el protagonista (4) _____ (morir) y (5) _____ (ser) enterrado en una vasija de barro porque él lo (6) _____ (querer) así. Cuando él (7) _____ (morir), las alegrías y las penas de su vida siguen viviendo en esa vasija. El protagonista (8) _____ (nacer) del barro y al morir él (9) _____ (volver) al barro, el barro de la vasija.

Gramática 3.4: Antes de hacer esta actividad conviene repasar esta estructura en las págs. 166–169

GRAMÁTICA

3.4 El pretérito: verbos con cambios en la raíz y verbos irregulares

¡A que ya lo sabes!

Para más práctica, haz las actividades de **Gramática en contexto** (sección 3.3) del *Cuaderno para los hispanohablantes*.

Tú y un amigo decidieron pasar las vacaciones de primavera en Ecuador porque les han dicho que es un país muy interesante. Durante el vuelo, tu amigo quiere saber algo de dónde van a hospedarse. ¿Qué le dices y qué otra pregunta te hace? Mira los siguientes pares de oraciones y decide, en cada par, cuál de las dos te suena bien, la primera o la segunda.

1. a. *Pedí* un cuarto con cama doble, baño, ducha y que incluye el desayuno.

   b. *Pidí* un cuarto con cama doble, baño, ducha y que incluye el desayuno.

2. a. ¿*Trajiste* mucha ropa?

   b. ¿*Trujiste* mucha ropa?

Si todos están de acuerdo y seleccionaron la oración **a** en ambos casos, es porque tienen un conocimiento tácito de muchos de los verbos con irregularidades en el pasado. Si no todos estuvieron de acuerdo, es porque algunos de Uds. usan variantes de los verbos con cambios en la raíz y verbos irregulares en el pretérito. Pero, sigan leyendo y van a ver que hay mucha regularidad en las irregularidades de estos verbos.

Verbos con cambios en la raíz

❭ Los verbos que terminan en **-ar** y **-er** que tienen cambios en la raíz en el presente son completamente regulares en el pretérito. (Consúltese la *Lección 2,* págs. 73–74 para verbos con cambios en la raíz en el presente de indicativo.)

> Los ecuatorianos no **pierden** las esperanzas de un futuro mejor. Durante períodos de crisis anteriores tampoco **perdieron** las esperanzas de una vida mejor.

❭ Los verbos terminados en **-ir** que tienen cambios en la raíz en el presente también son regulares en el pretérito, excepto en las formas de tercera persona del singular y del plural. En estas dos formas, cambian la **e** por **i** y la **o** por **u**.

sentir e ⟶ i	pedir e ⟶ i	dormir o ⟶ u
sentí	pedí	dormí
sentiste	pediste	dormiste
sintió	pidió	durmió
sentimos	pedimos	dormimos
sentisteis	pedisteis	dormisteis
sintieron	pidieron	durmieron

Los ecuatorianos sintieron gran admiración por Guayasamín
Guayasamín murió en 1999 en la ciudad de Baltimore.

Verbos irregulares

> Algunos verbos de uso frecuente tienen una raíz irregular en el pretérito. Observa que las terminaciones **-e** y **-o** de estos verbos son irregulares ya que no llevan acento escrito.

Verbo	Raíces (de pretérito) de tipo -u- e -i-	Terminaciones	
andar	anduv-		
caber	cup-		
estar	estuv-		
haber	hub-		
poder	pud-	e	imos
poner	pus-	iste	isteis
querer	quis-	o	ieron
saber	sup-		
tener	tuv-		
venir	vin-		
Verbo	**Raíces (de pretérito) de tipo -j-**	**Terminaciones**	
decir	dij -	e	imos
producir	produj -	iste	isteis
traer	traj -	o	**eron**

Los verbos que se derivan de los mencionados en el cuadro tienen las mismas irregularidades, por ejemplo:

decir:	contradecir, predecir	tener:	detener, mantener, sostener
poner:	componer, proponer	venir:	convenir, intervenir

Desde pequeña Beatriz Parra Durango **quiso** ser una gran cantante de ópera y **puso** gran empeño para lograrlo.

En la década de los 70 la exploración de petróleo **produjo** gran crecimiento económico en Ecuador.

Nota para hispanohablantes

Hay una tendencia dentro de algunas comunidades de hispanohablantes a cambiar la raíz del verbo "traer" en el pretérito a truj- en vez de traj-. De esta manera, en vez de las formas de mayor uso **(traje, trajiste, trajo,...),** usan *truje, trujiste trujo,...* También, con el verbo **decir**, en vez de usar **dijiste**, tienden a preferir dijistes, *dijites* o *dejite* y en vez de **dijeron**, usan *dijieron*. Es importante evitar estos usos fuera de esas comunidades y en particular al escribir.

❭ Otros verbos irregulares:

dar		hacer		ir / ser	
di	dimos	hice	hicimos	fui	fuimos
diste	disteis	hiciste	hicisteis	fuiste	fuisteis
dio	dieron	hizo	hicieron	fue	fueron

Los verbos **ir** y **ser** tienen formas idénticas en el pretérito. Normalmente el contexto deja en claro qué significado se quiere expresar.

Me **dieron** tanta tarea ayer que no la **hice** toda.

Una amiga mía **fue** a Quito por unos días. **Fue** una visita muy interesante, me dijo.

Nota para hispanohablantes

Hay una tendencia dentro de algunas comunidades de hispanohablantes a cambiar la raíz del verbo **ir** en el pretérito. En vez de usar las formas de mayor uso **(fui, fuiste, fue,...),** usan *jui, juiste/ juites, jue,...* Es importante evitar estos usos fuera de esas comunidades y en particular al escribir.

Ahora, ¡a practicar!

A. Las islas Galápagos. Emplea el pretérito de los verbos que aparecen entre paréntesis para completar la siguiente información acerca de la historia de las islas Galápagos.

Las islas Galápagos (1) _____ (ser) descubiertas en 1535 por Tomás de Berlanga, obispo de Panamá. El obispo (2) _____ (salir) hacia Perú, pero su embarcación se (3) _____ (desviar) hacia el oeste y (4) _____ (llegar) a unas islas que él (5) _____ (llamar) Las Encantadas. Numerosos viajeros españoles se (6) _____ (detener) en las islas durante el siglo XVI. A fines del siglo siguiente los piratas (7) _____ (usar) las islas como su lugar de escondite y a comienzos del siglo XIX los cazadores de ballenas y focas (8) _____ (venir) a las islas. Por casi trescientos años nadie (9) _____ (reclamar) las islas como propias, pero en 1832 Ecuador (10) _____ (tomar) posesión oficial del archipiélago. Las islas se (11) _____ (hacer) famosas a nivel internacional cuando en 1835 se (12) _____ (detener) allí el naturalista inglés Charles Darwin. La fauna poco común de las islas (13) _____ (contribuir) a la formación de las ideas de este científico sobre la selección natural.

B. El malecón de Guayaquil. Una amiga escribe en su diario las impresiones de su visita a Guayaquil. Completa este fragmento usando el pretérito para conocer esas impresiones.

Unos amigos me (1) _____ (decir): "Debes visitar Guayaquil". Yo me (2) _____ (proponer) hacer la visita el mes pasado, pero no (3) _____ (poder), porque (4) _____ (tener) muchas otras cosas que hacer durante ese tiempo. Finalmente, la semana pasada yo (5) _____ (hacer) el viaje. Lo primero que (6) _____ (querer) hacer (7) _____ (ser) visitar el Malecón. (8) _____ (estar) recorriendo ese maravilloso complejo histórico y recreativo por mucho tiempo. (9) _____ (poder) gozar admirando las diversas construcciones y las áreas verdes. Yo (10) _____ (tener) una experiencia maravillosa allí y me (11) _____ (traer) un hermoso recuerdo de ese lugar de encanto.

C. La época de oro del petróleo ecuatoriano. Completa la siguiente información acerca del auge petrolero en Ecuador en los años 70. Cambia el presente histórico al pretérito.

En los años 70 se produce (1) _____ un cambio en la economía ecuatoriana. Se comienza (2) _____ a explotar y a exportar el petróleo. Los precios están (3) _____ altos en ese período. Hay (4) _____ un crecimiento económico excepcional. Por ejemplo, las exportaciones de petróleo dan (5) _____ al país casi 200 millones de dólares en 1970; la cantidad sube (6) _____ a 1300 millones de dólares en 1977. El país se vuelve (7) _____ más atractivo para los inversores y banqueros nacionales y extranjeros. Se predice (8) _____ un crecimiento sin fin. En esa misma década Ecuador entra (9) _____ en el mercado mundial. Hay (10) _____ prosperidad. Se construyen (11) _____ caminos y carreteras. Sin embargo, todo esto cambia (12) _____ en la década de los 80. La fiesta petrolera se interrumpe (13) _____ , entre otras causas por la baja en el precio del petróleo. Es (14) _____ el fin de una época de oro.

D. Viaje. Un compañero te pide que le eches un vistazo a lo que escribió y que corrijas cualquier uso que no sea apropiado para la lengua escrita.

> Cuando visité Ecuador me sintí muy a gusto. Sabía mucho acerca del país porque hablé con varios amigos dominicanos y les pidí consejos. Algunas personas me dijieron que tendría problemas con el habla de los ecuatorianos, pero yo no tuvo ningún problema con el idioma. Jui a muchos lugares bonitos y truje muchos objetos típicos para regalar a mis familiares y amigos. Quiero volver a ese país pronto porque me gustó mucho.

E. Encuesta. Entrevista a tus compañeros(as) de clase hasta encontrar personas que hacen o han hecho una de estas actividades. Escribe el nombre de cada uno al lado de la actividad que hace o ha hecho.

MODELO dormir mal anoche
—¿Dormiste mal anoche?
—No, no dormí mal. o **Sí, dormí mal.**

1. _____ poder conversar con tu consejero ayer

2. _____ tener que estudiar para un examen anoche

3. _____ andar a clase hoy

4. _____ venir a clase en autobús

5. _____ traer una computadora a clase

6. _____ estar enfermo(a) ayer

7. _____ ir al cine durante el fin de semana

8. _____ no hacer la tarea para la clase anoche

VOCABULARIO **ACTIVO**

Lección 3: Perú

La colonia
andino(a)
cautiverio
dar muerte
habitado(a)
heredero(a)
poderío
reino
subyugar

Personas
cantautor(a)
conductor(a)
Reyes Magos *(m.)*
rostro

Éxito
apogeo
condecorado(a)
conducción *(f.)*
consagración *(f.)*
crecimiento
galardón *(m.)*
grabar
llevar a cabo
prolífico(a)
sobresalir

Fracaso
agobiar
estallar
fracasar
renunciar

Economía
nivel *(m.)*
producto nacional bruto
realizar

Palabras y expresiones útiles
darse cuenta
en ese entonces
género
localizado(a)
modelaje *(m.)*
mutuo(a)
rincón *(m.)*

Lección 3: Bolivia

En la frontera
agrario(a)
amazónico(a)
fronterizo(a)
herencia
sureño(a)
yacimiento

Ropa y aparencia
alta costura
colorido(a)
conjunto
lana
tela
vistoso(a)

Empresas
desempleo
discográfica
empresa
pérdida
prevalecer
vencedor(a)

Mundo indígena
cosmovisión *(f.)*
fidelidad *(f.)*
hito
indígena
mestizo(a)

Cruda realidad
flagelo
junta militar
maldición *(f.)*
recelo

Palabras y expresiones útiles
a causa de
litio
salar *(m.)*

Lección 3: Ecuador

Petróleo

apoderarse
calidad
enfrentamiento
ferrocarril *(m.)*
oleoducto
petrolero(a)
rivalidad

Ingresos

disminuir
ingresos
matices *(m.)*
pérdida

Descripción

controvertido(a)
ejercido(a)
semejantes *(m.)*
suprimido(a)

Verbos

avergonzar (üe)
cesar
promulgar
retratar
valorarse

Palabras y expresiones útiles

al igual que
de hecho
en la actualidad
herencia
ira
mestizo(a)
palmito
seno

Potencias del Cono Sur

CHILE Y ARGENTINA

Per-Gunner Ostby / Photolibrary

LOS ORÍGENES

Descubre las características de la conquista y colonización de Chile y Argentina, con la férrea resistencia de los indígenas mapuches o araucanos y guaraníes (págs. 174–175).

SI VIAJAS A NUESTRO PAÍS…

❯ En **Chile** visitarás la capital, Santiago, con una población de unos cinco millones, Valparaíso, Viña del Mar, impresionantes lugares de la rica naturaleza chilena y varios festivales chilenos (págs. 176–177).

❯ En **Argentina** conocerás la capital, Buenos Aires, donde de día puedes conversar con las Madres y Abuelas de la Plaza de Mayo y de noche visitar un sinnúmero de clubes de tango. También subirás el Aconcagua (22.841 pies) y otras majestuosas montañas, e irás a Córdoba, Bariloche, la Pampa, las cataratas de Iguazú y varios festivales argentinos (págs. 196–197).

AYER YA ES HOY

Haz un recorrido por la historia de Chile desde su independencia hasta el presente (págs. 178–179) y por la de Argentina desde la independencia hasta nuestros días (págs. 198–199).

LOS NUESTROS

❯ En **Chile** admira a un reconocido cantautor, a una actriz chilena de fama internacional y a una escritora chilena que comenzó a escribir intensamente desde el exilio (págs. 180–181).

❯ En **Argentina** conoce a un anarquista cristiano en busca de la libertad, a una de las mejores tenistas sudamericanas de todos los tiempos y a un grupo de música de humor (págs. 200–201).

ASÍ HABLAMOS Y ASÍ ESCRIBIMOS

Aprende cómo distinguir entre el sonido suave y el sonido fuerte de las letras **b** y **v** y cómo escribir con estas dos letras (págs. 182–183). También aprende algunas reglas para ayudarte al escribir a diferenciar entre los tres sonidos de la **x** (pág. 202).

NUESTRA LENGUA EN USO

Descubre cómo distinguir entre palabras homófonas, es decir palabras que suenan igual pero que se escriben de manera diferente (págs. 184–185), y diviértete al resolver varias adivinanzas y al coleccionar adivinanzas que tus abuelos recuerden (pág. 203).

¡LUCES! ¡CÁMARA! ¡ACCIÓN!

Visita "Chile: tierra de arena, agua y vino" (pág. 186).

ESCRIBAMOS AHORA

Aprende a expresar tus opiniones y defenderlas en un ensayo persuasivo. (pág. 204).

Y AHORA, ¡A LEER!

❯ Mírate en un espejo y descubre tu personalidad inspirado(a) por la sinceridad y genialidad del poema "Autorretrato", del poeta chileno Pablo Neruda (págs. 188–189).

❯ Experimenta la transformación de lector a protagonista en el cuento "Continuidad de los parques", del escritor argentino Julio Cortázar (págs. 205–208).

¡EL CINE NOS ENCANTA!

❯ Disfruta de la experiencia de un adolescente que considera que el cortejo es "un juego absurdo" (págs. 209–212).

GRAMÁTICA

Repasa los siguientes puntos gramaticales:

❯ 4.1 El imperfecto (págs. 190–193)

❯ 4.2 El pretérito y el imperfecto: acciones acabadas y acciones que sirven de transfondo (págs. 193–195)

❯ 4.3 El pretérito y el imperfecto: acciones simultáneas y recurrentes (págs. 213–216)

❯ 4.4 Comparativos y superlativos (págs. 216–221)

La conquista y colonización de Chile y Argentina tuvieron características especiales con respecto a las de otros territorios americanos, debido a la resistencia de los indígenas araucanos en Chile y guaraníes en Argentina.

Chile y Argentina: una feroz resistencia

¿Quién lideró la colonización del territorio chileno? ¿la del argentino?

En 1535, Diego de Almagro, un lugarteniente de Francisco Pizarro, lideró una expedición terrestre hacia Chile en busca de oro, sin resultado. En 1540, Pedro de Valdivia, también lugarteniente de Pizarro, inició la colonización de la región que ahora se conoce como Chile. Valdivia consiguió fundar varias ciudades, entre ellas Santiago (1541), Concepción (1550) y Valdivia (1552).

Líderes mapuches

© The Print Collector / Heritage / The Image Works

Por su parte, Pedro de Mendoza fundó en 1536 el fuerte de Nuestra Señora Santa María del Buen Aire, la futura ciudad de Buenos Aires, el cual fue abandonado cinco años después como consecuencia de los ataques de los indígenas guaraníes. En 1580, el gobernador de Asunción le encargó a Juan de Garay el restablecimiento de la ciudad de Buenos Aires.

¿Cómo recibieron los pueblos de la zona la colonización española?

Por parte de Chile, la resistencia perduró hasta finales del siglo XIX. Tuvo su momento álgido en 1553, cuando el araucano Lautaro logró capturar y matar a Valdivia, destruyendo todas las ciudades excepto Santiago, Concepción y La Serena. Estos hechos los recogió Alonso de Ercilla en su obra *La Araucana*, un poema épico que narra la rebelión y la fase inicial de la resistencia mapuche.

La resistencia activa de los guaraníes contra los europeos establecidos en sus tierras se manifestó en las más de veinte acciones de rebelión entre 1537 y 1609. A esos ataques y escaramuzas hay que añadir las huidas y la resistencia pasiva con que los guaraníes se oponían a la invasión y dominación.

¿Qué otras características tuvo esta colonización?

A pesar de formar parte del Virreinato del Perú y del Río de la Plata, la colonia en lo que hoy conocemos como el Cono Sur, permaneció muy aislada y pobre en comparación con otras colonias del imperio español, debido a la falta de metales preciosos y lo vasto y aislado del territorio.

Víctor Rojas / Getty Images

Manifestación en el siglo XXI de indígenas mapuches en Chile

■■ ¿COMPRENDISTE?

A. Hechos y acontecimientos. Completa las siguientes oraciones.

1. Pedro de Valdivia inició la…

2. La futura ciudad de Buenos Aires fue fundada por…

3. La conquista y colonización de Chile se extendió por muchos años debido a…

4. La conquista y colonización de Argentina se extendió por muchos años debido a…

5. El cacique araucano Lautaro capturó y mató a…

6. La colonia del Cono Sur permaneció muy aislada y pobre debido a…

B. A pensar y a analizar. Contesta las siguientes preguntas con dos o tres compañeros(as) de clase.

1. En su opinión, ¿fue la falta de metales preciosos y lo vasto y aislado de la región una ventaja o desventaja en la conquista y colonización de Chile y Argentina? ¿Por qué?

2. ¿Qué creen ustedes que pasó con los grandes números de indígenas que habitaban el Cono Sur? Expliquen sus respuestas.

MEJOREMOS LA COMUNICACIÓN

aislado(a)	escaramuzas
álgido(a)	fuerte *(m.)*
cacique *(m.)*	lugarteniente *(m. f.)*
encargar	terrestre *(m. f.)*

¡Diviértete en la red!
Busca "Pedro de Valdivia", *"La Araucana"*, "mapuches", "Lautaro" y/o "guaraníes" en YouTube para ver fascinantes videos de estos colonizadores y/o estas grandes culturas indígenas. Ve a clase preparado(a) para compartir la información que encontraste.

Chile

© Cengage Learning 2012

PERÚ

BOLIVIA

Antofagasta

San Pedro de Atacama

CHILE

Isla de Pascua

Viña del Mar
Valparaíso
★ Santiago

ARGENTINA

Concepción

Valdivia
Puerto Varas
Puerto Montt

Océano Pacífico

Nombre oficial: República de Chile
Población: 16.601.707 (estimación de 2009)
Principales ciudades: Santiago (capital), Concepción, Valparaíso, Viña del Mar
Moneda: Peso (Ch$)

En Santiago, la capital, con una población de más de cinco millones, tienes que conocer…

> el Palacio de la Moneda, de estilo neoclásico. Es la sede de la Presidencia de la República de Chile, del Ministerio del Interior, de la Secretaría General de la Presidencia y de la Secretaría General de Gobierno.

> el cerro Santa Lucía, donde se puede disfrutar de una vista panorámica y espectacular de la ciudad.

> el Museo Nacional de Bellas Artes, con una colección de aproximadamente 5600 pinturas y esculturas de los más importantes artistas chilenos y del mundo.

Tiftonimages / Shutterstock

Los impresionantes Andes se elevan sobre Santiago.

> el Templo Votivo de Maipú, un monumento conmemorativo del triunfo patriota obtenido en la batalla de Maipú y que fue ofrecido por Bernardo O'Higgins, como agradecimiento, a la Virgen del Carmen.

Además, no dejes de visitar en Valparaíso y Viña del Mar...

> la ciudad de Valparaíso, declarada en 2003 Patrimonio de la Humanidad por la UNESCO por su valor histórico, artístico, científico, estético, arqueológico y antropológico.

> el Muelle Prat, entrada y salida marítima del puerto de Valparaíso.

> el Barrio del Puerto de esta "Joya del Pacífico", con su artesanía y su pesca.

> las hermosas playas de Viña del Mar, en especial las playas Caleta Abarca, Acapulco, El Sol, Las Salinas, Blanca, Reñaca, Los Marineros y Cochoa.

> el casino Viña del Mar, con su animada vida nocturna.

Geoff Renner / Photolibrary

Disfrutando de la playa Reñaca en Viña del Mar

Andrzej Gibasiewicz / Shutterstock

Los 7 moais de Ahu Akivi en la isla de Pascua o Rapa Nui

De la rica naturaleza chilena,
no dejes de apreciar...

> La Patagonia, una impresionante mezcla de hermosos bosques, increíble pesca y espectaculares montañas de hielo.

> San Pedro de Atacama, un oasis en el desierto de Atacama, donde se encuentran unas ruinas atacameñas con más de 3000 años de antigüedad.

> la isla de Pascua, centro de la cultura Rapa Nui con sus gigantescas estatuas de piedra volcánica llamadas "moais".

> los lagos y volcanes en el sur de Chile, donde se puede gozar de las excursiones tanto como de las pintorescas ciudades como Puerto Montt, Puerto Varas y Valdivia.

Festivales chilenos

> *Derby Day* en el Valparaíso Sporting Club

> El Festival de la Canción de Viña del Mar, que atrae la atención de la prensa y televisión local e internacional

> El Festival del Huaso de Olmué, lugar de encuentro de los artistas folclóricos del Cono Sur

> El Festival de Cine de Viña del Mar

 ¡Diviértete en la red!
Busca "Santiago", "Valparaíso", "Viña del Mar" u otra ciudad chilena en Google Web. Selecciona un sitio y ve a clase preparado(a) para presentar un breve resumen sobre lo más destacado de esa ciudad y algunos detalles sobre sus fiestas.

Chile: un largo y variado desafío al futuro

La independencia

En 1810, Bernardo O'Higgins estableció en Santiago la independencia de Chile con un gobierno provisional. Sin embargo, cuatro años más tarde, Chile volvió a quedar bajo el dominio español. El general argentino José de San Martín y el chileno Bernardo O'Higgins comandaron un ejército que derrotó a los españoles en 1817. O'Higgins tomó Santiago y pasó a gobernar el país con el título de director supremo. El 5 de abril de 1818, tras la batalla de Maipú, los españoles abandonaron la región y Chile se convirtió en una república. En 1822, O'Higgins promulgó la primera constitución, pero abandonó el poder al año siguiente.

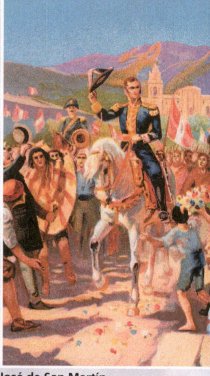

José de San Martín

Los siglos XIX y XX

Entre 1823 y 1830 existió un caos político; en solo siete años hubo treinta gobiernos. La crisis terminó cuando Diego Portales tomó control del país en 1830 y promulgó una nueva constitución con un sistema político centralizado. En 1879 Chile inició la Guerra del Pacífico; la victoria sobre la coalición peruano-boliviana le permitió la anexión de varios territorios en la costa del Pacífico.

Salvador Allende

De 1830 a 1973 la historia política de Chile se distingue de otras naciones latinoamericanas por tener gobiernos constitucionales democráticos y civiles. En 1970 triunfó en las elecciones el socialista Salvador Allende, que proponía mejoras sociales para el beneficio de las clases más desfavorecidas. Sin embargo, en 1973, las fuerzas armadas tomaron el poder. Allende murió durante el asalto al palacio presidencial de la Moneda. Una junta militar, presidida por Augusto Pinochet, jefe del ejército, tomó control del país. El congreso fue disuelto, todos los partidos políticos fueron prohibidos y miles de intelectuales y artistas salieron al exilio. Además, se calcula que cerca de cuatro mil personas "desaparecieron".

El regreso de la democracia

A fines de la década de los 80, el país gozaba de una evidente recuperación económica. En 1990 asumió el poder el demócrata-cristiano Patricio Aylwin. Mantuvo la estrategia económica exitosa del régimen anterior, pero buscó liberalizar la vida política. En diciembre de 1993, fue elegido presidente con un alto porcentaje de la votación el candidato del Partido Demócrata Cristiano Eduardo Frei Ruiz-Tagle, hijo del ex presidente Eduardo Frei Montalva. En enero del año 2000 resultó elegido presidente, en una segunda vuelta y por un margen estrecho, el candidato socialista Ricardo Lagos Escobar. Entre sus principales logros se encuentran su participación en el Consejo de Seguridad de las Naciones Unidas y la firma de tratados de libre comercio con la Unión Europea, los Estados Unidos y Corea del Sur.

El Chile de hoy

❯ La socialista Michelle Bachelet fue elegida presidenta en 2006, convirtiéndose en la primera mujer en alcanzar dicho cargo en la historia del país. Su gobierno se caracterizó por una mayor paridad entre hombres y mujeres, el establecimiento de una red de protección social para los más pobres y el ingreso del país a la Organización para la Cooperación y el Desarrollo Económico.

❯ Sebastián Piñera, representando a la Coalición por el Cambio, se convierte en 2010 en el primer centroderechista en ser elegido presidente del país después de cincuenta y dos años.

❯ Sus más de diecisiete millones de habitantes disfrutan de unos índices de desarrollo humano, de un porcentaje de globalización, de un nivel de crecimiento económico y de una calidad de vida que se encuentran entre los más altos de América Latina.

❯ Durante la primera década del siglo XXI, Chile se convirtió en un país atractivo para las inversiones de otros países de Latinoamérica y muchas empresas han comenzado a instalar sus sedes corporativas en Santiago.

▬▬ ¿COMPRENDISTE?

A. Hechos y acontecimientos. ¿Recuerdas los datos más importantes de la lectura? Para asegurarte, contesta las siguientes preguntas.

1. ¿Quién fue Bernardo O'Higgins?
2. ¿En qué consistió la Guerra del Pacífico? ¿Qué territorios adquirió Chile como resultado de esta guerra?
3. ¿Qué proponía Salvador Allende?
4. ¿Qué ocurrió en 1973? ¿Qué consecuencias tuvo este evento para la historia de Chile?
5. ¿Quién es Michelle Bachelet y cuáles fueron algunos de sus logros?

> **MEJOREMOS LA COMUNICACIÓN**
>
> | | |
> |---|---|
> | a fines de | libre comercio |
> | cargo | paridad *(f.)* |
> | consejo de seguridad | poder *(m.)* |
> | disuelto(a) | red *(f.)* |
> | índice *(m.)* | sede *(f.)* |
> | inversión *(f.)* | segunda vuelta |

B. A pensar y a analizar. Contesta las siguientes preguntas con dos o tres compañeros(as) de clase.

1. ¿Por qué creen que Chile ha oscilado entre el socialismo y la derecha a lo largo de su historia? ¿Qué tipo de gobierno fue el de Augusto Pinochet?
2. En su opinión, ¿quiénes son los cuatro mil que "desaparecieron" durante su presidencia?
3. ¿Cuál es el significado de que en la primera década de este siglo, Chile se haya convertido en plataforma de inversiones extranjeras para otros países de Latinoamérica?

C. Redacción colaborativa. En grupos de dos o tres, escriban una composición colaborativa de una a dos páginas sobre el tema que sigue. Escriban primero una lista de ideas, organícenlas en un borrador, revisen las ideas, la acentuación y ortografía y escriban la versión final.

En 1973, con el apoyo del gobierno estadounidense, Augusto Pinochet, jefe del ejército chileno, revocó las decisiones políticas del presidente Allende, disolvió el congreso y prohibió todos los partidos políticos. ¿Podría ocurrir eso en este país? ¿Por qué sí o por qué no? ¿Por qué creen Uds. que el gobierno de un país democrático, como lo es EE.UU., apoya a políticos como Pinochet? ¿Cómo creen que reaccionó el pueblo chileno? ¿el pueblo latinoamericano? ¿el mundo democrático?

Gramática 4.1: Antes de hacer esta actividad conviene repasar esta estructura en las págs. 190–193.

Alberto Plaza

Con un talento único, este reconocido cantautor cantó y tocó la guitarra por primera vez con tan solo cinco años en un show de la televisión chilena. A los quince años ganó su primer festival de la canción y a los diecisiete comenzó a componer sus primeras canciones. Su carrera profesional se lanzó en el Festival Internacional de Viña del Mar en 1985, cuando interpretó "Que cante la vida". Quince años después, "Que cante la vida" fue señalada como "La mejor canción chilena" de las que han pasado por toda la historia de ese importante evento musical. La mayoría de sus canciones refleja temas de la vida real, expresados e interpretados con maestría a través de la música hecha poesía.

Maury Phillips / Getty Images

Leonor Varela

Esta actriz chilena ha participado en diversas producciones cinematográficas a nivel internacional. Comenzó como modelo y luego se convirtió en actriz. Hizo su debut en Hollywood en *El hombre de la máscara de hierro* con Leonardo DiCaprio. Ha participado en varios proyectos para la televisión, siendo coprotagonista en *Jeremiah* y en la miniserie *Cleopatra*, donde interpretó a la legendaria reina. En enero de 2005, la cinta mexicana *Voces inocentes*, en la que interpretó a uno de los principales protagonistas, consiguió el premio Stanley Kramer que distingue a las películas que resaltan problemas sociales. En octubre de 2007 interpretó a la protagonista de la miniserie *Como ama una mujer*, inspirada en la vida de la cantante Jennifer López. La serie fue transmitida por Univisión y contó con altos índices de audiencia.

Jason LaVeris / Getty Images

Isabel Allende

Esta escritora chilena salió exiliada de Chile en 1973, cuando su tío, Salvador Allende, murió en un golpe militar. No pudo regresar a su país hasta 1990, cuando se restituyó la democracia. Se dio a conocer con su primera novela, *La casa de los espíritus* (1982), que constituye un resumen de la agitación política y económica en Chile durante el siglo XX. Continuó desarrollando estos temas en otras novelas. Sus últimas obras se publicaron en los EE.UU. donde también se filmó una película basada en su primera novela. Es fundadora de la "Fundación Isabel Allende", dedicada a la defensa de los derechos fundamentales de la mujer y de los niños.

AP / Wide World Photos

Otros chilenos sobresalientes

Miguel Arteche: poeta, novelista, cuentista y ensayista

Alejandra Basualto: poeta y cuentista

Gustavo Becerra-Schmidt: compositor

Tito Beltrán: cantante de ópera

Eduardo Carrasco: compositor, escritor y catedrático

Marta Colvin Andrade: escultora y catedrática

Inti Illimani: grupo musical

Andrea Labarca: cantante de música popular

Ricardo Latchman: crítico literario, ensayista, diplomático y catedrático

Roberto Matta (1911–2002): pintor

Guillermo Núñez: pintor

¿COMPRENDISTE?

A. Los nuestros. Contesta las siguientes preguntas con un(a) compañero(a).

1. ¿Qué te sugiere el título de la canción "Que cante la vida"? ¿Por qué crees que ha alcanzado tanta fama en Chile?

2. ¿Por qué crees que Leonor Varela destacó en una producción que fue premiada por su alcance social? ¿Crees que los artistas pueden ayudar a cambiar y mejorar nuestro mundo? ¿Por qué?

3. ¿Qué crees que es lo más destacado de la carrera de Isabel Allende? Expliquen su respuesta.

B. Miniprueba. Demuestra lo que aprendiste de estos talentosos chilenos al completar estas oraciones.

1. Alberto Plaza lanza su carrera profesional cantándole a la _____.

   a. humanidad   b. existencia   c. vida

2. En una de sus producciones cinematográficas, Leonor Varela ha actuado con _____.

   a. Stanley Kramer   b. Jennifer López   c. Leonardo DiCaprio

3. Isabel Allende salió exiliada de Chile cuando Salvador Allende, su _____, murió en un golpe militar.

   a. abuelo   b. padre   c. tío

¡Diviértete en la red!
Busca "Alberto Plaza", "Leonor Varela" y/o "Isabel Allende" en YouTube para ver videos y escuchar a estos talentosos chilenos. Ve a clase preparado(a) para presentar un breve resumen de lo que encontraste y lo que viste.

Letras problemáticas: la **b** y la **v**

La **b** y la **v** resultan problemáticas porque las dos se pronuncian de la misma manera. Además, el sonido de ambas varía entre un sonido fuerte y uno suave en relación al lugar de la palabra en donde ocurra.

Pronunciación de la **b** y **v** fuerte

La **b** y la **v** inicial de una palabra tienen un sonido fuerte —como el sonido de la **b** en inglés— si la palabra viene después de una pausa. También tienen un sonido fuerte cuando la **b** o **v** vienen después de la **m** o la **n**. Para producir este sonido, los labios se cierran para crear una pequeña presión de aire al pronunciar el sonido. Escucha mientras tu profesor(a) lee las siguientes palabras. Cada palabra se leerá dos veces.

brillante	**v**irreinato	e**mb**ajador	co**nv**ocar
bloquear	**v**ictoria	a**mb**icioso	si**nv**ergüenza

Pronunciación de la **b** o **v** suave

En los demás casos, la **b** y la **v** tienen el mismo sonido suave. Para producir este sonido, los labios se juntan, pero no se cierran completamente; por lo tanto, no existe la presión de aire y lo que resulta es una **b** o **v** suave. Escucha mientras tu profesor(a) lee las siguientes palabras. Cada palabra se leerá dos veces.

re**b**elión	resol**v**er	afrocu**b**ano	culti**v**o
po**b**reza	pro**v**incia	exu**b**erante	contro**v**ertido

Práctica para distinguir entre la b o v fuerte y suave. Ahora escucha a tu profesor(a) leer unas palabras e indica si el sonido de la **b** o **v** que oyes es un sonido **fuerte (F)** o **suave (S)**.

1. **F**   **S**
2. **F**   **S**
3. **F**   **S**
4. **F**   **S**
5. **F**   **S**
6. **F**   **S**

Tres reglas sobre el uso de la **b** y la **v**

Las siguientes reglas te ayudarán a saber cuándo una palabra se escribe con **b** (**b** larga) o con **v** (**v** corta). Memorízalas.

Regla 1: El sonido /b/ antes de la **l** y la **r**, siempre se escribe con la **b**. Las siguientes raíces también se escriben con la **b**: **bene-**, **bien-**, **biblio-**, **bio-**. Estudia estos ejemplos mientras tu profesor(a) los pronuncia.

bloquear	ham**br**e	**bene**ficio	**biblio**grafía	**bien**estar	**bio**logía

Regla 2: Para escribir el sonido /b/ después de la **m**, siempre se escribe la **b**. Después de la **n**, el sonido /b/ siempre se escribe con **v**. Estudia estos ejemplos mientras tu profesor(a) los pronuncia.

e**mb**arcarse	e**mb**ajador	ta**mb**ién	conve**nv**ención	e**nv**uelto	e**nv**ejecer

Regla 3: Los siguientes prefijos siempre contienen la **b**: **ab-**, **abs-**, **bi-**, **bis-**, **biz-**, **ob-** y **sub-**. Después del prefijo **ad-**, el sonido /b/ siempre se escribe con **v**. Estudia estos ejemplos mientras tu profesor(a) los pronuncia.

absurdo	**bi**blioteca	**sub**rayar	**bis**abuelo	**ob**stáculo	**ad**versario

¡A practicar!

1. **Al escribir con las letras b y v.** Ahora escucha a los narradores leer las siguientes palabras y escribe las letras que faltan en cada una.

   1. __ __ t e n e r
   2. __ __ __ m a r i n o
   3. __ __ s o l u t o
   4. __ __ i s a
   5. __ __ a n c o
   6. __ __ s e r v a t o r i o
   7. i __ __ e n c i b l e
   8. __ __ __ __ __ o t e c a
   9. __ __ __ e r b i o
   10. e __ __ i a r
   11. __ __ __ __ f a c t o r
   12. e __ __ l e m a

Palabras homófonas

Hay palabras o expresiones que suenan igual pero que se escriben de manera diferente. Estas palabras o expresiones se conocen como homófonas y con frecuencia causan confusión tanto en la lengua hablada como en la escrita. Para evitar problemas en la escritura, repasa la siguiente lista de homófonos.

1. **a** (preposición) — Llegamos **a** la escuela.
   ha (de **haber**, verbo auxiliar) — Mario **ha** terminado la tarea.

2. **has** (de **haber**, verbo auxiliar) — ¿**Has** leído a Gabriela Mistral?
   haz (de **hacer**, imperativo) — **Haz** todos los ejercicios.
   haz (manojo, conjunto) — Un símbolo de la prosperidad es un **haz** de trigo.

3. **a ser** (a + infinitivo) — Algún día voy **a ser** maestro.
   hacer (realizar) — Necesitamos **hacer** la tarea.

4. **a ver** (a + infinitivo) — María va **a ver** a su mamá.
   haber (infinitivo) — Dicen que va a **haber** premios.

5. **rebelarse** (sublevar) — Los araucanos **se rebelaron** contra los españoles.
   revelar (descubrir) — Las tumbas clandestinas **revelaron** la muerte de muchos inocentes.

6. **tubo** (pieza cilíndrica hueca) — Cambié el **tubo** oxidado.
   tuvo (de **tener**) — Pinochet **tuvo** que dejar la presidencia.

7. **cocer** (cocinar) — Es necesario **cocer** el arroz.
   coser (usar aguja e hilo) — ¿Sabes **coser**?

8. **ves** (de **ver**) — ¿**Ves** televisión todos los días?
   vez (ocasión, tiempo) — ¿Alguna **vez** has comido choclo?

9. **habría** (de **haber**, verbo auxiliar) — Lo **habría** comprado, si hubiera tenido dinero.
   abría (de **abrir**) — Miguel siempre **abría** la tienda a tiempo.

10. **rehusar** (rechazar) — Salvador Allende **rehusó** rendirse.
    reusar (volver a usar) — Mamá **reusó** las bolsas de papel.

¡A practicar!

A. Visita a Isla Negra. Completa el párrafo con la palabra más apropiada de las que están entre paréntesis.

El año pasado mi padre me llevó (1. a / ha) visitar la casa donde vivió el poeta Pablo Neruda. En esa ocasión la puerta principal estaba iluminada por un (2. has / haz) de luz. Yo oía que el viento del mar (3. abría / habría) y cerraba la puerta de la casa de par en par. Para mí, el interior de la casa (4. rebeló / reveló) la sensibilidad y los gustos del poeta chileno. Por ejemplo, Neruda (5. rehusó / reusó) muchos objetos cotidianos que en sus manos llegaron (6. a ser / hacer) verdaderas obras de arte. Así, un simple (7. tubo / tuvo) de cobre forma un martillo y una hoz, símbolos del Partido Comunista. En la cocina pasamos (8. a ver / haber) unas ollas donde mi papá dijo, en broma, que al poeta le gustaba (9. cocer / coser) los mariscos que atrapaba en la playa cercana. ¡Cómo me gustaría volver otra (10. ves / vez) a visitar ese lugar de maravillas!

B. ¡Ahora tú! En hoja aparte, escribe una oración original con cada una de las siguientes palabras o expresiones.

1. ves / vez
2. a / ha
3. cocer / coser

4. a ser / hacer
5. habría / abría
6. a ver / haber

Chile: tierra de arena, agua y vino

© Cengage Learning 2012

Antes de empezar el video

En parejas. Contesten estas preguntas en parejas.

1. ¿Qué significa "desierto" para Uds.? Expliquen en detalle.

2. ¿Les gustaría vivir en un pueblo donde no haya tiendas, ni bares, ni avenidas, ni tráfico? ¿Qué hará que la gente quiera vivir en tal lugar? ¿Cómo pasarán el tiempo allí?

3. ¿Qué tipo de terreno y clima es necesario para cultivar la uva de la que se hace el vino? ¿Dónde se produce el vino en los EE.UU.? ¿Son lugares atractivos? Expliquen.

Después de ver el video

A. Chile: tierra de arena, agua y vino. Contesta las siguientes preguntas con un(a) compañero(a) de clase.

1. ¿De qué tiene fama el desierto de Atacama? ¿Cuál es su magia y magnificencia?

2. ¿Qué es el salar de Atacama? ¿Por qué es de interés turístico internacional?

3. Compara el pueblo de San Pedro de Atacama con Antofagasta. ¿En qué se parecen? ¿En qué se diferencian?

4. ¿A dónde exporta Chile su vino? ¿Qué lugar ocupa Chile entre los grandes exportadores de vino en las Américas?

B. A pensar y a interpretar. Contesta las siguientes preguntas.

1. Después de ver el video, ¿qué puedes decir de la geografía chilena?

2. ¿Por qué crees que un terreno tan largo y angosto resultó ser un país?

3. ¿En qué parte del país crees que vive la mayoría de los habitantes de Chile? ¿Por qué?

4. ¿Por qué será que las exportaciones chilenas de vino, fruta y verdura son tan populares en los EE.UU.?

C. Apoyo gramatical: el imperfecto. Completa el siguiente párrafo usando el imperfecto de indicativo para saber lo que hacían unos amigos durante su visita a San Pedro de Atacama.

Hace unos meses unos amigos y yo (1) _____ (estar) en San Pedro de Atacama, a 2400 metros de altura y en pleno desierto. Nosotros (2) _____ (haber) viajado en autobús desde Santiago para visitar ese pintoresco lugar. No nos (3) _____ (aburrir) en absoluto: a veces (4) _____ (hacer) caminatas, otras veces nos (5) _____ (entretener) mirando a algún ceramista practicar su arte, (6) _____ (salir) en excursiones a ruinas arqueológicas o a lugares vecinos con paisajes irreales e incluso uno de nosotros por las tardes (7) _____ (sacar) su tabla y se (8) _____ (deslizar) por las dunas haciendo *sandsurfing*. (9) _____ (Hacer) calor durante el día y frío por la noche. A pesar del frío, por la noche nos (10) _____ (gustar) contemplar las estrellas en ese cielo tan claro y limpio. Nosotros (11) _____ (saber) que (12) _____ (estar) en el mejor lugar del mundo para admirar el cielo. ¡Qué estadía más inolvidable!

Gramática 4.1: Antes de hacer esta actividad conviene repasar esta estructura en las págs. 190–193.

¡Antes de leer!

A. Anticipando la lectura. A continuación vas a leer un autorretrato. En este caso, se trata de un poema en que el autor se describe a sí mismo tanto físicamente como en relación a su entorno, sus gustos, sus virtudes y defectos. Ahora intenta determinar cómo eres tú (los rasgos de tu personalidad), escribiendo en una columna lo que consideras tus virtudes y en otra tus defectos. Luego, responde a estas preguntas.

1. ¿Has escrito más rasgos en la columna de las cosas positivas o de las negativas? ¿Por qué?

2. ¿Qué opinión tienes de ti mismo(a) según las cosas que has escrito? ¿Qué rasgos generales puedes extraer? ¿Eres trabajador(a) o perezoso(a)? ¿Valiente o cobarde? ¿Realista o idealista?

3. ¿Qué rasgos de los que has escrito crees que son más conocidos por tus familiares y amigos? ¿Cuáles más desconocidos? ¿Por qué crees que es así?

B. Vocabulario en contexto... Busca estas palabras en la lectura que sigue y, en base al contexto, decide cuál es su significado. Para facilitar el encontrarlas, las palabras aparecen en negrilla en la lectura.

1. **tez**	a. pelo	b. ojos	c. piel
2. **inoxidable**	a. débil	b. no enmohece	c. amoroso
3. **escarabajos**	a. peces	b. gatos	c. insectos
4. **yerbatero de la tinta**	a. curandero de escritores	b. pintor de yerbas	c. dibujante de la naturaleza
5. **sosegado**	a. tranquilo	b. perdido	c. experto
6. **padecimiento**	a. felicidad	b. sufrimiento	c. indiferencia

Sobre el autor

Pablo Neruda (1904–1973), cuyo verdadero nombre era Neftalí Ricardo Reyes Basoalto, escribió obras que sorprenden por su gran variedad, desde los poemarios de forma tradicional y contenido muy lírico: *Crepusculario* (1923) y *Veinte poemas de amor y una canción desesperada* (1924) hasta *Tercera Residencia* (1947) y *Canto General* (1950) en los que muestra su conciencia política a favor de los oprimidos. Se esfuerza también por alcanzar una expresión que pueda ser comprendida por el pueblo. Esta nueva visión culmina con *Odas elementales* (1954) y *Nuevas odas elementales* (1956). En 1971 recibió el Premio Nobel de Literatura. Póstumamente se publicaron sus memorias, *Confieso que he vivido*, en 1974.

AFP / Getty Images

Autorretrato

Por mi parte soy o creo ser duro de nariz,
mínimo de ojos, escaso de pelos
en la cabeza, creciente de abdomen,
largo de piernas, ancho de suelas,
amarillo de **tez**, generoso de amores,
imposible de cálculos,
confuso de palabras,
tierno de manos, lento de andar,
inoxidable de corazón,
aficionado a las estrellas, mareas,
maremotos, admirador de
escarabajos, caminante de arenas,
torpe de instituciones, chileno a perpetuidad,
amigo de mis amigos, **mudo**
de enemigos,
entrometido entre pájaros,
maleducado en casa,
tímido en los salones, arrepentido
sin objeto, horrendo administrador,
navegante de boca
y **yerbatero de la tinta,**
discreto entre los animales,
afortunado de **nubarrones,**
investigador de mercados, oscuro
en las bibliotecas,
melancólico en las cordilleras,
incansable en los bosques,
lentísimo de contestaciones,
ocurrente años después,
vulgar durante todo el año,
resplandeciente con mi cuaderno,
monumental de apetito,
tigre para dormir, **sosegado**
en la alegría, inspector del
cielo nocturno,
trabajador invisible,
desordenado, persistente, valiente
por necesidad, cobarde sin
pecado, soñoliento de vocación,
amable de mujeres,
activo por **padecimiento**,
poeta por maldición
y tonto de capirote.

Pablo Neruda. "Autorretrato", CONFIESO QUE HE VIVIDO
© Fundación Pablo Neruda, 2012. Reprinted by permission.

¡Después de leer!

A. Hechos y acontecimientos. ¿Recuerdas los datos más importantes de la lectura? Para asegurarte, indica con [✓] cuáles de estos rasgos **no se identifica** la voz poética.

_____ 1. Tiene la nariz pequeña.

_____ 2. Tiene mucho pelo en la cabeza.

_____ 3. No tiene piernas largas.

_____ 4. Es muy moreno.

_____ 5. Es muy elocuente.

_____ 6. No habla con sus enemigos.

_____ 7. Le interesan los mercados.

_____ 8. Come mucho.

_____ 9. Es muy ordenado.

_____ 10. No le gustan las mujeres.

B. A pensar y a analizar. Contesta las siguientes preguntas con dos o tres compañeros(as) de clase.

1. ¿Crees que el poeta se describe a sí mismo sinceramente? ¿Por qué crees que sí o que no?

2. ¿Qué rasgos son los que más te llaman la atención? ¿Te identificas con algunos? ¿Cuáles? ¿Por qué? Explica en detalle.

C. A investigar. En grupos de cuatro, decidan cuáles de los rasgos con que se describe Neruda son positivos y cuáles negativos. Escríbanlos en dos columnas, y luego compártanlos con la clase para ver si están todos de acuerdo en cuáles son los positivos y cuáles los negativos.

D. Apoyo gramatical: El pretérito y el imperfecto: acciones acabadas y acciones que sirven de trasfondo. Completa el siguiente párrafo basado en el texto "Autorretrato" de Pablo Neruda usando el pretérito o el imperfecto de los verbos que están entre paréntesis, según convenga.

Cuando Neruda (1) _____ (ser) estudiante él nunca (2) _____ (obtener) buenas notas en matemáticas porque hacer cálculos (3) _____ (ser) prácticamente imposible para él. De adulto, muchas veces (4) _____ (entrar) en mercados porque (5) _____ (investigar) los objetos que (6) _____ (estar) en venta y de vez en cuando (7) _____ (comprar) algunos. Muchas noches durante su vida (8) _____ (reunirse) con amigos y (9) _____ (comer) con poca moderación porque (10) _____ (tener) un apetito monumental. En general él (11) _____ (poder) controlar muchas cosas en su vida, pero lo que nunca (12) _____ (poder) controlar fue no ejercer su oficio.

Gramática 4.2: Antes de hacer esta actividad conviene repasar esta estructura en las págs. 193–195.

4.1 El imperfecto

Para más práctica, haz las actividades de **Gramática en contexto** (sección 4.1) del *Cuaderno para los hispanohablantes.*

¡A que ya lo sabes!

Un amigo chileno quiere saber por qué los padres de Marta traían tantas maletas en su último viaje a ese país y de qué hablaban con sus parientes chilenos. ¿Qué le dicen los padres? Mira los siguientes pares de oraciones y decide, en cada par, cuál de las dos te suena bien, la primera o la segunda.

1. a. *Tráibamos* regalos para todo el mundo.

   b. *Traíamos* regalos para todo el mundo.

2. a. *Hablábamos* de nuestros familiares, tanto de los que viven en los EE.UU. como de los que viven en Chile.

   b. *Hablábanos* de nuestros familiares, tanto de los que viven en los EE.UU. como de los que viven en Chile.

¿Se pusieron todos de acuerdo y seleccionaron la oración **b** en el primer grupo y la oración **a** en el segundo grupo? Si dicen que sí, es porque tienen un conocimiento tácito del imperfecto. Si no todos estuvieron de acuerdo, es porque algunos de Uds. están acostumbrados a usar variantes del imperfecto. Pero, sigan leyendo y van a ver que el imperfecto es uno de los tiempos más fáciles de aprender y con muy pocas irregularidades.

Formas

Verbos en -ar	Verbos en -er	Verbos en -ir
ayud**ar**	aprend**er**	escrib**ir**
ayud**aba**	aprend**ía**	escrib**ía**
ayud**abas**	aprend**ías**	escrib**ías**
ayud**aba**	aprend**ía**	escrib**ía**
ayud**ábamos**	aprend**íamos**	escrib**íamos**
ayud**abais**	aprend**íais**	escrib**íais**
ayud**aban**	aprend**ían**	escrib**ían**

❯ Observa que las terminaciones del imperfecto de los verbos terminados en **-er** e **-ir** son idénticas.

❯ Solo tres verbos son irregulares en el imperfecto: **ir, ser** y **ver**.

ir:	iba, ibas, iba, íbamos, ibais, iban
ser:	era, eras, era, éramos, erais, eran
ver:	veía, veías, veía, veíamos, veíais, veían

> #### Nota para hispanohablantes
> Hay una tendencia dentro de algunas comunidades de hispanohablantes a usar las terminaciones de verbos en -ar con verbos en -er o -ir. Por ejemplo, en vez de usar las formas de mayor uso de los verbos **traer (traía, traías,...)** y **sentir (sentía, sentías,...),** usan *traiba, traibas,...* y *sentiba, sentibas,...* También hay una tendencia a cambiar las terminaciones -ábamos e -íamos a -ábanos e -íanos. Por ejemplo, en vez de usar las formas mayormente aceptadas de los verbos **hablar (hablábamos)** y **sentir (sentíamos),** usan *hablábanos* y *sentíanos.* Es importante evitar estos usos fuera de esas comunidades y en particular al escribir.

Usos

El imperfecto se usa para:

❯ Expresar acciones que estaban realizándose en el pasado.

Ayer, cuando tú viniste a verme, yo **leía** un libro sobre la poesía de Pablo Neruda.

❯ Hacer descripciones en el pasado. Esto incluye tanto el trasfondo o ambiente de las acciones como condiciones físicas, emocionales y mentales.

Después de pasar horas caminando por el centro de Santiago me **sentía** cansado, pero **estaba** contento porque me **encontraba** en una ciudad atractiva. **Era** un sábado. El cielo **estaba** despejado y **hacía** bastante calor. De pronto,…

❯ Expresar acciones habituales o que ocurrían con cierta regularidad en el pasado.

Cuando yo vivía en Valparaíso, **iba** a clases por la mañana. Por la tarde me **juntaba** con mis amigos y **salíamos** a pasear, **íbamos** al cine o **charlábamos** en un café.

❯ Decir la hora en el pasado.

Eran las siete de la mañana cuando unas amigas y yo salimos hacia la estación de esquí de Farellones.

Nota para bilingües

El inglés no tiene un tiempo verbal simple que funcione como el imperfecto del español. Cuando el imperfecto indica acciones que se estaban realizando, el inglés usa el tiempo pasado progresivo: *I was reading a book on Pablo Neruda's poetry.* = Yo leía un libro sobre la poesía de Pablo Neruda. Cuando el imperfecto indica acciones habituales, el inglés utiliza *used to* o *would: We used to go/We would go there every summer.* = Íbamos allí todos los veranos. Cuando el imperfecto se usa en descripciones, el inglés requiere generalmente el tiempo pasado simple: *We were tired; our muscles ached.* = Estábamos cansados; nos dolían los músculos.

Ahora, ¡a practicar!

A. Estudiar leyes. Completa el siguiente párrafo usando el pretérito o el imperfecto, según convenga, para saber lo que te cuenta un joven profesional chileno acerca de los comienzos de su vida universitaria.

En esa época yo (1) _____ (estudiar) leyes porque (2) _____ (querer) ser abogado. Me (3) _____ (gustar) la clase de derecho civil, pero (4) _____ (odiar) la clase de derecho romano. Yo (5) _____ (aprobar) derecho civil, pero (6) _____ (reprobar) derecho romano y (7) _____ (tener) que repetir esa asignatura. Afortunadamente esa (8) _____ (ser) la única clase en que no (9) _____ (salir) bien la primera vez. Yo (10) _____ (sentir) una gran satisfacción cuando (11) _____ (terminar) mis estudios y (12) _____ (obtener) mi título de abogado.

B. Neruda en Madrid. Completa la siguiente descripción del barrio madrileño que nos describe Pablo Neruda en su poema "Explico algunas cosas".

Yo (1) _____ (vivir) en un barrio
de Madrid, con campanas,
con relojes, con árboles.
Desde allí se (2) _____ (ver)
el rostro seco de Castilla
como un océano de cuero.
Mi casa (3) _____ (ser) llamada
la Casa de las flores, porque por todas partes
(4) _____ (estallar) geranios:
(5) _____ (ser) una bella casa
con perros y chiquillos.

C. Al teléfono. Di lo que hacían tú y los miembros de tu familia cuando recibieron una llamada telefónica.

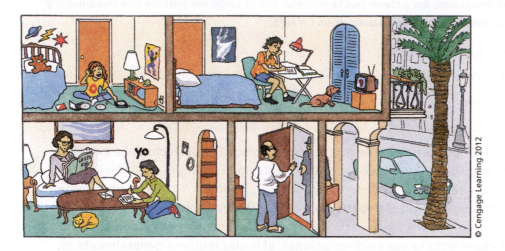

© Cengage Learning 2012

1. hermanita

2. hermano

3. papá

4. mamá

5. yo

6. gato

D. Un semestre como los otros. Di lo que hacías el semestre pasado.

MODELO estudiar todas las noches

Estudiaba todas las noches.

1. poner mucha atención en la clase de español

2. asistir a muchos partidos de básquetbol

3. ir a dos clases los martes y jueves

4. leer en la biblioteca

5. no tener tiempo para almorzar a veces

6. trabajar los fines de semana

7. estar ocupado(a) todo el tiempo

E. Buenas amigas. Lee lo que ha escrito Gaby y corrige cualquier uso que no sea apropiado para la lengua escrita.

Echo mucho de menos a mi amiga Melisa, que se ha mudado a otra ciudad. Éramos excelentes amigas. Pasábanos juntas casi todos los fines de semana. Algunas veces ella traiba discos compactos y escuchábanos música por largas horas. Otras veces salíanos a pasear en bicicleta o íbanos a las tiendas. Por supuesto que también estudiábanos juntas. Ojalá vuelva algún día para poder continuar nuestra amistad.

4.2 El pretérito y el imperfecto: acciones acabadas y acciones que sirven de trasfondo

Para más práctica, haz las actividades de **Gramática en contexto** (sección 4.2) del *Cuaderno para los hispanohablantes*.

¡A que ya lo sabes!

Mira estos pares de oraciones y decide cuál de las dos dirías en cada par, la primera o la segunda.

1. a. Entré a la oficina de correos, *compré* estampillas y despaché la carta.

   b. Entré a la oficina de correos, *compraba* estampillas y despaché la carta.

2. a. La casa parecía vacía; todo *estuvo* quieto; no se escuchaba ningún ruido.

   b. La casa parecía vacía; todo *estaba* quieto; no se escuchaba ningún ruido.

¿Ya decidieron? A que la mayoría escogió las mismas, la primera en el primer par, la segunda en el segundo par. ¿Por qué? Porque Uds. ya han internalizado… ¡Ay, perdón! Porque Uds. tienen un conocimiento tácito del uso del pretérito y del imperfecto en acciones acabadas y acciones que sirven de trasfondo. Pero, sigan leyendo y ese conocimiento se va a hacer aun más firme.

❯ En una narración, el imperfecto da información sobre el trasfondo de una acción pasada y el pretérito informa acerca de acciones o estados acabados.

> **Eran** las ocho de la mañana. **Hacía** un sol hermoso. **Fui** al garaje, **encendí** el motor de mi vehículo todo terreno y **fui** a dar una vuelta.

❯ El imperfecto se usa para describir estados o condiciones físicas, mentales o emocionales; el pretérito se usa para indicar un cambio en una condición física, mental o emocional.

> Ayer, cuando tú me viste, **tenía** un dolor de cabeza terrible y **estaba** muy nervioso.
> Ayer, cuando leí una noticia desagradable en el periódico, me **sentí** mal y me **puse** muy nervioso.

❯ La siguiente es una lista de expresiones temporales que tienden a usarse ya sea con el pretérito o con el imperfecto.

Normalmente con el pretérito	Normalmente con el imperfecto
anoche	a menudo
ayer	cada día
durante	frecuentemente
el (verano) pasado	generalmente, por lo general
la (semana) pasada	mientras
hace (un mes)	muchas veces
	siempre
	todos los (días)

Hace dos días me **sentí** mal. **Durante** varias horas **estuve** con mareos. **Ayer noté** una cierta mejoría.

Todos los días compraba el periódico local. **Generalmente leía** las noticias económicas **mientras tomaba** el desayuno.

Ahora, ¡a practicar!

A. De viaje. Tu amigo(a) te pide que le digas cómo te sentías la mañana de tu viaje a Chile.

> **MODELO** sentirse entusiasmado(a)
>
> **Me sentía muy entusiasmado(a).**

1. estar inquieto(a)

2. sentirse un poco nervioso(a)

3. caminar de un lado para otro en el aeropuerto

4. querer estar ya en Santiago

5. no poder creer que salía hacia Santiago

6. poder usar mi español

7. tener miedo de perder mi cámara

B. Sumario. Quieres saber si tu compañero(a) hizo lo siguiente durante su primer día en Santiago. Selecciona la forma verbal más aceptada para completar la pregunta.

> **MODELO** ¿(Llegates / Llegaste) a Santiago a las cuatro de la tarde?
>
> **¿Llegaste a Santiago a las cuatro de la tarde?**

1. ¿(Pasaste / Pasates) por la aduana?

2. ¿(Llamaste / Llamates) un taxi para ir al hotel?

3. ¿(Decidites / Decidiste) no deshacer las maletas de inmediato?

4. ¿(Entrates / Entraste) en un café?

5. ¿(Te sentites / Te sentiste) mejor después de un expreso?

6. ¿(Saliste / Salites) a dar un paseo por el Cerro Santa Lucía?

7. ¿(Regresates / Regresaste) al hotel?

8. ¿(Dormiste / Dormites) hasta el día siguiente?

C. Los comienzos del grupo Inti Illimani. Completa el siguiente párrafo para saber cómo se originó el grupo Inti Illimani. A veces necesitas usar el pretérito, otras el imperfecto.

En los años 60 unos jóvenes (1) _____ (asistir) a una universidad de Santiago. Les (2) _____ (gustar) la música y (3) _____ (tener) sueños de formar un conjunto folclórico. Unos (4) _____ (tocar) la guitarra, otros (5) _____ (preferir) instrumentos musicales andinos. Algunos ya (6) _____ (actuar) en peñas folclóricas. Y antes del fin de esa década un sexteto (7) _____ (aparecer) en el horizonte artístico chileno. El grupo (8) _____ (tener) un éxito inmediato. Un poco más tarde, el grupo (9) _____ (ser) bautizado con el nombre de Inti Illimani. El resultado de sus viajes y talento colectivo se (10) _____ (incorporar) a un nuevo estilo de música, la Nueva Canción.

D. Viña a comienzos del siglo XX. Completa el siguiente párrafo para aprender un poco de la historia de Viña del Mar.

A comienzos del siglo pasado Viña del Mar no (1) _____ (ser), ciertamente, la famosa ciudad balneario que es hoy. (2) _____ (Haber) algunas casas junto al mar, el ferrocarril hacia Santiago (3) _____ (pasar) por la ciudad, la Compañía Refinadora de Azúcar (4) _____ (estar) instalada en la ciudad y (5) _____ (constituir) una fuente de trabajo importante. El área junto a las aguas del estero Marga Marga recién (6) _____ (comenzar) a desarrollarse y por supuesto el famoso casino todavía no (7) _____ (existir). Las playas junto al mar azul, prácticamente casi desiertas, (8) _____ (esperar) la llegada de veraneantes.

Argentina

Nombre oficial: República Argentina
Población: 42.192.494 (estimación de 2012)
Principales ciudades: Buenos Aires (capital), Córdoba, La Plata, Rosario, Mendoza
Moneda: Peso ($)

En Buenos Aires, la capital, con una población de casi 13,5 millones, tienes que conocer...

> la Casa Rosada (palacio presidencial), el Palacio del Congreso Nacional y el Teatro Colón, impresionantes edificios de gobierno y de cultura.

> la Plaza de Mayo, centro político de la ciudad que las "Madres y Abuelas de la Plaza de Mayo" continúan ocupando para exigir respuestas sobre la desaparición de sus hijos durante la dictadura de 1976–1983.

> los fascinantes y variados barrios de la ciudad, como la Recoleta, Belgrano, San Telmo, Palermo, Retiro, Puerto Madero y La Boca.

> los encantadores clubes de tango: Boca Tango, Esquina Carlos Gardel, La Ventana, Madero Tango, Piazolla Tango y tantos más.

Angelo Cavali / Photolibrary

El café-bar de los artistas, en la calle Caminito, La Boca, Buenos Aires

En Córdoba, no dejes de hacer...

> un recorrido por las hermosas iglesias de los siglos XVI y XVII: la Catedral, la Iglesia y Convento de Santa Catalina de Siena, la Iglesia de Santa Teresa y Convento de las Carmelitas Descalzas y la Iglesia de la Compañía de Jesús.

> una visita a los muchos museos: el Museo de Ciencias Naturales, el Museo Provincial de Bellas Artes, el Museo de Meteorología, entre tantos otros.

> un tour por la Universidad Nacional de Córdoba, que abrió sus puertas en 1613 y actualmente tiene diez facultades.

> una caminata por los hermosos parques de la ciudad: el enorme Parque Sarmiento, el invitador Parque San Martín y el Parque Las Heras, entre el Puente Centenario y el Puente Antártida.

En la rica naturaleza argentina, no dejes de apreciar...

> la extraordinaria belleza de Bariloche.

> la Pampa, la provincia agrícola más rica del país, que solo en 2006 generó más de tres mil millones de dólares en productos.

> las imponentes y majestuosas cataratas de Iguazú, un insuperable espectáculo natural calificado como Patrimonio Natural de la Humanidad.

> las majestuosas montañas: Aconcagua (22.841 pies), Tupungato (21.000 pies), El Plata (21.000 pies), Negro (19.100 pies) y muchas más.

Festivales argentinos

> Fiesta Nacional del Folclore en Cosquín, cerca de Córdoba

> Fiesta Nacional de la Vendimia en Mendoza, un homenaje a la cosecha de la uva

> Festival de Tango en Buenos Aires

> Festival Internacional de Cine Independiente en Buenos Aires

> Fiesta Nacional del Esquí en la Patagonia

JTB Photo / Photolibrary

La extraordinaria belleza de Bariloche

 ¡Diviértete en la red!
Busca en YouTube uno de los sitios naturales mencionados aquí. Ve a clase preparado(a) para presentar un breve resumen sobre lo más destacado del lugar que seleccionaste.

Argentina: dos continentes en uno

La independencia y el siglo XIX

A principios de 1806, una pequeña fuerza expedicionaria británica ocupó Buenos Aires, que fue reconquistada por sus propios habitantes, sin ayuda de las tropas españolas. El 9 de julio de 1816, el congreso de Tucumán proclamó la independencia de España de las Provincias Unidas del Río de la Plata.

© Kit Houghton / CORBIS

El "granero del mundo"

A finales del siglo XIX y a comienzos del XX aumentó notablemente la llegada de inmigrantes europeos, principalmente españoles e italianos, que convirtieron a Buenos Aires en una gran ciudad que recordaba a las capitales europeas. Una extensa red ferroviaria unió las provincias con el gran puerto de Buenos Aires facilitando la exportación de carne congelada y cereales. Argentina pasó a ser el "granero del mundo".

La era de Perón

En 1946 Juan Domingo Perón fue elegido presidente con el cincuenta y cinco por ciento de los votos. La presencia y compañía de su esposa, María Eva Duarte de Perón (Evita), fue decisiva en su campaña. Durante los nueve años que estuvo en el poder, desarrolló un programa político en el que se mezclaban el populismo y el autoritarismo. En 1973, fueron elegidos Perón y su tercera esposa María Estela Martínez (conocida como Isabel Perón) como presidente y vicepresidenta de la república, respectivamente. Perón murió en 1974 y así su esposa se convirtió en la primera mujer latinoamericana en ascender al cargo de presidente.

Las últimas décadas

Los conflictos sociales, la acentuación de la crisis económica y una ola de terrorismo urbano condujeron a un golpe militar en 1976. Con esto se inició un período de siete años de gobiernos militares en los que la deuda externa aumentó drásticamente, el aparato productivo del país se arruinó y se estima que entre nueve mil y treinta mil personas "desaparecieron". En 1983 subió al poder Raúl Alfonsín. Carlos Saúl Menem asumió la presidencia en 1989, promoviendo de inmediato una gran reforma económica.

La Argentina de hoy

❯ Fernando de la Rúa, elegido presidente en octubre de 1999, fue depuesto violentamente en diciembre de 2001. Le sucedieron cinco presidentes en menos de quince días plagados por problemas causados por una de las mayores crisis económicas y políticas por las cuales ha pasado Argentina, y que duró 4 años.

Chad Ehlers / Photolibrary

❯ En 2003 fue elegido presidente Néstor Kirchner. Durante su presidencia se nacionalizaron algunas empresas y se registró un aumento considerable del PIB (Producto Interior Bruto), además de una disminución del desempleo.

❯ El 28 de octubre de 2007 ganó las elecciones presidenciales Cristina Fernández, siendo la primera mujer elegida por el voto popular en la historia del país. Enfrentó la crisis económica de 2008 con una serie de medidas, impulsando la industria automotriz (que batió el récord de producción en 2011) y dando créditos a trabajadores y empresas. Fue reelegida para un segundo mandato el 23 de octubre de 2011.

❯ Argentina ocupa el segundo lugar en el índice de Desarrollo Humano, después de Chile. Es miembro del G-20, lo que la sitúa entre las 20 economías más grandes del mundo.

■ ¿COMPRENDISTE?

A. Hechos y acontecimientos. Completa las siguientes oraciones. Luego compara tus respuestas con las de un(a) compañero(a).

1. Las Provincias Unidas del Río de La Plata proclamaron su independencia de España en…

2. Argentina pasó a ser conocida como el "granero del mundo" a finales del siglo XIX y a comienzos del XX cuando…

3. Juan Domingo Perón fue…

4. Cuando Perón murió en 1974,… se convirtió en la primera mujer latinoamericana en ascender al cargo de presidente.

5. Se estima que durante el período de gobernantes militares, entre 1976 y 1983, entre… y… mil personas "desaparecieron".

6. A fines de 2001, Argentina tuvo cinco presidentes en menos de quince días debido a…

7. En 2003, el recién elegido presidente… logra mejorar la situación económica y política de los cuatro años anteriores.

8. En 2007,… llega a ser la primera mujer elegida presidenta por voto popular en la Argentina.

B. A pensar y a analizar. A pesar de ser un gran país con excelentes recursos naturales y un alto nivel de alfabetización, ¿qué permitió tanta corrupción en el gobierno durante la segunda mitad del siglo XX? ¿Puede un gobierno democrático, como el que hoy existe en Argentina, garantizar los derechos humanos para que no se repitan los casos de desaparecidos? Explica.

C. Redacción colaborativa. En grupos de dos o tres, escriban una composición colaborativa de una a dos páginas sobre el tema que sigue. Escriban primero una lista de ideas, organícenlas en un borrador, revisen las ideas, la acentuación y ortografía y escriban la versión final.

Se ha dicho que el éxito de Juan Domingo Perón como presidente se debió en gran parte a la colaboración de su carismática esposa Evita. Luego, para repetir ese éxito, se casó con Isabel (María Estela Martínez), quien primero fue vicepresidenta y luego presidenta de Argentina. ¿Hay figuras políticas en este país cuyo éxito se debe principalmente a sus esposas? ¿Por qué creen que la pareja de un líder político puede llegar a ser tan decisiva? ¿Cuándo piensan Uds. que EE.UU. elegirá a una mujer como presidenta? ¿Por qué no habrá ocurrido todavía?

MEJOREMOS LA COMUNICACIÓN

a finales de	ferroviaria
automotriz	gasto
autoritarismo	granero
depuesto(a)	populismo
deuda externa	registrarse
enfrentar	respectivamente
expedicionario(a)	suceder

LOS NUESTROS

Ernesto Sábato

Nació en la ciudad de Rojas, provincia de Buenos Aires. Este escritor, ensayista y pintor empezó sus estudios en Física en la Universidad Nacional de La Plata, en la que obtuvo su doctorado. Después de la Segunda Guerra Mundial perdió su fe en la ciencia y comenzó a escribir. Publicó su primera novela, *El túnel,* en 1948. Debido a su vasta producción literaria ha sido nominado tres veces al Premio Nobel de Literatura, la última vez en 2009. En sus últimos escritos (como *Los libros y su misión en la liberación e integración de la América Latina* y *La resistencia*) y apariciones públicas, Ernesto Sábato declaró considerar que "es desde una actitud anarcocristiana que habremos de encaminar la vida". Por esto mismo, fue considerado un anarquista cristiano en busca de la libertad.

Sofía Moro / Getty Images

Gabriela Sabatini

Es considerada una de las mejores tenistas sudamericanas de todos los tiempos y, por supuesto, la mejor tenista que Argentina haya tenido hasta hoy. En su trayectoria como tenista profesional conquistó veintisiete títulos individuales y trece títulos en dobles. En 1989 alcanzó su mejor ranking en el circuito profesional siendo la tercera mejor jugadora del mundo. El 15 de julio de 2006 fue incluida en el Salón Internacional de la Fama del Tenis Femenino, siendo la primera mujer argentina en lograr tal distinción. Desde hace ya varios años dirige una línea de perfumería propia con variadas fragancias, por lo que es considerada un ejemplo de belleza y elegancia en el deporte y en perfumería.

AFP / Getty Images

Les Luthiers

Les Luthiers es el nombre de un grupo de comedia musical argentino. Tienen a gala el hacer reír con la música pero no de la música, con instrumentos informales creados por ellos mismos. Se caracterizan por ser músicos profesionales y por expresar un humor fresco, elegante y sutil. Desde 1975 han recibido una treintena de premios, el último de ellos el "Premio Gardel a la Trayectoria" (2008). Sus repertorios van desde el estilo barroco hasta las serenatas. Últimamente han diversificado su estilo con repertorios que van desde el estilo romántico a la ópera, al pop, al mariachi e, inclusive, al rap. Su fama llega a casi toda Latinoamérica y a Europa. Es por eso que son considerados lo mejor del humor argentino.

Quim Llenas / Getty Images

Otros argentinos sobresalientes

Adolfo Aristarain: director de cine

Marcos-Ricardo Barnatán: poeta, crítico

Héctor Bianciotti: escritor

Jorge Luis Borges (1899–1996): poeta, cuentista, ensayista

Joaquín Lavado (Quino): dibujante y caricaturista, creador de "Mafalda"

Jorge Marona: compositor, escritor

Lionel Messi: futbolista

Rodolfo "Fito" Páez: compositor, cantante y director de cine

Astor Piazzolla (1921–1992): bandoneonista y compositor

Enrique Pinti: autor de teatro y *musicales*, coreógrafo

Cecilia Roth: actriz

MEJOREMOS LA COMUNICACIÓN

anarquista *(m. f.)*	por supuesto
encaminar	repertorio
género	tener a gala
obtener	trayectoria

▬▬ ¿COMPRENDISTE?

A. Los nuestros. Tú eres uno de estos tres grandes argentinos que acaba de recibir una cuarta nominación al Premio Nobel, otro título individual en tenis o una condecoración del gobierno argentino. Tu compañero(a) es un(a) periodista que te está entrevistando. Dramaticen la situación.

B. Miniprueba. Demuestra lo que aprendiste de estos talentosos argentinos al completar estas oraciones.

1. El escritor Ernesto Sábato ha declarado ser _____.

   a. conservador   b. anarquista   c. científico

2. Gabriela Sabatini es más conocida en _____.

   a. el deporte y la perfumería   b. el cine y teatro   c. la literatura mundial

3. El grupo musical Les Luthiers se expresa no solo con su música sino también con _____

   a. baile   b. generosidad   c. humor

C. Diario. En tu diario, escribe por lo menos media página expresando tus pensamientos sobre este tema.

Cecilia Roth y Fito Páez tienen muchas cosas en común; ambos tienen mucho talento artístico y experiencias políticas y psicológicas similares. Parecían ser una pareja ideal. En tu opinión, ¿cuáles son las cualidades de una pareja ideal? ¿Qué deseas encontrar en tu pareja ideal? ¿Qué experiencias te gustaría compartir con esa persona? ¿Deseas que sea muy similar a ti o diametralmente opuesta? ¿Qué harías para superar las diferencias que pudieran tener?

 ¡Diviértete en la red!
Busca "Ernesto Sábato", "Gabriela Sabatini" y/o "Les Luthiers" en YouTube para ver videos y escuchar a estos talentosos argentinos. Ve a clase preparado(a) para presentar lo que encontraste.

Letras problemáticas: la x

La **x** representa varios sonidos según en qué lugar de la palabra ocurra. Normalmente representa el sonido /ks/ como en **exigir**. Frente a ciertas consonantes se pierde la /k/ y se pronuncia simplemente /s/ (sibilante) como en **explorar**. En otras palabras se pronuncia como la **j** del español: es el sonido fricativo /x/ como en **México** o **Oaxaca**. Observa cómo se escriben estos sonidos al escuchar a tu profesor(a) leer las siguientes palabras.

/ks/	/s/	/x/
anexión	excavación	Mexicali
exilio	exclusivo	mexicana
existencia	experiencia	oaxaqueño
éxodo	explosión	texanismo
máximo	exterminar	Texas
saxofón	pretexto	Xavier

Los sonidos de la letra x. Escucha mientras tu profesor(a) lee las siguientes palabras. Indica si tienen el sonido /ks/, /s/ o /x/.

1. expansión	/ks/	/s/	/x/	6. expedición	/ks/	/s/	/x/
2. texana	/ks/	/s/	/x/	7. hexágono	/ks/	/s/	/x/
3. existencia	/ks/	/s/	/x/	8. exterminio	/ks/	/s/	/x/
4. extranjero	/ks/	/s/	/x/	9. conexión	/ks/	/s/	/x/
5. exuberante	/ks/	/s/	/x/	10. mexicanismo	/ks/	/s/	/x/

La escritura con la letra x

La **x** siempre se escribe en ciertos prefijos y terminaciones.

❯ Con el prefijo **ex-**:

extender	**ex**poner	**ex**presión	**ex**presiva

❯ Con el prefijo **extra-**:

extralegal	**extra**ordinario	**extra**sensible	**extra**terrestre

❯ Con la terminación **-xión** en palabras derivadas de sustantivos o adjetivos terminados en **-je, -jo** o **-xo**:

anexión (de "anexo") conexión (de "conexo")
complexión (de "complejo") reflexión (de "reflejo")

¡A practicar!

A. Práctica con la letra x. Escucha mientras tu profesor(a) lee las siguientes palabras. Escribe las letras que faltan en cada una.

1. ___ ___ p u l s a r
2. ___ ___ a g e r a r
3. ___ ___ p l o s i ó n
4. c r u c i f i ___ ___ ___
5. ___ ___ ___ ___ ___ ñ o
6. r e f l ___ ___ ___ ___ ___
7. ___ ___ a m i n a r
8. ___ ___ ___ ___ ___ ___ n j e r o
9. ___ ___ ___ t e r i o r
10. ___ ___ i l i a d o

La tradición oral: adivinanzas

Dentro de la tradición oral hispana, la práctica de entretener pasando información —ya sea cuentos, poemas, leyendas, dichos, adivinanzas, chistes— oralmente de persona a persona es una parte muy importante de nuestra cultura. Las adivinanzas son fundamentales en esa tradición. El diccionario dice que las adivinanzas son "cosas que se dan a acertar describiéndolas en términos obscuros". Estos juegos de adultos tienen su origen en tiempos muy antiguos. En Egipto la Esfinge inició el juego de los enigmas y las adivinanzas. Más tarde los griegos nos enseñaron el valor de resolver una adivinanza con el ingenio de Edipo.

Las adivinanzas de nuestros abuelos no tenían ni fines trágicos ni pretendían salvar la vida de nadie. Sus adivinanzas tenían el solo propósito de entretener. A continuación, dos adivinanzas típicas de las de nuestros abuelos.

Lana sube,	Una vieja con un solo diente
lana baja.	llama a toda la gente.

La respuesta a la primera está en la pronunciación, en particular si uno la dice con rapidez: lana baja = **la navaja**. La respuesta a la segunda es más simbólica: **la campana de una iglesia**.

¡A practicar!

A. ¡A adivinar! Vean en grupos de tres o cuatro cuántas de estas adivinanzas pueden resolver.

1. Ya ves, que claro es y el que no lo adivina, bien tonto es.

2. Rueda de la leche, duro, blando o apestoso, ¿qué será?

3. Tú allá, yo aquí.

4. Tengo hojas y no soy árbol, tengo barbas y no soy chivo.

5. Agua pasa por mi casa, cate de mi corazón.

6. Dicen que soy rey y no tengo reino; dicen que soy rubio y no tengo pelo; dicen que ando y no me meneo; arreglo los relojes sin ser relojero.

B. ¡A investigar! Habla con tus abuelos u otros parientes y pregúntales si recuerdan algunas adivinanzas de su niñez. Si así es, anótalas y compártelas con la clase.

ESCRIBAMOS AHORA

Ensayo persuasivo: expresar opiniones y apoyarlas

1 Para empezar. Para expresar opiniones, es importante saber la diferencia entre un hecho y una opinión. Una opinión es una interpretación o creencia personal. Un hecho es un dato objetivo que se puede verificar. Mira aquí la diferencia entre una opinión y algunos hechos que la apoyan.

Opinión: Los militares argentinos deberían ser castigados por lo que hicieron a fines del siglo XX.

Hechos: Durante siete años el gobierno en Argentina fue dirigido por militares.

Durante ese período, entre nueve mil y treinta mil personas "desaparecieron".

Nota cómo los hechos expresados aquí apoyan la opinión. Es importante siempre, al persuadir, escribir opiniones y apoyarlas con varios hechos que muestren que tus opiniones se basan en algo concreto y no son solo exageraciones.

2 A generar ideas. Prepárate ahora para escribir un ensayo persuasivo sobre algún tema de interés particular. Puede tratarse de tus opiniones sobre algún asunto político —por ejemplo, el gobierno actual—, algún incidente internacional o sobre algo más personal —tus relaciones con tus padres o la manera de ser de tu novio(a) o mejor amigo(a). Escribe el nombre del tema sobre el que vas a opinar y debajo, haz una tabla de dos columnas. Anota en la primera columna tus opiniones sobre el tema y en la segunda columna varios datos que apoyan tus opiniones.

3 Tu borrador. Usa la información en la sección anterior para escribir tres o cuatro párrafos expresando tus opiniones y apoyándolas con hechos específicos. Es una buena idea que cada párrafo exprese una opinión y contenga los hechos que apoyan esa opinión.

4 Revisión. Intercambia tu ensayo persuasivo con el de un(a) compañero(a). Revisa el ensayo de tu compañero(a), prestando atención a las siguientes preguntas. ¿Expresa sus opiniones con claridad? ¿Apoya cada opinión con hechos probados? ¿Te convence o te deja con bastantes dudas?

5 Versión final. Considera las correcciones y sugerencias que tu compañero(a) te ha indicado y revisa tu ensayo persuasivo por última vez. Como tarea, escribe la copia final en la computadora. Antes de entregarla, dale un último vistazo a la acentuación, a la puntuación y a la concordancia.

6 Reacciones (opcional). Léele tu ensayo persuasivo a un grupo de unos cuatro o cinco compañeros(as) de clase y escucha mientras ellos /ellas te leen el suyo. Luego, decidan cuál es el que más convence y pidan que esa persona lea su ensayo a toda la clase.

¡Antes de leer!

A. Anticipando la lectura. Contesta las siguientes preguntas.

1. ¿Has tenido la sensación, alguna vez, mientras lees un cuento o una novela de misterio, o ves un programa de terror en la televisión, de que tú mismo(a) estás en la escena? ¿Has sentido que el peligro de lo que lees o el terror de lo que ves está presente en el mismo cuarto contigo? Si así es, describe el incidente.

2. ¿Qué hace que a veces nos imaginemos que somos parte de lo que leemos o vemos en la televisión? Explica tu respuesta.

3. ¿Es posible que cada tipo de novela —realista, de terror, de fantasía, de ciencia ficción, de misterio, de amor o algún otro tipo— sea una manera de hacer ficticia la realidad? Explica cómo se consiguen los distintos efectos dando ejemplos concretos.

B. Vocabulario en contexto. Busca estas palabras en la lectura que sigue y, en base al contexto, decide cuál es su significado. Para facilitar el encontrarlas, las palabras aparecen en negrilla en la lectura.

1. **aparcerías**	a. cosechas	b. riego	c. contratos laborales
2. **disyuntiva**	a. capacidad	b. apariencia	c. opción
3. **se concertaban**	a. se abrazaban	b. se chocaban	c. se ponían de acuerdo
4. **agazapada**	a. anhelada	b. ardiente	c. agachada
5. **coartadas**	a. excusas	b. peleas	c. intimidades
6. **parapetándose**	a. protegiéndose	b. subiéndose	c. escondiéndose

Sobre el autor

Julio Cortázar (1914–1984) es uno de los escritores argentinos más reconocidos de la segunda mitad del siglo XX. Nació en Bruselas, Bélgica, de padres argentinos, pero se crió en las afueras de Buenos Aires. En 1951 publicó su primer libro de relatos, *Bestiario,* para poco después trasladarse a París, donde residió desde entonces. En 1963 apareció *Rayuela,* novela experimental ambientada en París y Buenos Aires, y considerada su obra maestra. En este libro el autor invita al lector a tomar parte activa sugiriéndole alternativas diferentes en el orden de la lectura. Cortázar murió en 1984 en París tras haber contribuido decisivamente a la difusión de la literatura latinoamericana en el mundo.

Luis Magan / Getty Images

"Continuidad de los parques" está tomado de su segundo libro de cuentos, *Final del juego* (1956). Este cuento, como muchas obras de Cortázar, se desarrolla alrededor de una contraposición entre lo real y lo ficticio.

Continuidad de los parques

Había empezado a leer la novela unos días antes. La abandonó por negocios urgentes, volvió a abrirla cuando regresaba en tren a la finca; se dejaba interesar lentamente por la trama, por el dibujo de los personajes. Esa tarde, después de escribir una carta a su apoderado y discutir con su mayordomo una cuestión de aparcerías, volvió al libro en la tranquilidad del estudio que miraba hacia el parque de los robles.

Arrellanado en su sillón favorito, de espaldas a la puerta que lo hubiera molestado como una irritante posibilidad de intrusiones, dejó que su mano izquierda acariciara una y otra vez el terciopelo verde y se puso a leer los últimos capítulos. Su memoria retenía sin esfuerzo los nombres y las imágenes de los protagonistas; la ilusión novelesca lo ganó casi en seguida. Gozaba del placer casi perverso de irse desgajando línea a línea de lo que lo rodeaba, y sentir a la vez que su cabeza descansaba cómodamente en el terciopelo del alto respaldo, que los cigarrillos seguían al alcance de la mano, que más allá de los ventanales danzaba el aire del atardecer bajo los robles. Palabra a palabra, absorbido por la sórdida **disyuntiva** de los héroes, dejándose ir hacia las imágenes que **se concertaban** y adquirían color y movimiento, fue testigo del último encuentro en la cabaña del monte. Primero entraba la mujer, recelosa, ahora llegaba el amante, lastimada la cara por el chicotazo de la rama. Admirablemente estañaba ella la sangre con sus besos, pero él rechazaba sus caricias, no había venido para repetir la ceremonia de una pasión secreta, protegida por un mundo de hojas secas y senderos furtivos. El puñal se entibiaba contra su pecho y debajo **latía** la libertad **agazapada**. Un diálogo anhelante corría por las páginas como un arroyo de serpientes, y se sentía que todo estaba decidido desde siempre. Hasta esas caricias que enredaban el cuerpo del amante como queriendo retenerlo y disuadirlo, dibujaban abominablemente la figura de otro cuerpo que era necesario destruir. Nada había sido olvidado:

coartadas, azares, posibles errores. A partir de esa hora cada instante tenía su empleo minuciosamente atribuido. El doble repaso despiadado se interrumpía apenas para que una mano acariciara una mejilla. Empezaba a anochecer. Sin mirarse ya, atados rígidamente a la tarea que los esperaba, se separaron en la puerta de la cabaña. Ella debía seguir por la senda que iba al norte. Desde la senda opuesta él se volvió un instante para verla correr con el pelo suelto. Corrió a su vez, **parapetándose** en los árboles y los setos, hasta distinguir en la bruma malva del crepúsculo la alameda que llevaba a la casa. Los perros no debían ladrar, y no ladraron. El mayordomo no estaría a esa hora, y no estaba. Subió los tres peldaños del porch y entró. Desde la sangre galopando en sus oídos le llegaban las palabras de la mujer: primero una sala azul, después una galería, una escalera alfombrada. En lo alto, dos puertas. Nadie en la primera habitación, nadie en la segunda. La puerta del salón, y entonces el puñal en la mano, la luz de los ventanales, el alto respaldo de un sillón de terciopelo verde, la cabeza del hombre en el sillón leyendo una novela.

Julio Cortázar. "Continuidad de los parques", TODOS LOS FUEGOS, EL FUEGO © Herederos de Julio Cortázar, 2012. Reprinted by permission.

¡Después de leer!

A. Hechos y acontecimientos. ¿Recuerdas los datos más importantes de la lectura? Para asegurarte, contesta las siguientes preguntas.

1. ¿Cuándo comenzó el protagonista a leer la novela?
2. ¿Por qué abandonó la lectura de la novela?
3. ¿Qué hizo después de ver a su mayordomo?
4. ¿Qué tipo de novela era la que leía? ¿de misterio? ¿de amor? Explica.
5. ¿Qué relación tenían la mujer y el hombre de la novela?
6. ¿Adónde se dirigió el hombre después de que la pareja se separó?
7. ¿Por qué no estaba el mayordomo a esa hora?
8. ¿A quién encontró el amante al final del cuento?
9. ¿En qué momento del cuento lo "ficticio" se convierte en lo "real"?
10. ¿Qué sugiere el título del cuento, "Continuidad de los parques"?

B. A pensar y a analizar. Haz estas actividades con un(a) compañero(a) de clase. Luego comparen sus resultados con los de otros grupos.

1. Expliquen la relación entre los tres personajes del cuento —el señor que leía la novela, el hombre del puñal y la mujer. ¿Se conocían o solo el señor que leía era un personaje verdadero y los otros dos eran ficticios?

2. ¿Es posible que la realidad ficticia literaria se convierta en la realidad verdadera? Expliquen.

3. ¿Qué opinan Uds. de la falta de diálogo en este cuento? ¿Creen que sería mejor si hubiera diálogo? ¿Por qué? ¿Por qué habrá decidido el autor no usar diálogos?

C. Teatro para ser leído. En grupos de seis, adapten el cuento de Julio Cortázar, "Continuidad de los parques", a un guion de teatro para ser leído. Luego, ¡preséntenlo!

1. Conviertan la parte narrativa del cuento, "Continuidad de los parques", a solo diálogo, dentro de lo posible.

2. Añadan un poco de narración para mantener transiciones lógicas entre los diálogos.

3. Preparen siete copias del guion: una para cada uno de los tres actores, una para los dos narradores, una para el (la) director(a) y una para el (la) profesor(a).

4. ¡Preséntenlo!

D. Apoyo gramatical. El pretérito y el imperfecto: acciones simultáneas y recurrentes.
Completa el siguiente párrafo acerca del cuento "Continuidad de los parques" empleando el pretérito o el imperfecto.

Mientras el protagonista (1) _____ (viajar) en tren comenzó a leer la novela de nuevo. Una vez en la finca, siguió leyendo cuando (2) _____ (haber) terminado de ocuparse de negocios. Él (3) _____ (estar) muy interesado en la novela cuando llegó a los capítulos finales. En la novela, cuando la mujer (4) _____ (llegar) a la cabaña, el amante todavía no llegaba. Una vez reunidos, cada vez que la mujer (5) _____ (dar) muestras de cariño, el hombre la rechazaba. Al separarse, mientras la mujer se iba hacia el norte, él (6) _____ (partir) en dirección opuesta. Cuando llegó a la casa, todo (7) _____ (estar) tranquilo. El protagonista (8) _____ (seguir) leyendo su novela cuando el amante entró en el salón. ¿Sabemos todos lo que le (9) _____ (ocurrir) al lector cuando el amante se paseaba por el salón con el puñal en la mano?

Gramática 4.3: Antes de hacer esta actividad conviene repasar esta estructura en las págs. 213–216.

Un juego absurdo

Un cortometraje de Gastón Rothschild

Premio Cóndor de Plata al mejor cortometraje por la Asociación de Cronistas Cinematográficos de la Argentina y Ganador de V festival Internacional de Cortos de Olavarría. Mención Especial al Mejor Guion de UNCIPAR 2010

Michaela Begsteiger/Photolibrary

DIRECCIÓN: GASTÓN ROTHSCHILD   **GUION: JAVIER ZEVALLOS**   **PRODUCCIÓN EJECUTIVA: DIEGO CORSINI** **JEFE DE PRODUCCIÓN: ALEXIS TRIGO**   **ASISTENTE DE DIRECCIÓN: JULIETA LEDESMA**   **FOTOGRAFÍA: GERMÁN DREXLER**   **DIRECCIÓN DE ARTE: LETICIA NANOIA**   **VESTUARIO: LUCÍA SCIANNAMEA**   **MONTAJE: DANIEL PRINK, LEONARDO MARTÍNEZ**   **MÚSICA: BACCARAT**   **SONIDO: GERARDO KALMAR**   **ASISTENTE DE PRODUCCIÓN: JULIA FRANCUCCI**   **ACTORES PRINCIPALES: ELIANA GONZÁLEZ EN EL PAPEL DE "ELLA" Y MARTÍN PIROYANSKY EN EL PAPEL DE "ÉL"**

Antes de ver el corto

A. ¿Sinónimos? Con tu compañero(a), indiquen si estas palabras están relacionadas o no.

1. mina / chica
2. boludo / idiota
3. flaco / chaleco
4. asunto / tema
5. pulsión / atracción

6. sudor / pudor
7. lástima / consumación
8. ¡Basta! / ¡Sí!
9. chaleco / suéter
10. ¡Pará con eso! / ¡Basta!

B. Palabras. Con tu compañero(a), completen las siguientes oraciones usando palabras del vocabulario.

1. Juan ha perdido mucho peso. Yo lo encuentro muy _____ .

2. ¡No conozco a nadie más egocéntrico! ¡Se pasa la vida mirándose su propio _____!

3. Creo que soy bastante cobarde. No soy _____ confrontarlo en un tema tan delicado.

4. El jugador de baloncesto cayó y se quebró una mano, porque el piso estaba lleno de _____.

5. Yo creo que este es un _____ muy serio. Yo no me atrevo a opinar sin tener más información.

C. Expresiones. Con tu compañero(a), indiquen otra manera de decir las siguientes palabras y expresiones.

_____ 1. vigoroso
_____ 2. objeto deseado
_____ 3. sangüichito
_____ 4. autoimpuesto
_____ 5. boludo
_____ 6. ¡basta!

a. estúpido
b. aperitivo
c. que se lo impone el sujeto sobre sí mismo
d. ¡Ya es suficiente!
e. algo que nos atrae
f. que tiene mucha energía

Fotogramas de *Un juego absurdo*

Este cortometraje cuenta la historia de un chico que se siente atraído por una chica. Con un(a) compañero(a), observen estos fotogramas y relaciónenlos con las siguientes frases extraídas del cortometraje. Después, escriban una sinopsis de lo que creen que es la trama. Compartan su sinopsis con las de otras dos parejas de la clase.

_____ a. Ella allí y yo acá. Y entre nosotros... el deseo.

_____ b. Porque la consumación es la gran enemiga del deseo.

_____ c. ¿Es a mí? ¡Sí! ¡Me está mirando!

_____ d. ¿Te puedes ir, por favor?

_____ e. ¿Le hablaste a esa chica que te gusta ya?

_____ f. Lo bueno de pensar es que lo puedo hacer mientras me como un sángüiche.

Después de ver el corto

A. Lo que vimos. Con tu compañero(a), decidan si acertaron al anticipar la trama en la sinopsis que escribieron. ¿Hasta qué punto acertaron? ¿Dónde variaron de la trama?

B. ¿Entendiste? Prepara 5 ó 6 preguntas sobre *Un juego absurdo* y házselas a tu compañero(a). Luego responde sus preguntas.

C. ¿Qué piensan? Con tu compañero(a), respondan ahora las siguientes preguntas.

1. ¿Qué opinan de este corto? ¿Les gustó? ¿Por qué sí o no?

2. ¿Qué es lo que defiende el corto? ¿Están de acuerdo, sí o no? ¿Por qué?

3. ¿Creen que es un corto realista y que muestra bien lo que ocurre en el proceso de cortejar? Expliquen.

D. Un juego. Con tu compañero(a), respondan a las siguientes preguntas. Luego compartan sus respuestas con la clase.

1. ¿Creen que es fácil o difícil conectar con una persona cuando se tiene interés en ella? ¿Por qué?

2. ¿Creen que es muy difícil ser joven o adolescente? ¿Cuál es/fue su propia experiencia? Expliquen.

3. ¿Se consideran personas sensibles? ¿En qué consiste ser sensible? ¿Creen que ser sensible ayuda o no en el cortejo? ¿Por qué sí o no? Expliquen.

4. ¿Creen que las personas se sienten atraídas por quienes las tratan peor? Expliquen.

E. Debate. En grupos de tres preparen un debate sobre los cortejos. ¿Creen que es verdad que no se puede mostrar mucho interés en las relaciones? ¿Por qué sí o no? Un grupo defiende que sí y otro que no. Preparen sus argumentos y defiéndalos frente a la clase. Decidan quién ganó con sus argumentos.

F. Apoyo gramatical: comparativos y superlativos. Contesta las siguientes preguntas relacionadas con el cortometraje.

1. El joven del cortometraje piensa que es flaquísimo. ¿Estás tú de acuerdo?

2. ¿Es él más sensible que la mayoría de los jóvenes de su edad?

3. ¿Tiene el joven más experiencia en el amor que sus compañeros?

4. En tu opinión, ¿es tan fácil para un joven como para una joven participar en el proceso de cortejar?

5. Según tú, ¿quién ayuda más al joven, la madre o el padre, o ninguno de los dos? ¿Cómo lo sabes?

6. ¿Por quién crees tú que el espectador del cortometraje siente más simpatías, por el joven o por la joven? ¿Por qué?

7. ¿Quién, piensas tú, juega mejor al "juego absurdo" descrito en el cortometraje? Explica por qué piensas así.

Gramática 4.4: Antes de hacer esta actividad conviene repasar esta estructura en las págs. 216–221.

Películas que te recomendamos
- *Al otro lado de la cama* (Emilio Martínez Lázaro, 2002)
- *El hijo de la novia* (Juan José Campanella, 2001)
- *Cilantro y perejil* (Rafael Montero, 1995)

4.3 El pretérito y el imperfecto: acciones simultáneas y recurrentes

Para más práctica, haz las actividades de **Gramática en contexto** (sección 4.2) del *Cuaderno para los hispanohablantes*.

¡A que ya lo sabes!

¿Cómo? ¿Tres pares de oraciones? A ver si toda la clase se pone de acuerdo en estas.

1. a. Cuando llegamos al parque de estacionamiento, todos los espacios *estaban* ocupados.

   b. Cuando llegamos al parque de estacionamiento, todos los espacios *estuvieron* ocupados.

2. a. El semestre pasado por lo general no trabajaba y *dedicaba* los sábados a estudiar.

   b. El semestre pasado por lo general no trabajaba y *dediqué* los sábados a estudiar.

3. a. El semestre pasado no trabajé ningún sábado y los *dedicaba* todos a estudiar.

   b. El semestre pasado no trabajé ningún sábado y los *dediqué* todos a estudiar.

El primer par estuvo más fácil que los otros dos, ¿verdad? Pero seguramente todos escogieron la primera oración en los dos primeros pares y la segunda en el último par. ¿Sí? Ya ven que Uds. tienen un conocimiento tácito del uso de pretérito e imperfecto en acciones simultáneas y recurrentes. Si siguen leyendo, ese conocimiento se va a hacer aun más firme.

❯ Cuando dos o más acciones o condiciones pasadas se consideran juntas, es común usar el imperfecto en una cláusula para describir el ambiente, las condiciones o las acciones que rodeaban la acción pasada; el pretérito se usa en la otra cláusula para expresar lo que pasó. Las cláusulas pueden aparecer en cualquier orden.

> Cuando nuestro avión **aterrizó** en el aeropuerto de Ezeiza, **eran** las cuatro de la tarde y **estaba** un poco nublado.
>
> Unos amigos nos **esperaban** cuando **salimos** del avión.

❯ Cuando se describen acciones o condiciones recurrentes, el pretérito indica que las acciones o condiciones han tenido lugar y se consideran acabadas en el pasado; el imperfecto pone énfasis en acciones o condiciones habituales o repetidas.

> El verano pasado **seguimos** un curso intensivo de español en Buenos Aires. Por las tardes, **asistimos** a muchas conferencias y conciertos.
>
> El verano pasado, **íbamos** a un curso intensivo de español en Santiago y por las tardes **asistíamos** a conferencias o conciertos.

› **Conocer, poder, querer** y **saber** se refieren a estados mentales cuando se usan en el imperfecto y a acciones o intenciones específicas cuando se usan en el pretérito.

> Yo no **conocía** a ningún porteño, pero anoche **conocí** a una joven del barrio de Palermo.
>
> Esta mañana yo **quería** comprar recuerdos, pero mi compañero(a) de cuarto **no quiso** llevarme al mercado porque llovía. **Quise** ir a pie, pero abandoné la idea porque llovía demasiado.

Nota para bilingües

Como el inglés carece del contraste entre el pretérito y el imperfecto, en estos casos el inglés emplea verbos diferentes para dejar en claro la diferencia.

Verbo	Imperfecto	Pretérito
conocer	*to know*	*to meet* (first time)
poder	*to be able to*	*to manage*
querer	*to want*	*to try* (affirmative); *to refuse* (negative)
saber	*to know*	*to find out*

Nota para hispanohablantes

Hay una tendencia dentro de algunas comunidades de hispanohablantes a variar la terminación de la primera persona plural **(nosotros[as])** en el imperfecto. De esta manera, en vez de usar la forma más aceptada **(conocíamos, queríamos, podíamos, sabíamos,…)**, tienden a decir: *conocíanos, queríanos, podíanos, sabíanos…* Es importante evitar estos usos fuera de esas comunidades y en particular al escribir.

Ahora, ¡a practicar!

A. Último día. Explica lo que hiciste el último día de tu estadía en Buenos Aires.

> **MODELO** salir del hotel después del desayuno
> **Salí del hotel después del desayuno.**

1. ir al barrio de La Boca para comprar artículos típicos en la feria artesanal
2. comprar regalos para mi familia y mis amigos
3. tomar mucho tiempo en encontrar algo apropiado
4. pasar tres horas en total haciendo compras
5. regresar al hotel
6. hacer las maletas rápidamente
7. llamar un taxi
8. ir al aeropuerto

B. Verano cordobés. Pregúntale a un(a) compañero(a) lo que él /ella y sus amigos hacían el verano pasado cuando estudiaban en Córdoba.

MODELO ir a clases por la mañana

Tú: **¿Iban ustedes a clases por la mañana?**

Amigo(a): **Sí, íbamos a clases a las ocho todos los días.**

1. vivir con una familia cordobesa

2. regresar a casa a almorzar

3. pasear por la plaza San Martín algunas veces

4. a veces ir de compras

5. cenar en restaurantes típicos de vez en cuando

6. algunas noches ir a bailar a alguna discoteca

7. salir de excursión los fines de semana

C. Noche de tangos. Completa el párrafo con el verbo más apropiado para saber lo que hicieron dos amigos una noche en Buenos Aires.

Hasta hace poco yo no (1) _____ (sabía/supe) nada de la cultura del tango. Pero el mes pasado (2) _____ (aprendía/aprendí) mucho durante una visita que (3) _____ (hacía/hice) a Buenos Aires. Cuando alguien me (4) _____ (decía/dijo) que (5) _____ (tenía/tuve) que visitar una tanguería, de inmediato (6) _____ (decidía/decidí) que lo haría. Así, durante una tarde y noche libre, (7) _____ (podía/pude) ir al barrio San Telmo, lugar que unos amigos me (recomendaban/recomendaron). Un amigo porteño, quien (8) _____ (conocía/conoció) bien el barrio, (9) _____ (estaba/estuvo) conmigo. Esa noche nosotros (10) _____ (nos divertíamos / nos divertimos) en varias tanguerías, probando algunos platos y, especialmente, admirando a los gráciles bailarines que se (11) _____ (movían/movieron) al compás [ritmo] de tangos de letras dolidas y sentimentales. No, yo no (12) _____ (aprendía/aprendí) a bailar el tango esa noche, pero sí (13) _____ (aprendía/aprendí) que el tango sigue vivo en Argentina.

D. Sábado. Los miembros de la clase dicen lo que hacían el sábado por la tarde.

MODELO estar en el centro comercial / ver a mi profesor de historia

Cuando (Mientras) estaba en el centro comercial, vi a mi profesor de historia.

1. mirar un partido de básquetbol en la televisión / llamar por teléfono a mi abuela

2. preparar un informe sobre Ernesto Sábato / llegar unos amigos a visitarme

3. escuchar mi grupo de rock favorito, los vecinos me / pedir que bajara el volumen

4. andar de compras en el supermercado / encontrarme con unos viejos amigos

5. caminar por la calle / ver un choque entre una motocicleta y un automóvil

6. estar en casa de unos tíos / ver unas fotografías de cuando yo era niño(a)

7. tomar refrescos en un café / presenciar una discusión entre dos novios

E. El padre de Mafalda. Completa el siguiente párrafo acerca del dibujante Quino usando el pretérito o el imperfecto, según convenga.

Quino (Joaquín Salvador Lavado) (1) _____ (nacer) en 1932 en la ciudad de Mendoza. Cuando él (2) _____ (ser) pequeño los miembros de su familia (3) _____ (comenzar) a llamarlo Quino para diferenciarlo de un tío de nombre Joaquín, pintor y dibujante. Cuando Quino (4) _____ (tener) tres años (5) _____ (descubrir) su vocación de dibujante con su tío Joaquín. Más tarde, (6) _____ (ingresar) en la escuela de Bellas Artes, pero la (7) _____ (abandonar) para dedicarse a dibujar historietas. Su hora de la fama (8) _____ (llegar) en 1964 cuando (9) _____ (aparecer) Mafalda por primera vez. Mafalda (10) _____ (ser) todo un éxito. Cuando los argentinos (11) _____ (leer) las historietas de Mafalda no (12) _____ (poder) dejar de reír y apreciar el ingenio de Quino. Mafalda (13) _____ (dejar) de publicarse en 1973 pero su fama sigue viviendo.

F. El club de barrio. Completa el siguiente párrafo, acerca de un miembro de un club de barrio, usando el pretérito o el imperfecto, según convenga.

Cuando yo (1) _____ (estar) en la secundaria, (2) _____ (practicar) muchos deportes, pero el deporte que más me (3) _____ (gustar) (4) _____ (ser) el fútbol. En ese tiempo yo (5) _____ (pertenecer) a un club de mi barrio. Mis compañeros de equipo y yo nos (6) _____ (entrenar) durante la semana y (7) _____ (jugar) los domingos. Una vez, cuando nosotros (8) _____ (tener) un equipo fuerte, (9) _____ (llegar) a la final del campeonato. Desgraciadamente, cuando todos nosotros (10) _____ (estar) listos para el partido más importante, yo no (11) _____ (poder) participar. (12) _____ (Sufrir) una lesión mientras (13) _____ (estar) practicando unos días antes.

4.4 Comparativos y superlativos

Para más práctica, haz las actividades de **Gramática en contexto** (sección 4.3) del *Cuaderno para los hispanohablantes*.

¡A que ya lo sabes!

Ya te das cuenta de que sabes más de gramática de lo que te imaginabas. ¡Es verdad! Y aunque no siempre conozcas la terminología —o sea, los nombres que se les da a conceptos gramaticales como "comparativos y superlativos"—, ya tienes un conocimiento tácito, o internalizado, de estos conceptos. Pruébalo ahora cuando mires estos pares de oraciones y decidas, en cada par, cuál de las dos dirías.

1. a. Encuentro la historia *más interesante que* la geografía.

   b. Encuentro la historia *la más interesante que* la geografía.

2. a. Tu madre es *la* mujer *más generosa que* conozco.

   b. Tu madre es *una* mujer *más generosa que* conozco.

Qué lindo es tener conocimiento tácito, ¿verdad? Te das cuenta también de que puedes entender la terminología gramatical usando tu conocimiento del español: los comparativos tienen que ser expresiones que se usan para hacer comparaciones y los superlativos tienen que usarse para hablar de alguien o algo que sobresale, que excede la norma, o sea, que es superlativo. Pero sigue leyendo y vas a ver que tu conocimiento se va a hacer más explícito, es decir, más claro y más preciso.

Comparaciones de desigualdad

❯ Para expresar superioridad o inferioridad se usan las siguientes construcciones.

$$\text{más / menos} + \begin{cases} \text{adjetivo} \\ \text{adverbio} \\ \text{sustantivo} \end{cases} + \text{que}$$

$$\text{verbo} + \text{más / menos} + \text{que}$$

Ernesto Sábato es **más** conocido **que** Marcos-Ricardo Barnatán.

Marcos-Ricardo Barnatán es **menos** conocido **que** Ernesto Sábato.

Buenos Aires tiene **más** habitantes **que** Córdoba.

El tango se baila **más** en Argentina **que** en los EE.UU.

❯ En comparaciones en las que se usan las palabras **más** o **menos** delante de un número, se usa **de** en vez de **que**.

El Gran Buenos Aires tiene **más de** trece millones de habitantes.

> ### Nota para hispanohablantes
> Algunos hispanohablantes tienden a usar **que** en vez de **de** en comparaciones delante de números. Es importante usar siempre **de** en comparaciones delante de un número.

Comparaciones de igualdad

❯ Para expresar igualdades se usan las siguientes construcciones.

$$\text{tan} + \begin{cases} \text{adjetivo} \\ \text{adverbio} \end{cases} + \text{como}$$

$$\text{tanto(a/os/as)} + \text{sustantivo} + \text{como}$$

$$\text{verbo} + \text{tanto como}$$

No soy **tan** divertido **como** Les Luthiers.

Hablo **tan** lentamente **como** mi padre.

Tengo **tantos** amigos **como** mi hermano.

Trabajo **tanto como** mi prima Esperanza.

Superlativos

> El superlativo expresa el grado máximo de una cualidad cuando se comparan personas o cosas a otras del mismo grupo o categoría.

> el/la/los/las + sustantivo + **más/menos** + adjetivo + **de**

Tomás es **el estudiante más alto de** la clase.

La Pampa es **la provincia agrícola más próspera de** todo el país.

Nota para bilingües

En esta construcción en inglés se usa la preposición *in*, no *of*: *Tomás is the tallest student in the class.*

> Para indicar el grado máximo de una cualidad, se pueden también colocar delante del adjetivo adverbios tales como **muy, sumamente** o **extremadamente** o se puede agregar al adjetivo el sufijo **-ísimo/a/os/as.**

El cuadro que sigue muestra los cambios ortográficos más comunes que ocurren cuando se agrega el sufijo **-ísimo** a un adjetivo.

la vocal final desaparece	alto	⟶	altísimo
el acento escrito desaparece	fácil	⟶	facilísimo
-ble se transforma en **-bil-**	amable	⟶	amabilísimo
-c- se transforma en **-qu-**	loco	⟶	loquísimo
-g- se transforma en **-gu-**	largo	⟶	larguísimo
-z- se transforma en **-c-**	feroz	⟶	ferocísimo

Córdoba es una ciudad **sumamente (muy/extremadamente)** atractiva.

Gabriela Sabatini siempre está **ocupadísima.**

Les Luthiers son **comiquísimos.**

Nota para bilingües

El inglés no tiene un sufijo equivalente a -ísimo/a/os/as. Se limita a usar *very o extremely*: *Gabriela Sabatini is always extremely busy.* = Gabriela Sabatini siempre está ocupadísima.

Comparativos y superlativos irregulares

Unos pocos adjetivos tienen, además de la construcción comparativa regular, formas comparativas y superlativas irregulares. Las formas irregulares son más frecuentes que las regulares.

Formas comparativas y superlativas de *bueno* y *malo*

Comparativo		Superlativo	
Regular	**Irregular**	**Regular**	**Irregular**
más bueno(a)	mejor	el (la) más bueno(a)	el (la) mejor
más buenos(as)	mejores	los (las) más buenos(as)	los (las) mejores
más malo(a)	peor	el (la) más malo(a)	el (la) peor
más malos(as)	peores	los (las) más malos(as)	los (las) peores

❯ Para indicar un grado de excelencia, se usan las formas comparativas y superlativas **mejor(es)** y **peor(es).** Las formas comparativas y superlativas regulares **más bueno(a/os/as)** y **más malo(a/os/as),** cuando se usan, se refieren a cualidades morales.

> Según tu opinión, ¿cuál es **el mejor** lugar para bailar tangos?
>
> La situación en Argentina está **mejor** ahora que en la década de los ochenta.
>
> Este es el **peor** invierno que he pasado en esta ciudad.
>
> Tu padre es el hombre **más bueno** que conozco.

Formas comparativas y superlativas de *grande* y *pequeño*

Comparativo		Superlativo	
Regular	**Irregular**	**Regular**	**Irregular**
más grande	mayor	el (la) más grande	el (la) mayor
más grandes	mayores	los (las) más grandes	los (las) mayores
más pequeño(a)	menor	el (la) más pequeño(a)	el (la) menor
más pequeños(as)	menores	los (las) más pequeños(as)	los (las) menores

❯ Las formas comparativas y superlativas irregulares **mayor(es)** y **menor(es)** se refieren a edad en el caso de personas y al mayor o menor grado de importancia en el caso de objetos o conceptos. Las formas comparativas y superlativas regulares **más grande(s)** y **más pequeño(a/os/as)** se refieren normalmente a tamaño.

> Mi hermano **menor** es **más grande** que yo.
>
> La representación política es una de las **mayores** preocupaciones de las minorías.
>
> Un puñal es **más pequeño** que una espada.

Ahora, ¡a practicar!

A. El campo de la comunicación en MERCOSUR. Lee las siguientes estadísticas del año 2000 sobre los países miembros de MERCOSUR y contesta las preguntas que siguen. Las preguntas se refieren a la situación en esos países en el año 2000.

	Argentina	Uruguay	Paraguay	Brasil
Líneas de teléfono (por mil habitantes)	213	278	50	182
Teléfonos celulares (por mil habitantes)	163	132	149	136
Computadora personal (por 1000 habitantes)	51	105	13	44
Usuarios de Internet (en miles)	2500	370	40	5000

1. ¿Cuál es el país con el mayor número de líneas telefónicas por mil habitantes? ¿Y el país con el menor número de líneas telefónicas?

2. Entre Uruguay y Paraguay, ¿dónde hay más teléfonos celulares por mil habitantes?

3. ¿Qué país tiene casi tantos teléfonos celulares por mil habitantes que Brasil?

4. ¿En qué país tienen las personas menos computadoras personales? ¿Y en qué país tienen más?

5. ¿En qué país hay menos usuarios de Internet? ¿Y en qué país hay más usuarios de Internet?

6. En tu opinión, ¿qué país es más desarrollado en el campo de la comunicación? ¿Y el menos desarrollado? ¿Por qué?

B. Les Luthiers. Basándote en lo que has aprendido sobre estos artistas argentinos, contesta las preguntas que siguen.

1. ¿Piensas que a Les Luthiers les gusta tanto la música popular como la música clásica o que les gusta más la música clásica que la música popular?

2. ¿Crees tú que se interesan más por los instrumentos musicales normales o por instrumentos musicales inventados por ellos?

3. ¿Son más famosos en Latinoamérica o en Europa?

4. ¿Crees que Les Luthiers hacen reír más con la música o con la palabra?

5. ¿Piensas que el grupo tiene más de ocho miembros o menos de ocho miembros?

6. ¿Piensas que Les Luthiers actúan más en teatro o más en televisión?

C. Opiniones. En grupos de tres, da tus opiniones acerca de las materias que estudias. Utiliza adjetivos como **aburrido, complicado, entretenido, difícil, fácil, fascinante, instructivo, interesante** u otros que conozcas.

MODELO matemáticas / física

Para mí las matemáticas son tan difíciles como la física. o Encuentro que la física es más (menos) interesante que las matemáticas.

1. antropología / ciencias políticas
2. química / física
3. historia / geografía
4. literatura inglesa / filosofía
5. psicología / sociología
6. español / alemán
7. biología / informática

D. Argentinos de ahora. Da tu opinión acerca de las tres personas que conociste en la sección **Los nuestros.**

MODELO entender de perfumes

Pienso que Gabriela Sabatini entiende más de perfumes porque tiene una línea de perfumería propia.

1. ser más atlético
2. aparecer más en televisión
3. ser más formal
4. saber más de asuntos científicos
5. tener más contacto con el público
6. practicar más con instrumentos musicales
7. tener más interés en los deportes
8. estar más ocupado(a)
9. ser más admirado(a) en todo el país
10. tener la profesión más gratificante

VOCABULARIO ACTIVO

Lección 4: Chile

Colonización

aislado(a)
cacique *(m.)*
cargo
encargar
fuerte *(m.)*
sede *(f.)*

Golpe militar

consejo de seguridad
disuelto(a)
escaramuzas
exiliado(a)
golpe militar *(m.)*
lugarteniente *(m. f.)*
segunda vuelta
poder *(m.)*
red *(f.)*

Comercio internacional

índice *(m.)*
inversión *(f.)*
libre comercio
paridad *(f.)*

Verbos y expresiones verbales

a fines de
a través de
componer
darse a conocer
resaltar
restituirse

Palabras útiles

agitación
álgido(a)
coprotagonista *(m. f.)*
hierro
terrestre *(m. f.)*

Lección 4: Argentina

Gobierno

anarquista *(m. f.)*
autoritarismo
depuesto(a)
enfrentar
deuda externa
gasto
populismo
registrarse

Movimiento

automotriz
encaminar
expedicionario(a)
ferroviaria
trayectoria

Verbos y expresiones verbales

a finales de
obtener
por supuesto
suceder
tener a gala

Palabras útiles

género
granero
repertorio
respectivamente

Michaela Begsteiger/Photolibrary

Aspiraciones y contrastes

PARAGUAY Y URUGUAY

Corbis / Photolibrary

LOS ORÍGENES

Descubre quiénes eran los indígenas que poblaban lo que ahora es Paraguay y Uruguay y las reducciones, que eran una forma de organización social colonial (págs. 226–227).

SI VIAJAS A NUESTRO PAÍS…

› En **Paraguay** visitarás la capital, Asunción, con una población de unos seiscientos mil, Ciudad del Este y varios sitios históricos, y participarás de la rica musicalidad paraguaya (págs. 228–229).

› En **Uruguay** conocerás la capital, Montevideo, con una población de casi un millón y medio, Punta del Este y Colonia del Sacramento, y aprenderás el ¡candombe!, una tradición musical afro-uruguaya (págs. 252–253).

AYER YA ES HOY

Haz un recorrido por la historia de Paraguay desde la evangelización de los jesuitas hasta el presente (págs. 230–231) y por la de Uruguay, la Banda Oriental, desde su independencia hasta nuestros días (págs. 254–255).

LOS NUESTROS

› En **Paraguay** conoce al más galardonado escritor del país, a un sobresaliente arpista y a una verdadera maestra de la guitarra clásica (págs. 232–233).

› En **Uruguay** conoce a uno de los escritores más importantes de Latinoamérica, a una muy popular actriz de teatro, cine y televisión y a un jugador de fútbol con fama de ser uno de los mejores delanteros centro del mundo (págs. 256–257).

ASÍ HABLAMOS Y ASÍ ESCRIBIMOS

Aprende cómo el sonido de la **j** es idéntico al sonido de la **g** en las combinaciones **ge** y **gi** y cómo escribir con estas dos letras (pág. 234). También aprende cómo varía el sonido de la **g** según donde ocurra en la palabra, la frase o la oración (págs. 258–259).

NUESTRA LENGUA EN USO

Diviértete recordando algunos de los refranes o dichos sabios de nuestra tradición oral (pág. 235), y diviértete también recordando o reconociendo algunos de los versos de la niñez con los cuales nos divertían nuestros abuelos (págs. 260–261).

¡LUCES! ¡CÁMARA! ¡ACCIÓN!

› Disfruta "Paraguay: al son del arpa paraguaya" (pág. 236).

ESCRIBAMOS AHORA

Narra un incidente impactante en tu vida o en la de un(a) amigo(a) o un(a) pariente (pág. 262).

Y AHORA, ¡A LEER!

› Experimenta el trauma de una jovencita que descubre que es adoptada cuando tiene un encuentro con su verdadera madre en "Elisa", de la escritora paraguaya Milia Gayoso (págs. 237–240).

› Comparte con el escritor uruguayo Eduardo Galeano el mundo al revés que traerá este milenio (págs. 263–266).

GRAMÁTICA

Repasa los siguientes puntos gramaticales:

LOS **ORÍGENES**

En el Río de la Plata desembocan los ríos que marcan la historia y los límites de Paraguay, Uruguay y Argentina. En los valles de estos dos ríos y en las sierras del interior, se hallaban los indígenas guaraníes, que vivían en aldeas fortificadas llamadas *tavas* y que practicaban la agricultura.

Paraguay

¿Quiénes fueron los primeros exploradores y quién fundó la ciudad de Asunción?

Los primeros europeos en la región que conocemos como Paraguay fueron, en 1524, los hombres de una expedición portuguesa. En 1526, las naves de Sebastiano Caboto exploraron los ríos Paraná y Paraguay. En agosto de 1537, Juan Salazar de Espinosa fundó el fuerte de Nuestra Señora de la Asunción, que en pocos años se convirtió en un núcleo de exploración de la región y eventualmente, en la Ciudad de Nuestra Señora Santa María de la Asunción. Allí mismo los españoles encontraron una población guaraní amistosa con la que comenzó de inmediato un proceso de mestizaje. Esta ciudad se convirtió en un importante centro de descanso y aprovisionamiento para los colonos europeos que llegaban al Río de la Plata atraídos por el oro y la plata del Alto Perú.

José Enrique Molina / Photolibrary

Restos de una misión bien conservada en Paraguay

¿Qué son las reducciones?

Desde el siglo XVII, los jesuitas empezaron a colonizar estas tierras por medio de "reducciones", o misiones jesuíticas. Estas comunidades estaban separadas de las zonas colonizadas por los europeos y allí los indígenas podían vivir con libertad y dignidad, aunque tuvieran que pagar tasas a la Corona. Cada persona contaba con propiedades personales y con bienes comunes. La planificación de los pueblos se centraba alrededor de una gran plaza con una iglesia. Junto a la plaza se encontraba la escuela, donde se impartía la formación religiosa y humanista.

La Banda Oriental

¿Quiénes la poblaban?

La región que ocupa hoy Uruguay se llamó la Banda Oriental, ya que se sitúa al este de Buenos Aires y al otro lado del Río de la Plata. La poblaban diversas tribus, en su mayoría nómadas charrúas, que resistieron la penetración europea. Esto dificultó la colonización española de la región.

¿Quién fundó la ciudad de Montevideo?

En 1603 el gobernador de Paraguay, Hernando Arias de Saavedra, exploró la Banda Oriental y se dio cuenta del gran potencial ganadero de la región. Mientras tanto, franciscanos y jesuitas comenzaron la labor de evangelización. Aunque hacían un gran esfuerzo en sus reducciones, estuvieron expuestos continuamente a los ataques de los portugueses *(Os bandeirantes)* desde Brasil. Para impedir el avance de los portugueses y para consolidar el dominio español sobre el territorio, el gobernador de Buenos Aires, Bruno Mauricio de Zabala, fundó en 1726 el fuerte de San Felipe de Montevideo.

© Kurt Scholz / SuperStock

Vista aérea de Montevideo

■■ ¿COMPRENDISTE?

A. Los orígenes. Con tu compañero(a), completen las siguientes oraciones.

1. Los dos ríos principales de Paraguay son…

2. Las reducciones eran…

3. La región que Uruguay ocupa hoy se llamó…

4. Según Hernando Arias de Saavedra, el gobernador de Paraguay a principios del siglo XVII, el gran potencial de la Banda Oriental era…

5. Paraguay hoy día se identifica con los indígenas…

6. En la Banda Oriental, la labor de los franciscanos y los jesuitas en las reducciones fue continuamente interrumpida por…

7. Un rol importante de la Ciudad de Nuestra Señora Santa María de la Asunción en el Río de la Plata fue…

> **MEJOREMOS LA COMUNICACIÓN**
>
> | | |
> |---|---|
> | aldea | impedir |
> | aprovisionamiento | mestizaje *(m.)* |
> | atraído(a) | nave *(f.)* |
> | banda | nómada |
> | expuesto(a) | planificación *(f.)* |
> | ganadero(a) | reducciones *(f.)* |
> | impartir | tasa |

B. A pensar y a analizar. Contesta las siguientes preguntas con dos o tres compañeros(as) de clase.

1. ¿Por qué creen Uds. que fueron tan importantes las reducciones jesuitas en esta región? ¿Qué labor hacían? ¿Con quiénes trabajaban?

2. ¿Qué impulsó a los españoles a fundar el fuerte de Montevideo? ¿Qué motivaba la defensa de esa región? ¿Creen Uds. que fue una buena decisión? Expliquen sus respuestas.

> **¡Diviértete en la red!**
> Busca "Paraguay", "guaraníes", "reducciones" y/o "Banda Oriental" en YouTube para ver fascinantes videos de esta fase en la historia del Cono Sur. Ve a clase preparado(a) para compartir la información que encontraste.

Paraguay

Nombre oficial: República del Paraguay
Población: 6.996.245 (estimación de 2009)
Principales ciudades: Asunción (capital), Ciudad del Este, Encarnación
Moneda: Guaraní (G/)

En la capital, Asunción,

con una población de más de seiscientos mil,
tienes que conocer...

> el Museo Nacional de Bellas Artes, sede del
archivo nacional.

> el Panteón Nacional de los Héroes, un
verdadero monumento a los héroes de la
patria.

> el Palacio de los López, la sede del gobierno
de la república y uno de los edificios más
hermosos y emblemáticos de la capital.

> la Casa de la Independencia, uno de los
pocos ejemplos de arquitectura colonial
que aún se mantienen.

La capital, sede de los tres poderes de la Nación
(Ejecutivo, Legislativo, Judicial)

En la zona de Ciudad del Este, tienes que visitar…

> la represa de Itaipú, la central hidroeléctrica más grande del mundo.

> el Lago de la República, un espacio de recreación rodeado por una hermosa vegetación.

> los Saltos del Monday, imponentes caídas de agua del río del mismo nombre.

© age fotostock / SuperStock

De la historia y la cultura paraguaya, no dejes de ver…

> las ruinas jesuíticas de Jesús y Trinidad, consideradas una de las más impresionantes creaciones de la evangelización de Paraguay.

> Luque, ciudad con características de arquitectura colonial y neoclásica del siglo XVII.

> el Carnaval en Encarnación, considerado el más colorido, organizado e importante del país.

Aprecia la musicalidad paraguaya

> los estilos musicales autóctonos: la polca paraguaya, la guarania, el purahéi y el rasguido doble, entre otros

> los instrumentos de la música paraguaya: el arpa paraguaya, el requinto, el bandoneón, el acordeón y el "bajo chancho"

> los grandes arpistas paraguayos: Félix Pérez Cardozo, Digno García, Luis Bordón, Lorenzo Leguizamón, Nicolasito Caballero, César Cataldo e Ismael Ledesma

 ¡Diviértete en la red!
Busca en Google y/o YouTube "Asunción", "Ciudad del Este", "música paraguaya" y/o uno de los otros sitios mencionados aquí. Selecciona uno y ve a clase preparado(a) para presentar un breve resumen sobre lo que aprendiste.

Paraguay: la consolidación del progreso

Las reducciones jesuitas

Desde el siglo XVII, los jesuitas llevaron a cabo una intensa labor de evangelización y colonización. Organizaron un total de treinta y dos reducciones, o misiones, que llegaron a acoger a más de cien mil indígenas. Las reducciones jesuitas llegaron a constituir un verdadero estado prácticamente independiente. Su riqueza se basaba en una próspera producción agrícola y artesanal. En 1767, el rey de España decretó la expulsión de los jesuitas del Imperio Español. En pocas décadas las reducciones perdieron su esplendor y se convirtieron en ruinas.

Courtesy of Fabian Samaniego

La independencia y la Guerra de la Triple Alianza

La independencia de Paraguay de la autoridad española se declaró formalmente el 12 de octubre de 1813. Fue el primer país latinoamericano en proclamarse como república. En 1864, el gobierno de Solano López se enfrentó a Brasil y causó un conflicto conocido como la Guerra de la Triple Alianza en la que Brasil, Argentina y Uruguay unieron sus fuerzas contra Paraguay. La guerra fue un desastre para Paraguay. Grandes porciones de territorio paraguayo fueron anexadas por Brasil y por Argentina, y tropas brasileñas ocuparon el país durante seis años.

La Guerra del Chaco y Alfredo Stroessner

Un conflicto fronterizo entre Bolivia y Paraguay resultó en la Guerra del Chaco entre 1932 y 1935, en la que murieron más de cien mil paraguayos. Según un tratado de paz firmado tres años más tarde, Paraguay quedó en posesión de tres cuartas partes del Chaco.

El general Alfredo Stroessner fue nombrado presidente en 1954. Stroessner dominó el país hasta su derrocamiento en 1989, constituyéndose en la dictadura militar más larga y cruel de la historia de Paraguay. En 1993 se llevó a cabo la primera elección democrática y salió elegido Juan Carlos Wasmosy.

Heiner Heine / Photolibrary

El Paraguay de hoy

❯ En 2008, Fernando Lugo juró como presidente de la República. Su gobierno ha mantenido un país macroeconómicamente estable, proyectando una mejor imagen del país e intentando romper el miedo a invertir de los inversores extranjeros.

❯ Las agro exportaciones crecieron en el periodo 2007–2008 casi en un 60%. Con el bajo costo de la mano de obra y un precio bastante accesible de la tierra agrícola, el sector está siendo competitivo a nivel global.

❯ Gracias a un acuerdo binacional con Brasil, Paraguay cuenta con la represa hidroeléctrica más grande y poderosa del mundo: Itaipú. En 1995 fue incluida entre las siete maravillas del mundo moderno. En febrero de 2009 alcanzó el récord de quince millones de visitantes.

❯ En el 2010, Paraguay experimentó la mayor expansión económica de América Latina y la segunda más rápida del mundo, solo después de Catar.

¿COMPRENDISTE?

A. Hechos y acontecimientos. ¿Recuerdas los datos más importantes de la lectura? Para asegurarte, completa las siguientes oraciones.

1. El éxito de las reducciones jesuitas se debía a…

2. El resultado de la Guerra de la Triple Alianza para Paraguay fue…

3. En la Guerra del Chaco con Bolivia, Paraguay…

4. La dictadura de Alfredo Stroessner se caracteriza como…

5. Fernando Lugo ha mantenido un país…

6. El gobierno actual se ha esforzado en proyectar una mejor imagen del país para…

7. Itaipú es…

> **MEJOREMOS LA COMUNICACIÓN**
>
> | | |
> |---|---|
> | acoger | evangelización *(f.)* |
> | acuerdo | expulsión *(f.)* |
> | anexado(a) | fronterizo(a) |
> | artesanal | mano de obra *(f.)* |
> | decretar | proclamarse |
> | derrocamiento | represa |

B. A pensar y a analizar. Contesta las siguientes preguntas con dos o tres compañeros(as) de clase.

1. Paraguay tiene una tradición de gobernantes que ocupan el cargo por largos períodos de tiempo. ¿Por qué será? ¿Qué efecto tiene esto en la economía y en las distintas ramas de gobierno del país?

2. En varias ocasiones Paraguay ha tenido conflictos militares con sus vecinos. ¿Cuál será la causa de tantas dificultades con sus vecinos? ¿Por qué no habrá podido defenderse mejor en estos casos?

C. Apoyo gramatical: el infinitivo. Completa las oraciones siguientes según el modelo. **Atención:** a veces necesitas usar una preposición delante del infinitivo.

MODELO Los jesuitas _____ (comenzar / fundar) misiones en el siglo XVII.
        Los jesuitas comenzaron a fundar misiones en el siglo XVII.

1. Los jesuitas _____ (deber / vencer) muchos obstáculos para fundar sus misiones.

2. Los jesuitas _____ (conseguir / tener) treinta y dos misiones en Paraguay.

3. Los misioneros _____ (tratar / evangelizar) a la población local.

4. También los misioneros _____ (proponerse / ofrecer) instrucción a los guaraníes.

5. Los indígenas _____ (aprender / tocar) instrumentos musicales.

6. Los jesuitas _____ (enseñar / mejorar) el cultivo de vegetales.

D. Redacción colaborativa. En grupos de dos o tres, escriban una composición colaborativa de una a dos páginas sobre el tema que sigue. Escriban primero una lista de ideas, organícenlas en un borrador, revisen las ideas, la acentuación y ortografía y escriban la versión final.

> Dos dictadores monopolizaron el poder en Paraguay durante décadas: Carlos Antonio López (1841–1862) y Alfredo Stroessner (1954–1989). ¿Por qué habrá sido la dictadura un sistema frecuente en América Latina? ¿Existe este tipo de gobierno en la historia de este país? ¿Por qué sí o por qué no?

Gramática 5.1: Antes de hacer esta actividad, conviene repasar esta estructura en las págs. 241–243.

Augusto Roa Bastos

Uno de los más destacados literatos de América Latina del siglo XX, Augusto Roa Bastos (1917–2005) es muy conocido por su novela *Yo el supremo*. La crítica del poder y del autoritarismo constituye el tema central de sus obras, que han sido traducidas, por lo menos, a veinticinco idiomas. En sus propias palabras: "El poder constituye un tremendo estigma, una especie de orgullo humano que necesita controlar la personalidad de otros. Es una condición antilógica que produce una sociedad enferma. La represión siempre produce el contragolpe de la rebelión. Desde que era niño sentí la necesidad de oponerme al poder, al bárbaro castigo por cosas sin importancia, cuyas razones nunca se manifiestan". A lo largo de su carrera, Roa Bastos recibió varios premios, entre ellos el Premio Cervantes (1989), el Premio Nacional de Literatura (1955) y la condecoración José Martí del gobierno cubano (2003).

© Juan Britos / LatinFocus.com

Luis Bordón

Courtesy of Fabian Samaniego

Luis Bordón (1926–2006) fue un estilista incomparable del arpa paraguaya. Apoyado e impulsado por su padre, desde muy temprana edad empezó con sus estudios del arpa paraguaya y al poco tiempo su virtuosismo hizo que la tocara como pocos, imponiendo un estilo delicado y particular. El éxito alcanzado con sus trabajos discográficos le hizo acreedor de ocho discos de oro y numerosos galardones, entre los que destaca la medalla *Orbis Guaraniticus*, que le concedió la UNESCO en 2001, especialmente diseñada para las personalidades del arte y de la cultura de fama internacional. Sus discos han sido lanzados en ceremonias especiales realizadas en los Estados Unidos, Francia, España, Portugal, Holanda, Japón y por toda Sudamérica. Aunque sus dedos ya no se deslicen con magia y delicadeza por las cuerdas de su arpa, su música ha quedado inmortalizada para todos los amantes del arpa paraguaya.

Luz María Bobadilla

Esta mujer es una brillante intérprete de la guitarra clásica paraguaya. Nació en Asunción en el seno de una familia de músicos. Por su talento innato, ha sido calificada por la prensa internacional como una intérprete de exquisita sensibilidad y exhaustivo dominio técnico, siendo elogiada por la revista *Classical Guitar* de Londres (Edición Junio/2000). Ha llevado sus interpretaciones a célebres escenarios de Europa, América, El Cairo y Tel Aviv. Entre los muchos premios y distinciones que ha recibido, cabe destacar la distinción "Artista Internacional del Año", con el galardón Medalla de Oro, que le concedió el *International Biographical Centre* de Cambridge, Inglaterra, en 2003. Su indiscutida calidad interpretativa y sus conocimientos de la guitarra clásica la llevaron a dictar clases maestras en escuelas y universidades de música de distintos países.

Martin Miguel Crespo

Otros paraguayos sobresalientes

Delfina Acosta: poeta, narradora y periodista

Margot Ayala: novelista (guaraní)

Susy Delgado: novelista (guaraní)

Modesto Escobar Aquino: poeta y compositor (guaraní)

René Ferrer: poeta, narradora y ensayista

Nila López: periodista, actriz, catedrática y poeta

Carlos Martínez Gamba: poeta y escritor (guaraní)

Félix Pérez Cardoso: arpista

Josefina Plá (1909–1999): poeta, dramaturga, narradora, ensayista, ceramista, crítica de arte y periodista

José María Rivarola Matto: dramaturgo

Héctor Rodríguez Alcalá: ensayista

Ramón R. Silva: poeta y compositor (guaraní)

¿COMPRENDISTE?

A. Los nuestros. Contesta estas preguntas con un(a) compañero(a).

1. Augusto Roa Bastos vivió muchos años en el exilio. ¿Por qué crees que tuvo que salir de su país? ¿Qué peligro representaba un escritor como él?

2. ¿Qué hizo de Luis Bordón uno de los máximos exponentes del arpa paraguaya? ¿Te parece justo que se premie a personas destacadas en el arte y la cultura? ¿Por qué?

3. ¿Crees que Luz María Bobadilla necesitó un talento especial para destacarse en la guitarra clásica? ¿Qué distingue a los verdaderos artistas de los que no lo son a pesar de haber estudiado mucho?

B. Miniprueba. Demuestra lo que aprendiste de estos talentosos paraguayos al completar estas oraciones.

1. El tema principal de las obras de Augusto Roa Bastos es _____.
   a. el poder   b. la rebelión   c. el castigo

2. En 2001, el arpista Luis Bordón recibió de la UNESCO la medalla *Orbis Guaraniticus* diseñada para artistas de fama _____.
   a. internacional   b. discográfica   c. inmortalizada

3. Luz María Bobadilla es una brillante intérprete _____ paraguaya.
   a. del arpa   b. de la música   c. de la guitarra clásica

 ¡Diviértete en la red!
Busca "Augusto Roa Bastos", "Luis Bordón" y/o "Luz María Bobadilla" en YouTube para escuchar entrevistas o música y ver videos de estos talentosos paraguayos. Ve a clase preparado(a) para presentar lo que seleccionaste ver o escuchar.

Letras problemáticas: la j

La **j** tiene solo un sonido, /x/, que es idéntico al sonido de la **g** en las combinaciones **ge** y **gi.** Observa cómo se escribe este sonido al escuchar a tu profesor(a) leer las siguientes palabras.

/x/

jardines	ojo
mestizaje	judíos
dijiste	

La letra j. Escucha mientras tu profesor(a) lee las siguientes palabras. Escribe las letras que faltan en cada una.

1. ___ ___ n t a
2. f r a n ___ ___
3. e x t r a n ___ ___ r o
4. l e n g u a ___ ___

5. h o m e n a ___ ___
6. p o r c e n t a ___ ___
7. ___ ___ b ó n
8. t r a ___ ___

Escritura con la letra j La **j** siempre se escribe en ciertas terminaciones y formas del verbo.

> En las terminaciones **-aje, -jero** y **-jería:**

aprendiz**aje**	ca**jero**	bru**jería**
mestiz**aje**	extran**jero**	relo**jería**

> En el pretérito de los verbos irregulares terminados en **-cir,** del verbo **traer** y verbos relacionados (por ejemplo, **atraer, contraer, extraer**) y de verbos regulares cuyo radical termina en **j:**

produ**je** (de **producir**)	di**je** (de **decir**)	fi**jé** (de **fijar**)
redu**je** (de **reducir**)	tra**je** (de **traer**)	trabа**jé** (de **trabajar**)

¡A practicar!

A. **Práctica con la letra j.** Escucha mientras tu profesor(a) lee las siguientes palabras. Escribe las letras que faltan en cada una.

1. c o n s e ___ ___ ___ ___
2. r e d u ___ ___ ___ ___ ___
3. d i ___ ___
4. r e l o ___ ___ ___ ___

5. c o n d u ___ ___ ___ ___
6. p a i s a ___ ___
7. r e l o ___ ___ ___ ___
8. t r a ___ ___ ___ ___

B. **¡Ay, qué torpe!** Gabriel escribió este párrafo con algunos errores de acentuación en las palabras que llevan la letra **j.** Encuentra las diez palabras con errores y corrígelas.

En algunas sociedades indígenas, las hijas son las dueñas y herederas de la tierra. Al casarse, el marido tiene que vivir en la casa de los padres de la novia y trabajar para su suegro. Por lo tanto, cada familia desea tener más hijas que hijos. Un caso típico, en la sociedad cuna de Panamá, fue el de María Juárez Mejía, hija de José Jesus Juárez y de Julieta Mejía. Casada con Joaquin Jímenez, trabajo tanto como él pero siempre se la consideró mejor que el esposo. Ella manejo el dinero y llevó a cabo mejorias en la casa y el járdin. Por su parte, él jamás se quejo, ya que ésa es la tradición ancestral y siempre ejecuto sus labores con entusiasmo.

La tradición oral: los refranes

Los refranes son proverbios o dichos que forman parte de la rica tradición oral del mundo hispano. En muy pocas palabras estos dichos reflejan la experiencia y la sabiduría de todo un pueblo. A través de los siglos los refranes han pasado a formar pequeños compendios del comportamiento humano y guías para la vida cotidiana.

En el mundo hispanohablante los adultos, en particular los abuelos, tienden con frecuencia a educar a los niños usando estos dichos sabios de la tradición oral. Así, cuando una jovencita empieza a poner demasiado énfasis en las últimas modas, es muy probable que alguien le diga: "Aunque la mona se vista de seda, mona se queda". O cuando se le quiere enseñar a un niño que es importante ser generoso con todo el mundo, lo más normal es decirle: "Haz bien y no mires a quién".

A. Refranes. Escoge las definiciones de la segunda columna que corresponden a los refranes de la primera columna.

_____ 1. No todo lo que brilla es oro.

_____ 2. El que anda con lobos a aullar se enseña.

_____ 3. Del dicho al hecho hay un gran trecho.

_____ 4. Al que parte y reparte le toca la mayor parte.

_____ 5. Perro que ladra no muerde.

_____ 6. En boca cerrada no entran moscas.

_____ 7. De la cuchara a la boca se cae la sopa.

_____ 8. De tal palo, tal astilla.

_____ 9. Al buen entendedor pocas palabras.

_____ 10. Cada cabeza es un mundo.

_____ 11. Más vale prevenir que lamentar.

_____ 12. Pájaro en mano vale por cien volando.

a. Los hijos siempre se parecen a sus padres.

b. Cada persona tiene sus propias ideas.

c. Es preferible tener algo concreto que solo un sueño.

d. Las apariencias engañan.

e. Es preferible pensar primero en las consecuencias que después quejarse.

f. A la persona que sabe le sobran las explicaciones.

g. Hay personas que gritan pero no actúan.

h. El que tiene control obtiene los mayores beneficios.

i. Hay una gran diferencia entre lo que se dice y se hace.

j. Hay que hablar con prudencia y moderación.

k. Uno aprende los hábitos de los amigos.

l. Muchas veces los planes ya decididos no resultan.

B. Tradición oral en mi familia. ¿Quiénes en tu familia se esfuerzan por mantener viva la tradición oral con respecto a los refranes? Pregúntales a tus familiares si saben algunos refranes que sus padres o sus abuelos usaban. Si así es, anótalos y compártelos con la clase.

¡LUCES! ¡CÁMARA! ¡ACCIÓN!

Paraguay: al son del arpa paraguaya

Antes de empezar el video

© Cengage Learning 2012

En parejas. Contesten las siguientes preguntas en parejas.

1. ¿Qué significa el arpa para Uds.? ¿Qué tipo de música se toca en el arpa? ¿Dónde tiende a escucharse la música del arpa?

2. ¿Les gustaría vivir en un país bilingüe? ¿Por qué? ¿Les gustaría ser bilingües? ¿Por qué sí o no?

Después de ver el video

A. Al son del arpa paraguaya. Contesta las siguientes preguntas con un(a) compañero(a) de clase.

1. ¿A qué comparan muchos paraguayos los sonidos del arpa?

2. ¿Qué lenguas se hablan en Paraguay?

3. ¿En qué consiste la dualidad de la vida paraguaya?

4. ¿Qué relación hay entre los jesuitas y los indígenas guaraníes?

5. ¿Qué importancia tiene la "puntera" de un arpa?

B. A pensar y a interpretar. Contesta las siguientes preguntas.

1. ¿Por qué crees que es tan importante para los paraguayos preservar las tradiciones guaraníes?

2. En tu opinión, ¿por qué sigue siendo tan popular en el país la música del arpa paraguaya?

C. Apoyo gramatical: las formas del presente de subjuntivo y el uso del subjuntivo en las cláusulas principales. Completa las oraciones con la forma apropiada del presente de subjuntivo para saber lo que piensan dos jóvenes paraguayos acerca de sus responsabilidades y de las responsabilidades de los gobernantes.

1. Ojalá que nosotros no (1) _____ (perder) el gusto por nuestra música tradicional, que (2) _____ (conservar) nuestras tradiciones, que (3) _____ (mantener) vivo el idioma guaraní y que (4) _____ (ingresar) con éxito en la sociedad de nuestro país.

2. Sí, y ojalá que los gobernantes (5) _____ (dar) acceso a la educación a todos, que (6) _____ (combatir) el ausentismo escolar, que (7) _____ (crear) fuentes de trabajo y que (8) _____ (mejorar) el sistema educacional.

Gramática 5.2: Antes de hacer esta actividad conviene repasar esta estructura en las págs. 244–251.

¡Antes de leer!

A. Anticipando la lectura. Contesta las siguientes preguntas con dos compañeros(as) de clase. Luego, comparen sus respuestas con las de otros grupos.

1. Piensen en alguna persona que conocen que fue adoptada. ¿Vive todavía con sus padres adoptivos?

2. ¿Conoce esa persona a sus padres biológicos? Si no, ¿por qué no? Si sí los conoce, ¿qué opina de ellos?

3. ¿Creen Uds. que sería difícil ser hijo(a) adoptivo(a)? ¿Por qué? Si Uds. lo fueran, ¿les gustaría saber quiénes eran sus padres biológicos? ¿Estarían dispuestos(as) a conocerlos si ellos se presentaran? ¿Por qué?

4. ¿Qué opinan Uds. de los hijos adoptivos que rehúsan conocer a sus padres biológicos? ¿Tendrán razón o no? Expliquen sus respuestas.

5. ¿Qué opinan Uds. de las personas adoptadas que se pasan toda la vida buscando a sus padres biológicos? ¿Lo harían Uds.? ¿Por qué sí o no?

B. Vocabulario en contexto. Busca estas palabras en la lectura que sigue y, en base al contexto, decide cuál es su significado. Para facilitar el encontrarlas, las palabras aparecen en negrilla en la lectura.

1. **susurraba**	a. murmuraba	b. gritaba	c. explicaba
2. **se estremeció**	a. se asustó	b. se sorprendió	c. se alteró
3. **suelen**	a. acostumbran	b. evitan	c. no les gusta
4. **demoras**	a. tardanzas	b. dificultades	c. reacciones
5. **extenuada**	a. informada	b. agotada	c. perdida
6. **perturbarte**	a. decirte	b. confundirte	c. inquietarte

Sobre la autora

Milia Gayoso es cuentista, periodista y poeta. Nació en 1962 en Villa Hayes y forma parte de una joven generación de mujeres paraguayas nacidas después de 1955 que comenzaron a publicar sus obras en la década de los 90. Estudió periodismo en la Universidad Nacional de Asunción (1985) y colabora regularmente para el periódico *Hoy*. La problemática de sus cuentos está tratada con una especial sensibilidad propia de la mujer que pretende denunciar la injusticia humana desde el espacio interior y cerrado de las intimidades de un hogar. Sus protagonistas son antihéroes que se mueven en ambientes urbanos —los relatos tienen lugar generalmente en la ciudad de Asunción o de Villa Hayes.

Courtesy Milia Gayaso Manzur

Ha publicado ya cuatro libros de cuentos: *Ronda en las olas* (1990), *Un sueño en la ventana* (1991), *El peldaño gris* (1995) y *Cuentos para tres mariposas* (1996).

Elisa

Quise salir corriendo, sin rumbo, **quise morir, que me tragara la tierra. Quise no haber existido nunca cuando lo supe. Ella me tiró, me sacó de su vida, me dejó y luego desapareció. Y ahora vuelve y me busca, quiere tratar de explicar lo inexplicable; yo no la quiero oír, quiero que se marche.**

Ya me lo habían dicho varias veces en la escuela, o sea, me lo habían insinuado suavemente algunas compañeras, y con maldad otras, pero papá decía que no tenía que darle importancia a las habladurías. «Te envidian», **susurraba**, mientras me apretaba contra su pecho.

Una vez le planteé seriamente a mamá: «dicen que no soy hija de ustedes, que soy adoptada; por favor contame la verdad», y ella **se estremeció**, preguntó quién me lo había dicho y cuando se lo conté dijo que era una tontería. «Claro que sos nuestra hija; de lo contrario, ¿cómo te explicás que te queramos tanto?» Y salió de la habitación, pero a mí me quedó una sensación de **vacío** que no supe explicarme, quizás porque ella no es tan cariñosa como papá. Sí, me quiere, eso lo sé bien.

Mis amigas **suelen** decir siempre que tengo una familia hermosa: mis padres están en buena posición económica, son alegres y afectuosos; papá mucho más que mamá pero, a cambio de las demostraciones, ella suele sentarse a conversar conmigo sobre mis amigas, el colegio, las cosas nuevas que quiero y planeamos juntas mi fiesta de quince años, que va a ser el próximo año. Es una buena mamá, pero él es especial, sé que me adora.

Pero mi vida rosa cambió. Un sábado no me dejaron salir a la tarde porque según dijeron «venía una visita», que se presentó a las cuatro de la tarde. La visita era una mujer morena, un poco gorda y no muy bien vestida. Fueron rápidos, sin rodeos; sin **demoras** me tiraron la verdad a la cara. Que no soy hija de ellos sino de la mujer y de vaya a saber quién, que yo no soy Delicia Saravia, sino… quizás ni siquiera había tenido tiempo de ponerme nombre. Dijo que me había dado porque no podía criarme porque… no quise oír más y salí corriendo hacia mi habitación, a hundir mi cara contra el colchón, aunque hubiera querido continuar hasta quedar **extenuada**, lejos.

Ella me dejó una carta, escrita con letra desigual e infantil. Ella se llama Elisa y, ¡hablaba de tanto amor!, pero no le creí. Durante los días siguientes, seguí recibiendo cartas; en ellas me explicaba una y otra vez que estaba sola, sin trabajo, sin familia, que no quiso abortar y optó por darme a una buena familia. Mis padres, ¿mis padres?, estaban callados; trataron de explicar pero no quise oírles. Estaba furiosa, no sé con quién pero furiosa.

Continuaron llegando cartas que decían lo mismo: que estuvo sola, que estuvo tan triste, sola, triste, sola, triste… Papá me habló ayer y dijo que el amor de ellos está intacto, que yo soy el verdadero amor en esta casa, que me acogieron con afecto, que eligieron que fuera su hija.

Recibí otra carta de Elisa. «No quise **perturbarte**, ni llevarte de allí, tenía una inmensa necesidad de verte y darte un abrazo y que por una vez en la vida me digas mamá, solo eso mi bebé y después me iría, y resulta que me voy sin abrazo, sin esa palabra que hace años quiero oír y con tu odio».

No terminé la carta; lo llamé a papá al trabajo y le pedí que me llevara a despedirme de ella.

¡Después de leer!

A. Hechos y acontecimientos. ¿Recuerdas los datos más importantes de la lectura? Para asegurarte, contesta las siguientes preguntas. Luego, compara tus respuestas con las de un(a) compañero(a) de clase.

1. ¿Qué problemática trata el cuento de Milia Gayoso?

2. ¿En qué persona y en qué tiempo verbal está narrado el relato?

3. ¿Por qué algunas frases aparecen entre comillas en el texto?

4. ¿Aparece el nombre de la narradora-protagonista en el relato?

5. ¿Cómo son los padres adoptivos de Delicia? ¿Con cuál de los dos se siente mejor y por qué?

6. ¿Cómo es su madre biológica? ¿Qué siente Delicia hacia ella?

7. ¿Cómo se siente la joven cada vez que recibe una carta de Elisa?

8. ¿Por qué llama a su padre al final?

B. A pensar y a analizar. Contesta las siguientes preguntas con un(a) compañero(a) de clase. Luego, comparen sus respuestas con las de otras parejas.

1. ¿Creen Uds. que los nombres Delicia y Elisa tienen algo en común? ¿Qué y por qué?

2. ¿Por qué creen Uds. que Delicia se siente avergonzada de ser hija de Elisa?

3. ¿Habrá en Latinoamérica un cierto menosprecio por una persona adoptada? ¿Por qué creen eso? ¿Lo hay en los EE.UU.? Expliquen.

C. Apoyo gramatical: las formas del presente de subjuntivo y el uso del subjuntivo en las cláusulas principales. Completa las siguientes oraciones para enterarte de algunos de los temores de Delicia Saravia antes de conocer a su madre biológica.

1. Ojalá que mis padres no me _____ (ocultar) la verdad.

2. Ojalá que mis padres no me _____ (mentir).

3. Ojalá que yo no _____ (ser) una hija adoptada.

4. Ojalá que mis padres no me _____ (querer) solo porque soy adoptada.

5. Ojalá que mis compañeras no _____ (decir) cosas sobre mí por maldad.

6. Ojalá que esta señora morena, un poco gorda que nos visita _____ (saber) algo de mi vida.

7. Ojalá yo _____ (poder) sobrevivir a este choque que he sufrido.

D. El análisis literario: el elemento emocional. Las obras de ficción son el vehículo para expresar las numerosas emociones experimentadas por los diferentes personajes. La gama emocional humana es enorme: alegría, dolor, júbilo, pena, enojo, ira, esperanza, celos y muchas otras emociones. En grupos de cuatro o cinco compañeros(as), examinen cuidadosamente las emociones experimentadas por Delicia Saravia. Hagan una lista de estas emociones y traten de comprender por qué se siente de esa manera y qué puede hacer para superar las crisis emocionales que la asaltan.

Gramática 5.2: Antes de hacer esta actividad conviene repasar esta estructura en las págs. 244–251.

5.1 El infinitivo

¡A que ya lo sabes!

Tú y un amigo acaban de regresar de su primer viaje a Paraguay. ¿Qué te dice cuando le preguntas si piensa regresar? Mira los siguientes pares de oraciones y decide, en cada par, cuál de las dos oraciones te suena bien, la primera o la segunda.

1. a. Es imposible no *regresar*.

   b. Es imposible no *regreso*.

2. a. *Insisto regresar* en el verano.

   b. *Insisto en regresar* en el verano.

> Para más práctica, haz las actividades de **Gramática en contexto** (sección 5.1) del *Cuaderno para los hispanohablantes.*

Seguramente todos seleccionaron la primera oración en el primer par y la segunda en el segundo par. Eso es porque todos Uds. tienen un conocimiento tácito del uso del infinitivo. Sigan leyendo y van a precisar mejor ese conocimiento.

El infinitivo puede usarse:

❯ como el sujeto de la oración. El artículo definido **el** puede preceder al infinitivo.

> **El visitar** las ruinas jesuíticas de Trinidad fascina a todo el mundo. (A todo el mundo le fascina **visitar** las ruinas jesuíticas de Trinidad.)
>
> Es difícil **reformar** los sistemas políticos. (**Reformar** los sistemas políticos es difícil.)

❯ como el objeto de un verbo. En este caso, algunos verbos requieren una preposición delante del infinitivo.

Verb + *a* + Infinitivo	Verb + *de* + Infinitivo	Verb + *con* + Infinitivo	Verb + *en* + Infinitivo
aprender a	acabar de	contar con	insistir en
ayudar a	acordarse de	soñar con	pensar en
comenzar a	dejar de		
decidirse a	quejarse de		
empezar a	tratar de		
enseñar a	tratarse de		
volver a			

La visita al Panteón de los Héroes me **ayudó a entender** mejor la historia de Paraguay.

Víctor **insiste en volver a hacer** una visita al mercado artesanal La Recova.

Sueño con visitar Encarnación durante la época del carnaval.

Nota para hispanohablantes

En algunas comunidades de hispanohablantes hay una tendencia a no usar o a intercambiar las preposiciones que acompañan estos verbos, frecuentemente por influencia del inglés. De esta manera, en vez de decir **soñar con hacer algo (soñé con comprar el anillo)** o **tratar de** + infinitivo **(tratamos de poner atención),** dicen: *Yo soñé de ti anoche.* o *Tratamos (a) poner atención.* Es importante usar siempre las preposiciones apropiadas con estos verbos fuera de esas comunidades y en particular al escribir.

❯ como el objeto de una preposición.

> Los jesuitas fundaron misiones **para evangelizar** a la población local **sin desatender** la cultura indígena.
>
> Ayer, **después de cenar,** mis amigos y yo salimos a dar un paseo.

Nota para bilingües

Tras una preposición, en inglés se usa la forma verbal terminada en *-ing,* no el infinitivo: *After eating,* we went for a *walk* = Después de comer, fuimos de paseo.

> La construcción **al** + infinitivo indica que dos acciones ocurren al mismo tiempo. Equivale a **en el momento en que** o **cuando.**
>
> **Al llegar** al Museo del Barro, descubrí que estaba cerrado. (En el momento en que llegué / Cuando llegué…)

Nota para bilingües

Esta construcción equivale al inglés *upon/on* + verbo terminado en *-ing* o una oración introducida por *when: Upon/On reaching the town hall,… ; When I reached the town hall,…*

❯ como un mandato impersonal. Esta construcción aparece frecuentemente en letreros.

No **fumar.**   No **estacionar.**

Ahora, ¡a practicar!

A. Valores. Tú y tus amigos mencionan valores que son importantes.

> **MODELO** importante / tener objetivos claros
> **Es importante tener objetivos claros.**

1. esencial / respetar a los amigos

2. necesario / seguir sus ideas

3. indispensable / tener una profesión

4. fundamental / luchar por sus ideales

5. bueno / saber divertirse

6. … (*añade otros valores*)

B. Letreros. Trabajas en un museo y tu jefe te pide que prepares nuevos letreros, esta vez usando mandatos impersonales.

MODELO No abra esta puerta.
No abrir esta puerta.

1. No haga ruido.

2. Guarde silencio.

3. No toque los artefactos.

4. No fume.

5. No saque fotografías en la sala.

C. Opiniones. Tú y tus amigos expresan diversas opiniones acerca de la guerra.

MODELO todos nosotros / tratar / evitar las guerras
Todos nosotros tratamos de evitar las guerras.

1. todo el mundo / desear / evitar las guerras

2. la gente / soñar / vivir en un mundo sin guerras

3. los pueblos / necesitar / entenderse mejor

4. los diplomáticos / tratar / resolver los conflictos

5. la gente / aprender / convivir en situaciones difíciles durante una guerra

6. el fanatismo / ayudar / prolongar las guerras

7. los extremistas / insistir / imponer sus ideas intolerantes

D. Viaje inolvidable. Completa la siguiente narración de Marisol, quien visita Paraguay, sobre un viaje accidentado hacia un pueblo paraguayo. Cuando sea necesario, emplea una preposición apropiada.

De vez en cuando Isabel y yo tratamos (1) _____ salir y conocer los pueblos pintorescos de la región. El domingo pasado decidimos (2) _____ aceptar la invitación de unos amigos paraguayos. Acababan (3) _____ comprar un auto usado —"como nuevo", nos aseguraron— y querían (4) _____ mostrarnos un pueblo vecino. Isabel y yo soñábamos (5) _____ gozar de un viaje interesante y descansado. A mitad de camino empezó (6) _____ llover a cántaros. Por supuesto, no contábamos (7) _____ tener un día de lluvia. Nosotros queríamos dejar (8) _____ viajar, pero nuestros amigos nos aseguraron que el tiempo iba (9) _____ cambiar. La situación cambió… para peor. Se pinchó un neumático. Con gusto habríamos ayudado (10) _____ cambiar el neumático, pero no tenían neumático de repuesto. La historia es larga, pero el resultado final es que nunca pudimos (11) _____ llegar al pueblo ese. Desde entonces, cuando esos amigos insisten (12) _____ invitarnos a dar una vuelta en coche, siempre nos quejamos (13) _____ tener mucho que hacer.

E. Robo. Hubo un robo en el Banco Guatemala ayer y tú fuiste uno de los testigos. Usa el dibujo para describir lo que pasó.

¡Quietos todos!

5.2 Las formas del presente de subjuntivo y el uso del subjuntivo en las cláusulas principales

¡A que ya lo sabes!

Para más práctica, haz las actividades de **Gramática en contexto** (sección 5.3) del *Cuaderno para los hispanohablantes*.

Según tu amigo Epi, ¿qué consejos les dio la profesora de español al terminar la clase hoy y qué dijo cuando le preguntaron si hay estudiantes paraguayos en la universidad? Mira los siguientes pares de oraciones y decide, en cada par, cuál de las dos oraciones suena bien, la primera o la segunda.

1. a. Es necesario que nosotros *aprendamos* bien las formas del subjuntivo.

   b. Es necesario que nosotros *apréndamos* bien las formas del subjuntivo.

2. a. Es importante que nosotros *durmamos* siete u ocho horas cada noche.

   b. Es importante que nosotros *duérmanos* siete u ocho horas cada noche.

3. a. Es posible que *haya* estudiantes paraguayos en nuestra universidad.

   b. Es posible que *haiga* estudiantes paraguayos en nuestra universidad.

¿Todos acertaron y escogieron la primera oración de cada par? Bueno si no todos, la mayoría debe de haber seleccionado esas oraciones. ¿Ven como la tarea se facilita cuando se han internalizado las formas del presente de subjuntivo? Pero sigan leyendo y ese conocimiento tácito será aun más sólido.

> Los dos modos verbales principales del español son el indicativo y el subjuntivo. El modo indicativo narra o describe algo que se considera definido, objetivo o real. El modo subjuntivo expresa emociones, dudas, juicios de valor o incertidumbre acerca de una acción.

> Asunción **tiene** un clima subtropical. (**Indicativo**)
>
> Quizás Asunción **tenga** el clima más caluroso de todas las capitales latinoamericanas. (**Subjuntivo**)

> El subjuntivo, de uso frecuente en español, aparece generalmente en cláusulas subordinadas introducidas por **que**.

> Dudo **que** tus amigos **sepan** quién es Luis Bordón.

Formas

Verbos en *-ar*	Verbos en *-er*	verbos en *-ir*
progresar	aprender	vivir
progrese	aprenda	viva
progreses	aprendas	vivas
progrese	aprenda	viva
progresemos	aprendamos	vivamos
progreséis	aprendáis	viváis
progresen	aprendan	vivan

❯ Para formar el presente de subjuntivo de todos los verbos regulares y de la mayoría de los verbos irregulares, se quita la terminación **-o** de la primera persona del singular del presente de indicativo y se agregan las terminaciones apropiadas. Nota que todas las terminaciones de los verbos terminados en **-ar** tienen en común la vocal **-e,** mientras que todas las terminaciones de los verbos terminados en **-er** e **-ir** tienen en común la vocal **-a.**

❯ La mayoría de los verbos que tienen una raíz irregular en la primera persona del singular del presente de indicativo mantienen la misma irregularidad en todas las formas del presente de subjuntivo. Los siguientes son algunos ejemplos.

conocer (**conozco**): conozca, conozcas, conozca, conozcamos, conozcáis, conozcan
decir (**digo**): diga, digas, diga, digamos, digáis, digan
hacer (**hago**): haga, hagas, haga, hagamos, hagáis, hagan
influir (**influyo**): influya, influyas, influya, influyamos, influyáis, influyan
proteger (**protejo**): proteja, protejas, proteja, protejamos, protejáis, protejan
tener (**tengo**): tenga, tengas, tenga, tengamos, tengáis, tengan

Verbos con cambios ortográficos

Algunos verbos requieren un cambio ortográfico para mantener la pronunciación de la raíz. Los verbos que terminan en **-car, -gar, -guar** y **-zar** tienen un cambio ortográfico en todas las personas.

c ⟶ qu	sacar: saque, saques, saque, saquemos, saquéis, saquen
g ⟶ gu	pagar: pague, pagues, pague, paguemos, paguéis, paguen
u ⟶ ü	averiguar: averigüe, averigües averigüe, averigüemos, averigüéis, averigüen
z ⟶ c	alcanzar: alcance, alcances, alcance, alcancemos, alcancéis, alcancen

Otros verbos en estas categorías:

atacar	entregar	atestiguar	comenzar (ie)
indicar	jugar (ue)		empezar (ie)
tocar	llegar		almorzar (ue)

Nota para hispanohablantes

Hay una tendencia dentro de algunas comunidades de hispanohablantes a acentuar la última sílaba de la raíz en la primera persona plural del presente de subjuntivo de los verbos con cambios ortográficos también. Por ejemplo, en vez de usar las formas **saquemos, paguemos** y **averigüemos,** usan *sáquemos, páguemos* y *averígüemos* o *sáquenos, páguenos* y *averígüenos.* Es importante evitar este uso fuera de esas comunidades y en particular al escribir.

Verbos con cambios en la raíz

› Los verbos con cambios en la raíz que terminan en **-ar** y en **-er** tienen los mismos cambios en la raíz en el presente de subjuntivo que en el presente de indicativo. Recuerda que todas las formas cambian, excepto **nosotros** y **vosotros.** (Consúltese la *Lección 2,* págs. 73–75 para una lista de verbos con cambios en la raíz.)

pensar	*volver*
e ⟶ ie	o ⟶ ue
piense	vuelva
pienses	vuelvas
piense	vuelva
pensemos	volvamos
penséis	volváis
piensen	vuelvan

Nota para hispanohablantes

Hay una tendencia dentro de algunas comunidades de hispanohablantes a acentuar la última sílaba y cambiar la raíz de la primera persona plural del presente de subjuntivo de los verbos con cambios en la raíz. Por ejemplo, en vez de usar las formas **pensemos** y **volvamos,** usan *piénsemos* y *vuélvamos* o *piénsenos* y *vuélvanos.* Es importante evitar este uso fuera de esas comunidades y en particular al escribir.

› Los verbos con cambios en la raíz terminados en **-ir** tienen los mismos cambios en la raíz en el presente de subjuntivo que en el presente de indicativo, excepto que las formas correspondientes a **nosotros** y **vosotros** tienen un cambio adicional de **e** a **i** y de **o** a **u.**

mentir	*dormir*	*pedir*
e ⟶ ie, i	o ⟶ ue, u	e ⟶ i, i
mienta	duerma	pida
mientas	duermas	pidas
mienta	duerma	pida
mintamos	durmamos	pidamos
mintáis	durmáis	pidáis
mientan	duerman	pidan

Verbos irregulares

> Los siguientes seis verbos, que no terminan en **-o** en la primera persona del singular del presente de indicativo, son irregulares en el presente de subjuntivo. Nota los acentos escritos en algunas formas de **dar** y **estar**.

haber	ir	saber	ser	dar	estar
haya	vaya	sepa	sea	dé	esté
hayas	vayas	sepas	seas	des	estés
haya*	vaya	sepa	sea	dé	esté
hayamos	vayamos	sepamos	seamos	demos	estemos
hayáis	vayáis	sepáis	seáis	deis	estéis
hayan	vayan	sepan	sean	den	estén

*Advierte que "haya" es la forma del presente de subjuntivo que corresponde a la forma "hay" del presente de indicativo: Sé que **hay** una tienda en esa esquina. Dudo que **haya** una tienda en esa esquina.

Ahora, ¡a practicar!

A. Visita a San Bernardino. Menciona las sugerencias que un amigo paraguayo les hace a tus amigos y a ti que desean visitar la ciudad de San Bernardino.

> **MODELO** no viajar en un día de calor extremo
> **Les sugiero que no viajen en un día de calor extremo.**

1. dar un paseo en lancha por el lago Ypacaraí
2. mirar las fotografías históricas del Hotel del Lago en San Bernardino
3. no dejar de visitar el museo histórico de la Casa Hassler
4. asistir a un taller de artesanos
5. explorar los pueblos vecinos a San Bernardino
6. llevar de recuerdo un artículo con tejido ñandutí
7. admirar las artesanías de oro o plata en el pueblo de Luque
8. sacar muchas fotografías

B. Opiniones contrarias. Tú y tu compañero(a) expresan opiniones opuestas sobre lo que es bueno para el desarrollo de Paraguay.

> **MODELO** seguir desarrollando la energía hidroeléctrica
> *Tú:* **Es bueno que sigan desarrollando la energía hidroeléctrica.**
> *Compañero(a):* **Es malo que sigan desarrollando la energía hidroeléctrica.**

1. exportar más productos
2. reducir las importaciones
3. subir los precios de productos de lujo
4. reformar el sistema educativo
5. explotar los recursos naturales
6. limitar el crecimiento urbano
7. continuar como miembro de MERCOSUR
8. prestar más atención a Asunción que a otras regiones

C. Recomendaciones. Di lo que tus padres les recomiendan a tu hermana y a ti, ya que les gustaría ser músicos. Selecciona la forma que consideras más apropiada.

Nos recomiendan que (1) (estúdiemos/estudiemos) todos los días y que (2) (sacemos/saquemos) buenas notas y que (3) (escuchemos/escúchenos) los consejos de nuestros profesores. También nos recomiendan que (4) (practiquemos/practicemos) regularmente y que (5) (vayamos/váyamos) a conciertos de música. También nos dicen que (6) (vemos/veamos) videos de artistas y que nos (7) (esforzemos/esforcemos) por superarnos. Y sobre todo, que (8) (seamos/séanos) responsables y que (9) (tengamos/ténganos) paciencia. Ya llegará nuestro momento.

El subjuntivo en las cláusulas principales

¡A que ya lo sabes!

Paquito y Robertito, quienes querrían ser periodistas, están platicando sobre su futuro. ¿Qué estarán diciendo? Mira los siguientes pares de oraciones y decide, en cada par, cuál de las dos te suena bien, la primera o la segunda.

1. a. Tenemos muchas dudas, pero quizá en el futuro *trabajamos* para una importante cadena de televisión.

   b. Tenemos muchas dudas, pero quizá en el futuro *trabajemos* para una importante cadena de televisión.

2. a. Ojalá *seamos* profesionales respetados y responsables.

   b. Ojalá *somos* profesionales respetados y responsables.

Seguramente escogieron la segunda oración en el primer par y la primera en el segundo par. Es fácil cuando existe un conocimiento tácito del uso del subjuntivo en las cláusulas principales. Pero sigan leyendo para que ese conocimiento sea aun más firme.

❯ El subjuntivo se usa siempre después de **ojalá (que)** porque significa **espero que**. El uso de **que** después de **ojalá** es optativo.

    Ojalá (que) yo **pueda** visitar la represa de Itapú algún día.

    Ojalá (que) te **recuerdes** de traerme un mantel de ñandutí.

> ### Nota para hispanohablantes
> Hay una tendencia dentro de algunas comunidades de hispanohablantes a cambiar de lugar el acento fonético de la palabra **ojalá** y decir *ójala*. Es importante evitar este uso fuera de esas comunidades y en particular al escribir.

❯ El subjuntivo se usa después de las expresiones **probablemente** y **a lo mejor, acaso, quizá(s)** y **tal vez** para indicar que algo es dudoso o incierto. El uso del indicativo después de estas expresiones indica que la idea expresada es definida, cierta o muy probable.

    Probablemente hable de mi viaje a Encarnación en la próxima clase. *(menos seguro)*

    Probablemente hablaré de mi viaje a Encarnación en la próxima clase. *(más seguro)*

    Tal vez mi hermano **viaje** a Paraguay pronto. *(menos seguro)*

    Tal vez mi hermano **viaja** a Paraguay pronto. *(más seguro)*

Ahora, ¡a practicar!

A. Preparativos apresurados. Eres periodista y tu jefe(a) te ha pedido que hagas un reportaje sobre Paraguay. Tienes que salir para allá lo más pronto posible.

MODELO el pasaporte estar al día

Ojalá que el pasaporte esté al día.

1. (yo) encontrar un vuelo para el sábado próximo

2. (yo) conseguir visa pronto

3. haber cuartos en un hotel de la parte histórica de Asunción

4. (yo) tener tiempo para visitar la represa de Itaipú

5. la computadora portátil funcionar sin problemas

6. (yo) poder entrevistar a muchas figuras artísticas importantes

7. el reportaje resultar todo un éxito

B. Planes. Di lo que tú y tus amigos esperan hacer para las vacaciones de primavera.

MODELO Mónica y yo / poder ir a Fort Lauderdale

Ojalá (que) Mónica y yo podamos ir a Fort Lauderdale.

1. Jaime, Carlos y Paco / encontrar un apartamento en la playa

2. Andrea / ir a visitar a sus padres en Maine

3. Marcos y su amigo / poder pasar una semana en las montañas

4. Natalia y tú / no tener que estudiar

5. mi novio(a) / ir a Fort Lauderdale también

6. las muchachas / elegir un lugar con artesanías interesantes

C. Suposiciones. Unos jóvenes paraguayos admiradores de la guitarrista clásica Luz María Bobadilla saben de su activa vida artística y hacen suposiciones sobre lo que hará próximamente.

> **MODELO** grabar un CD
>
> **Probablemente (Tal vez, Quizás, A lo mejor) grabe un CD.**

1. dar un nuevo concierto

2. viajar a un país extranjero

3. dictar una conferencia

4. colaborar con otros artistas paraguayos

5. asistir a una ceremonia oficial

6. enseñar en una universidad otra vez

7. preparar un nuevo álbum

8. organizar algo especial para el programa radial que ella tiene

D. Indecisión. Un(a) compañero(a) de clase te pregunta lo que vas a hacer el próximo fin de semana. Como no estás seguro(a), no puedes darle una respuesta definitiva. Por eso, le mencionas cuatro o cinco posibilidades.

> **MODELO** **Quizás (Tal vez, Probablemente) vaya al cine.**

Uruguay

© Cengage Learning 2012

Nombre oficial: República Oriental del Uruguay
Población: 3.494.382 (estimación de 2009)
Principales ciudades: Montevideo (capital), Salto, Paysandú, Las Piedras, Punta del Este
Moneda: Peso uruguayo (U$)

En Montevideo, la capital, con una población de casi 1.5 millones, tienes que conocer...

❯ la Ciudad Vieja, un barrio con las construcciones más bonitas de la era colonial, muchas de las cuales han sido convertidas en discotecas, boliches y pubs, en los que ciudadanos y turistas pasan las noches.

❯ el Estadio Centenario, uno de los más importantes en el desarrollo deportivo de Sudamérica y del fútbol internacional, declarado por la Federación Internacional de Fútbol Asociación (FIFA) "Monumento Histórico del Fútbol Mundial".

❯ el Teatro Solís, símbolo de la cultura uruguaya.

❯ el Palacio Salvo, un rascacielos de estilo *art déco* ecléctico que fue el más alto de Latinoamérica cuando fue construido en 1928.

❯ el Mercado del Puerto, donde se ofrece la más sabrosa y exquisita gastronomía uruguaya y la posibilidad de descubrir una arquitectura típica de otras épocas.

Ken Welsh / Photolibrary

La Plaza de la Independencia de Montevideo, con sus impresionantes edificios

En Punta del Este, no dejes de visitar...

❯ sus hermosas y tranquilas costas y playas, que marcan lo que es el fin del Río de la Plata y el comienzo del océano Atlántico.

❯ sus hoteles de lujo, sus casinos y aprovechar sus ofertas gastronómicas.

❯ su atractivo puerto de yates.

En Colonia del Sacramento en la confluencia del río Uruguay y el Río de la Plata, conocerás...

❯ la primera colonización en Uruguay.

❯ su barrio histórico, declarado Patrimonio de la Humanidad en 1995. También es conocido como La Colonia Portuguesa.

❯ una fusión exitosa de los estilos arquitectónicos portugués, español y post-colonial.

Raymond Forbes / Photolibrary

Playas y hoteles de Punta del Este, Uruguay

Don Klein / Photolibrary

Niños y hombres tocando tamboriles en Montevideo, Uruguay

¡Candombe!

❯ Es un festival de música afro-uruguaya en el que los participantes bailan y se divierten toda la noche y hasta por varios días.

❯ El candombe ha llegado a ser la música nacional de Uruguay.

❯ El tamboril, el instrumento del candombe, es la versión afro-americana del tambor africano tradicional. Aparece en pinturas, literatura y, por supuesto, en la música popular y sinfónica de Uruguay.

❯ La comparsa es un grupo o banda de tamborileros que puede formarse con tres o cuatro miembros y puede llegar a tener hasta sesenta, setenta o más.

 ¡Diviértete en la red!
Busca en Google Images o en YouTube para ver fotos o videos de cualquiera de los lugares mencionados aquí y/o para gozar de la música de candombe. Ve a clase preparado(a) para describir en detalle lo que viste u oíste.

Uruguay: una democracia completa

El proceso de la independencia

En 1777, la Banda Oriental quedó incorporada al Virreinato del Río de la Plata, con capital en Buenos Aires. José Gervasio Artigas dirigió una rebelión en 1811, que puso fin al dominio de los españoles en 1814, cuando estos entregaron la ciudad de Montevideo. En 1828, Argentina y Brasil firmaron un tratado en el que reconocieron la independencia de Uruguay.

© AISA / Everett Collection

Los blancos y los colorados

Las hostilidades entre la clase media de las ciudades y los defensores de los intereses de los grandes propietarios dieron origen a las dos fuerzas políticas que iban a dominar la historia de Uruguay: el Partido Colorado y el Partido Nacional, este último conocido popularmente como el de los blancos.

© Cengage Learning 2012

"Suiza de América"

A finales del siglo XIX y comienzos del XX, el país se benefició con la inmigración de europeos, principalmente italianos y españoles. Montevideo se convirtió en una gran ciudad. En la década de los 20, el país conoció un período de gran prosperidad económica y de estabilidad institucional. Por eso se le llamó la "Suiza de América". Pero la crisis económica mundial de 1929 provocó en Uruguay bancarrotas, desempleo y paralización de la actividad productiva.

Avances y retrocesos

En 1972, el presidente Juan María Bordaberry declaró un "estado de guerra interna" para contener a la guerrilla urbana conocida como los Tupamaros. En 1973 Bordaberry fue sustituido por una junta de militares y civiles que reprimió toda forma de oposición. Los once años de gobierno militar volvieron a devastar la economía, y más de trescientos mil uruguayos salieron del país por razones económicas o políticas. La normalidad constitucional retornó en 1984 con la elección de Julio Sanguinetti Cairolo, el candidato propuesto por el Partido Colorado. Volvió a ser presidente en 1995.

Marc Vérin / Photolibrary

El Uruguay de hoy

❯ Desde el primer período de gobierno de Julio María Sanguinetti, Uruguay enfrentó una dura recesión económica hasta hace unos años.

❯ A principios del siglo XXI, la economía uruguaya fue castigada por el contagio de la crisis en Argentina, lo cual obligó a acelerar el ritmo de la devaluación controlada de la moneda uruguaya.

❯ En las elecciones presidenciales de 2004 resultó electo el socialista Tabaré Vázquez, candidato por la coalición izquierdista Encuentro Progresista-Frente Amplio-Nueva Mayoría con el 50,6% de los votes. Es la primera vez en la historia del país que un partido político no tradicional accede al Poder Ejecutivo. En noviembre de 2009 fue elegido el presidente José Mujica.

❯ Según el informe del año 2009 de la agencia internacional Reporteros sin Fronteras, Uruguay es el país con el índice de libertad de prensa más alto de Sudamérica. Asimismo es el país más democrático de toda Latinoamérica, según el "Índice de Democracia" de *The Economist*, siendo, junto a Costa Rica, los únicos países latinoamericanos considerados como una "democracia completa".

■■■ ¿COMPRENDISTE?

A. Hechos y acontecimientos. ¿Recuerdas los datos más importantes de la lectura? Para asegurarte, completa las siguientes oraciones.

1. José Gervasio Artigas es conocido por…

2. Los dos países que firmaron el tratado de 1828 que reconoció la independencia de Uruguay fueron…

3. Los orígenes e intereses específicos del Partido Colorado y del Partido Nacional son…

4. En la década de los 20, Uruguay comenzó a ser llamado…

5. El efecto que el gobierno militar tuvo en la economía de Uruguay de 1973 a 1984 fue…

6. El candidato elegido a la presidencia en 1984 y otra vez en 1995, que trajo el retorno a la normalidad constitucional a Uruguay, fue…

7. A principios del siglo XXI, la economía de Uruguay…

8. Según informes de Reporteros sin Fronteras y de *The Economist,* Uruguay es…

> **MEJOREMOS LA COMUNICACIÓN**
>
> | | |
> |---|---|
> | acceder | índice *(m.)* |
> | asimismo | período |
> | bancarrota | poner fin a |
> | contagio | propietario(a) |
> | dar origen a | prensa |
> | devastar | reprimir |

B. A pensar y a analizar. Contesta las siguientes preguntas con dos o tres compañeros(as) de clase.

1. Se puede decir que Uruguay es una ciudad-estado. ¿Qué significa esto?

2. ¿Por qué también se le ha llamado la "Suiza de América"? ¿Qué aspectos de su imagen de la "Suiza de América" ha podido recuperar? ¿Cuáles no?

C. Apoyo gramatical: mandatos formales e informales. Tu profesor(a) da sugerencias primero a un estudiante y luego a varios estudiantes sobre posibles trabajos de investigación. Sigue el modelo.

MODELO leer sobre la emigración europea a Uruguay
> **Lee sobre la emigración europea a Uruguay.**
> **Lean sobre la inmigración europea a Uruguay.**

1. investigar la influencia del modelo político suizo en Uruguay

2. buscar información sobre el papel de José Gervasio Artigas en la independencia de Uruguay

3. hacer un informe sobre la revolución antibrasileña de los "33 orientales"

4. escribir sobre la dictadura militar de los años 70 y 80

5. informarse sobre la importancia de la familia Batlle en la política uruguaya

6. ir a la biblioteca y consultar libros sobre el movimiento guerrillero de los Tupamaros

Gramática 5.3: Antes de hacer esta actividad conviene repasar esta estructura en las págs. 267–270.

Mario Benedetti

Conocido periodista, escritor y poeta uruguayo, Mario Benedetti es considerado uno de los escritores más importantes de Latinoamérica. Fue un autor profundamente comprometido con la realidad política y social de su país. Su prolífica producción literaria suma más de 80 libros, algunos de los cuales fueron traducidos a más de 20 idiomas. Su extensa obra abarcó los géneros narrativos, dramáticos, poéticos y ensayos. Recibió doctorados *Honoris Causa* de la Universidad de la República, Uruguay, de la Universidad de Alicante y de la Universidad de Valladolid, España. El 7 de junio de 2005 recibió el Premio "Menéndez y Pelayo"; además recibió muchos otros a lo largo de toda su carrera. Su poesía fue usada en la película argentina *El lado oscuro del corazón*. El 17 de mayo de 2009 murió en su casa de Montevideo. El gobierno uruguayo decretó duelo nacional y dispuso que su velatorio se realizara con honores patrios en el Salón de los Pasos Perdidos del Palacio Legislativo.

© Eduardo Longoni / Corbis

Photofest

China Zorrilla

Concepción Zorrilla de San Martín Muñoz es una conocida actriz de teatro, cine y televisión, que ha desarrollado una importante carrera en su país y en el exterior. Proveniente de una familia de artistas, creció en París. En 1948 le fue concedida una beca para estudiar en la Real Academia de Arte Dramático, en Londres. Allí tuvo como profesora a la famosa Katina Paxinou. Desde 1971 ha tenido más de 40 apariciones en películas y en televisión. *Grande Dame* del teatro rioplatense, es actriz y directora teatral premiada en cine, radio y televisión, con larga trayectoria en ambas márgenes del Río de La Plata. En noviembre de 2008 le fue otorgada, por el gobierno de Francia, la condecoración de la Legión de Honor en el grado de *Chevalier (Caballero)*. Debido a su reconocida trayectoria artística, bien puede ser considerada una personalidad artística y carismática del Río de la Plata.

Diego Forlán

Conocido jugador uruguayo de fútbol, es uno de los mejores delanteros centro del mundo. Se inició en el tenis, pero decidió continuar con la tradición familiar y dedicarse al fútbol. Su carrera profesional incluye equipos de Uruguay y Argentina y grandes clubes europeos como el *Manchester United* de Inglaterra, y los españoles Villarreal CF y Atlético de Madrid. Actualmente juega en el Inter de Milán. El año 2005 fue nombrado como Embajador de la UNICEF en Uruguay. Entre las distinciones individuales que ha obtenido, cabe destacar: Trofeo Pichichi (al máximo goleador) en España: 2005 y 2009; Bota de Oro por la UEFA (organización europea de fútbol): 2005 y 2009 y el Balón de Oro (al mejor jugador de la Copa Mundial de Fútbol de 2010).

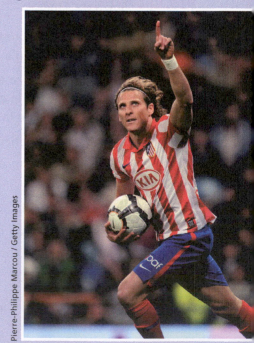

Pierre-Philippe Marcou / Getty Images

Otros uruguayos sobresalientes

Miguel de Águila: compositor

Julio Alpuy: pintor, dibujante y escultor

Germán Cabrera: escultor

Beatriz Flores Silva: directora de cine

Hugo "Foca" Machado: compositor y músico

José Gamarra: pintor, dibujante y grabador

Gabriel Inchauspe: modisto

Sylvia Lago: escritora

Juan Carlos Onetti (1909–1995): periodista, bibliotecario, cuentista y novelista

Cristina Peri Rossi: poeta, novelista, traductora y ensayista

Hermenegildo Sabat: pintor y caricaturista

MEJOREMOS LA COMUNICACIÓN

abarcar	duelo nacional
beca	equipo
comprometido(a)	honores patrios *(m. pl.)*
decretar	margen *(m.)*
delantero(a)	proveniente
disponer	velatorio

¿COMPRENDISTE?

A. Los nuestros. Contesta las siguientes preguntas con un(a) compañero(a) de clase. Luego, compartan sus respuestas con el resto de la clase.

1. Describe lo que, en tu opinión, podría haber sido una semana típica en la vida del prolífico escritor Mario Benedetti. ¿Tendrá tiempo libre para dedicar a su familia y/o amigos o se la pasará escribiendo todo el tiempo?

2. ¿Qué necesita una actriz como China Zorrilla para obtener el éxito que ella ha logrado? Haz una pequeña lista de cualidades imprescindibles para triunfar en el mundo artístico.

3. ¿En equipos de cuántos países ha jugado Diego Forlán? ¿Qué países?

B. Miniprueba. Demuestra lo que aprendiste de estos talentosos uruguayos al completar estas oraciones.

1. Se puede decir que Mario Benedetti es un autor muy _____.

   a. complicado   b. prolífico   c. liberal

2. Concepción "China" Zorrilla ha actuado principalmente en _____.

   a. Montevideo   b. Buenos Aires   c. ambos lados del Río de la Plata

3. Actualmente, Diego Forlán juega en un equipo _____.

   a. italiano   b. inglés   c. argentino

C. Diario. En tu diario, escribe por lo menos media página expresando tus pensamientos sobre este tema.

Mario Benedetti fue testigo de grandes cambios en el país que lo vio nacer. Estuvo muy comprometido en la realidad política y social del Uruguay. Sea cual sea la profesión que sigas en tu vida, ¿qué de la realidad en la que vives se reflejaría en ella? ¿Crees que el compromiso con la realidad es algo irrenunciable en cualquier profesión o más bien no? ¿Quiénes logran cambiar la sociedad y por qué?

¡Diviértete en la red!
Busca "Mario Benedetti", "China Zorrilla" y/o "Diego Forlán" en YouTube para escuchar entrevistas o lecturas de poesía y ver videos de partidos de fútbol o películas de estos talentosos uruguayos. Ve a clase preparado(a) para presentar lo que seleccionaste ver o escuchar.

Letras problemáticas: la g

El sonido de la **g** varía según donde ocurra en la palabra, la frase o la oración. Al principio de una frase u oración y después de la **n** tiene el sonido /g/ (excepto en las combinaciones **ge** y **gi**) como en **grabadora** o **tengo**. Este sonido es muy parecido al sonido de la *g* en inglés. En cualquier otro caso (excepto en las combinaciones **ge** y **gi**), tiene un sonido más suave, /ǥ/, como en las palabras **segunda** o **llegada**.

Al escuchar las siguientes palabras con la letra **g**, observa la diferencia entre los sonidos /g/ y /ǥ/.

/g/	/ǥ/
po**ng**o	al**g**unos
gótico	lo**g**rar
grande	la **g**rande
ganadero	el **g**anadero

Pronunciación de **ge** y **gi**

El sonido de la **g** delante de las vocales **e** o **i** es idéntico al sonido /x/ de la **j** (como en **José** o **justo**). Escucha la pronunciación de **ge** y **gi** en las siguientes palabras.

/x/

gente
su**mergi**rse
gigante

La letra g. Escucha mientras tu profesor(a) lee las siguientes palabras con los tres sonidos de la letra **g**. Escribe las letras que faltan en cada una.

1. o b l i __ __ r
2. __ __ b i e r n o
3. __ __ e r r a
4. p r o t e __ __ r

5. n e __ __ c i a r
6. __ __ __ __ n t e s c o
7. p r e s t i __ __ o s o
8. __ __ a v e m e n t e

Escritura con la letra g

La **g** siempre se escribe en ciertas raíces y terminaciones y antes de la **u** con diéresis (**ü**).

❯ En las raíces **geo-**, **leg- legi(s)-** y **ges-**:

apo**geo**   **legi**slatura   con**ges**tión

❯ En la raíz **gen-**:

generación   **gen**erar   **gen**te

❯ En los verbos terminados en **-ger**, **-gir**, **-gerar** y **-gerir**:

reco**ger**   diri**gir**   exa**gerar**   su**gerir**

❯ En palabras que se escriben con **güe** o **güi**:

bilin**güe**   ver**güe**nza   pin**güi**no

¡A practicar!

A. Práctica con ge **y** gi. Escucha mientras tu profesor(a) lee las siguientes palabras. Escribe las letras que faltan en cada una.

1. ___ ___ ___ l o g í a

2. e n c o ___ ___ ___

3. s u r ___ ___ ___

4. ___ ___ ___ é t i c a

5. ___ ___ ___ ___ t i m o

6. ___ ___ ___ r a

7. e x i ___ ___ ___

8. ___ ___ ___ ___ ___ l a d o r

B. Escritura del sonido /x/. Este sonido presenta dificultad al escribirlo cuando precede a las vocales **e** o **i**. Escucha mientras tu profesor(a) lee las siguientes palabras. Complétalas con **g** o **j**, según corresponda.

1. o r i ___ e n

2. ___ u ___ a d o r

3. t r a d u ___ e r o n

4. r e c o ___ i m o s

5. t r a b a ___ a d o r a

6. e ___ é r c i t o

7. e x i ___ e n

8. c o n ___ e s t i ó n

La tradición oral: versos de la niñez

Ya has aprendido que los trabalenguas y las adivinanzas son una parte importante de la tradición oral hispana. Ahora vas a ver si recuerdas o reconoces otra parte de la tradición oral hispana, los versos de la niñez. Éstos son los versos que nuestros abuelos nos contaban cuando éramos muy niños, para distraernos si nos habíamos lastimado y estábamos llorando o simplemente para entretenernos. ¿Quién no recuerda este versito popular que nos recitaban y terminaban siempre con un besito en el dedo o la rodilla o donde fuera que nos dolía?

> Sana, sana,
> colita de rana,
> si no sanas hoy,
> sanarás mañana.

Estos versos caprichosos se mantienen vivos en la tradición oral por su ritmo, musicalidad, encanto y capacidad para de veras entretener. Con frecuencia ni sentido tienen, simplemente entretienen tanto a quien los recita como a quien los escucha. A ver cuántos de estos recuerdas. Si son nuevos para ti, apréndetelos para que se los puedas recitar a tus hijos y hasta a los hijos de tus hijos.

> A la rurru niño,
> a la rurru ya,
> duérmase mi niño,
> duérmase ya,
> si no, viene el coco
> y se lo comerá.

> Patito, patito,
> color de café,
> si Ud. no me quiere,
> yo no sé por qué.
> Me gusta la leche,
> me gusta el café,
> pero más me gustan
> los ojos de Ud.

> Aserrín aserrán,
> los maderos de San Juan
> piden pan y no les dan
> riqui riqui riquirrán.

> Riquerán, riquerán,
> los maderos de San Juan,
> piden pan y no les dan,
> piden queso y les dan un hueso,
> para que se rasquen el pescuezo.

> Niño, niño, niño,
> patas de cochino,
> nano, nano, nano,
> patas de marrano.

> Adiós, adiós,
> que te vaya bien,
> que te trampe el tren,
> que te machuque bien.

¡A practicar!

A. **¿Los mejores padres?** Hagan un concurso para ver quiénes van a ser los mejores padres porque podrán recitarles versos a sus hijos. Su profesor(a) va a llamar a una persona de la clase. Esa persona debe recitar inmediatamente uno de estos versos, u otro que recuerde de su niñez. Al terminar, esa persona llamará a otra que recite inmediatamente otro verso. Esta persona llamará a otro(a) estudiante y continuarán así hasta que todos en la clase hayan sido llamados para recitar. Solo se permite repetir versos cuando todos hayan sido recitados.

B. **¡A investigar!** Habla con tus familiares para ver si hay una tradición oral de versos para niños en tu familia. Recítales algunos de estos versos a tus abuelos u otros parientes y pregúntales si los reconocen y si saben otros parecidos. Si así es, anótalos y compártelos con la clase.

ESCRIBAMOS AHORA

Narrar: de una manera ordenada

Images.com / Photolibrary

1 Para empezar. Narrar es relatar o contar algún suceso de una manera ordenada. El orden con frecuencia es cronológico aunque no tiene por qué ser estrictamente cronológico. El que se mantenga cierto orden, sin embargo, facilita la comprensión de lo escrito. En el cuento de Milia Gayoso "Elisa", el orden se da en la memoria o los sentimientos de la narradora, una chica que acaba de darse cuenta que es adoptada. Ve cómo la narradora y protagonista nos cuenta lo primero que le ocurre:

"Quise salir corriendo, sin rumbo, quise morir, que me tragara la tierra. Quise no haber existido nunca cuando lo supe".

Luego, reflexiona sobre eventos del pasado que le deberían haber hecho saber que era adoptada:

"Ya me lo habían dicho varias veces en la escuela, o sea, me lo habían insinuado suavemente algunas compañeras, y con maldad otras…"

Finalmente incluye también otros datos anteriores que confirman su sospecha:

"Un sábado no me dejaron salir a la tarde porque según dijeron «venía una visita», que se presentó a las cuatro de la tarde. La visita era…"

2 A generar ideas. Piensa ahora en un incidente impactante en tu vida o en la de un(a) amigo(a) o un(a) pariente. Escribe tu nombre y debajo, haz una tabla de tres columnas. Anota en la primera columna, en orden cronológico, tres o cuatro hechos relacionados al incidente que consideras importantes. En la segunda columna anota todo lo que sentiste relacionado a cada hecho, por ejemplo: miedo, furia, vergüenza,… y en la tercera columna anota las reacciones que tuviste en relación a cada hecho, por ejemplo: llorar, gritar, maldecir,… Si prefieres, puedes describir un incidente que le ocurrió a un(a) pariente o un(a) amigo(a) favorito(a).

3 Tu borrador. Ahora desarrolla la información que anotaste en párrafos cortos que vayan narrando el incidente. Puedes narrar en orden cronológico o, si prefieres, basándote en tus memorias, tal como hace la narradora protagonista en "Elisa". No dejes de incluir en cada párrafo las emociones que sentiste y las reacciones que tuviste. Escribe tu borrador ahora. ¡Buena suerte!

4 Revisión. Intercambia tu borrador con un(a) compañero(a). Revisa su narración, prestando atención a las siguientes preguntas. ¿Ha comunicado bien el incidente? ¿Ha desarrollado varios hechos relacionados al incidente? ¿Ha descrito sus emociones y reacciones? ¿Tienes algunas sugerencias sobre cómo podría mejorar su descripción?

5 Versión final. Considera las correcciones que tu compañero(a) te ha indicado y revisa tu descripción por última vez. Como tarea, escribe la copia final en la computadora. No olvides darle un título a tu narración. Antes de entregarla, dale un último vistazo a la acentuación, a la puntuación, a la concordancia y a las formas de los verbos.

6 Publicación (opcional). Cuando su profesor(a) les devuelva la narración corregida, revísenla con cuidado y luego, en grupos de tres o cuatro, lean sus narraciones al grupo por turnos. Decidan cuál es la mejor en cada grupo y devuélvanle esa a su profesor(a) para que las ponga todas en un libro que va a titular: **Los mejores cuentos de los estudiantes del señor (de la señora/señorita)…**

¡Antes de leer!

A. Anticipando la lectura. Contesta las siguientes preguntas con dos compañeros(as) de clase. Luego, comparen sus respuestas con las de otros grupos.

1. ¿Conoces alguna profecía milenarista (de fin de milenio)? ¿Qué es lo que normalmente anuncian estas profecías?

2. ¿Por qué creen que el cambio de milenio hace temer tragedias, incluso el fin del mundo? Expliquen.

3. ¿Se les ocurre una profecía milenarista para un mundo mejor? ¿Cómo sería ese mundo? ¿Qué cambiaría? Creen una breve lista de cambios.

B. Vocabulario en contexto. Busca estas palabras en la lectura que sigue y, en base al contexto, decide cuál es su significado. Para facilitar encontrarlas, las palabras aparecen en negrilla en la lectura.

1. **voceros**	a. rebeldes	b. profetas	c. ángeles
2. **ejercer**	a. olvidar	b. practicar	c. analizar
3. **manejada**	a. matada	b. controlada	c. divertida
4. **el delito**	a. la práctica	b. la inocencia	c. el crimen
5. **invadidos**	a. víctimas	b. liberados	c. atacados
6. **la defunción**	a. la muerte	b. la inteligencia	c. los malos hábitos

Sobre el autor

Eduardo Galeano nació en Montevideo en 1940. Estuvo exiliado en Argentina y España de 1973 a 1985. En Buenos Aires fundó y dirigió la revista *Crisis*. Es autor de más de una docena de libros y de una gran cantidad de artículos periodísticos. Entre sus libros más conocidos está la trilogía *Memoria del fuego,* serie que en 1989 recibió un premio del Ministerio de Cultura de Uruguay y el *American Book Award*. Galeano también recibió dos veces el Premio Casa de las Américas, en 1975 y en 1978, y el Premio *Aloa* de los editores daneses, en 1993. Es uno de los maestros más destacados del arte del ensayo en Latinoamérica.

© Andres Cristaldo / Corbis

El **derecho** al **delirio**

(Fragmento)

Ya está naciendo el nuevo milenio. No da para tomarse el asunto demasiado en serio: al fin y al cabo, el año 2001 de los cristianos es el año 1379 de los musulmanes, el 5114 de los mayas y el 5762 de los judíos. El nuevo milenio nace un primero de enero por obra y gracia de un capricho de los senadores del imperio romano, que un buen día decidieron romper la tradición que mandaba celebrar el año nuevo en el comienzo de la primavera. Y la cuenta de los años de la era cristiana proviene de otro capricho: un buen día, el papa de Roma decidió poner fecha al nacimiento de Jesús, aunque nadie sabe cuándo nació.

El tiempo se burla de los límites que le inventamos para creernos el cuento de que él nos obedece; pero el mundo entero celebra y teme esta frontera.

Una invitación al vuelo

Milenio va, milenio viene, la ocasión es propicia para que los oradores de inflamada verba peroren sobre el destino de la humanidad, y para que los **voceros** de la ira de Dios anuncien el fin del mundo y la reventazón general, mientras el tiempo continúa, calladito la boca, su caminata a lo largo de la eternidad y del misterio.

La verdad sea dicha, no hay quien resista: en una fecha así, por arbitraria que sea, cualquiera siente la tentación de preguntarse cómo será el tiempo que será. Y vaya uno a saber cómo será. Tenemos una única certeza: en el siglo veintiuno, si todavía estamos aquí, todos nosotros seremos gente del siglo pasado y, peor todavía, seremos gente del pasado milenio.

Aunque no podemos adivinar el tiempo que será, sí que tenemos, al menos, el derecho de imaginar el que queremos que sea. En 1948 y en 1976, las Naciones Unidas proclamaron extensas listas de derechos humanos; pero la inmensa mayoría de la humanidad no tiene más que el derecho de ver, oír y callar. ¿Qué tal si empezamos a **ejercer** el jamás proclamado derecho de soñar? ¿Qué tal si deliramos, por un ratito? Vamos a clavar los ojos más allá de la infamia, para adivinar otro mundo posible:

el aire estará limpio de todo veneno que no venga de los miedos humanos y de las humanas pasiones;

en las calles, los automóviles serán aplastados por los perros;

la gente no será **manejada** por el automóvil, ni será programada por la computadora, ni será comprada por el supermercado, ni será mirada por el televisor;

el televisor dejará de ser el miembro más importante de la familia, y será tratado como la plancha o el lavarropas;

la gente trabajará para vivir, en lugar de vivir para trabajar;

se incorporará a los códigos penales **el delito** de estupidez, que cometen quienes viven por tener o por ganar, en vez de vivir por vivir nomás, como canta el pájaro sin saber que canta y como juega el niño sin saber que juega;

en ningún país irán presos los muchachos que se nieguen a cumplir el servicio militar, sino los que quieran cumplirlo;

los economistas no llamarán *nivel de vida* al nivel de consumo, ni llamarán *calidad de vida* a la cantidad de cosas;

los cocineros no creerán que a las langostas les encanta que las hiervan vivas;

los historiadores no creerán que a los países les encanta ser **invadidos**;

los políticos no creerán que a los pobres les encanta comer promesas;

la solemnidad se dejará de creer que es una virtud, y nadie tomará en serio a nadie que no sea capaz de tomarse el pelo;

la muerte y el dinero perderán sus mágicos poderes, y ni por **defunción** ni por fortuna se convertirá el canalla en virtuoso caballero;

nadie será considerado héroe ni tonto por hacer lo que cree justo en lugar de hacer lo que más le conviene; (…)

"El derecho al delirio," fragmento de *Patas arriba. La escuela del mundo al revés* por Eduardo Galeano. Siglo XXI de España Editores, 1998, pp. 433–435. Used with permission from Grupo editorial Akal.

¡Después de leer!

A. Hechos y acontecimientos. ¿Recuerdas los datos más importantes de la lectura? Para asegurarte, contesta las siguientes preguntas.

1. Según el autor, ¿cómo se estableció el calendario cristiano? ¿Está basado en conocimientos científicos?

2. A pesar de los derechos humanos declarados por las Naciones Unidas, ¿qué derechos tiene la gran mayoría de la gente del mundo?

3. ¿Cómo desearía Galeano que cambiara el mundo? Selecciona las realidades que él se imagina.

_____ 1. Los automóviles aplastan a los perros.   _____ 6. El servicio militar obligatorio es absurdo.

_____ 2. Los objetos no dominan a las personas.   _____ 7. El dinero no es poder.

_____ 3. Mi equipo de fútbol nunca gana.   _____ 8. La gente no tiene sentido del humor.

_____ 4. El televisor no es el rey de la casa.   _____ 9. Los niños tienen muchos problemas.

_____ 5. El trabajo no dominará la vida de la gente.   _____ 10. El bienestar basado en el consumo es malo.

B. A pensar y a analizar. Contesta las siguientes preguntas con un(a) compañero(a) de clase. Luego, comparen sus respuestas con las de otras parejas.

1. ¿Tuvo el cambio de milenio algún significado especial para Uds.? Si contestan que sí, ¿cuál fue? Si contestan que no, ¿por qué no?

2. ¿Están Uds. de acuerdo con el autor cuando dice que la inmensa mayoría de la humanidad no tiene más que tres derechos humanos? ¿Por qué?

3. ¿Hay algunos deseos para el mundo que no compartan con el autor? ¿Cuáles son? ¿Por qué no están Uds. de acuerdo con el autor?

4. ¿Con qué propósito comunica el autor esta visión del mundo? Expliquen.

C. Apoyo gramatical. Presente de subjuntivo: cláusulas nominales. Siguiendo las sugerencias de Eduardo Galeano en "El derecho al delirio" tú dices lo que todos nosotros debiéramos hacer.

MODELO esencial / tener derecho a soñar
> **Es esencial que tengamos derecho a soñar.**

1. importante / vivir sin respirar aire lleno de veneno
2. necesario / no pasar el tiempo pegados al televisor
3. esencial / no creer en las promesas de los políticos
4. preciso / apoyar los programas de reforestación
5. urgente / educar a todo el mundo, no solo a los que pueden pagar
6. importante / proteger los recursos naturales
7. necesario / eliminar el hambre
8. preciso / respetar la justicia y la libertad

D. Análisis literario: el ensayo humorístico. El ensayo es una obra literaria en prosa que intenta convencer, informar, hacer pensar y también divertir al lector. Normalmente el ensayo es una composición relativamente breve. El **ensayo humorístico** usa la sátira y el humor para comentar acerca de una situación seria.

> **Sátira:** Es el uso de burla, sarcasmo o ironía para ridiculizar, atacar o desenmascarar, en general, todo lo negativo que existe en la sociedad.

> **Humor:** Es la habilidad del escritor de hacer reír a su público.

¿Qué tipo de ensayo es "El derecho al delirio"? ¿Usa la sátira o el humor? Si así es, da algunos ejemplos.

5.3 Mandatos formales y mandatos familiares

Para más práctica, haz las actividades de **Gramática en contexto** (sección 5.2) del *Cuaderno para los hispanohablantes.*

¡A que ya lo sabes!

Mandatos formales con Ud./Uds

Aquí tienen dos pares de oraciones para que seleccionen el mandato que uno escucharía en una oficina pública.

1. a. *Llene* Ud. estos formularios, por favor.

b. *Llena* Ud. estos formularios, por favor.

2. a. *Se pongan* en la cola para que los podamos atender.

b. *Pónganse* en la cola para que los podamos atender.

Qué fácil es cuando uno tiene un conocimiento tácito del uso de los mandatos formales (con **Ud.** y **Uds.**). Seguramente eligieron el primer mandato en el primer par y el segundo en el segundo par. Sigan leyendo y ese conocimiento tácito se hará explícito.

	Verbos en *-ar*		Verbos en *-er*		Verbos en *-ir*	
	usar		*correr*		*sufrir*	
Ud.	use	no use	corra	no corra	sufra	no sufra
Uds.	usen	no usen	corran	no corran	sufran	no sufran

› Los mandatos afirmativos y negativos con **usted** y **ustedes** tienen las mismas formas que el presente de subjuntivo.

› En español, normalmente se omite el pronombre sujeto en los mandatos. Se puede incluir para poner énfasis, para establecer un contraste o para indicar cortesía.

> **Espere** unos minutos, por favor.
> **Quédense Uds.** aquí; **vaya Ud.** sola a la oficina del director. *(contraste)*
> **Llene Ud.** este formulario, por favor. *(cortesía)*

› En los mandatos afirmativos, los pronombres de objeto directo e indirecto y los pronombres reflexivos se colocan al final del verbo, formando con este una sola palabra. Se necesita un acento escrito si el mandato lleva el acento fonético en la antepenúltima sílaba.

> Este parque nacional es suyo. **Úselo, cuídelo, manténgalo** limpio.
> Niños, por favor, **lávense** las manos y **siéntense** a la mesa en seguida.

> ### Nota para hispanohablantes
> Hay una tendencia dentro de algunas comunidades de hispanohablantes a añadir una n al pronombre de objeto directo **se** en mandatos formales plurales o a mover la **n** del mandato al final del pronombre. Por ejemplo, en vez de decir **lávense** y **siéntense,** dicen *lávensen* y *siéntensen* o *lávesen* y *siéntesen*. Es importante evitar este uso fuera de esas comunidades y en particular al escribir.

› En los mandatos negativos, los pronombres de objeto y los pronombres reflexivos preceden al verbo.

> Guarde ese maletín; no **me lo pase** todavía.

Ahora, ¡a practicar!

A. Atracciones turísticas. Eres agente de viaje y un cliente tuyo te consulta sobre actividades que debería hacer durante su próximo viaje a Uruguay. ¿Qué recomendaciones le haces?

> **MODELO** caminar por la avenida 18 de Julio
> **Camine por la avenida 18 de Julio.**

1. pasear por la Ciudad Vieja de Montevideo
2. asistir al cambio de la guardia en la Plaza Independencia
3. dar un paseo por la rambla y admirar las vistas del Río de la Plata
4. no dejar de probar una deliciosa comida en el Mercado del Puerto
5. ver la puesta de sol desde la playa Pocitos
6. escuchar tangos en un café de barrio
7. asistir a una ópera en el Teatro Solís; hacer reservaciones con tiempo
8. entrar en el Museo Histórico Nacional

B. Recomendaciones del guía. Escoge el mandato formal que usa el guía para darles consejos a los turistas que tiene a su cargo.

1. Regla número uno: _____ (no se separen / no sepárense) del grupo sin avisarme.
2. Si tienen cualquier pregunta, _____ (háganla / la hagan).
3. Si están cansados, _____ (quédesen / quédense) en el autobús.
4. En los museos que lo prohíban, _____ (no saquen / no sacan) fotografías.
5. Cuando termine la visita, _____ (asegúrensen / asegúrense) de que tienen consigo todos sus efectos personales.

C. ¡Escúchenme! Tú eres el (la) profesor(a) de la clase de español por un día. Tienes que decirles a los estudiantes lo que deben hacer o no hacer. ¿Qué les vas a decir?

> **MODELO** **Abran sus libros en la página 225, por favor.** o
> **No hablen en inglés, solamente en español.**

D. En la tienda de artesanías. Tus amigos van a entrar en una tienda de artesanías. ¿Qué consejos les vas a dar?

> **MODELO** **Tengan cuidado con romper los objetos de vidrio.** o
> **No compren sin mirar bien los objetos.**

Mandatos familiares con *tú*

Verbos en *-ar*		Verbos en *-er*		Verbos en *-ir*	
usar		*correr*		*sufrir*	
usa	no uses	corre	no corras	sufre	no sufras

> Los mandatos afirmativos con **tú** tienen la misma forma que la tercera persona del singular del presente de indicativo. Los mandatos negativos con **tú** tienen la misma forma que el presente de subjuntivo.

> **Conserva** tus tradiciones. **No olvides** tus orígenes.
>
> **¡Insiste** en tus derechos! **¡No temas** defenderlos!

> Solo los siguientes verbos tienen mandatos afirmativos irregulares con **tú**. Los mandatos negativos correspondientes son regulares.

decir	**di**	salir	**sal**
hacer	**haz**	ser	**sé**
ir	**ve**	tener	**ten**
poner	**pon**	venir	**ven**

> **Sé** bueno. **Haz**me un favor. **Ven** a pasear por la zona colonial conmigo. Pero **pon**te un suéter porque hace frío.

Ahora, ¡a practicar!

A. Receta de cocina. Un(a) amigo(a) te llama por teléfono para pedirte una receta de un plato caribeño que tú tienes. La receta aparece del modo siguiente en tu libro de cocina.

© Cengage Learning 2012

Instrucciones:

1. Cortar las vainitas verdes a lo largo; cocinarlas en un poco de agua.

2. Pelar los plátanos; cortarlos a lo largo; freírlos en aceite hasta que estén tiernos; secarlos en toallas de papel.

3. Mezclar la sopa con las vainitas; tener cuidado: no romper las vainitas.

4. En una cacerola, colocar los plátanos.

5. Sobre los plátanos, poner la mezcla de sopa y vainitas; echar queso rallado encima.

6. Repetir hasta que la cacerola esté llena.

7. Hornear a 350° hasta que todo esté bien cocido.

8. Cortar en cuadritos para servir; poner cuidado; no quemarse.

Ahora dale instrucciones a tu amigo(a) para preparar el plato.

MODELO Corta las vainitas verdes a lo largo; cocínalas en un poco de agua.

B. Consejos contradictorios. Gloria y Mario acaban de regresar de Uruguay. Como tú piensas visitar ese país algún día, hablas con ellos, pero ellos te dan consejos muy contradictorios. ¿Qué te dicen?

MODELO dejar propina en los restaurantes
Gloria: **Deja propina en los restaurantes.**
Mario: **No dejes propina en los restaurantes.**

1. leer acerca de la historia y las costumbres del país

2. esforzarse por hablar español

3. pedir información en la oficina de turismo

4. tener el pasaporte siempre contigo

5. cambiar dinero en los cajeros automáticos

6. comer en los puestos que veas en la calle

7. salir solo(a) de noche

8. probar un mate amargo

9. visitar los museos históricos

10. regatear los precios en las tiendas

C. Compañera regañona. Elena ha escrito un párrafo acerca de su compañera de apartamento. Corrige los mandatos que no son apropiados para la lengua escrita.

Parece que Melisa, mi compañera de apartamento, es una persona a quien le gustan que las cosas se hagan a su modo, y me lo dice a cada instante. "No dejes tus cosas por el suelo. Recógeslas. No me interrumpes cuando yo estoy hablando por teléfono. Pon tus discos compactos en tu escritorio, no los olvidas en el mío. Hace tus tareas sin preguntarme a mí. No vuelve demasiado tarde por la noche. No haga ruido cuando te levantas por la mañana". Ya estoy acostumbrada a ella. La escucho porque tiene buenas intenciones, pero yo hago las cosas como yo quiero.

D. Depresión. Tu compañero(a) de cuarto está muy deprimido(a) porque recibió malas notas en el último examen en dos de sus clases. Piensa abandonar la universidad y buscar trabajo. ¿Qué consejos le das tú?

MODELO **Habla con los profesores. Ellos te pueden ayudar. No decidas nada hasta después de hablar con ellos.**

5.4 El subjuntivo en las cláusulas nominales

Para más práctica, haz las actividades de **Gramática en contexto** (sección 5.3) del *Cuaderno para los hispanohablantes*.

¡A que ya lo sabes!

Deseos, recomendaciones, sugerencias y mandatos

A ver cómo les va con estos pares de oraciones. En cada par, selecciona lo que dice tu amiga Laura, quien siempre tiene problemas y pide ayuda.

1. a. Te pido que me *ayudas* a resolver un problema.

   b. Te pido que me *ayudes* a resolver un problema.

2. a. Creo que no *vas* a tener inconveniente en ayudarme.

   b. Creo que no *vayas* a tener inconveniente en ayudarme.

3. a. Es bueno que uno *ayuda* a sus amigos.

   b. Es bueno que uno *ayude* a sus amigos.

¿Fue demasiado fácil esta vez? Aun así, creo que la mayoría seleccionó la segunda oración en el primer par, la primera en el segundo y la segunda oración en el último par. No es difícil cuando uno ha internalizado las reglas para el uso del subjuntivo o del indicativo en las cláusulas nominales. Y si siguen leyendo ese conocimiento será aun más firme.

> El subjuntivo se usa en una cláusula subordinada cuando el verbo o la expresión impersonal de la cláusula principal indica deseo, recomendación, sugerencia o mandato y hay cambio de sujeto en la cláusula subordinada. Si no hay cambio de sujeto, se usa el infinitivo.

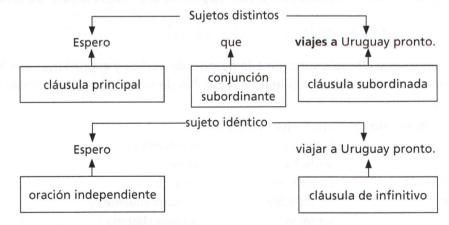

Verbos y expresiones de uso común en esta categoría:

aconsejar	exigir	prohibir
decir (i)	mandar	querer (ie)
dejar	pedir (i)	recomendar (ie)
desear	permitir	rogar (ue)
esperar	preferir (ie)	sugerir (ie)
ser esencial	ser mejor	ser preciso
ser importante	ser necesario	ser urgente

Te aconsejo que **pases** una semana en Montevideo.

Te recomiendo que **vayas** al Teatro Solís.

Es importante **visitar** la iglesia Matriz.

Duda, incertidumbre, incredulidad y desmentido

❯ Se usa el subjuntivo en una cláusula subordinada después de verbos o expresiones que indican duda, incertidumbre, incredulidad o que desmienten. Cuando se usa el opuesto de estos verbos y expresiones, van seguidos del indicativo porque indican certeza.

Verbos y expresiones de uso común en esta categoría:

Subjuntivo: incredulidad/duda		Indicativo: creencia/certidumbre	
no creer	no ser cierto	creer	ser cierto
dudar	ser dudoso	no dudar	no ser dudoso
no estar seguro(a) (de)	no ser evidente	estar seguro(a) (de)	ser evidente
negar (ie)	no ser seguro	no negar (ie)	ser seguro
no pensar (ie)	no ser verdad	pensar (ie)	ser verdad

> **Es dudoso** que la situación política de Uruguay **cambie** en el futuro.
> **Estoy seguro** de que el turismo **trae** mucho dinero, pero **no estoy seguro** de que no **traiga** problemas también.
> **No dudo** de que **me graduaré,** pero **dudo** de que **me gradúe** el semestre próximo.

❯ En oraciones interrogativas, se puede usar tanto el subjuntivo como el indicativo. El uso del subjuntivo indica duda o incredulidad por parte del hablante o escritor. El uso del indicativo señala que la persona que habla o escribe desea simplemente información y no sabe la respuesta a su pregunta.

> ¿Piensas que el turismo **es** beneficioso para el país? *(la persona solicita información y no sabe la respuesta)*
> ¿Piensas que el turismo **sea** beneficioso para el país? *(la persona duda que el turismo sea beneficioso)*

Emociones, opiniones y juicios de valor

❯ El subjuntivo se usa en una cláusula subordinada después de verbos y expresiones que indican emociones, opiniones y juicios de valor cuando hay cambio de sujeto. Si no hay cambio de sujeto, se usa el infinitivo.

Verbos y expresiones de uso común en esta categoría:

alegrarse	lamentar	sorprenderse
enojarse	sentir (ie)	temer
estar contento(a) de	ser extraño	ser raro
ser agradable	ser increíble	ser sorprendente
ser bueno	ser malo	ser (una) lástima
ser curioso	ser natural	ser vergonzoso
ser estupendo	ser normal	

> Me alegro de que **vayas** al concierto en el Teatro Solís.
> Es increíble que todavía la gente **admire** tanto a Artigas.
> Es bueno **tener** preocupaciones sociales.

Ahora, ¡a practicar!

A. El mundo de hoy. Después de leer "El derecho al delirio", tú y tus compañeros(as) expresan opiniones sobre el mundo de hoy. **Atención:** A veces debes usar un verbo en subjuntivo, otras veces un verbo en indicativo en la cláusula subordinada.

> **MODELO** dudar / las computadoras programar a la gente
> **Dudo que las computadoras programen a la gente.**
> no dudar / las computadoras programar a la gente
> **No dudo que las computadoras programan a la gente.**

1. querer / el televisor no ser más importante que el lavarropas

2. preferir / el ejército aceptar solo voluntarios para el servicio militar

3. pensar / los niños pobres, desgraciadamente, no tener las mismas oportunidades que los niños ricos

4. lamentar / los políticos hacer tantas promesas que no cumplen

5. estar seguro de / todos estar contra las guerras y las invasiones

6. no creer / los códigos penales incorporar como crimen el delito de estupidez

7. esperar / el dinero perder su importancia

8. dudar / el consumismo acabarse

9. temer / los economistas seguir preocupados con los números

10. no dudar / mucha gente vivir para trabajar solamente

B. Datos sorprendentes. Tú les cuentas a tus amigos las cosas que te sorprenden de Uruguay, lugar que visitas por primera vez.

> **MODELO** el carnaval de Uruguay / durar cuarenta días
> **Me sorprende (Es sorprendente) que el carnaval de Uruguay dure cuarenta días.**

1. el país / ofrecer tantos sitios de interés turístico

2. Montevideo / ser la más joven de las capitales latinoamericanas

3. Uruguay / tener el nivel de alfabetización más alto de Sudamérica

4. en el país / haber tantas bellas playas

5. el territorio uruguayo / ser uno de los más pequeños de América del Sur

6. nadie / saber con certeza el significado de la palabra *Uruguay*

7. casi la mitad de la población del país / vivir en Montevideo

8. los uruguayos / recordar los años de la dictadura en el Museo de la Memoria

C. Opiniones. Tú y tus compañeros dan opiniones acerca de Uruguay.

> **MODELO** ser verdad / Uruguay es un país amante de la democracia
> **Es verdad que Uruguay es un país amante de la democracia.**
> no estar seguro(a) / los uruguayos apoyan a su presidente
> **No estoy seguro(a) (de) que los uruguayos apoyen a su presidente.**

1. ser evidente / Uruguay tiene un excelente sistema educativo

2. pensar / la industria ganadera es muy importante para la economía uruguaya

3. no creer / Uruguay va a modificar su constitución

4. no dudar / el fútbol siempre va a ser un deporte importantísimo en Uruguay

5. dudar / los uruguayos dejan de tomar mate

6. ser cierto / todos los uruguayos están muy orgullosos de su país

D. Situación mundial. Con un(a) compañero(a), habla de la situación mundial y de cómo se puede mejorar.

> **MODELO** prevenir / las guerras
> **Es bueno (preferible, importante) que prevengamos las guerras.**

1. vivir en armonía

2. crear un mundo de paz

3. saber leer y escribir

4. pensar en los demás

5. intentar mejorar la vida de todo el mundo

6. resolver el problema del hambre

7. proteger el medio ambiente

8. decirles a los líderes políticos lo que pensamos

9. ofrecer más oportunidades de empleo

10. … (*añade otros comentarios)*

E. Un mundo mejor. Felipe ha escrito un párrafo acerca de un amigo de él y quiere que tú le eches un vistazo para corregir cualquier uso del subjuntivo o del indicativo en las cláusulas nominales que no sea apropiado para la lengua escrita.

Tengo un compañero que es muy idealista y que querría cambiar el mundo. Afirma que tengamos que vivir en armonía y que es importante que prevenimos las guerras. Duda que las guerras se acabarán un día, pero desea que evitamos muchas de ellas. Está seguro de que podamos mejorar las condiciones de vida de muchos y es necesario que hacemos esfuerzos en ese sentido. Sabe que haya problemas insolubles, pero piensa que debamos tratar de vivir en un mundo mejor.

F. Consejos para los teleadictos. ¿Qué consejos puedes darle a un(a) amigo(a) que está en peligro de convertirse en un(a) teleadicto(a)? Menciona cinco por lo menos.

MODELO **Te aconsejo que seas más activo(a).**
Te recomiendo que vayas a un gimnasio.

Lección 5: Paraguay

Reducciones

aldea
aprovisionamiento
artesanal
atraído(a)
evangelización *(f.)*
ganadero(a)
impartir
mestizaje *(m.)*
planificación *(f.)*
reducciones *(f.)*
virtuosismo

Expulsión de los jesuitas

bárbaro(a)
contragolpe *(m.)*
derrocamiento
expulsión *(f.)*
mano de obra *(f.)*

Talento musical

acreedor(a)
arpa
célebre *(m. f.)*
elogiar
innato(a)
estilista
orgullo

Independencia

acuerdo
anexado(a)
banda
decretar
fronterizo(a)
impedir
manifestarse
nave *(f.)*
proclamarse

Courtesy of Febrián Samaniego

Palabras y expresiones útiles

acoger
antilógico(a)
expuesto(a)
literato(a)
nómada *(m. f.)*
represa
seno
tasa

Lección 5: Uruguay

Propietarios
abarcar
acceder
bancarrota
comprometido(a)
índice *(m.)*
margen *(m.)*
propietario(a)
reprimir

Deportes
beca
delantero(a)
equipo
prensa

Rituales y efectos
dar origen a
duelo nacional
honores patrios *(m. pl.)*
prensa
proveniente
velatorio

Junta militar
decretar
devastar
disponer
poner fin a

Images.com / Photolibrary

Palabras y expresiones útiles
a lo largo de
asimismo
contagio
período

La modernidad en desafío

COLOMBIA Y VENEZUELA

Martin Siepmann / Photolibrary

Distintos pueblos indígenas ocuparon, antes de la conquista española, el territorio que hoy comprende Venezuela y Colombia. Las costas venezolanas del Caribe fueron pobladas por los indígenas arawak que habían sido conquistados progresivamente por los caribes. En la región colombiana, la cultura conocida como la de San Agustín, todavía causa admiración por sus enormes ídolos de piedra. También en la región colombiana vivieron los pueblos chibchas, que ocupaban las tierras altas de esta área.

Exploración y conquista

¿Quién realizó el descubrimiento europeo de las costas, y qué motivó la exploración y conquista del interior?

En su tercer viaje, Cristóbal Colón pisó tierra firme en lo que hoy conocemos como Venezuela el 1 de agosto de 1498. Un año después, Américo Vespucio denominó a la zona "Venezuela", o sea, "pequeña Venecia" al ver las casas sobre pilotes que habitaban los indígenas de las orillas del lago de Maracaibo. La colonización de la costa colombiana se inició en 1525. En sus cercanías fundaron la ciudad de Santa Fe de Bogotá en 1538, dándole a la región el nombre de "Nueva Granada". Pronto corrió la voz de la leyenda de El Dorado, un reino fabulosamente rico donde el jefe se bañaba en oro antes de sumergirse en un lago. Esto motivó la exploración y conquista de los territorios del interior de Colombia y Venezuela.

imagebroker / Alamy

The Art Archive

La colonia

¿Cuáles fueron las consecuencias de la conquista y colonización para la población indígena?

Con la conquista española, la población indígena que habitaba el territorio que hoy día es Colombia y Venezuela disminuyó considerablemente debido a enfermedades introducidas por los españoles y al hecho de que muchos fueron enviados a Perú a trabajar en las minas de oro. La disminución de la población indígena dio inicio a un mestizaje racial y permitió que el castellano y el catolicismo reemplazaran muchas de las lenguas y religiones nativas. Viéndose sin grandes números de indígenas para trabajar las grandes plantaciones de caña de azúcar y las minas de oro y plata, los españoles importaron esclavos africanos que instalaron en la costa del Caribe.

¿Por qué se instauró el Virreinato de Nueva Granada?

En 1717, para enfrentarse con el problema de los piratas y para facilitar la búsqueda de oro, España instituyó el Virreinato de Nueva Granada, con su capital en Bogotá, el cual comprendía aproximadamente el territorio de las que hoy son las repúblicas de Venezuela, Colombia, Ecuador y Panamá. Este fue suprimido en 1723 y reestablecido en 1739 cuando Panamá pasó a formar parte del virreinato. Se trataba de una entidad territorial muy del gusto de los Borbones, casa real a la que pertenecía el rey español Felipe V.

██ ¿COMPRENDISTE?

A. Los orígenes. Con tu compañero(a), contesten las siguientes preguntas.

1. ¿Cuáles fueron algunos de los pueblos indígenas que ocuparon el territorio que ahora conocemos como Colombia y Venezuela?

2. ¿Cuál es el origen del nombre "Venezuela"?

3. ¿En qué consiste la leyenda de El Dorado? ¿Qué importancia tiene esta leyenda en la historia de Colombia?

4. ¿Para qué se importaron esclavos africanos durante la época colonial?

5. ¿Qué territorios pertenecían al Virreinato de Nueva Granada? ¿Por qué y para qué se creó esta entidad territorial?

B. A pensar y a analizar. Contesta las siguientes preguntas con dos o tres compañeros(as) de clase.

1. Aparte de la leyenda de El Dorado, sabemos que la leyenda de La Fuente de la Eterna Juventud determinó la exploración de parte del Caribe y la Florida. ¿Por qué, según Uds., los españoles creían que esas leyendas se hacían realidad en las Américas? ¿Creen que en la actualidad nos dejamos llevar también por las leyendas y la fantasía? Expliquen.

2. Aparte de las razones expuestas para explicar la importación de esclavos africanos, ¿qué otras razones creen que usaron los conquistadores españoles para justificar la esclavitud? Marquen las que creen que usaron y comparen sus respuestas con el resto de la clase.

_____ a. Las dificultades legales para esclavizar a los indígenas, considerados súbditos de la corona española.

_____ b. Las dificultades de adaptación por parte de los indígenas a nuevas regiones y climas.

_____ c. La resistencia de la mayor parte de los grupos indígenas.

_____ d. La cercanía entre el continente africano y el americano para el transporte.

_____ e. El gran desarrollo del mercado esclavista por parte de negociantes de distintos países europeos.

 ¡Diviértete en la red!
Busca "Leyenda de El Dorado" en Google Web y/o YouTube. Selecciona un sitio y ve a clase preparado(a) para presentar un breve resumen sobre lo que más te impresionó de esta leyenda.

Colombia

Nombre oficial: República de Colombia
Población: 43.677.372 (estimación de 2009)
Principales ciudades: Santa Fe de Bogotá (capital), Cali, Medellín, Cartagena
Moneda: Peso (Col$)

En Bogotá, la capital, con una población de casi siete millones y medio, tienes que conocer...

› el Cerro de Monserrate con su santuario, el símbolo por excelencia de la capital colombiana y, sin duda alguna, la mejor vista de la ciudad.

› el Museo del Oro, declarado Monumento Nacional y cuya colección, con unos 34 mil artefactos de oro de culturas precolombinas en Colombia, es considerada como la más importante del mundo.

› la Plaza de Toros de Santamaría, con una capacidad de 14.500 espectadores. Es considerada una de las mejores del mundo taurino.

Algunas de las piezas presentadas en el impresionante Museo del Oro de Bogotá

› la Catedral de Sal a cincuenta kilómetros de Bogotá, un templo construido en el interior de las minas de sal en el pueblo de Zipaquirá. Es considerada como uno de los logros arquitectónicos y artísticos más notables de la arquitectura colombiana.

En Medellín, conocida como "la Ciudad de las Flores" y "la Ciudad de la Eterna Primavera", no dejes de visitar...

❯ el Teatro Metropolitano con capacidad para 1.634 espectadores, en la actualidad el máximo recinto cultural de la ciudad y sede de la Orquesta Filarmónica de Medellín.

❯ el Museo de Antioquía, el más importante de la ciudad, con una colección de obras de Fernando Botero y otros artistas colombianos.

❯ uno de los cinco Parques Biblioteca que fomentan actividades culturales, recreativas y deportivas para jóvenes y adultos.

❯ uno de los veinte centros educativos universitarios, entre los que destacan la Universidad EAFIT y la Universidad de Medellín.

En Cartagena de Indias, puedes visitar...

❯ el Corralito de Piedra, una villa colonial que data de 1556, rodeada de murallas con el fin de proteger la ciudad.

❯ el Pie de la Popa, uno de los primeros barrios de Cartagena, con importantes casas coloniales.

❯ los diecinueve kilómetros de playas en el área urbana.

❯ el Castillo de San Felipe de Barajas, una construcción militar que protegió a la ciudad de ataques piratas.

❯ la Plaza de los Coches, como se conoce actualmente, en sus inicios designada para la venta de africanos que llegaban a la ciudad en condición de esclavos.

Jean-Baptiste Rabouan / Photolibrary

Música en vivo en un restaurante de Cartagena, Colombia

Festivales de Medellín

❯ La Feria de las Flores, realizada a fines de julio y comienzos de agosto, el evento más representativo de la ciudad de Medellín.

❯ El Festival Internacional de Poesía, una congregación anual de poetas de casi todo el mundo.

 ¡Diviértete en la red!
Busca "Bogotá", "Medellín", "Cartagena" o uno de los festivales mencionados aquí, en Google Web y/o YouTube. Selecciona un sitio y ve a clase preparado(a) para presentar un breve resumen sobre lo que más te impresionó.

Jon Spaull / Photolibrary

Celebrando la Feria de las Flores en Medellín, Colombia

Colombia: la esmeralda del continente

El proceso de independencia

El 20 de julio de 1810, el último virrey español, Antonio Amar y Borbón, fue destituido de su cargo en el Virreinato de Nueva Granada y obligado a tomar un barco para España. Esta es la fecha en que se conmemora la independencia de Colombia de España. Los españoles volvieron a invadir Nueva Granada en 1816. Simón Bolívar derrotó a los españoles el 7 de agosto de 1819. Así, el 17 de diciembre de ese año se proclamó la República de la Gran Colombia y Simón Bolívar fue nombrado presidente. En 1829, la República de la Gran Colombia, que poco antes había sido el Virreinato de Nueva Granada, quedó dividida en tres estados independientes: Venezuela, Ecuador y la República de Nueva Granada, hoy Colombia y Panamá.

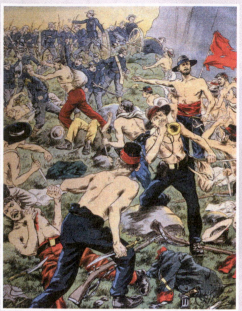

Guerra de los Mil Días (1899–1902)

© Topham / The Image Works

La violencia

Entre 1899 y 1903, tuvo lugar la más sangrienta de las guerras civiles colombianas, la Guerra de los Mil Días, que dejó al país exhausto. En noviembre de ese último año, Panamá declaró su independencia. El gobierno estadounidense apoyó esta acción pues facilitaba considerablemente su plan de abrir un canal a través del istmo centroamericano. En 1914, Colombia reconoció la independencia de Panamá.

El café fue el producto que trajo una relativa prosperidad económica después de la Primera Guerra Mundial. Aunque la gran depresión de la década de los 30 ocasionó un colapso de la economía colombiana, paradójicamente también impulsó la industrialización del país. Muchos productos manufacturados que se importaban tuvieron que ser sustituidos por productos elaborados en el país.

El 9 de abril de 1948, Jorge Eliécer Gaitán, popular líder del Partido Liberal, fue asesinado. Este hecho resultó en una ola de violencia generalizada que se llama "el bogotazo" y que continuó por varios años culminando en un golpe de estado en junio de 1953 y un golpe militar en 1957. Desde 1958 se han efectuado regularmente elecciones para presidente en Colombia.

AFP / Getty Images

Fines del siglo XX

La década de los años 80 se caracterizó por la tremenda violencia causada por los ataques de grupos guerrilleros y también de grupos de narcotraficantes, principalmente en la ciudad de Medellín. En 1991 se proclamó una nueva constitución. En 1993, la muerte de Pablo Escobar, líder del cartel de drogas de esa ciudad, trajo la promesa de paz, por la cual los colombianos, con la cooperación del gobierno estadounidense, continúan luchando esforzadamente.

La Colombia de hoy

❯ En 2002, Álvaro Uribe Vélez se convirtió en el primer presidente colombiano elegido por un partido diferente al liberal o al conservador en más de 150 años. Obtuvo su segundo mandato en 2006.

❯ Su administración negoció un proceso de desmovilización de grupos paramilitares, y el ejército nacional continúa combatiendo a los grupos guerrilleros y paramilitares.

❯ Colombia es reconocida a nivel mundial por la producción de café suave, flores, esmeraldas, carbón y petróleo, por su diversidad y por ser el segundo de los países más ricos en biodiversidad del mundo.

❯ Es el cuarto centro económico de la América hispanohablante, y en 2009 la economía número veintisiete a nivel planetario.

❯ En 2010 Juan Manuel Santos fue elegido presidente de Colombia.

¿COMPRENDISTE?

A. Hechos y acontecimientos. ¿Recuerdas los datos más importantes de la lectura? Para asegurarte, contesta las siguientes preguntas.

1. ¿Cuál es la importancia del 20 de julio de 1810 en la historia de Colombia? ¿Qué sucedió ese día?

2. ¿Quién fue elegido presidente de la República de la Gran Colombia? ¿Qué países formaron parte de la Gran Colombia?

3. ¿Qué producto agrícola trajo prosperidad a Colombia después de la Primera Guerra Mundial?

4. ¿Qué fue "el bogotazo" y qué resultado tuvo?

5. ¿Cómo se caracterizó la década de los años 80?

6. ¿Quién fue Pablo Escobar y qué significó su muerte?

7. ¿Por qué es significativa la elección de Álvaro Uribe Vélez en el año 2002?

B. A pensar y a analizar. ¿Cómo se caracteriza el siglo XX en Colombia? Contesten la pregunta trabajando en parejas. Citen hechos específicos para apoyar su respuesta. ¿Qué ha hecho el gobierno colombiano en el siglo XXI para mejorar la situación del país? ¿Qué queda por hacer?

C. Apoyo gramatical: los pronombres relativos. Completa cada oración con los pronombres relativos **que**, **quien** o **quienes**, según convenga, para hablar de la historia de Colombia.

1. El virrey _____ salió de Nueva Granada para España en 1810 fue Antonio Amar y Borbón.

2. El general José María Barreiro, a _____ Simón Bolívar derrotó en la decisiva batalla de Boyacá, fue prisionero de guerra al final de esa batalla.

3. Simón Bolívar y el general Francisco de Paula Santander, de _____ provienen la ideología conservadora y liberal, respectivamente, fueron héroes de las guerras de independencia.

4. Una de las guerras más sangrientas _____ ha tenido Colombia es la Guerra de los Mil Días.

5. La persona _____ asesinó a Jorge Eliécer Gaitán fue un joven llamado Juan Roa Sierra.

6. Los presidentes _____ gobernaron Colombia desde 1974 hasta 2002 han pertenecido al Partido Liberal.

7. La muerte de Pablo Escobar en 1993 fue un duro golpe para el narcotráfico _____ afectaba a Colombia en esa época.

MEJOREMOS LA COMUNICACIÓN

destituido(a)	istmo
elaborado(a)	mandato
esmeralda	ocasionar
hecho	paradójicamente
impulsar	virrey (m.)

Gramática 6.1: Antes de hacer esta actividad, conviene repasar esta estructura en las págs. 297–302.

Fanny Buitrago González

Esta escritora colombiana comenzó a leer y a escribir desde muy temprano, bajo la influencia de su padre y de su abuelo materno. Desde 1980 vive en Bogotá, que es el medio donde se desarrollan la mayoría de sus narraciones. También ha escrito relatos destinados al público infantil, obras de teatro y guiones de radio y televisión. Algunas de sus obras han sido traducidas al inglés, al alemán, al portugués y al francés. Su obra de teatro, *El hombre de paja* (1964), por la cual recibió el Premio Nacional de Teatro, trata de la violencia política y social que vivía Colombia. Como ella misma dice: «Tengo muchas historias para la literatura, la vida no me va a alcanzar y ese es mi único miedo».

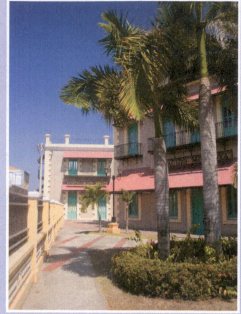

photolatino / Fotolia

La casa natal de la escritora Fanny Buitrago se encuentra en Barranquilla, Colombia.

Fernando Botero

Julio Donoso / Sygma / Corbis

Partidario de una corriente pictórica figurativa y realista, a partir de 1950 Fernando Botero exageró los volúmenes de la figura humana en sus composiciones. Posteriormente estas figuras adoptaron la forma de sátiras de tipo político y social. Durante los años 70 empezó a hacer esculturas en mármol y bronce, conservando la monumentalidad en su expresión. Para entonces ya había sido reconocido como uno de los genios de la pintura contemporánea. En su obra reciente, Botero ha recurrido temáticamente a la situación política colombiana y mundial.

Rodrigo García Barcha

Hijo del gran escritor Gabriel García Márquez, Rodrigo García Barcha sigue las huellas creativas de su padre en el cine y en la fotografía. A los cuarenta años debutó con gran éxito como realizador de la afamada película *Things You Can Tell Just by Looking at Her / Con solo mirarla* (1999), en la cual trabajó con Glenn Close, Cameron Díaz y otras famosas actrices. El filme fue premiado en el Festival de Cine Sundance y posteriormente recibió otro galardón en el Festival de Cannes del año 2000. También ha dirigido una variedad de filmes independientes y varios episodios de las series televisivas de HBO *Six Feet Under, Carnivale* y *Big Love*. Desde 2008 vive en los Estados Unidos.

Gabriel Bouys / Getty Images

Otros colombianos sobresalientes

Arturo Alape: cuentista, novelista y pintor

Roberto Burgos Cantor: cuentista y novelista

Santiago Cárdenas: pintor, dibujante y catedrático

Andrea Echeverri: cantante

Beatriz González: pintora y grabadora

Ana Mercedes Hoyos: pintora

Shakira Mebarak: cantante

Marvel Moreno: cuentista y novelista

Rafael Humberto Moreno Durán: cuentista, novelista y ensayista

Edgar Negret: escultor

Darío Ruiz Gómez: cuentista, novelista, poeta y ensayista

Carlos Vives: cantante y actor

¿COMPRENDISTE?

A. Los nuestros. Contesta estas preguntas con un(a) compañero(a). Luego, comparte tus respuestas con dos o tres compañeros(as) de clase.

1. ¿Qué tipo de literatura ha cultivado Fanny Buitrago? ¿Crees que es necesario e importante destacar el papel que juega el autor en una novela? Explica.

2. ¿Qué se destaca en el arte de Fernando Botero? En tu opinión, ¿es ofensivo tratar el tamaño de la gente de esta manera o no? Explica.

3. ¿Quién es el famoso pariente de Rodrigo García Barcha? ¿A qué crees que se debe el éxito de este gran realizador y director de cine?

B. Miniprueba. Demuestra lo que aprendiste de estos talentosos colombianos al completar estas oraciones.

1. Un buen número de las obras de Fanny Buitrago se desarrollan en los alrededores de _____.
   a. el campo colombiano   c. la industria cafetera
   b. Bogotá

2. Las obras de Fernando Botero son reconocidas en el mundo entero por _____ de las figuras.
   a. lo realista   c. lo serio
   b. la amplificación

3. Rodrigo García Barcha sigue las huellas _____ de su padre en el cine y en la fotografía.
   a. seguras   c. creativas
   b. decididas

C. Diario. En tu diario, escribe por lo menos media página expresando tus pensamientos sobre el siguiente tema.

Entre las muchas obras de la prolífica escritora Fanny Buitrago González se cuenta un libro para niños titulado *La casa del abuelo*. Si tú fueras un(a) escritor(a) de libros de niños y tuvieras un libro con el mismo título, ¿qué contarías en ese libro?

 ¡Diviértete en la red!
Busca "Fanny Buitrago", "Fernando Botero" y/o "Rodrigo García Barcha" en YouTube para ver videos y escuchar a estos talentosos colombianos. Ve a clase preparado(a) para presentar un breve resumen de lo que encontraste y lo que viste.

Letras problemáticas: la h

La **h** es muda, no tiene sonido. Solo tiene valor ortográfico. Observa la escritura de las siguientes palabras con la **h** mientras tu profesor(a) las lee.

ahora	exhausto
anhelo	hospital
cohete	humano

La letra h. Ahora, escucha a los narradores leer las siguientes palabras y escribe las letras que faltan en cada una.

1. ___ ___ r e d a r
2. p r o ___ ___ b i r
3. r e ___ ___ s a r
4. ___ ___ ___ r r o
5. ___ ___ ___ l g a

6. ___ ___ s t i l i d a d
7. v e ___ ___ m e n t e
8. ___ ___ r o e
9. e x ___ ___ l a r
10. ___ ___ r m i g a

La escritura con la letra h

La **h** siempre se escribe en una variedad de prefijos griegos.

› Con los prefijos **hema-** y **hemo-,** que significan "sangre":

hematología	**hema**tosis	**hemo**globina
hematólogo	**hemo**filia	**hemo**rragia

› Con el prefijo **hect(o)-,** que significa "cien", y **hexa-,** que significa "seis":

hectárea	**hect**ómetro	**hex**ágono
hectolitro	**hexa**cordo	**hexa**sílabo

› Con el prefijo **hosp-,** que significa "huésped", y **host-,** que significa "extranjero":

hospedar	**hosp**ital	**host**ilizar
hospicio	**host**il	**host**ilidad

› Con el prefijo **hiper-,** que significa "exceso de", e **hipo-,** que significa "(de)bajo (de); insuficiencia o disminución de":

hipercrítico	**hiper**termia	**hipó**crita
hipersensible	**hipo**condrio	**hipo**dermis

› Con el prefijo **helio-,** que significa "sol", e **hidro-,** que significa "agua":

heliofísica	**helio**scopio	**hidro**plano
heliografía	**hidro**metría	**hidro**terapia

¡A practicar!

A. Práctica con la letra h. Escucha mientras tu profesor(a) lee las siguientes palabras. Escribe las letras que faltan en cada una.

1. __ __ __ __ __ g r a m o

2. __ __ __ __ __ t e r a p i a

3. __ __ __ __ __ __ s o l u b l e

4. __ __ __ __ e d a r

5. __ __ __ __ __ s t á t i c a

6. __ __ __ __ t e n s i ó n

7. __ __ __ __ __ g r a f o

8. __ __ __ __ i t a l i z a r

9. __ __ __ g o n a l

10. __ __ __ __ t e c a

B. ¡Ay, qué torpe! En este parrafito sobre los recursos naturales de Venezuela, que apareció en el periódico venezolano *El Nacional,* hay diez errores de acentuación en palabras que se deletrean con **h**. Encuéntralos y corrígelos.

En el historico momento en que Cristóbal Colón —a quién unos llaman heroe y otros hípocrita— pisó tierra americana, el resto del planeta heredo un nuevo y mejor futuro. Al mismo tiempo Colón honro a España con el descubrimiento de una infinidad de productos, que fueron el vehiculo que cambió el modo de vida y la economía mundial. Muchos de los habitos culinarios internacionales del siglo XXI no serían posibles si no fuera por ese gran descubrimiento. Es interesante que en Venezuela se encuentran todos los principales productos que Hispánoamerica dio al resto del mundo: el cacao, la papa, el maíz, los camotes, la calabaza, el aguacate, los chiles y los cacahuates. Todo esto a pesar de húracan tras húracan que han devastado la región a lo largo de su historia.

Variantes coloquiales: dos lenguas en contacto

Cuando dos lenguas están en contacto por un largo período de tiempo, ya sea debido a conquista militar, a pueblos fronterizos o a cualquier otra razón, inevitablemente ambas acaban por tomar vocablos la una de la otra y viceversa. En esta lección van a ver un gran número de palabras derivadas del inglés.

Expresiones derivadas del inglés

En el español actual existe un gran número de palabras derivadas de otras lenguas con las que ha estado en contacto el español: el árabe, el náhuatl, el quechua y el francés, entre otras. La asimilación de palabras de otras lenguas es un proceso lingüístico natural. Debido a la proximidad de los EE.UU. con Latinoamérica, el inglés ha asimilado muchas palabras del español: *adobe, alfalfa, bronco, burro, corral, coyote, sierra,...* El español igualmente ha asimilado un gran número de palabras del inglés: **champú, béisbol, bate, inning, hamburguesa, jeans, shorts,...** Este proceso lingüístico tiende a ocurrir cuando no existe una palabra en español que exprese con exactitud lo que la palabra en inglés expresa o viceversa.

Debido al contacto diario con el inglés, muchos hispanohablantes residentes en los EE.UU. han asimilado en su español un número de palabras del inglés ya sea porque no saben que esas palabras ya existen en español o simplemente porque les conviene usarlas. Estas "palabras prestadas" del inglés llegan a sonar algo exageradas y, en muchos casos, no son aceptadas fuera de las comunidades que las usan. Hay que estar consciente del uso de estas palabras prestadas —como las de la lista que sigue— que pueden ser un obstáculo en la comunicación con hablantes de otras regiones del mundo de habla hispana. Fuera de las comunidades donde se usan estas palabras, es importante usar siempre la palabra del español más común al escribir tanto como al hablar.

Palabras prestadas	Español común
armi	ejército
bil	cuenta
bloque	cuadra
breca	freno
choque	tiza
chusar	escoger
daime	diez centavos
dar para atrás	devolver
gasolín	gasolina
guachar	mirar
magazín	revista
mecha	fósforo
nicle	cinco centavos
peni	centavo
pichar	tirar
puchar	empujar
quechar	coger
sainear	firmar
taipiar	escribir a máquina

Expresiones coloquiales. Lee las siguientes oraciones y cambia las expresiones coloquiales a un español más común.

> **MODELO:** Mi profesor quiere que yo *aplique* a la universidad.
>
> **Mi profesor quiere que yo** solicite ingreso **a la universidad.**

1. Nuestra maestra nos *dio para atrás* la tarea corregida.

2. No tenemos dinero para pagar *el bil* del teléfono.

3. Llámame por teléfono, que yo te *llamo para atrás.*

4. Por muchos años mis tíos trabajaron en *el fil.*

5. Tengo que escribir *un papel* sobre el gran libertador Simón Bolívar.

Medellín: el paraíso colombiano recuperado

© Cengage Learning 2012

Antes de empezar el video

En parejas. Contesten las siguientes preguntas en parejas.

1. ¿En qué piensan Uds. cuando oyen mencionar a Colombia o la ciudad de Medellín? ¿Por qué hacen esas asociaciones? ¿Qué validez tienen esas asociaciones?
2. ¿Qué asocian Uds. con las orquídeas? ¿De dónde vienen?
3. En la opinión de Uds., ¿cuál es el papel del arte? (¿Representar la realidad? ¿Solo dar una impresión de la realidad? ¿Divertir? ¿…?) ¿Qué es "el arte culto"? ¿Consideran Uds. que el arte humorístico sea arte culto? ¿Por qué?

Después de ver el video

A. Medellín: el paraíso colombiano recuperado. Contesta las siguientes preguntas con un(a) compañero(a) de clase.

1. ¿Cuál es el origen del nombre de Medellín?
2. ¿A qué se atribuye la belleza natural de la ciudad?
3. ¿Con quién o con qué se identifica Medellín? ¿Por qué se hace esta asociación desafortunada?
4. Describan una obra de Fernando Botero. ¿Les gusta su arte? ¿Por qué?

B. A pensar y a interpretar. Contesta las siguientes preguntas.

1. ¿Por qué no es ni justa ni válida la imagen que el mundo tiene de Medellín? ¿Por qué es tan difícil cambiar una imagen negativa de ese tipo?
2. ¿Cómo describe el narrador a los medellinenses, mejor conocidos como "paisas"? ¿Por qué crees que son así?
3. ¿Es aceptable en nuestra sociedad satirizar la apariencia física de un individuo? ¿Por qué habrá llegado a ser tan popular el arte de Fernando Botero?

C. Apoyo gramatical: los pronombres relativos. Selecciona el pronombre relativo apropiado para completar las siguientes oraciones acerca de la ciudad de Medellín.

1. Los habitantes de Medellín, (el cual / quienes) se llaman medellinenses, se sienten muy orgullosos de su ciudad.
2. Poco a poco va cambiando la imagen (la cual / que) la gente tenía de Medellín como un centro de violencia y de tráfico de drogas.
3. En Medellín se celebran importantes convenciones y exhibiciones durante (que / las cuales) se muestra al mundo lo mejor de la productividad colombiana.
4. La ciudad de Medellín, (el cual / la cual) se conoce como la Ciudad de las Flores, es una metrópolis de gran dinamismo.
5. Las orquídeas (que / las cuales) se cultivan en Medellín son unas de las más hermosas del mundo.
6. Fernando Botero es tal vez el ciudadano más famoso (que / quien) ha nacido en Medellín.
7. Fernando Botero, (cuyo / cuyas) obras exageran el volumen de la figura humana, ayudó a fundar el Museo de Antioquia, con sede en Medellín.
8. Medellín tiene muchas universidades (cuyas / que) contribuyen a la riqueza cultural de la ciudad.

Gramática 6.1: Antes de hacer esta actividad, conviene repasar esta estructura en las págs. 297–302.

¡Antes de leer!

A. Anticipando la lectura. Haz estas actividades.

1. ¿Con qué frecuencia vas a visitar a un dentista? ¿Te gusta o no te gusta ir al dentista? ¿Por qué? ¿Cómo reaccionas cuando tienen que sacarte un diente o rellenarte una muela? ¿Temes la fresa? ¿Insistes en el uso de anestesia?

2. ¿Qué opinas de la venganza? ¿Crees que vengarse es justo y práctico? ¿Te vengaste alguna vez de alguien de una manera sutil o humorística? ¿Crees que las pequeñas venganzas son sanas, o que es mejor dejar pasar los rencores? Da ejemplos en que sí y otros que no.

3. Lee el primer párrafo del cuento e identifica la voz narrativa y al protagonista. Luego, decide si va a ser un cuento realista, de horror, de fantasía o de misterio.

B. Vocabulario en contexto. Busca estas palabras en la lectura que sigue y, en base al contexto, decide cuál es su significado. Para facilitar encontrarlas, las palabras aparecen en negrilla en la lectura.

1. **dentadura postiza**	a. herramienta	b. vaso de cristal	c. dientes artificiales
2. **apresurarse**	a. darse prisa	b. considerarlo	c. poner presión
3. **el cráneo**	a. la cabeza	b. el sombrero	c. la almohada
4. **cautelosa**	a. rápida	b. moderada	c. fuerte
5. **rodó**	a. hizo caer	b. levantó	c. movió con ruedas
6. **la guerrera**	a. la pistola	b. el revólver	c. la chaqueta militar

Sobre el autor

Gabriel García Márquez, escritor colombiano galardonado con el Premio Nobel de Literatura en 1982, nació en Aracataca el 6 de marzo de 1928. Cursó estudios de derecho y periodismo en las universidades de Bogotá y Cartagena de Indias. Su consagración como novelista se produjo con la publicación de *Cien años de soledad* (1967). En muchas de las narraciones de García Márquez convergen el humor y la crítica social con una visión fabulada de la realidad que se ha llamado "realismo mágico". El contexto histórico del cuento "Un día de éstos" se sitúa en el período conocido como "La Violencia", una década de terror que comenzó en 1948 y que dividió a Colombia en dos bandos y causó miles de muertos.

© Reuters / Corbis

Un día de éstos

El lunes amaneció tibio y sin lluvia. Don Aurelio Escovar, dentista sin título y buen madrugador, abrió su
gabinete a las seis. Sacó de la vidriera una **dentadura postiza** montada aún en el molde de yeso y puso sobre la mesa un puñado de instrumentos que ordenó de mayor a menor, como en una exposición. Llevaba una camisa a rayas, sin cuello, cerrada arriba con un botón dorado, y los pantalones sostenidos con cargadores elásticos. Era rígido, enjuto, con una mirada que raras veces correspondía a la situación, como la mirada de los sordos.

Cuando tuvo las cosas dispuestas sobre la mesa **rodó** la fresa hacia el sillón de resortes y se sentó a pulir la dentadura postiza. Parecía no pensar en lo que hacía, pero trabajaba con obstinación, pedaleando en la fresa incluso cuando no se servía de ella.

Después de las ocho hizo una pausa para mirar el cielo por la ventana y vio dos gallinazos pensativos que se secaban al sol en el caballete de la casa vecina. Siguió trabajando con la idea de que antes del almuerzo volvía a llover. La voz destemplada de su hijo de once años lo sacó de su abstracción.

—Papá.

—Qué.

—Dice el alcalde que si le sacas una muela.

—Dile que no estoy aquí.

Estaba puliendo un diente de oro. Lo retiró a la distancia del brazo y lo examinó con los ojos a medio cerrar. En la salita de espera volvió a gritar su hijo.

—Dice que sí estás porque te está oyendo.

El dentista siguió examinando el diente. Solo cuando lo puso en la mesa con los trabajos terminados, dijo:

—Mejor.

Volvió a operar la fresa. De una cajita de cartón donde guardaba las cosas por hacer, sacó un puente de varias piezas y empezó a pulir el oro.

—Papá.

—Qué.

Aún no había cambiado de expresión.

—Dice que si no le sacas la muela te pega un tiro.

Sin **apresurarse,** con un movimiento extremadamente tranquilo, dejó de pedalear en la fresa, la retiró del sillón y abrió por completo la gaveta inferior de la mesa. Allí estaba el revólver.

—Bueno —dijo—. Dile que venga a pegármelo.

Hizo girar el sillón hasta quedar de frente a la puerta, la mano apoyada en el borde de la gaveta. El alcalde apareció en el umbral. Se había afeitado la mejilla izquierda, pero en la otra, hinchada y dolorida, tenía una barba de cinco días. El dentista vio en sus ojos marchitos muchas noches de desesperación. Cerró la gaveta con la punta de los dedos y dijo suavemente:

—Siéntese.

—Buenos días —dijo el alcalde.

Mientras hervían los instrumentos, el alcalde apoyó **el cráneo** en el cabezal de la silla y se sintió mejor. Respiraba un olor glacial. Era un gabinete pobre: una vieja silla de madera, la fresa de pedal y una vidriera con pomos de loza. Frente a la silla, una ventana con un cancel de tela hasta la altura de un hombre. Cuando sintió que el dentista se acercaba, el alcalde afirmó los talones y abrió la boca.

Don Aurelio Escovar le movió la cara hacia la luz. Después de observar la muela dañada, ajustó la mandíbula con una **cautelosa** presión de los dedos.

—Tiene que ser sin anestesia —dijo.

—¿Por qué?

—Porque tiene un absceso.

El alcalde lo miró en los ojos.

—Está bien —dijo, y trató de sonreír. El dentista no le correspondió. Llevó a la mesa de trabajo la cacerola con los instrumentos hervidos y los sacó del agua con unas pinzas frías, todavía sin apresurarse. Después rodó la escupidera con la punta del zapato y fue a lavarse las manos en el aguamanil. Hizo todo sin mirar al alcalde. Pero el alcalde no lo perdió de vista.

Era una cordal inferior. El dentista abrió las piernas y apretó la muela con el gatillo caliente. El alcalde se aferró a las barras de la silla, descargó toda su fuerza en los pies y sintió un vacío helado en los riñones, pero no soltó un suspiro. El dentista solo movió la muñeca. Sin rencor, más bien con una amarga ternura, dijo:

—Aquí nos paga veinte muertos, teniente.

El alcalde sintió un crujido de huesos en la mandíbula y sus ojos se llenaron de lágrimas. Pero no suspiró hasta que no sintió salir la muela. Entonces la vio a través de las lágrimas. Le pareció tan extraña a su dolor, que no pudo entender la tortura de sus cinco noches anteriores. Inclinado sobre la escupidera, sudoroso, jadeante, se desabotonó **la guerrera** y buscó a tientas el pañuelo en el bolsillo del pantalón. El dentista le dio un trapo limpio.

—Séquese las lágrimas —dijo.

El alcalde lo hizo. Estaba temblando. Mientras el dentista se lavaba las manos, vio el cielorraso desfondado y una telaraña polvorienta con huevos de araña e insectos muertos. El dentista regresó secándose las manos.

—Acuéstese —dijo— y haga buches de agua de sal.

El alcalde se puso de pie, se despidió con un displicente saludo militar y se dirigió a la puerta estirando las piernas, sin abotonarse la guerrera.

—Me pasa la cuenta —dijo.

—¿A usted o al municipio?

El alcalde no lo miró. Cerró la puerta, y dijo, a través de la red metálica:

—Es la misma vaina.

Gabriel García Márquez. "Un día de éstos", LOS FUNERALES DE LA MAMA GRANDE © Gabriel García Márquez, 1962. Reprinted by permission.

¡Después de leer!

A. Hechos y acontecimientos. ¿Recuerdas los datos más importantes de la lectura? Para asegurarte, decide si estás de acuerdo o no con los siguientes comentarios. Si no lo estás, explica por qué no.

1. Don Aurelio Escovar fue a trabajar a su oficina al anochecer.

2. Don Aurelio no pensaba en nada en particular cuando lo interrumpió la voz de su hijo.

3. Cuando su hijo le informó que el alcalde quería que le sacara una muela, don Aurelio inmediatamente salió a recibir al alcalde.

4. El alcalde dijo que iba a morir del dolor si el dentista no le sacaba la muela.

5. Para emergencias como esta, el dentista guardaba un revólver en una gaveta de la mesa.

6. El dentista le dijo al alcalde que ya no tenía anestesia.

7. El dolor fue tan intenso que le salieron lágrimas al alcalde cuando el dentista le sacó la muela.

8. "Es la misma vaina" quiere decir que el municipio nunca paga los gastos personales del alcalde.

B. A pensar y a analizar. Contesta las siguientes preguntas con un(a) compañero(a). Luego, comparen sus respuestas con las de otros grupos.

1. ¿Cuál es el tema principal de este cuento? Expliquen.

2. ¿Creen Uds. que el alcalde representa o simboliza a todos los militares de Colombia de aquella época? ¿Por qué sí o por qué no? ¿A quiénes representa o simboliza el dentista? Expliquen.

3. Comenten el diálogo en este cuento. ¿Creen Uds. que debería haber más? ¿Menos? ¿Por qué? ¿Qué efecto tiene el diálogo tal como está?

C. Teatro para ser leído. En grupos de cinco, adapten el cuento de Gabriel García Márquez "Un día de éstos" a un guion de teatro para ser leído.

1. Escriban lo que ocurre en el cuento "Un día de éstos" usando diálogos solamente.

2. Añadan un poco de narración para mantener transiciones lógicas entre los diálogos.

3. Preparen siete copias del guion: una para cada uno de los tres actores, una para los dos narradores, una para el (la) director(a) y una para el (la) profesor(a) y ¡preséntenlo!

D. Apoyo gramatical: los pronombres relativos. Completa las siguientes oraciones con los pronombres relativos **el cual, la cual, los cuales, las cuales** o **lo cual**, según convenga, para repasar el cuento.

1. Aurelio Escobar, _____ era una persona madrugadora, era el dentista del pueblo.

2. Don Aurelio no tenía título de dentista, _____ no les importaba a los habitantes del pueblo.

3. Un lunes por la mañana, una dentadura postiza, _____ estaba montada en un molde de yeso, necesitaba ser pulida.

4. El dentista, _____ trabajaba con obstinación, usaba la fresa para pulir.

5. El alcalde del pueblo sufría terriblemente, _____ lo tenía sin dormir desde hacía varias noches.

6. El alcalde visitó al dentista y este le dijo que tenía que sacar la muela, _____ estaba infectada, sin usar anestesia.

7. El alcalde, _____ sufrió mucho durante la extracción, casi derramó lágrimas.

Gramática 6.2: Antes de hacer esta actividad conviene repasar esta estructura en las págs. 320–322.

6.1 Pronombres relativos

¡A que ya lo sabes!

Mira los siguientes pares de oraciones y decide, en cada par, cuál de las dos te suena bien, la primera o la segunda.

Para más práctica, haz las actividades de **Gramática en contexto** (sección 6.1) del *Cuaderno para los hispanohablantes*.

1. a. Rosaura y Vicky son las amigas con *quienes* contamos para el domingo próximo.

   b. Rosaura y Vicky son las amigas con *quien* contamos para el domingo próximo.

2. a. Tú has leído los mismos cuentos de García Márquez *yo he leído*.

   b. Tú has leído los mismos cuentos de García Márquez *que yo he leído*.

3. a. Tengo varios amigos *que* han visitado Colombia.

   b. Tengo varios amigos *quienes* han visitado Colombia.

La primera fue fácil y la última quizá un poco más difícil. Pero creo que la mayoría seleccionó la primera oración en el primer par, la segunda en el segundo par y la primera en el tercer par. Como ven, es bueno tener un conocimiento tácito de los pronombres relativos. Si siguen leyendo, podrán consolidar ese conocimiento.

Los pronombres relativos unen una cláusula subordinada a la cláusula principal. Ya que son pronombres, remiten a un antecedente, o sea, a un sustantivo mencionado previamente en la cláusula principal. Sirven para hacer transiciones de una idea a otra y para eliminar la repetición de un sustantivo. El pronombre relativo no se omite nunca.

> **Nota para bilingües**
> En inglés es común omitir el pronombre relativo: *Have you seen the house I bought?* = ¿Has visto la casa que compré?

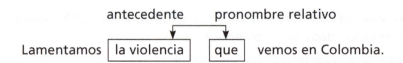

Los pronombres relativos principales son: **que, quien(es), el (la, los, las) cual(es), el (la, los, las) que, cuyo**.

Usos de que

> **Que** es el pronombre relativo de mayor uso. Se puede referir a personas, lugares, cosas o ideas abstractas.

> Gabriel García Márquez es un escritor colombiano **que** tiene renombre mundial.
> El producto **que** domina la economía colombiana es el café.

> **Que** se usa después de las preposiciones simples **a, con, de** y **en** cuando se refiere a lugares, objetos o ideas abstractas, no a personas.

> Santa Marta fue el lugar **en que** murió Simón Bolívar.
> Muchos piensan que la educación es el arma **con que** se debe combatir el subdesarrollo económico.

Usos de quien(es)

> **Quien(es)** se usa después de las preposiciones simples como **a, con, de, en** y **por** para referirse a personas. Nota que concuerda en número con su antecedente.

> No conozco al cantante venezolano **con quien (de quien)** hablas.
>
> Las personas **a quienes** entrevistaron son miembros del Congreso colombiano.

> **Quien(es)** también puede usarse en una cláusula separada por comas cuando se refiere a personas.

> Álvaro Uribe, **quien (que)** fue el presidente hasta el año 2006, fue reelegido por un segundo período de cuatro años.
>
> Muchas jóvenes colombianas, **quienes** admiran a Shakira, asisten a algunos de sus conciertos.

Ahora, ¡a practicar!

A. Estilo más complejo. Estás revisando la composición de un(a) compañero(a), en la cual aparecen demasiadas oraciones simples. Le sugieres que combine dos oraciones en una.

> **MODELO** Fanny Buitrago González es una de las mejores escritoras colombianas contemporáneas. Nació en Barranquilla.
>
> **Fanny Buitrago González, quien (que) nació en Barranquilla, es una de las mejores escritoras colombianas contemporáneas.**

1. Fernando Botero exagera los volúmenes de la figura humana. Es reconocido como uno de los genios de la cultura moderna.

2. Los músicos colombianos Andrea Echeverri y Héctor Buitrago han tenido éxito nacional e internacional. Forman el grupo de rock Aterciopelados.

3. Shakira Mebarak ha triunfado en países hispanos y en los Estados Unidos. Nació y se crió en Barranquilla.

4. Rodrigo García Barcha ha triunfado como director de cine y de televisión. Es hijo del célebre escritor Gabriel García Márquez.

B. Conozcamos Colombia. Para aprender más sobre Colombia, identifica los siguientes lugares y cosas usando la información dada entre paréntesis.

> **MODELO** el fútbol (deporte / practicarse más en Colombia)
>
> **El fútbol es el deporte que se practica más en Colombia.**

1. Bogotá (ciudad / tener más habitantes en Colombia)

2. El peso (unidad monetaria / usarse en Colombia)

3. Colombia (país / tener el mayor número de pájaros exóticos del mundo, más de 1800 especies)

4. El café (cultivo / tener más importancia en la economía colombiana)

C. Identificaciones. Identifica a las personas que aparecen a continuación.

> **MODELO** Jorge Eliécer Gaitán
>
> **Fue un político que ocupó puestos importantes en la política colombiana.**
> **Fue un ciudadano que llegó a ser el líder del Partido Liberal. o**
> **Fue un candidato presidencial que fue asesinado en 1948.**

1. Fernando Botero

2. Antonio Amar y Borbón

3. Simón Bolívar

4. Pablo Escobar

D. Escritor de fama mundial. Selecciona la palabra o frase apropiada para completar el siguiente párrafo acerca de Gabriel García Márquez.

Gabriel García Márquez es un escritor colombiano (1) (que / quien) es conocido en todo el mundo. Nació en Aracataca, ciudad (2) (quien / que) queda en la costa atlántica de Colombia. Derecho y Periodismo fueron las carreras (3) (quienes / que) cursó en la universidad. La novela (4) (que / quien) lo consagró como escritor, *Cien años de soledad*, fue publicada en 1967. García Márquez es un escritor (5) (quien / que) ha obtenido muchos premios. El galardón más importante (6) (quien / que) ha recibido es el Premio Nobel de Literatura, (7) (quien / que) le fue otorgado en 1982. Es un escritor de (8) (que / quien) los colombianos se sienten orgullosos.

Usos de **el cual** y **el que**

Formas de el cual		Formas de el que	
el cual	los cuales	el que	los que
la cual	las cuales	la que	las que

❯ Estas formas son más frecuentes en estilos formales. Se usan para referirse a personas, objetos e ideas y concuerdan en género y número con su antecedente. Aparecen comúnmente después de una preposición.

La Guerra de los Mil Días, **durante la cual** perdieron la vida más de cien mil personas, tuvo lugar entre 1899 y 1902.
Visité un pueblo **cerca del cual** hay un parque nacional.

❯ En cláusulas adjetivales separadas por comas, se puede usar **el cual** en lugar de **que** o **quien**, aunque se prefieren estos dos últimos. Se usa de preferencia **el cual** cuando hay más de un antecedente posible y es importante evitar ambigüedades.

Fernando Botero, **quien (el cual)** nació en Medellín, es un escultor de renombre mundial.
El producto principal de esta granja, **el cual** (=producto) genera bastante dinero, es el café.
El producto principal de esta granja, **la cual** (=finca) genera bastante dinero, es el café.

> ### Nota para hispanohablantes
> Hay una tendencia dentro de algunas comunidades de hispanohablantes a evitar el uso de **el cual** y sus variantes. Es importante acostumbrarse a usar estos pronombres relativos y no evitarlos en el futuro, en particular al verse obligado a hablar o escribir formalmente.

❯ Las formas de **el que** se usan a menudo para referirse a un antecedente no expreso cuando este antecedente ha sido mencionado previamente o cuando el contexto deja en claro a qué sustantivo se refiere.

—¿Te gusta la música colombiana?
—¿Cuál? ¿**La que** se escucha en la costa o **la que** se escucha en los llanos?

❯ Las formas de **el que** y **quien(es)** se usan para expresar "la persona/las personas que".

Quien (El que) adelante no mira, atrás se queda.
Quienes (Los que) se esfuerzan triunfarán.

Ahora, ¡a practicar!

A. Necesito explicaciones. Tu profesor te ha dicho que el último ensayo que entregaste no es apropiado. Le haces preguntas para saber exactamente por qué no es apropiado.

> **MODELO** el tema / escribir sobre
>
> **¿El tema sobre el que escribí no es apropiado?**

1. la bibliografía / basarse en
2. el esquema / guiarse por
3. la tesis central / presentar argumentación para
4. ideas / escribir acerca de

B. La leyenda de las esmeraldas. Para contar la leyenda del origen de las esmeraldas usando oraciones complejas, combina las dos oraciones en una usando la forma apropiada de **el cual**.

> **MODELO** Dos montañas simbolizan una historia de amor. Se encuentran en el occidente de Boyacá.
>
> **Dos montañas, las cuales se encuentran en el occidente de Boyacá, simbolizan una historia de amor.**

1. Según una leyenda, un príncipe llamado Tena vivía en esa región. Estaba enamorado de una bella joven llamada Fura.

2. Fura juró fidelidad eterna a su amado príncipe. Estaba igualmente enamorada.

3. El dios del mal Zarbe se interpuso entre los dos amantes. Tentó a Fura.

4. La joven Fura rompió su promesa de fidelidad a Tena. Dio su amor a Zarbe pensando que sería inmortal.

5. El príncipe no pudo aceptar la traición de Fura y se quitó la vida. Sintió una profunda tristeza.

C. Definiciones. Explica el significado de los siguientes términos que aparecen en la lección.

> **MODELO** la fresa (dentista)
>
> **La fresa es un aparato que usan los dentistas para pulir.** o
>
> **La fresa es una herramienta con la cual trabajan los dentistas.**

1. el residuo nuclear
2. la guerra civil
3. el alcalde
4. la anestesia

Usos de **lo cual** y **lo que**

> Las formas neutras **lo cual** y **lo que** se usan en cláusulas adjetivales, separadas por comas, para referirse a una situación o a una idea mencionada previamente.
>
> > En 1948, el popular político Jorge Eliécer Gaitán fue asesinado, **lo cual (lo que)** produjo una ola de violencia.

> **Lo que** también se usa para algo indefinido que va a ser mencionado.
>
> > Me gustaría saber **lo que** piensas de la situación política de Colombia.
> > Diversificar la economía es **lo que** intentan hacer muchos gobiernos.

Uso de **cuyo**

Cuyo(a, os, as) es un pronombre relativo que indica posesión. Precede al sustantivo al cual modifica y concuerda en género y número con tal sustantivo.

> No conozco a ese cantante colombiano **cuyas** canciones me gustan tanto.
> Los muiscas eran un pueblo precolombino **cuya** economía estaba basada en la agricultura.

Nota para hispanohablantes

Hay una tendencia dentro de algunas comunidades de hispanohablantes a evitar el uso de **cuyo** y sus variantes. Es importante aprender a usar este pronombre relativo y no evitarlo en el futuro, en particular al verse obligado a hablar o escribir formalmente.

Ahora, ¡a practicar!

A. ¡Impresionante! Uno a uno, los viajeros que regresan de Bogotá dicen qué es lo que más les impresionó.

> **MODELO** ver en las calles
>
> **Me impresionó lo que vi en las calles.**

1. leer en los periódicos
2. vi en la televisión
3. escuchar en la radio
4. aprender en el Museo del Oro
5. contarme algunos amigos colombianos

B. Reacciones. Usa la información dada para indicar tu reacción al leer diversos datos acerca de Colombia. Puedes utilizar el verbo que aparece al final de cada oración u otro que conozcas.

> **MODELO** Colombia es el segundo productor de café del mundo / impresionar
>
> Colombia es el segundo productor de café del mundo, lo cual (lo que) me impresionó mucho.

1. Colombia tiene la mayor red para ciclismo en Latinoamérica / sorprender
2. las más bellas esmeraldas provienen de Colombia / impresionar
3. algunos artículos documentan progreso lento en áreas de la salud / entristecer
4. muchos todavía ven a Colombia como un lugar de violencia y narcotráfico / desconcertar

C. ¿Cuánto recuerdas? Hazle preguntas a un(a) compañero(a) a ver si recuerda la información presentada en esta lección acerca de Colombia.

> **MODELO** el virrey de Nueva Granada / el mandato terminó en 1810
>
> **¿Cuál es el virrey de Nueva Granada cuyo mandato terminó en 1810?**

1. la cantante de rock / la música se escucha por todo el mundo
2. el escritor / la obra más famosa se llama *Cien años de soledad*
3. el narcotraficante / la muerte ocurrió en 1993
4. el líder político / el asesinato resultó en una ola de violencia

D. Impresiones de viaje. Selecciona las formas apropiadas en la siguiente narración de tu amiga Irma, quien acaba de regresar de Colombia.

Todos me aconsejaban que no viajara a Colombia, (1) (lo cual / el cual) yo no entendía. Creo que (2) (lo que / lo cual) les preocupaba era la inestabilidad política del país. Afortunadamente la visita (3) (la cual / que) tuve fue sin incidentes desagradables. Quedé fascinada con el viaje. Tuve la oportunidad de visitar lugares para mí exóticos, (4) (el cual / los cuales) me encantaron. Los jóvenes con (5) (que / quienes) conversé me mostraron otros modos de pensar. Imagínense que hasta pude hablar con un dirigente político, (6) (el cual / cuyo) nombre no recuerdo ahora, (7) (quien / lo cual) me conversó con detalles de la situación política de Colombia. En fin, quiero volver a ese país (8) (que / el cual) me cautivó.

Venezuela

© Cengage Learning 2012

Nombre oficial: República de Venezuela
Población: 26.814.843 (estimación de 2009)
Principales ciudades: Caracas (capital), Maracaibo, Valencia, Maracay, Barquisimeto
Moneda: Bolívar (Bs.)

En Caracas, la capital, con una población de más de tres millones, tienes que conocer...

> la Plaza Bolívar, que en la época de la colonia era el lugar de ejecuciones de los enemigos de la corona española y es ahora el lugar donde se encuentra un extraordinario bronce ecuestre del Libertador.

> la Casa Natal del Libertador Simón Bolívar.

> el Museo de Arte Contemporáneo, un importante centro cultural que goza de gran prestigio internacional.

> la Ciudad Universitaria, una obra maestra arquitectónica y una maravilla en cuanto a urbanismo, paisajismo y arte.

> el Parque los Caobos, con una gran extensión de áreas verdes y distintos tipos de árboles de caoba. En la entrada se encuentran el Museo de Ciencias Naturales, el Museo de Bellas Artes y el Complejo Cultural Teresa Carreño.

Alexander Chaikin / Shutterstock

Uno de los barrios residenciales de Caracas, Venezuela

En Maracaibo, no dejes de visitar...

> el lago de Maracaibo, el lago más grande de Venezuela y Latinoamérica, con una inmensa reserva petrolera en su subsuelo.

> el templo de Santa Ana, una de las edificaciones más antiguas de la ciudad, con elementos del arte mudéjar.

> Sinamaica, al noroeste de Maracaibo, donde cerca de doce mil personas habitan viviendas sobre pilotes de madera en el lago Maracaibo, a las que Venezuela debe su nombre.

Fotopanorama / Photolibrary

Calle Santa Lucía en Maracaibo, Venezuela

En Maracay, puedes visitar...

> la Plaza Bolívar, que mide unos quinientos metros de largo, ubicada frente a la antigua Gobernación del Estado Aragua, Teatro de la Ópera de Maracay y a un lado del Hospital Civil de Maracay.

> el Museo Aeronáutico de las Fuerzas Aéreas Venezolanas, antiguamente la Base Aérea Aragua y la primera Escuela de Aviación Militar del país.

> la Casa de la Moneda, la única en toda Sudamérica. En ella se fabrican monedas, billetes, sellos y otras especies valoradas.

Jean Du Boisberranger / Photolibrary

Exterior de la plaza de toros de Maracay

Parques nacionales de Venezuela

> el Parque Nacional Henri Pittier, el más antiguo de Venezuela, mundialmente famoso por la diversidad de aves que se encuentran en esta zona (más de quinientas especies)

> el Parque Nacional Sierra Nevada, el segundo parque decretado parque nacional, dedicado a la preservación del ecosistema de mayor altura en el país

> el Parque Nacional Guatopo, con numerosos ríos que nacen en su seno, entre ellos: Lagartijo, Taguaza, Taguacita y Cuira. Es garante del agua de la ciudad capital.

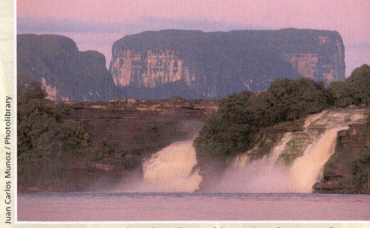

Juan Carlos Munoz / Photolibrary

El impresionante salto El Hacha y el lago Canaima, en el Parque Nacional de Canaima

¡Diviértete en la red!
Busca "Caracas", "Maracaibo", "Maracay" o uno de los parques nacionales mencionados aquí, en Google Web y/o YouTube. Selecciona un sitio y ve a clase preparado(a) para presentar un breve resumen sobre lo que más te impresionó.

Venezuela: los límites de la prosperidad

La independencia

Venezuela fue el primer país en Latinoamérica que inició la larga lucha por la independencia. En 1819 se estableció lo que se conoce como la tercera república y Simón Bolívar fue elegido presidente. En 1821 el congreso de Cúcuta promulgó la constitución de la República de la Gran Colombia (Colombia, Venezuela, Ecuador y Panamá) y reafirmó a Bolívar como presidente. El nacionalismo venezolano resentía este gobierno centrado en la lejana Bogotá y en 1829 el general José Antonio Páez consiguió la independencia para Venezuela.

© Bettmann / Corbis

Un siglo de caudillismo

Después de su independencia, Venezuela fue gobernada durante más de un siglo por una sucesión de dictadores y por una aristocracia de terratenientes. De 1908 a 1935, Venezuela fue gobernada por el dictador más sanguinario de todos ellos, Juan Vicente Gómez. Durante su dictadura, con grandes inversiones europeas y estadounidenses en la región del lago Maracaibo, Venezuela llegó a ser el segundo productor de petróleo del mundo y el primer exportador. Una nueva clase media urbana comenzó a surgir alrededor de los servicios prestados a la industria petrolera.

La consolidación de la democracia moderna

En 1947 se aprobó una nueva constitución de carácter marcadamente progresista. Ese mismo año el candidato del partido Acción Democrática (AD), el famoso novelista Rómulo Gallegos, fue elegido presidente y tomó el poder en febrero de 1948. Las reformas radicales que promovió causaron mucha oposición y nueve meses después fue derrocado por el ejército, imponiéndose una dictadura militar que duró hasta 1958, cuando, a su vez, fue derrocada.

Rómulo Betancourt fue elegido presidente en 1958. Su gobierno consolidó las instituciones democráticas. En 1961 fue aprobada una nueva constitución. Esta dio comienzo a un período tranquilo que duró casi hasta fines del siglo XX.

El desarrollo industrial

En la década de los 60, Venezuela alcanzó un gran desarrollo económico que atrajo a muchos inmigrantes de Europa y de otros países sudamericanos. En 1976 Carlos Andrés Pérez nacionalizó la industria petrolera, lo que dio al país mayores ingresos e impulsó el desarrollo industrial. En 1993 el país enfrentó una fuerte crisis económica debido a la baja de los precios del petróleo y a la recesión económica mundial. Esto, junto con el impacto negativo que dejó un fracasado golpe de estado dirigido por el coronel Hugo Chávez, forzó a Andrés Pérez a renunciar a la presidencia en 1993. En diciembre de 1998 Hugo Chávez fue elegido presidente.

© Mark Antman / The Image Works

Michael Zegers / Photolibrary

La Venezuela de hoy

› La gestión de Chávez ha mantenido una línea izquierdista que pretende llevar al país hacia lo que denomina el Socialismo del siglo XXI. Creó programas de ayuda y desarrollo social, conocidos como las Misiones Bolivarianas.

› En febrero de 2009, el pueblo de Venezuela, mediante un nuevo referéndum, aprobó la reelección indefinida de todos los cargos de elección popular, incluido el presidente de la República.

› Venezuela se considera actualmente un país en desarrollo, con una economía basada primordialmente en la extracción y refinamiento del petróleo y otros minerales, así como actividades agropecuarias e industriales. Para el 2012 se estima que superará los 30 millones de habitantes, en su gran mayoría mestizos.

■■ ¿COMPRENDISTE?

A. Hechos y acontecimientos. ¿Recuerdas los datos más importantes de la lectura? Para asegurarte, completa las siguientes oraciones.

1. Venezuela se destaca por ser el primer país en Latinoamérica que...

2. Por más de cien años, Venezuela fue gobernada por una sucesión de… y por una…

3. Durante la dictadura de Juan Vicente Gómez, con respecto al petróleo, Venezuela llegó a ser el segundo… del mundo y el primer...

4. Debido a un gran desarrollo económico en la década de los 60, Venezuela atrajo a...

5. El gobierno de Hugo Chávez pretende llevar al país hacia el…

6. En 2009, en Venezuela se aprobó…

B. A pensar y a analizar. Contesta las siguientes preguntas con dos o tres compañeros(as) de clase.

1. ¿Qué evento que ocurrió en la segunda mitad del siglo XX tuvo un impacto muy grande en el desarrollo industrial de Venezuela? ¿Cómo creen Uds. que esto afectó la vida diaria de un gran número de venezolanos? ¿Qué otros países o qué estados de los EE.UU. han tenido una experiencia muy similar? Expliquen.

2. ¿Creen que tal gobierno beneficia a la mayoría? Expliquen sus respuestas.

C. Apoyo gramatical. El presente de subjuntivo: cláusulas adjetivales. Completa las siguientes oraciones en las que algunos estudiantes hablan de la historia de Venezuela usando el presente de indicativo o de subjuntivo, según convenga.

1. Una de las figuras históricas que los venezolanos _____ (admirar) más es Simón Bolívar.

2. Necesitamos ahora personas que todos los venezolanos _____ (admirar) y _____ (respetar).

3. Un gobernante que me _____ (interesar) es el presidente Rómulo Betancourt.

4. No hay ningún período histórico que _____ (atraer) a todos los venezolanos.

5. Leí un libro interesantísimo que _____ (tratar) sobre los caudillos de Venezuela.

6. Ahora yo busco un libro que _____ (incluir) una sección extensa sobre la época de la independencia de Venezuela.

7. A mí me gustaría saber más del papel que Venezuela _____ (jugar) ahora en la OPEP.

8. Parece que el socialismo del siglo XXI que _____ (proponer) Hugo Chávez tiene defensores entre sus compatriotas.

> **MEJOREMOS LA COMUNICACIÓN**
>
> | | |
> |---|---|
> | agropecuario(a) | marcadamente |
> | atraer | mediante |
> | contrincante *(m. f.)* | promover |
> | consolidar | rechazado(a) |
> | derrocado(a) | resentir (ie, i) |
> | enmienda | sanguinario(a) |
> | gestión *(f.)* | terrateniente *(m. f.)* |

Gramática 6.2: Antes de hacer esta actividad conviene repasar esta estructura en las págs. 320–322.

Carolina Herrera

Esta modista venezolana se ha dedicado al diseño de ropa que pronto le atrajo una clientela fabulosa entre las que figuran reinas, princesas, duquesas, artistas de cine y millonarias. En 1980 presentó su primera colección de moda; en 1986, sus primeras creaciones para novia y en 1988, su primer perfume, tanto para mujer como para hombre. Atribuye su éxito al hecho de que la cultura latina enfatiza la importancia de estar bien presentado: "Nos enseñan a vestirnos bien porque es una manera de mostrar respeto por otros y por uno mismo". Entre sus principales triunfos se cuenta su entrada al *Fashion Hall of Fame* (1981), el haber sido incluida por la revista *People* entre los 100 latinos más influyentes de 2007 y el premio Geoffrey Beene a la Trayectoria Profesional del *Council of Fashion Designers of America* (2008).

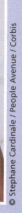
© Stephane Cardinale / People Avenue / Corbis

Wilmer Eduardo Valderrama

Duffy-Marie Arnoult / Getty Images

Este actor y productor se conoce sobre todo por su papel de Fez en la comedia de situaciones *That '70s Show* desde 1998 a 2006. Hizo el papel de DJ Keoki en la película *Party Monster* (2003) junto con Macaulay Culkin, Chloë Sevigny, Seth Green y Wilson Cruz. Desde 1996, produjo y condujo la serie de MTV *Yo Momma*, y apareció tres veces en otra serie de MTV, *Punk'd*, conducida por Ashton Kutcher. Participó en el video de la cantante colombiana Fanny Lú *Tú no eres para mí* (2008). En la actualidad, Valderrama está preparando, junto con Phil Stark, una serie de comedia dirigida a toda la familia que se transmitirá por Nickelodeon. El programa tiene por nombre *Earth to Pablo* y tratará sobre una familia normal que espera albergar en su casa a un estudiante sudamericano de intercambio y en su lugar recibe a un marciano.

Gustavo Dudamel

Este talentoso músico y director de orquesta venezolano comenzó sus estudios de música a la edad de cuatro años. En 1999 fue designado director de la Orquesta Sinfónica Simón Bolívar de Venezuela. En 2005 debutó con la Philharmonia, la Orquesta Filarmónica de Israel y la Orquesta Filarmónica de Los Ángeles. En noviembre de 2006 hizo su debut en el famoso teatro La Scala de Milán. En 2010 realizó una gira por los Estados Unidos con la orquesta filarmónica de Los Ángeles, ciudad en la que instauró su conocido "sistema" para hacer la música accesible a niños de los barrios más desfavorecidos. Entre los reconocimientos que ha recibido este genial músico y educador de apenas 30 años, destacan el premio Gustav Mahler (2004) en Alemania y el "Anillo de Beethoven" (2005).

AP Images / Alessandra Tarantino

Otros venezolanos sobresalientes

María Conchita Alonso: actriz y cantante

María Eugenia Barrios: bailarina, coreógrafa

Salvador Garmendia (1928–2001): cuentista, novelista y guionista para radio, televisión y cine

Adriano González León: cuentista y novelista

Betty Kaplan: directora de cine

Gerd Leufert: diseñador gráfico y dibujante

Antonio López Ortega: novelista y cuentista

Marisol: escultora

José Luis Rodríguez ("El Puma"): cantante

Jesús Rafael Soto (1923–2005): escultor

Franklin Tovar: dramaturgo, actor, humorista, mimo y director

Slavko Zupcic: médico y escritor

MEJOREMOS LA COMUNICACIÓN

actualidad *(f.)*

albergar

certamen *(m.)*

desfavorecido(a)

designado(a)

estar bien presentado(a)

gira

hacer el papel

instaurar

marciano(a)

modista

resaltar

respeto

¿COMPRENDISTE?

A. Los nuestros. Contesta estas preguntas con un(a) compañero(a).

1. ¿Qué dice Herrera sobre el énfasis que la cultura latina pone en vestir bien? ¿Es verdad esto también en la cultura estadounidense? Explica tu respuesta.

2. ¿A qué crees que se debe el éxito y la popularidad de Wilmer Valderrama en el mundo de la televisión?

3. ¿Cómo crees que fue la niñez de Gustavo Dudamel? ¿Cuánto tiempo crees que dedicaba a las lecciones de música? ¿Crees que es bueno ser tan dedicado a tan temprana edad? Explica tu respuesta.

B. Miniprueba. Demuestra lo que aprendiste de estos talentosos venezolanos al completar estas oraciones.

1. Carolina Herrera es una de las mujeres _____ del mundo.

   a. más bellas   b. mejor vestidas   c. más ricas

2. Wilmer Valderrama es un talentoso _____.

   a. productor y pintor   b. actor y cantor   c. actor y productor

3. En Los Ángeles, Gustavo Dudamel no solo ha dirigido la Orquesta Filarmónica sino que se ha dedicado a hacer la música accesible a _____.

   a. todo el mundo   b. niños pobres   c. las clases acomodadas

C. Diario. En tu diario, escribe por lo menos media página expresando tus pensamientos sobre este tema.

Entre los clientes de Carolina Herrera se encuentran estrellas de cine y aristócratas internacionales. Si tú fueras diseñador(a) de modas, ¿te gustaría diseñar solo para gente rica? Si así es, explica por qué y qué diseñarías. Si no, ¿quiénes serían tus clientes? ¿Qué diseñarías para ellos?

¡Diviértete en la red!
Busca "Carolina Herrera", "Wilmer Valderrama" y/o "Gustavo Dudamel" en Google Images y YouTube para ver fotos y videos de estos talentosos venezolanos. Ve a clase preparado(a) para contar algo anecdótico de estos personajes.

ASÍ HABLAMOS Y ASÍ ESCRIBIMOS

Letras problemáticas: la y

La **y** tiene varios sonidos. Cuando ocurre al final de una palabra, tiene el sonido semivocálico /i/, como en **fray** y **estoy**. Este sonido es muy semejante al sonido de la vocal **i**. En otros casos tiene el sonido consonántico /y/, como en **ayudante** y **yo**. (Este sonido puede variar, acercándose en algunas regiones al sonido de la *sh* y en otras al de la *j* del inglés *jar*). Observa la escritura de estos sonidos al escuchar a tu profesor(a) leer las siguientes palabras.*

/i/	/y/
muy	apoyar
soy	ayuda
Uruguay	ensayo
virrey	leyes

La letra y. Escucha mientras tu profesor(a) lee algunas palabras con los dos sonidos de la letra **y**. Indica si el sonido que escuchas en cada una es /i/ o /y/.

1. /i/ /y/
2. /i/ /y/
3. /i/ /y/
4. /i/ /y/
5. /i/ /y/

6. /i/ /y/
7. /i/ /y/
8. /i/ /y/
9. /i/ /y/
10. /i/ /y/

> *Se llama **yeísmo** a la pronunciación /y/ de las letras **y** y **ll** (haya=halla); se llama **lleísmo** o **diferenciación** cuando esta pronunciación varía.

La escritura con la letra y

La **y** siempre se escribe en ciertas palabras y formas verbales y en ciertas combinaciones.

> En ciertas palabras que empiezan con a:

ayer	**ay**udante	**ay**uno
ayuda	**ay**unar	**ay**untar

> En formas verbales cuando la letra **i** ocurriría entre dos vocales y no se acentuaría:

ca**yó** (de **caer**)	le**y**endo (de **leer**)
ha**y**a (de **haber**)	o**y**en (de **oír**)

> Cuando el sonido /i/ ocurre al final de una palabra y no se acentúa. El plural de sustantivos en esta categoría también se escribe con **y**.

esto**y**	mame**y**, mame**y**es	virre**y**, virre**y**es
le**y**, le**y**es	re**y**, re**y**es	vo**y**

¡A practicar!

A. Práctica con la letra y. Escucha mientras tu profesor(a) lee las siguientes palabras. Escribe las letras que faltan en cada una.

1. ___ ___ u n a s
2. h ___ ___
3. c a ___ ___ n d o
4. b u e ___ ___ s
5. h u ___ ___ n

6. P a r a g u ___ ___
7. r e ___ ___ s
8. ___ ___ a c u c h a n o
9. v a ___ ___ n
10. ___ ___ u d a n t e

B. ¡Ay, qué torpe! Ciro acaba de escribir este párrafo, sobre los medios de comunicación en el imperio incaico, como tarea para la clase. Te pide que lo revises y corrijas cualquier error. Encuentra las diez palabras con errores y corrige los errores que encuentres en ellas.

El gran imperio inca instituyo sistemas ingeniosos de arquitectura e ingenieria. Ensayo nuevos metodos y construyo monumentos, fortalezas, caminos, puentes y ciudades. Con ellos trato de desafiar el tiempo y los efectos de terremotos e inundaciones. El sistema de caminos así como tambien los corredores o chasquis ayudaron a mejorar la comunicacion y apoyaron el poderio íncaico.

Variantes coloquiales: los nombres de comidas y animales

Debido a su enorme extensión, que cubre las más variadas regiones climáticas, el mundo hispano tiene una gran variedad de nombres para muchas comidas y especies de animales. Los nombres de comidas varían mucho según la región. Por ejemplo, en México y Centroamérica dicen **ejotes**, en Argentina **chauchas**, en Bolivia **vainitas** y en España dicen **habichuelas verdes**. Lo mismo ocurre con los nombres de muchos animales. Por ejemplo, en México y Centroamérica el **buitre** se conoce como **zopilote** y en Paraguay como **urubú**, y la enorme serpiente que vive a orillas de los ríos americanos es llamada **anaconda** en unas regiones y en otras **tragavenado**.

A. Comidas. Selecciona de la segunda columna el nombre que corresponde a cada comida nombrada en la primera columna.

_____ 1. aguacate	a. melocotón
_____ 2. papa	b. maní
_____ 3. durazno	c. choclo
_____ 4. chile	d. chinas
_____ 5. maíz	e. arvejas
_____ 6. frijoles	f. ají
_____ 7. cacahuate	g. palta
_____ 8. chícharos	h. ananá
_____ 9. piña	i. porotos
_____ 10. naranjas	j. patata

B. Animales. Selecciona de la segunda columna el nombre que corresponde a cada animal nombrado en la primera columna.

_____ 1. serpiente   a. cochino

_____ 2. avestruz   b. caimán

_____ 3. tecolote   c. pavo

_____ 4. colibrí   d. mofeta

_____ 5. venado   e. cabra

_____ 6. guajolote   f. asno

_____ 7. perico   g. culebra

_____ 8. cocodrilo   h. búho

_____ 9. cerdo   i. ciervo

_____ 10. burro   j. ñandú

_____ 11. chiva   k. chupaflor

_____ 12. zorrillo   l. loro

ESCRIBAMOS AHORA

Narrar con diálogos

1 **Para empezar.** Muchas narraciones se sirven del diálogo para relatar o contar algún suceso o incidente. En el cuento de Gabriel García Márquez "Un día de éstos", el diálogo entre el dentista y su hijo, y luego entre el dentista y el alcalde, desarrolla en sí mismo la mayor parte de la narración. Observa, en este caso, lo mucho que se comunica en muy pocas palabras en este diálogo entre el dentista y su hijo:

> —Papá.
> —Qué.
> —Dice el alcalde que si le sacas una muela.
> —Dile que no estoy aquí.

Observa en el siguiente diálogo cómo, al escribir diálogo en español, hay cierta puntuación que se usa que varía bastante del inglés.

> —Tiene que ser sin anestesia —dijo.
> —¿Por qué?
> —Porque tiene un absceso.
> El alcalde lo miró en los ojos.
> —Está bien —dijo, y trató de sonreír.

> › Se usa un guion largo (—), no las comillas (""), cada vez que una persona empieza a hablar.

> › También se usa un guion largo (—) cuando una persona termina de hablar y es seguido por la voz narrativa (la voz del narrador) y no de uno de los personajes.

2 **A generar ideas.** Piensa ahora en un suceso en tu vida donde el diálogo tuvo un efecto impactante. Escribe tu nombre y debajo, haz una tabla de dos columnas. Anota en la primera columna, en orden cronológico, tres o cuatro momentos clave relacionados al suceso que vas a describir. En la segunda columna anota las palabras específicas que recuerdas que usaste en ese incidente.

3 **Tu borrador.** Ahora desarrolla la información que anotaste en tres o cuatro cortos diálogos. Recuerda usar un guion largo cuando sea necesario. Escribe tu borrador ahora. ¡Buena suerte!

4 **Revisión.** Intercambia tu borrador con un(a) compañero(a). Revisa su narración, prestando atención a las siguientes preguntas. ¿Ha comunicado bien el suceso? ¿Son claros y específicos sus diálogos? ¿Tienes algunas sugerencias sobre cómo podría mejorar su descripción?

5 **Versión final.** Considera las correcciones que tu compañero(a) te ha indicado, revisa la narración y dale un título. Como tarea, escribe la copia final en la computadora prestando atención especial a la puntuación. Antes de entregarla, dale un último vistazo a la acentuación, a la concordancia y a las formas de los verbos.

6 **Publicación (opcional).** Cuando su profesor(a) les devuelva la narración corregida, revísenla con cuidado y luego, en grupos de tres o cuatro, lean sus narraciones al grupo por turnos. Decidan cuál es la mejor en cada grupo y devuélvanle esa a su profesor(a) para que las ponga todas en un libro que va a titular: **Diálogos de los estudiantes del señor (de la señora/señorita)...**

¡Antes de leer!

A. Anticipando la lectura. Con un(a) compañero(a), responde a las siguientes preguntas relacionadas con el trabajo y la vida.

1. ¿Se consideran ustedes personas ambiciosas? ¿Cómo saben que sí lo son o no? Den ejemplos.

2. ¿Creen que es posible perder el control cuando se es ambicioso(a) y terminar viviendo para trabajar en lugar de trabajar para vivir? Presenten ejemplos.

3. ¿Creen que hay valores culturales que ayudan a no caer en la tentación de convertir el progreso económico en una obsesión? ¿Cuáles son? ¿Creen que es positivo o negativo que se dé prioridad a la vida por encima del trabajo? ¿Cómo se traduce eso en la vida ordinaria? ¿Qué tipo de opciones hay que escoger para mantener esa prioridad?

B. Vocabulario en contexto. Busca estas palabras en la lectura que sigue y, en base al contexto, decide cuál es su significado. Para facilitar encontrarlas, las palabras aparecen en negrilla en la lectura.

1. **inversor** a. especulador b. turista c. deportista

2. **palmeras** a. edificios b. botes c. tipo de árboles

3. **varado** a. tomando el sol b. inmovilizado c. perdido

4. **reposaba** a. nadaba b. corría c. descansaba

5. **bostezo** a. señal de sueño b. grito c. canto

6. **se acomodaba** a. se adaptaba b. se sentaba c. se levantaba

Sobre el autor

Armando José Sequera nació en Caracas, Venezuela, el 8 de marzo de 1953. Es escritor, periodista y productor audiovisual. Es autor de casi 60 libros, en su mayoría para niños y jóvenes, y ha recibido numerosos premios nacionales e internacionales, entre ellos el premio Casa de las Américas (1979). Es autor, entre otros, de *Evitarle malos pasos a la gente* (1982), *Teresa* (2001), *Funeral para una mosca* (2004) y *Mi mamá es más bonita que la tuya* (2005). En la actualidad reside en Carabobo, Venezuela. El siguiente cuento folclórico pertenece a la tradición oral venezolana. Se publicó en el libro *Cuentos de humor, ingenio y sabiduría*.

© Courtesy of Armando José Sequera, self-portrait.

¿Para qué?

Un inversionista estadounidense visitó la isla de Margarita en Venezuela, con la idea de adquirir un terreno próximo a una playa y desarrollar en él un proyecto de urbanización turística: la hermosa luz solar, el maravilloso paisaje marino y la presencia en el lugar de bellísimas bañistas le parecieron muy apropiados para la promoción internacional del sitio.

Lo único que le disgustó fue ver a un hombre que, mientras duró su visita, estuvo durmiendo en una hamaca colocada entre dos **palmeras**. A pocos metros del durmiente, **varado** en la playa, **reposaba** también un bote. Por eso, cuando ya se iba, el inversionista se aproximó al hombre y le preguntó:

—¡Oiga, amigo, ¿qué está haciendo usted allí?! ¿Por qué no intenta ganar algo de dinero, pescando en el mar que tiene enfrente?

—¿Para qué? —preguntó a su vez el hombre, después de lanzar un sonoro **bostezo**.

—¡¿Para qué?! —se escandalizó el inversionista. ¡Para que con el dinero que reciba por su pesca, se compre un segundo bote y contrate a otro pescador!

—¿Para qué? —volvió a preguntar el hombre, sin moverse de la hamaca.

—¿Cómo que para qué? ¡Para que con el dinero que le produzcan sus dos botes compre dos más, contrate a otros dos pescadores y funde así su propia empresa pesquera!

—¿Para qué? —quiso saber una vez más el hombre. El inversionista estaba rojo de la indignación. A gritos respondió:

—¡Para que en el futuro tenga una cuenta bancaria, ya no necesite trabajar más y pueda descansar! El pescador movió la cabeza de un lado a otro, cerró los ojos y mientras **se acomodaba** de nuevo en la hamaca, dijo:

—¡Si es para eso, yo ya estoy descansando!

Armando José Sequera, *Cuentos de humor, ingenio y sabiduría* (Recopilación y reescritura de Cuentos Folklóricos y Populares de Todo el Mundo para Niños y Jóvenes, Ediciones San Pablo, Caracas, 1995). Used with permission.

¡Después de leer!

A. Hechos y acontecimientos. ¿Recuerdas los datos más importantes de la lectura? Para asegurarte, contesta las siguientes preguntas.

1. ¿Adónde fue y qué fue a hacer el inversionista en Venezuela?
2. ¿Qué fue lo que indignó al inversionista? ¿Por qué crees que le indignó?
3. ¿Qué propuso el inversionista al pescador?
4. ¿Qué le respondió el pescador?
5. ¿Cuál es la moraleja de esta historia?

B. A pensar y a analizar. Haz estas actividades con un(a) compañero(a).

1. ¿Qué características tiene este cuento para que lo definamos como un cuento folclórico? Al responder a esta pregunta, consideren el posible origen del cuento, el estilo, la enseñanza o moraleja, entre otras cosas.
2. ¿Creen que Armando José Sequera simplemente transcribió el cuento que recibió de la tradición oral? Expliquen su respuesta.
3. En la literatura, a veces prevalece la belleza del lenguaje sobre el mensaje que se quiere comunicar. ¿Creen que es el caso de este cuento? ¿Creen que es más importante lo que cuenta que cómo lo cuenta? Expliquen su respuesta.

C. Debate. En grupos de tres preparen un debate. Un grupo defiende que la vida es mejor vivirla día a día, minuto a minuto, y disfrutarla. El otro grupo defiende que en la vida hay que trabajar, ganar dinero y hacerse rico. Apoyen sus argumentos con ejemplos. La clase decide qué postura ganó el debate y qué argumentos los convencieron.

D. Apoyo gramatical. El presente de subjuntivo: cláusulas adverbiales. Completa las siguientes oraciones relacionadas con la lectura que leíste. Emplea el presente de indicativo o de subjuntivo, según convenga.

1. El inversionista estadounidense visita la isla de Margarita porque _____ (querer) comprar un terreno que urbanizará.
2. Va a comprar el terreno para que allí se _____ (construir) un complejo turístico.
3. Cuando el complejo turístico _____ (estar) terminado, el inversionista lo promocionará a nivel internacional.
4. Ve en la playa a un hombre que no trabaja aunque _____ (haber) un bote cerca de él.
5. El inversionista despierta al hombre a fin de que este le _____ (explicar) la razón de su falta de actividad.
6. El inversionista piensa que el hombre puede progresar con tal de que se _____ (esforzar).
7. El inversionista le sugiere al hombre que trabaje para que _____ (adquirir) otro bote y, poco a poco, _____ (formar) una pequeña empresa.
8. Tan pronto como el inversionista _____ (terminar) de hacer una sugerencia, el hombre siempre responde "para qué".
9. El inversionista le dice finalmente que cuando el hombre _____ (terminar) de seguir sus sugerencias no deberá trabajar más y podrá descansar.
10. Como el hombre ya _____ (estar) descansando no ve ninguna razón para hacer tanto esfuerzo y llegar al mismo punto en que está ahora.
11. Parece que el hombre está satisfecho con tal de que _____ (ganar) lo suficiente para vivir; luego él puede descansar.

Gramática 6.3: Antes de hacer esta actividad conviene repasar esta estructura en las págs. 322–327.

Los elefantes nunca olvidan

Un cortometraje de Lorenzo Vigas Castes

Ganador de múltiples premios, entre otros el Premio ANAC al mejor cortometraje y mejor sonido, y los premios Sol de Oro y el Cine Corto, de la XIII edición del festival de cine latinoamericano "La cita" de Biarritz (Francia)

GUION Y DIRECCIÓN: **LORENZO VIGAS CASTES**   PRODUCCIÓN EJECUTIVA: **LORENZO VIGAS CASTES Y BLANCA SANOJA**   PRODUCCIÓN: **GUILLERMO ARRIAGA Y LORENZO VIGAS CASTES**   PRODUCTORES ASOCIADOS: **HÉCTOR ORTEGA Y ANTONIO RODRÍGUEZ DÍAZ**   DIRECCIÓN DE FOTOGRAFÍA: **HÉCTOR ORTEGA**   ARTE: **ERASMO COLÓN**   SONIDO: **STEFANO GRAMITTO**   ACTORES PRINCIPALES: **GONZALO CUBERO EN EL PAPEL DE PEDRO, GUILLERMO MUÑOZ EN EL PAPEL DE JUAN Y GREISY MENA COMO HERMANA**

Martin Heitner / Photolibrary

Antes de ver el corto

A. ¿Palabras relacionadas? Con tu compañero(a), indiquen si estas palabras están relacionadas o no.

1. cargada / pistola
2. cosa tuya / cosa mía
3. cartera / santísima
4. pendejo / estúpido

5. te juro / te prometo
6. apurado / joven
7. ¡Buenas! / ¡Hola!
8. panza llena / idea

B. Palabras. Con tu compañero(a), completen las siguientes oraciones usando palabras del vocabulario.

1. Los trabajadores del rancho tuvieron un accidente, cuando uno de ellos se puso a jugar con un rifle sin saber que estaba _____.

2. No entiendo por qué andas tan _____. ¡El avión no llega hasta las 6:30!

3. Yo no puedo hacer deporte con la _____.

4. Sé que no me crees, pero _____, estoy diciendo la verdad.

C. Expresiones. Con tu compañero(a), indiquen qué palabras o expresiones de la columna de la izquierda pueden substituir las palabras y expresiones subrayadas.

_____ 1. ni siquiera
_____ 2. pásate por
_____ 3. cosa tuya
_____ 4. tú sí
_____ 5. cuidado y no
_____ 6. apurado

a. Baja el volumen de la música, <u>no</u> despiertes al bebé.
b. Siempre andas <u>con tanta prisa</u>.
c. Si quieres, vende el coche. Es <u>tu decisión</u>.
d. Lo que hizo no está bien. <u>No</u> te felicitó por tu cumpleaños.
e. Yo no tengo idea de eso, pero <u>tú sabes mucho</u>.
f. Te lo digo una vez más: <u>ven a</u> mi casa esta noche.

Fotogramas de *Los elefantes nunca olvidan*

Este cortometraje cuenta la historia de dos hermanos en busca de venganza. Con un(a) compañero(a), observen estos fotogramas y relacionen cada uno con las siguientes frases que describen la acción. Después, escriban una sinopsis de lo que creen que es la trama. Compartan su sinopsis con las de otras dos parejas de la clase.

_____ a. Te llevo con él, pero no hagas nada si yo estoy cerca.

_____ b. Lo que nos hizo se me quedó aquí.

_____ c. Espérame.

_____ d. Está cargada.

_____ e. Crees que quiero tu dinero de mierda, ¿eh?

_____ f. Porque a mí nunca se me olvida una cara.

Un cortometraje de Lorenzo Vigas Castes

Después de ver el corto

A. Lo que vimos. Con tu compañero(a), decidan si acertaron al anticipar la trama en la sinopsis que escribieron. ¿Hasta qué punto acertaron? ¿Dónde variaron de la trama?

B. ¿Entendiste? Prepara 5 ó 6 preguntas sobre *Los elefantes nunca olvidan* y házselas a tu compañero(a). Luego responde a sus preguntas.

C. ¿Qué piensan? Con tu compañero(a), respondan ahora a las siguientes preguntas.

1. ¿Qué opinan de este corto? ¿Les gustó? ¿Por qué sí o no?

2. ¿Qué es lo que muestra el corto? ¿Creen que es verosímil, sí o no? ¿Por qué?

3. ¿Creen que *Los elefantes nunca olvidan* se parece a alguna película que hayan visto o historia que hayan leído? Si sí, ¿a cuál? Si no, ¿les parece totalmente original? Expliquen.

D. Sobre rencor y venganza. Con tu compañero(a), respondan a las siguientes preguntas. Luego compartan sus respuestas con la clase.

1. ¿Cuál creen que es la enseñanza de este cortometraje? ¿Qué nos enseña en cuanto a los personajes (el hermano, la hermana, el padre), sus personalidades y actitudes? Expliquen.

2. ¿Se consideran personas rencorosas? ¿Olvidan con facilidad las ofensas? ¿Qué hacen para superar el rencor, cuando lo sienten? Expliquen.

E. Debate. En grupos de tres preparen un debate sobre la justicia retributiva. Según este concepto de justicia, el castigo impuesto es una respuesta moralmente aceptable a la falta o crimen, independientemente de que el castigo produzca o no beneficios tangibles. Defiendan esta teoría mientras otro grupo se opone. Informen a la clase quién ganó y qué argumentos usaron para ganar.

F. Apoyo gramatical. El presente de subjuntivo: cláusulas adverbiales. Usando el presente de indicativo o de subjuntivo, según convenga, completa las siguientes oraciones relacionadas con el cortometraje que viste.

1. Dos hermanos, un muchacho y una joven, viajan en un camión con Pedro, su padre, sin que este _____ (saber) quiénes son ellos.

2. A Pedro lo llaman "Elefante" porque su memoria _____ (ser) excelente.

3. Sin embargo, aunque supuestamente Pedro _____ (tener) buena memoria, no reconoce a sus propios hijos.

4. Los dos hermanos planean la muerte de Pedro porque _____ (querer) venganza a causa de maltratos en el pasado.

5. El hijo, quien lleva un revólver, matará a su padre tan pronto como se _____ (presentar) una oportunidad.

6. Durante el viaje, aunque el muchacho _____ (poder) aprovechar más de una oportunidad, no mata al padre.

7. Cuando el viaje _____ (llegar) a su fin, el hijo corre hacia el padre con la intención, finalmente, de matarlo.

8. Apunta a Pedro con el revólver y se identifica para que Pedro _____ (comprender) quién lo va a matar.

9. Cuando _____ (terminar) la historia, sin embargo, vemos que el hijo no puede matar al padre.

10. La aparente historia de venganza termina sin que la venganza se _____ (cumplir).

Gramática 6.3: Antes de hacer esta actividad conviene repasar esta estructura en las págs. 322–327.

GRAMÁTICA

6.2 El presente de subjuntivo en las cláusulas adjetivales

Para más práctica, haz las actividades de **Gramática en contexto** (sección 6.2) del *Cuaderno para los hispanohablantes.*

¡A que ya lo sabes!

¿Qué dice tu amigo Rubén, que no tiene una muy buena opinión de la política ni de la economía venezolana? Mira los siguientes pares de oraciones y decide, en cada par, cuál de las dos te suena mejor, la primera o la segunda.

1. a. Necesitamos líderes políticos que *tengan* energía.

   b. Necesitamos líderes políticos que *tienen* energía.

2. a. No conozco ninguna plataforma económica que *resuelve* los problemas de la nación.

   b. No conozco ninguna plataforma económica que *resuelva* los problemas de la nación.

Con toda seguridad, la mayoría de la clase escogió la primera oración del primer par y la segunda del último par, aun sin saber qué es una cláusula adjetival. Con respecto al primer par, en un contexto diferente, la segunda oración podría ser la apropiada. Fíjate, por ejemplo, en la oración en el siguiente contexto: **Los señores Rodríguez y Toledo son políticos dinámicos. Necesitamos líderes políticos que tienen energía, como ellos**.

Sin embargo, en el contexto dado del primer par, la primera oración es la más apropiada. Resulta fácil decidir cuando ya se tiene un conocimiento tácito del uso del presente de subjuntivo en las cláusulas adjetivales. Sigan leyendo para aumentar su conocimiento.

> Las cláusulas adjetivales se usan para describir un sustantivo o pronombre anterior (el cual se llama el antecedente) en la cláusula principal de la oración. En español, se usa el subjuntivo en la cláusula adjetival cuando describe algo cuya existencia es desconocida o incierta.

Quiero visitar **una playa venezolana**   que **esté** situada junto al mar Caribe.

| antecedente desconocido | cláusula adjetival en subjuntivo |

Los venezolanos piden industrias que **diversifiquen** la economía.
Venezuela necesita una economía que **se base** menos en la industria petrolera.

Nota para hispanohablantes

Hay una tendencia dentro de algunas comunidades de hispanohablantes a usar el indicativo en la cláusula adjetival a pesar de tener un antecedente desconocido. De esta manera, en vez de usar el subjuntivo en la cláusula adjetival cuando describen algo cuya existencia es incierta o desconocida **(Venezuela necesita una economía que se base menos en la industria petrolera)**, usan el indicativo: *Venezuela necesita una economía que se basa menos en la industria petrolera.* Es importante evitar este uso fuera de esas comunidades y en particular al escribir.

> Cuando la cláusula adjetival describe una situación real (alguien o algo que se sabe existe), se usa el indicativo.

Hace poco visité **una playa venezolana**   que **está** situada junto al mar Caribe.

| antecedente conocido | cláusula adjetival en indicativo |

Caracas es una ciudad que **está** situada a 800 metros sobre el nivel del mar.
Venezuela tiene playas caribeñas que **atraen** a los turistas.

> Cuando las palabras negativas tales como **nadie**, **nada** y **ninguno** indican no existencia en una cláusula subordinada, la cláusula adjetival que sigue está siempre en subjuntivo.

> Aquí no hay **nadie** que no **sepa** quién es Hugo Chávez.
> No hay ningún teleférico en el mundo que **sea** más alto que el teleférico de Mérida.

Nota para hispanohablantes

Hay una tendencia dentro de algunas comunidades de hispanohablantes a usar *naide* y **ninguno** + sustantivo masculino en vez de **nadie** y **ningún** + sustantivo masculino: *Aquí no hay naide que no sepa quién es Hugo Chávez. No hay ninguno teleférico en el mundo que sea más alto que el teleférico de Mérida.* Es importante evitar este uso fuera de esas comunidades y en particular al escribir.

> La **a** personal se omite delante del objeto directo de la cláusula principal cuando la existencia de la persona es desconocida o incierta. Sin embargo, se usa delante de **nadie**, **alguien** y formas de **alguno** y **ninguno** cuando se refieren a personas.

> Busco **una persona** que conozca bien la música venezolana.
> No conozco **a nadie** que viva en Maracaibo.

Ahora, ¡a practicar!

A. Información, por favor. Para prepararte para un viaje a Venezuela, escribe algunas de las preguntas que le vas a hacer a tu guía turístico.

> **MODELO** museos / exhibir la historia colonial del país
> **¿Hay museos que exhiban la historia colonial del país?**

1. agencias turísticas / ofrecer excursiones a la región del Orinoco

2. tiendas de artesanía / vender artículos típicos de la isla de Margarita

3. escuela de idiomas / enseñar español

4. Oficina de Turismo / dar mapas del país

5. libro / describir los atractivos turísticos principales

6. lugares / cambiar dólares a cualquier hora

7. empresas / ofrecer viajes a la región de los llanos

8. compañía / hacer excursiones al Parque Nacional de Canaima

B. Pueblo ideal. Te encuentras en Venezuela y deseas visitar un pueblo interesante. Descríbele a tu compañero(a) el pueblo que te gustaría visitar, usando la información dada.

> **MODELO** tener edificios coloniales
> **Deseo visitar un pueblo que tenga edificios coloniales.**

1. quedar cerca de un puerto

2. tener playas tranquilas

3. ser pintoresco

4. no estar en las montañas

5. no encontrarse muy lejos de la capital

C. Comentarios. Combina las frases de la primera columna con las de la segunda para saber los comentarios u opiniones que expresaron algunos estudiantes de la clase acerca de Venezuela.

_____ 1. Es un país que (tener)

_____ 2. Es una diseñadora de moda que (exportar)

_____ 3 Los venezolanos quieren un gobierno que (diversificar)

_____ 4. La Guaira es un puerto que (encontrarse)

_____ 5. Caracas es una ciudad que (contar)

_____ 6. Necesitan tener medidas que (combatir)

_____ 7. El gobierno venezolano debe seguir desarrollando una política que (proteger)

_____ 8. Deben promover medidas que (garantizar)

_____ 9. El lugar que (contener)

_____ 10. Una plaza que (medir)

a. los derechos de los grupos indígenas.

b. con más de cuatro millones de habitantes.

c. la estabilidad política.

d. la economía.

e. unos 500 metros de largo es la Plaza Bolívar en Caracas.

f. inmensas reservas petroleras es el lago Maracaibo.

g. el precio de la gasolina más bajo del mundo.

h. la inflación.

i. a unos cincuenta kilómetros de Caracas.

j. el buen gusto venezolano a todo el mundo.

D. Un lugar pintoresco. Tu amigo Héctor te pide que le eches un vistazo a lo que ha escrito acerca de un pueblo de Venezuela para corregir cualquier uso inapropiado del indicativo y del subjuntivo en las cláusulas adjetivales.

Cuando mis amigos me preguntan cuál es el pueblo de Venezuela que yo prefiera les digo que es Tuñame. No conozco otro pueblito que es tan pintoresco. Hay pueblos que estén cerca de la capital o del mar Caribe. Tuñame es un pueblo que está en los Andes venezolanos y que quede lejos de la capital. Aun así, no hay lugar, en mi opinión, que ofrece una mayor fiesta de colorido y fragancia por su gran variedad de flores multicolores. Es un lugar que yo no deje de visitar durante mis visitas a Venezuela.

Para más práctica, haz las actividades de **Gramática en contexto** (sección 6.3) del *Cuaderno para los hispanohablantes.*

6.3 El presente de subjuntivo en las cláusulas adverbiales

¡A que ya lo sabes!

Beto sale para Venezuela en una semana. Te dice lo que piensa hacer en ese país, que visita por primera vez. Mira los siguientes pares de oraciones y decide, en cada par, cuál de las dos oraciones te suena mejor, la primera o la segunda.

1. a. Estaré en Venezuela antes de que *termina* este mes. ¿Qué te parece?

   b. Estaré en Venezuela antes de que *termine* este mes. ¿Qué te parece?

2. a. Voy a visitar Venezuela porque *tenga* unos muy buenos amigos allí.

   b. Voy a visitar Venezuela porque *tengo* unos muy buenos amigos allí.

3. a. Cuando *esté* en Venezuela iré a la isla de Margarita.

   b. Cuando *estaré* en Ecuador iré a la isla de Margarita.

Fue un poco difícil decidir, ¿no? ¿Qué oraciones eligió la mayoría? ¿La segunda oración en los dos primeros pares y la primera en el último par? ¡Qué bien! No es difícil cuando se tiene un conocimiento tácito del uso del indicativo y del subjuntivo en las cláusulas adverbiales. Lean lo que sigue para aumentar ese conocimiento.

Conjunciones que requieren el subjuntivo

› Como los adverbios, las cláusulas adverbiales responden a las preguntas "¿Cómo?", "¿Por qué", "¿Dónde?", "¿Cuándo?" y son introducidas siempre por una conjunción. Las siguientes conjunciones introducen siempre cláusulas adverbiales que usan el subjuntivo porque indican que la acción principal depende del resultado de otra acción o condición incierta.

a fin (de) que	en caso (de) que
a menos (de) que	para que
antes (de) que	sin que
con tal (de) que	

Salimos para Caracas el próximo jueves, **a menos que tengamos** inconvenientes de última hora.

Quiero pasar un semestre en Mérida **antes de que termine** mis estudios universitarios.

Algunos industriales han escrito una petición **para que** el gobierno **incentive** las inversiones extranjeras.

Conjunciones que requieren el indicativo

› Las siguientes conjunciones introducen cláusulas adverbiales que usan el indicativo porque aseveran la razón de una situación o acción, o porque declaran un hecho.

como	puesto que
porque	ya que

Muchos jóvenes venezolanos están contentos **porque** el país **tiene** un partido ecologista que desea proteger el medio ambiente.

Ya que mi padre **tiene** problemas con la tensión arterial, ve regularmente a un cardiólogo muy bueno.

Nota para hispanohablantes

Hay una tendencia dentro de algunas comunidades de hispanohablantes a usar el indicativo en vez del subjuntivo en las cláusulas adverbiales temporales que se refieren al futuro. Por ejemplo, en vez de usar el subjuntivo y decir **Visitaré a unos amigos de la familia cuando vaya a Caracas,** usan el indicativo (*Visitaré a unos amigos de la familia cuando voy a Caracas*). Es importante evitar este uso fuera de esas comunidades y en particular al escribir.

Ahora, ¡a practicar!

A. Opiniones. Los miembros de la clase expresan diversas opiniones acerca de Venezuela. Usa las conjunciones de la lista siguiente para completar las oraciones.

a fin (de) que   con tal (de) que   a menos (de) que   porque   como

1. Los venezolanos no van a estar contentos _____ mejore la situación económica.

2. A muchos venezolanos no les importa quién gobierne _____ pueda resolver los problemas del país.

3. Se han dictado nuevas leyes _____ los comerciantes creen nuevas industrias.

4. Los consumidores se quejan _____ ha aumentado la inflación.

5. El gobierno no aumentará los impuestos _____ los economistas hagan esa recomendación.

B. Propósitos. Tú eres un(a) negociante que acaba de formar una empresa. Utilizando las sugerencias dadas o tus propias ideas, explica por qué has decidido crear tu propia compañía.

> **MODELO** el talento de nuestro país / poder aprovecharse
>
> **He formado una empresa para que el talento de nuestro país pueda aprovecharse.** o
> **He formado una empresa a fin (de) que el talento de nuestro país pueda aprovecharse.**

1. los accionistas / ganar dinero
2. los consumidores / gozar de buenos productos
3. nuestra gente / conseguir mejores empleos
4. nuestro país / competir con las empresas extranjeras
5. el desempleo / disminuir
6. mis empleados / poder tener una vida mejor
7. . . . (*añade otros propósitos*)

C. Excursión dudosa. Faltan pocos días para que termine tu corta visita a Venezuela y el recepcionista del hotel te pregunta si tienes intenciones todavía de visitar la isla de Margarita. Tú le aseguras que quieres ir, pero que hay obstáculos. ¿Bajo qué condiciones irás o no irás?

> **MODELO** tener dinero para el viaje
>
> **Iré con tal de que tenga dinero para el viaje**

1. terminar el mal tiempo
2. no tener demasiado que hacer
3. conseguir una excursión organizada que me interese
4. encontrar una excursión de pocos días
5. poder posponer mi salida del país
6. la empresa de viajes confirmar mis reservaciones
7. … (*añade otros obstáculos*)

D. Razones. Indica algunas de las razones que se dan para defender o atacar la presencia de las compañías multinacionales en Venezuela, especialmente en la industria petrolera. Puedes utilizar las sugerencias que aparecen a continuación o dar tus propias razones.

> **MODELO** contribuir al mejoramiento de la economía local
>
> **Muchos defienden (están a favor de) las compañías multinacionales porque contribuyen al mejoramiento de la economía local.**
>
> impedir el desarrollo económico local
> **Muchos atacan (están en contra de) las compañías multinacionales ya que impiden el desarrollo económico local.**

1. deteriorar el medio ambiente
2. mejorar los servicios públicos
3. monopolizar la producción
4. desarrollar la red de transporte
5. influir en el gobierno local
6. reducir el desempleo
7. interesarse solamente en sus ganancias
8. afectar la cultura local
9. . . . (*añade otras razones*)

E. Pros y contras. Lee lo que ha escrito tu amiga Yolanda acerca de las compañías multinacionales y corrige cualquier uso del subjuntivo que no sea apropiado.

> Tengo algunos amigos que apoyan a las compañías multinacionales y otros que las atacan. Algunos las defienden porque reduzcan el desempleo. Como estas compañías ofrezcan empleos a la comunidad local, muchos también las defienden. A otros les gustan ya que construyan nuevos caminos y carreteras. Pero otros amigos las atacan porque deterioren el medio ambiente e influyan negativamente en la cultura local. Como estas compañías se interesen principalmente en sus ganancias, también son criticadas por muchos. Yo no sé qué pensar, ya que vea que hay puntos a favor y puntos en contra.

Conjunciones temporales

> Tanto el subjuntivo como el indicativo se pueden usar con las siguientes conjunciones temporales.

cuando	hasta que
después (de) que	mientras que
en cuanto	tan pronto como

> Se usa el subjuntivo en una cláusula adverbial de tiempo si lo que se dice en la cláusula adverbial contiene duda o incertidumbre acerca de una acción o si se refiere a una acción futura.

> Cuando **vaya** a Barquisimeto, visitaré a unos amigos de la familia.
>
> Tan pronto como **llegue** a Caracas, voy a subir al Ávila en teleférico.

Nota para bilingües

En este uso, el inglés emplea el presente de indicativo: *As soon as Jaime arrives in Barqusimeto, he'll visit some friends of the family.*

Nota para hispanohablantes

Hay una tendencia dentro de algunas comunidades de hispanohablantes a usar el subjuntivo después de la conjunción **ya que**. Por ejemplo, en vez de decir **Yo estudio mucho ya que quiero sacar buenas notas,** dicen: *Yo estudio mucho ya que quiera sacar buenas notas.* Es importante evitar este uso fuera de esas comunidades y en particular al escribir.

> Se usa el indicativo en una cláusula adverbial de tiempo si la cláusula adverbial describe una acción acabada, una acción habitual o una declaración de hecho.

> Cuando **fuimos** a Mérida, nos divertimos mucho en el pueblito histórico de Los Aleros.
>
> Después de que **visitaba** un museo, siempre compraba algún regalo en la tienda del museo.
>
> Cuando **voy** a Caracas, visito a unos parientes de mi padre.

Aunque

> Cuando **aunque** introduce una cláusula que expresa posibilidad o conjetura, va seguida de subjuntivo.

Aunque llueva mañana, iremos a un parque nacional.

Aunque no me **creas**, te contaré que sobrevolé el salto Ángel.

> Cuando **aunque** introduce una declaración o una situación de hecho, va seguida de indicativo.

Aunque Venezuela no es un país grande, tiene una gran variedad de paisajes.

Como, donde y según

> Cuando las conjunciones **como, donde** y **según** se refieren a una idea, objeto o lugar desconocido o no específico, van seguidas de subjuntivo. Cuando se refieren a una idea, objeto o lugar conocido o específico, van seguidas de indicativo.

En esta ciudad la gente es más bien conservadora y no puedes vestirte **como quieras**.

Para comprar objetos de cuero, puedes ir **donde** te **indiqué** ayer.

Ahora, ¡a practicar!

A. Flexibilidad. Tú y un(a) amigo(a) tratan de decidir lo que van a hacer. Tú quieres ser muy flexible y se lo muestras cuando te hace las siguientes preguntas.

MODELO ¿Vamos al cine hoy por la tarde o el próximo viernes? (cuando / [tú] querer)
Pues, cuando tú quieras.

1. ¿Nos encontramos frente al café o frente al cine? (donde / convenirte)

2. ¿Te llamo por teléfono a las tres o a las cinco? (como / [tú] desear)

3. ¿Te espero en casa o en el parque cercano? (donde / ([tú] decir)

4. ¿Te devuelvo el dinero hoy o mañana? (según / parecerte)

5. ¿Te dejo aquí o en la próxima esquina? (como / serte más cómodo)

6. ¿Te paso a buscar a las dos o a las tres? (cuando / [tú] poder)

B. Intenciones. Di lo que piensas hacer en Caracas, a pesar de que puedes tener problemas.

MODELO tardar algunas horas / buscar artículos de artesanía en El Hatillo
Aunque tarde algunas horas, voy a buscar artículos de artesanía en El Hatillo.

1. quedar lejos de mi hotel / visitar el Museo de Arte Colonial en la Quinta de Arauco

2. tener poco tiempo / recorrer el Parque del Este

3. estar cansado(a) / dar un paseo por el centro de Caracas

4. no interesarme mucho la historia del período independentista / pasar unos momentos en la Casa Natal del Libertador

5. estar en las afueras de Caracas / llegar hasta Colonia Tovar

6. no entender mucho de arquitectura religiosa / entrar en la iglesia de San Francisco

C. Paseo por una ciudad colonial. Completa la siguiente información acerca de la ciudad de Coro usando el presente de indicativo o de subjuntivo.

Cuando (1) _____ (ir/tú) a Venezuela, debes tratar de visitar la ciudad de Coro. Como esta ciudad (2) _____ (ser) una de las más antiguas del país, ofrece un gran atractivo histórico. Antes de que (3) _____ (viajar/tú), es buena idea pasar por la Oficina de Turismo en Caracas para obtener mapas e información. Tan pronto como (4) _____ (llegar) a Coro, ve a la parte colonial para que (5) _____ (tener) la impresión de estar viviendo en un pasado lejano. Mientras (6) _____ (pasear) por la ciudad, vas a ver casas pintadas con brillantes colores que te alegrarán el espíritu. Aunque la zona colonial de la ciudad (7) _____ (constituir) la gran atracción turística de la ciudad, no es el único lugar que debes visitar. Cuando (8) _____ (terminar/tú) de recorrer la ciudad, tienes que ir al Parque Nacional de los Médanos de Coro a fin de que (9) _____ (poder/tú) tener la experiencia de un paisaje de dunas que te fascinará.

D. Mundo ideal. Explica lo que la gente tendrá que hacer para que los ecologistas estén satisfechos. Puedes utilizar las sugerencias dadas a continuación o dar tus propias opiniones.

MODELO haber un medio ambiente limpio en todas partes

> **Van a estar más contentos cuando haya un medio ambiente limpio en todas partes.**
> **Van a sentirse más satisfechos en cuanto (tan pronto como) haya un medio ambiente limpio en todas partes.**
> **No van a quedar contentos hasta que haya un medio ambiente limpio en todas partes.**

1. haber menos contaminación del aire
2. eliminarse la destrucción de bosques tropicales
3. establecerse más reservas biológicas protegidas
4. no seguir disminuyendo la capa de ozono
5. los vehículos utilizar menos gasolina
6. haber menos lluvia ácida
7. todo el mundo reciclar más
8. controlarse el tráfico de contaminantes

E. Parques nacionales venezolanos. Completa la siguiente información acerca de estos lugares de Venezuela.

Cuando (1) _____ (querer [tú]) admirar la variedad y riqueza de los diferentes ecosistemas venezolanos, puedes visitar algunos de los más de cuarenta parques nacionales. Como el gobierno (2) _____ (gastar) mucho dinero en estos parques, están bastante bien mantenidos. Aunque estas reservas (3) _____ (constituir) un gran atractivo turístico, muchas están situadas en lugares alejados y de difícil acceso. Antes de que (4) _____ (viajar [tú]) a un parque, es buena idea obtener mapas e informaciones y permisos, en caso de que (5) _____ (ser) necesarios. Aunque (6) _____ (haber) muchos lugares donde practicar ecoturismo, uno de los lugares más visitados es el Parque Nacional Canaima. Es famoso porque aquí se (7) _____ (encontrar) el Salto Ángel, la cascada más alta del mundo. Para que tú (8) _____ (poder) gozar de tu visita es buena idea que, antes de que tú (9) _____ (ir) a este parque, leas acerca del clima y del paisaje de esta zona.

VOCABULARIO ACTIVO

Lección 6: Colombia

cinematógrafo
afamado(a)
corriente (f.)
debutar
guion (m.)
realizador(a)

Virreinato
denominar
destituido(a)
huellas
instaurarse
mandato
reemplazar
virrey (m.)

Istmo
cercanías
istmo
orilla
pilote (m.)
tierra firme

Información
comprender
corrió la voz
dar inicio a
desarrollarse
elaborado(a)
hecho
recurrir

Palabras útiles
entidad (f.)
esmeralda
impulsar
medio
ocasionar
paja
paradójicamente
partidario(a)
posteriormente

Lección 6: Venezuela

Terrateniente

agropecuario(a)
albergar
designado(a)
enmienda
terrateniente *(m. f.)*
instaurar

Certamen de belleza

atraer
certamen *(m.)*
estar bien presentado
hacer el papel
marcadamente
modista
promover (ue)
resaltar
respeto

Inversionista

actualidad *(f.)*
consolidar
contrincante *(m. f.)*
derrocado(a)
desfavorecido(a)
gestión *(f.)*
rechazado(a)

Palabras útiles

gira
marciano(a)
resentir (ie, i)
sanguinario(a)

White / Photolibrary

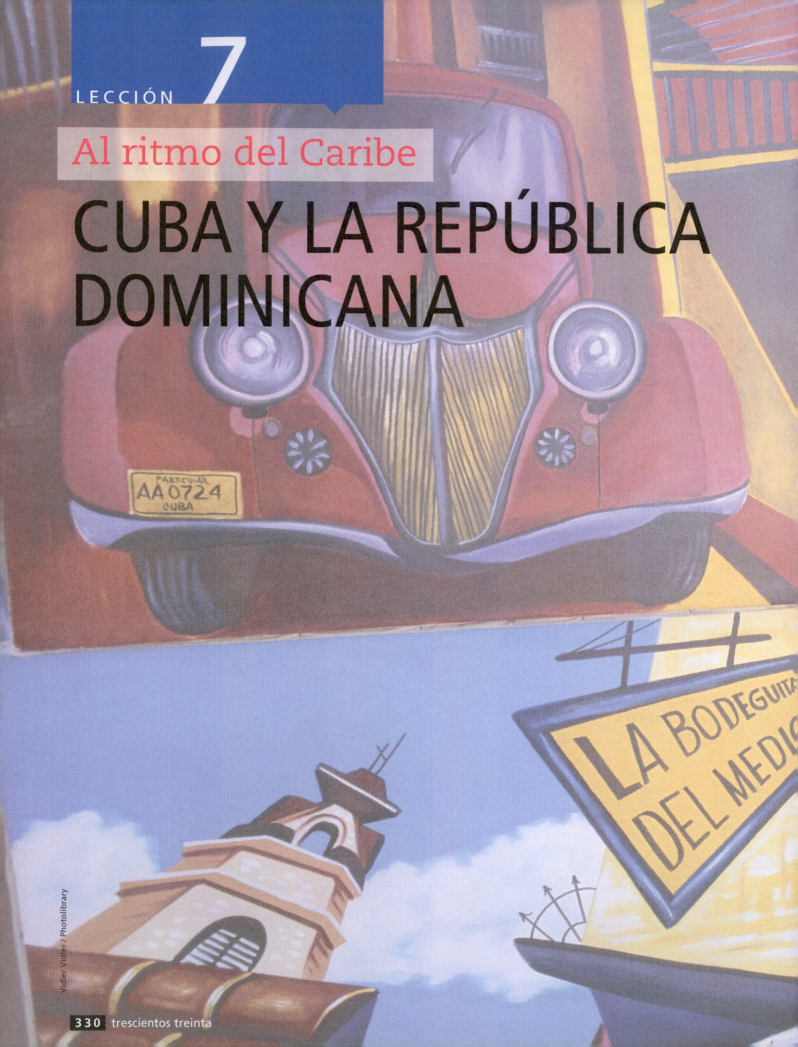

Al ritmo del Caribe

CUBA Y LA REPÚBLICA DOMINICANA

Cuando el 12 de octubre de 1492 Cristóbal Colón llegó a la costa americana, lo hizo a una pequeña isla de las Bahamas. La madrugada antes del avistamiento de tierra, según contó retrospectivamente, desde el barco ya se vieron luces y humo, señales de vida en las islas.

Llegada de los españoles al Caribe

¿Cuándo llegaron los primeros españoles al resto de las islas caribeñas?

Cristóbal Colón llegó a Cuba el 27 de octubre de 1492. Semanas después, el día 6 de diciembre, Colón llegó a la isla que los taínos llamaban "Quisqueya" y que él llamó "La Española". Allí estableció la primera colonia española en América (hoy Haití y la República Dominicana). El 19 de noviembre de 1493, Colón llegó a la isla que los taínos llamaban Borinquen (hoy Puerto Rico).

North Wind Picture Archives / Photolibrary

¿Cómo recibieron los indígenas a los exploradores?

Aunque el primer encuentro entre españoles y los habitantes de lo que hoy conocemos como el Caribe fue cordial y caracterizado por la curiosidad mutua, los enfrentamientos no tardaron en producirse. De hecho, Cristóbal Colón regresó a España dejando un retén de españoles en el llamado Fuerte de la Navidad (construido con los restos de la encallada nave Santa María, en la Navidad de 1492). Cuando regresó en su segundo viaje (1493), encontró que el fuerte había sido destruido y sus ocupantes aniquilados. Nunca se supo qué provocó ese cambio tan radical en la hospitalidad de los habitantes nativos de las islas, aunque no es difícil imaginárselo.

La conquista de las islas

¿Cómo se desarrolló la conquista?

Dada la superioridad de armas de los españoles, los taínos, junto con los ciboneyes, los caribes y otras tribus indígenas que habitaban las islas del Caribe, fueron fácilmente conquistados. Para 1517, la mayoría de la población nativa de las islas del Caribe había sido exterminada. Muchos indígenas murieron debido a las enfermedades europeas y al maltrato a manos de españoles interesados en enriquecerse rápidamente.

Colonización con esclavos africanos

¿Cómo se explica la gran presencia africana en las islas?

Como ya se mencionó al hablar de Venezuela y Colombia, debido a la gran necesidad de trabajadores y a las dificultades legales para someter a un régimen de esclavitud o semiesclavitud a los aborígenes, considerados súbditos de la corona española, los españoles decidieron importar esclavos capturados en África para trabajar en las plantaciones de caña de azúcar y de tabaco. La unión de las dos razas creó un mestizaje que cambió para siempre la faz de la sociedad de la zona caribeña, lo cual creó conflictos pero también introdujo una riqueza cultural enorme.

Louise Murray / Photolibrary

■ ¿COMPRENDISTE?

A. Hechos y acontecimientos. Con tu compañero(a), contesten las siguientes preguntas.

1. ¿Cuánto tiempo tardaron los españoles en "descubrir" desde su llegada, Cuba, la República Dominicana y Puerto Rico? ¿Por qué tardaron tanto?

2. ¿Qué hicieron los españoles con los restos de la nave Santa María, encallada por un descuido de Colón?

3. ¿Cómo encontró Colón el Fuerte de la Navidad al regresar? ¿Qué imaginan que ocurrió?

4. ¿Qué provocó la casi total desaparición de la población nativa en las islas caribeñas?

5. ¿Cómo se explica la gran población afrocaribeña en la actualidad?

> ### MEJOREMOS LA COMUNICACIÓN
>
> | | |
> |---|---|
> | avistamiento | provocar |
> | aniquilado(a) | régimen (m.) |
> | encallado(a) | retén (m.) |
> | faz (f.) | someter |
> | maltrato | súbdito(a) |

B. A pensar y a analizar. Contesta las siguientes preguntas con dos o tres compañeros(as) de clase.

1. Sabiendo que la nave Santa María había sido destruida, ¿qué creen que pudo hacer que Colón regresara a España dejando atrás a algunos de sus hombres? ¿Qué hizo que Colón regresara al año siguiente?

2. ¿Qué imaginan que Colón llevó consigo a Europa para demostrar lo que había descubierto? ¿Qué recibimiento creen que tuvo?

3. ¿Qué significó para los habitantes nativos de este continente la llegada de esos tres pequeños barcos?

 ¡Diviértete en la red!
Busca "descubrimiento de América" en YouTube para ver fascinantes videos sobre este decisivo acontecimiento y los distintos puntos de vista sobre él. Ve a clase preparado(a) para compartir la información que encontraste.

Cuba

La Habana

CUBA

Archipiélago de Camagüey

Camagüey

Holguín

Guantánamo

Santiago de Cuba

© Cengage Learning 2012

Nombre oficial: República de Cuba
Población: 11.451.652 (estimación de 2009)
Principales ciudades: La Habana (capital), Santiago de Cuba, Camagüey, Holguín
Moneda: Peso ($C)

En la capital, La Habana,

con una población de unos dos millones y medio, tienes que conocer...

> La Habana Vieja, donde se fundó originalmente la ciudad, con su capilla El Templete, su Plaza de Armas y el Museo de la Ciudad en el magnífico Palacio de los Capitanes Generales.

> la Plaza de la Catedral con la Catedral de San Cristóbal de La Habana y el Museo de Arte Colonial.

> el Hotel Ambos Mundos, donde Ernest Hemingway comenzó a escribir su famosa novela *Por quién doblan las campanas.*

> el Museo de la Revolución, ubicado, irónicamente, en el grandioso Palacio Presidencial del dictador Fulgencio Batista.

PhotoEquipe153 / Photolibrary

La hermosa catedral de San Cristóbal, en La Habana

En Santiago de Cuba, tienes que visitar…

> la Plaza de la Revolución, uno de los sitios más importantes y simbólicos de la ciudad, con su majestuosa escultura del general Antonio Maceo Grajales, de dieciséis metros de altura, y los veintitrés machetes que simbolizan la fecha de la reanudación de la Guerra de Liberación.

> el Castillo de San Pedro de la Roca, que a lo largo de más de trecientos sesenta años ha sido reconocido por su extraordinario valor histórico y arquitectónico.

> el Cuartel Moncada, que en 1953 era la fortaleza militar segunda en importancia en el país. Ese año, un grupo de jóvenes revolucionarios liderados por el joven abogado Fidel Castro decidieron atacar este cuartel.

Angelo Cavali / Photolibrary

Unos jóvenes disfrutando de la tarde en Santiago de Cuba

Ron Elmy / Photolibrary

Un precioso atardecer en Camagüey

En la provincia de Camagüey, puedes gozar de…

> arrecifes coralinos, donde haciendo *snorkeling* o buceando se pueden contemplar mundos en miniatura.

> Cayo Sabinal, en el archipiélago de Camagüey, donde predomina la belleza e intimidad de las playas.

> el Refugio de Fauna Río Máximo, el mayor sitio de nidificación del flamenco rosado en la región de las Antillas. Allí se puede observar cerca de sesenta mil ejemplares de esta especie.

Aprecia la musicalidad cubana

> los **ritmos autóctonos:** danzón, cha-cha-chá, guajira, guaracha, mambo, pachanga, rumba, son, trova, salsa, Nueva Trova Cubana, entre otros.

> los **grandes músicos cubanos:** Ernesto Lecuona, Xavier Cugat, Dámaso Pérez Prado, Celia Cruz, Tito Puente, Manolín, Paulito Fernández Gallo, Chucho Valdés, entre otros.

Juice Images / Photolibrary

Unos jóvenes bailando en La Habana

¡Diviértete en la red!
Busca "La Habana", "Santiago de Cuba", "Camagüey" o uno de los ritmos o músicos mencionados aquí en Google Web y/o YouTube. Selecciona uno y ve a clase preparado(a) para presentar un breve resumen sobre lo que aprendiste.

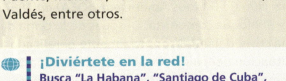

Cuba: la palma ante la tormenta
El proceso de independencia

Mientras que la mayoría de los territorios españoles de América lograron su independencia en la segunda década del siglo XIX, Cuba, junto con Puerto Rico, siguió siendo colonia española. El 10 de octubre de 1868, comenzó la primera guerra de la independencia cubana, que duró diez años. En 1878 España volvió a tomar control de la isla.

© Bettmann / Corbis

La Guerra Hispano-Estadounidense

Con el pretexto de una inexplicable explosión del buque de guerra estadounidense *Maine* en el puerto de La Habana en 1898, los EE.UU. le declararon la guerra a España. La armada estadounidense obtuvo una rápida victoria y España se vio obligada a cederle a los EE.UU. —por el Tratado de París firmado el 10 de diciembre de 1898— los territorios de Puerto Rico, Guam y las Filipinas y a renunciar a su control sobre Cuba. La ocupación estadounidense de Cuba terminó el 20 de mayo de 1902 cuando se estableció la República de Cuba. La primera mitad del siglo XX fue un período de gran inestabilidad política y social para Cuba. Muchos militares tomaron el poder a través de golpes de estado, incluyendo a Fulgencio Batista, que tomó el poder en 1952.

Andrew Alvarez / Getty Images

La Revolución Cubana

En 1956, el joven abogado Fidel Castro logró establecer un movimiento guerrillero que finalmente provocó la caída de Batista el 31 de diciembre de 1958. Tras un corto período, el gobierno revolucionario se organizó según el modelo soviético bajo la dirección del Partido Comunista de Cuba. Los cubanos vieron restringidas sus libertades individuales. Además, el gobierno nacionalizó propiedades e inversiones privadas, lo cual causó el rompimiento de relaciones diplomáticas y el bloqueo comercial por parte de los EE.UU. Miles de cubanos salieron al exilio, principalmente profesionales y miembros de las clases más acomodadas, quienes se establecieron en su mayoría en Miami y en el sur de Florida.

Sociedad en crisis

En 1980, Castro permitió un éxodo masivo de más de 125.000 cubanos a los EE.UU. Estos emigrantes cubanos son conocidos como "marielitos" y se distinguen de los primeros refugiados cubanos por ser en su mayoría de clase trabajadora.

Durante la Guerra Fría, Cuba fue expulsada de la Organización de Estados Americanos (OEA) en 1962 y quedó sumamente dependiente de la Unión Soviética y el bloque comunista. Después de la caída de la Unión Soviética (1991), la economía de Cuba sufrió una crisis, dejándola esencialmente paralizada. A partir de la segunda mitad de la década de los 90, la situación del país se estabilizó, en gran parte debido a las divisas recibidas por el turismo y por las remesas de los inmigrantes. Para aquella época, Cuba tenía una relación económica casi normal con la mayoría de los países latinoamericanos, y sus relaciones con la Unión Europea (que empezó a proveerle ayuda y préstamos) habían mejorado. China emergió también como una nueva fuente de ayuda y apoyo.

La Cuba de hoy

› En 2006 Fidel Castro cedió la presidencia, de forma provisional, a su hermano y por entonces vicepresidente, Raúl Castro. A comienzos de 2008 Raúl fue finalmente elegido por la Asamblea Nacional del Poder Popular como nuevo presidente, tras la renuncia definitiva de Fidel.

› La política exterior del nuevo gobierno cubano ha sido definida como "exitosa", por los más diversos analistas. En 2009, la Organización de los Estados Americanos (OEA) aprobó una resolución permitiendo la participación de Cuba en la OEA. Esto ha promovido la reanudación del diálogo político con la Unión Europea y los Estados Unidos y su presidente, Barack Obama.

Riccarrdo Lombardo / Photolibrary

■■ ¿COMPRENDISTE?

A. Hechos y acontecimientos. ¿Recuerdas los datos más importantes de la lectura? Para asegurarte, trabaja con un(a) compañero(a) de clase para escribir una breve definición que explique el significado de las siguientes personas y acontecimientos. Luego, comparen sus definiciones con las de la clase.

1. el buque de guerra *Maine*
2. Fulgencio Batista
3. Fidel Castro
4. el bloqueo comercial de Cuba
5. John F. Kennedy y Nikita Krushchev
6. los marielitos

B. A pensar y a analizar. Contesten estas preguntas en grupos de tres o cuatro. Luego presenten sus conclusiones a la clase.

Al principio de la Revolución Cubana, Fidel Castro contaba con gran apoyo en el país. ¿Por qué? ¿Qué hizo Castro para perder ese apoyo, causando que miles y miles de cubanos salieran al exilio?

C. Redacción colaborativa. En grupos de dos o tres, escriban una composición colaborativa de una a dos páginas sobre el tema que sigue. Escriban primero una lista de ideas, organícenlas en un borrador, revisen las ideas, la acentuación y ortografía y escriban la versión final.

No cabe duda que la crisis económica de Cuba se aliviaría si se renovaran sus relaciones con EE.UU. ¿Creen Uds. que esto pasará algún día? ¿Cuándo? ¿Por qué ha rehusado EE.UU. ayudar a los cubanos? ¿Qué tiene que ocurrir para que se establezcan buenas relaciones una vez más entre estos dos países? ¿Hay algo que Cuba deba hacer que no ha hecho?

Gramática 7.1: Antes de hacer esta actividad conviene repasar esta estructura en las págs. 346–348.

Humberto Castro

Es un reconocido pintor, dibujante y grabador cubano. Es uno de los miembros más activos de la llamada "Generación de los 80", que generó cambios estéticos y conceptuales en el arte de Cuba. En 1989 emigró a París, donde muy pronto participó en el mundo intelectual parisino. Tuvo una serie de exhibiciones y dio conferencias a lo largo de toda Europa. En 1999 se trasladó a los Estados Unidos, donde reside y trabaja actualmente. Desde los inicios de su carrera ha recibido numerosos premios a nivel internacional y su trabajo está presente en reconocidos museos y en colecciones privadas. Su trabajo y su actitud artística han influenciado notablemente las siguientes generaciones de artistas cubanos.

Gipsy Castro

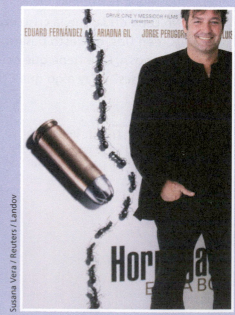

Juanamaria Cordones-Cook, Ph.D.

Nancy Morejón

Esta poeta, dramaturga, ensayista y traductora cubana forma parte de la primera generación de escritores que surgió después del triunfo de la Revolución Cubana de 1959. Su obra abarca una gran amplitud de temas: la mitología de la nación cubana, la relación integracionista de los negros, el mestizaje de culturas españolas y africanas y la nueva identidad cubana. La mayor parte de su obra apoya el nacionalismo, la revolución y el actual régimen cubano. Además, declara su feminismo respecto a la situación de las mujeres dentro de esta nueva sociedad y la integración racial haciendo a mujeres negras protagonistas centrales en sus poemas. Finalmente, su trabajo también trata la historia de la esclavitud y el maltrato en la relación de Cuba y los Estados Unidos, aunque su obra no está dominada por los temas políticos.

Jorge Perugorría

Nació en La Habana, donde estudió ingeniería civil, aunque después cambió su profesión por el teatro. Su carrera en el cine comenzó cuando en 1993 el director cubano Tomás Gutiérrez Alea lo eligió para que interpretara a Diego en la película *Fresa y chocolate*, primera película cubana nominada a los Premios Óscar (1994), dando inicio a su trayectoria en la cinematografía internacional. Desde entonces ha participado en más de 50 producciones, siendo una de sus más recientes la película *Che* de Steven Soderbergh, junto a Benicio del Toro. Es un artista multifacético, ya que también se dedica a la pintura y a la música. Hasta el momento ha realizado varias exposiciones en Cuba, España, Italia y los Estados Unidos.

Susana Vera / Reuters / Landov

Otros cubanos sobresalientes

Carlos Acosta: bailarín

Alicia Alonso: bailarina

Humberto Arenal: novelista y cuentista

Agustín Cárdenas: escultor y dibujante

Ramón Ferreira: fotógrafo, cuentista y dramaturgo

Francisco Gattorno: actor

Nicolás Guillén (1902–1989): poeta

Wifredo Lam (1902–1982): pintor

Lourdes López: bailarina

Amelia Paláez: pintora

Gloria Parrado: dramaturga

Esteban Salas: compositor

Neri Torres: bailarina y coreógrafa

Los Van Van: conjunto musical

▬ ¿COMPRENDISTE?

A. Los nuestros. Con un(a) compañero(a), indiquen si se describe a Humberto Castro (**HC**), a Nancy Morejón (**NM**) o a Jorge Perugorría (**JP**) en estas oraciones.

_____ 1. Es considerado uno de los mejores actores cubanos de la actualidad.

_____ 2. El mundo intelectual francés y parisino fue parte de su entorno durante diez años.

_____ 3. Después de graduarse de la Universidad de La Habana, ha enseñado francés y es traductora.

_____ 4. Su obra es parte de varias colecciones, tanto privadas como de museos famosos.

_____ 5. Su obra se inspira en temas muy variados del mundo y de la cultura cubana.

_____ 6. "Che" es el título de una de sus últimas actuaciones.

> ### MEJOREMOS LA COMUNICACIÓN
>
> | conferencia | multifacético(a) |
> |---|---|
> | estético(a) | parisino(a) |
> | grabador(a) | siguiente |
> | inicio | trasladarse |

B. Miniprueba. Demuestra lo que aprendiste de estos talentosos cubanos al completar estas oraciones.

1. Humberto Castro usó el arte dramático como instrumento de _____.
   a. verdadero análisis   b. rebelión   c. crítica social

2. Nancy Morejón, en su obra, apoya _____.
   a. la música cubana   b. el mestizaje cubano   c. a los emigrantes cubanos

3. Jorge Perugorría protagonizó a _____ en la película *Fresa y chocolate*.
   a. Diego   b. Jorge   c. Alberto

C. Diario. En tu diario escribe por lo menos media página expresando tus pensamientos sobre el siguiente tema.

> Nancy Morejón forma parte de la primera generación de escritores que surgió después del triunfo de la Revolución Cubana. Si tú quisieras identificarte como el (la) primero(a) de un grupo, ¿qué grupo sería? ¿Por qué seleccionarías ese grupo? ¿Cuáles serían algunas de las metas de ese grupo?

 ¡Diviértete en la red!
Busca "Humberto Castro", "Nancy Morejón" y/o "Jorge Perugorría" en Google Images y YouTube para escuchar entrevistas y ver videos de estos talentosos cubanos. Ve a clase preparado(a) para presentar lo que seleccionaste.

Letras problemáticas: la doble ll

Para la mayoría de hispanohablantes, la **ll** tiene el mismo sonido que la **y**. Compara, por ejemplo, la pronunciación de las palabras **cayó** (de caer) y **calló** (de callar). Observa la pronunciación de la **ll** al escuchar a tu profesor(a) leer las siguientes palabras.

/y/:   batalla   caudillo   llaneros   llaves   llegada

Escritura con la doble ll

La **ll** siempre se escribe con ciertos sufijos y terminaciones.

> Con las terminaciones **-ella** y **-ello**:

be**lla**   cue**llo**   estre**lla**   cabe**llo**

> Con los diminutivos **-illo**, **-illa**, **-cillo** y **-cilla**:

chiqu**illa**   picad**illo**   florec**illa**   raton**cillo**

¡A practicar!

A. Práctica con la doble ll. Escucha mientras tu profesor(a) lee las siguientes palabras. Escribe las letras que faltan en cada una.

1. r a b __ __ __ __

2. t o r r e __ __ __ __ __

3. p i l o n __ __ __ __ __

4. t o r t __ __ __ __

5. r a s t r __ __ __ __

6. c o n e j __ __ __ __

7. m a r t __ __ __ __

8. l a d r __ __ __ __

B. Práctica con la doble ll y la letra y. Debido a que tienen el mismo sonido para la mayoría de hispanohablantes, la **ll** y la **y** con frecuencia presentan dificultades ortográficas. Escucha mientras tu profesor(a) lee las siguientes palabras con el sonido /y/. Complétalas con **y** o con **ll**, según corresponda.

1. o r i __ a

2. __ e r n o

3. m a __ o r í a

4. b a t a __ a

5. l e __ e s

6. c a u d i __ o

7. s e m i __ a

8. e n s a __ o

C. ¡Ay, qué torpe! Mario encontró esta información en Internet pero la anotó con tanta rapidez que cometió varios errores de acentuación, la mayoría en las palabras que llevan la doble **ll**. Encuentra las diez palabras con errores y corrígelos.

En las profundidades de las selvas amazónicas, un millon de tonos verdes y marrones colorean un mundo misterioso y lleno de tradiciones. Alli pareciera que se estrello una nave espacial que tal vez llégo en tiempos prehistóricos. En una choza primitiva, la esposa de José Guillen, indígena de la tribu Huaorani, se queja lastimeramente. José llámo a Mengatoi, el shamán, quien llevo alla una poción oscura que desarrólло de una planta medicinal. Sentado al lado de la enferma, el shamán medita y a través de un canto que el mismo repite cura a la joven.

En la primera lección aprendiste a reconocer algunas características del habla caribeña: consonantes aspiradas, sílabas o letras desaparecidas y unas consonantes sustituidas por otras. En esta lección vas a familiarizarte con otras características del habla caribeña, el habla no solo de muchos puertorriqueños sino también de cubanos y dominicanos.

El habla caribeña: los cubanos

En el habla caribeña también aparecen varios cambios fonéticos que son comunes no solo en el habla coloquial caribeña sino en el de otras partes del mundo hispano. Por ejemplo, la preposición **para** se reduce a **pa'** y muchas consonantes finales desaparecen (**caridad** → *caridá*, **inglés** → *inglé*). También la terminación **-ada** se reduce a **-á** y así se dice *casá* en vez de **casada**. Igualmente en algunas palabras se utiliza la **l** en vez de **r** y así se dice *dolol* en vez de **dolor**.

Al descifrar el habla caribeña. En la obra narrativa del escritor cubanoamericano Roberto G. Fernández aparece con frecuencia el habla coloquial que usan los cubanoamericanos que viven en la Florida. Este es el caso en la oración que sigue, que fue sacada de su cuento "En la Ocho y la Doce".

> Barbarita, ni te preocupes *pa'* lo que sirve mejor la dejas *enredá.*

Según las características del habla caribeña recién mencionadas, *pa'* es equivalente a **para** y la terminación **-á** en *enredá* es equivalente a la **-ada** de **enredada**.

A entender y respetar

El habla caribeña. Lee ahora estas oraciones coloquiales, tomadas del cuento "En la Ocho y la Doce" de Roberto G. Fernández. Luego léelas una segunda vez usando un español más formal para las palabras en letra bastardilla.

1. Sí, chica. Pepe el casado con Valentina la *jorobá.*
2. La *verdá* es que todavía no estaba muy convencida.
3. ¿Tú *habla inglé*?
4. Yo me quedé *maravillá* y *espantá* a la vez.
5. Tócalo, *mijito, pa'* que se te curen *lah paticah.*
6. Mamá, ya puedo *caminal*…
7. *Sí*, Barbarita, pero *na' má* que un *poquitico.*

La literatura es fuego

Antes de empezar el video

En parejas. Contesten las siguientes preguntas en parejas.

1. ¿Se consideran muy aficionados a la lectura? ¿Cuántos minutos/horas leen al día? ¿Qué leen sobre todo?, ¿ficción?, ¿ensayos?, ¿poesía?

2. ¿Creen que les ha ayudado leer algo alguna vez? ¿Qué aprendieron? ¿De qué les sirvió? ¿Creen que habrían aprendido lo mismo si no hubiera sido a través de la lectura/literatura? Expliquen por qué sí o no.

3. ¿Qué creen que aporta la literatura a la sociedad y a los pueblos? Den ejemplos específicos para documentar esos aportes.

Después de ver el video

A. Literatura y vida. Contesta las siguientes preguntas con un(a) compañero(a).

1. ¿Cuál es la misión de la literatura según Vargas Llosa?
2. ¿Cómo resumes la opinión del escritor cubano Antonio Benítez Rojo?
3. ¿Cuál es la opinión de Poniatowska? ¿Están de acuerdo?
4. ¿Qué escribe Marjorie Agosín y de qué habla su poema?
5. ¿Qué aconseja esta escritora chilena al estudiante de literatura?

B. A pensar y a interpretar. Contesten las siguientes preguntas en parejas.

1. ¿Han pensado alguna vez dedicarse a escribir de una manera profesional? ¿Por qué sí o no?
2. De las distintas opiniones sobre la función de la literatura, ¿con cuáles se sienten más identificados(as)? ¿Por qué?
3. ¿Creen que los libros siguen teniendo en el mundo actual la misma importancia que hace unos años? ¿Cómo va a cambiar esa importancia? ¿Cómo cambiará la labor del escritor?

C. Apoyo gramatical: el participio pasado y el presente perfecto de indicativo. Completa las siguientes oraciones sobre el video que viste en esta lección usando el presente perfecto de indicativo.

MODELO Mario Vargas Llosa _____ (decir) que la literatura es fuego y yo concuerdo con él.
Mario Vargas Llosa ha dicho que la literatura es fuego y yo estoy de acuerdo con él.

1. Yo nunca _____ (leer) libros del escritor cubano Antonio Benítez Rojo.

2. Para este escritor, los lectores extranjeros de sus libros _____ (ver) a Cuba de modo virtual.

3. A mí, la lectura de novelas me _____ (descubrir) otras culturas.

4. Yo _____ (conocer) otros mundos a través de la literatura.

5. Mi hermana _____ (escribir) varios cuentos muy interesantes.

6. Mi profesora piensa que la buena literatura no _____ (morir); será siempre importante.

Gramática 7.2: Antes de hacer esta actividad conviene repasar esta estructura en las págs. 348–353.

¡Diviértete en la red!
Busca "realidad y ficción" y/o "literatura y vida" en Google para leer sobre las distintas implicaciones que tiene una sobre la otra, según los autores. Ve a clase preparado(a) para presentar un breve reporte sobre sus conclusiones.

¡Antes de leer!

A. Antes de leer. Contesta las siguientes preguntas con dos o tres compañeros(as).

1. ¿Qué opinan de la tortura? ¿Creen que es necesario torturar para obtener información vital de los prisioneros? En su opinión, ¿bajo qué presupuestos es aceptable torturar a una persona?

2. Imagínense que han sido capturados por el enemigo y saben que los van a torturar.

¿Qué estrategia van a usar? ¿Van a tratar de resistir? ¿"Cantarán"? ¿De qué factores depende su decisión? Expliquen con ejemplos.

3. ¿Qué opinan de los países donde se tortura? ¿Saber que un país tortura a sus prisioneros les hace considerar a esos países de una forma negativa? Expliquen.

B. Vocabulario en contexto. Busca estas palabras en la lectura que sigue y, en base al contexto, decide cuál es su significado. Para facilitar encontrarlas, las palabras aparecen en negrilla en la lectura.

1. **retírate**	a. acuéstate	b. vete	c. levántate
2. **sacudiones**	a. golpes	b. cenas	c. duchas
3. **madrugá**	a. mañana	b. tarde	c. noche
4. **lancha**	a. rifle	b. coche militar	c. bote
5. **aguantas**	a. subes	b. llegas	c. sobrevives
6. **calabozo**	a. coche	b. cárcel	c. hotel

Sobre el autor

Guillermo Cabrera Infante (1929–2005) fue un novelista, ensayista, traductor y crítico nacido en Gibara, parte de la actual provincia de Holguín. Bajo el régimen de Batista fue arrestado en varias ocasiones y por distintas razones. De 1954 a 1960 escribió críticas cinematográficas bajo el seudónimo G. Caín. Con el triunfo de la Revolución Cubana, pasó a ser director del Instituto de Cine. También dirigió la revista *Lunes de Revolución*, suplemento del diario comunista *Revolución*. En 1961 Fidel Castro prohibió la publicación de este suplemento. Después de algunos episodios en los que se opuso a las decisiones del gobierno cubano, se exilió en 1965 en Madrid y después en Londres.

Ulf Andersen / Getty Images

Microcuento

El habla caribeña

—Usté, vamo.[1]

—¿Qué pasa?

—El salgento que lo quiere ver.

—¿Para qué?

—¡Cómo que pa qué! Vamo, vamo. Andando.

—Salgento, aquí está éte.

—Está bien, **retírate**. ¿Qué, cómo anda esa barriga? Duele, ¿no verdá? Ah, pero te acostumbras, viejo. Dos o tres **sacudiones** más y nos dices todo lo que queremos.

—Yo no sé nada sargento. Se lo juro y usted lo sabe.

—No tiene que jurar, mi viejito. Nosotros te creemos. Nosotros sabemos qué tú no tienes nada que ver con esa gente. Pero te he traído aquí para preguntarte otra cosa. Vamo ver: ¿tú sabes nadar?

—¿Qué?

—Que si sabes nadar, hombre. Nadar. Así.

—Bueno, sargento… yo…

—¿Sabes o no sabes?

—Sí.

—¿Mucho o poco?

—Regular.

—Bueno, así me gusta, que sea modesto. Bueno, pues prepárate para una competencia. Ahora por la **madrugá** vamo coger una **lancha** y te vamo llevar mar afuera y te vamo echar al agua, a ver hasta dónde **aguantas**. Yo ya he hecho una **apuestica** con el cabo. No, hombre, no pongas esa cara. No te va a pasar nada. Nada más que una **mojá**. Despúes nosotros aquí te esprimimos y te tendemos. ¿Qué te parece? Di algo, hombre, que no digan que tú eres un pendejo que le tiene miedo al agua. Bueno, ahora te vamos devolver a la celda. Pero recuerda: por la madrugá eh. ¡Cabo, llévate al campión pal **calabozo** y ténmelo allá hasta que te avise! Oye: y va la apuesta.

[1] El habla caribeña, y muy en particular en Cuba, tiene una abundancia de variantes que incluyen (1) el reducir algunas palabras a una sílaba: **para = pa**, (2) letras suprimidas: **éste = éte**, (3) unas consonantes y sílabas suprimidas al final de una palabra: **usted = usté**, (4) el uso de la l en vez de la r en algunas palabras: **sargento = salgento**. Este cuento del autor cubano Guillermo Cabrera Infante muestra cómo los autores caribeños están usando la lengua de su gente con todas las riquezas coloquiales que la caracterizan, y así, preservando el habla caribeña del pueblo.

¡Después de leer!

A. Hechos y acontecimientos. ¿Recuerdas los datos más importantes de la lectura? Para asegurarte, contesta las siguientes preguntas. Luego, compara tus respuestas con las de un(a) compañero(a).

1. ¿Cuántos personajes participan en este minicuento? ¿Quiénes son? ¿Cómo son sus personalidades?

2. ¿Cuál es la situación que se presenta? ¿Qué va a hacerle el sargento al prisionero? ¿Por qué creen que se lo va a hacer? Expliquen.

3. ¿Qué técnicas usa el autor para presentarnos la historia? ¿La descripción? ¿La narración? ¿El diálogo? ¿De dónde obtenemos las pistas para comprender lo que ha ocurrido, está ocurriendo y va a ocurrir?

4. ¿Consideran que el humor es parte importante de este minicuento? ¿Por qué sí o no? Si lo es, ¿qué aporta el humor a la historia? ¿Creen que la hace más verosímil o menos?

B. A pensar y a analizar. Contesta estas preguntas con un(a) compañero(a). Luego comparen sus respuestas con las de otros grupos.

1. Al decir que van a exprimir y tender al detenido, el sargento "cosifica" al prisionero. ¿Qué otras formas de violencia detectan en el texto?

2. ¿Qué aporta el diálogo a la historia? ¿Creen que es necesario un(a) narrador(a) que nos informe de más detalles? Si sí, ¿qué detalles? Expliquen.

3. ¿Qué creen que trata de presentar el minicuento? ¿Creen que está a favor o en contra de la tortura? ¿Creen que simplemente cuenta un chiste? Expliquen.

C. Debate. En grupos de cuatro preparen un debate. Un grupo está a favor y otro en contra de que torturar a los prisioneros es aceptable y beneficioso. Pidan al resto de la clase que decida qué grupo ganó el debate.

D. Apoyo gramatical: el participio pasado y el presente perfecto de indicativo. Completa las siguientes oraciones sobre la lectura usando el presente perfecto de indicativo.

MODELO Tal vez un hombre _____ (cometer) un crimen político.
    Tal vez un hombre ha cometido un crimen político.

1. Unos policías _____ (detener) a un hombre.

2. Tal vez el hombre _____ (participar) en actividades políticas.

3. Los policías _____ (tratar) de obtener información de él.

4. Para obtener información, los policías lo _____ (torturar).

5. El preso no _____ (revelar) nada.

6. El preso _____ (decir) que no sabe nada de lo que le preguntan.

7. El sargento le _____ (preguntar) al preso si sabe nadar.

8. El preso _____ (responder) que, aunque no es un buen nadador, sí sabe nadar.

9. El sargento le _____ (informar) que al día siguiente lo van a echar al mar.

10. El sargento _____ (hacer) una apuesta sobre cuánto tiempo el preso va a durar nadando.

Gramática 7.2: Antes de hacer esta actividad conviene repasar esta estructura en las págs. 348–353.

GRAMÁTICA

7.1 Adjetivos y pronombres posesivos

¡A que ya lo sabes!

Estás comparando clases con un amigo. ¿Qué le dices?

1. Este semestre *tus clases* son más difíciles que *mías*.

2. Este semestre *tus clases* son más difíciles que *las mías*.

Sin duda todos seleccionaron la oración número dos. ¿Cómo lo sé? Porque sé que todos tienen conocimiento tácito del uso de adjetivos y pronombres posesivos. Y si siguen leyendo van a aumentar ese conocimiento.

Forma breve: adjetivos		Forma larga: adjetivos/pronombres	
Singular	*Plural*	*Singular*	*Plural*
mi	mis	mío(a)	míos(as)
tu	tus	tuyo(a)	tuyos(as)
su	sus	suyo(a)	suyos(as)
nuestro(a)	nuestros(as)	nuestro(a)	nuestros(as)
vuestro(a)	vuestros(as)	vuestro(a)	vuestros(as)
su	sus	suyo(a)	suyos(as)

❯ Todas las formas posesivas concuerdan en género y número con el sustantivo al cual modifican; esto es, concuerdan con el objeto o persona que se posee, no con el poseedor.

> **Tus** abuelos son de Camagüey. **Los míos** son de La Habana.
> El bailarín Carlos Acosta está orgulloso de **los triunfos suyos**.
> La bailarina Alicia Alonso está orgullosa de **los triunfos suyos**.

> ### Nota para bilingües
> En inglés, las formas de la tercera persona singular *his* y *her* concuerdan con el poseedor: *his book* = su libro (de él); *her book* = su libro (de ella).

Adjetivos posesivos

❯ Las formas cortas de los adjetivos posesivos se usan más frecuentemente que las formas largas. Preceden al sustantivo al cual modifican.

> **Mi** novela favorita es *Tres tristes tigres* de Guillermo Cabrera Infante.

❯ Las formas largas se usan a menudo para poner énfasis o para indicar contraste o en construcciones con el artículo definido o indefinido: el/un (amigo) mío. Siguen al sustantivo al cual modifican y son precedidas por el artículo.

> **La** región **nuestra** produce azúcar y arroz.
> **Un** sueño **mío** es pasear por la Habana Vieja.

❯ Las formas **su, sus, suyo(a), suyos(as)** pueden ser ambiguas ya que tienen significados múltiples.

> ¿Dónde vive **su** hermano? (de él, de ella, de Ud., de Uds., de ellos, de ellas)

En la mayoría de los casos, el contexto identifica el significado que se quiere expresar. Para evitar cualquier ambigüedad del adjetivo o pronombre posesivo, se pueden usar frases tales como **de él, de ella, de usted,** etcétera, detrás del sustantivo. El artículo definido correspondiente precede al sustantivo.

> ¿Dónde trabaja **el** hermano **de él**?
> **La** familia **de ella** vive cerca de la capital.

❯ En español, se usa generalmente el artículo definido en vez de una forma posesiva cuando uno se refiere a las partes del cuerpo o a un artículo de ropa.

> Me duele **el** brazo.
> La gente se quita **el** sombrero cuando entra en la iglesia.

Pronombres posesivos

❯ Los pronombres posesivos, los cuales usan las formas posesivas largas, reemplazan a un adjetivo posesivo + un sustantivo: **mi casa → la mía**. Se usan generalmente con un artículo definido.

> —Mi familia vive en un pueblo cerca de Santiago de Cuba. ¿Y **la tuya**?
> —**La mía** vive en la capital, en La Habana.

❯ El artículo generalmente se omite cuando el pronombre posesivo sigue inmediatamente al verbo **ser**.

> Esa lancha **es nuestra**.

Ahora, ¡a practicar!

A. ¿El peor? Compartes tu cuarto con un(a) amigo(a). Los dos son bastante desordenados. ¿Quién es el (la) peor?

> **MODELO** libros (de él/ella) / estar por el suelo
> **Sus libros están por el suelo.**

1. sillón (de él/ella) / estar cubierto de manchas

2. calcetines (míos) / estar por todas partes

3. pantalones (de él/ella) / aparecer en la cocina

4. chaqueta (mía) / estar sobre su cama

5. zapatos (de él/ella) / aparecen al lado de los míos

B. Gustos diferentes. Tú y tu compañero(a) no tienen las mismas preferencias. ¿Cómo varían?

> **MODELO** Su cantante favorito es Silvio Rodríguez. (Pablo Milanés)
> **El mío es Pablo Milanés.**

1. Su ciudad favorita es Camagüey. (La Habana)

2. Mi período histórico favorito es el período precolombino. (la Colonia)

3. Su novelista favorito es Guillermo Cabrera Infante. (Alejo Carpentier)

4. Mi poeta favorita es Nancy Morejón. (Dulce María Loynaz)

5. Su ritmo favorito es el cha-cha-chá. (el mambo)

C. Comparaciones. Completa la siguiente narración en que comparas tu modo de hablar con el de tu amigo cubano Eduardo Núñez.

He notado varias diferencias entre (1) (tu / tus) modo de hablar y (2) (mío / el mío). He notado que el (3) (acento tuyo / tu acento) no es igual (4) (a mío / al mío). En (5) (tu / tuyo) vocabulario hay palabras que (6) (el mío / mío) no tiene. Por ejemplo, cuando hablas de comidas, (7) (tus / tu) platos favoritos son platos que yo no conozco, mientras que las comidas favoritas (8) (mis / mías) no te entusiasman mucho. Además, se me hace un poco extraño (9) (tu / tuyo) uso de "¿Qué tú dices?". Es equivalente al uso (10) (mi / mío) de "¿Qué dices tú?", ¿verdad?

7.2 **El participio pasado y el presente perfecto de indicativo**

Para más práctica, haz las actividades de **Gramática en contexto** (sección 7.1) del *Cuaderno para los hispanohablantes.*

El participio pasado
¡A que ya lo sabes!

¿Qué le dijo doña Elvira a su marido cuando él le preguntó si pudo resolver el problema con el vuelo a La Habana? Mira los siguientes pares de oraciones y decide, en cada par, cuál de las dos te suena bien, la primera o la segunda.

1. a. El problema fue *resolvido* por la agencia de viajes.

    b. El problema fue *resuelto* por la agencia de viajes.

2. a. Nuestro itinerario para Cuba ya está *planeada*.

    b. Nuestro itinerario para Cuba ya está *planeado*.

Estoy seguro de que la gran mayoría optó por la segunda oración de cada par. Fue fácil, ¿no? No es difícil cuando ya tienen un conocimiento tácito del participio pasado. Sigan leyendo y ese conocimiento se afirmará aun más.

Nota para bilingües
Tal como en español, en inglés el participio pasado es la forma del verbo que sigue al verbo *to have* en frases tales como *I have studied* and *you have learned*. En los verbos regulares del inglés, el participio pasado termina en *-ed*: *to study → studied; to fear → feared; to protect → protected.* Cuando estas formas en *-ed* no van acompañadas del verbo *to have*, son formas del tiempo pasado. Observen: *I traveled* (= viajé) frente a *I have traveled* (= he viajado).

Formas del participio pasado

Verbos en -ar	Verbos en -er	Verbos en -ir
terminar	*aprender*	*recibir*
termin**ado**	aprend**ido**	recib**ido**

> Para formar el participio pasado de los verbos regulares, se agrega **-ado** a la raíz de los verbos terminados en **-ar** e **-ido** a la raíz de los verbos terminados en **-er** e **-ir.**

> El participio pasado de los verbos que terminan en **-aer, -eer** e **-ír** lleva acento ortográfico.

caer: **caído**   creer: **creído**   oír: **oído**

traer: **traído**   leer: **leído**   reír (i): **reído**

Nota para hispanohablantes

Hay una tendencia dentro de algunas comunidades de hispanohablantes a cambiar de lugar el acento fonético en el participio pasado de los verbos que terminan en -aer, -eer e -ír. En vez de acentuar la vocal **i**, como indica la ortografía, acentúan la vocal anterior a la **i** y forman diptongo *(caido, traido, reido)*. Es importante evitar este cambio de acento fonético fuera de esas comunidades.

> Algunos verbos tienen participios pasados irregulares.

abrir: **abierto**   poner: **puesto**

cubrir: **cubierto**   resolver (ue): **resuelto**

decir: **dicho**   romper: **roto**

escribir: **escrito**   ver: **visto**

hacer: **hecho**   volver (ue): **vuelto**

morir (ue): **muerto**

> Los verbos que se derivan de los infinitivos anotados arriba también tienen participios pasados irregulares.

cubrir: descubrir → **descubierto**

escribir: describir → **descrito**; inscribir → **inscrito**

hacer: deshacer → **deshecho**; satisfacer → **satisfecho**

poner: componer → **compuesto**; imponer → **impuesto**; suponer → **supuesto**

volver (ue): devolver (ue) → **devuelto**; revolver (ue) → **revuelto**

Nota para hispanohablantes

Hay una tendencia dentro de algunas comunidades de hispanohablantes a regularizar estos participios pasados y sus derivados. De esta manera, en vez de usar la forma apropiada del participio pasado, que es irregular (**abierto, cubierto, compuesto, devuelto,...**), usan una forma regularizada (*abrido, cubrido, componido, devolvido,...*). Es importante evitar este uso fuera de esas comunidades y en particular al escribir.

Usos del participio pasado

El participio pasado se usa:

> con el verbo auxiliar **haber** para formar tiempos perfectos. En este caso, el participio pasado es invariable. (Consúltese la pág. 351 de esta unidad).

> Yo no **he visitado** la playa de Varadero todavía.
> Mis hermanas no **han visitado** Cuba nunca.

> con el verbo **ser** para formar la voz pasiva. En esta construcción, el participio pasado concuerda en género y número con el sujeto de la oración. (Consúltense las págs. 371–373 de esta lección para la voz pasiva).

> Raúl Castro **fue elegido** presidente de Cuba por la Asamblea Nacional del Poder Popular en 2008.
> Cuba **fue ocupada** por los EE.UU. entre 1898 y 1902.

> con el verbo **estar** para expresar una condición o estado que resulta de una acción previa. El participio pasado concuerda en género y número con el sujeto. (Consúltese la *Lección 2*, págs. 104–105 para **ser** y **estar** + participio pasado.)

> Abrieron esa tienda a las nueve. La tienda **está abierta** ahora.

> como adjetivo para modificar sustantivos. En este caso, el participio pasado concuerda en género y número con el sustantivo al cual modifica.

> Tocan una canción **interpretada** por Silvio Rodríguez.

Ahora, ¡a practicar!

A. **Breve historia de Cuba.** Completa la siguiente información acerca de Cuba con el participio pasado del verbo indicado entre paréntesis.

Cuba es un país (1) _____ (conocer) hoy en día por su vibrante música. El país es una isla que está (2) _____ (situar) en la región caribeña; es la isla más (3) _____ (poblar) de la región. La isla fue (4) _____ (descubrir) por Colón durante su primer viaje a fines del siglo XV. El país fue (5) _____ (colonizar) por los españoles y fue (6) _____ (gobernar) por ellos por casi cuatrocientos años. Después de la guerra entre España y los EE.UU., Cuba fue finalmente (7) _____ (reconocer) como república independiente en 1902. A mediados del siglo XX, el dictador Fulgencio Batista fue derrocado por las fuerzas guerrilleras de Fidel Castro. El país fue (8) _____ (gobernar) por Fidel Castro hasta comienzos del siglo XXI. En 2008 su hermano Raúl Castro fue (9) _____ (nombrar) presidente del país. La imagen de Cuba como un país (10) _____ (aislar) es cada vez más una cosa del pasado.

B. **Trabajo de investigación.** Un(a) compañero(a) te pregunta acerca de un trabajo de investigación sobre Cuba que tienes que presentar en tu clase de español. En tus respuestas puedes utilizar las sugerencias que aparecen entre paréntesis o cualquier otra que sea apropiada.

MODELO ¿Corregiste tu trabajo sobre la historia de Cuba? (Sí)
Sí, está corregido.
¿Terminaste la investigación? (Todavía no)
No, todavía no está terminada.

1. ¿Hiciste las lecturas preliminares? (Sí)

2. ¿Aclaraste tus dudas sobre la bibliografía? (Sí)

3. ¿Empezaste el bosquejo de tu trabajo? (No)

4. ¿Transcribiste tus notas? (Todavía no)

5. ¿Decidiste cuál va a ser el título? (Sí)

6. ¿Escribiste la introducción? (No)

7. ¿Devolviste los libros a la biblioteca? (No)

8. ¿Resolviste las dudas que tenías? (Todavía no)

C. Problemas de adaptación. Lee lo que ha escrito Patricia acerca de unos amigos cubanos y corrige los participios pasados que no son apropiados para la lengua escrita.

Ayer conocí a unos amigos cubanos. Han vivido ya varios meses en los EE.UU., pero todavía no han resolvido todos los problemas de adaptación. Han descubrido que no es tan fácil adaptarse al modo de vida de un país extranjero. Han leido sobre costumbres locales que les resultan extrañas. Han tenido que comer platos que no les saben bien. Algunas veces han cometido errores en inglés y han decido cosas que resultan un poco inapropiadas en inglés. Algunos de sus amigos estadounidenses se han morido de la risa con esos errores. Pero están disponidos a adaptarse lo mejor posible.

El presente perfecto de indicativo

¡A que ya lo sabes!

¿Qué le dice Roberto a Mercedes, una joven cubana que acaba de conocer, cuando esta le pregunta si conoce a otros cubanos? Mira los siguientes pares de oraciones y decide, en cada par, cuál de las dos te suena bien, la primera o la segunda.

1. a. Unos amigos míos *han visitado* Cuba recientemente.

   b. Unos amigos míos *han visitados* Cuba recientemente.

2. a. Yo *ha* conocido a muchos cubanos.

   b. Yo *he* conocido a muchos cubanos.

Apuesto a que la mayoría seleccionó la primera oración en el primer par y la segunda en el segundo par. Todo resulta más fácil cuando se tiene un conocimiento tácito del presente perfecto de indicativo. Sigan leyendo para hacer explícito ese conocimiento.

Verbos en -ar	Verbos en -er	Verbos en –ir
progresar	*aprender*	*vivir*
he progresado	**he** aprendido	**he** vivido
has progresado	**has** aprendido	**has** vivido
ha progresado	**ha** aprendido	**ha** vivido
hemos progresado	**hemos** aprendido	**hemos** vivido
habéis progresado	**habéis** aprendido	**habéis** vivido
han progresado	**han** aprendido	**han** vivido

› Para formar el presente perfecto de indicativo se combina el verbo auxiliar **haber** en el presente de indicativo con el participio pasado de un verbo. En este tiempo verbal, el participio pasado es invariable; siempre termina en **-o**.

› Los pronombres reflexivos y los pronombres de objeto directo o indirecto preceden a las formas conjugadas del verbo **haber**.

> La economía cubana **se ha** fortalecido con la creación de ALBA (Alianza Bolivariana para los Pueblos de Nuestra América).

Uso del presente perfecto de indicativo

› El presente perfecto de indicativo se usa para referirse a acciones o acontecimientos que comenzaron en el pasado y que continúan o se espera que continúen en el presente, o que tienen repercusiones en el presente.

> En los últimos años, Cuba **ha entrado** en convenios con países de varios continentes.
> Esto **ha ayudado** al desarrollo económico del país.
> Te **he enviado** unos artículos sobre la Cuba de hoy. ¿Te **han llegado** ya?

Ahora, ¡a practicar!

A. Cambios recientes. Menciona algunos cambios que han ocurrido en Cuba en los últimos tiempos.

> **MODELO** diversificar / el uso comercial de la caña de azúcar
> **Se ha diversificado el uso comercial de la caña de azúcar.**

1. diversificar/ la economía

2. comenzar a usar / la caña como biocombustible

3. desarrollar / las relaciones con otros países

4. ampliar / el sector industrial

5. intensificar / el turismo internacional

6. reducir / el aislamiento económico

7. mantenerse / el interés por una educación para todos

8. empezar a modernizar / el transporte interurbano

B. Ritmos del Caribe. Un(a) compañero(a) y tú se turnan para hacerse preguntas acerca de la música y los bailes del Caribe y de Cuba.

> **MODELO** leer acerca de la Nueva Trova Cubana
> **¿Has leído acerca de la Nueva Trova Cubana?**
> **No, nunca he leído acerca de la Nueva Trova Cubana. (o Sí, he leído algunos artículos acerca de la Nueva Trova Cubana.)**

1. escuchar ritmos cubanos
2. bailar alguna vez el cha-cha-chá u otro ritmo cubano
3. comprar un CD de música cubana
4. interesarte en tocar algún instrumento musical
5. estar en fiestas en que se toca salsa
6. ver videos de personas bailando ritmos cubanos
7. tener amigos interesados en los ritmos caribeños
8. asistir a un concierto de música caribeña
9. ir a discotecas a bailar
10. escribir algún trabajo de investigación acerca de la música cubana

C. Sobre la Cuba de hoy. Selecciona la forma apropiada para completar este párrafo acerca de la Cuba de hoy.

Últimamente cambios políticos importantes (1) (han ocurridos / han ocurrido) en Cuba. Esto se (2) (ha visto / ha veído) acompañado por una cierta estabilidad económica. Además, el gobierno (3) (ha atendido / han atendidos) el bienestar social de la población y se (4) (ha preocupado / han preocupados) de que suba el nivel de vida. En Cuba se (5) (ha prestado / ha prestada) atención a la educación, en la que se (6) (han conseguidos / han conseguido) muy buenos resultados; por ejemplo, el índice de analfabetismo, prácticamente un cero por ciento, se (7) (ha mantenido / he mantenido) estable.

D. Experiencias similares. Describe cosas que tú y tus padres han hecho juntos últimamente.

> **MODELO** **Hemos visitado a mis abuelos.**
> Hemos salido a comer en nuestro restaurante favorito.

E. Experiencias diferentes. Describe cinco cosas que tú has hecho, pero que tus padres nunca han hecho.

República Dominicana

Santiago de los Caballeros
Puerto Plata
Océano Atlántico
HAITÍ
REPÚBLICA DOMINICANA
Puerto Príncipe
Punta Cana
Santo Domingo
La Romana
Mar Caribe

© Cengage Learning 2012

Nombre oficial: República Dominicana
Población: 9.650.054 (estimación de 2009)
Principales ciudades: Santo Domingo (capital), Santiago de los Caballeros, La Romana
Moneda: Peso (RD$)

En Santo Domingo, la capital, con una población de más de dos millones, tienes que conocer...

❯ la Zona Colonial, donde comenzó la historia del Nuevo Mundo y donde se encuentran las primeras edificaciones de América: la Catedral de Santa María de la Encarnación, la Universidad de Santo Domingo, el Edificio de las Casas Reales y la Real Audiencia —el primer tribunal del Nuevo Mundo—, el primer hospital y la primera oficina de aduanas.

❯ el Alcázar de Colón, el palacio donde vivió Diego Colón, el hijo de Cristóbal Colón, cuando fue gobernador de La Española.

❯ el Museo del Hombre Dominicano, dedicado a la historia de los antiguos pobladores, los taínos, y a la historia de la conquista y la esclavitud.

❯ el Mercado Modelo, el mercado de artesanías más grande en la capital.

Hola Images / Photolibrary

En un mercado al aire libre en Santo Domingo

Un apasionante partido de pelota en el Estadio Cibao

Juan Barreto / Getty Images

En Santiago de los Caballeros, no dejes de ver...

❭ el Monumento a los Héroes de la Restauración, situado en el cerro más alto de la ciudad, construido por orden del dictador Rafael Trujillo para mostrarle a la ciudad que él era el encargado.

❭ el Gran Teatro del Cibao, donde presentan espectáculos de artistas nacionales e internacionales.

❭ el Estadio Cibao, hogar de uno de los equipos de béisbol más importantes del país, Las Águilas Cibaeñas.

❭ las plantaciones de tabaco y las fábricas de ron.

Diviértete en las mejores playas de la República Dominicana...

❭ Punta Cana, una zona en el este de la isla que incluye la Playa de Arena Gorda, la famosa Playa Bávaro, la Playa Uvero Alto, la Playa Macao y la Playa de El Cortecito, todas de arena blanca y fina y cuyo mar es de un suave color azul verdoso.

❭ la Playa de El Macao, cercana a Punta Cana y de fina arena blanca, declarada por la UNESCO como una de las mejores playas del mar Caribe.

❭ la Playa Caletón, conocida como "La Playita", donde los barcos que navegan las cercanas misteriosas cavernas se detienen para que los pasajeros puedan disfrutar de la arena y del sol.

pashapixel / Shutterstock

Las playas dominicanas, con su inconfundible belleza

❭ la Playa de San Rafael, situada a unos veinte kilómetros de Barahona, una playa rodeada de altas montañas, con un paisaje espectacular.

❭ Bayahibe, una bella playa a unos veinte kilómetros de La Romana, con una fina arena blanca y auténtica agua azul turquesa.

 ¡Diviértete en la red!
Busca en Google Images o en YouTube para ver fotos y videos de cualquiera de los lugares mencionados aquí. En particular te van a encantar las playas de la República Dominicana. Ve a clase preparado(a) para describir en detalle el lugar que escogiste.

La República Dominicana: la cuna de América

Invasores ingleses y franceses

Desde la llegada de Cristóbal Colón en 1492, la isla de La Española fue un lugar deseado por diferentes potencias europeas. Por esta razón sufrió frecuentes asaltos, como el del bucanero Francis Drake, quien en 1586 saqueó la ciudad de Santo Domingo. En 1655, una expedición inglesa fue derrotada en La Española, pero logró tomar control de Jamaica. Ocupada la isla por piratas franceses, en 1697 el Tratado de Ryswick entregó la tercera parte occidental de la isla a Francia, que le dio el nuevo nombre de Saint Domingue. Los nuevos dueños transformaron su territorio en uno de los dominios más ricos con la explotación brutal y los trabajos forzados de esclavos africanos. Entre 1795 y 1809 La Española entera fue cedida a Francia por España y toda la isla recibió el nombre de Haití.

Stapleton Historical Collection / Photolibrary

La independencia

Bajo la dirección del militar haitiano Toussaint Louverture, la isla entera de Haití consiguió su independencia de Francia en 1804 después de una sangrienta guerra. Toda la isla quedó bajo el control haitiano hasta 1844. Para resistir a la dominación haitiana, el patriota dominicano Juan Pedro Duarte, llamado el "padre de la patria", organizó una revolución contra los haitianos. El 27 de febrero de 1844 se logró la independencia de la parte oriental de la isla y así se estableció la República Dominicana.

La dictadura de Trujillo

A finales del siglo XIX y a principios del XX, la República Dominicana se encontraba en una situación económica y política catastrófica. Entre 1916 y 1924 se produjo una ocupación militar por parte de los EE.UU. que controlaron la importación y exportación de productos hasta 1941. En 1930, el dictador Rafael Leónidas Trujillo tomó el poder tras un golpe de estado y dominó la república durante más de tres décadas, hasta su asesinato en 1961.

Las hermanas Mirabal, opositoras al régimen del dictador Trujillo, fueron asesinadas en 1960 por orden de este.

La segunda mitad del siglo XX

El estado caótico que siguió al asesinato de Trujillo resultó en otra ocupación militar por parte de los EE.UU., en 1965, para proteger a los ciudadanos estadounidenses y sus propiedades. Esta vez, sin embargo, fuerzas internacionales bajo los auspicios de la OEA, sustituyeron enseguida a las fuerzas estadounidenses.

En 1966, se efectuaron elecciones libres que fueron ganadas por Joaquín Balaguer. Este político dominó la vida política dominicana hasta 1996. La recesión económica mundial de 1982 afectó gravemente la economía de la República Dominicana y forzó a miles de dominicanos a abandonar la isla en busca de una vida mejor en los EE.UU.

En 1996, resultó electo el Dr. Leonel Fernández. Su gobierno se caracterizó por el crecimiento macroeconómico y la privatización de las empresas del Estado, así como la rápida devaluación de la moneda, debido a los altos precios de los combustibles. Esto provocó que muchas empresas quebraran.

La República Dominicana de hoy

❯ En 2004, el Dr. Leonel Antonio Fernández Reyna al iniciar su segundo mandato presidencial, se esforzó en combatir la crisis económica.

❯ Su gestión se caracterizó por mejorar el sistema de transporte colectivo de Santo Domingo. También se construyeron nuevas escuelas o más aulas y se dotó de centros de informática.

> En el año 2008, Leonel Fernández fue elegido como presidente, logrando así su tercer período de gobierno (segundo consecutivo) que se extiende hasta 2012.

> La economía dominicana es particularmente dependiente de los flujos de capital desde los Estados Unidos, representando este el primer rubro de intercambio comercial.

> Asimismo, depende grandemente de la minería y de la agricultura. Las remesas enviadas por dominicanos que viven en el exterior, principalmente en los Estados Unidos, alcanzaron en 2007 la cifra de 3.1 mil millones de dólares estadounidenses.

Peter Bennett / Photolibrary

> En las últimas décadas, la República Dominicana se ha convertido en una gran atracción turística por su belleza, ambiente de paraíso tropical, el carisma de su gente, entre otras cosas. Entre sus principales zonas turísticas están Punta Cana, Bávaro, Puerto Plata, Bayahibe, Samaná, Santo Domingo, Juan Dolio, La Romana, entre otras.

■■ ¿COMPRENDISTE?

A. Hechos y acontecimientos. ¿Recuerdas los datos más importantes de la lectura? Para asegurarte, completa las siguientes frases.

1. Desde la llegada de Cristóbal Colón en 1492, la isla de La Española fue un lugar deseado por...

2. El 27 de febrero de 1844 se logró la independencia de la... de la isla y así se estableció la...

3. Durante los primeros años de la independencia,... dominaron el escenario político.

4. En 1930, el... tomó el poder tras un golpe de estado y dominó la república durante...

5. La... de 1982 afectó gravemente la... de la República Dominicana.

6. La economía dominicana depende principalmente de la... y la...

> **MEJOREMOS LA COMUNICACIÓN**
>
> | | |
> |---|---|
> | cedido(a) | informática |
> | combustible *(m.)* | minería |
> | cuna | quebrar |
> | dotar | rubro |
> | flujo | transporte colectivo *(m.)* |

B. A pensar y a analizar. Contesta las siguientes preguntas con dos o tres compañeros(as) de clase. Luego comparen sus respuestas con las de otro grupo.

1. Desde su independencia, la República Dominicana ha sido gobernada principalmente por hombres fuertes que se mantienen en el poder por largos períodos de tiempo. ¿Por qué creen Uds. que estos hombres pudieron mantenerse en el poder por mucho tiempo?

2. Qué opinan de las varias ocupaciones de los EE.UU. en la República Dominicana? ¿Qué derecho tiene un país de intervenir en los asuntos de otro país? ¿Pueden Uds. pensar en un caso donde otro país debería intervenir en los asuntos de los EE.UU.? Expliquen.

C. Apoyo gramatical: las preposiciones *para* y *por.* Completa las siguientes oraciones sobre la historia dominicana usando la preposición **para** o **por**, según convenga.

1. La isla de La Española fue visitada _____ Colón durante su primer viaje al Nuevo Mundo.

2. Haití ocupó La Española _____ más de veinte años.

3. Juan Pablo Duarte es el padre de la patria _____ muchos dominicanos.

4. La tasa de inflación en la República Dominicana es baja _____ ahora.

5. _____ el año 2012 los dominicanos tendrán otra elección presidencial.

6. Muchos dominicanos van a los EE.UU. _____ trabajar.

7. El turismo es muy importante _____ la economía dominicana.

Gramática 7.3: Antes de hacer esta actividad conviene repasar esta estructura en las págs. 368–371.

Óscar de la Renta

Este diseñador es uno de los más consagrados, creativos y, por eso mismo, uno de los grandes nombres de la moda mundial. Óscar de la Renta ha sabido usar el *glamour* de sus creaciones para hacerse un nombre internacional entre las grandes marcas de la moda. Sus modelos elegantes realzan como pocos la belleza femenina con clase. Gracias a esto ha triunfado y conseguido que sus boutiques estén presentes en la mayoría de los países del mundo. Su exitosa carrera se ha visto respaldada por numerosos premios y cargos importantes. De la Renta fue elegido dos veces presidente del Consejo de Diseñadores de Moda de América (CFDA, *Council of Fashion Designers of America*) en las décadas de los 70 y 80, fue designado por esta organización como Diseñador del Año 2000, recibió el Premio Leyenda Viviente, dos premios Críticos Americanos de Moda Coty e incluso un Salón de la Fama Coty. En España recibió el popular premio Aguja de Oro (2002).

AP Images / Jennifer Graylock

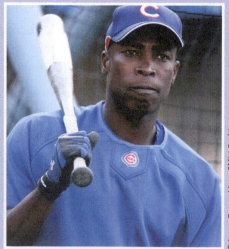

© Orlando Barria / epa / Corbis

Martha Heredia

Artísticamente conocida como "La Baby", Martha Heredia es una joven cantante dominicana. A la edad de trece años descubrió que tenía talento para cantar y para escribir canciones. A los quince años, junto a su hermano Felipe, formó un grupo llamado "Una Vía" con el que cantó *hip hop* y *reggaetón*. Más tarde tuvo la oportunidad de trabajar en los Estados Unidos como cantautora. A los dieciocho años se presentó en San José, Costa Rica, para la audición de la cuarta temporada de *Latin American Idol*. El 10 de diciembre de 2009, después de haber conseguido más del 50% del número total de votos, se convirtió en la nueva ídolo de Latinoamérica. En su última presentación cantó junto al reconocido cantante Franco De Vita. Desde entonces es una exitosa artista en los Estados Unidos y en la República Dominicana. En abril de 2010 sacó su más reciente producción con Sony BMG.

Alfonso Soriano

Reconocido jugador dominicano que en 2002 fue el líder de la Liga Americana en los porcentajes de bateo, en bases logradas, en bases robadas y en carreras, y estableció un récord para los *New York Yankees* con los porcentajes más altos de bateo en una misma temporada. En 2003, Soriano estableció el récord de mayor cantidad de jonrones en un mismo juego (13) y, por segundo año consecutivo, fue líder de la liga en porcentajes de bateo y terminó entre los cinco primeros por bateos, dobles, jonrones, bases robadas y *strikeouts*. En 2009 fue uno de solo seis jugadores que en la historia del béisbol concluyeron la temporada con más jonrones que anotaciones yendo de base en base (39 y 23 respectivamente).

© Larry Goren / Icon SMI / Corbis

Otros dominicanos sobresalientes

Ada Balcácer: escultora y pintora

Juan Bosch: político, novelista, historiador y cuentista

José Cestero: pintor

Charytín: cantante y animadora

Juan Luis Guerra: cantante y compositor

Héctor Incháustegui Cabral (1912–1979): dramaturgo, poeta, diplomático y catedrático

Clara Ledesma: pintora

Orlando Menicucci: pintor

Samuel Peralta ("Sammy") Sosa: beisbolista

Isabella Wall: actriz

¿COMPRENDISTE?

A. Contesta las siguientes preguntas con un(a) compañero(a). Luego, comparte tus respuestas con el resto de la clase.

1. ¿Por qué creen Uds. que Óscar de la Renta tiene un gusto tan exquisito para la moda? ¿Se puede comparar el talento de Martha Heredia con el de Óscar de la Renta? ¿Por qué sí o no?

2. ¿Creen que *Latin American Idol* realmente lanza talentos al mundo de la música? Teniendo presente su talento innato para la música, ¿qué creen que hizo de Martha Heredia un ídolo musical?

3. ¿Por qué es reconocido Alfonso Soriano? En la opinión de Uds., ¿qué motiva a Soriano a trabajar tanto para ser exitoso como jugador de béisbol?

B. Miniprueba. Demuestra lo que aprendiste de estos talentosos dominicanos al completar estas oraciones.

1. Óscar de la Renta logra combinar _____.

   a. boutiques y empresas   b. glamour y clase   c. grandes marcas y cargos

2. En 2009, Martha Heredia ganó el *Latin American Idol* y cantó junto a _____.

   a. Juan Luis Guerra   b. Ricky Martin   c. Franco De Vita

3. En 2009, Alfonso Soriano logró más jonrones que anotaciones de base en base, al igual que otros _____ jugadores en la historia del béisbol.

   a. seis   b. siete   c. ocho

MEJOREMOS LA COMUNICACIÓN

anotación *(f.)*	porcentaje *(f.)*
base lograda *(f.)*	presumir
cantidad *(f.)*	realzar
consagrado(a)	respaldado(a)

 ¡Diviértete en la red!
Busca "Óscar de la Renta", "Martha Heredia" y/o "Alfonso Soriano" en YouTube para escuchar entrevistas y ver videos de estos talentosos dominicanos. Ve a clase preparado(a) para presentar lo que elegiste ver o escuchar.

Letras problemáticas: la r y la doble rr

La **r** tiene dos sonidos, uno simple /ř/, como en **cero, güera** y **prevención**, y otro múltiple /r̄/, como en **rico, enredada** y en la segunda sílaba de **alrededor**. La doble **rr** siempre se pronuncia con el sonido múltiple /r̄/, como en **carro**. Ahora, al escuchar a tu profesor(a) leer las siguientes palabras, observa que la escritura del sonido /ř/ siempre se representa con la **r** mientras que el sonido /r̄/ se representa tanto con la **rr** como con la **r**.

/ř/:	corazón	abstracto	heredero	empresa	florecer
/r̄/:	reunión	revuelta	barrio	desarrollo	enrojezco

La letra r. Escucha mientras tu profesor(a) lee algunas palabras, unas con **r**, otras con doble **rr**. Indica si el sonido que escuchas es /ř/ o /r̄/.

1. /ř/ /r̄/
2. /ř/ /r/
3. /ř/ /r/
4. /ř/ /r/

5. /ř/ /r/
6. /ř/ /r/
7. /ř/ /r/
8. /ř/ /r/

Escritura con la r y la doble rr

Las siguientes reglas de ortografía determinan cuándo se debe usar una **r** o la doble **rr**.

> La letra **r** tiene el sonido /ř/ cuando ocurre entre vocales, antes de una vocal o después de una consonante excepto **l, n** o **s**.

anterior	cruzar	oriente	bronce	nitrato

> La letra **r** tiene el sonido /r̄/ cuando ocurre al principio de una palabra.

ratifica	reloj	residir	rostro

> La letra **r** también tiene el sonido /r̄/ cuando ocurre después de la **l, n** o **s**.

alrededor	desratizar	enriquecer	honrar

> La doble **rr** siempre tiene el sonido /r̄/.

derrota	enterrado	hierro	terremoto

> Cuando una palabra que empieza con **r** se combina con un prefijo o con otra palabra para formar una palabra compuesta, la **r** inicial se duplica para conservar el sonido /r̄/ original.

racial → multirracial	rey → virrey	rojo → infrarrojo

¡A practicar!

A. Práctica con los sonidos /ř/ y /r̄/. Escucha mientras tu profesor(a) lee las siguientes palabras. Escribe las letras que faltan en cada una.

1. t ___ ___ ___ t ___ ___ o

2. E ___ ___ ___ q u e t a

3. ___ ___ ___ ___ v ___ ___ ___ n t e

4. ___ ___ ___ s p e ___ ___ ___

5. f ___ ___ ___ ___ c ___ ___ ___ ___ l

6. ___ ___ ___ o l u c i ó n

7. i n t ___ ___ ___ ___ m p i ___

8. f u ___ ___ ___ a

B. Práctica con palabras parónimas. Dado que tanto la **r** como la **rr** ocurren entre vocales, existen varios pares de palabras parónimas, o sea palabras parecidas (por ejemplo, **coro** y **corro**). Escucha mientras tu profesor(a) lee las siguientes palabras parónimas. Escribe las letras que faltan en cada una.

1. pe ___ o   pe ___ o

2. co ___ al   co ___ al

3. aho ___ a   aho ___ a

4. pa ___ a   pa ___ a

5. ce ___ o   ce ___ o

6. hie ___ o   hie ___ o

Prefijos del griego

El griego fue una de las lenguas de más prestigio en el mundo antiguo. Tuvo mucha influencia sobre el latín y durante la época del Renacimiento* muchas palabras de origen griego se incorporaron al español y a otras lenguas de Europa. En la actualidad, muchas nuevas palabras en el mundo científico se forman usando raíces griegas. Los siguientes prefijos que proceden del griego son comunes en español.

Prefijos griegos	Ejemplos
a-, an- (privación, negación)	**a**teo, **a**normal
anti- (contra)	**anti**social, **antí**doto
eu- (bien, bueno)	**eu**logía, **eu**tanasia
hemi- (mitad)	**hemi**sferio, **hemi**ciclo
hiper- (sobre, exceso)	**hiper**activo, **hiper**crítico
meta- (más allá)	**meta**lingüístico, **meta**morfosis
mono- (uno)	**mono**cicleta, **mono**silábico
peri- (alrededor)	**perí**metro, **peri**scopio
tele- (lejos)	**tele**grama, **tele**comunicación

Detalles de la lengua

A. **Prefijos griegos.** Identifica las palabras que empiezan con prefijos griegos en las siguientes oraciones y explica su significado.

Modelo El índice de analfabetismo en la República Dominicana es de un poco más del diez ciento.

analfabetismo: falta de instrucción elemental en un país, referida especialmente al número de sus ciudadanos que no saben leer.

1. Necesito un libro sobre la historia de las telecomunicaciones en la República Dominicana.

2. Muchas dictaduras tienen leyes anticonstitucionales.

3. Los economistas dominicanos llaman la atención sobre el peligro del monocultivo.

4. En Latinoamérica muchos hombres todavía son hipersensibles en cuestiones del honor.

5. Cuando uno usa el lenguaje para hablar del lenguaje está usando un metalenguaje.

*El Renacimiento (siglos XV y XVI) fue un movimiento literario y artístico en Europa que se fundaba en la imitación de modelos grecorromanos clásicos.

B. Repaso: comparativos. Con un(a) compañero(a) de clase, comparen la práctica del béisbol en la República Dominicana y en los Estados Unidos. También comparen las atracciones turísticas de la República Dominicana con las atracciones turísticas de una región de su país. Tal vez quieran usar dos diagramas de Venn.

ESCRIBAMOS AHORA

Ensayo: comparación y contraste

1 Para empezar. La comparación señala lo similar o lo común entre cosas, lugares, incidentes o situaciones. El contraste señala las diferencias. Cuba y la República Dominicana, por ejemplo, tienen mucho en común pero también tienen diferencias. Una manera de ilustrar eso visualmente es con un diagrama de Venn. Véase cómo en el siguiente, los dos extremos de derecha e izquierda muestran diferencias entre los dos países y el centro muestra lo que tienen en común.

Pierluigi Longo / Photolibrary

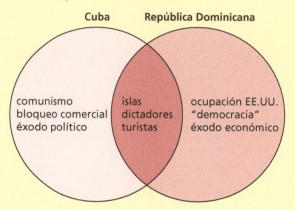

Cuba — **República Dominicana**

comunismo
bloqueo comercial
éxodo político

islas
dictadores
turistas

ocupación EE.UU.
"democracia"
éxodo económico

2 A generar ideas. Piensa ahora en algunas cosas/lugares/incidentes/situaciones que quieras comparar y contrastar. Puede ser algo en tu vida personal, en tu comunidad, en el mundo político, etcétera. Lo importante es que sean dos temas que tengan bastante en común para poder ser comparados y bastantes diferencias para poder ser contrastados. Haz un diagrama de Venn ahora, siguiendo el ejemplo anterior.

3 Tu borrador. Ahora desarrolla la información que anotaste en tu diagrama en párrafos cortos que vayan señalando tanto las diferencias entre los dos temas como lo que tienen en común. Es importante que tu ensayo tenga algún propósito específico, por ejemplo, ayudar al lector a llegar a una decisión o a entender mejor los temas que se están comparando y contrastando. Asegúrate también de organizar la información de una manera clara y lógica. Escribe tu borrador ahora. ¡Buena suerte!

4 Revisión. Intercambia tu borrador con un(a) compañero(a). Revisa su ensayo prestando atención a las siguientes preguntas. ¿Ha identificado bien a los dos temas? ¿Han quedado claras las comparaciones y los contrastes? ¿Los ha desarrollado lógicamente? ¿Tienes algunas sugerencias sobre cómo podría mejorar sus ideas?

5 Versión final. Considera las correcciones que tu compañero(a) te ha indicado y revisa tu trabajo por última vez. Como tarea, escribe la copia final en la computadora y no olvides darle un título. Antes de entregarlo, dale un último vistazo a la acentuación, a la puntuación, a la concordancia y a las formas de los verbos.

6 Publicación (opcional). Cuando su profesor(a) les devuelva el ensayo corregido, revísenlo con cuidado y luego, en grupos de tres o cuatro, lean sus ensayos al grupo por turnos. Decidan cuál es el mejor en cada grupo y devuélvanle ese a su profesor(a) para que los ponga todos en un libro que va a titular: **Los mejores ensayos de los estudiantes del señor (de la señora/señorita)...**

¡Antes de leer!

A. Anticipando la lectura. Contesta las siguientes preguntas para saber algo de tus sueños.

1. ¿Con qué frecuencia sueñas? ¿todas las noches? ¿una vez a la semana? ¿una vez al mes?

2. ¿Recuerdas tus sueños al día siguiente? ¿Los recuerdas en detalle o solo recuerdas partes?

3. ¿Con qué sueñas normalmente? ¿Tienes sueños recurrentes? Cuéntale uno a un(a) compañero(a) de clase.

4. ¿Tratas de interpretar tus sueños? Cuéntale un sueño a tu compañero(a) y pídele que trate de interpretarlo.

B. Vocabulario en contexto. Busca estas palabras en la lectura que sigue y, en base al contexto, decide cuál es su significado. Para facilitar encontrarlas, las palabras aparecen en negrilla en la lectura.

1. **alarde**	a. excusas	b. jactancia	c. sugerencias
2. **sucediera**	a. ocurriera	b. terminara	c. muriera
3. **nítido**	a. difícil	b. complicado	c. claro
4. **escotilla**	a. ventana	b. fuerza	c. puerta
5. **recio**	a. fuerte	b. inesperado	c. doloroso
6. **asentada**	a. encontrada	b. afirmada	c. buscada

Sobre el autor

Virgilio Díaz Grullón (1924–2001), popular escritor de Santo Domingo, se destacó como cuentista. Entre las varias colecciones de cuentos que publicó sobresalen *Crónicas de altocerro* (1966), *Más allá del espejo: cuentos* (1975), *De niños, hombres y fantasmas* (1981) y *Antinostalgia de una era* (1993). Fue también un activo ensayista que colaboró frecuentemente con artículos y cuentos para revistas y antologías literarias.

En el cuento "El diario inconcluso", el autor muestra cómo lo que parece ser una preocupación obsesiva por recordar los sueños se transforma en una realidad inesperada.

Franklin Guitiérrez

El diario inconcluso

Siempre había hecho alarde de tener una mente científica, inmune a cualquier presión exterior que intentase alterar su rigurosa visión empírica del universo.

Durante su adolescencia se había permitido algunos coqueteos con las teorías freudianas sobre la interpretación de los sueños, pero la imposibilidad de confirmar con la experiencia las conclusiones del maestro le hicieron perder muy pronto el interés en sus teorías. Por eso, cuando soñó por primera vez con el vehículo espacial no le dio importancia a esa aventura y a la mañana siguiente había olvidado los pormenores de su sueño. Pero cuando éste se repitió al segundo día comenzó a prestarle atención y trató —con relativo éxito— de reconstruir por escrito sus detalles. De acuerdo con sus notas, en ese primer sueño se veía a sí mismo en el medio de una llanura desértica con la sensación de estar a la espera de que algo muy importante **sucediera**, pero sin poder precisar qué era lo que tan ansiosamente aguardaba. A partir del tercer día el sueño se hizo recurrente adoptando la singular característica de completarse cada noche con episodios adicionales, como los filmes en serie que solía ver en su niñez. Se hizo el hábito entonces de llevar una especie de diario en que anotaba cada amanecer las escenas soñadas la noche anterior. Releyendo sus notas —que cada día escribía con mayor facilidad porque el sueño era cada vez más **nítido** y sus pormenores más fáciles de reconstruir— le fue posible seguir paso a paso sus experiencias oníricas. De acuerdo con sus anotaciones, la segunda noche alcanzó a ver el vehículo espacial descendiendo velozmente del firmamento. La tercera lo vio posarse con suavidad a su lado. La cuarta contempló la **escotilla** de la nave abrirse silenciosamente. La quinta vio surgir de su interior una reluciente escalera metálica. La sexta presenciaba el solemne descenso de un ser extraño que le doblaba la estatura y vestía con un traje verde luminoso. La séptima recibía un **recio** apretón de manos de parte del desconocido. La octava ascendía por la escalerilla del vehículo en compañía del cosmonauta y, durante la novena, curioseaba asombrado el complicado instrumental del interior de la nave. En la décima noche soñó que iniciaba el ascenso silencioso hacia el misterio del cosmos, pero esta experiencia no pudo ser **asentada** en su diario porque no despertó nunca más de su último sueño.

"El diario inconcluso" by Virgilio Díaz Grullón. Reprinted from *Américas*, the bimonthly magazine published by the Organization of American States, in English and Spanish.

¡Después de leer!

A. Hechos y acontecimientos. ¿Recuerdas los datos más importantes de la lectura? Para asegurarte, contesta las siguientes preguntas.

1. ¿Qué edad crees que tiene la persona que sueña con la nave espacial? ¿Por qué crees eso?

2. ¿Sabía interpretar sueños el protagonista? ¿Cuándo lo había intentado?

3. ¿Trató de interpretar su sueño con el vehículo espacial la primera vez que lo tuvo? ¿Por qué?

4. ¿Cuándo decidió tratar de recordar todos los detalles de ese sueño? ¿Por qué le interesaba recordarlos? ¿Qué hizo para poder recordarlos?

5. ¿Cuántas veces se repitió el mismo sueño? ¿Era exactamente igual cada vez? Si no lo era, ¿cómo variaba?

6. ¿Qué soñó la última vez? ¿Anotó los detalles de este sueño en su diario? Explica.

B. A pensar y a analizar. En grupos de tres o cuatro, contesten las siguientes preguntas. Luego, compartan sus respuestas con la clase.

1. ¿Qué le pasó al final del cuento a la persona que soñaba con naves espaciales? ¿Cómo lo saben? Describan al narrador. ¿Qué tipo de personalidad tiene? Citen ejemplos del cuento.

2. ¿Conoce uno de los (las) compañeros(as) del grupo a alguien que haya tenido un sueño que luego se convirtiera en realidad? Si es así, que le cuente el incidente al grupo.

C. Dramatización. La décima noche "no pudo ser asentada en su diario porque no despertó nunca más de su último sueño". Al contrario, dentro de la nave él… Con un(a) compañero(a) escriban un nuevo final para este cuento. Luego, dramatícenlo frente a la clase.

D. Apoyo gramatical: las construcciones pasivas. Cambia las siguientes oraciones que usan la voz activa a la voz pasiva para contar la historia que leíste en "El sueño inconcluso".

MODELO Una experiencia extraña alteró la visión del universo del protagonista.
La visión del universo del protagonista fue alterada por una experiencia extraña.

1. Freud interpretó los sueños de muchos pacientes.

2. El protagonista anotó cada sueño en un cuaderno.

3. En un sueño, un vehículo espacial iluminó el paisaje.

4. Un ser con un traje luminoso recibió al protagonista.

5. El protagonista inspeccionó el interior de la nave.

6. El protagonista no apuntó los detalles de la última noche.

Gramática 7.4: Antes de hacer esta actividad conviene repasar esta estructura en las págs. 371–373.

GRAMÁTICA

7.3 Las preposiciones **para** y **por**

¡A que ya lo sabes!

Para más práctica, haz las actividades de **Gramática en contexto** (sección 7.2) del *Cuaderno para los hispanohablantes*.

Fernando acaba de hablar con un niño cubano, hijo de un amigo suyo. ¿Qué dice del niño? Mira los siguientes pares de oraciones y decide, en cada par, cuál de las dos te suena bien, la primera o la segunda.

1. a. *Para* ser tan joven, sabe mucho de la historia cubana.

   b. *Por* ser tan joven, sabe mucho de la historia cubana.

2. a. Me preguntó cuál era mi período histórico favorito *para* hablarme de él y me dijo cosas que yo no sabía.

   b. Me preguntó cuál era mi período histórico favorito *por* hablarme de él y me dijo cosas que yo no sabía.

Estoy seguro de que todos seleccionaron la primera oración en ambos casos. Qué fácil es cuando ya tienen un conocimiento tácito del uso de **por** y **para**. Sigan leyendo y ese conocimiento será aun más firme.

Para se usa:

> para expresar movimiento o dirección hacia un objetivo o destino.

> > Salgo **para** Santo Domingo el viernes próximo.

Nota para hispanohablantes

Hay una tendencia dentro de algunas comunidades de hispanohablantes a abreviar la palabra **para** y decir *pa'*. Es importante evitar este uso fuera de esas comunidades y en particular al escribir.

> para indicar el tiempo en que se realizará una acción.

> > Ese complejo turístico ya estará terminado **para** Navidad.

> para expresar propósito, objetivo, uso o destino.

> > Queremos ir a la República Dominicana **para** gozar de sus maravillosas playas.
> > En este pueblo no hay espacio **para** construir un estadio de béisbol.
> > Esta tarjeta postal es **para** ti.

> para expresar una comparación de desigualdad implícita.

> > **Para** un país tan pequeño, la República Dominicana envía muchos beisbolistas a las Grandes Ligas.
> > Tú entiendes bastante de política internacional **para** ser tan joven.

❯ para indicar la persona (o personas) que expresa(n) una opinión o un juicio de valor.

> **Para** los dominicanos, Óscar de la Renta es un compatriota de quien están muy orgullosos.
> **Para** mí, es un diseñador de moda genial.

Por se usa:

❯ para expresar movimiento a lo largo o a través de un lugar.

> A los dominicanos y a los turistas les encanta caminar **por** la calle peatonal El Conde.

❯ para indicar un período de tiempo. **Durante** también se puede usar en este caso o se puede omitir la preposición por completo.

> Joaquín Balaguer dominó la vida política dominicana **por** más de treinta años (**durante** más de treinta años).

❯ para indicar la causa, motivo o razón de una acción.

> Óscar de la Renta ha recibido muchos premios **por** sus diseños.
> Muchos turistas visitan la Cueva de los Tres Ojos **por** curiosidad.

❯ para expresar la persona o cosa a favor o en defensa de la cual se hace algo.

> A comienzos del siglo XIX los dominicanos lucharon muchos años **por** la independencia del país.
> Debemos hacer muchos sacrificios **por** el bienestar del país.
> Según las encuestas, la mayoría va a votar **por** el candidato liberal.

❯ para expresar el cambio o substitución de una cosa por otra.

> ¿Cuántos pesos dominicanos dan **por** un dólar?

❯ para expresar el agente de una acción en una oración pasiva. (Consúltese la *Lección 7*, págs. 371–373, para el tratamiento de las construcciones pasivas).

> En el pasado la República Dominicana fue gobernada **por** dictadores.
> Estas canciones fueron escritas **por** Martha Heredia.

❯ para indicar un medio de transporte o de comunicación.

> Llamaré a Carlos **por** teléfono para decirle que vamos a viajar **por** tren, no **por** autobús.

❯ para indicar proporciones, frecuencia o una unidad de medida.

> En la República Dominicana hay dos médicos **por** cada mil habitantes.
> ¿Sabes cuánto gana un trabajador dominicano **por** mes?

❯ en las siguientes expresiones de uso común.

por ahora	por lo tanto
por cierto	por más (mucho) que
por consiguiente	por otra parte
por eso	por poco
por fin	por supuesto
por la mañana (tarde, noche)	por último
por lo menos	

Ahora, ¡a practicar!

A. Motivo de orgullo. ¿Por qué los dominicanos admiran y se sienten orgullosos de Martha Heredia?

MODELO talento musical

La admiran por su talento musical.

1. excelencia como cantautora
2. deseo de superarse profesionalmente
3. amor por su familia
4. labor en favor de los niños discapacitados
5. interpretación llena de pasión al cantar
6. triunfo en el programa *Latin American Idol*

B. Planes. Menciona algunos planes generales del gobierno dominicano para resolver algunos de los problemas del país.

MODELO planes: controlar la inflación

El gobierno ha propuesto nuevos planes para controlar la inflación.

1. programas: mejorar la economía
2. leyes: reglamentar las relaciones laborales
3. resoluciones: mantener el crecimiento de la economía
4. regulaciones: continuar incentivando el turismo
5. medidas: disminuir el desempleo

C. Puerto Plata. Completa la siguiente información acerca de la ciudad de Puerto Plata, en la costa norte de la República Dominicana, usando la preposición **para** o **por**, según convenga.

1. Puerto Plata fue fundada _____ los españoles en el año 1502.
2. _____ llegar hasta Puerto Plata, uno puede ir _____ avión o _____ carretera.
3. La fortaleza de San Felipe fue construida _____ defender la ciudad de invasiones.
4. Si te gusta caminar, puedes pasear _____ el Malecón, que tiene seis kilómetros de largo.
5. Puedes entrar en el Museo del Ámbar _____ admirar esas joyas fosilizadas.
6. _____ los amantes del *windsurf*, las aguas de Cabarete no están muy lejos de Puerto Plata.

D. ¿Cuánto sabes de la República Dominicana? Hazle las siguientes preguntas a tu compañero(a) para ver cuánto sabe de la República Dominicana. Selecciona entre **para** y **por** antes de hacer cada pregunta.

1. _____ un país relativamente pequeño, ¿vive poca o mucha gente en la República Dominicana?
2. ¿Fue habitado el país _____ muchos grupos indígenas? ¿ _____ cuáles grupos indígenas ha sido habitado?
3. ¿En qué año fue fundada la ciudad de Santo Domingo? ¿ _____ quién?

4. ¿Sabes _____ cuál pirata inglés fue invadida la isla de La Española en 1586?

5. _____ los dominicanos, ¿cuál es su deporte preferido?

6. ¿Sabes cuántos pesos dominicanos te dan _____ un dólar actualmente?

7. ¿ _____ cuándo van a terminar la línea 2 del metro de Santo Domingo?

8. _____ ti, ¿cuál es el mayor atractivo de la República Dominicana?

E. Mi hermana. Completa las siguientes oraciones acerca de la hermana de Rafael con **por** o **para**.

Mi hermana Carmen es empleada de una firma de manufacturas plásticas. Trabaja (1) _____ esa firma desde hace tres años. Fue contratada (2) _____ el dueño de la firma, quien quedó impresionado (3) _____ la actitud de mi hermana durante la entrevista. (4) _____ su excelente rendimiento cada año ha recibido un aumento de sueldo. (5) _____ ser una empleada joven en la firma, le va muy bien. Nos dice que nos va a dar una sorpresa (6) _____ la próxima Navidad. ¿Qué será?

7.4. Construcciones pasivas

Voz pasiva con ser

¡A que ya lo sabes!

Don Atilano está leyendo el periódico en un café frente al Teatro Nacional en San José. ¿Qué contesta cuando su buen amigo don Telésforo le pregunta qué hay de nuevo en las noticias? Mira los siguientes pares de oraciones y decide, en cada par, cuál de las dos te suena bien, la primera o la segunda.

1. a. Nuevos impuestos *fueron establecido* por el gobierno.

   b. Nuevos impuestos *fueron establecidos* por el gobierno.

2. a. *Se ha construido* nuevos complejos turísticos en La Romana.

   b. *Se han construido* nuevos complejos turísticos en La Romana.

Para más práctica, haz las actividades de **Gramática en contexto** (sección 7.3) del *Cuaderno para los hispanohablantes*.

En ambos pares de oraciones la mayoría debe de haber elegido la segunda oración. Sin embargo, ¿verdad que la elección fue mucho más difícil en el segundo par? Presten atención a la lección que sigue para afianzar sus conocimientos de las estructuras pasivas.

❯ Las acciones pueden expresarse en la voz activa o en la voz pasiva. En las oraciones activas el sujeto ejecuta la acción. En las oraciones pasivas el sujeto recibe la acción. Nota cómo el objeto directo de las oraciones activas es el sujeto de las oraciones pasivas y cómo el sujeto de las oraciones activas aparece precedido por la preposición **por** en las oraciones pasivas.

Voz activa		
sujeto	verbo	objeto directo
Bartolomé Colón	**fundó**	Santo Domingo.

Voz pasiva		
Sujeto	**ser** + participio pasado	**por** + agente
Santo Domingo	**fue fundado**	**por** Bartolomé Colón.

> En la voz pasiva, **ser** puede usarse en cualquier tiempo verbal y el participio pasado concuerda en género y número con el sujeto de la oración. El agente puede omitirse en una oración pasiva.

> La ciudad de Santo Domingo **fue destruida** por un huracán en 1502.
> Como escritor, el político Juan Bosch **es conocido** principalmente por sus cuentos.

Substitutos de las construcciones pasivas

La voz pasiva con **ser** no se usa muy frecuentemente en el español escrito o hablado. En su lugar se prefiere la construcción pasiva con **se** o un verbo en la tercera persona del plural sin sujeto especificado.

> Cuando se desconoce o no interesa mencionar a la persona que ejecuta una acción, se puede usar la construcción pasiva con **se**. En este caso el verbo está siempre en la tercera persona del singular o del plural.

> El béisbol **se introdujo** en la República Dominicana a fines del siglo XIX.
> **Se han edificado** muchos hoteles en la República Dominicana para atender a las necesidades del turismo.
> **Se ven** manatíes antillanos en la costa de la República Dominicana.

Nota para hispanohablantes

Es común entre muchos hispanohablantes no hacer concordancia en estas estructuras y utilizar siempre la tercera persona del singular. Así, en los ejemplos de arriba en vez de hacer concordancia entre el verbo y "muchos hoteles" o "manatíes antillanos", usan la forma singular del verbo: *Se ha edificado muchos hoteles; Se ve manatíes antillanos.* Es importante evitar este uso, en particular al escribir.

Nota para bilingües

La construcción con **se** tiene varios equivalentes en inglés. Ya sea una oración pasiva o a una oración con sujetos impersonales indeterminados como *one, they, you* o *people.*

Se esperan grandes cambios.
{
Great changes are expected.
One expects great changes.
They expect great changes.
You expect great changes.
People expect great changes.
}

> Un verbo conjugado en la tercera persona del plural sin pronombre sujeto también se puede usar como substituto de la voz pasiva cuando no se expresa el agente.

> **Aprobaron** la nueva constitución.
> Aquí no **respetan** los derechos individuales.

Ahora, ¡a practicar!

A. ¿Qué sabes de la República Dominicana? Usa la siguiente información para mencionar algunos datos importantes de la República Dominicana.

> **MODELO** visitar / por Colón en 1492
> **Fue visitada por Colón en 1492.**

1. poblar / por taínos
2. saquear / por el pirata inglés Francis Drake
3. ceder / a Francia en 1795
4. declarar / república independiente en 1844
5. ocupar / militarmente por los EE.UU. en 1916
6. controlar / políticamente por el dictador Rafael Leónidas Trujillo por más de tres décadas
7. gobernar / por Joaquín Balaguer por más de treinta años

B. Diseñador genial. Completa la siguiente información acerca del famoso diseñador dominicano Óscar de la Renta usando **ser** + participio pasado del verbo indicado.

Óscar de la Renta nació en Santo Domingo, ciudad de antiguas tradiciones que (1) _____ (fundar) en 1502. Cuando tenía dieciocho años, (2) _____ (atraer) por la cultura española y se mudó a Madrid. Comenzó a estudiar pintura, pero esos estudios no (3) _____ (completar). Otro interés surgió: (4) _____ (cautivar) por el mundo de la alta costura y (5) _____ (iniciar) en ese mundo por el legendario diseñador Cristóbal Balenciaga. Más adelante, en 1961, (6) _____ (contratar) por Antonio Castillo, otro famoso diseñador, y se fue a trabajar a París. Después de unos años (7) _____ (invitar) por Elizabeth Arden a trabajar en la empresa de ella. En 1965 (8) _____ (seducir) por la idea de tener su propia compañía y fundó su propia casa de modas. Ese mismo año su primera línea de ropa (9) _____ (presentar) al público, con gran éxito. Ha tenido muchos triunfos después, como cuando en 1993 (10) _____ (seleccionar) como diseñador principal por la prestigiosa casa francesa Pierre Balmain; fue el primer latinoamericano en obtener tal honor.

C. La economía dominicana. Haz algunas generalizaciones sobre los productos principales y la economía dominicana.

> **MODELO** cultivar la caña de azúcar
> **En la República Dominicana se cultiva la caña de azúcar.**

1. extraer varios minerales
2. exportan productos orgánicos tropicales
3. criar ganado vacuno
4. recibir millones de dólares en remesas de dominicanos que viven en el exterior
5. procesar alimentos en muchas plantas
6. depender mucho del turismo

D. Noticias. En grupos de tres o cuatro, hablen de las noticias que han leído en el periódico recientemente. Pueden usar verbos de la siguiente lista u otros que conozcan.

> **MODELO** **Anuncian una gran tormenta de nieve en Nueva York.**

aconsejar	decir	pronosticar
anunciar	denunciar	tener
creer	informar	

Lección 7: Cuba

La primera colonia

avistamiento
aniquilado(a)
encallado(a)
inicio
maltrato
provocar
régimen *(m.)*
retén *(m.)*
someter
súbdito(a)

Independencia

armada
bloqueo
ceder
reanudación *(f.)*
renuncia
restringido(a)
rompimiento

Artistas

estético(a)
exitoso(a)
faz *(f.)*
grabador(a)
multifacético(a)
parisino(a)

Asuntos financieros

conferencia
divisa
emerger
préstamo
proveer
remesa

Palabras útiles

trasladarse
tras

Juice Images / Photolibrary

Lección 7: **República Dominicana**

Minería
combustible *(m.)*
flujo
minería
quebrar

Moda
consagrado(a)
presumir
realzar
respaldado(a)

Béisbol
anotación *(f.)*
base lograda *(f.)*
cantidad *(f.)*
cedido(a)
porcentaje *(m.)*

Palabras útiles
cuna
dotar
informática
rubro
transporte colectivo *(m.)*

pashapixel / Shutterstock

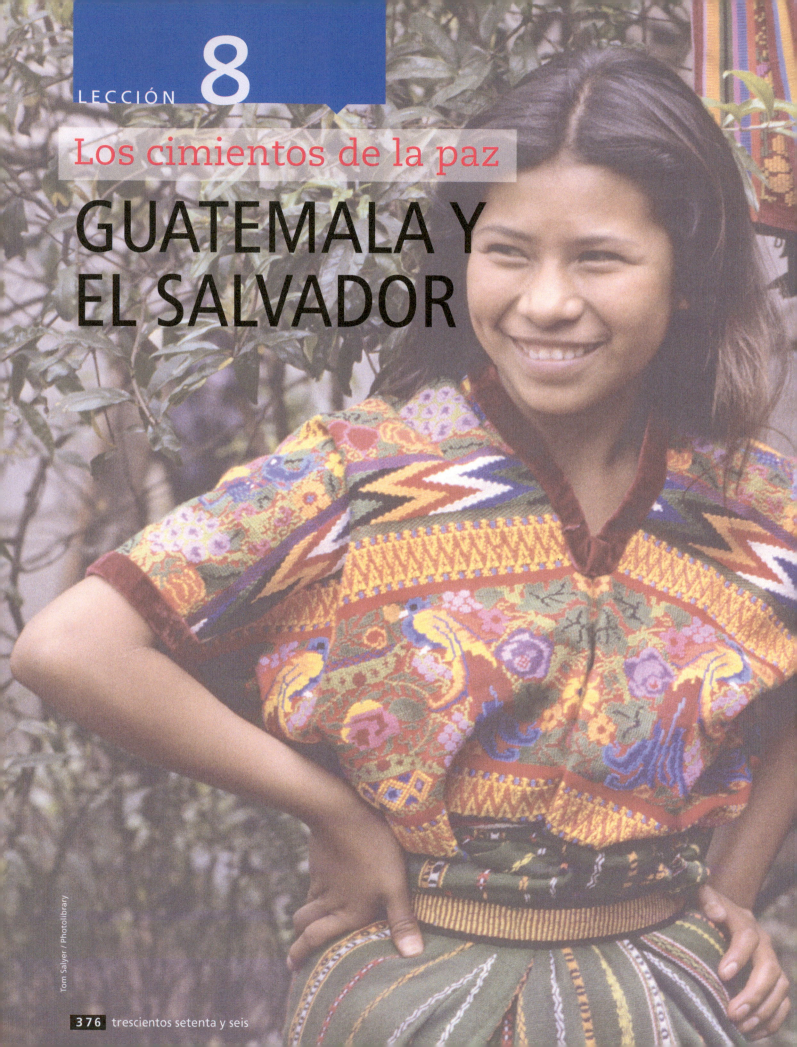

Los cimientos de la paz

GUATEMALA Y EL SALVADOR

LOS ORÍGENES

Conoce de cerca los orígenes de los actuales Guatemala y El Salvador, las grandes civilizaciones que están a la base de su presente, su administración colonial y su independencia (págs. 378–379).

SI VIAJAS A NUESTRO PAÍS…

❯ En **Guatemala** empezarás tu visita al "centro del mundo maya" en la Ciudad de Guatemala, la capital, con una población de unos dos millones y medio. También visitarás Antigua y fascinates antiguos centros mayas en Petén (págs. 380–381).

❯ En **El Salvador** llegarás al aeropuerto de San Salvador, que tiene hermosas vistas del volcán del mismo nombre, y conocerás otros volcanes, algunos en continuas erupciones. Además conocerás tres grandes festivales salvadoreños (págs. 402–403).

AYER YA ES HOY

Haz un recorrido por la historia de Guatemala, desde su independencia hasta la época contemporánea (págs. 382–383) y por la de El Salvador, desde mediados del siglo XIX hasta el presente (págs. 404–405).

LOS NUESTROS

❯ En **Guatemala** conoce a un cantautor guatemalteco de pop y balada, a una poeta, dramaturga, ensayista e incansable trabajadora social. Conoce también a un fotógrafo guatemalteco considerado por muchos el más importante de Latinoamérica (págs. 384–385).

❯ En **El Salvador** conoce a un artista cuya vida y obra reflejan la realidad de su país, a una destacada escritora que presenció la masacre de treinta mil campesinos y a un reconocido novelista, crítico y poeta salvadoreño (págs. 406–407).

ASÍ HABLAMOS Y ASÍ ESCRIBIMOS

Aprende a diferenciar entre las palabras parónimas: **ay** y **hay** (págs. 386–387), y también entre varias otras como **aun/aún, de/dé, el/él…** que se pronuncian y escriben igual con la excepción del acento ortográfico (pág. 408).

NUESTRA LENGUA EN USO

Aprende a evitar problemas de ortografía debidos a la interferencia del inglés (págs. 388–389) y descubre varios aspectos del voseo centroamericano (pág. 409).

¡LUCES! ¡CÁMARA! ¡ACCIÓN!

❯ Conoce "Guatemala: influencia maya en el siglo XXI" (pág. 390).

ESCRIBAMOS AHORA

Describe a una persona importante en tu vida en una semblanza biográfica. (pág. 410)

Y AHORA, ¡A LEER!

❯ En *Me llamo Rigoberta Menchú y así me nació la conciencia*, lee el muy humano y conmovedor testimonio de esta activista indígena quiché que en 1992 ganó el Premio Nobel de la Paz (págs. 391–393).

❯ Lee lo que le cuesta a El Salvador "Seguir de pie" después de los muchos terremotos que ha sufrido (págs. 411–414).

¡EL CINE NOS ENCANTA!

❯ Disfruta de las peripecias de un turista accidental (literalmente) en el cortometraje *Barcelona Venecia*. (págs. 415–418)

GRAMÁTICA

Repasa los siguientes puntos gramaticales:

❯ 8.1 El futuro: verbos regulares e irregulares (págs. 394–397)

❯ 8.2 El condicional: verbos regulares e irregulares (págs. 398–401)

❯ 8.3 Expresiones indefinidas y negativas (págs. 419–422)

❯ 8.4 El imperfecto del subjuntivo: formas y cláusulas con **si** (págs. 422–425)

Evidencias arqueológicas basadas en las famosas huellas de Acahualinca, situadas a orillas del lago Xolotlán o Managua, parecen indicar que hace más de seis mil años ya existían pobladores en la región que ahora llamamos Centroamérica.

Las grandes civilizaciones antiguas

¿Qué civilizaciones poblaban la zona que hoy ocupa Centroamérica?

A su llegada, los conquistadores españoles encontraron numerosos grupos nativos entre los que se destacaban los mayas, quienes controlaban todo lo que ahora es el sur de México, Guatemala, Belice, Honduras, El Salvador y grandes partes de Nicaragua.

Estos extraordinarios guerreros eran además admirables en muchas áreas del conocimiento. Desarrollaron el sistema de escritura más completo del continente. Construyeron, hace

Vladimir Korostyshevskiy / Shutterstock

más de dos mil años, majestuosas pirámides y palacios que todavía están en pie. Fueron notables matemáticos que emplearon el concepto del cero en su sistema de numeración. Fueron también excelentes astrónomos que crearon un calendario más exacto que el usado en Europa en aquel tiempo.

La Capitanía General de Guatemala

¿Qué estructura político-militar establecieron los españoles?

Como ya hemos visto, durante la época colonial, para poder controlar sus territorios, España instituyó un sistema de capitanías, que en ciertos territorios nombraba gobernador al capitán general de la región. La Capitanía General de Guatemala incluía las posesiones centroamericanas y el sureste de México. Al igual que en México, los conquistadores se apoderaron de las tierras de muchos pueblos indígenas y los obligaron a asimilarse a la cultura dominante. Los orgullosos mayas mantuvieron sus tradiciones y hasta hoy en día muchos continúan hablando la lengua original maya, que tiene más de veinte dialectos.

La independencia

¿Cómo y cuándo se produjo la independencia de estos países?

La Capitanía General de Guatemala declaró su independencia de España el 15 de septiembre de 1821. A continuación, de 1822 a 1823, las capitanías se unieron a México y poco después formaron parte de las Provincias Unidas de Centroamérica. Esta federación se dividió en 1838 y de ella surgieron cinco países —Guatemala, El Salvador, Honduras, Nicaragua y Costa Rica—, cada uno independiente del otro.

Murphy-Larronde / Photolibrary

¿COMPRENDISTE?

A. Hechos y acontecimientos. ¿Recuerdas los datos más importantes de la lectura? Para asegurarte, contesta las siguientes preguntas.

1. ¿Qué importancia tienen las huellas de Acahualinca?

2. ¿Cuál es uno de los grupos étnicos que ocupaban la región que ahora llamamos Centroamérica cuando llegaron los primeros españoles?

3. ¿Qué territorio ocuparon los mayas? ¿Qué evidencia hay de que los mayas tuvieron una gran civilización?

4. ¿Qué era la Capitanía General de Guatemala? ¿Qué territorios incluía?

5. ¿Qué evidencia hay de que los mayas resistieron la asimilación a la cultura española?

6. ¿Cuándo declaró la Capitanía de Guatemala su independencia de España?

7. ¿Por cuánto tiempo fue parte de México el territorio que se había conocido como la Capitanía de Guatemala? ¿Cuándo se crearon Guatemala, El Salvador, Honduras, Nicaragua y Costa Rica?

B. A pensar y a analizar. Contesta las siguientes preguntas con dos o tres compañeros(as) de clase.

1. ¿Por cuánto tiempo y por qué funcionó el territorio de Centroamérica como una sola nación? ¿Cuándo y cómo llegaron a ser países independientes Guatemala y El Salvador?

2. ¿Crees que hubiera sido mejor si toda Centroamérica todavía fuera una única nación? ¿Por qué?

> **MEJOREMOS LA COMUNICACIÓN**
>
> asimilarse   estar de pie
> astrónomo(a)   guerrero(a)
> capitanía   orgulloso(a)

 ¡Diviértete en la red!
Busca en YouTube y Google Web evidencias visuales de la grandeza de los mayas representada en su arquitectura, cerámica, joyas, etcétera. Ve a clase preparado(a) para compartir la información que encontraste.

Guatemala

El Mirador
Piedras Negras — Tikal
BELICE
Seibal
HONDURAS
GUATEMALA
Quezaltenango   Chichicastenango
Lago de Atitlán
Ciudad de Guatemala
Antigua
Tegucigalpa
Océano
Pacífico   Escuintla
EL SALVADOR

© Cengage Learning 2012

Nombre oficial: República de
Guatemala
Población: 13.276.517 (estimación
de 2009)
Principales ciudades: Ciudad de
Guatemala (capital),
Quezaltenango, Escuintla, Antigua
Moneda: Quetzal (Q)

En la Ciudad de Guatemala, la capital, con una población de unos
dos millones y medio, tienes que conocer...

> la Plaza Mayor de la Constitución,
rodeada del Palacio Nacional,
la Catedral Metropolitana, la
Biblioteca Nacional, el Archivo
General de Centroamérica, el
Portal del Comercio y el Parque
Centenario.

> el Centro Cultural Miguel Ángel
Asturias, una impresionante obra
arquitectónica con tres teatros,
uno de ellos al aire libre.

> el Museo Nacional de Arqueología
y Etnología, que tiene la
colección más completa de piezas
arqueológicas de la cultura maya
en Guatemala.

> el Museo Ixchel del Traje Indígena
y su colección extraordinaria de
trajes indígenas provenientes de las
diferentes comunidades indígenas del país.

Tom Pepeira / Photolibrary

**La Plaza Mayor de la Constitución, con la impresionante catedral
al fondo**

En Antigua, no dejes de ver...

> el Palacio de los Capitanes Generales, construido en 1549, que durante el período colonial fue sede de la Real Audiencia, la Casa de la Moneda, la Capilla Real, la residencia del Capitán General, el cuartel de Dragones, la cárcel y las caballerizas.

> el Parque Central, uno de los más famosos de toda Latinoamérica, con su famosa Fuente de las Sirenas del siglo XVIII.

> el Palacio del Noble Ayuntamiento que, con paredes de más de un metro de grosor, ha sobrevivido varios fuertes terremotos desde que se construyó en 1743.

> sus hermosas iglesias y conventos, entre ellas, la Iglesia de la Merced (1548), el Convento de las Capuchinas (1726), la iglesia y convento de Santa Clara (1717) y la iglesia de San Francisco (1579).

Jose Fuste Raga / Photolibrary

La Iglesia de la Merced, nombrada Patrimonio de la Humanidad por la UNESCO

JTB Photo / Photolibrary

La selva vista desde el Templo del Tigre, en el departamento de Petén, el más alto del mundo maya, con más de dieciocho pisos y una base igual a tres campos de fútbol

De los antiguos centros mayas en el departamento de Petén, no dejes de ir a...

> **Tikal,** declarado Patrimonio de la Humanidad por la UNESCO. Fue un rico centro metropolitano (siglo VI al X) con una población de unos 250.000 habitantes. Hoy es una región encantada de ruinas, donde más de tres mil estructuras diferentes emergen de la jungla.

> **El Mirador,** la ciudad más grande y antigua de los mayas, con una plaza central cuatro veces mayor que la de Tikal y con La Danta, por mucho, la pirámide más grande del mundo.

> **Ceibal,** reconocida como un centro ceremonial de primer orden y como "la galería del arte maya" por contar con numerosas estelas que son las mejor conservadas de todas las ciudades mayas de Petén.

> **Piedras Negras,** una de las ciudades más grandes del período clásico maya. Un sitio con dos campos de juego de pelota, varios palacios abovedados y templos piramidales. Lo más destacado allí son sus finas estelas y paneles grabados, de la mejor calidad.

Festivales guatemaltecos

> Semana Santa en Antigua, el festival más grande de Guatemala,

> La Fiesta de Santo Tomás, en Chichicastenango, celebrada la semana antes de Navidad, una fascinante mezcla de tradiciones mayas y navideñas

> El Festival de Barriletes el 1 de noviembre en Sumpango, cuando la majestuosidad y el colorido de los barriletes gigantes llenan el cielo sobre Guatemala

> La Quema del Diablo, el 7 de diciembre, mediante fogatas en las puertas de las casas

¡Diviértete en la red!
Busca en Google Images o en YouTube para ver fotos y videos de cualquiera de los sitios mencionados aquí. Ve a clase preparado(a) para describir en detalle el sitio que escogiste.

Guatemala: raíces vivas

Guatemala independiente

Guatemala declaró su independencia de España en 1821. Junto con Honduras, El Salvador y Costa Rica, Guatemala formó parte de las Provincias Unidas de Centroamérica. Guatemala dejó la federación el 21 de marzo de 1847. Durante el resto del siglo XIX y la primera mitad del siglo XX, Guatemala fue gobernada por una serie de dictadores que en general favorecían los intereses de los grandes dueños de plantaciones y de los negocios de extranjeros; de hecho, los beneficios económicos no llegaron a los campesinos indígenas, quienes siguieron viviendo en la pobreza.

Intentos de reformas

Con la caída del dictador Jorge Ubicos, quien gobernó Guatemala de 1931 a 1944, se inició una década de profundas transformaciones democráticas. En 1945 fue elegido presidente Juan José Arévalo, idealista profesor universitario, quien promulgó una constitución progresista que impulsó reformas sociales en favor de los obreros y de los campesinos.

En 1950 el coronel Jacobo Arbenz fue elegido presidente e inició ambiciosas reformas económicas y sociales para modernizar el país. A través de la reforma agraria de 1952, distribuyó más de un millón y medio de hectáreas a más de cien mil familias campesinas. El temor de una expansión del comunismo en Centroamérica impulsó al gobierno estadounidense a actuar contra el gobierno de Arbenz, siendo este derrocado en 1954 con ayuda de la CIA.

Mary Evans Picture Library / Everett Collection

AP Images / Moises Castillo

Inestabilidad y violencia entre 1954 y 1985

En 1954 el coronel Castillo Armas se proclamó presidente, pero fue asesinado en julio de 1957. A partir de entonces, Guatemala pasó por un largo período de inestabilidad y de violencia política que la llevó a una sangrienta guerra civil que empezó en 1966 y no terminó hasta treinta años más tarde, en 1996. Entre 1966 y 1982 más de treinta mil disidentes políticos y un grupo más grande de indígenas fueron asesinados. En 1985 el gobierno militar dio paso a un gobierno civil y se eligió presidente a Vinicio Cerezo.

Hacia fines del siglo XX

En 1993, Ramiro León Carpio, jefe de la comisión de defensa de los derechos humanos, llegó a la presidencia y fue bien recibido por aquellos sectores democráticos que deseaban implementar reformas en beneficio de la población indígena.

En enero de 1996 fue elegido presidente el candidato derechista Álvaro Arzú Irigoyen. En diciembre del mismo año se firmó un acuerdo de paz para dar fin a la guerra civil que había durado treinta años y que había causado la muerte de cientos de miles de habitantes.

La Guatemala de hoy

Frédéric Soreau / Photolibrary

› En la primera década del siglo XXI, Guatemala ha sido gobernada por gobiernos democráticos, se ha mantenido la paz y las condiciones económicas han mejorado sustancialmente. El sector más importante de su productividad es la agricultura, siendo Guatemala el mayor exportador de cardamomo a nivel mundial, el quinto exportador de azúcar y el séptimo productor de café. El sector del turismo es el segundo generador de divisas para el país.

› A los mayas y a las demás etnias originarias de la región se les ha apoyado y educado en sus propios idiomas, poniendo a su disposición tecnología hecha en su idioma para de esta manera mantener su legado cultural, que data de hace más de treinta mil años.

› El 14 de enero de 2008, el ingeniero Álvaro Colom, del partido político Unidad Nacional de la Esperanza, asumió la presidencia de la República.

› El 11 de septiembre de 2011 tuvieron lugar las elecciones presidenciales donde Otto Pérez Molina (PP) y Manuel Baldizón (LIDER) quedaron en los 2 primeros lugares. En la segunda vuelta del 6 de noviembre Otto Pérez resultó ganador y asumió como Presidente de la República el 14 de enero de 2012.

¿COMPRENDISTE?

A. Hechos y acontecimientos. ¿Recuerdas los datos más importantes de la lectura? Para asegurarte, completa las siguientes oraciones.

1. Aunque las compañías extranjeras contribuyeron al desarrollo económico del país, los campesinos indígenas…

2. La contribución principal del presidente Juan José Arévalo, elegido en 1945, fue…

3. A través de la reforma agraria del 1952, el presidente Jacobo Arbenz distribuyó…

4. El gobierno estadounidense decidió actuar contra el gobierno de Arbenz debido a…

5. Actualmente, la estabilidad de la economía de Guatemala se debe a…

B. A pensar y a analizar. Anota tres hechos que has aprendido sobre Guatemala con respecto a cada uno de los siguiente temas. Luego compara lo que tú anotaste con lo que escribieron dos compañeros(as) de clase.

    a. los indígenas   b. la guerra civil   c. la situación actual

C. Redacción colaborativa. En grupos de dos o tres, escriban una composición colaborativa de una a dos páginas sobre el tema que sigue.

    A pesar de las ambiciosas reformas agrarias del presidente Jacobo Arbenz, éste fue derrocado en 1954 por un grupo de militares con la ayuda de EE.UU. A partir de entonces, Guatemala pasó por un largo período de violencia política que duró treinta años y en la cual asesinaron a más de treinta mil disidentes políticos y a un grupo más grande de indígenas. ¿Por qué será que gobiernos extranjeros apoyan este tipo de actividad en vez de defender los derechos civiles de los habitantes? ¿Tendrán otros intereses los gobiernos extranjeros?

Ricardo Arjona

Después de graduarse en la Escuela de Ciencias de la Comunicación de la Universidad de San Carlos de Guatemala, decidió dedicarse a la música, siendo así que su álbum musical *Jesús es verbo, no sustantivo* significa su consolidación definitiva como compositor y cantante. El éxito de las ventas que consigue ese álbum lo convierten en el más vendido de la historia de varios países de Centroamérica. A lo largo de su trayectoria artística, ha recibido numerosos premios. En su presentación en la Quinta Vergara, en el Festival de Viña del Mar 2010, arrasa con su presentación cantando veinte de sus más grandes éxitos ante más de treinta mil personas. Al término de su presentación el cantautor guatemalteco recibió una antorcha de plata, otra de oro y dos gaviotas de plata.

Maury Phillips / Getty Images

Mirta Renee

Kiki San Martin

Después de ser maestra de educación inicial pre-escolar, esta actriz, conductora y locutora guatemalteca se convirtió en estrella internacional de la pantalla chica. Ha sido conductora de eventos para las empresas comerciales más importantes de Guatemala. En 2006 se trasladó a Miami. Sin lugar a dudas, estamos frente a una espléndida actriz y conductora que llena escenarios e ilumina pantallas y que se define a sí misma como una mujer luchadora que busca realizar sus sueños y que se dedica a su única y verdadera vocación: comunicar.

Luis González Palma

Este fotógrafo guatemalteco de fama internacional es considerado por muchos el fotógrafo más importante de Latinoamérica. Nunca pensó que su vida cambiaría radicalmente cuando, en 1984, se compró su primera cámara. Su fotografía capta el alma y sufrimiento de sus compatriotas y describe las penosas experiencias de la vida de los indígenas guatemaltecos. Empezó a exhibir sus fotografías en 1987 y desde entonces ha realizado exposiciones individuales en Francia, Escocia, los EE.UU. y otros países. Su obra forma parte de colecciones de museos internacionales en ciudades como Chicago, Berlín y México. Se puede afirmar que sus fotografías no son solo fotos, sino expresiones auténticas de cultura, poemas visuales.

Rick Bern

Otros guatemaltecos sobresalientes

Miguel Ángel Asturias (1899–1974): escritor y ganador del Premio Nobel de Literatura (1967)

Roberto Cabrera: escultor

Ricardo Castillo: músico

Caly Domitila Cane'k: poeta

Víctor Montejo: poeta, novelista, cuentista y catedrático

Jorge Morales: pintor

Gaby Moreno: cantante de jazz y blues

María Isabel Ramos Bianchi: jugadora de softball

Ana María Rodas: poeta y cuentista

Aída Toledo: poeta, narradora y catedrática

¿COMPRENDISTE?

A. Los nuestros. Contesta las siguientes preguntas. Luego, comparte tus respuestas con dos o tres compañeros(as).

1. ¿Qué te sugiere el título *Jesús es verbo, no sustantivo* de Ricardo Arjona? Si tú decidieras dedicarte a componer, ¿qué tema sería fundamental en tu canción? ¿Por qué?

2. Siguiendo el ejemplo de Mirta Renee, ¿crees que comunicar es una vocación? ¿Por qué?

3. ¿Qué causó un cambio en la vida de Luis González Palma? ¿Qué reflejan sus fotos? ¿Por qué crees que sus retratos son poemas visuales? ¿Dónde se pueden ver algunas de sus obras?

B. Miniprueba. Demuestra lo que aprendiste de estos talentosos guatemaltecos al completar estas oraciones.

1. Ricardo Arjona es compositor e intérprete de _____.

   a. jazz y blues   b. merengue y rumba   c. pop y baladas

2. Mirta Renee se define a sí misma como una _____.

   a. mujer luchadora   b. mujer soñadora   c. mujer sacrificada

3. La fotografía de Luis González Palma se caracteriza por captar _____ de sus compatriotas.

   a. la felicidad y alegría   b. el alma y sufrimiento   c. los deseos

C. Diario. En tu diario escribe por lo menos media página expresando tus pensamientos sobre uno de estos temas.

> Luis González Palma, considerado por muchos el fotógrafo más importante de Latinoamérica, describe sobre todo, las penosas experiencias de la vida de los indígenas guatemaltecos. Se puede afirmar que sus fotografías no son solo fotos, sino expresiones auténticas de cultura, poemas visuales. Si tú quisieras captar el alma de algo, ¿qué sería y cómo lo lograrías? ¿Crees posible que una cámara fotográfica pueda exponer algo más que una simple escena? ¿Por qué? ¿Qué te gustaría mostrar al mundo usando una máquina fotográfica y por qué?

 ¡Diviértete en la red!
Mira videos musicales de Ricardo Arjona y Mirta Renee en YouTube y/o mira exhibiciones de la fotografía de Luis González Palma en Google Images y YouTube para saber más de estos talentosos guatemaltecos. Ve a clase preparado(a) para presentar lo que encontraste.

ASÍ HABLAMOS Y ASÍ ESCRIBIMOS

Palabras parónimas: ay y hay

Las palabras parónimas son palabras parecidas que se escriben de una manera distinta pero se pronuncian de la misma manera o casi igual y siempre tienen significados distintos. Uds. ya conocen algunas palabras parónimas: mi/mí, de/dé, el/él,…

Las palabras parónimas **ay** y **hay** son parecidas y se pronuncian de la misma manera, pero tienen distintos significados.

> La palabra **ay** es una exclamación que puede indicar sorpresa o dolor.

¡Ay! ¡Qué sorpresa!

¡Ay, ay, ay! Me duele mucho, mamá.

¡Ay! Acaban de avisarme que Inés tuvo un accidente.

> La palabra **hay** es una forma del verbo impersonal **haber** que equivale a *there is* o *there are*. La expresión **hay que** significa "es preciso", "es necesario".

Hay mucha gente aquí, ¿qué pasa?

Dice que **hay** leche pero que no **hay** tortillas.

¡Hay que llamar este número en seguida!

¡A practicar!

A. Práctica con ay, hay y hay que. Escucha mientras tu profesor(a) lee algunas oraciones. Indica con una **X** si lo que oyes es la exclamación **ay**, el verbo **hay** o la expresión **hay que**.

	ay	hay	hay que
1.	☐	☐	☐
2.	☐	☐	☐
3.	☐	☐	☐
4.	☐	☐	☐
5.	☐	☐	☐

B. Ortografía. Escucha mientras tu profesor(a) lee las siguientes oraciones. Escribe **ay** o **hay**, según corresponda.

1. ¡_____ que hacerlo, y se acabó! ¡Ya no quiero oír más protestas!

2. _____, ya no aguanto este dolor de muelas.

3. No sé cuántas personas _____. ¡El teatro está lleno!

4. _____, ¡estoy tan nerviosa! ¿Qué hora es?

5. No _____ más remedio. Tenemos que venderlo.

C. ¡Ay, qué torpe! Jorge acaba de escribir este parrafito para la clase de español para hispanohablantes. Antes de entregarlo te pide que lo revises y corrijas cualquier error. Encuentra las diez palabras con errores y corrígelas.

En América Latina hay una pasion desmesurada por el futbol. ¡Hay millones de millones de hinchas y ay de quien no comparta el fanátismo por este deporte, también conocido como balompie! Hay muchas versiones de los origenes de este deporte. Hay quienes dicen que los mayas ya lo jugaban y hay otros que sostienen que fueron los incas los primeros jugadores. Hay expertos que aseguran que fueron los chinos los inventores del juego y tambien hay gente que jura que en el Japon se jugaba hace mas de dos mil años. ¡Sea como fuére, ay de quien se atreva a decir que hay otro deporte súperior a este!

Problemas de ortografía: la interferencia del inglés

En español y en inglés muchas palabras tienen una ortografía semejante, en su mayoría las que provienen del latín.

A continuación vas a ver palabras parecidas que en inglés se escriben con doble consonante pero en español solo llevan una consonante.

Español	Inglés	Español	Inglés
aplicación	application	diferente	different
colectivo	collective	ocasión	occasion
comisión	commission	oportunidad	opportunity
comunidad	community	sesión	session

Las siguientes palabras también son similares aunque tienen distinta escritura.

Español	Inglés	Español	Inglés
armonía	harmony	consecuencia	consequence
demostrar	to demonstrate	habilidad	ability
dinámico	dynamic	lenguaje	language
especial	special	mecánico	mechanic
circunstancia	circumstance	objeto	object

Otra interferencia del inglés es la tendencia a escribir con mayúscula los nombres y adjetivos de nacionalidades.

Español	Inglés
americano	American
francés	French
hispano	Hispanic

Carta de Guatemala. Roberto es un hispanohablante, nativo de los EE.UU. Acaba de llegar a la Ciudad de Guatemala para perfeccionar su español. Como no tiene mucha experiencia escribiendo cartas en español, te pide ayuda para que revises su carta porque tiende a escribir algunas palabras según la ortografía del inglés. Con un(a) compañero(a), identifiquen las once palabras con errores y, en hoja aparte, corríjanlas.

Queridos padres:

Estas últimas semanas he estado muy occupado estudiando español. Los ejercicios grammaticales se me hacen cada vez más fáciles. La differencia principal es que ahora tengo más práctica, pues vivo en una communidad donde todos hablan Español. También he tenido la opportunidad de conocer muchos lugares fabulosos. La semana passada unos amigos Guatemaltecos me invitaron a visitar unas ruinas Mayas. El carro en el que íbamos se descompuso y tuvimos que conseguir a un mechánico para que lo arreglara. No regresamos a casa hasta después de medianoche.

Bueno, no escribo más porque pienso llamarlos por teléphono el domingo.

Su hijo que no se olvida de Uds.

Roberto

Guatemala: influencia maya en el siglo XXI

© Cengage Learning 2012

Antes de empezar el video

A. En parejas. Contesten las siguientes preguntas en parejas.

1. ¿Creen Uds. que la civilización maya todavía tiene alguna influencia en la vida diaria de los guatemaltecos hoy en día? Expliquen sus respuestas.

2. ¿Creen Uds. que es apropiado que una religión incorpore elementos de otra? ¿Qué gana o qué pierde esa religión cuando esto ocurre?

3. ¿Qué dice de Uds. la ropa que llevan puesta? ¿Es posible que se pueda identificar de qué país, estado, ciudad o pueblo son por la ropa que llevan Uds.? ¿Por qué sí o no?

Después de ver el video

A. Guatemala: influencia maya. Contesta las siguientes preguntas con un(a) compañero(a) de clase.

1. ¿Qué porcentaje de los guatemaltecos es de descendencia maya?

2. ¿Por qué echan incienso los sacerdotes mayas frente a la iglesia cristiana en Chichicastenango?

3. Según la guía espiritual María Can, ¿cuántos dioses adoran los mayas hoy en día? ¿Quiénes son esos dioses? ¿Qué hicieron esos dioses?

4. ¿Qué importancia tienen las imágenes de ángeles en el altar de María Can? ¿las veladoras?

5. ¿Qué es un huipil? Según Petrona Cúmez, ¿cuánto tiempo toma hacer un huipil? ¿Quiénes compran sus huipiles?

B. A pensar y a interpretar. Contesten las siguientes preguntas en parejas.

1. ¿Cómo se compara la presencia e influencia de las civilizaciones indígenas en los EE.UU. con la presencia e influencia de los indígenas mayas en Guatemala?

2. ¿Cuánto creen que Petrona Cúmez recibe por un huipil? ¿Cuánto gana por hora, si trabaja ocho horas al día, cinco días por semana?

C. Apoyo gramatical: El condicional: verbos regulares e irregulares. Completa el siguiente párrafo usando el condicional de los verbos que aparecen entre paréntesis para conocer las impresiones de una joven que pasó un tiempo en Guatemala.

Cuando llegué a Guatemala, nunca pensé que (1) _____ (ver) un país con tanta variedad, que (2) _____ (poder) viajar en el tiempo y que (3) _____ (imaginar) la época en que una cultura indígena —la cultura maya— dominaba, que (4) _____ (asistir) en el presente a ceremonias religiosas que preservan parte de la herencia maya, que me (5) _____ (maravillar) admirando prendas de vestir como el huipil que son verdaderas obras de arte. Sí, nunca pensé que (6) _____ (tener) una experiencia cultural tan rica.

Gramática 8.2: Antes de hacer esta actividad conviene repasar esta estructura en las págs. 398–401.

¡Antes de leer!

A. Anticipando la lectura. Haz las siguientes actividades. Luego comparte tus respuestas con dos compañeros(as).

1. ¿Cuál es la diferencia entre una biografía y una autobiografía? Algunos críticos insisten en que el libro de Rigoberta Menchú no es una autobiografía sino un testimonio. ¿Cuál sería la diferencia entre una autobiografía y un testimonio?

2. Si tú decides escribir tu propia autobiografía, ¿qué eventos quieres incluir? Prepara una lista de esos eventos. ¿Qué papel tienen tus padres en tu autobiografía? ¿Qué importancia tiene la niñez de tus padres en tu autobiografía? ¿Por qué?

3. Lee la sección **Sobre la autora** y luego lee la cita del *Popol Vuh* que Rigoberta Menchú seleccionó como introducción a su libro. ¿Por qué crees que seleccionó este trozo? ¿Cómo interpretas tú la cita?

B. Vocabulario en contexto. Busca estas palabras en la lectura que sigue y, en base al contexto, decide cuál es su significado. Para facilitar encontrarlas, las palabras aparecen en negrilla en la lectura.

1. **me cuesta mucho**	a. es muy caro	b. es muy difícil	c. es fácil
2. **aldea**	a. pueblo	b. ciudad	c. rancho
3. **pastoreando**	a. vendiendo	b. matando	c. cuidando
4. **ladinas**	a. difíciles	b. españolizadas	c. indígenas
5. **rechazado**	a. excluido	b. incluido	c. cuidado
6. **asco**	a. repugnancia	b. gusto	c. miedo

Sobre la autora

Rigoberta Menchú Tum, activista indígena quiché, nació en 1959 en un pueblo del norte de Guatemala. Ganó el Premio Nobel de la Paz en 1992 por la defensa de los derechos de los indígenas de su país. A los veinte años, como solo hablaba quiché, Rigoberta Menchú decidió aprender español para poder informar a otros de la opresión que sufría su pueblo. En 1981 tuvo que dejar Guatemala para huir de la violencia que dio muerte a sus padres y a un hermano. Tres años más tarde, le relató, en español, la historia de su vida a la escritora venezolana Elizabeth Burgos, quien la escribió. El libro *Me llamo Rigoberta Menchú y así me nació la conciencia*, publicado en 1983, hizo famosa a Rigoberta Menchú por todo el mundo. En el siguiente fragmento del libro, se relata la juventud de su padre.

Bloomberg / Getty Images

Me llamo Rigoberta Menchú y así me nació la conciencia

(Fragmento)

"Siempre hemos vivido aquí: es justo que continuemos viviendo donde nos place y donde queremos morir. Solo aquí podemos resucitar; en otras partes jamás volveríamos a encontrarnos completos y nuestro dolor sería eterno".

Popol Vuh

Me llamo Rigoberta Menchú. Tengo veintitrés años. Quisiera dar este testimonio vivo que no he aprendido en un libro y que tampoco he aprendido sola ya que todo esto lo he aprendido con mi pueblo y es algo que yo quisiera enfocar. **Me cuesta mucho** recordarme toda una vida que he vivido, pues muchas veces hay tiempos muy negros y hay tiempos que, sí, se goza también pero lo importante es, yo creo, que quiero hacer un enfoque que no soy la única, pues ha vivido mucha gente y es la vida de todos. La vida de todos los guatemaltecos pobres y trataré de dar un poco mi historia. Mi situación personal engloba toda la realidad de un pueblo. […]

Mi padre nació en Santa Rosa Chucuyub, es una **aldea** del Quiché. Pero cuando se murió su padre tenían un poco de milpa y ese poco de milpa se acabó y mi abuela se quedó con tres hijos y esos tres hijos los llevó a Uspantán que es donde yo crecí ahora. Estuvieron con un señor que era el único rico del pueblo, de los Uspantanos y mi abuelita se quedó de sirvienta del señor y sus dos hijos se quedaron **pastoreando** animales del señor, haciendo pequeños trabajos, como ir a acarrear leña, acarrear agua y todo eso. Después, a medida que fueron creciendo, el señor decía que no podía dar comida a los hijos de mi abuelita ya que mi abuelita no trabajaba lo suficiente como para ganarles la comida de sus tres hijos. Mi abuelita buscó otro señor donde regalar a uno de sus hijos. Y el primer hijo era mi padre que tuvo que regalarle a otro señor. Ahí fue donde mi papá creció. Ya hacía grandes trabajos, pues hacía su leña, trabajaba ya en el campo. Pero no ganaba nada pues por ser regalado no le pagaban nada. Vivió con gentes… así… blancos, gentes **ladinas**. Pero nunca aprendió el castellano ya que lo tenían aislado en un lugar donde nadie le hablaba y que solo estaba para hacer mandados y para trabajar. Entonces, él aprendió muy muy poco el castellano, a pesar de los nueve años que estuvo regalado con un rico. Casi no lo aprendió por ser muy aislado de la familia del rico. Estaba muy **rechazado** de parte de ellos e incluso no tenía ropa y estaba muy sucio, entonces les daba **asco** de verle. Hasta cuando mi padre tenía ya los catorce años, así es cuando él empezó a buscar qué hacer. […]

Elizabeth Burgos. Fragmento de *Me llamo Rigoberta Menchú y así me nació la conciencia*
© Elizabeth Burgos, 1985. Reprinted by permission.

¡Después de leer!

A. Hechos y acontecimientos. ¿Recuerdas los datos más importantes de la lectura? Para asegurarte, contesta las siguientes preguntas.

1. ¿A qué edad escribió Rigoberta Menchú esta biografía? ¿La escribió sola? ¿Qué engloba su vida y experiencia?

2. ¿Qué considera Rigoberta "aprender sola"? ¿Aprendió ella sola? Si no, ¿con quién aprendió?

3. ¿Hablaba español Rigoberta Menchú en el momento de escribir su biografía? ¿Por qué sí o no?

4. ¿Cómo era la vida del padre de Rigoberta? ¿Fue una vida cómoda? Expliquen.

B. A pensar y a analizar. Haz estas actividades con un(a) compañero(a).

1. ¿Cómo interpretan el siguiente comentario de Rigoberta Menchú: "Mi situación personal engloba toda la realidad de un pueblo"? ¿Qué revela este fragmento de la realidad actual del indígena quiché en Guatemala?

2. ¿Qué revela esta historia de la personalidad de Rigoberta Menchú?

3. ¿Consideran este testimonio una visión realista o idealista de la vida de Rigoberta Menchú? ¿Por qué? Den ejemplos del texto que apoyen sus opiniones.

C. Debate. En grupos de cuatro, organicen un debate sobre el tema: "La vida de Rigoberta Menchú y su pueblo es muy similar a la vida que tuvieron los nativos durante los primeros años de la colonia. No ha cambiado nada para ellos". Dos de ustedes deben presentar argumentos a favor y dos en contra. Informen a la clase quiénes presentaron el mejor argumento.

D. Apoyo gramatical: El futuro y el condicional: verbos regulares e irregulares. Usando el condicional en el primer párrafo y el futuro en el segundo, completa el siguiente texto sobre algunos datos de la vida de Rigoberta Menchú.

La pequeña niña indígena Rigoberta Menchú no imaginó nunca que en su vida ella (1) _____ (conocer) triunfos y desgracias. No pensó que varios miembros de su familia (2) _____ (ser) torturados, que su padre (3) _____ (morir) quemado vivo cuando ella tenía un poco más de veinte años, que ella (4) _____ (sufrir) discriminación. Tampoco imaginó que se (5) _____ (convertir) en una valiente activista política, que (6) _____ (recibir) el respeto de muchos de sus conciudadanos y que en 1992 (7) _____ (obtener) el Premio Nobel de la Paz, una distinción a nivel mundial.

Sin embargo, mirando hacia adelante, sabe que ella nunca (8) _____ (olvidar) su origen humilde, que (9) _____ (seguir) luchando por los derechos de los desposeídos y que solo (10) _____ (descansar) cuando mejoren las condiciones sociales de su pueblo.

Gramática 8.1 and 8.2: Antes de hacer esta actividad conviene repasar esta estructura en las págs. 394–401.

GRAMÁTICA

8.1 El futuro: verbos regulares e irregulares

Para más práctica, haz las actividades de **Gramática en contexto** (sección 8.1) del *Cuaderno para los hispanohablantes*.

¡A que ya lo sabes!

Tu amiga Marisol, cuya madre tiene parientes en Guatemala, te da una noticia. ¿Qué te dice tu amiga? Mira los siguientes pares de oraciones y decide, en cada par, cuál oración dirías tú, la primera o la segunda.

1. a. El próximo mes nos *visitarán* unos parientes guatemaltecos.

   b. El próximo mes nos *visitan* unos parientes guatemaltecos.

2. a. Te *mantaneré* informado porque quiero que los conozcas.

   b. Te *mantendré* informado porque quiero que los conozcas.

Ay, qué tramposos somos, ¿verdad? Imagino que muchos seleccionaron la primera oración en el primer par y el resto de Uds. seleccionó la segunda oración. Ambos grupos tienen razón, porque ¡las dos oraciones son correctas y significan básicamente lo mismo! Sin duda toda la clase seleccionó la segunda oración en el segundo par. No es difícil cuando existe un conocimiento tácito de las formas y del uso del futuro. Sigan leyendo y ese conocimiento será aun más firme.

Formas

Verbos en -ar	Verbos en -er	Verbos en -ir
regresar	*vender*	*recibir*
regresar**é**	vender**é**	recibir**é**
regresar**ás**	vender**ás**	recibir**ás**
regresar**á**	vender**á**	recibir**á**
regresar**emos**	vender**emos**	recibir**emos**
regresar**éis**	vender**éis**	recibir**éis**
regresar**án**	vender**án**	recibir**án**

> Para formar el futuro de la mayoría de los verbos en español, se toma el infinitivo y se le agregan las terminaciones apropiadas, que son las mismas para todos los verbos: **-é, -ás, -á, -emos, -éis** y **-án.** Solo los siguientes verbos tienen raíces irregulares, pero usan terminaciones regulares.

Nota para hispanohablantes

Hay una tendencia dentro de algunas comunidades de hispanohablantes a agregarle una **d** a verbos en -aer cuando forman el futuro o cambiar la -e- del infinitivo por -i- para reducir la -ae- de dos sílabas a una (-ai-). De esta manera, en vez de usar las formas más aceptadas del futuro de **traer** y **caer** (**traeré, traerás, traerá, traeremos, traerán; caeré, caerás, caerá, caeremos, caerán**), usan las siguientes formas: *traedré/trairé, traedrás/trairás, traedrá/trairá, traedremos/trairemos, traedrán/trairán* y *caedré/cairé, caedrás/cairás, caedrá/cairá, caedremos/cairemos, caedrán/cairán.* Es importante evitar estos usos fuera de esas comunidades y en particular al escribir.

> Se elimina la **-e-** del infinitivo:

    caber (**cabr-**): **cabré, cabrás, cabrá, cabremos, cabréis, cabrán**

    haber (**habr-**): **habré, habrás, habrá, habremos, habréis, habrán**

    poder (**podr-**): **podré, podrás, podrá, podremos, podréis, podrán**

    querer (**querr-**): **querré, querrás, querrá, querremos, querréis, querrán**

    saber (**sabr-**): **sabré, sabrás, sabrá, sabremos, sabréis, sabrán**

Nota para hispanohablantes

Hay una tendencia dentro de algunas comunidades de hispanohablantes a regularizar la raíz de los verbos que tienen raíces irregulares en el futuro. Por ejemplo, en vez de usar las formas del futuro de **poder** (**podré, podrás, podrá, podremos, podrán**), usan: *poderé, poderás, poderá, poderemos, poderán.* Es importante evitar este uso fuera de esas comunidades y en particular al escribir.

También hay una tendencia dentro de algunas comunidades de hispanohablantes a agregarle una **d** al verbo **querer** en el futuro. De esta manera, en vez de usar las formas del futuro de **querer** (**querré, querrás, querrá, querremos, querrán**), usan: *quedré, quedrás, quedrá, quedremos, quedrán.*

Es importante evitar este uso fuera de esas comunidades y en particular al escribir.

> Se reemplaza la vocal del infinitivo por una **-d-:**

    poner (**pondr-**): **pondré, pondrás, pondrá, pondremos, pondréis, pondrán**

    salir (**saldr-**): **saldré, saldrás, saldrá, saldremos, saldréis, saldrán**

    tener (**tendr-**): **tendré, tendrás, tendrá, tendremos, tendréis, tendrán**

    valer (**valdr-**): **valdré, valdrás, valdrá, valdremos, valdréis, valdrán**

    venir (**vendr-**): **vendré, vendrás, vendrá, vendremos, vendréis, vendrán**

> **Decir** y **hacer** tienen raíces irregulares:

    decir (**dir-**): **diré, dirás, dirá, diremos, diréis, dirán**

    hacer (**har-**): **haré, harás, hará, haremos, haréis, harán**

> Verbos derivados de **hacer, poner, tener** y **venir** tienen las mismas irregularidades. **Satisfacer** sigue el modelo de **hacer.**

deshacer	componer	contener	convenir
rehacer	imponer	detener	intervenir
satisfacer	proponer	mantener	prevenir
	suponer	retener	

Nota para hispanohablantes

Hay una tendencia dentro de algunas comunidades de hispanohablantes a regularizar también la raíz de algunos de estos verbos derivados. Por ejemplo, en vez de usar las formas del futuro de **mantener** (**mantendré, mantendrás, mantendrá,…**) y **detener** (**detendré, detendrás, detendrá,…**), usan: *manteneré, mantenerás, mantenerá,…* y *deteneré, detenerás, detenerá,…* Es importante evitar este uso fuera de esas comunidades y en particular al escribir.

Usos

❯ El futuro, como lo indica su nombre, se usa principalmente para referirse a acciones futuras.

> **Llegaremos** a Ciudad de Guatemala el sábado por la noche.
>
> El próximo domingo **habrá** una función teatral en el Centro Cultural Miguel Ángel Asturias.

❯ El futuro puede también expresar probabilidad en el presente.

> —¿Sabes? Roberto no está en clase hoy.
>
> —**Estará** enfermo. No falta a clases casi nunca.

Sustitutos del futuro

❯ La construcción **ir + a** seguida de infinitivo puede usarse para referirse a acciones futuras. Esta construcción es más común que el futuro en la lengua hablada.

> —¿Dónde **vas a pasar** las vacaciones este verano?
>
> —**Voy a viajar** a Guatemala para visitar las ruinas mayas.

❯ El presente de indicativo puede usarse para expresar acciones ya planeadas que tendrán lugar en el futuro próximo. (Consúltese la *Lección 1*, pág. 48)

> Un estudiante de Quetzaltenango **viene** a vernos la próxima semana.
>
> Mañana **hago** una presentación acerca de Tikal en mi clase de español.

> ### Nota para bilingües
>
> En este uso, en inglés se emplea el presente progresivo, no el presente simple: *A student from Quetzaltenango is coming to see us next week.*

Ahora, ¡a practicar!

A. Viaje a Guatemala. Unos amigos tuyos viajarán pronto a Guatemala y te hablan de ese viaje.

> **MODELO** llegar al aeropuerto La Aurora un miércoles por la mañana
>
> **Llegaremos al aeropuerto La Aurora un miércoles por la mañana.**

1. descansar el primer día
2. salir a visitar el centro histórico de la ciudad el día siguiente
3. ver la colección de objetos mayas en el Museo Nacional de Arqueología y Etnología
4. pasear por el Parque Central de Antigua
5. viajar a la antigua ciudad maya de El Mirador
6. comprar artesanías en el mercado de Chichicastenango
7. hacer una excursión al lago de Atitlán
8. subir al Volcán de Agua
9. estar cansados cuando regresemos
10. saber mucho más sobre Guatemala al regresar

B. **¿Qué harán?** Di lo que harán las personas indicadas el próximo fin de semana.

MODELO **Iremos a una fiesta.**

1. tú

2. yo

3. Catalina y Verónica

4. nosotros

5. ustedes

6. Jaime y sus amigos

7. tú y yo

C. **Promesas de una amiga.** Selecciona la forma apropiada para saber lo que te promete una amiga antes de salir hacia Guatemala.

Cuando te escriba, te (1) _____ (diré / deciré) qué aprendí y también cómo me divertí durante mi estadía en Guatemala. (2) _____ (Teneré / Tendré) muchas cosas que contarte. Sé que tú (3) _____ (quedrás / querrás) informarte de todo lo que vi e hice. No (4) _____ (podré /poderé) salir de la ciudad frecuentemente, pero (5) _____ (saliré / saldré) varias veces hacia otros lugares. Sé que el viaje me (6) _____ (satisfacerá / satisfará) y cuando nos veamos (7) _____ (podré / poderé) hablar contigo largas horas.

D. **Planes para el verano.** En grupos de tres o cuatro, hablen de sus planes para el verano inmediatamente después de que terminen las clases. Hablen hasta encontrar algo que cada individuo en el grupo hará y que nadie más en el grupo hará; hablen hasta encontrar una actividad que todos harán menos tú. Luego informen a la clase de los planes más interesantes en su grupo.

E. **Posibles explicaciones.** Tu fiesta de cumpleaños ha comenzado y tu amiga Gloria no ha llegado todavía, aunque ella es muy puntual. En grupos de tres, digan qué explicación se les ocurre.

MODELO **Tendrá problemas con su auto.**

El condicional: verbos regulares e irregulares

¡A que ya lo sabes!

Marcos admira mucho a Rigoberta Menchú. ¿Qué dice de ella? Mira los siguientes pares de oraciones y decide, en cada par, cuál de las dos oraciones te suena mejor, la primera o la segunda.

1. a. Inspiradas por Rigoberta Menchú, muchas personas *querrían* luchar por la justicia social.

   b. Inspiradas por Rigoberta Menchú, muchas personas *quedrían* luchar por la justicia social.

2. a. Rigoberta Menchú nunca pensó que un día ella *obtendría* el Premio Nobel de la Paz.

   b. Rigoberta Menchú nunca pensó que un día ella *obtenería* el Premio Nobel de la Paz.

¿Escogieron la primera oración en ambos pares? Sí, en la primera oración del primer par el condicional indica bajo qué condición habría muchas personas que desearían luchar por la justicia social; en la segunda, el condicional se refiere a una situación futura pero vista desde el pasado. ¿Ven qué fácil es cuando ya han internalizado las formas y el uso del condicional? Pero sigan leyendo para reforzar ese conocimiento.

Formas

Verbos en -ar	Verbos en -er	Verbos en -ir
regresar	*vender*	*recibir*
regresaría	vendería	recibiría
regresarías	venderías	recibirías
regresaría	vendería	recibiría
regresaríamos	venderíamos	recibiríamos
regresaríais	venderíais	recibiríais
regresarían	venderían	recibirían

❭ Para formar el condicional, se toma el infinitivo y se le agregan las terminaciones apropiadas, que son las mismas para todos los verbos: **-ía, -ías, -ía, -íamos, -íais** e **-ían.** Nota que las terminaciones del condicional son las mismas del imperfecto en los verbos terminados en **-er** e **-ir.**

Nota para hispanohablantes
Hay una tendencia dentro de algunas comunidades de hispanohablantes a agregarle una d a los verbos en -aer cuando forman el condicional o cambiar la -e- del infinitivo por -i- para reducir la -ae- de dos sílabas a una (-ai-). De esta manera, en vez de usar las formas del condicional de **traer** y **caer** (**traería, traerías, traería, traeríamos, traerían; caería, caerías, caería, caeríamos, caerían**) usan las siguientes formas: *traedría/trairía, traedrías/trairías, traedríamos/trairíamos, traedrían/trairían* y *caedría/cairía, caedrías/cairías, caedríamos/cairíamos, caedrían/cairían.* Es importante evitar estos usos fuera de esas comunidades y en particular al escribir.

❯ Los verbos que tienen raíz irregular en el futuro tienen la misma raíz irregular en el condicional.

-e- eliminada	vocal → d	raíz irregular
caber → **cabr**-	poner → **pondr**-	decir → **dir**-:
haber → **habr**-	salir → **saldr**-	hacer → **har**-
poder → **podr**-	tener → **tendr**-	
querer → **querr**-	valer → **valdr**-	
saber → **sabr**-	venir → **vendr**-	

Nota para hispanohablantes

Hay una tendencia dentro de algunas comunidades de hispanohablantes a regularizar la raíz de los verbos que tienen raíces irregulares en el condicional. Por ejemplo, en vez de usar las formas del condicional de **poder** (**podría, podrías, podría, podríamos, podrían**), usan: *podería, poderías, podería, poderíamos, poderían.* Es importante evitar este uso fuera de esas comunidades y en particular al escribir.

También hay una tendencia dentro de algunas comunidades de hispanohablantes a agregarle una **d** al verbo **querer** en el condicional. De esta manera, en vez de usar las formas del condicional de **querer** (**querría, querrías, querría, querríamos, querrían**), usan: *quedría, quedrías, quedría, quedríamos, quedrían.* Es importante evitar este uso fuera de esas comunidades y en particular al escribir.

Usos

❯ El condicional se usa para expresar lo que se haría bajo ciertas condiciones, las cuales podrían ser hipotéticas o sumamente improbables. También puede indicar situaciones contrarias a la realidad. El condicional puede aparecer en una oración por sí solo o en una oración que tiene una cláusula con **si** explícita. (Consúltese la página 424)

Con más tiempo, yo **visitaría** Antigua y **admiraría** la arquitectura colonial de la ciudad.
Si Antigua no estuviera en una zona de terremotos, **sería** todavía la capital de Guatemala.

❯ El condicional se refiere a acciones o condiciones futuras consideradas desde un punto de vista situado en el pasado.

Mis padres me dijeron que **visitarían** Tikal dentro de dos meses.
Cuando grabó su primer disco a los veintiún años de edad, Ricardo Arjona nunca se imaginó que **llegaría** a ser un famoso cantautor.

❯ El condicional de verbos tales como **deber, poder, querer, preferir, desear** y **gustar** se usa para solicitar algo de modo cortés o para suavizar el impacto de sugerencias y aseveraciones.

—¿**Podría** decirnos qué piensa del presidente actual de Guatemala?
—**Preferiría** no hacer comentarios.

❯ El condicional puede expresar probabilidad o conjetura acerca de acciones o condiciones pasadas.

—¿Por qué en 2007 fue elegido presidente de Guatemala Álvaro Colom, un político con un título en ingeniería industrial?
—No sé; **sería** por su experiencia política y tecnológica.

Ahora, ¡a practicar!

A. Entrevista. Eres periodista y la escritora Delia Quiñónez te ha concedido una entrevista. ¿Qué preguntas le vas a hacer?

MODELO qué temas / gustar presentar en su próximo libro
¿Qué temas le gustaría presentar en su próximo libro?

1. qué poemas suyos / querer que la gente leyera y recordara

2. qué libros / recomendar a los lectores jóvenes

3. qué / hacer para una difusión más amplia de la literatura guatemalteca

4. cuánto apoyo / deber dar el gobierno a las artes

5. cómo / darles más estímulos a los artistas jóvenes

B. Consejos. Un(a) amigo(a) y tú hablan con un(a) amigo(a) guatemalteco(a) a quien conocen. Completa el siguiente diálogo para saber qué consejos les da acerca de posibles lugares que podrían visitar.

Tú: —¿Nos (1) _____ (poder/tú) decir qué lugares deberíamos visitar?

Guatemalteco(a): —(2) _____ (Deber/Uds.) visitar el Museo Arqueológico de Ciudad de Guatemala. Y no (3) _____ (querer) dejar de ver una obra teatral en el Centro Cultural Miguel Ángel Asturias.

Amigo(a): —Nos (4) _____ (gustar) visitar algunas ruinas mayas.

Guatemalteco(a): —Pues, entonces, (5) _____ (poder/Uds.) ir a la zona de Petén.

Tú: —¿Está cerca de Ciudad de Guatemala? (6) _____ (Preferir/nosotros) no viajar demasiado lejos.

Guatemalteco(a): —Guatemala no es un país muy grande. Es del tamaño del estado de Tennessee. Así que nada está demasiado lejos.

C. Un artista de renombre mundial. Completa el siguiente párrafo usando el condicional de los verbos que están entre paréntesis para saber del fotógrafo guatemalteco Luis González Palma.

Cuando Luis González Palma estudiaba arquitectura en la universidad creía que esa (1) _____ (ser) su futura profesión y que (2) _____ (practicar) esa profesión en su país. En 1984 se compró una cámara pensando que (3) _____ (querer) entretenerse tomando fotografías. Le gustaron las fotos que tomó y decidió que se (4) _____ (dedicar) al arte de la fotografía. Al principio no sabía si a la gente le (5) _____ (gustar) o no sus fotos. Los críticos le aseguraron que con el tiempo a él los expertos lo (6) _____ (considerar) uno de los mejores fotógrafos de América y que sus obras se (7) _____ (exhibir) en museos y centros culturales de todo el mundo. Y así ha ocurrido.

D. Sueños de niña. Selecciona la forma que consideras apropiada para completar el siguiente texto acerca de las esperanzas que tenía Rigoberta Menchú cuando era niña.

Cuando niña, Rigoberta Menchú pensaba que, una vez adulta, su vida (1) _____ (cambiaría / cambiará) y la situación en su país se (2) _____ (compondría / componería). Creía que en el futuro la gente (3) _____ (quedría / querría) crear una sociedad más justa para todos. Estaba segura de que ella (4) _____ (haría / hacería) todo lo posible por lograr ese fin. Por supuesto que nunca se imaginó que ella (5) _____ (tendría / tenería) un papel histórico importante. Menos se imaginó que un día (6) _____ (podería / podría) recibir un reconocimiento mundial, como fue el Premio Nobel de la Paz.

E. ¿Qué pasaría? Hoy todos los estudiantes hablan de por qué el (la) profesor(a) no vino a clase el día anterior. En grupos de tres, especulen sobre lo que habrá pasado.

MODELO **Tendría una emergencia de último momento.**

El Salvador

Nombre oficial: República de El Salvador

Población: 7.185.218 (estimación de 2009)

Principales ciudades: San Salvador (capital), Soyapango, Santa Ana, San Miguel

Moneda: Colón (C/)

En San Salvador, la capital, con una población de más de un millón y medio, y en los alrededores, tienes que conocer...

> la Plaza Barrios, frente a la Catedral Metropolitana y el Palacio Nacional, uno de los rincones más agradables de San Salvador.

> el Museo Nacional de Antropología David J. Guzmán, que exhibe en su nueva sala permanente rituales religiosos, sacrificios humanos, culto a los muertos y la importancia del jaguar en la época prehispánica.

> la Puerta del Diablo, un portón gigantesco abierto al paisaje del fondo en las cercanas montañas, y que ofrece los paseos de fin de semana más populares de San Salvador.

José Enrique Molina / Photolibrary

El centro histórico de San Salvador, con su monumento a los Héroes de la Independencia

> la Joya de Cerén, pueblo maya que hace más de 1400 años fue cubierto por la lava y las cenizas del volcán Caldera, hoy declarado Patrimonio de la Humanidad por la UNESCO.

De los dieciocho volcanes de El Salvador, no dejes de visitar...

> el volcán Izalco, llamado también "faro del Pacífico" por sus continuas erupciones, el más joven de los volcanes del continente americano. Su última erupción, en 1966, fue muy violenta y destruyó completamente la cima del volcán.

> el volcán Ilamatepec (también llamado Santa Ana), situado en la cordillera de Apaneca, dentro de un bosque tropical nuboso y montañoso. Sus últimas erupciones ocurrieron en 1904 y en 2005.

Dea G Siden / Photolibrary

El impresionante volcán Izalco, en el departamento de Sonsonante, El Salvador

> el volcán Chaparrastique (conocido también como San Miguel), uno de los seis más activos de El Salvador. La última actividad eruptiva se produjo en 1976; la más reciente actividad sísmica en 2006.

> el volcán Tecapa, en la Sierra de Chinameca, que exhibe un peñascoso cráter grande, en cuyo fondo existe una pequeña laguna de aguas amarillo-verdosas y con fuentes termales.

Richard Levine / Photolibrary

Los salvadoreños aprovechan para celebrar su identidad

Festivales salvadoreños

> Las Fiestas Agostinas son las más atractivas del país, celebradas en la capital en honor al patrono nacional, El Divino Salvador del Mundo.

> La fiesta de "La Bajada" es llamada así porque ese día bajan a la ciudad los campesinos del volcán y de las poblaciones vecinas a venerar al patrono y tomar parte en la procesión que recorre las principales calles de la capital.

> La fiesta del Día de la Cruz era una celebración que hacían los indígenas en honor al Dios de la Lluvia. Esta celebración todavía tiene como fin implorar al cielo los beneficios de la lluvia, pero sustituye la adoración de la Cruz por el Dios de la Lluvia.

 ¡Diviértete en la red!
Busca en Google Images o en YouTube para ver fotos y videos de cualquiera de los lugares o festivales mencionados aquí. Ve a clase preparado(a) para describir en detalle el lugar o festival que escogiste.

El Salvador: la consolidación de la paz

Segunda mitad del siglo XIX

El salvadoreño Manuel José Arce fue el primer presidente de las Provincias Unidas de Centroamérica. El 30 de enero de 1841, dos años después de que la federación fue disuelta, se proclamó la República de El Salvador. Durante las primeras cuatro décadas existió mucha inestabilidad política en la nueva república. A pesar de esto, al final del siglo XIX se dio un considerable desarrollo económico impulsado por el floreciente cultivo del café.

Primera mitad del siglo XX

A principios del siglo XX se estableció en El Salvador una relativa paz, durante la cual hubo ocho períodos presidenciales. Este período de paz terminó en 1932 cuando el impulso reformador del presidente Arturo Araujo fue detenido por un golpe militar y una insurrección popular fue reprimida sangrientamente por el ejército. Más de treinta mil personas resultaron muertas en la masacre; el propio líder de la insurrección, Agustín Farabundo Martí, fue ejecutado. Desde entonces la sociedad salvadoreña se fue polarizando en bandos contrarios de derechistas e izquierdistas, lo cual llevó al país a una verdadera guerra civil.

Library of Congress

El primer presidente de Centroamérica, Manuel José Arce

La guerra civil

En 1972 intervino el ejército y el presidente electo, José Napoleón Duarte, tuvo que irse al exilio. A partir de este mismo año se sucedieron una serie de gobiernos militares y se incrementó la violencia política. El 10 de octubre de 1980 se formó el Frente Farabundo Martí para la Liberación Nacional (FMLN), que reunió a todos los grupos guerrilleros de la izquierda. El futuro del país se veía tan oscuro que más de doscientos mil salvadoreños consiguieron asilo en los EE.UU. y otros miles trataron de entrar en los EE.UU. ilegalmente.

Jose Cabezas / Getty Images

La dolorosa guerra civil causó más de 75.000 muertos y desaparecidos en El Salvador.

En 1986, San Salvador sufrió un fuerte terremoto que destruyó gran parte del centro de la ciudad, ocasionando miles de víctimas. Sin embargo, la continuación de la guerra civil causó más muertes aún. Alfredo Cristiani, elegido presidente en 1989, firmó en 1992 un acuerdo de paz con el FMLN después de negociaciones supervisadas por las Naciones Unidas. Así terminó una guerra que había causado más de ochenta mil muertos y había paralizado el desarrollo económico del país. En 1994, Armando Calderón Sol, el nuevo presidente, prometió continuar el progreso hacia la paz en el país. Ese esfuerzo, junto con el de Francisco Flores, presidente electo en 1999, motivó el inicio del regreso a El Salvador de muchos de los que habían salido del país.

El Salvador de hoy

› Al ser un país rico en folclore y tradiciones, la producción artesanal se encuentra muy difundida en todo el país y contribuye en gran medida al desarrollo de la economía nacional.

› Las remesas de salvadoreños que trabajan en los Estados Unidos son una fuente importante de ingresos del extranjero y compensan el déficit comercial. Las remesas han aumentado constantemente; alcanzaron un monto de $3.787 millones en 2008.

› Las elecciones presidenciales, celebradas el 15 de marzo de 2009, dieron como ganador al periodista Mauricio Funes, del partido FMLN, quien gobernará el país hasta 2013.

©Luis Galdámez / Corbis

El que había sido un grupo guerrillero, el FMLN, ganó las elecciones de 2009

■■■ ¿COMPRENDISTE?

A. Hechos y acontecimientos. ¿Recuerdas los datos más importantes de la lectura? Para asegurarte, trabaja con un(a) compañero(a) de clase para escribir una breve definición que explique el significado de las siguientes personas y elementos en la historia de El Salvador. Luego, comparen sus definiciones con las de la clase.

1. las Provincias Unidas de Centroamérica
2. Agustín Farabundo Martí
3. Armando Calderón Sol
4. Francisco Flores
5. Mauricio Funes

B. A pensar y a analizar. La guerra civil salvadoreña fue una de las más sangrientas de Centroamérica. ¿Cuáles fueron los momentos más importantes de esa guerra que causó más de ochenta mil muertos? Indica brevemente la importancia de estos momentos clave en esa guerra civil.

La guerra civil salvadoreña:

1972 / José Napoleón Duarte

1980 / el Frente Farabundo Martí

1986 / San Salvador

1992 / Alfredo Cristiani

C. Redacción colaborativa. En grupos de dos o tres, escriban una composición colaborativa de una a dos páginas sobre el tema que sigue. Escriban primero una lista de ideas, organícenlas en un borrador, revisen las ideas, la acentuación y ortografía y escriban la versión final.

En 1992, terminó la guerra civil salvadoreña en la cual murieron más de ochenta mil personas y la cual causó que más de trescientos mil salvadoreños buscaran asilo en EE.UU. ¿Qué efecto creen que debe tener la pérdida de tantos ciudadanos en un país? ¿Qué aspectos de la vida y del gobierno del país acaban por ser afectados? ¿Qué puede hacer un país que ha pasado por esto para recuperarse?

Isaías Mata

La vida y obra del pintor Isaías Mata reflejan la realidad vivida por su país natal, El Salvador. Se educó en la Universidad Centroamericana de San Salvador, donde llegó a ser el director de la Facultad de Arte. Como muchos otros artistas, escritores e intelectuales salvadoreños, en 1989 fue detenido por el ejército y se vio obligado a salir de su patria. De 1989 a 1993 llevó a cabo en San Francisco, California, una intensa producción artística, varios murales y pinturas al óleo. Como muchos de los miles de salvadoreños que tuvieron que abandonar su país durante la guerra civil, Isaías Mata regresó a El Salvador en 1993. Entre 1993 y 1996 sirvió de coordinador y profesor en la Facultad de Diseño de la Universidad Tecnológica y de profesor en la Facultad de Arte de la Universidad de El Salvador. En 1997 regresó a los EE.UU. a enseñar. Al siguiente año llevó su arte muralista a Corrientes, Argentina, donde reside desde 1998.

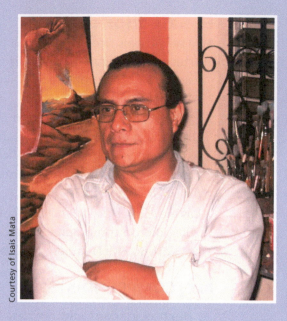
Courtesy of Isais Mata

Claribel Alegría

Stan Honda/AFP Photo/Newscom

Conocida y destacada escritora salvadoreña que en 1932 sufrió el intenso trauma de presenciar la masacre de treinta mil campesinos conocida como "la Matanza", un hecho que nunca pudo olvidar y que se convirtió en uno de los temas de su vida y de su obra. Junto con Gabriela Mistral, ha sido considerada una de las poetas más tiernas y maternales por la delicadeza y sentimiento de su lírica. Ha publicado libros de poemas, novelas y un libro de cuentos infantiles. Entre los más populares se cuentan *Luisa en el país de la realidad* (1986); *Fuga de Canto Grande / Fugues* (1992) y *Umbrales / Thresholds* (1996). Obtuvo en 2005 el Premio Internacional Neustadt, considerado en los Estados Unidos el más importante después del Premio Nobel.

Manlio Argueta

Este novelista, crítico y poeta salvadoreño se inició en la poesía durante su niñez. Terminó sus siete años de estudios de doctorado en Jurisprudencia y Ciencias Sociales en la Universidad de El Salvador, donde se destacó como fundador del Círculo Literario Universitario (1956), una de las promociones literarias más reconocidas en su país. Debido a la crítica contra el gobierno, expresada en sus obras, en 1972 fue exiliado a Costa Rica donde vivió hasta 1993. Una de sus obras más famosas y que expresa esa dura realidad es *One Day of Life*. Fue fundador y por diez años presidente del Instituto Cultural Costarricense-Salvadoreño donde hizo labor de intercambio artístico, en Centroamérica y con Europa. A partir del año 2000 es Director de la Biblioteca Nacional de El Salvador, CONCULTURA, San Salvador.

AP Images / Joe Kohen

Otros salvadoreños sobresalientes

Ernesto Álvarez: industrial cafetalero

Roxana Auirreurreta: artista

José Roberto Cea: poeta, novelista, cuentista, dramaturgo y ensayista

Mauricio Cienfuegos: futbolista

Juan Carlos Colorado: arquitecto y artista en vidrio

Roque Dalton (1933–1975): poeta, novelista y periodista

Reyna Hernández: poeta

Fernando Llort: pintor

Lilian Serpas: poeta

Álvaro Torres: cantautor

■■ ¿COMPRENDISTE?

A. Los nuestros. Contesta las siguientes preguntas. Luego, compara tus respuestas con las de dos o tres compañeros(as).

1. ¿Qué distingue al pintor Isaías Mata? ¿Qué caracteriza su pintura? Si Isaías Mata fuera escritor, ¿sobre qué crees que escribiría?

2. Según lo que sabes de la vida de Claribel Alegría, ¿de qué crees que se trata la novela *Luisa en el país de la realidad*? ¿Qué papel ha jugado en su producción literaria la matanza de los indígenas?

3. ¿Dónde y qué estudió Manlio Argueta? ¿Qué caracteriza a su obra y por qué? ¿Por qué crees que su imaginación jugó un papel importante en su poesía?

B. Miniprueba. Demuestra lo que aprendiste de estos talentosos salvadoreños al completar estas oraciones.

1. Como muchos otros artistas, escritores e intelectuales salvadoreños, en 1989 Isaías Mata se vio obligado a _____ El Salvador.

   a. servir en el ejército de   b. regresar a   c. salir de

2. Claribel Alegría ha sido considerada una de las poetas más _____ por la delicadeza y sentimiento de su lírica.

   a. tiernas y maternales   b. expresivas y románticas   c. feminista y activista

3. La obra *One Day of Life* es una crítica al _____ salvadoreño.

   a. modelo económico   b. gobierno   c. estilo de vida

C. Diario. En tu diario, escribe por lo menos media página expresando tus pensamientos sobre este tema.

Claribel Alegría sufrió el intenso trauma de presenciar la masacre de treinta mil campesinos en su país. Si a ti te tocara presenciar algo parecido, ¿qué efecto crees que tendría en ti? ¿Cómo crees que te afectaría por el resto de tu vida? ¿Qué harías para sobreponerte a ese recuerdo tan deprimente?

> **MEJOREMOS LA COMUNICACIÓN**
>
> | | |
> |---|---|
> | ajusticiamiento | natal *(m. f.)* |
> | lírica | óleo |
> | matanza | tierno(a) |

> 🌐 **¡Diviértete en la red!**
> Busca "Isaías Mata" en Google Images para ver varios ejemplos de su arte y/o "Claribel Alegría" y "Manlio Argueta" en YouTube para escuchar varias entrevistas con estos talentosos salvadoreños. Ve a clase preparado(a) para presentar lo que encontraste.

Palabras parónimas: aun/aún, de/dé, el/él,...

Hay palabras parónimas que se pronuncian igual o casi igual y, con la excepción del acento ortográfico, se escriben igual, pero tienen diferente significado y función en la oración. Estudia esta lista de palabras parecidas mientras tu profesor(a) las pronuncia.

aun	even	aún	still, yet
como	as	cómo	how
de	of	dé	give
el	the	él	he
mas	but	más	more
mi	my	mí	me
que	that	qué	what
se	himself, herself, etc.	sé	I know; be
si	if	sí	yes
te	you	té	tea
tu	your	tú	you

¡A practicar!

A. Práctica con palabras parónimas. Escucha mientras tu profesor(a) lee algunas palabras. Escríbelas de dos maneras distintas al lado de la función gramatical apropiada.

> **MODELO** Escuchas: /tu/
> Escribes: **tú** pronombre sujeto: *you*
> **tu** adjetivo posesivo: *your*

1. ____ artículo definido: *the*
2. ____ pronombre personal: *me*
3. ____ preposición: *of*
4. ____ pronombre reflexivo: *himself, herself, itself, themselves*
5. ____ conjunción: *but*
6. ____ sustantivo: *tea*
7. ____ conjunción: *if*
8. ____ adjetivo: *even*
9. ____ conjunción: *that*

____ pronombre sujeto: *he*
____ adjetivo posesivo: *my*
____ forma verbal: *give*
____ forma verbal: *I know; be*
____ adverbio de cantidad: *more*
____ pronombre personal: *you*
____ adverbio afirmativo: *yes*
____ adverbio de tiempo: *still, yet*
____ interrogativo: *what*

B. ¿Cuál corresponde? Escucha mientras tu profesor(a) lee las siguientes oraciones. Complétalas con las palabras apropiadas.

1. Este es ____ material que traje para ____.
2. ¿ ____ compraste un regalo para ____ prima?
3. ____ amigo trajo este libro para ____.
4. Quiere que le ____ café ____ El Salvador.
5. No ____ si él ____ puede quedar a comer.
6. ____ llama, dile que ____ lo acompañamos.

El voseo: los centroamericanos

El español hablado en grandes partes de Centroamérica incluye una gran riqueza de variantes de vocabulario, como por ejemplo: **cipote = niño, chancho = cerdo, chompipe = pavo, chucho = perro, encachimbearse = enojarse**. Tal vez la variante que más sobresale es el extenso uso del pronombre **vos** y sus formas verbales en vez del pronombre **tú** y sus distintas formas. Al escuchar a un salvadoreño, un guatemalteco o un nicaragüense hablar con amigos o conocidos, es probable que oigas expresiones como las siguientes.

¿Qué **querés** hacer *vos*?

Vení conmigo al cine esta noche.

¿Qué **pensás** *vos*?

Las formas verbales más afectadas por el voseo son el presente de indicativo y de subjuntivo y el imperativo. Verbos en **-ar, -er, -ir** utilizan las terminaciones **-ás, -és, -ís** (**comprás, querés, venís**) en el presente de indicativo y **-és, -ás** (**comprés, vendás, vivás**) en el presente de subjuntivo. En el imperativo se acentúa la vocal de las terminaciones **-ar, -er, -ir** y se elimina la **-r** final (**comprá, queré, vení**).*

Al descifrar el voseo. En la obra narrativa del escritor salvadoreño Manlio Argueta aparece con frecuencia el voseo salvadoreño. Este es el caso en la oración que sigue, que fue sacada de la novela *Cuzcatlán donde bate la mar del Sur* del mismo autor.

Si te **sentís** mal, **llamá** a Lastenia.

Según las terminaciones del presente de indicativo en el voseo, **sentís** significa "sientes" y **llamá** significa "llama" (modo imperativo).

A entender y respetar

El voseo. Lee ahora estas oraciones coloquiales, tomadas de la novela *Cuzcatlán donde bate la mar del Sur* del autor salvadoreño Manlio Argueta. Luego, léelas una segunda vez usando un español más formal para las palabras en letra bastardilla.

1. *Venís* de muy lejos.
2. *Tenés* razón, pero *necesitás* por lo menos diez confesiones si *querés* ganarte el Reino de Dios.
3. *Vos* siempre *decís* cosas, Ticha, a veces no te entiendo.
4. ¿Cómo lo *sabés*, *cipota*?
5. ¿Por qué le *tenés* miedo si tu conciencia está tranquila?
6. Y como *vos sabés*, la única manera de detener la rabia es matando al *chucho*.
7. Así, no te *hagás* el loco y *andá* apuntando todo en un papel.

*Las terminaciones del voseo no son uniformes por todas las Américas. Varían en distintos países.

ESCRIBAMOS AHORA

La semblanza biográfica

1 Para empezar. Una biografía es una historia que narra la vida de una persona, una autobiografía narra en primera persona y una semblanza biográfica es una descripción biográfica de una persona importante en la vida del protagonista en una biografía o una autobiografía. Dentro de la autobiografía que leyeron, *Me llamo Rigoberta Menchú y así me nació la conciencia*, encontramos semblanzas biográficas referidas a otras personas relevantes en la vida de la narradora. En el fragmento, Rigoberta relata lo que le impresionó de lo que le habían contado de la juventud de su padre:

"Mi padre nació en Santa Rosa Chucuyub, es una aldea del Quiché. Pero cuando se murió su padre, [...] mi abuela se quedó con tres hijos..."

"Mi abuelita buscó otro señor donde regalar a uno de sus hijos. Y el primer hijo era mi padre que tuvo que regalarle a otro señor".

Y más adelante:

"Vivió con gentes... así... blancos, gentes ladinas. Pero nunca aprendió el castellano..." [...] "...no tenía ropa y estaba muy sucio..."

2 A generar ideas. Para prepararse para relatar la semblanza biográfica de su padre, la autora tuvo que pensar en todos los momentos claves de la vida de su padre. Piensa ahora en una persona de suma importancia en tu vida, un familiar o un(a) amigo(a) o maestro(a) favorito(a). En preparación para escribir una semblanza biográfica sobre esa persona, prepara dos o tres diagramas como este, que representa cómo Rigoberta podría haber organizado parte de la información referente a su padre.

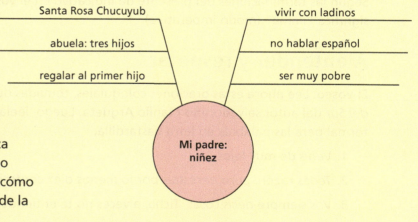

En tus diagramas, en cada círculo, identifica un momento importante que quieres desarrollar, y en las barras, anota detalles relacionados a ese momento.

3 Tu borrador. Ahora escribe tu borrador desarrollando la información que anotaste en párrafos que describan en detalle tus memorias tan especiales. ¡Buena suerte!

4 Revisión. Intercambia tu borrador con un(a) compañero(a). Revisa su semblanza biográfica prestando atención a las siguientes preguntas. ¿Ha incluido todos los detalles importantes? ¿Ha revelado suficiente información? ¿Tienes algunas sugerencias sobre cómo podría mejorar su descripción?

5 Versión final. Considera las correcciones que tu compañero(a) te ha indicado y revisa tu semblanza biográfica por última vez. Como tarea, escribe la copia final en la computadora. Antes de entregarla, dale un último vistazo a la acentuación, a la puntuación, a la concordancia y a las formas de los verbos.

6 Publicación (opcional). Cuando tu profesor(a) te devuelva la semblanza biográfica corregida, revísala con cuidado y luego devuélvesela a tu profesor(a) para que las ponga todas en un libro que va a titular: **Semblanzas biográficas por los estudiantes del señor (de la señora/señorita)...**

¡Antes de leer!

A. Anticipando la lectura. Contesta las siguientes preguntas con dos o tres compañeros(as).

1. ¿Qué experiencia tienen con los fenómenos naturales (huracanes, terremotos, tornados, erupciones volcánicas, inundaciones, etcétera)? ¿Cuáles son frecuentes en su región? ¿Han causado alguna vez estos fenómenos una zona de desastre en su ciudad o región? Expliquen.

2. ¿Qué desastre natural que ocurrió en otro país recuerdan? ¿Cuántas víctimas hubo? ¿Qué otras consecuencias tuvo ese desastre? ¿Qué conclusiones sacaron ustedes de ese desastre?

B. Vocabulario en contexto. Busca estas palabras en la lectura que sigue y, en base al contexto, decide cuál es su significado. Para facilitar encontrarlas, las palabras aparecen en negrilla en la lectura.

1. **escombros**	a. ruinas	b. muertos	c. edificios
2. **asoló**	a. evitó	b. destruyó	c. reconstruyó
3. **agrietadas**	a. quebradas	b. pavimentadas	c. sucias
4. **damnificados**	a. víctimas	b. afortunados	c. seleccionados
5. **demolidos**	a. reconstruidos	b. fabricados	c. destruidos
6. **infausto**	a. desafortunado	b. alegre	c. feriado

Sobre el autor

Róger Lindo es un escritor salvadoreño nacido en San Salvador en 1955. Aunque emigró a los Estados Unidos en 1991, su tema de interés sigue siendo El Salvador, y se le considera uno de los mejores poetas de la postguerra salvadoreña. Ha publicado dos obras, una de poesía, *Los infiernos espléndidos* (1998) y otra de ficción, *El perro en la niebla* (2008). En la actualidad trabaja como periodista en el diario *La Opinión.* El siguiente artículo fue escrito tras uno de los últimos terremotos en El Salvador.

Michael Newman/PhotoEdit

El Salvador: seguir de pie

Los Ángeles. Crueldad de su signo es que a un país tan **castigado** por las adversidades, se le hubiera bautizado El Salvador. Su historia es un recuento apretado de cataclismos, naturales y sociales, que se vienen alternando desde sus orígenes para castigar a este pueblo forjado en la desgracia, experto en emerger una y otra vez de entre las cenizas y de los escombros, porque no le queda alternativa.

El 7 de junio de 1917, Jueves de Corpus, la capital salvadoreña, entonces de alrededor de nueve mil casas, fue destruida por un horrendo terremoto-erupción. El Volcán de San Salvador, a cuyo pie se levanta la ciudad, empezó a arrojar lava, cenizas y gases azufranados a las 7:30 de la noche sobre una población aterrorizada ya por los temblores previos. El poeta colombiano Porfirio Barba Jacob, que por esos días se hacía llamar Ricardo Arenales, se encontraba ahí. Describe la catástrofe con colores terribles en su crónica novelada *El terremoto de San Salvador*.

En 1965, en la madrugada del Día de la Cruz, otro terremoto **asoló** San Salvador. Para siempre en la memoria los espantosos sacudimientos, las calles **agrietadas**, las dormidas en los corredores de la casa, las paredes resquebrajadas, las calles abiertas, la ruina de lo que fueran hitos en el San Salvador de mi niñez, los vecinos que por primera vez se hablaban, la incorporación al léxico común de la palabra "**damnificados**".

En 1986, en plena guerra civil "75 mil muertos, incontables pérdidas económicas, una diáspora que envió al extranjero a la quinta parte de la población, el cisma en las familias", el Valle de las Hamacas volvió a hacerle honor a su nombre. Los edificios principales de la capital fueron **demolidos**, más de 1.500 personas sucumbieron en un minuto de furia.

Cada quince años más o menos, un terremoto hace que El Salvador caiga de rodillas. Los californianos no son ajenos al sentimiento de vivir con el alma en vilo. No pocas veces se preguntan si el temido "Big One", el Grande que predicen los científicos, se presentará alguna vez en sus vidas. En Centroamérica cada terremoto es el Grande. Nicaragua, 1972, y Guatemala,

1976, lo confirman. En El Salvador, si se incluye el terremoto del sábado 13, una sola generación fue testigo de tres espantosos, tres grandes.

Después del terremoto del sábado, el mundo sabe de la existencia de Las Colinas, de Santa Tecla, de Comasagua. Es la toponimia de la adversidad. Nombres adosados a imágenes de padres y madres que lloran a sus hijos, de cuadrillas de voluntarios que arañan la tierra con las manos desnudas en busca de sobrevivientes, de oídos que se acercan a un orificio en busca de señales de vida. Sábado Negro le llaman ya en El Salvador, y quieren decir Sábado **Infausto**.

¿Cómo es posible que un país siga de pie después de tantos golpazos? Quizá porque la amenaza y el acoso constante y la contemplación de las muchas caras de la muerte le han hecho amar la vida. Es un país que para seguir viviendo tiene que hacer cosas suicidas, como lanzarse al exilio en esquifes trémulos, aventurarse por la fría noche de los desiertos y superar bardas imposibles.

Hoy, como ayer, los afectados por antonomasia de los horrores colectivos son los ciudadanos que duermen en casas de bahareque y adobe, los de a pie, los que hacía unos días bregaban y se frustraban aprendiendo a contar en dólares. Pero no hay lugar para la infatuación de ser salvadoreño. Ciertamente, debieran dar medallas por serlo.

Mañana El Salvador volverá a ponerse de pie. Pero vivir en esa tierra será siempre como vivir sobre un retumbo.

Róger Lindo, "El Salvador: seguir de pie," LA PRENSA GRÁFICA, El Salvador. Used with permission.

¡Después de leer!

A. **Hechos y acontecimientos.** ¿Recuerdas los datos más importantes de la lectura? Para asegurarte, contesta las siguientes preguntas.

1. ¿Cuántos desastres naturales menciona el artículo?

2. ¿Cada cuánto tiempo ocurren, según este artículo?

3. ¿Cómo describe el artículo al pueblo salvadoreño?

4. ¿Quién sufre más durante estos desastres naturales, según el artículo?

5. ¿Cuáles son las conclusiones que extrae el artículo sobre los salvadoreños y vivir en El Salvador?

B. **A pensar y a analizar.** Contesta las siguientes preguntas.

1. ¿Es este un artículo optimista o pesimista sobre la vida en El Salvador? Explica.

2. ¿Crees que las opiniones del autor del artículo motivaron que en su día el autor emigrara hacia los Estados Unidos? Explica.

3. El autor vive en la actualidad en California, también famosa por sus destructivos terremotos. ¿Por qué crees que el autor no saca las mismas conclusiones sobre vivir en una zona sísmica como California?

4. ¿Te mudarías a causa de los desastres naturales? ¿Por qué crees que, en general, la gente permanece en Chile (frecuentes terremotos), el centro de los Estados Unidos (tornados), la Florida y el Caribe (huracanes)…?

C. **Manual contra los desastres naturales.** En grupos de cuatro, imagínense que viven en El Salvador y que forman parte del grupo político que gobierna ese país. Es su primer año en el poder y deciden acometer reformas que ayuden o mitiguen los problemas que menciona el artículo. ¿Qué harían? Hagan una lista de leyes para cambiar la situación de El Salvador. Compartan su lista con la clase y hagan una única que contenga las mejores y las más prácticas iniciativas.

D. **Apoyo gramatical: El imperfecto de subjuntivo: formas y cláusulas con *si*.** Di lo que podría pasar si ocurriera un terremoto.

MODELO si ocurrir un terremoto / mucha gente sentirse aterrorizada

Si ocurriera un terremoto, mucha gente se sentiría aterrorizada.

1. si alguien estar en un terremoto / no actuar siempre con calma

2. si las personas estar aterrorizadas / salir de sus casas corriendo

3. si una familia temer quedarse en casa/ dormir al aire libre

4. si el terremoto tener lugar junto al mar/ poder venir también un tsunami

5. si las calles quedar agrietadas /el transporte interrumpirse

6. si los muros de una casa resquebrajarse / ser necesario repararlos pronto

7. si los hospitales derrumbarse / el número de víctimas aumentar

8. si las cuadrillas de rescate no actuar rápido, muchas vidas perderse

9. si existir muchos daños / el gobierno ayudar a los damnificados

10. si haber peligro para el público / algunos edificios ser demolidos

---

Gramática 8.4: Antes de hacer esta actividad conviene repasar esta estructura en las págs. 422–425.

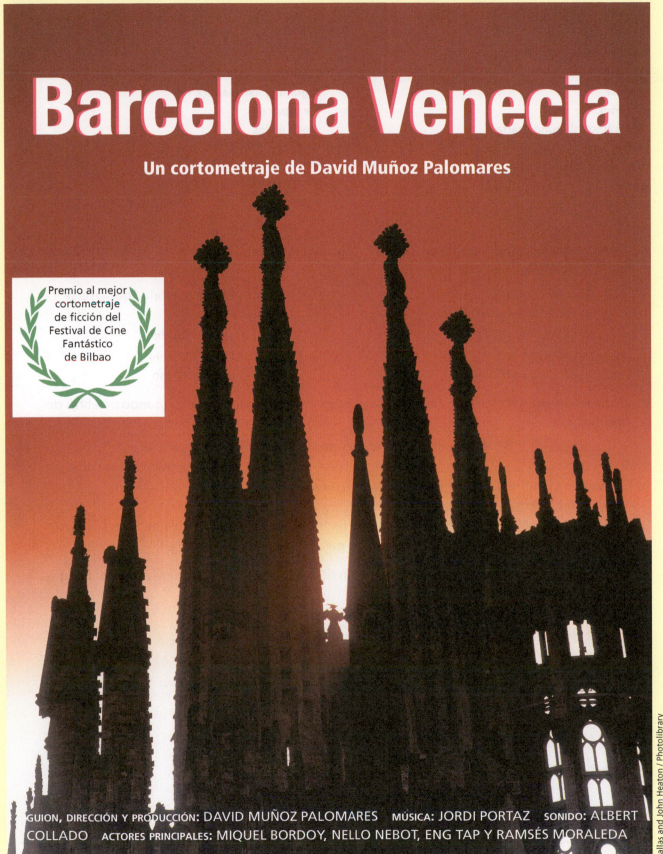

Barcelona Venecia

Un cortometraje de David Muñoz Palomares

Premio al mejor cortometraje de ficción del Festival de Cine Fantástico de Bilbao

GUION, DIRECCIÓN Y PRODUCCIÓN: DAVID MUÑOZ PALOMARES   MÚSICA: JORDI PORTAZ   SONIDO: ALBERT COLLADO   ACTORES PRINCIPALES: MIQUEL BORDOY, NELLO NEBOT, ENG TAP Y RAMSÉS MORALEDA

Dallas and John Heaton / Photolibrary

Antes de ver el corto

Vocabulario útil

500 del ala	sablazo
la bolsa	seguridad aeronáutica (f.)
matones	ser capaz de
no les hace ninguna gracia	teoría de los
pantomima	agujeros de gusano
pérdidas cuantiosas	unidireccional (m. f.)
postura	ventas cortas
proceder con cautela	vigilado(a)

A. ¿Sinónimos? Con tu compañero(a), indiquen si los siguientes pares de palabras están relacionadas entre ellas sí (**Sí**) o no (**No**).

_____ 1. calle / barrio

_____ 2. hacer gracia / divertir

_____ 3. vigilado / sablazo

_____ 4. regresar / viajar

_____ 5. postura / posición

_____ 6. proceder con cautela / deshacerse

_____ 7. billete / boleto

_____ 8. ser capaz de / poder

_____ 9. pérdidas / pantomima

_____ 10. matón / sospechoso

B. Competencia. Con tu compañero(a), completen las siguientes oraciones usando palabras del vocabulario.

1. _____ de Barcelona tuvo enormes pérdidas ayer. Cayó casi un 5%.

2. No sé si voy a _____ de pasar mi clase de química. Los exámenes son muy difíciles.

3. Cuando el padre de Ángel supo que había ganado la lotería, parecía que iba a _____. No paraba de saltar y gritar.

4. Este apartamento es pequeño pero con el tiempo _____ a vivir en él.

5. No sé a ti, pero a mí la crisis económica no me _____.

C. Vocabulario. Con tu compañero(a), indiquen el significado de las siguientes expresiones que aparecen en el cortometraje.

_____ 1. No les hace gracia.

_____ 2. 100 del ala

_____ 3. enloquecer

_____ 4. proceder con cautela

_____ 5. regresar

_____ 6. unidireccionales

_____ 7. acostumbrarse

_____ 8. recuperar

a. volverse loco

b. ir con cuidado

c. volver

d. volver a tener

e. en un solo sentido

f. habituarse

g. cien en efectivo

h. no les gusta

Fotogramas de *Barcelona Venecia*

Este cortometraje narra un viaje inesperado de un turista involuntario sin billete de vuelta. Con un(a) compañero(a), observen estos fotogramas y relacionen cada uno con las siguientes frases que describen la acción. Después, escriban una sinopsis de lo que creen que es la trama. Compartan su sinopsis con las de otras dos parejas de la clase.

_____ a. Federico, me ha ocurrido algo muy extraño mientras hablaba con usted.

_____ b. Mire, hay una entrada a Barcelona.

_____ c. Hice un gesto que debió ser especial y...

_____ d. Oiga, yo no sé de qué va todo esto. Yo estoy aquí por accidente.

_____ e. Estaba caminando por el Paseo de Gracia… y ahora me encuentro en el medio de Venecia.

_____ f. ¿Vio cómo cerró la bolsa ayer?

From *Barcelona Venecia*

Después de ver el corto

A. Lo que vimos. Con tu compañero(a), decidan si acertaron al anticipar la trama en la sinopsis que escribieron. ¿Hasta qué punto acertaron? ¿Dónde variaron de la trama?

B. ¿Qué piensan? Con tu compañero(a), contesten ahora las siguientes preguntas.

1. ¿Qué opinan de este corto? ¿Les gustó? ¿Por qué sí o no?

2. ¿Lo comprendieron la primera vez que lo vieron? ¿Qué fue lo que más ayudó a su comprensión?

3. ¿Creen que *Barcelona Venecia* se parece a alguna película que hayan visto o historia que hayan leído? Si sí, ¿a cuál? Si no, ¿les parece totalmente original? Expliquen por qué.

C. Viajero circunstancial. Con tu compañero(a), contesten las siguientes preguntas. Luego compartan sus respuestas con la clase.

1. Si se vieran atrapados en una situación como la del personaje de este cortometraje, ¿qué es lo que más les preocuparía? ¿Qué es lo que más le preocupa al protagonista? ¿Por qué?

2. ¿Se consideran personas tacañas? ¿Creen que el protagonista es tacaño? Expliquen por qué sí o no.

3. Las personas de Barcelona o las catalanas en general tienen fama de ser muy laboriosas y muy interesadas en el dinero. ¿Creen que se puede hacer una generalización de ese tipo con tantas personas al mismo tiempo? ¿Creen que el estereotipo añade algo más de humor a la historia? Justifiquen por qué sí o no.

D. Debate. En grupos de cuatro tengan un debate sobre los estereotipos. ¿Creen que los estereotipos esconden algo de verdad? Un grupo opina que sí y otro que no, que son siempre falsos e injustos. Preparen sus argumentos y defiéndanlos. Luego informen a la clase quién ganó con sus argumentos.

E. Apoyo gramatical. Secuencia de tiempos: las cláusulas con *si*. Tú y tus compañeros(as) dicen cómo habrían reaccionado en una situación semejante a la que vieron en el cortometraje *Barcelona Venecia*. Atención: la cláusula con **si** no siempre comienza la oración.

MODELO si yo ser el viajero / yo quedarme en Venecia
Si yo hubiera sido el viajero, yo me habría quedado en Venecia. o
yo quedarme en Venecia / si yo ser el viajero
Yo me habría quedado en Venecia si yo hubiera sido el viajero.

1 si yo llegar a Venecia repentinamente / yo tener una gran alegría

2. yo sentirme desconcertado / si yo ser el señor del cortometraje

3. si algo parecido ocurrirme a mí / yo volverme loco(a)

4. yo no saber cómo actuar / si yo encontrarme de repente en un lugar lejano

5. si alguien mencionarme los agujeros de gusano / yo pensar que esa persona estaba trastornada

6. si yo llegar a otra dimensión espacial / yo considerarme alguien muy especial

7. yo consultar a un siquiatra de inmediato / si yo hacer un viaje interdimensional

Películas que te recomendamos
- *Casi divas* (Issa López, 2008)
- *No digas nada* (Felipe Jiménez Luna, 2007)
- *Ruido* (Marcelo Bertalmío, 2005)

Gramática 8.3: Antes de hacer esta actividad conviene repasar esta estructura en las págs. 419–422.

8.3 Expresiones indefinidas y negativas

¡A que ya lo sabes!

Mira estos pares de oraciones y decide, en cada par, cuál de las dos dirías y cuál no dirías. A ver si toda la clase se puede poner de acuerdo.

1. a. No viene *nadie*.

   b. *Nadie no* viene.

2. a. *Nadie* viene.

   b. *Naiden* viene.

Seguro que la mayoría escogió las mismas: la oración **a** en ambos casos. ¿Cómo lo sé? Porque sé que toda la clase tiene un conocimiento tácito de las expresiones negativas e indefinidas. Pero para convertir ese conocimiento tácito en uno más firme, sigan leyendo.

Expresiones indefinidas	Expresiones negativas
algo	nada
alguien	nadie
alguno	ninguno
alguna vez	nunca, jamás
siempre	nunca, jamás
o	ni
o... o	ni... ni
también	tampoco
cualquiera	

—¿Sabes **algo** de los poemas de Claribel Alegría?

—Antes no sabía **nada** de ellos, pero ahora sé un poco más.

—¿Ha leído **alguien** una obra de Manlio Argueta?

—No, **nadie** ha leído a ese autor salvadoreño.

—¿Has visitado Santa Ana o Soyapango?

—No, no me interesa visitar **ni** Santa Ana **ni** Soyapango. **Tampoco** pienso pasar tiempo en San Miguel.

Nota para hispanohablantes

Hay una tendencia dentro de algunas comunidades de hispanohablantes a decir *alguen* en vez de **alguien** y *naida* en vez de decir nada. Es importante evitar esos usos fuera de esas comunidades y en particular al escribir.

Alguno y ninguno

> **Alguno** y **ninguno** son adjetivos y, por tanto, concuerdan con el sustantivo al cual se refieren. **Alguno** varía en género y número (**alguno, alguna, algunos, algunas**) mientras que **ninguno** se usa en el singular solamente: **ninguno, ninguna**.

> —¿Has visto **algunos** cuadros de Isaías Mata?
> —He visto **algunos** cuadros suyos, pero no he visto **ningún** mural suyo.

> **Alguno** y **ninguno** pierden la **-o** final delante de un sustantivo masculino singular.

> **Ningún** presidente ha resuelto el problema de la inflación.
> ¿Conoces **algún** volcán salvadoreño?

> Cuando **alguien, nadie, alguno/a/os/as** o **ninguno/a** introducen un objeto directo que se refiere a personas, son precedidos por la preposición **a**.

> —¿Conoces **a alguien** de San Salvador?
> —No conozco **a nadie** de allá.

Nota para hispanohablantes

Hay una tendencia dentro de algunas comunidades de hispanohablantes a decir *nadien, naide* o *naiden* en vez de decir **nadie**. Es importante evitar esos usos fuera de esas comunidades y en particular al escribir.

Nunca y jamás

> **Nunca** y **jamás** son sinónimos. **Nunca** se usa con mayor frecuencia en el habla cotidiana. **Jamás** o **nunca jamás** pueden usarse para enfatizar.

> **Nunca** he estado en Santa Ana.
> ¡**Jamás** pensé que la comida salvadoreña fuera tan sabrosa!
> —¿Visitarías otra vez El Salvador por solo cinco días?
> —¡No, **nunca jamás!** La próxima vez me quedaré mucho más tiempo.

> En preguntas, **jamás** es sinónimo de **alguna vez**; **jamás** se prefiere cuando se espera una respuesta negativa.

> ¿Te has interesado **alguna vez** (**jamás**) por escribir poemas?
> —¿Has probado **jamás** los tamales salvadoreños?
> —**Nunca jamás.**

No

> **No** se coloca delante del verbo en una oración. Los pronombres de objeto se colocan entre **no** y el verbo.

> **No** recibí la tarjeta postal que mandaste desde Santa Ana. **No la** enviaste a mi dirección antigua, ¿verdad?

> Las oraciones negativas en español pueden contener una o más palabras negativas. La partícula **no** se omite cuando otra expresión negativa precede al verbo.

> —Yo **no** he leído **nada** sobre el poeta revolucionario Roque Dalton.
> —Yo **tampoco** he leído **nada** de él.
> —Mis amigos **no** se han interesado **nunca** por la política.
> —Mis amigos **nunca** se han interesado por la política **tampoco**.

Cualquiera

> **Cualquiera** se puede usar como adjetivo o como pronombre. Cuando se usa como adjetivo delante de un sustantivo singular, **cualquiera** pierde la **-a** final y se convierte en **cualquier**.

> **Cualquier** persona que visita El Salvador queda encantada con el país y su gente.

> —¿Crees tú que los poemas de Claribel Alegría son difíciles de entender?

> —No, yo creo que **cualquiera** los entiende.

Ahora, ¡a practicar!

A. ¿Cuánto sabes? Contesta estas preguntas para ver cuánto sabes sobre El Salvador y su cultura.

> **MODELO** ¿Has visitado El Salvador?
>
> **Nunca he visitado El Salvador. o Sí, visité El Salvador en 2010.**

1. ¿Entiendes algo de la situación política de El Salvador?

2. ¿Sabes si El Salvador tiene costas en el mar Caribe?

3. ¿Has visitado alguna vez la ciudad de San Salvador?

4. ¿Sabes cuál es la segunda ciudad más poblada de El Salvador?

5. ¿Has leído alguna vez acerca de "la guerra del fútbol" entre El Salvador y Honduras?

6. ¿Conoces algunos festivales salvadoreños?

7. ¿Has escuchado algunos grupos musicales salvadoreños?

8. ¿Has leído algunos poemas de Claribel Alegría?

9. ¿Conoces a alguien que haya estado en el pueblo maya la Joya de Cerén?

B. Opiniones opuestas. Tu compañero(a) contradice cada afirmación que tú haces.

> **MODELO** Todos quieren resolver los problemas ecológicos.
>
> **Nadie quiere resolver los problemas ecológicos.**

1. Siempre se va a encontrar solución a un conflicto.

2. Un gobernante debe consultar con todos.

3. La economía ha mejorado algo.

4. El gobierno debe conversar con todos los grupos políticos.

5. Ha habido algunos avances en la lucha contra el narcotráfico.

6. Muchos se declaran conservadores o liberales.

C. **Gustos culinarios.** Lee lo que ha escrito tu amigo Leonel acerca de la comida salvadoreña y corrige cualquier uso que no sea apropiado para la lengua escrita.

> La comida salvadoreña me fascina. Creo que no hay naida que no me deleite tanto. Si alguen me invita a un restaurante de comida típica salvadoreña, yo acepto de inmediato. Mis amigos dicen que no conocen a naiden que goce tanto con ese tipo de comida. Espero poder viajar a El Salvador para probar esos platos en su tierra de origen.

D. **Quejas.** Con un(a) compañero(a), prepara una lista de quejas que los padres tienen de sus hijos y otra lista de quejas que los hijos tienen de los padres.

> **MODELO** *Padres:* **¡Jamás limpias tu cuarto!**
> *Hijos:* **Mis padres nunca me mandan suficiente dinero.**

8.4 El imperfecto de subjuntivo: formas y cláusulas con si

Para más práctica, haz las actividades de **Gramática en contexto** (sección 8.3) del *Cuaderno para los hispanohablantes.*

¡A que ya lo sabes!

Una amiga tuya que estudia español y ciencias políticas ha estado leyendo acerca de la situación actual en El Salvador. ¿Qué dice ella?

1. a. Si yo *viviera* un tiempo en El Salvador aprendería a usar el voseo.

   b. Si yo *vivía* un tiempo en El Salvador aprendería a usar el voseo.

2. a. Yo haría fuertes críticas al gobierno si *fuera* ciudadana salvadoreña.

   b. Yo haría fuertes críticas al gobierno si *sea* ciudadana salvadoreña.

¡Ay! Esto estuvo más difícil. Sin embargo, el conocimiento tácito que ya tienen de los usos del imperfecto de subjuntivo probablemente llevó a la mayoría de la clase a escoger la primera oración en ambos pares. Ahora, si siguen leyendo toda la clase va a tener ese conocimiento.

Formas

Verbos en -ar	Verbos en -er	Verbos en -ir
tomar	**prometer**	**insistir**
tom**ara**	promet**iera**	insist**iera**
tom**aras**	promet**ieras**	insist**ieras**
tom**ara**	promet**iera**	insist**iera**
tom**áramos**	promet**iéramos**	insist**iéramos**
tom**arais**	promet**ierais**	insist**ierais**
tom**aran**	promet**ieran**	insist**ieran**

❯ Para formar la raíz del imperfecto de subjuntivo de todos los verbos se elimina **-ron** de la tercera persona del plural (**ellos**) del pretérito y se agregan las terminaciones apropiadas, que son las mismas para todos los verbos: **-ra, -ras, -ra, -ramos, -rais, -ran.** Advierte que las formas de la primera persona del plural (**nosotros**) llevan acento escrito.

> tomar~~on~~ → tomara
>
> prometier~~on~~ → prometiera
>
> insistier~~on~~ → insistiera

❯ Todos los verbos que tienen cambios ortográficos o cambios en la raíz o que tienen raíces irregulares en la tercera persona del plural del pretérito mantienen esas mismas irregularidades en el imperfecto de subjuntivo. (Consúltese *Lección 3, págs. 166–168.*)

> leer: leyeron → leyera, leyeras, leyera, leyéramos, leyerais, leyeran
>
> dormir: durmieron → **durmiera, durmieras, durmiera, durmiéramos, durmierais, durmieran**
>
> estar: **estuvieron → estuviera, estuvieras, estuviera, estuviéramos, estuvierais, estuvieran**

Otros verbos que siguen estos modelos:

Cambios ortográficos

creer: creyeron → creyera

oír: oyeron → oyera

Cambios en la raíz

mentir: mintieron → mintiera

pedir: pidieron → pidiera

Verbos irregulares

andar: **anduvi**eron → **anduvi**era

caber: **cupi**eron → **cupi**era

decir: **dij**eron → **dij**era

haber: **hubi**eron → **hubi**era

hacer: **hici**eron → **hici**era

ir/ser: **fue**ron → **fue**ra

poder: **pudi**eron → **pudi**era

poner: **pusi**eron → **pusi**era

querer: **quisi**eron → **quisi**era

saber: **supi**eron → **supi**era

tener: **tuvi**eron → **tuvi**era

traer: **traj**eron → **traj**era

venir: **vini**eron → **vini**era

Nota para hispanohablantes

Hay una tendencia dentro de algunas comunidades de hispanohablantes a regularizar algunos de estos verbos irregulares. De esta manera, en vez de usar las formas del imperfecto de subjuntivo (**anduviera, anduvieras, anduviéramos, anduvieran; cupiera, cupieras, cupiéramos, cupieran**), usan las siguientes formas: *andara, andaras, andáramos, andaran; cabiera, cabieras, cabiéramos, cabieran.*

Algunas comunidades sustituyen la **j** con la **y** en el verbo traer. De esta manera, en vez de usar las formas **trajera, trajeras, trajéramos, trajeran,** usan: *trayera, trayeras, trayéramos, trayeran.*

Algunas comunidades les añaden una i a las terminaciones del verbo decir; en vez de usar las formas **dijera, dijeras, dijéramos, dijeran,** usan: *dijiera, dijiera, dijiéramos, dijieran.* Es importante evitar estos usos fuera de esas comunidades y en particular al escribir.

> El imperfecto de subjuntivo tiene dos grupos de terminaciones: en **-ra** y en **-se**. Las terminaciones en **-ra,** que se han presentado, son las más comunes a través de todo el mundo hispanohablante. Las terminaciones en **-se (-se, -ses, -se, -semos, -seis, -sen)** se usan con relativa frecuencia en España y con menor frecuencia en Hispanoamérica.

El imperfecto de subjuntivo en las cláusulas con **si**

> Un uso importante del imperfecto de subjuntivo es en oraciones que expresan situaciones que son hipotéticas, improbables o completamente contrarias a la realidad. En estos casos, la cláusula con **si** en imperfecto de subjuntivo expresa la condición y la cláusula principal en condicional expresa el resultado de la condición. Tanto la cláusula principal en condicional como la cláusula con **si** en imperfecto de subjuntivo pueden comenzar la oración.

> Si yo **fuera** a El Salvador, no dejaría de visitar el volcán Izalco.
> Muchos más estadounidenses visitarían El Salvador si **supieran** más del país.

Ahora, ¡a practicar!

A. Deseos. Tus amigos salvadoreños te dicen que les gustaría más San Salvador si tuviera las siguientes cualidades.

> **MODELO** proponer medidas para disminuir la contaminación
> **Nos gustaría más San Salvador si propusieran medidas para disminuir la contaminación.**

1. planear mejor el crecimiento de la ciudad
2. solucionar los embotellamientos del tráfico
3. promover más los museos de la ciudad
4. mantener mejor la red de caminos y carreteras
5. haber menos ruido en las calles
6. crear más áreas verdes en la ciudad

B. Planes remotos. Di lo que a ti te gustaría hacer si pudieras visitar El Salvador.

> **MODELO** ir a El Salvador / visitar las ruinas mayas
> **Si fuera a El Salvador, visitaría las ruinas mayas.**

1. estar en el centro de San Salvador / no dejar de ver la Catedral Metropolitana
2. querer comprar objetos de artesanía en San Salvador / ir a los mercados de Ilopango
3. practicar surf / viajar a la playa de La Libertad
4. llegar hasta el Parque Nacional Cerro Verde / hacer caminatas
5. necesitar un lugar tranquilo / dirigirse al pueblito colonial de Suchitoto
6. poder / ir a ver la laguna Alegría dentro del cráter del volcán Tecapa
7. estar en forma / subir a uno de los muchos volcanes del país
8. tener tiempo / llegar hasta el bosque de lluvia de Montecristo

C. Recomendaciones. Di lo que les recomendarías a tus compañeros que hicieran o no hicieran.

MODELO **Les recomendaría que estudiaran más.**

D. Poniendo condiciones. Di bajo qué condiciones harías lo siguiente.

MODELO visitar Centroamérica
Visitaría Centroamérica si tuviera dinero.

1. llamar a mis abuelos

2. comprar un carro nuevo

3. hacer un viaje a Europa

4. sacar una "A" en todas mis clases

5. correr un maratón

6. trabajar durante el verano

Lección 8: Guatemala

Independencia

antorcha
arrasar
asimilarse
capitanía
etnia
foro
hectáreas
legado

Personas

astrónomo(a)
compatriota *(m. f.)*
disidente *(m. f.)*
guerrero(a)
locutor(a)
mago(a)
obrero(a)
progresista *(m. f.)*

Descripción

agrado
orgulloso(a)
penoso(a)
sector *(m.)*
soledad *(f.)*

Palabras útiles

cardamomo
gaviota
grabación *(f.)*
pantalla chica
sustantivo

Expresiones verbales

dar fin a
dar paso a
estar de pie
poner a disposición

Tom Pepeira / Photolibrary

Lección 8: **El Salvador**

Damnificados
ajusticiamiento
asilo
detenido(a)
ejecutado(a)
matanza

Asuntos políticos
acuerdo de paz
compensar
difundido(a)
disuelto(a)
esfuerzo
incrementar
intervenir
monto

Descripción
a principios de
floreciente *(m. f.)*
lírica
natal *(m. f.)*
óleo
sin embargo
tierno(a)

Comstock / Photolibrary

Sed del futuro

NICARAGUA Y HONDURAS

LOS ORÍGENES

Lee sobre los mayas con su avanzada civilización, los nicaraos y los misquitos, cuyo origen todavía se desconoce. Aprende también sobre la estructura política original de lo que hoy consideramos Centroamérica y el papel de Nicaragua y Honduras en ella (págs. 430–431).

SI VIAJAS A NUESTRO PAÍS…

❯ En **Nicaragua** visitarás la capital —con una población de más de un millón ochocientos mil—, la hermosa ciudad colonial de León, la ciudad de Masaya a la entrada del Parque Nacional del Volcán Masaya y una cadena de veinticinco volcanes —varios activos, con erupciones espectaculares (págs. 432–433).

❯ En **Honduras** conocerás la capital —con una población de más de un millón—, San Pedro Sula, Copán —la ciudad maya más avanzada y elaborada artísticamente— y algunos parques nacionales (págs. 450–451).

AYER YA ES HOY

Haz un recorrido por la historia de Nicaragua desde su independencia y las intervenciones extranjeras hasta el presente (págs. 434–435), y por la de Honduras desde la segunda mitad del siglo XIX hasta nuestros días (págs. 452–453).

LOS NUESTROS

❯ En **Nicaragua** conoce a un notable escritor, abogado, periodista y político; a una de las figuras más sobresalientes de la poesía latinoamericana contemporánea y a un guitarrista, compositor y cantante, célebre por su habilidad para tocar la guitarra con los pies (págs. 436–437).

❯ En **Honduras** conoce a un escritor considerado uno de los mejores expositores de la moderna narrativa hondureña; a un médico, cirujano y farmacólogo de fama internacional y a una famosa periodista y presentadora de televisión hondureña (págs. 454–455).

ASÍ HABLAMOS Y ASÍ ESCRIBIMOS

Aprende a diferenciar entre palabras parónimas: **a, ah, ha** (pág. 438), y las palabras parónimas **esta y está** (pág. 456), que se pronuncian y escriben igual con la excepción del acento ortográfico.

NUESTRA LENGUA EN USO

Evita situaciones vergonzosas al aprender el verdadero significado de varios cognados problemáticos (pág. 439) y aprende a expresar tamaño, cariño o afecto, sarcasmo o ironía usando diminutivos y aumentativos (pág. 457).

¡LUCES! ¡CÁMARA! ¡ACCIÓN!

Comprende la vulnerabilidad nicaragüense a las extraordinarias fuerzas de la naturaleza y disfruta de la belleza poética de uno de los mayores poetas del mundo hispanohablante en el video "Nicaragua: bajo las cenizas del volcán" (pág. 440).

ESCRIBAMOS AHORA

Aprende a escribir un cuento reinventado (pág. 458).

Y AHORA, ¡A LEER!

❯ Disfruta de una versión poética del mito de la creación del mundo de la pluma de Gioconda Belli en el fragmento de su novela *El infinito en la palma de la mano* (págs. 441–443).

❯ Calcula cuánto necesitarías para estar en paz y libre de deudas, inspirado(a) por el poema "Paz del solvente", del hondureño José Adán Castelar (págs. 459–461).

GRAMÁTICA

Repasa los siguientes puntos gramaticales:

❯ 9.1 El imperfecto del subjuntivo: cláusulas nominales y adjetivales (págs. 444–447)

❯ 9.2 El imperfecto del subjuntivo: cláusulas adverbiales (págs. 447–449)

❯ 9.3 El imperfecto del subjuntivo en las cláusulas principales (pág. 462–463)

❯ 9.4 Otros tiempos perfectos (págs. 463–469)

Las primeras evidencias de la presencia humana en la actual Honduras se encuentran cerca de la ciudad de La Esperanza, en Intibucá, donde se desarrollaron asentamientos humanos hace unos 12 mil años.

En la noche de los tiempos

¿Qué pueblos habitaban el territorio hoy hondureño y nicaragüense?

La civilización más avanzada que habitó el territorio hoy considerado hondureño es la civilización maya. Los mayas se establecieron alrededor de la ciudad de Copán, en el occidente de Honduras. Esta ciudad prosperó durante el período clásico (150–900), desarrollándose en ella muchas disciplinas como la escultura, pintura, astronomía, matemáticas, música y literatura. En las ruinas de esta ciudad se encuentra la Escalinata de los Jeroglíficos, con más de 2000 jeroglíficos.

Fletcher & Baylis / Photo Researchers, Inc.

La actual Nicaragua estaba poblada por los nicaraos (de cuyo nombre se derivó el nombre de Nicaragua), un grupo nativo que emigró desde regiones del norte después de la caída de Teotihuacán. Según la tradición, debían viajar hacia el sur hasta encontrar un lago con dos volcanes que se levantaran de las aguas, es decir, cuando llegaran a Ometepetl (Omepete), la isla volcánica más grande del mundo rodeada por un lago de agua dulce.

Colonización, conquista e independencia

¿Cómo se produjeron la conquista y colonización de la actual Honduras?

La colonización de Honduras comenzó en 1522, año en que Gil González Dávila emprendió su conquista. Entre los líderes de la resistencia destacó el cacique Lempira, un líder guerrero de los lencas, que organizó a su pueblo para defenderse de la invasión de los conquistadores españoles. Lempira murió traicionado por el capitán español Alonso de Cáceres. Tras la conquista de los territorios y durante cerca de tres siglos, la vida de la colonia se desarrolló con relativa paz. En la actual Nicaragua, las ciudades de Granada y León fueron fundadas por Francisco Fernández de Córdoba en 1524, y cuatro años después se creó la Provincia de Nicaragua, que pasó a incorporarse a la Capitanía General de Guatemala, parte a su vez del Virreinato de Nueva España hasta 1821.

¿Cómo y cuándo se independizó Nicaragua de España?

El 11 de octubre de 1821, la Diputación Provincial de Nicaragua proclamó la independencia absoluta de España y se unió a México. En 1823, Nicaragua se incorporó a la Federación de las Provincias Unidas de Centroamérica. La federación no sobrevivió mucho tiempo y Nicaragua fue el primer Estado en separarse de ella de modo definitivo, en 1838.

Los misquitos

¿Cuál es el origen de los misquitos?

A mediados del siglo XVII se desarrolló en el noreste de la actual Nicaragua la nación de los zambos misquitos. Su territorio se extiende desde Cabo Cameron, en Honduras, hasta el sur del río Grande, en Matagalpa, Nicaragua. Se trata de un terreno de difícil acceso, lo que explica que permanecieran aislados de la conquista española de la zona. Su origen no está claro. Una de las teorías más aceptadas es que surgió de la mezcla entre los indígenas que habitaban la región y los sobrevivientes del naufragio de un barco de esclavos que se hundió en el litoral. Lograron mantenerse al margen de la autoridad española y desarrollaron fuertes lazos con los ingleses de Jamaica, quienes establecieron una especie de protectorado en la Mosquitia.

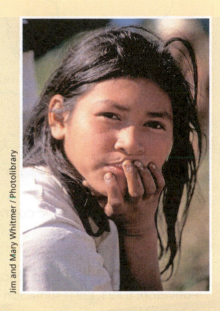

Jim and Mary Whitmer / Photolibrary

■■ ¿COMPRENDISTE?

A. Hechos y acontecimientos. Contesta las siguientes preguntas. Luego, compara tus respuestas con las de un(a) compañero(a).

1. ¿Cuáles fueron los pueblos indígenas que ocuparon el territorio que ahora conocemos como Honduras y Nicaragua?
2. ¿Quién fue Lempira?
3. Antes de ser independiente, ¿a qué país perteneció el territorio hoy hondureño? ¿Cuándo se separó?
4. ¿En qué año se independizó Nicaragua? Antes de separarse, ¿a qué federación perteneció?
5. ¿Quiénes son los misquitos? ¿Cuál se considera que es su origen?

B. A pensar y a analizar. Contesta las siguientes preguntas con dos o tres compañeros(as) de clase.

1. ¿Por qué creen que los países de Centroamérica se unieron inicialmente? ¿Por qué no lograron mantener esa unidad? ¿Qué creen que acabó con la Federación de las Provincias Unidas de Centroamérica?
2. ¿Creen que es posible, como se asegura de los misquitos, que surja un pueblo con una identidad tan marcada a partir de un grupo reducido de personas? ¿Por qué sí o no? ¿De qué otra manera se podría explicar el origen de los misquitos? ¿Cuál es más creíble? ¿Por qué?

MEJOREMOS LA COMUNICACIÓN

asentamiento	litoral *(m.)*
cuyo(a)	lazo
emprender	occidente *(m.)*
escalinata	permanecer
hundir	protectorado
jeroglífico	sobreviviente *(m.f.)*
naufragio	zambo(a)

¡Diviértete en la red!
Busca "cultura misquita" en YouTube para ver fascinantes videos de este pueblo.
Ve a clase preparado(a) para compartir la información que encontraste.

Nicaragua

© Cengage Learning 2012

Nombre oficial: República de Nicaragua
Población: 5.891.199 (estimación de 2009)
Principales ciudades: Managua (capital), León, Granada, Masaya
Moneda: Córdoba (C$)

En Managua, la capital, con una población de más de un millón ochocientos mil, tienes que conocer...

❯ el Palacio Nacional de la Cultura, con 11 salas dedicadas a arqueología, cerámica, artesanía, pintura, arte sacro y una sala a El Güegüense, obra teatral de la literatura prehispánica nicaragüense, que fue declarada por la UNESCO Patrimonio Oral e Intangible de la Humanidad en el año 2005.

❯ el Centro Cultural de Managua, sede de escuelas nacionales de arte, música, danza, artes plásticas y teatro. Se exhiben enormes cuadros de lo que fue la antigua capital antes del terremoto de 1972.

❯ el Mercado Roberto Huembes, famoso por concentrar a vendedores de artesanía de todo el país.

❯ la laguna de Tiscapa, de origen volcánico, cuenta con un mirador en la montaña desde donde se pueden apreciar los edificios modernos de la zona urbana de la ciudad.

David Constantine / Photolibrary

El lago de Managua se presta a la práctica de los deportes acuáticos.

En León, no dejes de ver...

> León Viejo, con algunos de los edificios coloniales mejor conservados de Centroamérica.

> la Basílica de Asunción y el Colegio de Asunción, una de las muchas edificaciones antiguas de la ciudad, en estilos neoclásico, barroco, colonial y gótico.

> sus hermosas playas de arena negra, como Las Peñitas, Juan Venado, El Velero, El Tránsito y Poneloya junto con Salinas Grandes.

> la cadena volcánica Los Maribios, con una docena de volcanes que atraviesan todo el departamento de León y le dan una imagen única.

En Masaya, conocida como la cuna del folclore nicaragüense, dado que la mayoría de los bailes folclóricos nicaragüenses nacieron aquí, tienes que visitar...

> el histórico barrio Monimbó, que conserva las tradiciones y costumbres indígenas y donde se hacen artesanías típicas.

> la Iglesia de San Jerónimo, que fue destruida por el terremoto que azotó el país a mediados del año 2000, pero que ya ha sido completamente restaurada. Es hogar de la imagen milagrosa del santo patrono de Masaya.

> el Parque Nacional Volcán Masaya, a unos cinco kilómetros de la ciudad, cuyo volcán ha estado en continua actividad desde la época de la conquista española, expulsando lava y gases. Es un volcán doble —Masaya y Nindiri—, con cuatro conos volcánicos.

> el lago del Cráter Apoyo, un lago dentro del enorme cráter que mide seis kilómetros (3.7 millas) de punta a punta, abierto por una erupción catastrófica hace veintiún mil años.

"Tierra de lagos y volcanes"

El paisaje nicaragüense del Pacífico está marcado por la impresionante cadena de veinticinco volcanes, varios de los cuales siguen activos con erupciones espectaculares. Entre ellos se encuentran....

> los volcanes Concepción y Maderas, ambos activos, en la isla de Ometepe en el lago de Nicaragua.

> el hermoso volcán Momotombo, que baña el lago de Managua. Es un símbolo de Nicaragua.

> el volcán San Cristóbal, el más alto del país. Tiene una forma cónica perfecta, que está permanentemente expulsando humo.

Juergen Richter / Photolibrary

El majestuoso volcán Concepción al atardecer

 ¡Diviértete en la red!
Busca "Managua", "León", "Masaya" o cualquiera de estos volcanes en Google Images o en YouTube para ver fotos y videos de estos imponentes lugares. Ve a clase preparado(a) para describir en detalle el lugar que escogiste.

Nicaragua: reconstrucción de la armonía

Las intervenciones extranjeras y los Somoza

Nicaragua declaró su independencia el 12 de noviembre de 1838, después de separarse de la Federación de Provincias Unidas de Centroamérica. Desde entonces, Nicaragua se vio invadida frecuentemente por gobiernos extranjeros —El Salvador, Honduras, Gran Bretaña y los Estados Unidos. Estas intervenciones afectaron negativamente el desarrollo político del país al punto que el patriota César Augusto Sandino se puso al frente de un grupo de guerrilleros y en 1933 logró expulsar a la marina estadounidense. El 1º de enero de 1937, Anastasio Somoza García, jefe de la Guardia Nacional, ordenó la muerte de Sandino, depuso al presidente Juan Bautista Sacasa y se proclamó presidente. De esta manera comenzó el período de gobierno oligárquico de la familia Somoza (1937–1979) que incluye los gobiernos de Anastasio Somoza García y de sus hijos, Luis Somoza Debayle y Anastasio (Tachito) Somoza Debayle.

Retrato de Sandino en una casa de San Juan del Sur, Nicaragua

Revolución sandinista

La oposición al gobierno unía a casi todos los sectores del país después del asesinato de Pedro Joaquín Chamorro, editor del diario *La Prensa,* ocurrido el 10 de enero de 1978. Tan pronto como se vio que el Frente Sandinista de Liberación Nacional (FSLN) incrementaba sus ataques militares, el gobierno estadounidense retiró su apoyo al gobierno y Anastasio Somoza Debayle salió del país el 17 de julio de 1979. Dos días después los líderes de la oposición sandinista entraron victoriosos a Managua.

La guerra civil costó más de treinta mil vidas y destrozó la economía del país. La Junta de Gobierno de Reconstrucción Nacional formada por cinco miembros tomó el poder y se vio reducida a tres en 1981 por renuncias de los miembros moderados. Aunque hubo una exitosa campaña de educación por todo el país, pronto los esfuerzos del régimen sandinista se vieron obstaculizados por continuos ataques de guerrilleros antisandinistas (llamados "contras") apoyados por el gobierno de los EE.UU. El régimen sandinista, a su vez, recibió ayuda militar y económica de Cuba y de la Unión Soviética.

Difícil proceso de reconciliación

En noviembre de 1984 fue elegido presidente el líder del Frente Sandinista, Daniel Ortega. En las elecciones libres de 1990, Ortega fue derrotado por la candidata de la Unión Nacional Opositora (UNO), Violeta Barrios de Chamorro, cuyo gobierno logró la pacificación de los "contras", reincorporó la economía nicaragüense al mercado internacional y reanudó lazos de amistad con los EE.UU. En enero de 1997, hubo otra transmisión pacífica de poder cuando Chamorro entregó la presidencia a Arnoldo Alemán Lacayo, quien había vencido en elecciones democráticas a Daniel Ortega, el candidato sandinista. Cuando por fin parecía que mejoraba la situación económica en Nicaragua, el huracán Mitch devastó el país en 1998.

Protestando la Contra nicaragüense

Posteriormente al desastre, y en parte a consecuencia del mismo, el país tuvo que hacer frente a una grave crisis política y social en 1999. Dado el carácter violento que adoptaron y la dura respuesta de la policía y el ejército a una depuración iniciada por el gobierno de los sectores vinculados al sandinismo, el país volvió a estar al borde de una nueva guerra civil.

La Nicaragua de hoy

❯ En las elecciones legislativas y presidenciales celebradas el 4 de noviembre de 2001, la victoria fue para Enrique Bolaños del Partido Liberal Constitucionalista.

❯ En el año 2006 se celebraron nuevas elecciones, las cuales fueron ganadas por el candidato del Frente Sandinista de Liberación Nacional, Daniel Ortega.

❯ En noviembre de 2008 se celebraron elecciones municipales, que sumieron al país en una profunda crisis política. La oposición rechazó los resultados de los comicios, realizados sin observadores internacionales. A raíz de las acusaciones de fraude, los Estados Unidos y la Unión Europea congelaron su ayuda a Nicaragua.

Ron Nickel / Photolibrary

Nicaragüenses que disfrutan de un juego de béisbol de pelota blanda

❯ Nicaragua es, principalmente, un país agricultor. Entre los principales productos que exporta se encuentran la banana, el café, el azúcar, el tabaco y la carne de res. El ron Flor de Caña es conocido como uno de los mejores de Latinoamérica. Al igual que otros países del continente, las remesas de nicaragüenses que viven en el extranjero constituyen una ayuda importante en la economía del país.

¿COMPRENDISTE?

A. Hechos y acontecimientos. ¿Recuerdas los datos más importantes de la lectura? Para asegurarte, trabaja con un(a) compañero(a) de clase para escribir una breve definición que explique el significado de las siguientes personas y elementos en la historia de Nicaragua. Luego, comparen sus definiciones con las de la clase.

1. César Augusto Sandino
2. el FSLN
3. Pedro Joaquín Chamorro
4. los sandinistas
5. Daniel Ortega
6. Violeta Barrios de Chamorro
7. Arnoldo Alemán Lacayo
8. Enrique Bolaños

> **MEJOREMOS LA COMUNICACIÓN**
>
> | | |
> |---|---|
> | a consecuencia de | obstaculizado(a) |
> | comicios | oligárquico(a) |
> | congelar | reanudar |
> | deponer | rechazar |
> | depuración (f.) | retirar |
> | destrozar | sumir |
> | hacer frente a | vinculado(a) |

B. A pensar y a analizar. ¿Qué papel han tenido los EE.UU. a lo largo de la historia de Nicaragua? ¿A quiénes han apoyado? ¿Ha tenido un efecto negativo o positivo esta participación? Expliquen.

C. Apoyo gramatical. El imperfecto del subjuntivo: cláusulas nominales y adjetivales. Di cómo se sentían muchos nicaragüenses a causa de algunos acontecimientos históricos que ocurrieron en su país.

MODELO deplorar / el país estar en guerra civil

Muchos nicaragüenses deploraban que el país estuviera en guerra civil.

1. lamentar / el país ser invadido por países extranjeros
2. pedir / elecciones en que no haber fraude
3. querer / los infantes de marina (marines) estadounidenses salir del país
4. desear / políticos que mantener la independencia del país
5. necesitar / ciudadanos como Sandino luchar por un país libre
6. estar contentos de / la economía mejorar entre 1995 y 1997
7. sentir mucho / el huracán Mitch devastar el país en 1998
8. solicitar / gobiernos que respetar las libertades individuales
9. alegrarse de / la gente siempre creer en un futuro mejor

Gramática 9.1: Antes de hacer esta actividad conviene repasar esta estructura en las págs. 444–447.

Sergio Ramírez

Es un notable escritor, abogado, periodista y político nicaragüense. A los dieciocho años, fundó la revista *Ventana* y a los veintiuno publicó su primer libro, *Cuentos.* Fue elegido vicepresidente de la república en 1984, tiempo en que se destacó por su papel político y cultural. Ha escrito más de treinta obras, muchas de las cuales han sido traducidas a varios idiomas. Algunos críticos dicen que su obra maestra es su novela, *Sombras nada más* (2002), la cual muestra los eventos políticos y sociales de Latinoamérica en las últimas décadas del siglo XX. Ramírez es columnista de varios periódicos publicados en distintos países; entre ellos: *El País*, de Madrid; *La Jornada*, de México; *El Nacional*, de Caracas; *El Tiempo*, de Bogotá y *La Opinión*, de Los Ángeles.

AP Images / Moises Castillo

© Margaret Randall

Daisy Zamora

Poeta, escritora, artista y psicóloga, es una de las figuras más sobresalientes de la poesía latinoamericana contemporánea. Su obra es conocida por el amplio espectro de temas que abarca en interconexión con los avatares de la vida diaria: temas que van desde los derechos humanos, la política, la revolución, el feminismo, el arte, la historia y la cultura. Por su activa participación durante la revolución, fue nombrada viceministra de Cultura y Directora Ejecutiva del Instituto de Economía e Investigaciones Sociales. Su poesía es vibrante y conmovedora y se identifica completamente con los problemas de la mujer tanto en sus actividades diarias como también en su papel político. En 2006 fue reconocida como la *Escritora del Año* por la Asociación Nacional de Artistas de Nicaragua.

Tony Meléndez

Este guitarrista, compositor, cantante y escritor nicaragüense es célebre por su habilidad para tocar la guitarra con los pies, ya que nació sin brazos. Creció en medio de grandes limitaciones materiales, pero en medio de una gran riqueza espiritual. Fue su padre quien le dio sus primeras lecciones de guitarra y aquella vieja guitarra española que perteneció a su progenitor es uno de sus más preciados tesoros. El 15 de septiembre de 1987, en Los Ángeles, interpretó *Never Be the Same*, durante la visita del Papa Juan Pablo II. El sorpresivo e inesperado saludo del Papa cambió su vida. Juan Pablo II lo invitó a seguir dando esperanza a todos. Entre sus libros se encuentran *Un regalo de esperanza* y *No me digas que no puedes*.

Paul Hawthorne / Getty Images

Otros nicaragüenses sobresalientes

Violeta Barrios de Chamorro: política y ex presidenta

Mario Cajina-Vega: cuentista

Ernesto Cardenal: poeta y sacerdote

Lizandro Chávez Alfaro: cuentista, novelista, ensayista, poeta y diplomático

Pablo Antonio Cuadra: poeta, editor y periodista

Rubén Darío (1867–1916): poeta, periodista y diplomático

Bernard Dreyfus: pintor

Armando Morales: pintor, dibujante y grabador

Daniel Ortega: político y líder sandinista

Hugo Palma-Ibarra: médico y pintor

MEJOREMOS LA COMUNICACIÓN

amplio(a)	**deshacerse de**
avatares *(m. pl.)*	**preciado(a)**
colocar	**progenitor(a)**
columnista *(m. f.)*	**radicar**
conmovedor(a)	**sobresaliente** *(m. f.)*

¿COMPRENDISTE?

A. Los nuestros. Contesta las siguientes preguntas. Luego, compara tus respuestas con las de tus compañeros(as) de clase.

1. ¿En qué forma ha contribuido a la cultura de su país Sergio Ramírez? ¿Qué papel cumple Sergio Ramírez a nivel internacional?

2. ¿Qué especialidades abarca Daisy Zamora? ¿Cuáles son algunos de los puestos que ha tenido? ¿Llaman tu atención los temas que trata?

3. ¿Por qué crees que Tony Meléndez tiene tanta fuerza interior? ¿Por qué crees que el saludo del Papa impactó tanto su vida? ¿Crees que las personas que logran sobreponerse a las dificultades son espiritualmente más fuertes que los demás? Explica tu respuesta.

B. Miniprueba. Demuestra lo que aprendiste de estos talentosos nicaragüenses al seleccionar la opción que complete mejor estas oraciones.

1. *Sombras nada más,* de Sergio Ramírez, muestra _____ de Latinoamérica.

    a. los eventos políticos y sociales   b. la cultura   c. la falta de progreso

2. Entre los temas principales de la obra de Daisy Zamora se encuentra _____.

    a. el de la pobreza   b. el del feminismo   c. el de los desastres naturales

3. El mensaje de Tony Meléndez encierra un fuerte contenido de _____.

    a. charlas motivacionales   b. limitaciones físicas   c. esperanza y optimismo

C. Diario. En tu diario, escribe por lo menos media página expresando tus pensamientos sobre este tema.

Daisy Zamora es una joven poeta autora de numerosos poemas de tipo social. Se destaca su *En limpio se escribe la vida / Clean Slate*. ¿Qué eventos de tu vida destacarías tú en tu propio poema con este título?

¡Diviértete en la red!
Busca "Sergio Ramírez Nicaragua" en Google Web y "Daisy Zamora" o "Tony Meléndez" en YouTube para obtener datos interesantes y ver videos de estos talentosos nicaragüenses. Ve a clase preparado(a) para presentar lo que encontraste.

Palabras parónimas: a, ah y ha

Las palabras parónimas **a**, **ah** y **ha** son parecidas y se pronuncian de la misma manera, pero tienen distintos significados.

> La preposición **a** tiene muchos significados. Algunos de los más comunes son:

Dirección: Vamos **a** Nuevo México este verano.
Movimiento: Camino **a** la escuela todos los días.
Hora: Tenemos que llamar **a** las doce.
Situación: Dobla **a** la izquierda.
Espacio de tiempo: Abrimos de ocho **a** seis.

> La palabra **ah** es una exclamación de admiración, sorpresa o pena.

¡Ah, me encanta! ¿Dónde lo conseguiste?
¡Ah, eres tú! No te conocí la voz.
¡Ah, qué aburrimiento! No hay nada que hacer.

> La palabra **ha** es una forma del verbo auxiliar **haber**. Este verbo, seguido de la preposición **de**, significa "deber", "ser necesario".

¿No te **ha** contestado todavía?
Ha estado llamando cada quince minutos.
Ella **ha de** escribirle la próxima semana.

¡A practicar!

A. Práctica con las palabras parónimas a, ah y ha. Escucha mientras tu profesor(a) lee algunas oraciones. Indica si lo que oyes es la preposición **a**, la exclamación **ah** o el verbo **ha**.

1. a   ah   ha
2. ☐   ☐   ☐
3. ☐   ☐   ☐
4. ☐   ☐   ☐
5. ☐   ☐   ☐
6. ☐   ☐   ☐

B. Ortografía. Escucha mientras tu profesor(a) lee las siguientes oraciones. Escribe **ha, ah** o **a**, según corresponda.

1. ¿Nadie _____ hablado con papá todavía?
2. Vienen _____ averiguar lo del accidente.
3. Creo que salen _____ Mazatlán la próxima semana.
4. ¿Es para Ernesto? ¡ _____, yo pensé que era para ti!
5. No _____ habido mucho tráfico, gracias a Dios.

C. ¡Ay, qué torpe! La tarea en la clase para hispanohablantes esta vez fue escribir un parrafito con las palabras parónimas **ha, ah** y **a**. Este es el párrafo que escribió un estudiante. Encuentra las diez palabras con errores y corrígelos.

Paraguay siempre se a distinguido como la nación latinoamericana que preservo la cultura guarani mezclada a la hispánica. La familia lingüística tupí-guaraní incluye a muchos grupos indigenas que habitaban grandes extensiones de Sudamerica. Esta lengua se ha mantenido a traves de los siglos y les ha dado un sentido de identidad nacional ah los paraguayos. La mayoría de la población actual de Paraguay es mestiza y ha mantenido el guaraní como lenguaje familiar. ¿Y el español? ¡Ha! Pues se habla en la vida comercial.

Falsos cognados

Las palabras afines o los "falsos cognados" son palabras de una lengua que son idénticas o muy similares a vocablos de otra lengua, pero cuyos significados son diferentes. Los falsos cognados también se llaman "amigos falsos" porque son reconocibles en forma pero tienen diferentes significados.

actual (español): presente, contemporáneo

actual (inglés): verdadero, real

La situación **actual** en el país ha motivado el regreso de miles de nicaragüenses.

En el centro de la ciudad se puede ver el **verdadero** desarrollo económico.

Falsos cognados. En grupos de dos o tres, definan los siguientes pares de falsos cognados. Luego, en una hoja aparte, escriban la definición y una oración original con la palabra en español y el equivalente español de la palabra inglesa.

MODELO arena/*arena*

arena:	**partículas menuditas de piedra, "tierra" de las playas**
(oración)	**La arena de las playas de El Salvador es muy fina.**
arena:	**estadio**
(oración)	**¿Has visto el estadio de San Salvador?**

1. lectura/*lecture*

2. embarazada/*embarrassed*

3. asistir/*to assist*

4. atender/*to attend*

5. molestar/*to molest*

6. pariente/*parent*

7. soportar/*to support*

8. suceso/*success*

9. librería /*library*

10. fábrica/*fabric*

11. registrar/*to register*

12. constipado/*constipated*

Nicaragua: bajo las cenizas del volcán

Antes de empezar el video

En parejas. Contesten las siguientes preguntas en parejas.

1. ¿Cuáles son algunos resultados inevitables de una guerra civil que perdura años y años? Expliquen en detalle.
2. ¿Qué pasa cuando un grupo de gente insiste en construir sus casas o ciudades en lugares geográficamente hermosos pero, a la vez, peligrosos debido a las fuerzas naturales de la región? Den ejemplos.
3. ¿Qué representa el color azul para Uds.? ¿Cuántos significados distintos tiene? Expliquen.

© Cengage Learning 2012

Monumento a las víctimas de las erupciones volcánicas en Nicaragua

Después de ver el video

A. Nicaragua: bajo las cenizas del volcán. Contesta las siguientes preguntas con un(a) compañero(a) de clase.

1. ¿Por qué se dice que Managua ha sido una de las ciudades más castigadas por el fuego? ¿Qué ha hecho la ciudad en honor de las víctimas de estos desastres?
2. ¿Qué evidencia hay de que ha habido erupciones de volcanes en la región de Managua desde tiempos prehistóricos?
3. ¿Cuál es la obra más influyente de la poesía castellana del siglo XX? ¿Cuándo se publicó?
4. ¿Qué significaba el color azul para Rubén Darío?

B. A pensar y a interpretar. Contesta las siguientes preguntas.

1. ¿Qué ha hecho que Managua, la capital de Nicaragua, empiece a florecer de nuevo en otra zona? ¿Qué edificios antiguos han sobrevivido?
2. Si hay evidencia de erupciones volcánicas en la región desde tiempos prehistóricos, ¿por qué crees que continúan construyendo la ciudad en el mismo sitio?
3. ¿Por qué es tan importante la casa de Rubén Darío? ¿Qué se puede aprender de una persona en una visita a la casa donde vivió y murió? ¿Qué se puede aprender de ti en una visita a la casa de tus padres?

C. Apoyo gramatical. El imperfecto del subjuntivo: las cláusulas adverbiales. Completa el siguiente párrafo sobre un paseo por las ciudades de León y Managua al que te invitó una amiga nicaragüense.

Me gustaba mucho la poesía de Rubén Darío antes de que (1) _____ (saber) mucho de su vida. Una amiga nicaragüense me invitó a León a fin de que yo (2) _____ (recorrer) con ella la ciudad en que creció el poeta, (3) _____ (visitar) la casa en que vivió y (4) _____ (entender) mejor su poesía. Luego ella me acompañó a la capital para que yo (5) _____ (conocer) el Teatro Nacional Rubén Darío y (6) _____ (asistir) a uno de los espectáculos que presentaban en esa fecha. Luego ella y yo hicimos un paseo por Managua a fin de que (7) _____ (comprender) su pasado y su presente. Me dijo que a menos de que yo (8) _____ (estar) en el sitio no comprendería el espíritu de los nicaragüenses de afrontar el futuro con optimismo a pesar de los muchos desastres naturales que han sufrido.

Gramática 9.2: Antes de hacer esta actividad conviene repasar esta estructura en las págs. 447–449.

¡Antes de leer!

A. Génesis o evolución. Responde con un(a) compañero(a) a las siguientes preguntas.

1. ¿Cómo creen que se formó la vida en la tierra? ¿Creen en la versión creacionista de la *Biblia* o la evolucionista de Charles Darwin? ¿En qué basan sus creencias?

2. ¿Qué relatos o versiones de la creación o teorías de la evolución conocen? Comenten las que conocen.

3. ¿Qué saben de la prosa poética? ¿Han leído algún texto en prosa que tenga muchos rasgos de la poesía, tal vez alguna canción que cuenta una historia de una forma poética? Expliquen qué les impresiona de ese tipo de escritura.

B. Vocabulario en contexto. Busca estas palabras en la lectura que sigue y, según el contexto, decide cuál es su significado. Para facilitar encontrarlas, las palabras aparecen en negrilla en la lectura.

1. **súbitamente**	a. inmediatamente	b. inesperadamente	c. despacio
2. **azorado**	a. desorientado	b. enfocado	c. inmediato
3. **desairarlas**	a. dañarlas	b. despreciarlas	c. declararlas
4. **musgo**	a. verdor	b. piedra	c. árbol
5. **los riachuelos**	a. los desiertos	b. los lagos	c. los arroyos
6. **trébol**	a. temblor	b. pelota	c. planta de tres hojas

Sobre la autora

La poeta y novelista **Gioconda Belli** nació en Managua. Participó desde el año 1970 en la lucha contra la dictadura de Anastasio Somoza, como miembro del Frente Sandinista. Esto la obligó a exiliarse en México y Costa Rica por varios años. Después del triunfo sandinista y hasta 1986, ocupó varios cargos dentro del gobierno revolucionario. Su primer libro, *Sobre la grama* (1972), ganó el premio de poesía de la Universidad Nacional de Nicaragua. Entre 1982 y 1987, publicó tres libros de poesía: *Truenos y arco iris*, *Amor insurrecto* y *De la costilla de Eva*. En 1988, publicó su primera novela, *La mujer habitada*. En 2008 publicó la novela *El infinito en la palma de la mano*, a la que pertenece el siguiente fragmento. El compromiso político y el ser y el sentir femenino son los dos temas fundamentales en sus obras.

AP Images / Zoe Selsky

El **infinito** en la **palma** de la **mano**

(Fragmento)

Y fue.

Súbitamente. De no ser, a ser consciente de que era. Abrió los ojos, se tocó y supo que era un hombre, sin saber cómo lo sabía. Vio el Jardín y se sintió visto. Miró a todos lados esperando ver a otro como él.

Mientras miraba, el aire bajó por su garganta y el frescor del viento despertó sus sentidos. Olió. Aspiró a pleno pulmón. En su cabeza sintió el volteo **azorado** de las imágenes buscando ser nombradas. Las palabras, los verbos surgían limpios y claros en su interior, a posarse sobre cuanto lo rodeaba. Nombró y vio lo que nombraba reconocerse. La brisa batió las ramas de los árboles. El pájaro cantó. Las largas hojas abrieron sus manos afiladas. ¿Dónde estaba?, se preguntó. ¿Por qué aquel cuya mirada lo observaba no se dejaba ver? ¿Quién era?

Caminó sin prisa hasta que cerró el círculo del sitio donde le había sido dado existir. El verdor, las formas y colores de la vegetación cubrían el paisaje y se hundían en su mirada causándole alegría en el pecho.

Nombró las piedras, **los riachuelos**, los ríos, las montañas, los precipicios, las cuevas, los volcanes. Observó las pequeñas cosas para no **desairarlas**: la abeja, el **musgo,** el **trébol.** […]

Después que hizo cuanto estaba supuesto a hacer, el hombre se sentó en una piedra a ser feliz y contemplarlo todo. Dos animales, un gato y un perro, vinieron a echarse a sus pies. Por más que intentó enseñarles a hablar, solo logró que lo miraran a los ojos con dulzura. […]

¡Después de leer!

A. Hechos y acontecimientos. ¿Recuerdas los datos más importantes de la lectura? Para asegurarte, contesta las siguientes preguntas.

1. ¿Qué fue lo primero que hizo el hombre al ser creado?

2. ¿Qué sentidos fueron los primeros en despertarse en el hombre?

3. ¿Quién sentía el hombre que lo estaba observando?

4. ¿A qué cosas puso nombre el hombre?

5. ¿Qué animales se acercaron al hombre? ¿Hablaban?

B. A pensar y a analizar. Contesta las siguientes preguntas con un(a) compañero(a).

1. ¿Cuál es la base de este relato, un relato sobre la evolución o la creación? Expliquen.

2. En este relato el hombre da nombre a las cosas. ¿Creen que eso se refleja también en otros relatos de la creación? Expliquen.

3. ¿Qué creen que aporta la prosa poética a este texto? ¿Creen que este efecto revisionista de un texto conocido añade algo a la historia? ¿Qué añade?

C. Revisemos otros mitos. Inspirados en esta hermosa narración del origen del mundo, hagan otra narración mitológica en grupos de cuatro. Elijan un mito (creación del mundo, creación del hombre/de la mujer, fin del mundo, etcétera), inventen los detalles y nárrenlos de una manera poética. Sean creativos y poéticos imaginando qué ocurre en la descripción. Compartan su narración con la clase.

D. Apoyo gramatical. El imperfecto del subjuntivo: las cláusulas nominales, adjetivales y adverbiales. Completa las siguientes oraciones con la forma apropiada del imperfecto de subjuntivo para recrear el momento de la creación.

1. El hombre no existía antes de que _____ (ocurrir) la creación.

2. El hombre se dio cuenta de que era hombre sin que nadie se lo _____ (decir).

3. El hombre esperaba que otro como él _____ (estar) a su lado.

4. El hombre se alegró de que el frescor del viento _____ (despertar) sus sentidos.

5. El hombre se sorprendió de que tantas ideas e imágenes _____ (volar) en su cabeza.

6. Era extraño que, aunque él no _____ (reconocer) las cosas, las cosas se reconocieran al ser nombradas.

7. Aunque sentía otra presencia, no había nadie en el jardín que lo _____ (acompañar).

8. El hombre estaba contento de que el paisaje del lugar _____ (ser) tan bello.

9. El hombre observó también las cosas pequeñas para que estas no se _____ (sentir) desairadas.

10. El hombre hizo esfuerzos para que el perro y el gato _____ (aprender) a hablar, pero estos solo lo miraban con dulzura.

Gramática 9.1 y 9.2: Antes de hacer esta actividad conviene repasar esta estructura en las págs. 444–449.

GRAMÁTICA

9.1 El imperfecto de subjuntivo: cláusulas nominales y adjetivales

¡A que ya lo sabes!

Iris acaba de regresar de Nicaragua y ahora les está contando a sus amigos algo de la situación económica del país. ¿Qué les dice?

Para más práctica, haz las actividades de **Gramática en contexto** (sección 9.1) del *Cuaderno para los hispanohablantes*.

1. a. Los nicaragüenses querían que el gobierno *controlaba* la inflación.

   b. Los nicaragüenses querían que el gobierno *controlara* la inflación.

2. a. La gente pedía un gobierno que *bajara* el desempleo inmediatamente.

   b. La gente pedía un gobierno que *bajaría* el desempleo inmediatamente.

Seguramente la mayoría escogió la segunda oración en el primer par y la primera en el segundo par. ¡Qué fácil es cuando ya tienen un conocimiento tácito del uso del imperfecto del subjuntivo en cláusulas nominales y adjetivales! Sigan leyendo y ese conocimiento será aun más uniforme.

> El imperfecto del subjuntivo se usa en cláusulas nominales y adjetivales cuando el verbo de la cláusula principal está en un tiempo verbal del pasado o en el condicional y cuando se dan las mismas circunstancias que requieren el uso del presente del subjuntivo.

Usos en las cláusulas nominales

El imperfecto de subjuntivo se usa en una cláusula nominal cuando:

> el verbo o la expresión impersonal de la cláusula principal indica deseo, recomendación, sugerencia o mandato y el sujeto de la cláusula nominal es diferente del sujeto de la oración principal. Se usa un infinitivo en la cláusula subordinada si no hay cambio de sujeto.

> **Era importante** que el gobierno **cumpliera** sus promesas.
> Me **recomendaron** que **hiciera** ejercicio para perder peso.
> **Desearíamos** que **leyeras** ese libro sobre la historia reciente de Nicaragua.
> **Desearíamos leer** ese libro sobre la historia reciente de Nicaragua.

Nota para hispanohablantes

Hay una tendencia dentro de algunas comunidades de hispanohablantes a evitar el uso del imperfecto de subjuntivo en construcciones de este tipo en que el verbo de la oración principal está en pasado o condicional. De esta manera, en vez de usar el imperfecto de subjuntivo en la oración subordinada (**quería que cumpliera, recomendaron que hiciera, desearíamos que leyeras,…**) usan el presente de subjuntivo: *quería que cumpla, recomendaron que haga, desearíamos que leas,…* Es importante evitar estos usos fuera de esas comunidades y en particular al escribir.

> el verbo o la expresión impersonal de la cláusula principal indica duda, incertidumbre, incredulidad o negación. Cuando se usa el opuesto de estos verbos y expresiones, el verbo de la cláusula subordinada va en indicativo porque indica certeza.

> Los expertos **dudaban** que las huellas de Acahualinca **fueran** el resultado de la erupción de un volcán.
> En 2006, **parecía improbable** que Daniel Ortega **ganara** las próximas elecciones presidenciales y que **fuera** reelegido presidente de la república por segunda vez.
> Muchos indígenas **no dudaban** que el cacique Lempira **murió** a causa de una traición.

> el verbo o la expresión impersonal de la cláusula principal se refiere a emociones, opiniones y juicios de valor y hay cambio de sujeto. Si no hay cambio de sujeto, se usa el infinitivo.

> Todos **estaban sorprendidos** de que Tony Meléndez **pudiera** hacer tantas cosas usando solamente sus pies.
> Los padres de Tony Meléndez **temían** que el niño **tuviera** una vida difícil a causa de sus limitaciones físicas.
> Los padres de Tony Meléndez **temían** carecer de medios para atender a su hijo.

Usos en las cláusulas adjetivales

> Se usa el subjuntivo en una cláusula adjetival (cláusula subordinada) cuando describe a alguien o algo en la cláusula principal cuya existencia es desconocida o incierta.

> Necesitábamos un guía que **conociera** bien la ciudad de León.
> La gente pedía un gobierno que **impulsara** reformas sociales.

> Cuando la cláusula adjetival se refiere a alguien o algo que sí existe, se usa el indicativo.

> Encontré un guía que **conocía** muy bien la ciudad de León.
> Pablo Antonio Cuadra escribió poemas que **transformaron** la poesía de su país.

Ahora, ¡a practicar!

A. La comunidad de Solentiname. Menciona algunos de los objetivos de Ernesto Cardenal cuando fundó en 1965 la comunidad de Solentiname.

MODELO la gente / tener un lugar espiritual
Ernesto Cardenal quería (deseaba, pedía) que la gente tuviera un lugar espiritual.

1. la gente / vivir en armonía

2. el lugar idílico de Solentiname / ayudar al desarrollo espiritual de la comunidad

3. la gente / meditar sobre las necesidades de una sociedad justa

4. la gente / entender la necesidad de los cambios sociales

5. algunos artistas / venir a enseñar su arte

6. los campesinos del lugar / descubrir el mundo de las artes

7. todos / soñar con crear lugares de paz como Solentiname

B. El pasado reciente. ¿De qué se lamentaban algunos nicaragüenses al recordar tiempos de un pasado reciente?

MODELO el país / tener una dictadura
Los nicaragüenses se lamentaban de que el país tuviera una dictadura.

1. el país / no estar unido

2. la actividad económica / decaer casi cada día

3. la capital / estar superpoblada

4. la violencia / predominar en muchos lugares

5. tantos sitios / ser destruidos por terremotos o guerras

6. el gobierno / no mejorar la situación del país

7. el presidente / no luchar por eliminar la pobreza

8. el futuro / no ser muy optimista

C. Deseos y realidad. Di primero qué tipo de gobernante pedía la gente durante las últimas elecciones presidenciales de Nicaragua. Luego, di si, en tu opinión, la gente obtuvo o no ese tipo de gobernante.

MODELO crear empleos
La gente pedía (quería) un gobernante que creara empleos.
La gente eligió (votó por) un gobernante que (no) creó empleos.

1. mejorar los sueldos de los obreros

2. estabilizar la nación

3. generar más trabajos

4. respetar las libertades civiles

5. reestablecer relaciones con la comunidad internacional

6. dar más recursos para la educación

7. hacer reformas económicas

8. desarrollar la industria nacional

9. atender a la clase trabajadora

10. construir más carreteras

D. Pasatiempos en la secundaria. Usa el dibujo que aparece a continuación para decir lo que tú y tus amigos(as) consideraban importante hacer y no hacer cuando estaban en la escuela secundaria.

> **MODELO** Era importante (necesario, esencial) que durmiéramos lo suficiente.
> Era obvio (seguro, verdad) que los jóvenes dormían demasiado.

9.2 El imperfecto de subjuntivo: cláusulas adverbiales

¡A que ya lo sabes!

Para más práctica, haz las actividades de **Gramática en contexto** (sección 9.2) del *Cuaderno para los hispanohablantes.*

Cuando terminaron sus vacaciones en Nicaragua y Susana y Alicia tuvieron que regresar a los EE.UU., toda la familia Méndez las acompañó al aeropuerto para despedirse de ellas y darles un recuerdo. ¿Qué dicen las chicas que les dieron los Méndez? Mira el siguiente par de oraciones y decide cuál de las dos oraciones te suena mejor, la primera o la segunda.

1. Los Méndez nos regalaron unos simpáticos muñequitos típicos para que *teníamos* un recuerdo de Nicaragua.

2. Los Méndez nos regalaron unos simpáticos muñequitos típicos para que *tuviéramos* un recuerdo de Nicaragua.

¿Elegiste la segunda oración? ¡Qué fácil es cuando ya tienes un conocimiento tácito del uso del imperfecto de subjuntivo en cláusulas adverbiales! Sigue leyendo y ese conocimiento será aun más uniforme.

El imperfecto de subjuntivo se usa en cláusulas adverbiales cuando el verbo de la cláusula principal está en un tiempo del pasado o en el condicional y cuando existen las mismas condiciones que requieren el uso del presente de subjuntivo.

❭ Las cláusulas adverbiales siempre usan el subjuntivo cuando son introducidas por las siguientes conjunciones:

a fin (de) que	**con tal (de) que**	**para que**
a menos (de) que	**en caso (de) que**	**sin que**
antes (de) que		

Mis padres visitaron Nicaragua **antes de que** Daniel Ortega **ganara** la presidencia en 2006.
Nuestro agente de viajes nos dijo que no tendríamos una visión completa de Nicaragua **a menos que visitáramos** otros lugares además de la capital.

❭ Las cláusulas adverbiales siempre usan el indicativo cuando son introducidas por conjunciones tales como **como, porque, ya que** y **puesto que.**

El 17 de julio de 1979 es un día memorable para muchos nicaragüenses **porque** ese día el dictador Anastasio Somoza **salió** del país.

Nota para hispanohablantes

Hay una tendencia dentro de algunas comunidades de hispanohablantes a usar el subjuntivo después de la conjunción **ya que.** Por ejemplo, en vez de decir **Visitamos la casa de Rubén Darío ya que estuvimos en la ciudad de León,** dicen *Visitamos la casa de Rubén Darío ya que estuviéramos en la ciudad de León.* Es importante evitar este uso fuera de esas comunidades y en particular al escribir.

> Las cláusulas adverbiales pueden estar en el subjuntivo o el indicativo cuando son introducidas por conjunciones de tiempo: **cuando, después (de) que, en cuanto, hasta que, mientras que** y **tan pronto como**. Se usa el subjuntivo cuando la cláusula adverbial se refiere a un acontecimiento anticipado que no ha tenido lugar todavía. Se usa el indicativo cuando la cláusula adverbial se refiere a una acción pasada acabada o habitual o a la afirmación de un hecho.

> Una amiga mía me dijo que visitaría Nicaragua tan pronto como **terminara** sus estudios.
> Mis padres subieron hasta el cráter del volcán Masaya cuando **visitaron** Nicaragua.
> Cuando **iba** a Managua, siempre subía a la laguna de Tiscapa.

> Una cláusula adverbial introducida por **aunque** puede estar en el subjuntivo o el indicativo. Se usa el subjuntivo cuando la cláusula adverbial expresa posibilidad o conjetura. Si la cláusula adverbial expresa un hecho, el verbo está en el indicativo.

> Aunque **tuviera** la oportunidad, no visitaría ningún volcán activo en Nicaragua.
> Aunque **pasé** varios días en Nicaragua, nunca pude ir a la ciudad de Granada.

Nota para hispanohablantes

Hay una tendencia dentro de algunas comunidades de hispanohablantes a usar el condicional o el imperfecto de indicativo en cláusulas adverbiales que expresan posibilidad o conjetura. Por ejemplo, en vez de usar el imperfecto de subjuntivo y decir **Aunque tuviera la oportunidad, no visitaría…**, dicen: *Aunque tendría/tenía la oportunidad, no visitaría…* Es importante evitar este uso fuera de esas comunidades y en particular al escribir.

Ahora, ¡a practicar!

A. Los planes de tu amigo. Un amigo te habló de sus planes de pasar un semestre en Managua. ¿Qué te dijo?

MODELO a menos que / no reunir el dinero necesario

Me dijo que pasaría el próximo semestre en Managua a menos que no reuniera el dinero necesario.

1. con tal que / encontrar una buena escuela donde estudiar

2. siempre que / aprobar todos los cursos que tiene este semestre

3. a menos que / tener problemas económicos

4. a fin de que / su español mejorar

5. en caso de que / poder vivir con una familia

B. Primer día. Tu amigo(a) imagina cómo sería su primer día en la capital nicaragüense.

MODELO llegar al aeropuerto internacional Augusto César Sandino / tomar un taxi al hotel

Tan pronto como (Cuando / En cuanto) yo llegara al aeropuerto internacional Augusto César Sandino, tomaría un taxi al hotel.

1. entrar en mi cuarto de hotel / ponerse ropas y zapatos cómodos

2. estar listo / ir a la plaza de la Revolución, que antes se llamaba plaza de la República

3. llegar a la plaza de la Revolución / entrar en la Catedral Vieja primero

4. terminar mi visita a la Catedral Vieja / admirar la estatua de Rubén Darío frente al Teatro Nacional Rubén Darío

5 admirar la estatua de Rubén Darío / disfrutar con la arquitectura del Teatro Nacional Rubén Darío

6. cansarse de mirar edificios / caminar hacia la laguna de Tiscapa

7. alcanzar la laguna de Tiscapa / admirar la vista hacia Managua

8. acabar la visita a la laguna / sentarse en uno de los cafés cercanos

9. terminar de tomar un refresco / volver al hotel, seguramente cansadísimo(a)

C. César Augusto Sandino (1895–1934). Completa la siguiente narración sobre la vida de este líder nacionalista seleccionando la forma verbal apropiada del indicativo o del subjuntivo.

Sandino fue un patriota que luchó contra el gobierno conservador de los años 20 porque (1) _____ (quería / quisiera) un país independiente. No se sentiría feliz hasta que (2) _____ (terminó / terminara) la ocupación estadounidense. Juró perseverar hasta que los infantes de marina (3) _____ (abandonaron / abandonaran) el territorio nacional. Cuando se le (4) _____ (preguntaba / preguntara) a la gente si apoyaba o no a Sandino, la mayoría estaba con él, no contra él. Todos decían que estarían contentos cuando las fuerzas estadounidenses (5) _____ (volvieron / volvieran) a su país. Aunque la guardia nacional nicaragüense y los infantes de marina estadounidenses (6) _____ (trataron / trataran) muchas veces de capturar a Sandino, nunca pudieron hacerlo. Hubo alegría en enero de 1933, puesto que en esa fecha las fuerzas estadounidenses se (7) _____ (retiraron / retiraran) de Nicaragua. Desgraciadamente para Sandino, casi antes de que (8) _____ (pasó / pasara) un año, fue asesinado por miembros de la Guardia Nacional comandada por el general Anastasio Somoza García, futuro dictador del país. Sandino murió sin que (9) _____ (murieron / murieran) los ideales por los cuales él había luchado. Años más tarde se fundó el Frente Sandinista de Liberación Nacional a fin de que grupos guerrilleros (10) _____ (combatieron / combatieran) la dictadura de la familia Somoza.

D. ¡Qué fastidioso! Tú eres una persona muy fastidiosa. Pensabas pasar unos días en la ciudad colonial de Granada junto al lago de Nicaragua, pero decidiste que no irías a menos que se cumplieran ciertas condiciones. Di cuáles serían esas condiciones.

MODELO a menos que
No iría a menos que pudiera planear una caminata al volcán Mombacho.

1. con tal de que

2. sin que

3. antes de que

4. para que

5. en caso de que

6. aunque

Honduras

Nombre oficial: República de Honduras
Población: 7.989.415 (estimación de 2010)
Principales ciudades: Tegucigalpa (capital), San Pedro Sula, El Progreso, Choluteca
Moneda: Lempira (L)

En Tegucigalpa, la capital, con una población de más de un millón, tienes que conocer...

> el Centro Histórico, lleno de historia colonial, una hermosa catedral y la Plaza Morazán, considerada el corazón de la ciudad.

> la iglesia Los Dolores, con su fachada de un gran estilo barroco; un edificio singular de gran valor simbólico en la historia de la ciudad.

> la Galería Nacional de Arte, en un antiguo edificio colonial restaurado, con una colección de arte de los más sobresalientes pintores hondureños.

> el Parque de las Naciones Unidas en el cerro El Picacho, con la mejor vista de la ciudad además del Jardín Confucio, dedicado al filósofo chino, y un zoológico.

Un noventa por ciento de la población hondureña es mestiza

En la ciudad San Pedro Sula, considerada la capital industrial, tienes que visitar...

❯ el Museo de Antropología e Historia, uno de los destinos turísticos más importantes de la ciudad con su colección de artefactos precolombinos y arte colonial.

❯ el mercado Guamilito, con la más completa selección de artesanías hondureñas.

❯ la Fortaleza de San Fernando de Omoa, a corta distancia de la ciudad, una impresionante fortaleza construida para repeler el ataque de piratas a la costa hondureña.

En Copán, la ciudad maya más avanzada y elaborada artísticamente, no dejes de ver...

❯ la Gran Plaza, famosa por sus altares e imponentes estelas construidas entre los años 711 y 736. La mayoría de las estelas o "árboles de piedra" mayas fueron erigidos para demostrar el poder de los reyes mayas y el poder de la creación.

❯ la Acrópolis, con sus templos y fachadas esculpidas donde se observan figuras humanas y animales divinos, así como elementos astronómicos y mitológicos.

❯ el campo para el juego de pelota, el más artístico de Mesoamérica.

❯ la Escalinata de los Jeroglíficos, que sostiene el texto más largo conocido que nos haya legado la civilización maya.

Stuart Westmoreland / Photolibrary

Campo de pelota en Copán, donde los mayas practicaban el juego de pelota

worldswildlifewonders / Shutterstock

El majestuoso quetzal

La llamada del quetzal

Este pájaro sagrado de los mayas, es uno de los más hermosos del mundo y todavía se puede ver en los bosques nublados del...

❯ Parque Nacional La Tigra, cerca de Tegucigalpa.

❯ Parque Nacional La Muralla, cerca de Tegucigalpa.

❯ Parque Nacional Cerro Azul Meámbar, cerca del lago de Yojoa.

❯ Parque Nacional Cusucu, cerca de San Pedro Sula.

 ¡Diviértete en la red!
Busca en Google Images o en YouTube para ver fotos y videos del bello quetzal y de cualquiera de los lugares mencionados aquí. Ve a clase preparado(a) para describir en detalle lo que escogiste.

Honduras: con esperanzas en el futuro

Segunda mitad del siglo XIX

El 5 de noviembre de 1838 Honduras se separó de la Federación de Provincias Unidas de Centroamérica y proclamó su independencia. Inmediatamente estalló la lucha política entre los conservadores y los liberales. Esta se manifestó en doce guerras civiles y en numerosos cambios de gobierno.

Princeton University Library

Primera mitad del siglo XX

A principios del siglo XX grandes compañías estadounidenses como la *United Fruit Company* y la *Standard Fruit Company* controlaban enormes extensiones territoriales para la producción y exportación masiva de bananas a los EE.UU. Desde entonces, la banana se convirtió en la base de la riqueza comercial de Honduras. Desgraciadamente, esta nueva riqueza no beneficiaba a la mayoría de los hondureños, quienes tuvieron que continuar con sus labores tradicionales de campesinos o ganaderos.

La realidad actual

A pesar de tener una economía de recursos limitados que se basa principalmente en la agricultura, Honduras se ha visto libre de las guerras civiles que afectaron a El Salvador, Nicaragua y Guatemala, en la segunda mitad del siglo XX. Desde 1980, se han alternado en el gobierno políticos corruptos, apoyados por los militares, como también políticos determinados a mejorar el bienestar del pueblo hondureño. Sobresale entre ellos el candidato del Partido Liberal, Carlos Roberto Reina Idiáquez, quien con la promesa de eliminar la corrupción en el gobierno y de controlar la influencia militar, ganó las elecciones de 1993. Terminó su gestión en 1997, logrando solamente algunas de las metas que inicialmente se había propuesto. En octubre de 1998, el huracán Mitch causó pérdidas cercanas a los cuatro mil millones de dólares en la agricultura del café y del plátano.

El siglo XX terminó con los militares otra vez en el poder, involucrados con el narcotráfico y en cobros ilegales a los rancheros.

La Honduras de hoy

> Las elecciones de 2001 fueron ganadas por Ricardo Maduro, quien tuvo un cierto grado de éxito en el crecimiento económico del país.

> En 2006, el liberal Manuel Zelaya Rosales asumió el poder. En 2009, Zelaya fue derrocado por los militares y deportado a la capital costarricense. Ese mismo día, el Congreso designó como sucesor al presidente del Congreso, Roberto Micheletti.

© Edgard Garrido / Reuters / Corbis

> El 29 de noviembre de 2009, Porfirio Lobo Sosa ganó las elecciones presidenciales. En enero de 2010 asumió el cargo de Presidente de la República y otorgando una amnistía general, decretada el mismo día, trató de superar la crisis política en la que Honduras se vio envuelta los últimos meses de 2009.

› La economía del país ha crecido lentamente y la distribución de las riquezas sigue siendo muy desigual. Aproximadamente 3.7 millones de habitantes viven en la pobreza y el desempleo alcanza cifras que llegan al 27,9%.

› Honduras también se ve beneficiada con las remesas que mandan emigrantes hondureños al país.

› El 1 de junio de 2011, Honduras fue readmitida en la OEA, después de haber quedado fuera de esta organización por el acento de estado en contra del Presidente Zelaya en el 2009.

■■■ ¿COMPRENDISTE?

A. Hechos y acontecimientos. ¿Recuerdas los datos más importantes de la lectura? Para asegurarte, completa las siguientes oraciones.

1. Poco después de conseguir su independencia, Honduras sufrió numerosos…

2. Dos compañías estadounidenses que llegaron a controlar grandes extensiones territoriales en Honduras fueron…

3. El producto que estas dos compañías cultivaban era…

4. Honduras se distingue de El Salvador, Nicaragua y Guatemala en la segunda mitad del siglo XX debido a que…

5. Carlos Roberto Reina Idiáquez ganó las elecciones de 1993 prometiendo…

6. En 1998, el huracán Mitch causó pérdidas por…

7. Los militares, a fines del siglo XX, se vieron involucrados en…

B. A pensar y a analizar. Contesta las siguientes preguntas con dos o tres compañeros(as) de clase.

1. ¿Qué limitaciones tiene la economía de Honduras? En la opinión de Uds., ¿qué debería hacer este país para diversificar su economía?

2. En su opinión, ¿por qué han tenido tanto poder los militares en Honduras?

C. Apoyo gramatical: el imperfecto del subjuntivo en las cláusulas principales. Sigue el modelo para expresar los deseos de muchos hondureños que conocen bien la historia de su país.

MODELO el país / nunca tener una guerra civil
            Ojalá que el país nunca tuviera una guerra civil.

1. el ejército / no entremeterse en la política del país

2. nuestro país / no estar en una zona de huracanes

3. nosotros / no sufrir otro desastre como el del huracán Mitch

4. la economía / diversificarse

5. menos personas / vivir en la pobreza

6. nuestro presupuesto / no depender tanto de las remesas de los emigrantes

7. los militares / nunca derrocar a gobiernos elegidos democráticamente

8. nosotros / no encontrarse en otra crisis política como la de 2009

Gramática 9.3: Antes de hacer esta actividad conviene repasar esta estructura en las págs. 462-463.

MEJOREMOS LA COMUNICACIÓN

cobro	meta
ganadero(a)	posesionar
involucrado(a)	superar

Julio Escoto

Ensayista, cuentista y crítico literario hondureño, Julio Escoto es considerado un escritor de técnica clara y precisa, y uno de los mejores expositores de la moderna narrativa hondureña. Escoto concibe al escritor como un hombre en introspección constante, en análisis continuo, en búsqueda de algo que quizás él mismo no ve con suficiente claridad. Sus características le dan una particular visión del mundo. En su opinión, "el escritor... es en alguna forma el barómetro, el sismógrafo de la sociedad y debe aplicar su inteligencia en advertir sobre aquello que se ve o va mal para la nación". Es considerado el intelectual con mayor conciencia de la identidad hondureña.

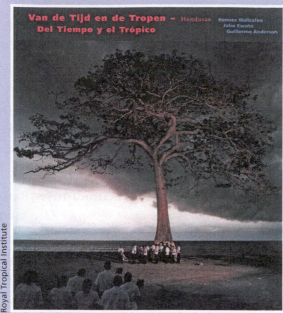

Royal Tropical Institute

El País / Newscom

Salvador Moncada

Médico, cirujano y farmacólogo hondureño, Salvador Moncada realizó sus estudios de Medicina y Cirugía en la Universidad de El Salvador, donde se licenció en 1970, después de lo cual marchó a Londres para doctorarse en Farmacología. Entre las investigaciones más importantes que ha realizado se encuentran las relacionadas a la trombosis y arterioesclerosis. Gracias a él se descubrió la *prostaciclina*, sustancia con la cual se trata, hoy en día, la trombosis. Está en posesión de cinco patentes correspondientes a distintos fármacos, y es autor, colaborador o director de unas cuatrocientas publicaciones científicas. Sus muchos méritos profesionales le han valido el reconocimiento de todo el mundo.

Neida Sandoval

Famosa periodista y presentadora de televisión hondureña. Empezó su carrera en Honduras con el programa *Proyecciones Militares*. En 1987 se trasladó a los Estados Unidos y, un año después, empezó a trabajar para el Canal 41 de KLUZ, afiliado de Univisión. Es miembro de la Asociación Nacional de Periodistas Hispanos. Se hizo acreedora a varias nominaciones a los premios Emmy por la manera en la que narró acontecimientos de peso internacional hasta que, en 1998 ganó dos premios Emmy gracias al reportaje que hizo sobre los daños que causó

Michael Bush / UPI / Landov

el huracán Mitch en Honduras y en otros países de Centroamérica. En la actualidad está considerada entre los cien periodistas hispanos más influyentes en los Estados Unidos. En 2003 fue condecorada por el Congreso Nacional de Honduras. Ha sido parte activa de las campañas televisivas *Teletón* en su país natal.

Otros hondureños sobresalientes

Óscar Acosta: cuentista, poeta, ensayista y periodista

Víctor Cáceres Lara (1915–1993): poeta, cuentista, periodista y catedrático

Julia de Carias: pintora

Nelia Chavarría: pianista

Max Hernández: fotógrafo

Lempira (¿1497?–1537): héroe nacional, cacique

Ezequiel Padilla: pintor

Roberto Quesada: cuentista, novelista y editor

Miguel Ángel Ruiz Matute: pintor

Roberto Sosa: poeta y editor

Clementina Suárez (¿1906?–1991): poeta

Pompeyo del Valle: poeta, cuentista y periodista

Mario Zamora: escultor

▬▬ ¿COMPRENDISTE?

A. Los nuestros. Contesta las siguientes preguntas. Luego, compara tus respuestas con las de dos o tres compañeros(as) de clase.

1. ¿Cuáles son algunas características que le dan a Julio Escoto una particular visión del mundo? ¿Por qué crees que la identidad hondureña es tan importante en su obra? ¿Coincides con él en pensar que los escritores juegan un papel fundamental en la vida de la sociedad? Explica.

2. ¿Cuál es el campo en el que más se ha destacado Salvador Moncada? ¿Qué enfermedades han sido estudiadas por Moncada y qué gran descubrimiento realizó? ¿Por qué crees que tantas universidades lo han reconocido a nivel mundial?

3. ¿Cuáles son las profesiones de Neida Sandoval? ¿Qué la hizo famosa en su carrera en Univisión y que la llevó a ganar premios Emmy? ¿A qué crees que se debe su influencia como periodista hispana en los Estados Unidos?

B. Miniprueba. Demuestra lo que aprendiste de estos talentosos hondureños al completar estas oraciones.

1. El escritor hondureño Juan Escoto es _____, cuentista y crítico literario.
   a. poeta   b. periodista   c. ensayista

2. Salvador Moncada descubrió la *prostaciclina*, sustancia con la cual se trata, hoy en día, la _____.
   a. artritis   b. trombosis   c. gastritis crónica

3. Neida Sandoval ha sido incluida entre los cien periodistas hispanos más _____ en los Estados Unidos.
   a. influyentes
   b. talentosos
   c. profesionales

> **MEJOREMOS LA COMUNICACIÓN**
>
> | | |
> |---|---|
> | acontecimiento | fármaco |
> | advertir (ie) | farmacólogo(a) |
> | barómetro | programa *(m.)* matinal |
> | cirujano(a) | presentador(a) |
> | concebir (i) | relatar |
> | expositor(a) | sismógrafo |

> 🌐 **¡Diviértete en la red!**
> Busca "Julio Escoto", "Salvador Moncada" y/o "Neida Sandoval" en YouTube para escuchar entrevistas con estos talentosos hondureños. Ve a clase preparado(a) para presentar lo que encontraste.

Palabras parónimas: esta y está

Otras palabras parónimas que se pronuncian casi igual y, con la excepción del acento ortográfico, se escriben igual, pero tienen diferente significado y función en la oración son **esta y está.**

❯ La palabra **esta** es un adjetivo demostrativo que se usa para designar a una persona o cosa cercana.

> ¡No me digas que **esta** niña es tu hija!
> Prefiero **esta** blusa. La otra es más cara y de calidad inferior.

❯ La palabra **esta** es también un pronombre demostrativo. Reemplaza al adjetivo demostrativo cuando no aparece el sustantivo que se refiere a una persona o cosa cercana.

> Voy a comprar la otra falda; **esta** no me gusta.
> La de Miguel es bonita, pero **esta** es hermosísima.

❯ La palabra **está** es una forma del verbo **estar.**

> ¿Dónde **está** todo el mundo?
> Por fin, la comida **está** lista.

¡A practicar!

A. Práctica con esta y está. Escucha mientras tu profesor(a) lee algunas oraciones. Indica si lo que oyes es el adjetivo o el pronombre demostrativo **esta** o el verbo **está.**

1. **esta** **está**
2. ☐ ☐
3. ☐ ☐
4. ☐ ☐
5. ☐ ☐
6. ☐ ☐

B. Ortografía. Escucha mientras tu profesor(a) lee las siguientes oraciones. Escribe el adjetivo o el pronombre demostrativo **esta** o el verbo **está**, según corresponda.

1. El disco compacto _____ en el estante junto con las revistas.

2. Sabemos que _____ persona vive en San Antonio, pero no sabemos en qué calle.

3. No creo que _____ les interese porque no estará lista hasta el año próximo.

4. ¡Dios mío! ¡Vengan pronto! El avión _____ por salir.

5. Ven, mira. Quiero presentarte a _____ amiga mía.

6. El médico dice que mi papá _____ mucho mejor.

Diminutivos y aumentativos

Los diminutivos y aumentativos son sufijos que se añaden al final de la raíz de una palabra para formar otra palabra de significado diferente. Por ejemplo, el significado de la palabra **animal** cambia bastante si le añadimos un sufijo diminutivo y la hacemos **animalito**. Lo mismo ocurre si le añadimos un sufijo aumentativo y la hacemos **animalón**.

Los diminutivos

En español, los diminutivos se usan para expresar tamaño pequeño y también para comunicar cariño o afecto, y sarcasmo o ironía. Los diminutivos más comunes se forman añadiendo los siguientes sufijos: **-ito/-ita, -illo/-illa, -cito/-cita** y **-cillo/-cilla.**

› Las terminaciones **-ito/-ita, -illo/-illa** generalmente se usan con palabras que terminan en **-a, -o** o **-l.**

mesa	→	mesita	mesilla
oso	→	osito	osillo
papel	→	papelito	papelillo

› Las terminaciones **-cito/-cita, -cillo/-cilla** generalmente se usan con las palabras que terminan con cualquier letra, menos **-o, -a** o **-l.**

corazón	→	corazoncito	corazoncillo
amor	→	amorcito	amorcillo
madre	→	madrecita	madrecilla

› Al formar el diminutivo de palabras con raíces que terminan en **g, c** o **z** ocurren los siguientes cambios ortográficos **g→gu, c→qu** y **z→c.**

| amigo | → | amiguito | poco | → | poquito | lápiz | → | lapicito |

› Algunos adverbios aceptan algunos de estos sufijos diminutivos.

| ahora | → | ahorita | pronto | → | prontito | cerca | → | cerquita |

Los aumentativos

Los aumentativos en español se usan para expresar tamaño grande y también para indicar una actitud despectiva, como fealdad, enormidad, vileza o fastidio. Los aumentativos más comunes se forman añadiendo los siguientes sufijos: **-ote/-ota, -azo/-aza, -ón/-ona.**

› Las terminaciones **-ote/-ota, -azo/-aza, -ón/-ona** se usan para denotar tamaño grande o enormidad.

niño	→	niñote	niñazo	niñón
nariz	→	narizota	narizazo	narizón
muchacho	→	muchachote	muchachazo	muchachón

¡A practicar!

A. Diminutivos. Los abuelos, por no decir abuelitos, tienen fama de usar profusamente los diminutivos. Con un(a) compañero(a) de clase, túrnense para leer este comentario de un joven hispano sobre recuerdos que tiene de su abuela. Al leerlo, cambien todas las palabras en negrilla a diminutivos. Siempre que oigo diminutivos me acuerdo de mi **abuela** (1), que siempre los usaba diciendo cosas como las siguientes: "**Hijo** (2), siéntate en esta **silla** (3) para que me acompañes. Tú sabes que mi **comida** (4) tiene muy buen **sabor** (5). ¿Quieres un **café** (6) con un **pastel** (7)?

B. Aumentativos. En parejas, formen los aumentativos de las siguientes palabras.

1. animal   2. cazuela   3. bigote   4. hombre   5. zapato

ESCRIBAMOS AHORA

Una narración reinventada

1 Para empezar. Los cuentos reinventados le permiten al autor recrear ciertas historias y hasta el estilo de narrar, según su propio gusto. Nótese, por ejemplo, en la narración reinventada de Gioconda Belli, *El infinito en la palma de la mano,* cómo ella adapta un estilo algo poético y cambia algunos detalles de la narración bíblica de la creación. Narración original del libro del *Génesis:*

"Y Dios el Señor formó de la tierra todos los animales y todas las aves, y se los llevó al hombre para que les pusiera nombre. El hombre puso nombre a todos los animales domésticos, a todas las aves y a todos los animales salvajes, y ese nombre les quedó. Sin embargo, ninguno de ellos resultó ser la ayuda adecuada para él". (Gen. 2: 19–20)

Narración de Gioconda Belli:

"El verdor, las formas y colores de la vegetación cubrían el paisaje y se hundían en su mirada causándole alegría en el pecho.

Nombró las piedras, los riachuelos, los ríos, las montañas, los precipicios, las cuevas, los volcanes. Observó las pequeñas cosas para no desairarlas: la abeja, el musgo, el trébol".

A. Comenta el estilo de escribir de Gioconda Belli. ¿Cómo se compara con la versión original de la *Biblia*?

B. ¿Qué cosas nombró el primer hombre y qué cosas solo observó? ¿Fue así en la versión original?

2 A generar ideas. Piensa ahora en una narración conocida que te gustaría reinventar. Puede ser una continuación de la creación o una narración del Apocalipsis, el final del mundo, tu cuento de hadas favorito…; hay muchas posibilidades. Escribe un título para la narración y debajo, haz una lista de dos columnas. Anota en la primera columna los detalles más importantes de la narración que vas a reinventar y en la segunda columna los cambios que piensas hacer.

3 Tu borrador. Ahora empieza a desarrollar tu narración. Puedes seguir el orden tradicional del cuento, o puedes empezar por la mitad del cuento original o por el final. Lo importante es desarrollarlo de una manera natural. Presta atención al estilo que vas a usar. ¿En qué persona lo vas a narrar —primera, segunda o tercera? ¿Vas a seguir el estilo del original o uno algo más cómico, serio, poético…? Escribe tu borrador ahora. ¡Buena suerte!

4 Revisión. Intercambia tu borrador con un(a) compañero(a). Revisa su narración prestando atención a las siguientes preguntas. ¿Ha desarrollado bien la narración? ¿Qué estilo ha usado? ¿Ha sido consistente en su uso? ¿Ha cambiado la versión original? ¿Quedan claros los cambios? ¿Tienes algunas sugerencias sobre cómo podría mejorar su narración?

5 Versión final. Considera las correcciones que tu compañero(a) te ha indicado y revisa tu narración. Como tarea, escribe la copia final en la computadora. Antes de entregarla, dale un último vistazo a la acentuación, a la puntuación, a la concordancia y a las formas de los verbos.

6 "El mejor de la clase" (opcional). Cuando tu profesor(a) te devuelva tu narración corregida, revísala con cuidado. En grupos de cuatro o cinco, túrnense para leer sus cuentos. Cada grupo va a seleccionar el que consideran "el mejor". Luego, esas personas van a leer sus cuentos a la clase entera y la clase va a votar, en secreto, por "El mejor de la clase".

¡Antes de leer!

A. Anticipando la lectura. Haz las siguientes actividades con un(a) compañero(a) de clase.

1. ¿Tienen ustedes o han tenido alguna vez dificultades para llegar a fin de mes con sus finanzas? ¿Cómo sobreviven? ¿Necesitan aprender a administrarse? ¿Cómo creen que sobrevive la gente que tiene esas dificultades todos los meses? ¿Cómo creen que se administran?

2. ¿Creen que las dificultades económicas enseñan algo a la gente que las sufren? ¿Cuáles creen que son esas enseñanzas? ¿Creen que la gente que no tiene dificultades puede estar mimada? ¿Qué consecuencias tendría para esas personas?

3. Normalmente identificamos la poesía con temas que se prestan a ser "poéticos". En su opinión, ¿cuáles son los temas más comunes en poesía? Preparen una lista y compárenla con las de otros grupos.

4. De los siguientes temas, ¿hay algunos que Uds. no consideran apropiados para la poesía? ¿Cuáles son y por qué?

_____ la alegría

_____ el amor

_____ un vuelo en avión

_____ un paseo en bicicleta

_____ un viaje en carro

_____ la muerte de un ser querido

_____ las dificultades para llegar a fin de mes

_____ la guerra

_____ un tomate

_____ una culebra

_____ una araña

_____ una corrida de toros

B. Vocabulario en contexto. Busca estas palabras en la lectura que sigue y, según el contexto, decide cuál es su significado. Para facilitar encontrarlas, las palabras aparecen en negrilla en la lectura.

1. **declamación**   a. libro   b. colección   c. recitación
2. **acreedores**   a. parientes   b. mejores amigos   c. a quienes se debe dinero
3. **cercaría**   a. cerraría   b. abriría   c. compraría
4. **seres**   a. dientes   b. personas   c. enemigos
5. **patizambos**   a. antiguos   b. torcidos   c. de bailarín

Sobre el autor

José Adán Castelar nació en 1941 y forma parte de la generación más reciente de poetas que han transformado la poesía contemporánea hondureña. Sus poemas reflejan un tono conversacional y una manera experimental de escribir poemas que rompe con los moldes convencionales. En general, la obra poética de Castelar continúa la tradición iniciada por la "Generación del 50" al enfatizar la temática social. Sus publicaciones más recientes incluyen *También del mar* (1991), *Rutina* (1992) y *Rincón de espejos* (1994).

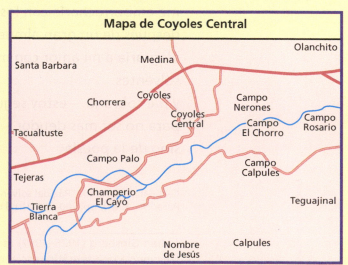

Mapa de Coyoles Central

Coyoles Central, en Honduras, donde el poeta dijo haber nacido "por casualidad".

El poema "Paz del solvente" es un buen ejemplo de la poesía moderna porque su organización tipográfica no sigue las normas tradicionales.

Paz del solvente

2.000 el máximo que he ganado jamás
por una declamación de poesía
— Allen Ginsberg[1]

Oh si yo pudiera ganar en mi país	
esa cantidad por leer mis poemas:	
Pagaría viejas deudas que me avergüenzan	1870.00
(sería otra vez vecino de mis **acreedores**)	
compraría *El amor en los tiempos del cólera*[2]	
en edición de lujo	30.00
iría a La Ceiba[3] por un mes	
al mar	
(por unos días adiós tos	
afonía capitalina)	
cercaría el solarcito que me dio	
el sindicato	300.00
(pienso que es mío todavía)	
compraría los lentes que mamá necesita	175.00
mandaría al dentista a mis **seres** queridos	900.00
dejaría esta ropa que ya pide descanso	100.00
estos zapatos **patizambos**	
estos anteojos de piedra	200.00
me emborracharía con los amigos	100.00
después de un gran almuerzo	150.00
alegraría a mi amor con mis días	
solventes	175.00
y me sobraría —estoy seguro— paz	4000.00
para no ser más deudor	(sin mercado
sino de la poesía	negro)

Castelar, José Adán. "Paz del solvente," de *Tiempo ganado al mundo* (Tegucigalpa, Honduras: Librería Paradiso, 1989), pp. 200–201. Used with permission of the Honduran poet.

---

[1] Allen Ginsberg (1926–1997) es un poeta y prosista estadounidense. Su poesía tiene con frecuencia una temática social o política y favorece una estructura poco tradicional. Muchos lo consideran el "padrino espiritual del movimiento anticultural" de la década de los 60 y principios de la de los 70.

[2] *El amor en los tiempos del cólera* (1985) es una novela de amor escrita por Gabriel García Márquez.

[3] La Ceiba es un puerto y lugar turístico en la costa caribeña de Honduras.

¡Después de leer!

A. Hechos y acontecimientos. ¿Recuerdas los datos más importantes de la lectura? Para asegurarte, contesta las siguientes preguntas.

1. ¿Por qué piensas que el poeta incluye una cita del poeta estadounidense Allen Ginsberg al principio del poema? ¿Crees que el poeta puede ganar lo que ganó Allen Ginsberg alguna vez? ¿Por qué?

2. ¿Cuál es el gasto mayor que el poeta se propone? ¿Cuál es el menor? ¿Estás de acuerdo con las prioridades del poeta? Explica.

3. ¿Qué otros gastos piensa tener el poeta?

4. ¿Cómo interpretas los últimos tres versos del poema?

B. A pensar y a analizar. Haz las siguientes actividades con un(a) compañero(a) de clase.

1. ¿Qué da a entender el poema que, hasta ahora, le ha dado o no la poesía al poeta? ¿Riquezas? ¿Gusto por las cosas? ¿Amigos?... ¿Qué más?

2. ¿Qué te gustaría hacer a ti que no es lucrativo pero que, de serlo, te haría financieramente independiente? ¿A qué dedicarías tu tiempo si no tuvieras que trabajar/estudiar tantas horas? ¿Serías más feliz? ¿Menos? Explica.

3. Preparen una lista con cada uno de los posibles gastos que Uds. harían en caso de tener cuatro mil dólares a su disposición. Comparen las semejanzas y las diferencias entre sus listas y la que aparece en el poema "Paz del solvente".

C. Apoyo gramatical: otros tiempos perfectos. Completa las siguientes oraciones acerca del poema "Paz del solvente" usando el pluscuamperfecto de indicativo o de subjuntivo, según convenga.

1. Era evidente que el poeta nunca _____ (recibir) pago por recitar sus poemas.

2. El poeta lamentaba que no _____ (pagar) las deudas que tenía.

3. El poeta dijo que nunca _____ (comprar) *El amor en los tiempos del cólera* en edición de lujo.

4. El poeta sentía que no _____ (poder) pasar un mes de vacaciones junto al mar.

5. El poeta habría estado contento si le _____ (dar) un par de lentes a su madre.

6. Era verdad que el poeta no _____ (hacer) arreglos al solarcito que le dio el sindicato.

7. El poeta sabía que sus familiares no _____ (ir) al dentista desde hacía mucho tiempo.

8. Era una lástima que últimamente el poeta no _____ (gozar) de paz por falta de dinero.

Gramática 9.4: Antes de hacer esta actividad conviene repasar esta estructura en las págs. 463–469.

9.3 El imperfecto de subjuntivo en las cláusulas principales

¡A que ya lo sabes!

Unos amigos hondureños acompañaron a Ramiro y a Gabriel al aeropuerto cuando terminaron las vacaciones de los jóvenes y tuvieron que regresar a los EE.UU. ¿Qué recomendación les dieron los amigos a los jóvenes? ¿Y qué deseo, por imposible que fuera, expresaron los jóvenes? Mira los siguientes pares de oraciones y decide, en cada par, cuál de las dos oraciones te suena mejor, la primera o la segunda.

1. a. *Debieran* regresar en mayo para el carnaval del Ceiba.

   b. *Deberían* regresar en mayo para el carnaval del Ceiba.

2. a. Ojalá *pudiéramos* quedarnos hasta el carnaval.

   b. Ojalá *podamos* quedarnos hasta el carnaval.

> Para más práctica, haz las actividades de **Gramática en contexto** (sección 9.3) del *Cuaderno para los hispanohablantes.*

Qué tramposos somos, ¿no? La razón por la cual no pudieron ponerse de acuerdo en el primer par es porque ambas oraciones son correctas. Sin duda escogieron la primera en el segundo par porque Uds. ya tienen un conocimiento tácito del uso del imperfecto de subjuntivo en cláusulas principales. Sigan leyendo y ese conocimiento será aun más uniforme.

> El imperfecto de subjuntivo y el condicional de los verbos **poder, querer** y **deber** se usan para hacer recomendaciones o aseveraciones que muestran cortesía. Con otros verbos, el condicional se usa más frecuentemente para este propósito.

> —**Debieras (Deberías)** visitar Honduras en el verano, la época de las fiestas.
> —Entiendo que llueve mucho en esa época. **Quisiera (Querría)** ir en mayo, cuando es más seco.

Nota para hispanohablantes

Hay una tendencia dentro de algunas comunidades de hispanohablantes a usar el presente de indicativo para hacer recomendaciones o aseveraciones de cortesía. De esta manera, en vez de usar o el imperfecto de subjuntivo o el condicional para mostrar cortesía (**Debieras [Deberías] visitar…; Quisiera [Querría] ir en…**), hacen las recomendaciones y aseveraciones de una manera que se podría interpretar como descortés: *Debes visitar…; Quiero ir en…* Es importante evitar este uso fuera de esas comunidades y en particular al escribir.

> El imperfecto de subjuntivo se usa detrás de **ojalá (que)** para expresar deseos hipotéticos que seguramente no se cumplirán o que no pueden cumplirse.

> ¡Ojalá que me **sacara** la lotería y **pudiera** viajar por toda Centroamérica!
> ¡Ojalá **estuviera** tomando el sol en una de las playas de Honduras en este momento!

Ahora, ¡a practicar!

A. Recomendaciones. Un amigo te hace recomendaciones amables acerca de tu próximo viaje a Honduras.

> **MODELO** consultar a un agente de viajes
> **Pudieras (Podrías) consultar a un agente de viajes.**

1. viajar durante los meses secos, entre noviembre y abril

2. leer una guía turística

3. comprar tu billete de avión con anticipación

4. llevar dólares y también algunas lempiras

5. viajar en avión dentro del país si es posible

6. hacer excursiones en algunos de los parques nacionales

B. Soñando. Tú y tus compañeros expresan deseos que seguramente no se cumplirán.

> **MODELO** no tener que estudiar para el examen de mañana
> **Ojalá no tuviera que estudiar para el examen de mañana.**

1. estar tomando el sol en una playa en estos momentos

2. andar de viaje por Honduras

3. ganar un viaje a Tegucigalpa

4. aprobar todos mis cursos sin asistir a clases

5. conseguir un empleo en que gane quinientos mil dólares al año

6. poder jugar al tenis con Rafael Nadal

9.4 Otros tiempos perfectos

Los tiempos perfectos se forman combinando el tiempo apropiado del verbo auxiliar **haber** con el participio pasado de un verbo. En la *Lección 7* aprendiste a combinar el presente de indicativo de **haber** con el participio pasado para formar el presente perfecto de indicativo. En esta lección, vas a aprender cómo se combinan los tiempos de los dos modos de **haber** (indicativo y subjuntivo) con el participio pasado para formar los demás tiempos perfectos. El presente de subjuntivo de **haber** seguido del participio pasado se usa para formar el presente perfecto de subjuntivo; el imperfecto de indicativo y de subjuntivo de **haber** seguidos del participio pasado se usan para formar el pluscuamperfecto de indicativo y de subjuntivo; el futuro y el condicional de **haber** seguidos del participio pasado se usan para formar el futuro perfecto y el condicional perfecto.

El presente perfecto de subjuntivo

¡A que ya lo sabes!

¿Qué te dice un joven hondureño cuando le mencionas que has estado una semana en su país y qué le dices tú? Mira los siguientes pares de oraciones y decide, en cada par, cuál de las dos oraciones te suena mejor, la primera o la segunda.

1. a. Espero que *has visitado* las ruinas de Copán.

b. Espero que *hayas visitado* las ruinas de Copán.

2. a. No he conocido a nadie que me *ha dado* muchos detalles de esas ruinas.

b. No he conocido a nadie que me *haya dado* muchos detalles de esas ruinas.

¿Seleccionaron la segunda oración en ambos pares? Qué fácil es cuando no solo tienen un conocimiento tácito del uso de subjuntivo en cláusulas nominales y adjetivales sino también un conocimiento formal de esos conceptos. Sigan leyendo y ese conocimiento se extenderá a los tiempos perfectos.

Formas

Verbos en -ar	Verbos en -er	Verbos en -ir
haya terminado	**haya** aprendido	**haya** recibido
hayas terminado	**hayas** aprendido	**hayas** recibido
haya terminado	**haya** aprendido	**haya** recibido
hayamos terminado	**hayamos** aprendido	**hayamos** recibido
hayáis terminado	**hayáis** aprendido	**hayáis** recibido
hayan terminado	**hayan** aprendido	**hayan** recibido

> Para formar el presente perfecto de subjuntivo se combinan el verbo auxiliar **haber** en el presente de subjuntivo y el participio pasado de un verbo.

Nota para hispanohablantes

Como se mencionó en la *Lección 5*, hay una tendencia dentro de algunas comunidades de hispanohablantes a cambiar la raíz del verbo **haber** en el presente de subjuntivo. De esta manera, en vez de usar las formas **haya, hayas, hayamos, hayan,** usan: *haiga, haigas, haigamos* (o *háigamos*), *haigan.* Es importante evitar este uso fuera de esas comunidades y en particular al escribir.

> Los pronombres de objeto directo e indirecto y los pronombres reflexivos deben preceder la forma conjugada del verbo **haber.**

Para muchos es extraordinario que un gran número de lenguas indígenas **se hayan conservado** hasta nuestros días.

> Como se mencionó en la *Lección 7,* el participio pasado se forma agregando **-ado** a la raíz de los verbos terminados en **-ar,** e **-ido** a la raíz de los verbos terminados en **-er** e **-ir: terminar → terminado, aprender → aprendido, recibir → recibido.** El participio pasado es invariable; siempre termina en **-o.**

> La siguiente es una lista de participios pasados irregulares de uso frecuente:

abierto	**escrito**	**puesto**	**visto**
cubierto	**hecho**	**resuelto**	**vuelto**
dicho	**muerto**	**roto**	

Nota para hispanohablantes

Como se mencionó en la *Lección 7*, hay una tendencia dentro de algunas comunidades de hispanohablantes a regularizar estos participios pasados y sus derivados. De esta manera, en vez de usar la forma del participio pasado que es irregular **(abierto, cubierto, compuesto, devuelto,...),** usan una forma regular: *abrido, cubrido, componido, devolvido,...* Es importante evitar este uso fuera de esas comunidades y en particular al escribir.

Uso

> El presente perfecto de subjuntivo se usa en cláusulas subordinadas que requieren el subjuntivo y que se refieren a acciones o acontecimientos pasados que comenzaron en el pasado y que continúan en el presente. El verbo de la cláusula principal puede estar en el presente o en el presente perfecto de indicativo, en el futuro o puede ser un mandato.

> Mis padres no han regresado todavía. Es posible que **hayan decidido** pasar más días en Honduras.
> Hasta ahora no he conocido a nadie que **haya estado** en la costa de Mosquitos.
> Espero que mis padres **hayan asistido** a una fiesta tradicional en Honduras.
> Preguntaré cómo ir a San Pedro de Sula tan pronto como **haya llegado** a mi hotel en Tegucigalpa.
> En tu próxima visita, ve a un lugar donde no **hayas estado** antes.

Ahora, ¡a practicar!

A. Cambios recientes. Menciona algunos cambios que es posible que hayan ocurrido en Honduras últimamente.

> **MODELO** estabilizar la situación política
> **Es posible que se haya estabilizado la situación política.**

1. promover el desarrollo industrial
2. tratar de aumentar la economía
3. mejorar la situación socioeconómica de los indígenas
4. controlar la inflación
5. terminar los bloqueos de caminos
6. elevar la aportación de las remesas

B. Deseos. Imagina algunos de los deseos de José Adán Castelar, el autor de "Paz del solvente".

> **MODELO** recibir mucho dinero por leer mis poemas
> **Ojalá que yo recibiera mucho dinero por leer mis poemas.**

1. no tener ninguna deuda
2. vivir lejos de mis acreedores
3. poder comprar mis libros favoritos
4. ser dueño de una casa en La Ceiba
5. gozar de buena salud
6. estar endeudado solo con la poesía

C. Quejas. Los padres de unos amigos tuyos que estuvieron de viaje en Honduras lamentan que sus hijos no hayan podido hacer todas las cosas que habían planeado.

MODELO ver ningún quetzal

Sentimos (Lamentamos, Es triste, Es una lástima) que no hayan visto ningún quetzal.

1. admirar el estilo barroco de la iglesia Los Dolores

2. subir al cerro El Picacho

3. explorar la impresionante Fortaleza de San Fernando de Omoa

4. recorrer el Parque Nacional La Tigra

5. entrar en el Museo de Antropología e Historia de San Pedro Sula

6. tomar muchas más fotos de las ruinas de Copán

7. hacer una excursión a las Islas de la Bahía

8. … *(añade otros planes que no se realizaron)*

D. ¿Buen o mal gusto? ¿Qué opinas de la ropa que llevaban las personas en las siguientes situaciones?

MODELO En su entrevista para un puesto de gerente de una boutique que se especializa en ropa súper elegante para mujeres de negocios, Estela Quispe llevaba jeans y una blusa con lunares negros y amarillos.

Es bueno (fascinante, maravilloso, triste, deprimente) que haya llevado jeans y una blusa con lunares.

1. El primer día de clases Mario Méndez llevaba shorts y zapatos sin calcetines.

2. La noche de su *senior prom* Marianela Ávalos llevaba un vestido largo de terciopelo negro y un collar de perlas.

3. El acompañante de Marianela llevaba overoles, una camisa roja y botas negras.

4. Para su entrevista para ser aceptado a un programa graduado en la Universidad de Stanford, Ernesto Trujillo llevaba un traje azul marino, camisa blanca, corbata roja y un par de tenis blancos.

5. Para la boda de su prima, Maricarmen Rodríguez llevaba una falda negra con volantes blancos y una blusa blanca con rayas negras.

6. El esposo de Maricarmen llevaba pantalones negros, camisa blanca, corbata negra y zapatos blancos.

El pluscuamperfecto de indicativo y el pluscuamperfecto de subjuntivo

El pluscuamperfecto de indicativo	El pluscuamperfecto de subjuntivo
había aceptado	**hubiera** aceptado
habías aceptado	**hubieras** aceptado
había aceptado	**hubiera** aceptado
habíamos aceptado	**hubiéramos** aceptado
habíais aceptado	**hubierais** aceptado
habían aceptado	**hubieran** aceptado

> El pluscuamperfecto de indicativo se usa para mostrar que una acción pasada tuvo lugar antes de otra acción pasada o antes de un tiempo específico en el pasado.

> Se estima que a fines de 1998 el veinte por ciento de la población hondureña estaba sin casa a causa del huracán Mitch que **había azotado** el país unas semanas antes.

> Antes de octubre de 1813, ningún país latinoamericano **había declarado** su independencia.

> El pluscuamperfecto de subjuntivo se usa cuando se cumplen las condiciones para el uso del subjuntivo y una acción pasada tiene lugar antes de un punto anterior en el tiempo. El verbo principal de la oración puede estar en el pasado (pretérito, imperfecto, pluscuamperfecto), en el condicional o en el condicional perfecto.

> Cuando visitamos Honduras hace unos años, todos se quejaban de que el gobierno no **hubiera podido** controlar la corrupción política.

> A muchos hondureños no les gustó que el ejército **hubiese derrocado** al presidente Manuel Zelaya en 2009.

Nota para hispanohablantes

Hay una tendencia dentro de algunas comunidades de hispanohablantes a evitar el uso del pluscuamperfecto de subjuntivo. Por ejemplo, en vez de usar el pluscuamperfecto de subjuntivo y decir **se quejaban de que el gobierno no hubiera podido…** o **no les gustó que el ejército hubiese derrocado…,** usan el indicativo: *se quejaban de que el gobierno no había podido…* o *no les gustó que el ejército había derrocado…* Es importante evitar este uso fuera de esas comunidades y en particular al escribir.

Futuro perfecto y condicional perfecto

Futuro perfecto	Condicional perfecto
habré comprendido	**habría** comprendido
habrás comprendido	**habrías** comprendido
habrá comprendido	**habría** comprendido
habremos comprendido	**habríamos** comprendido
habréis comprendido	**habríais** comprendido
habrán comprendido	**habrían** comprendido

> El futuro perfecto se usa para mostrar que una acción futura se habrá completado antes del comienzo de otra acción futura o antes de un tiempo específico en el futuro.

> La próxima semana ya **habremos terminado** nuestra visita a Honduras.

> Cuando tú llegues a las islas de la Bahía, yo ya **habré salido** de Honduras.

> El condicional perfecto expresa conjetura o lo que habría o podría haber ocurrido en el pasado. Aparece a menudo en oraciones que tienen una cláusula con la conjunción **si.**

> No sé qué **habrían hecho** ellos en esa situación.

> Si hubieras recorrido la ruta Lenca, **habrías visto** muchos pueblos coloniales.

Ahora, ¡a practicar!

A. Preguntas para el escritor. Di lo que unos estudiantes le preguntaron a Julio Escoto, considerado uno de los mejores escritores hondureños contemporáneos.

> **MODELO** escribir poemas también
>
> **Le preguntaron si había escrito poemas también.**

1. querer escribir desde que era niño

2. recibir premios literarios internacionales

3. leer literatura hondureña solamente

4. publicar más libros de cuentos o más libros de ensayo

5. interesarse por ocupar cargos políticos

6. tener siempre confianza en sus dotes creativas

7. describir bien la sociedad de su país

B. Quejas. A comienzos del siglo XXI algunos hondureños se quejaban de muchas cosas que habían ocurrido un poco antes. ¿Qué lamentaba la gente?

> **MODELO** la deuda externa / aumentar drásticamente
>
> **La gente lamentaba que en los años anteriores la deuda externa hubiera aumentado drásticamente.**

1. la productividad del país / disminuir

2. los precios de la ropa y de los comestibles / subir mucho

3. la inflación / no controlarse

4. el estándar de vida / declinar

5. muchos hondureños / emigrar

6. las culturas indígenas / no promoverse mucho

7. … *(añade otras quejas que conoces)*

C. Predicciones. Tu amigo(a) hondureño(a) es muy optimista. ¿Qué opiniones expresa acerca de lo que cree que habrá ocurrido dentro de veinte años?

> **MODELO** el país / modernizarse completamente
>
> **Dentro de veinte años, el país ya se habrá modernizado completamente.**

1. el desempleo / bajar

2. la economía / estabilizarse

3. la deuda externa / pagarse

4. el país / convertirse en una potencia exportadora

5. la industria del turismo / expandirse

6. el país / convertirse en uno de los más prósperos de Centroamérica

7. el país / llegar a ser una nación industrializada

D. Vacaciones muy cortas. Después de una corta estadía en Honduras, les dices a tus amigos lo que habrías hecho en caso de que hubieras podido quedarte más tiempo.

MODELO conversar más tiempo con estudiantes hondureños
Habría conversado más tiempo con estudiantes hondureños.

1. admirar la pintura hondureña en la Galería Nacional de Arte

2. subir al cerro El Picacho para tener una vista de Tegucigalpa

3. ir de compras al mercado Guamilito

4. adquirir más artesanías hondureñas

5. ver un partido de fútbol

6. bañarse en las playas de La Ceiba

7. visitar las tres Islas de la Bahía

8. hacer buceo en la isla Roatán

Lección 9: Nicaragua

Primeras civilizaciones
asentamiento
escalinata
jeroglífico

Naufragio
hundir
litoral *(m.)*
lazo
naufragio
sobreviviente *(m. f.)*

Personas
columnista *(m. f.)*
progenitor(a)
zambo(a)

Descripción
amplio(a)
conmovedor(a)
cuyo(a)
obstaculizado(a)
occidente *(m.)*
oligárquico(a)
preciado(a)
sobresaliente *(m. f.)*
vinculado(a)

Verbos y expresiones verbales
a consecuencia de
colocar
congelar
deponer
deshacerse de
destrozar
emprender
hacer frente a
permanecer
radicar
reanudar
rechazar
retirar
sumir

worldswildlifewonders / Shutterstock

Palabras útiles
avatares *(m. pl.)*
comicios
depuración *(f.)*
protectorado

Lección 9: Honduras

Deuda
acontecimiento
cobro
meta
posesionar
superar

Medicina
cirujano(a)
fármaco
farmacólogo(a)

Exposición
expositor(a)
concebir (i)
ganadero(a)
involucrado(a)
programa (*m.*) matinal
presentador(a)
relatar

Desastres naturales
advertir (ie)
barómetro
sismógrafo

Van de Tijd en de Tropen – Honduras
Del Tiempo y el Trópico

Hannes Wallrafen
Julio Escoto
Guillermo Anderson

Royal Tropical Institute

Dos mares, un destino

COSTA RICA Y PANAMÁ

Tony Anderson / Photolibrary

LOS ORÍGENES

Lee sobre los indígenas precolombinos, el descubrimiento y la colonización del área de las actuales Costa Rica y Panamá. Descubre también la importancia geográfica del istmo centroamericano y su influencia en el desarrollo de la región (págs. 474–475).

SI VIAJAS A NUESTRO PAÍS…

› En **Costa Rica** estarás en el "puente biológico" entre Norteamérica y Sudamérica y visitarás la capital, San José —con una población de más de trescientos cincuenta mil—, la provincia de Limón, la región más biodiversificada del mundo y algunas de las mejores playas del país (págs. 476–477).

› En **Panamá** visitarás la más cosmopolita capital de Centroamérica, la Ciudad de Panamá, una joya del período colonial con una población de más de ochocientos mil habitantes, las islas de San Blas, el canal de Panamá y algunos festivales panameños (págs. 494–495).

AYER YA ES HOY

Haz un recorrido por la historia de Costa Rica desde la independencia hasta la época contemporánea (págs. 478–479) y por la de Panamá desde el siglo XVIII hasta el presente (págs. 496–497).

LOS NUESTROS

› En **Costa Rica** conoce a una gran poeta, actriz y dramaturga feminista, al primer astronauta latinoamericano y a un experto de la pintura hiperrealista (págs. 480–481).

› En **Panamá** conoce a la aspirante más joven en ganar el concurso de *Latin American Idol,* a un escritor y fotógrafo que se ha destacado por sus cuentos breves y a un pianista, compositor y jazzista panameño de fama internacional (págs. 498–499).

ASÍ HABLAMOS Y ASÍ ESCRIBIMOS

Repasen las reglas de silabación y acentuación (pág. 482) y eviten problemas, de una vez para siempre, decidiendo si una palabra lleva acento escrito o no, con un buen conocimiento de estas reglas y su aplicación (pág. 500).

NUESTRA LENGUA EN USO

Aprendan un vocabulario especial para hablar del medio ambiente (pág. 483) y muestren su destreza oral y habilidad mental al aprenderse de memoria varios trabalenguas de la tradición oral (pág. 501).

¡LUCES! ¡CÁMARA! ¡ACCIÓN!

Descubre un río de Costa Rica que ofrece enormes posibilidades para el *rafting*: el Pacuare (pág. 484).

ESCRIBAMOS AHORA

Prepara una evaluación escrita de este curso (pág. 502).

Y AHORA, ¡A LEER!

› Explora tus ideas sobre la paz y el orden mundial inspirado(a) por el discurso de Óscar Arias en ocasión de la entrega del Premio Nobel de la Paz (págs. 485–487).

› Reflexiona sobre lo que significa ser mujer con el poema "La única mujer", de la escritora panameña Bertalicia Peralta (págs. 503–505).

¡EL CINE NOS ENCANTA!

Disfruta de la ironía de un final inesperado del cortometraje *Medalla al empeño* (págs. 506–509).

GRAMÁTICA

Repasa los siguientes puntos gramaticales:

› 10.1 Secuencia de tiempos: verbos en indicativo (págs. 488–490)

› 10.2 Secuencia de tiempos: verbos en indicativo y subjuntivo (págs. 490–493)

› 10.3 Secuencia de tiempos: cláusulas condicionales con **si** (págs. 510–511)

Distintos pueblos indígenas ocuparon, antes de la conquista española, el territorio que hoy comprende Costa Rica y Panamá. Sin embargo, en Costa Rica la gran mayoría de la población actual es de origen español sin mezcla. En Panamá, el 70% de sus habitantes son mestizos y hay una considerable población negra.

Las poblaciones indígenas y la colonización

¿Cuántas personas habitaban la zona?

Cuando Cristóbal Colón desembarcó en Costa Rica por primera vez en 1502, se calcula que solo había unos treinta mil indígenas en la región, a los cuales se les añadían tres colonias militares aztecas que recogían tributos para Tenochtitlán. Al sur, se encontraban los kunas, los guaymíes y los chocoes. Los descendientes de estas tribus forman los tres grupos de indígenas más numerosos que continúan viviendo en la región de Panamá.

¿Cómo se fue colonizando la región?

Después de que Cristóbal Colón fuera el primer europeo en pisar tierra en la actual Costa Rica, Vasco Núñez de Balboa consiguió cruzar el istmo y en septiembre de 1513 llegó al océano Pacífico. En 1519 Pedrarias Dávila, gobernador del territorio que hoy es Panamá, fundó la Ciudad de Panamá.

Con la conquista española, la población indígena que habitaba el territorio que hoy día es Costa Rica y Panamá disminuyó considerablemente debido a enfermedades introducidas por los españoles y al hecho de que muchos fueron enviados a Perú a trabajar en las minas de oro. La disminución de la población indígena dio inicio a un mestizaje racial y permitió que el castellano y el catolicismo reemplazaran muchas de las lenguas y religiones nativas.

La importancia estratégica del istmo

¿Cómo afectó a la región su desarrollo?

En 1574 Costa Rica se integró a la Capitanía General de Guatemala que en 1823 se convirtió en las Provincias Unidas de Centroamérica. Cuando los colonos españoles se dieron cuenta de que no había riquezas minerales para explotar en Costa Rica, la mayoría decidió abandonar la región en busca de riquezas en otras partes. En cambio, la Ciudad de Panamá, situada en la costa del océano Pacífico,

Library of Congress, Prints and Photographs Division

Cristóbal Colón pisó la costa ahora costarricense durante su cuarto y último viaje.

Gonzalez Azumendi / Photolibrary

Indígenas emberá (literalmente, la gente del maíz) de la comunidad Parara Puru en Panamá

experimentó un gran desarrollo gracias a la construcción del Camino Real que unía Nombre de Dios, ciudad caribeña, con Puerto Bello, ciudad en la costa atlántica. Este camino facilitaba mover el oro de Perú al Atlántico, camino a España. El tráfico de mercancías por el istmo atrajo a piratas. En 1717, para enfrentarse con el problema de los piratas y para facilitar la búsqueda de oro, España instituyó el Virreinato de Nueva Granada, el cual incluía aproximadamente el territorio de las que hoy son las repúblicas de Venezuela, Colombia, Ecuador y Panamá. Este fue suprimido en 1723 y reestablecido en 1739 cuando Panamá pasó a formar parte del virreinato.

Tim MacMillan / Photolibrary

Cristóbal Colón regresó a España sin haber descubierto el istmo centroamericano.

■ ¿COMPRENDISTE?

A. Hechos y acontecimientos. Contesta las siguientes preguntas. Luego, compara tus respuestas con las de un(a) compañero(a).

1. ¿Cuáles fueron algunos de los pueblos indígenas que ocuparon el territorio que ahora conocemos como Costa Rica y Panamá?

2. ¿Qué efecto tuvo la conquista española en la población indígena que habitaba el territorio que hoy día es Costa Rica y Panamá?

3. ¿Quién fue el primer europeo que cruzó el istmo de Panamá y vio el océano Pacífico?

4. ¿A qué se debe el gran desarrollo que experimentó la Ciudad de Panamá en el siglo XVIII?

5. ¿Qué atrajo a piratas al istmo en el siglo XVIII y qué hizo España para enfrentarse al problema?

6. ¿A qué virreinato pertenecía el territorio que hoy incluye las repúblicas de Venezuela, Colombia, Ecuador y Panamá?

B. A pensar y a analizar. Contesta las siguientes preguntas con dos o tres compañeros(as) de clase.

1. Colón bautizó las costas que descubrió como Costa Rica porque vio que unos indígenas llevaban joyas de oro, aunque luego no se encontró oro en la región. ¿Podemos hoy día considerar "rica" a Costa Rica? ¿Por qué? ¿Cuál es la ironía en esta historia?

2. ¿Conocen otros casos en la conquista y colonización de América donde la situación geográfica haya influido tanto en su desarrollo económico como en el caso de Panamá? ¿De qué país o región se trata? ¿Cuáles fueron las consecuencias?

MEJOREMOS LA COMUNICACIÓN

desembarcar	pisar
disminución *(f.)*	terreno
mercancías	

¡Diviértete en la red!
Busca "cuarto viaje de Colón" en Google Web para conocer más de la precaria situación del almirante *(admiral)* antes de morir, de sus desilusiones y desengaños. Ve a clase preparado(a) para compartir la información que encontraste.

Costa Rica

Mar Caribe
NICARAGUA
Puerto Limón
Liberia
Punta Arenas
San José
Cartago
COSTA RICA
Océano Pacífico
PANAMÁ

© Cengage Learning 2012

Nombre oficial: República de Costa Rica
Población: 4.438.995 (estimación de 2009)
Principales ciudades: San José (capital), Limón, Alajuela, San Francisco
Moneda: Colón (C/)

En San José, la capital, y en sus alrededores, tienes que conocer...

› el Teatro Nacional, de arquitectura neoclásica, que es una de las atracciones turísticas más importantes de la ciudad.

› el Museo del Jade, el único museo de jade precolombino de Latinoamérica, con más de siete mil piezas de jade, barro, piedra, madera y artefactos de oro.

› el Museo de Arte y Diseño Contemporáneo, que incluye cuatro salas de exposiciones, una sala auditorio y un espacio externo, para eventos artísticos de distintos tipos.

› el Museo del Oro, con la colección de joyería de oro precolombina más grande de Centroamérica.

› el volcán Arenal, todavía activo, a unos noventa kilómetros de San José.

Robert Harding / Photolibrary

El Teatro Nacional en San José

En la provincia de Limón vas a conocer...

❭ Puerto Limón, la capital de la cultura afro-caribeña de Costa Rica.

❭ el Parque Nacional Tortuguero, uno de los lugares más importantes del mundo para la anidación de tortugas marinas.

❭ el Parque Nacional Cahuita, con sus riquezas marinas y un arrecife que sostiene una grandiosa variedad de coral vivo a lo largo de su costa de arena blanca.

La región más biodiversificada del mundo

❭ Costa Rica ha dedicado más del 25% de su territorio a áreas ecológicas protegidas.

Chesapeake Images / Shutterstock

Exuberante naturaleza en el Parque Nacional Tortuguero

❭ Cuenta con veintisiete parques nacionales, cincuenta y ocho refugios de vida salvaje, treinta y dos zonas protegidas, quince zonas de humedales pantanosos, once reservas forestales y ocho reservas biológicas.

❭ En esta área, más o menos del tamaño de la mitad de Ohio, se encuentra el cinco por ciento de todas las especies de plantas y animales del mundo.

❭ Costa Rica da cobijo a doscientas cinco especies de mamíferos, ochocientas cincuenta especies de aves, ciento sesenta y nueve especies de anfibios, doscientas catorce especies de reptiles y ciento treinta especies de peces de agua dulce.

John Cancalosi / Photolibrary

Vista aerea de una maravillosa playa costarricense

Las mejores playas de Costa Rica

❭ las playas del Parque Nacional Manuel Antonio, unas de las mejores y más bellas del mundo aparte de ser un paraíso para los amantes del surf

❭ las numerosas playas excepcionales de la península de Nicoya, que dan al Pacífico: la playa de Tamarindo, excelente para poder practicar la pesca deportiva, el surf, el buceo y los paseos en kayak, y la playa de Mal País, paraíso para los surfistas, la pesca deportiva y el buceo

❭ la playa del Parque Nacional Corcovado, la joya de la impresionante península de Osa, declarada Patrimonio Natural de la Humanidad por la UNESCO en el año 1997

 ¡Diviértete en la red!
Busca en Google Images o en YouTube para ver fotos y videos de cualquiera de los lugares mencionados aquí. Ve a clase preparado(a) para describir en detalle el lugar que escogiste.

Costa Rica: ¿utopía americana?

Rafael Yglesias Castro, nieto de José María Castro Madriz, fue presidente de Costa Rica de 1894 a 1902.

Anthony John Coletti

Anthony John Coletti

La independencia

Costa Rica elaboró su propia constitución en 1823. Ese mismo año, la ciudad de San José venció a la ciudad rival de Cartago, y le quitó el control del gobierno convirtiéndose en la capital. Costa Rica formó parte de las Provincias Unidas de Centroamérica de 1823 a 1838, y proclamó su independencia absoluta el 31 de agosto de 1848. El primer presidente de la nueva república fue José María Castro Madriz.

Durante la segunda mitad del siglo XIX aumentaron considerablemente las exportaciones de café y se establecieron las primeras plantaciones bananeras. En 1878, el empresario estadounidense Minor C. Keith, dueño de *Tropical Trading,* obtuvo del gobierno grandes concesiones territoriales para el cultivo del banano con el compromiso de construir un ferrocarril entre San José y Puerto Limón. Debido a la unificación de *Tropical Trading* y *Boston Fruit Co.* nació la *United Fruit Company,* que los campesinos pronto nombraron "Mamita Yunai".

Dos insurrecciones

Solo en dos ocasiones se interrumpió la legalidad constitucional en Costa Rica en el siglo XX. La primera fue durante el régimen del general Federico Tinoco Granados, cuyo gobierno autoritario (1917–1919) causó una insurrección popular y la marginación de los militares. La segunda fue durante la breve guerra civil que estalló cuando el gobierno anuló las elecciones presidenciales de 1948.

El país retornó a la vida constitucional con el gobierno de Otilio Ulate (1949–1953). En 1949 se aprobó una nueva constitución que disolvió el ejército y dedicó el presupuesto militar a la educación. Costa Rica es el único país latinoamericano que no tiene ejército y con ello ha podido evitar los golpes de estado promovidos por militares ambiciosos.

© Bettmann / Corbis

La guerra civil del 48 duró apenas dos semanas, pero como toda guerra civil fue dolorosa.

Segunda mitad del siglo XX

En 1953, José Figueres fue elegido presidente. Consiguió renegociar los contratos con la *United Fruit Company* de forma beneficiosa para Costa Rica. La compañía se vio obligada a invertir en el país el 45% de sus ganancias y perdió el monopolio de los ferrocarriles, las compañías eléctricas y las plantaciones de cacao y caña. Figueres fue elegido presidente otra vez en 1970.

En la década de los 80, las guerras civiles centroamericanas representaron un grave peligro para Costa Rica. Óscar Arias Sánchez, elegido presidente en 1986, jugó un papel activo en la resolución de los conflictos centroamericanos a través de la negociación. Fue galardonado con el Premio Nobel de la Paz en 1987.

Costa Rica hoy

❯ La entrada del país al siglo XXI se ha visto marcada por un cuestionamiento de su modelo democrático. El sistema bipartidista empezó a decaer en 2002 cuando ambos partidos perdían peso electoral.

❯ En 2010 Laura Chinchilla Miranda ganó las elecciones presidenciales, la primera vez que una mujer llega a la presidencia de Costa Rica (la novena de Latinoamérica).

❯ Costa Rica ya no solo es un país eminentemente agrícola sino también uno con una economía de servicios. Destacan la producción de café y el turismo que desde inicios del año 2000 genera más divisas que cualquiera de los otros productos agrícolas de exportación. Aprovechando su ambiente pacífico, el alto nivel educativo de sus habitantes y adecuadas políticas de atracción de empresas, Costa Rica también fabrica materiales y productos tecnológicos.

❯ Costa Rica ocupa el tercer lugar a nivel mundial en la clasificación del índice de desempeño ambiental de 2010. Entre los países de Latinoamérica, ocupa el primer lugar en la clasificación del índice de competitividad turística.

AFP / Getty Images

La presidenta Laura Chinchilla Miranda es la primera mujer en alcanzar el máximo puesto político del país.

¿COMPRENDISTE?

A. Hechos y acontecimientos. Trabaja con un(a) compañero(a) de clase para escribir una breve explicación del significado de las siguientes personas, lugares y elementos. Luego, comparen sus explicaciones con las de la clase.

1. José María Castro Madriz
2. la *United Fruit Company*
3. la constitución de 1949
4. Laura Chinchilla Miranda
5. una economía de servicios
6. la importancia del turismo

B. A pensar y a analizar. En grupos de tres, expliquen cómo Costa Rica ha gozado de una relativa estabilidad política a lo largo del siglo XX y hasta el presente, mientras que sus vecinos han sufrido insurrecciones sangrientas y guerras civiles.

C. Redacción colaborativa. En grupos de dos o tres, escriban una composición colaborativa de una a dos páginas sobre el tema que sigue. Escriban primero una lista de ideas, organícenlas en un borrador, revisen las ideas, la acentuación y ortografía y escriban la versión final.

Costa Rica es el único país latinoamericano que disolvió el ejército y dedicó el presupuesto militar a la educación. ¿Creen Uds. que sería beneficioso que EE.UU. hiciera igual? ¿Podría el país deshacerse del ejército y dedicar el presupuesto a la educación? ¿Cuáles serían las consecuencias?

MEJOREMOS LA COMUNICACIÓN

ambiental	elaborar
anular	eminentemente
bipartidista *(m. f.)*	invertir (ie)
cuestionamiento	marginación *(f.)*
decaer	monopolio
desempeño	presupuesto
disolver (ue)	quiebre *(m.)*

Gramática 10.1: Antes de hacer esta actividad, conviene repasar esta estructura en las págs. 488–490.

Ana Istarú

Esta poeta, actriz y dramaturga costarricense, gracias a su padre, penetra en el mundo de las letras y por su madre conoce la pasión por el teatro. Muchos críticos y lectores de su poesía coinciden en que es una poesía un tanto erótica con perspectiva de género, es decir, una poesía muy femenina. Por el erotismo de su poesía consigue que a veces el significado de sus versos pueda ser interpretado de diversas maneras, como corresponde a una verdadera obra literaria, según los propios deseos del lector o lectora. Ha escrito cuatro obras de teatro, obteniendo varios premios como dramaturga. Sus obras han sido montadas en Costa Rica, España, México y los Estados Unidos. En varias ocasiones ha sido galardonada con premios, como el Premio Ancora de Teatro 1999–2000, por su actuación en el teatro costarricense.

Photo courtesy Ana Istaru, ©Julia Ardón

Franklin Chang-Díaz

De origen costarricense, es el primer astronauta y físico hispanoamericano que viajó en el transbordador espacial. En 1981, logró el sueño de su vida: ser astronauta. Ha sido el primer astronauta latinoamericano de la NASA, el tercer no estadounidense del hemisferio occidental en viajar al espacio y uno de los hombres con más misiones y horas espaciales en la historia. Comparte el récord de número de viajes al espacio a bordo del transbordador espacial, con un total de siete misiones espaciales entre 1986 y 2002. En la actualidad se dedica a la investigación para la propulsión con plasma, fundamental para futuras misiones espaciales de larga distancia como, por ejemplo, llegar a Marte.

NASA

Gonzalo Morales Sáurez

Este pintor costarricense realizó sus estudios en la Academia de Bellas Artes en Madrid, España. Es mejor conocido en el medio por sus trabajos hiperrealistas, que incluyen, entre otros, retratos y naturaleza muerta. Algunos críticos afirman que la obra de Morales Sáurez no es pintura por pintura, sino pintura de pensamiento hondo, inteligente, intenso, profundo. La modernidad de su pintura está más en el enfoque que realiza de la realidad que en las técnicas o manejos artesanos que emplea. Utiliza, por ejemplo, viejas fachadas de casas, muebles, habitaciones vacías, envoltorios de paquetes, todos empleados en la creación de metáforas artísticas.

Photo courtesy Gonzalo Morales Sáurez

Otros costarricenses sobresalientes

Laureano Albán: poeta

Fernando Carballo Jiménez: pintor

Alfonso Chase: poeta

Carlos Cortés: poeta, cuentista, novelista y compilador de antologías

Magda Gordienko: pintora

Xenia Gordienko: pintora

Luis Muñoz: músico

Carmen Naranjo: poeta, novelista y embajadora

Julieta Pinto: cuentista, novelista y catedrática

Juan Carlos Robelo: pintor

Samuel Rovinski: poeta, cuentista, novelista, dramaturgo y ensayista

¿COMPRENDISTE?

A. Los nuestros. Contesta las siguientes preguntas. Luego, comparte tus respuestas con las de dos o tres compañeros(as) de clase.

1. ¿En qué campos ha tenido éxito Ana Istarú? ¿Qué tipo de persona crees que es? ¿Crees que el erotismo le quita elegancia a la poesía?

2. ¿Cuál fue el sueño de Franklin Chang-Díaz? ¿Cómo lo logró? ¿Crees que tú podrías llegar a ser astronauta? Explica.

3. ¿Cuál es el tema central de la pintura de Morales Sáurez? ¿En qué consiste la modernidad en su obra? Explica.

MEJOREMOS LA COMUNICACIÓN

beca	manejo
bolsillo	Marte (m.)
corte (m.)	matricularse
enfoque (m.)	montar
envoltorio	naturaleza muerta
fachada	retrato
físico(a)	transbordador espacial (m.)

B. Miniprueba. Demuestra lo que aprendiste de estos talentosos costarricenses al completar estas oraciones.

1. Por el erotismo de su poesía, Ana Istarú consigue que a veces el significado de sus versos pueda ser interpretado de _____.

   a. manera equivocada   b. modo ambivalente   c. diversas maneras

2. La investigación para la propulsión con plasma de Chang-Díaz es fundamental para futuras misiones espaciales de _____.

   a. corta duración   b. larga distancia   c. la estación espacial

3. El pintor Morales Sáurez es mejor conocido por sus trabajos _____.

   a. hiperrealistas   b. surrealistas   c. realistas

C. Diario. En tu diario, escribe por lo menos media página expresando tus pensamientos sobre este tema.

Ana Istarú es poeta, actriz y dramaturga. ¿Cómo crees que llegó a tener tanto talento en tres campos distintos? ¿En qué campos tienes talento tú? ¿Cuáles te gustaría desarrollar? ¿Qué probabilidad hay de que lo hagas?

¡Diviértete en la red!
Busca "Ana Istarú" y/o "Franklin Chang-Díaz" en YouTube para ver fascinantes videos de estos talentosos costarricenses o busca "Gonzalo Morales Sáurez" en Google Images para ver ejemplos de su arte. Ve a clase preparado(a) para presentar lo que encontraste.

Repaso de silabación y acentuación

Para saber si han aprendido las reglas de silabación y acentuación, completen estas frases en grupos de tres basándose solo en lo que recuerden sin buscar la información en sus libros. Anoten algunos ejemplos para cada regla y definición. Luego, con la participación de toda la clase, podrán verificar si lo recordaron todo correctamente o no.

Repaso de silabación

A. Reglas de silabación

Regla 1: Todas las sílabas tienen por lo menos…

Regla 2: La mayoría de las sílabas en español comienza con…

Regla 3: Cuando la **l** o la **r** sigue a una **b, c, d, f, g, p** o **t**, forman grupos consonánticos que…

Regla 4: Las palabras con **ch, ll** y **rr** nunca…

Regla 5: Cualquier otro grupo consonántico siempre…

Regla 6: Los grupos de tres consonantes siempre se dividen…

B. Diptongos y triptongos

1. Un diptongo es…

2. Para separarse, un diptongo requiere un…

3. Un triptongo es…

Repaso de acentuación

1. **El acento prosódico:** En español, todas las palabras de más de una sílaba tienen una sílaba que…

2. **Regla 1:** Las palabras que terminan en **vocal, n** o **s,** llevan el acento prosódico en…

3. **Regla 2:** Las palabras que terminan en consonante, excepto **n** o **s,** llevan el acento prosódico en…

4. **Regla 3:** Todas las palabras que no siguen las dos reglas anteriores llevan…

5. El **acento escrito** se coloca sobre…

¡A practicar!

A. Silabación y acentuación. Escucha a tu profesor(a) pronunciar cada palabra y divídelas en sílabas, según las reglas de silabación que acabas de repasar. Luego, según las reglas de acentuación, subraya la sílaba que debería llevar el acento prosódico. Después, coloca el acento ortográfico donde se necesite.

MODELO *política*
          po / lí / ti / ca

1. heroe
2. invasion
3. Reconquista
4. arabe
5. judios

6. protestantismo
7. eficaz
8. inflacion
9. abdicar
10. crisis

11. sefarditas
12. epico
13. unidad
14. peninsula
15. modernidad

16. imperio
17. islamico
18. herencia
19. expulsion
20. tolerancia

Vocabulario para hablar del medio ambiente

La preocupación por el medio ambiente ha llegado a ser uno de los temas más discutidos por todo el mundo. La contaminación del aire y el agua por intereses agrícolas e industriales sigue amenazando no únicamente la salud de la población humana sino también la supervivencia de muchas especies de animales y de plantas. Al leer el siguiente párrafo, subraya las palabras y expresiones nuevas que no conozcas que se utilizan para hablar de la ecología.

La ecología del mundo en peligro

Por todo el mundo han surgido grupos de ecólogos que hoy se preocupan por proteger el medio ambiente. La preservación de los recursos naturales del mundo se ha convertido en un importante asunto que involucra a toda la humanidad. Por ejemplo, las selvas tropicales con su rica flora y fauna están en peligro de desaparecer por completo. Cada año se acelera el proceso de destrucción de bosques vírgenes que se convierten en terrenos de cultivo o en pastos para la ganadería. Como resultado, muchas especies de animales y plantas se han extinguido o están en proceso de extinción. Además, según muchos científicos, la destrucción del medio ambiente afectará las condiciones climáticas del mundo. La contaminación del aire, por ejemplo, ha afectado negativamente la capa de ozono que protege al hombre de los rayos ultravioleta del sol. Por eso es importante que las naciones del mundo establezcan normas ecológicas que puedan ser aceptadas globalmente y que ayuden a la humanidad a controlar la explotación de los recursos naturales y preservar la ecología del mundo natural.

El medio ambiente. Después de leer la lectura, define brevemente las palabras que siguen. Si necesitas ayuda, búscalas en un diccionario.

> **MODELO** *ecología*
>
> **La ecología es el conjunto de las interacciones y relaciones entre los organismos y el ambiente. Con frecuencia se usa la palabra para referirse a la protección y la preservación del medio ambiente.**

1. flora y fauna
2. medio ambiente
3. especie
4. contaminación
5. extinción
6. recursos naturales
7. ozono
8. efecto invernadero
9. tala
10. lluvia ácida

Costa Rica: para amantes de la naturaleza

Antes de empezar el video

En parejas. Contesten las siguientes preguntas en parejas.

1. La región donde viven, ¿se presta a los deportes extremos? ¿Qué deportes son?

2. ¿Les gustan los deportes extremos? ¿Cuáles han practicado? ¿Qué han sentido al practicarlos?

3. ¿Han hecho Uds. *rafting* alguna vez? ¿Dónde? ¿Les gustó o no? ¿Por qué?

© Cengage Learning 2012

Después de ver el video

A. La exuberancia ecológica de Costa Rica. Contesta las siguientes preguntas con un(a) compañero(a) de clase.

1. ¿Qué es un río de flujo natural?

2. Según Rafael Gallo, ¿qué es el *rafting*? ¿Qué es lo más importante de este deporte?

B. A pensar y a interpretar. Contesta las siguientes preguntas.

1. ¿Qué atractivo tiene el río Pacuare para el *rafting*?

2. ¿Por qué es tan importante el chaleco salvavidas en el *rafting*?

3. ¿Qué otros deportes extremos creen que se pueden practicar en Costa Rica? Expliquen por qué opinan así.

C. Apoyo gramatical. Secuencia de tiempos: verbos en indicativo y subjuntivo. Selecciona la forma verbal que completa mejor cada oración para leer acerca de algunas atracciones de Costa Rica.

Los amantes de la naturaleza creen que 1. han encontrado / hayan encontrado el paraíso terrenal. Ellos están seguros de que el paraíso 2. tiene / tenga nombre; se llama Costa Rica. Dudan que 3. existe / exista un lugar con tantas oportunidades de disfrutar de paisajes extraordinarios. Le pedí a una amiga ecologista que conoce bien su país, que me 4. dijera / diga qué lugar visitar. Ella sabe que a mí me 5. encanten / encantan las aventuras emocionantes en lugares maravillosos. Ella sugirió que yo me 6. informara / informaría sobre las excursiones por el río Pacuare, la joya de los rápidos de Costa Rica. A los que les gustan las aventuras apasionantes, como a mí, ella les recomienda que 7. hacen / hagan *rafting* en ese río maravilloso. Todos los que bajan por el río, se sorprenden de que 8. puedan / podrán combinar aventura y belleza. Cristóbal Colón pensó que él 9. había encontrado / hubiera encontrado un lugar con mucho oro. Es verdad que no 10. hay / haya oro, pero hay belleza que todos pueden gozar.

Gramática 10.2: Antes de hacer esta actividad, conviene repasar esta estructura en las págs. 490–493.

¡Antes de leer!

A. Anticipando la lectura. Imagínate que has sido galardonado con el Premio Nobel de la Paz y tienes que preparar el discurso que vas a pronunciar al aceptar el premio. Como preparación para escribir ese discurso, contesta las siguientes preguntas.

1. ¿Cómo piensas empezar tu discurso? ¿Les vas a dar las gracias a las personas responsables? ¿A quiénes? ¿Qué vas a decir?

2. ¿Qué vas a decir sobre la importancia de este premio y el honor de haberlo recibido?

3. ¿Qué piensas decir acerca de la paz mundial? ¿De la paz en general?

4. En tu opinión, ¿es apropiado criticar en esta ocasión a algunos gobernantes o países que parecen no respetar la paz? ¿Hay algunos que tú criticarías? ¿Cuáles? ¿Qué dirías de ellos?

5. ¿Qué otros asuntos crees que debes mencionar?

6. ¿Cómo terminarías tu discurso?

B. Vocabulario en contexto. Busca estas palabras en la lectura que sigue y, de acuerdo al contexto, decide cuál es su significado. Para facilitar encontrarlas, las palabras aparecen en negrilla en la lectura.

1. **concretaron**   a. escucharon   b. hicieron realidad   c. cancelaron

2. **coraje**   a. bravura   b. enojo   c. paciencia

3. **asunto**   a. decisión   b. conclusión   c. cuestión

4. **plazos**   a. ejércitos   b. límites de tiempo   c. centros en la ciudad

5. **inadvertidos**   a. no reconocidos   b. destacados   c. primeros

6. **cerciorándonos**   a. dudándonos   b. ignorándonos   c. asegurándonos

Sobre el autor

Óscar Arias Sánchez, político costarricense, fue galardonado con el Premio Nobel de la Paz en 1987 mientras era presidente de su país. Nació en Heredia, Costa Rica, en 1941, en el seno de una acomodada familia dedicada a la exportación del café. Estudió derecho y economía en la Universidad de Costa Rica. En 1974, completó su doctorado en la Universidad de Essex, en Inglaterra, y regresó a enseñar ciencias políticas en la Universidad de Costa Rica. En 1986, fue elegido presidente de Costa Rica por un amplio margen. Tiene varias publicaciones sobre ciencias políticas, que incluyen *Democracia, independencia y sociedad latinoamericana* (1977), *Horizontes de paz* (1994) y *Nuevas dimensiones de la educación* (1994).

Guillermo Legaria / Getty Images

La paz no tiene fronteras

(Fragmento del discurso de aceptación del Premio Nobel de la Paz en 1987)

Cuando ustedes decidieron honrarme con este premio, decidieron honrar a un país de paz, decidieron honrar a Costa Rica. Cuando, este año, 1987, concretaron el deseo de Alfred E. Nobel de fortalecer los esfuerzos de paz en el mundo, decidieron fortalecer los esfuerzos para asegurar la paz en América Central. Estoy agradecido por el reconocimiento de nuestra búsqueda de la paz. Todos estamos agradecidos en Centroamérica.

Nadie sabe mejor que los honorables miembros de este Comité que este premio es una señal para hacerle saber al mundo que ustedes quieren promover la iniciativa de paz centroamericana. Con su decisión, apoyan sus posibilidades de éxito; declaran cuán bien conocen que la búsqueda de la paz no puede terminar nunca, y que es una causa permanente, siempre necesitada del apoyo verdadero de amigos verdaderos, de gente con **coraje** para promover el cambio en favor de la paz, a pesar de todos los obstáculos.

La paz no es un **asunto** de premios ni de trofeos. No es producto de una victoria ni de un mandato. No tiene fronteras, no tiene **plazos,** no es inmutable en la definición de sus logros.

La paz es un proceso que nunca termina; es el resultado de innumerables decisiones tomadas por muchas personas en muchos países. Es una actitud, una forma de vida, una manera de solucionar problemas y de resolver conflictos. No se puede forzar en la nación más pequeña ni puede imponerla la nación más grande. No puede ignorar nuestras diferencias ni dejar pasar **inadvertidos** nuestros intereses comunes. Requiere que trabajemos y vivamos juntos.

La paz no es solo un asunto de palabras nobles y de conferencias Nobel. Ya tenemos abundantes palabras, gloriosas palabras, inscritas en las cartas de las Naciones Unidas, de la Corte Mundial, de la Organización de los Estados Americanos y de una red de tratados internacionales y leyes. Necesitamos hechos que respeten esas palabras, que honren los compromisos avalados por esas leyes. Necesitamos fortalecer nuestras instituciones de paz como las Naciones Unidas, **cerciorándonos** de que se utilizan en favor del débil tanto como del fuerte. […]

"La paz no tiene fronteras" by Oscar Arias Sanchez, © The Nobel Foundation 1987. Used with permission.

¡Después de leer!

A. Hechos y acontecimientos. ¿Recuerdas los datos más importantes de la lectura? Para asegurarte, contesta las siguientes preguntas.

1. Según Óscar Arias, ¿a quiénes honró el Comité Nobel de la Paz al decidir darle el premio a él?

2. ¿Por qué dice que "este premio es una señal"? ¿Una señal para qué?

3. ¿Cómo define él la paz? Explica.

4. Además de dar discursos y organizar conferencias sobre la paz, ¿qué más necesitan hacer el Comité Nobel y los que reciben el Premio Nobel de la Paz, según el orador?

B. A pensar y a analizar. En grupos de tres, contesten las siguientes preguntas.

1. ¿Cuál es el tema de este discurso?

2. ¿Están Uds. de acuerdo con el título del discurso? ¿Es posible la paz mundial? Expliquen.

3. ¿Qué opinan Uds. del discurso de Óscar Arias? ¿Creen que Arias fue suficientemente diplomático, demasiado diplomático o no suficientemente diplomático? Den ejemplos para apoyar sus respuestas.

C. Quiero agradecerles... Imagínate que tú y tu compañero(a) acaban de casarse y están ahora en la recepción. Los dos deciden expresar su gratitud a todas las personas que hicieron este momento posible: sus padres, familias, amigos. Preparen sus discursos de agradecimiento y preséntenlos en grupos de cuatro o seis personas.

D. Apoyo gramatical. Secuencia de tiempos: verbos en indicativo y subjuntivo. Selecciona la forma verbal apropiada para saber lo que opinan Carlos y Lidia, dos estudiantes costarricenses, acerca del discurso de Óscar Arias.

CARLOS: Óscar Arias dice que la paz no 1. es / sea asunto de palabras.

LIDIA: Sí, él piensa que la paz 2. debe / deba ser asunto de obras.

CARLOS: Me alegro de que él 3. ha recibido / haya recibido el Premio Nobel.

LIDIA: Yo también me alegré mucho de que él 4. había recibido / hubiera recibido el Premio Nobel.

CARLOS: Él cree que 5. tenemos / tengamos que fortalecer nuestras instituciones de paz.

LIDIA: Sí, sería una buena idea que 6. fortalezcamos / fortaleciéramos nuestras instituciones de paz.

CARLOS: Él desea que Centroamérica 7. tiene / tenga paz y democracia.

LIDIA: Sí, es evidente que la paz sin democracia no 8. será / sea útil.

CARLOS: Él querría que todos los gobiernos 9. respeten / respetaran los derechos universales del hombre.

LIDIA: Es una lástima que en el pasado algunos gobiernos no 10. respetaron / hayan respetado los derechos universales del hombre.

CARLOS: Es esencial que 11. practicamos / practiquemos el diálogo y la tolerancia para alcanzar la paz.

LIDIA: Sería bueno que todos 12. prestan / prestaran atención a esas palabras.

Gramática 10.2: Antes de hacer esta actividad, conviene repasar esta estructura en las págs. 490–493.

GRAMÁTICA

10.1 Secuencia de tiempos: verbos en indicativo

¡A que ya lo sabes!

Andrea ha estado leyendo acerca de Costa Rica. ¿Qué dijo ella cuando unos amigos le preguntaron acerca de este país? Mira los siguientes pares de oraciones y decide, en cada par, cuál de las dos oraciones te suena mejor, la primera o la segunda.

1. a. *Leo* a menudo que Costa Rica es un paraíso para los amantes del ecoturismo.

b. *Leí* que Costa Rica es un paraíso para los amantes del ecoturismo.

2. a. Averigüé que San José se *fundó* en el siglo XVIII.

b. Averigüé que San José se *había fundado* en el siglo XVIII.

> Para más práctica, haz las actividades de **Gramática en contexto** (sección 10.1) del *Cuaderno para los hispanohablantes*.

Hicimos trampa esta vez porque todas las oraciones son correctas. Muy bien si algunos de ustedes encontraron apropiadas todas las oraciones. Cuando la oración principal y la subordinada usan el indicativo, se puede usar cualquier tiempo que resulte en una oración con sentido. Sigan leyendo para ampliar el conocimiento tácito que tienen.

❯ La secuencia de tiempos se refiere al hecho de que en una oración con una cláusula subordinada tiene que haber correlación entre el tiempo del verbo principal y el tiempo del verbo subordinado. Los siguientes tiempos pueden usarse cuando tanto la cláusula principal como la subordinada están en indicativo.

Verbos en indicativo			
Tiempos simples		**Tiempos perfectos**	
Presente	acepto	**Presente perfecto**	he aceptado
Futuro	aceptaré	**Futuro perfecto**	habré aceptado
Imperfecto	aceptaba	**Pluscuamperfecto**	había aceptado
Pretérito	acepté	**Pretérito anterior**	hube aceptado*
Condicional	aceptaría	**Condicional perfecto**	habría aceptado

*El pretérito anterior no se usa en la lengua hablada y actualmente se usa raramente en la lengua escrita.

❯ Cuando los verbos de la cláusula principal y de la cláusula subordinada están en el indicativo, no hay restricciones en la manera como se pueden combinar los tiempos verbales con tal de que la oración tenga sentido.

Los kunas **son** miembros de una familia lingüística que **incluye** a muchos grupos indígenas que **habitaban** grandes extensiones de Sudamérica y Centroamérica.
Unos amigos míos me **contaron** que se **habían divertido** inmensamente cuando visitaron San José.
Cuando **viajamos** a un pueblecito donde **hacen** vasijas, muchos **querían** comprar una.

❯ La misma regla se aplica cuando el verbo principal es un mandato.

Dime qué **quieres** hacer hoy; no me **digas** lo que **querías** hacer ayer.
Pregúntame adónde **iré** esta tarde.
Explíquenme lo que **habrían hecho** Uds. en esa situación.

Ahora, ¡a practicar!

A. Paraíso ecológico. Tú mencionas lo que te dijeron unos amigos costarricenses sobre su país.

MODELO la superficie del país / ocupar el 0,3% de la superficie del planeta
Unos amigos me dijeron que la superficie del país ocupaba el 0,3% de la superficie del planeta.

1. el país / ser uno de los lugares favoritos para el ecoturismo

2. su pequeño país / contener el 5% de la biodiversidad mundial

3. Costa Rica / contar con más especies de aves que los Estados Unidos

4. la Reserva Biológica Bosque Nuboso Monteverde / ser una de las siete maravillas de Costa Rica

5. el país / tener más variedades de mariposas que todo el continente africano

6. el 25% del territorio natural / estar ocupado por parques nacionales y reservas naturales

7. Costa Rica / ser el puente ecológico entre Norteamérica y Sudamérica

B. Recuerdos. Un señor costarricense te habla del día en que supo que Óscar Arias Sánchez había recibido el Premio Nobel de la Paz en 1987.

MODELO tener veinte años
Cuando nuestro presidente recibió el Premio Nobel, yo tenía veinte años.

1. vivir en Limón con mi familia

2. ser estudiante universitario

3. llevar una vida muy tranquila

4. estar con unos amigos

5. estar mirando las noticias por casualidad

6. no saber que el presidente era también un líder internacional

C. Futuro inmediato. ¿Cómo ves la situación en Costa Rica en los próximos quince años?

MODELO haber prosperidad económica
Opino (Pienso, Imagino) que habrá prosperidad económica todavía. u Opino (Pienso, Imagino) que no habrá prosperidad económica.

1. existir un sistema político democrático

2. aumentar la población de modo significativo

3. promover proyectos económicos con países vecinos

4. disminuir la importancia de la agricultura

5. desarrollarse incluso más la industria del ecoturismo

6. diversificarse las exportaciones

7. construirse más carreteras

8. (...añade otras predicciones)

D. ¿Qué pasará? ¿Habrá cambios en Costa Rica antes del año 2020?

> **MODELO** la constitución / cambiar
>
> **Me imagino (Supongo / Sin duda) que antes del año 2020 la constitución (no) habrá cambiado.**

1. la población / alcanzar ocho millones
2. el gobierno costarricense / hacer más acuerdos de libre comercio con países latinoamericanos
3. el nivel de pobreza / disminuir mucho
4. el turismo / seguir siendo una fuente de ingresos
5. las culturas indígenas / desaparecer
6. la falta de carreteras / ser superado
7. el país / depender menos de las importaciones
8. el gobierno / crear más parques nacionales
9. la moneda nacional / conservar su valor
10. (...añade otras predicciones)

E. ¡Ahora sé más! Di lo que pensabas acerca de Costa Rica antes de leer la lección y después de leerla.

> **MODELO** ser un país muy pequeño
>
> **Pensaba que Costa Rica era un país muy pequeño, pero ahora sé que hay otros países más pequeños.**

1. ser un país muy rico, por su nombre
2. beneficiarse de un gobierno militar
3. estar al sur de Panamá
4. no tener influencia indígena
5. ser una región seca, sin lluvias
6. no interesarse por el medio ambiente
7. poseer alto porcentaje de analfabetismo
8. estar al lado de México
9. (...añade otras impresiones)

10.2 Secuencia de tiempos: verbos en indicativo y subjuntivo

¡A que ya lo sabes!

Para más práctica, haz las actividades de **Gramática en contexto** (sección 10.2) del *Cuaderno para los hispanohablantes.*

¿Qué dijo Andrea cuando la profesora le pidió que mencionara dos hechos importantes sobre la autora costarricense Ana Istarú? Mira los siguientes pares de oraciones y decide, en cada par, cuál de las dos oraciones te suena mejor, la primera o la segunda.

3. a. Ana Istarú *quería* que sus padres estén orgullosos de ella.

b. Ana Istarú *quiere* que sus padres estén orgullosos de ella.

4. a. Ella quería que sus poemas *apasionen* a los lectores.

b. Ella quería que sus poemas *apasionaran* a los lectores.

Si seleccionaron la segunda en ambos pares, se habrán dado cuenta de lo lógico que es cuando ya tienen un conocimiento tácito de las reglas que gobiernan la secuencia de tiempos. Sigan leyendo y ese conocimiento se ampliará aun más.

❭ Si el verbo principal de una oración está en presente, presente perfecto, futuro, futuro perfecto o es un mandato, el verbo de la cláusula subordinada aparece normalmente en presente o presente perfecto de subjuntivo.

Verbo principal (indicativo)	Verbo subordinado (subjuntivo)
Presente	
Presente perfecto	
Futuro	Presente
Futuro perfecto	Presente perfecto
Mandato	

La gente **espera** que la nueva presidenta les **resuelva** todos sus problemas.

Sé que el profesor me **aconsejará** que **lea** algunos poemas de Ana Istarú.

Queremos conversar con alguien que **haya estado** en Costa Rica recientemente.

❭ La cláusula subordinada también puede estar en el imperfecto o pluscuamperfecto de subjuntivo cuando la acción a la que se refiere la cláusula subordinada ha ocurrido antes de la acción a que se refiere la cláusula principal.

Siento que tu viaje a San José no se **realizara.**

No creo que Costa Rica **hubiera declarado** su independencia antes de 1800.

❭ Si el verbo principal está en cualquiera de los tiempos del pasado, en el condicional o en el condicional perfecto, el verbo de la cláusula subordinada debe estar ya sea en imperfecto o en pluscuamperfecto de subjuntivo. El pluscuamperfecto de subjuntivo indica que la acción de la cláusula subordinada es anterior a la de la cláusula principal.

Verbo principal (indicativo)	Verbo subordinado (subjuntivo)
Pretérito	
Imperfecto	
Pluscuamperfecto	Imperfecto
Condicional	Pluscuamperfecto
Condicional perfecto	

¿**Deseabas** visitar un pueblo que **tuviera** un buen mercado de artesanías?

Al no verte en el aeropuerto, todos **temimos** que **hubieras perdido** el vuelo.

Sería bueno que **aumentaran** el presupuesto para la educación.

Le dije a mi compañera que me **había molestado** que nadie **hubiera querido** acompañarme al Museo de Jade.

Nota para hispanohablantes

Hay una tendencia dentro de algunas comunidades de hispanohablantes a evitar el uso del imperfecto y del pluscuamperfecto de subjuntivo. De esta manera, en vez de usar el imperfecto o el pluscuamperfecto de subjuntivo (**temimos que hubieras perdido…; Sería bueno que aumentaran…; me había molestado que nadie hubiera querido…**), usan solo verbos en indicativo: *temíamos que habías perdido…, Sería bueno que aumenten…; me había molestado que nadie había querido…* Es importante evitar este uso fuera de esas comunidades y en particular al escribir.

Ahora, ¡a practicar!

A. Cosas sorprendentes. Les mencionas a tus amigos datos de Costa Rica que te han sorprendido.

> **MODELO** ser un país relativamente pequeño
> **Me ha sorprendido que Costa Rica sea un país relativamente pequeño.**

1. poseer una gran cantidad de parques nacionales

2. tener costas en el mar Caribe y en el océano Pacífico

3. no contar con muchas riquezas minerales

4. exportar tantos textiles

5. disponer de una gran biodiversidad

6. producir un café muy apreciado por los conocedores

7. *(… añade otras cosas sorprendentes)*

B. Posible visita. Tú y tus amigos dicen cuándo o bajo qué condiciones visitarán Costa Rica.

> **MODELO** antes de que
> **Visitaré Costa Rica antes de que termine el año escolar.**

1. tan pronto como / reunir dinero

2. con tal (de) que / poder quedarme allí tres meses por lo menos

3. después (de) que / graduarme

4. cuando / estar en mi tercer año de la universidad

5. en cuanto / aprobar mi curso superior de español

C. Cosas buenas. Estas son algunas de las respuestas que te dan tus amigos costarricenses cuando les preguntas qué cambios desean en el país.

MODELO la economía / no depender tanto de los productos agrícolas
Preferiría (Me gustaría / Sería bueno) que la economía no dependiera tanto de los productos agrícolas.

1. el gobierno / proteger las industrias nacionales

2. el país / diversificar la economía

3. la población / no estar concentrada en el área metropolitana

4. el gobierno / continuar preocupándose de la preservación de las áreas naturales

5. nosotros / explotar más los recursos naturales del país

6. la presidenta / (no) poder ser reelegida

D. Un costarricense ejemplar. Siguiendo el modelo, tú dices cómo reaccionaste después de leer acerca de Franklin Chang-Díaz.

MODELO viajar a los Estados Unidos con solo cincuenta dólares en el bolsillo
A mí me sorprendió que él hubiera viajado a los Estados Unidos con solo cincuenta dólares en el bolsillo.

1. aprender inglés rápidamente

2. estudiar ingeniería nuclear en el *Massachusetts Institute of Technology*

3. doctorarse en 1977

4. llegar a ser astronauta en 1981

5. ser el primer astronauta latinoamericano de la NASA

6. participar en siete misiones espaciales

7. crear una compañía de alta tecnología

Panamá

© Cengage Learning 2012

Nombre oficial: República de Panamá
Población: 3.360.447 (estimación de 2009)
Principales ciudades: Ciudad de Panamá (capital), San Miguelito, Colón, David
Moneda: Balboa (B) y dólar estadounidense (US$)

La Ciudad de Panamá, con una población de
más de ochocientos mil y con una intensa actividad financiera
internacional, es conocida como la "ciudad de los rascacielos", la
capital más cosmopolita de Centroamérica y el centro cultural y
económico del país. En la ciudad, tienes que conocer...

Jane Sweeney / Photolibrary

> el Casco Antiguo, sitio del Palacio de las Garzas (el palacio
> presidencial), construido entre los siglos XVII y XVIII, la Catedral y la
> Iglesia de San José, la cual cuenta con un altar de oro espectacular,
> ruinas de conventos y residencias, calabozos originales, y un
> monumento a Francia y a los aproximadamente veintidós mil
> trabajadores franceses que murieron durante la construcción
> del canal.

> el Teatro Nacional, de estilo neoclásico, que es una joya arquitectónica y la máxima casa de las artes
> en Panamá.

> el Museo de Arte Contemporáneo, con la colección más completa de artistas panameños desde el
> siglo XX hasta el presente.

> el Museo del Canal Interoceánico, que ofrece a quienes lo visitan la posibilidad de acercarse a la
> historia y al presente de esta imponente obra de ingeniería.

> las ruinas de Panamá Vieja, la original ciudad colonial fundada en 1519 y la primera ciudad europea
> construida en la costa del Pacífico.

En el archipiélago formado por las islas de San Blas, puedes ver...

rj lerich / Shuttertock

> trescientas sesenta y cinco islas de espectacular belleza (una para cada día del año), donde se puede nadar y practicar *snorkeling*, buceo, *kayak* o pesca.

> los caseríos de los indígenas kunas y aprender sobre su fascinante cultura.

> la vestimenta tradicional de las mujeres kunas. Llevan diariamente vistosas blusas hechas con "molas", la aplicación de trozos de tela cosidos uno encima de otro, formando intrincados y extraordinarios diseños originales.

Lytton Photography / iStockphoto

El canal de Panamá

> El canal de Panamá, con una longitud de aproximadamente ochenta kilómetros entre los océanos Atlántico y Pacífico fue construido en una de las áreas más estrechas del continente.

> Esta obra de ingeniería tan revolucionaria e increíble ha llegado a ser llamada la "octava maravilla del mundo".

> El canal, utilizado por entre trece mil y catorce mil barcos cada año, funciona veinticuatro horas al día, trescientos sesenta y cinco días al año, ofreciendo servicio de tránsito a naves de todas las naciones, sin discriminación alguna.

> Al lado del canal, el ferrocarril de Panamá, que se construyó entre 1850 y 1855, fue otra obra maestra de la ingeniería de su época. Se estima que más de doce mil personas murieron solo en la construcción del ferrocarril, la mayoría de cólera y malaria.

Festivales panameños

> El *Panamá Jazz Festival*, donde genios y leyendas vivas de la música de la talla del panameño Rubén Blades y el cubano Chucho Valdés forman parte de la lista de invitados.

> La Feria de las Flores y del Café en Boquete de Chiriquí, en enero

> El Festival Nacional de la Mejorana en el pueblo de Guararé, el festival folclórico de más renombre en la República de Panamá, con música, bailes y trajes tradicionales de todo el país

> La Feria de La Chorrera, el punto donde se reúnen los sectores comercial, industrial, agrícola, ganadero y el folclore, no solo del distrito, sino del país

©Alfredo Maiquez / Lonely Planet

 ¡Diviértete en la red!
Busca "Ciudad de Panamá", "islas de San Blas", "canal de Panamá" o uno de los festivales mencionados aquí, en Google Web y/o YouTube. Selecciona un sitio y ve a clase preparado(a) para presentar un breve resumen sobre lo que más te impresionó.

Panamá: acercando dos océanos

La independencia y la vinculación con Colombia

Panamá pasó a depender del Virreinato de Nueva Granada en 1739. El 28 de noviembre de 1821 una junta de notables declaró la independencia en la Ciudad de Panamá, fecha en que se conmemora oficialmente su independencia. Pocos meses más tarde, Panamá se integró a la República de la Gran Colombia junto con Venezuela, Colombia y Ecuador.

En la Ciudad de Panamá se realizó el primer Congreso Interamericano, convocado por Simón Bolívar en 1826. Después de la desintegración de la Gran Colombia, Panamá siguió siendo parte de Colombia, aunque entre 1830 y 1840 hubo tres intentos fallidos de separar el istmo de ese país.

Geograph and Map Division, Library of Congress

El istmo en el siglo XIX

El descubrimiento de oro en California en 1848 revitalizó el istmo, el cual se convirtió en la vía marítima obligada entre las costas oriental y occidental de los EE.UU. En 1855, se completó, con capital estadounidense, la construcción del ferrocarril interoceánico por el istmo de Panamá. Este nuevo sistema de transporte le trajo prosperidad a Panamá.

En 1880, se iniciaron las obras para la construcción de un canal bajo la dirección del constructor del canal de Suez, Ferdinand de Lesseps. La compañía encargada del proyecto lo abandonó en 1889. Poco después de este fracaso, el gobierno de los EE.UU. y el de Colombia concluyeron un tratado para la construcción del canal, aunque el Senado colombiano se negó a ratificarlo.

Library of Congress, Prints and Photographs Division

La República de Panamá

Un movimiento separatista, apoyado por los EE.UU., proclamó la independencia de Panamá respecto a Colombia el 3 de noviembre de 1903. Los EE.UU. reconocieron de inmediato al nuevo estado y enviaron fuerzas navales para impedir la llegada de tropas colombianas al istmo.

En 1904 se reanudó la construcción del canal, que fue abierto al tráfico el 15 de agosto de 1914. Panamá se convirtió de hecho en un protectorado de los EE.UU., pues la constitución de 1904 autorizaba la intervención de las fuerzas armadas de los EE.UU. en la república en caso de desórdenes públicos.

La época contemporánea

En 1968 un golpe de estado estableció una junta militar dirigida por Omar Torrijos. El 7 de septiembre de 1977 Torrijos y el presidente Carter firmaron dos tratados por los cuales los EE.UU. cedían permanentemente el canal a Panamá el 31 de diciembre de 1999.

En 1983, Manuel Antonio Noriega tomó la jefatura de la Guardia Nacional que, bajo el nombre de Fuerzas de Defensa de Panamá (FDP), siguió siendo el verdadero poder político del país hasta 1988, cuando fue derrocado por una intervención militar estadounidense. En 1992, un tribunal de Miami sentenció a Noriega a cuarenta años de prisión.

En 1999, Mireya Moscoso Rodríguez llegó a ser la primera mujer proclamada presidenta de Panamá. Durante su gobierno, Panamá asumió el control del canal.

Panamá hoy

> Ricardo Martinelli Berrocal, empresario millonario que ganó las elecciones en mayo de 2009, tomó posesión de la administración del gobierno desde julio de 2009 hasta el año 2014.

> La economía panameña y su sistema bancario son conocidos internacionalmente como uno de los más sólidos del continente. Por su posición geográfica actualmente ofrece al mundo una amplia plataforma de servicios marítimos, comerciales, inmobiliarios y financieros, entre ellos la Zona Libre de Colón, la zona franca más grande del continente y la segunda del mundo.

Randy Faris / Photolibrary

¿COMPRENDISTE?

A. Hechos y acontecimientos. Escribe una breve explicación del significado de las siguientes personas y eventos. Luego, compara tus explicaciones con las de la clase.

1. Congreso Interamericano de 1826

2. Ferdinand de Lesseps

B. A pensar y a analizar. Contesta las siguientes preguntas con dos o tres compañeros(as) de clase.

1. ¿Qué importancia ha tenido la posición geográfica de Panamá en su historia?

2. ¿Creen Uds. que los militares de los EE.UU. actuaron legalmente en 1989 cuando entraron en la capital de Panamá y tomaron preso a Manuel Antonio Noriega, líder máximo del país? ¿Cómo creen que reaccionaron los panameños? Bajo circunstancias parecidas, ¿aprobarían Uds. que el ejército de otro país entrara en Washington, D.C., y tomara preso al presidente de los EE.UU.? ¿Por qué sí o no?

C. Redacción colaborativa. En grupos de dos o tres, escriban una composición colaborativa de una a dos páginas sobre el tema que sigue. Escriban primero una lista de ideas, organícenlas en un borrador, revisen las ideas, la acentuación y ortografía y escriban la versión final.

Cuando supo que había perdido, Manuel Antonio Noriega inmediatamente anuló las elecciones de 1988 en Panamá, y continuó gobernando hasta diciembre de 1989, cuando fue derrocado por una intervención militar estadounidense. En su opinión, ¿tienen los Estados Unidos el derecho de intervenir en el gobierno de cualquier país? Si dicen que sí, ¿bajo qué condiciones? Si dicen que no, ¿hay algunas situaciones donde se permitiría? Expliquen su respuesta.

MEJOREMOS LA COMUNICACIÓN

acercar	jefatura
apoyar	protectorado
fallido(a)	reanudarse
franco(a)	resentimiento
franja	vinculación (f.)
inmobiliario(a) (adj.)	zona franca

Gramática 10.3: Antes de hacer esta actividad conviene repasar esta estructura en las págs. 510–511.

Margarita Henríquez

Es una artista panameña, ganadora de la tercera edición de *Latin American Idol*; a los diecisiete años se convierte en la aspirante más joven en ganar este concurso. Su carrera musical comenzó cuando cantó por primera vez en el conjunto típico de su padre, el acordeonista panameño Juancín Henríquez, a la edad de doce años. En 2005, entró al festival de talento juvenil "Proyecto Estrella 20–30" donde se consagró ganadora con tan solo catorce años. Como premio del concurso, presentaron su primer disco de música típica panameña. Durante 2008, incursionó en el mundo de la TV siendo presentadora del programa *Así es mi tierra*, que destaca la música típica y las costumbres folclóricas del pueblo panameño, de la cadena Telemetro Panamá. Tiene ya dos álbumes publicados: *Margarita* con el que ya ganó un disco de oro y *Punto de partida*, su más reciente publicación.

Xinhua / Landov

© Cheeris Aguado

José Luis Rodríguez Pittí

Es un escritor y fotógrafo panameño. Autor de narraciones, ensayos y poesía se ha destacado por sus cuentos breves de contenido humano y contemporáneo. Por su libro *Sueños*, la Universidad de Panamá le otorgó el Premio de Cuento "Darío Herrera" (1994). Es el editor de la revista electrónica *minitextos.org* dedicada a la literatura breve. Desde enero de 2008 es presidente de la Asociación de Escritores de Panamá. Como fotógrafo, recorrió a principios de la década de los 90 la región de Azuero, en el sur de Panamá, recopilando historias e imágenes, con las que compuso tres ensayos fotográficos: "Viernes Santo en Pesé", "Azuero" y "Noche de Carnaval". Ha participado en exposiciones colectivas y algunas de sus fotos han aparecido como portadas de libros.

Danilo Pérez

Este famoso pianista, compositor y jazzista panameño es fundador del *Panamá Jazz Festival*. Entre 1985 y 1988, siendo aún estudiante, llegó a tocar con músicos de la talla de Jon Hendricks, Terence Blanchard y Claudio Roditi. En la década de los 80 formó parte de la Orquesta de las Naciones Unidas, siendo el más joven del grupo y miembro del disco premiado con un Grammy, *Live at the Royal Festival*. En 1995 se convirtió en el primer latinoamericano que formó parte del grupo de Wynton Marsalis y el primer músico de jazz que tocó con la Orquesta Sinfónica de Panamá. En 1996 grabó su disco *PanaMonk* que además de ser nombrado una "obra maestra del jazz" por *The New York Times*, fue escogido como uno de los cincuenta discos más importantes del jazz piano por la revista *Downbeat*.

Saul Loeb / Getty Images

Otros panameños sobresalientes

Tatyana Alí: actriz y cantante

Rosario Arias de Galindo: editora y periodista

Ricardo J. Bermúdez: arquitecto, poeta y cuentista

Rubén Blades: músico, compositor, actor y político

Rosa María Britton: médica, novelista, cuentista y dramaturga

Enrique Jaramillo Levi: catedrático, editor de antologías, poeta y cuentista

Raúl Leis: sociólogo, periodista, catedrático y cuentista

Sheila Lichacz: pintora

Dimas Lidio Pitty: poeta, novelista y cuentista

Mariano Rivera: beisbolista

José Quintero (1929–1999): actor y director

Pedro Rivera: poeta, cuentista y cineasta

¿COMPRENDISTE?

A. Los nuestros. Contesta las siguientes preguntas. Luego, comparte tus respuestas con dos o tres compañeros(as) de clase.

1. ¿Crees que el hecho de que su padre fuera músico influyó en la carrera de Margarita Henríquez? ¿Por qué? ¿Cómo crees que, siendo tan joven, ha logrado perseguir sus sueños?

2. ¿Consideras el cuento breve una obra literaria? ¿Se pueden combinar expresiones artísticas como la fotografía y el escribir? Explica.

3. ¿En qué campos ha alcanzado éxito Danilo Pérez? ¿Crees que su talento es innato? ¿Crees que el arte latinoamericano y el jazz pueden ir de la mano? Explica.

> **MEJOREMOS LA COMUNICACIÓN**
>
> | | |
> |---|---|
> | aspirante *(m. f.)* | incursionar |
> | cadena | portada |
> | concurso | recopilar |
> | consagrar | talla |

B. Miniprueba. Demuestra lo que aprendiste de estos talentosos panameños al completar estas oraciones.

1. Margarita Henríquez fue la aspirante _____ en ganar *Latin American Idol*.

   a. más joven   b. más talentosa   c. más dedicada

2. Rodríguez Pittí se ha destacado por sus cuentos breves de contenido _____.

   a. imaginativo   b. infantil   c. humano y contemporáneo

3. Danilo Pérez es un eximio intérprete de _____.

   a. música clásica   b. jazz   c. blues

C. Diario. En tu diario, escribe por lo menos media página expresando tus pensamientos sobre este tema.

José Luis Rodríguez Pittí recorrió la región de Azuero, en el sur de Panamá, recopilando historias e imágenes, con las que compuso tres ensayos fotográficos. ¿Crees que la fotografía puede captar el "alma de la realidad"? ¿Es posible transmitir un mensaje profundo solo con imágenes y sin palabras? De ser así, ¿qué mensaje, en imágenes, te gustaría transmitir al mundo de hoy y por qué? ¿Qué imágenes usarías para tu mensaje?

 ¡Diviértete en la red!
Busca "Margarita Henríquez", "José Luis Rodríguez Pittí" y/o "Danilo Pérez" en YouTube para ver y escuchar a estos talentosos panameños. Ve a clase preparado(a) para presentar lo que encontraste.

ASÍ HABLAMOS Y ASÍ ESCRIBIMOS

Repaso: acentuación, diptongos y triptongos

Acentuación

Regla 1: Las palabras que terminan en **vocal, n** o **s**, llevan el acento prosódico en la penúltima sílaba.

Regla 2: Las palabras que terminan en consonante, excepto **n** o **s**, llevan el acento prosódico en la última sílaba.

Regla 3: Todas las palabras que no siguen las dos reglas anteriores llevan acento ortográfico, o sea, acento escrito. El acento escrito se coloca sobre la vocal de la sílaba que se pronuncia con más fuerza o énfasis.

Diptongos. Un diptongo es la combinación de una vocal débil **(i, u)** con cualquier vocal fuerte **(a, e, o)** o de dos vocales débiles en una sílaba. Los diptongos se pronuncian como una sola sílaba. Un acento escrito sobre la vocal débil resulta en dos sílabas.

Triptongos. Un triptongo es la combinación de tres vocales: una vocal fuerte **(a, e, o)** en medio de dos vocales débiles **(i, u)**. Los triptongos pueden ocurrir en varias combinaciones: **iau, uai, uau, iai, iei,** etcétera. Los triptongos siempre se pronuncian como una sola sílaba.

¡A practicar!

A. Acentuación y ortografía. Haz una copia por escrito de esta lista de palabras en una hoja en blanco. Luego, al escuchar a tu profesor(a) pronunciar las siguientes palabras, divídelas en sílabas. Luego, subraya la sílaba que lleva el acento prosódico según las reglas de acentuación. Finalmente, coloca el acento ortográfico donde se necesite.

MODELO p o l i t i c a

po / lí / <u>ti</u> / ca

1. p r o t a g o n i s t a
2. f a n t a s t i c o
3. c o m e d i a
4. s a x o f o n
5. p i a n i s t a
6. o p e r a
7. f i c c i o n
8. r o m a n t i c a s
9. c a m a r o n
10. m a i z

B. Acento escrito. Ahora coloca el acento ortográfico sobre las palabras que lo requieran en las siguientes oraciones.

1. El examen en la clase de ingles fue demasiado dificil pero el del profesor Alarcon fue facil.

2. La profesora Garcia dice que ese joven es frances.

La tradición oral: trabalenguas

El diccionario de la Real Academia dice que un trabalenguas es "una palabra o locución difícil de pronunciar, en especial cuando sirve de juego para hacer que alguien se equivoque". Dentro de la tradición oral hispana, la práctica de pasar oralmente información —ya sea cuentos, poemas, leyendas, dichos, adivinanzas, chistes— de persona a persona tiene un gran valor cultural.

Los trabalenguas son una parte muy importante de esa tradición. Sin duda todos recordamos cómo, cuando éramos niños, nuestros abuelos nos entretenían como los habían entretenido a ellos sus abuelos, con esos juegos de palabras que nos pasábamos horas y horas tratando de imitar. Nunca olvidaremos el…

R con R, cigarro
R con R, barril:
¡qué rápido corren los carros
llevando el azúcar
del ferrocarril!

que nos esforzamos por aprender a decir rápidamente y sin ningún error. Ese es el propósito de los trabalenguas, el aprender a decirlos con claridad y rapidez, aumentando la velocidad lo más posible sin dejar de pronunciar ninguna de las palabras… ¡y todo eso en forma de juego!

Prueben ahora su destreza oral y habilidad mental al aprenderse estos trabalenguas de memoria y recitarlos con toda rapidez y sin ningún error.

Yo tengo una perrita
piripinta, pirigorda, piripanzuda y sorda,
si esa perrita no fuera
piripinta, pirigorda, piripanzuda y sorda
no criaría esos perritos
piripintos, pirigordos, piripanzudos y sordos.

Me han dicho un dicho
que han dicho que he dicho yo.
Ese dicho está mal dicho,
pues si lo hubiera dicho yo,
estaría mejor dicho
que el dicho que han dicho
que he dicho yo.

El arzobispo de Constantinopla
se quiere desarzobispoconstantinopolizar.
El desarzobispoconstantinopolizador
que lo desarzobispoconstantinopolizare
buen desarzobispoconstantinopolizador será.

Pico tiene una pica de Peco
pues Peco está picado de pecas
y Pico pica a Peco con la pica,
para que las pecas de Peco se piquen;
si Pico pica con la pica de Peco,
Peco queda picado por Pico con la pica.

ESCRIBAMOS AHORA

Una evaluación escrita

1 **Para empezar.** Al evaluar información, uno tiene que actuar como "experto" sobre el tema de la información. Para hacerse experto, hay que seguir cierto proceso:

Steffan Foerster Photography / Shutterstock

   a. **Recordar lo que has aprendido:** recordar la información y anotarla

   b. **Mostrar lo que has aprendido:** explicar, dar ejemplos, mencionar detalles importantes

   c. **Analizar:** hacer comparaciones y contrastes

   d. **Evaluar y hacer recomendaciones:** señalar ventajas y desventajas, claridad y valor, y convencer a otros del valor

2 **A generar ideas.** Prepárate ahora para hacer una evaluación por escrito de este curso. Sigue el proceso indicado, empezando por recordar y anotar información que te ayude a mostrar lo que has aprendido. Luego anota también información que te ayudará a analizar y evaluar la organización y el contenido del curso.

3 **Tu borrador.** Ahora desarrolla esta información en unos cuatro o cinco párrafos: uno o dos para recordar y mostrar, otros dos para analizar y finalmente, uno para evaluar y hacer recomendaciones. Escribe tu borrador ahora. ¡Buena suerte!

4 **Revisión.** Intercambia tu borrador con un(a) compañero(a). Revisa su evaluación, prestando atención a las siguientes preguntas. ¿Ha recordado los detalles importantes? ¿Ha dado buenos ejemplos y los ha explicado claramente? ¿Ha hecho buenas comparaciones y contrastes? ¿Ha señalado las ventajas y desventajas, la claridad y el valor?

5 **Versión final.** Considera las correcciones que tu compañero(a) te ha indicado, revisa la evaluación y, como tarea, escribe la copia final en la computadora. Antes de entregarla, dale un último vistazo a la acentuación, a la puntuación, a la concordancia y a las formas de los verbos.

6 **Conclusión (opcional).** Cuando tu profesor(a) te devuelva la evaluación corregida, revísala con cuidado. Luego, en grupos de tres o cuatro, lean sus evaluaciones al grupo, por turnos. Coméntenlas y decidan si están de acuerdo o no en sus juicios. Informen a la clase sobre sus decisiones.

¡Antes de leer!

A. Anticipando la lectura. Haz las siguientes actividades con un(a) compañero(a) de clase.

1. Lean los primeros tres o cuatro versos de "La única mujer" e identifiquen la voz narrativa de ese poema.

2. Piensen en el título del poema y en los versos que leyeron. Luego, escriban dos o tres temas que Uds. creen que van a mencionarse en el poema. Después de leer el poema, vuelvan a sus predicciones para ver si acertaron o no.

B. Vocabulario en contexto. Busca estas palabras en la lectura que sigue y, en base al contexto, decide cuál es su significado. Para facilitar encontrarlas, las palabras aparecen en negrilla en la lectura.

1. dardos	a. flechitas	b. semillas	c. sudor
2. alambrada	a. cerca	b. cosecha	c. huerta
3. agita	a. lava	b. descansa	c. mueve
4. erguida	a. recta	b. despacio	c. rápido
5. alaridos	a. perros	b. criminales	c. gritos
6. ejecuta	a. hace	b. elimina	c. celebra

Sobre la autora

Bertalicia Peralta nació en la Ciudad de Panamá en 1939. Estudió música en el Instituto Nacional de Música y periodismo en la Universidad Nacional. Entre sus escritos se cuentan siete volúmenes de poesía que le han traído importantes galardones internacionales y algunos de sus cuentos han sido adaptados a la televisión. Se destacan *En tu cuerpo cubierto de flores* (1985); *Zona de silencio* (1987); *Piel de gallina* (1990); *Invasión U.S.A.* (1989); *Leit Motif* (1999). Además, escribió el guion para el ballet *El escondite del prófugo,* que forma parte del repertorio del Ballet Nacional de Panamá. En reconocimiento por sus valiosas actividades culturales, la Ciudad de Panamá la ha declarado "Hija Meritoria", y le ha otorgado las llaves de la ciudad.

Courtesy of Bertalicia Peralta

En "La única mujer" detalla las cualidades que elevan a la mujer al nivel de lo extraordinario. También expresa la opinión de que una mujer debe liberarse de la sumisión y tiene que aprender el verdadero valor de las cosas y de la vida.

La única mujer

La única mujer que puede ser
es la que sabe que el sol para su vida empieza ahora
la que no derrama lágrimas sino **dardos** para
sembrar la **alambrada** de su territorio
la que no comete ruegos

la que opina y levanta su cabeza y **agita** su cuerpo
y es tierna, sin vergüenza y dura sin odios
la que desaprende el alfabeto de la sumisión
y camina **erguida**
la que no le teme a la soledad porque siempre ha estado sola
la que deja pasar los **alaridos** grotescos de la violencia
y la **ejecuta** con gracia
la que se libera en el amor pleno
la que ama

la única mujer que puede ser la única
es la que dolorida y limpia decide por sí misma
salir de su prehistoria

"La única mujer" by Bertalicia Peralta, from *Casa flotante*. Privately printed, Panama City, 1979. By permission of the poet.

¡Después de leer!

A. Hechos y acontecimientos. ¿Recuerdas los datos más importantes de la lectura? Para asegurarte, contesta las siguientes preguntas.

1. Según la narradora, ¿cuáles de estos adjetivos describen a la única mujer? Cita el verso o versos que verifican tus selecciones.

amorosa	fuerte	independiente	orgullosa
atenta	humilde	optimista	sumisa

2. ¿Qué significa cuando la narradora dice que la única mujer tiene que "salir de su prehistoria"?

B. A pensar y a analizar. Haz las siguientes actividades con un(a) compañero(a).

1. ¿Conocen a alguna mujer que se acerca a esta definición? ¿Es un personaje público? ¿Una amiga de ustedes? ¿Cómo se relacionan con ella? ¿Qué les inspira?

2. *Para los hombres:* ¿Tendrías de novia a la mujer que se describe en "La única mujer"? ¿Por qué sí o no? *Para las mujeres:* ¿Hasta qué punto te identificas con la única mujer? ¿Te gustaría ser más como ella? ¿Por qué sí o no?

C. A personalizar. ¿Cómo se adapta a la vida diaria una personalidad como la descrita en este poema? ¿Cómo se comporta una mujer así en relación a las convenciones sociales, el machismo, la igualdad en el trabajo, el acoso sexual, la educación…? Con tu compañero(a) describan el perfil de esta persona, su relación con su familia, su trabajo, la política y todo lo que consideren relevante.

D. Apoyo gramatical. Secuencia de tiempos: las cláusulas con *si*. Unas compañeras te dicen lo que harían si fueran "la única mujer", como la del poema de ese título que leyeron.

MODELO yo comenzar mi vida en este momento

   Si yo fuera la única mujer, yo comenzaría mi vida en este momento.

1. yo no derramar lágrimas

2. yo hacer peticiones justas

3. yo expresar mis opiniones

4. yo caminar con la cabeza bien en alto

5. yo no ser sumisa

6. yo no temer a la soledad

7. yo amar con plenitud

8. yo no vivir en la prehistoria

Gramática 10.3: Antes de hacer esta actividad conviene repasar esta estructura en las págs. 510–511.

Medalla al empeño

Un cortometraje de Flavio González Mello

Ganador de tres premios internacionales al mejor cortometraje y presentado en multitud de festivales internacionales

GUION Y DIRECCIÓN: FLAVIO GONZÁLEZ MELLO   PRODUCCIÓN: CALABAZITAZ TIERNAZ
MÚSICA ORIGINAL: GERARDO AUSTRALIA   PRODUCCIÓN EJECUTIVA: JESÚS OCHOA Y RODRIGO
MURRAY   PRODUCCIÓN: MARIO MANDUJANO Y EVERARDO GOUT   ACTORES PRINCIPALES: JUAN
MANUEL BERNAL EN EL PAPEL DE PRESTAMISTA Y FARNESIO DE BERNAL EN EL PAPEL DE
"CICLISTA RETIRADO"

Jacques Loic / Photolibrary

Antes de ver el corto

¿Qué sabes de ciclismo?

dar la salida
emparejar
escalar
manubrio
meta
ovacionar
pedalear
pelotón (m.)
puerto
rebasar

Otras palabras

batidora
chiflar
empeñar
hazaña
ni modo
repartidor(a) de leche
timo

A. ¿Sinónimos? Con tu compañero(a), indiquen si los siguientes pares de palabras son sinónimas **(S)** o antónimas (contrarias) **(A)** entre ellas.

_____ 1. ovacionar / aplaudir

_____ 2. caída / victoria

_____ 3. carretera / camino

_____ 4. dar la salida / llegar a la meta

_____ 5. escalar / descender

_____ 6. competencia / concurso

_____ 7. rebasar / pasar

_____ 8. pelotón / grupo

_____ 9. escalar / caída

_____ 10. chiflar / ovacionar

B. Competencia. Con tu compañero(a), completen las siguientes oraciones usando palabras del vocabulario.

1. El corredor del equipo ganador consiguió llegar a la _____ con cinco minutos de ventaja sobre el segundo clasificado.

2. Es un _____ muy difícil de _____ . Tiene una altitud de dos mil metros y el viento sopla muy fuerte allí.

3. Aunque el corredor mexicano intentó separarse del _____ fue rebasado a diez kilómetros de la meta.

4. La multitud _____ al campeón.

5. Los que no estaban de acuerdo con la decisión de los jueces les _____ más de quince minutos.

C. Modismos. Con tu compañero(a), indiquen otra manera de expresar los siguientes modismos que aparecen en el cortometraje.

_____ 1. Daban por suyo.

_____ 2. ganarse unos quintos

_____ 3. Son bien mulas.

_____ 4. Ahora o nunca.

_____ 5. romper la marca

_____ 6. cortarme el aire

_____ 7. dispuesto a perder dignamente

_____ 8. Se arrepintió.

a. aceptar el no ganar con gracia

b. quitar la resistencia del viento

c. superar el récord anterior

d. Cambió de idea.

e. Pensaban que iban a ganar.

f. Este es el momento ideal.

g. Son personas difíciles.

h. ganar algo de dinero

Fotogramas de *Medalla al empeño*

Este cortometraje tiene lugar en una casa de empeño. Con un(a) compañero(a), observen estos fotogramas y escriban una sinopsis de lo que creen que es la trama. Compartan su sinopsis con las de otras dos parejas de la clase.

From *Medalla al empeño*

Después de ver el corto

A. **Lo que vimos.** Con tu compañero(a), decidan si acertaron al anticipar la trama en la sinopsis que escribieron. ¿Hasta qué punto acertaron? ¿Dónde variaron de la trama?

B. **¿Qué piensan?** Con tu compañero(a), contesten ahora las siguientes preguntas.

1. ¿Qué opinan de este corto? ¿Les gustó? ¿Por qué sí o no?

2. ¿Les parece una historia verosímil, creíble? ¿Por qué sí o no?

3. ¿Creen que *Medalla al empeño* se parece a alguna película que hayan visto o historia que hayan leído? Si sí, ¿a cuál? Si no, ¿les parece totalmente original? Expliquen.

C. **El timador timado.** Con tu compañero(a), contesten las siguientes preguntas. Luego compartan sus respuestas con la clase.

1. Si tuvieran que empeñar algunos de sus objetos valiosos, ¿qué empeñarían?

2. ¿Son ustedes personas que ponen mucho esfuerzo en las cosas, o más bien se rinden ante la dificultad?

3. ¿Alguien los ha timado alguna vez? ¿Qué pasó? Describan algún timo que conozcan.

4. ¿Crees que hay "justicia poética" en casos en los que el timador sale timado? Expliquen su respuesta.

D. **Debate.** En grupos de cuatro tengan un debate sobre la moralidad o no de "robar a un ladrón". ¿Creen que en los Estados Unidos se comprende este principio? ¿Por qué sí o no? ¿Creen que en otros países se aplica más? Preparen sus argumentos y defiéndanlos. Luego informen a la clase quién ganó con sus argumentos.

E. **Apoyo gramatical. Secuencia de tiempos: las cláusulas con *si*.** Tú y tus compañeros dicen cómo habrían reaccionado frente a la historia que contó el protagonista del cortometraje *Medalla al empeño*.

MODELO (no) examinar la medalla cuidadosamente

> Si yo hubiera sido el (la) empleado(a), habría examinado la medalla cuidadosamente. o
> Si yo hubiera sido el (la) empleado(a), no habría examinado la medalla cuidadosamente.

1. (no) pedirle identificación al cliente _____

2. (no) preguntar la fecha de la competencia ciclística _____

3. (no) tener dudas sobre la historia del cliente _____

4. (no) interesarme en la historia del cliente _____

5. (no) entusiasmarme con esa historia _____

6. (no) creer la historia _____

7. (no) darle dinero al cliente _____

Gramática 10.3: Antes de hacer esta actividad conviene repasar esta estructura en las págs. 510–511.

Películas que te recomendamos
- *Carancho* (Pablo Trapero, 2010)
- *El orfanato* (Juan Antonio Bayona, 2007)
- *Sin dejar huella* (María Novaro, 2000)

GRAMÁTICA

10.3 Secuencia de tiempos: cláusulas condicionales con **si**

¡A que ya lo sabes!

Para más práctica, haz las actividades de **Gramática en contexto** (sección 10.3) del *Cuaderno para los hispanohablantes*.

¿Qué dijo tu amiga Isabel cuando supo que tal vez pronto iría a Panamá? Mira los siguientes pares de oraciones y decide, en cada par, cuál de las dos oraciones te suena mejor, la primera o la segunda.

1. a. Si *vaya* a Panamá, no dejaré de visitar el canal de Panamá.

   b. Si *voy* a Panamá, no dejaré de visitar el canal de Panamá.

2. a. Yo compraría unas bellas molas si *llegue* a las islas San Blas.

   b. Yo compraría unas bellas molas si *llegara* a las islas San Blas.

Si seleccionaron la segunda en ambos pares, tienen razón. Es fácil escoger la oración apropiada cuando ya tienen un conocimiento tácito de las reglas que gobiernan la secuencia de tiempos en oraciones condicionales. Sigan leyendo y ese conocimiento se reforzará aun más.

La secuencia de tiempos en las cláusulas condicionales con **si** no se ajusta totalmente a las reglas dadas en la sección anterior. Las siguientes son las estructuras usadas más frecuentemente.

❯ Con acciones que seguramente tendrán lugar en el presente o en el futuro, la cláusula que contiene **si** se usa en el presente de indicativo y la cláusula que contiene el resultado está en el presente de indicativo o en el futuro, o es un mandato.

Cláusula que contiene **si**	Cláusula que contiene el resultado
	presente de indicativo
si + presente de indicativo	futuro
	mandato

Si **podemos, queremos** ver el Museo del Canal Interoceánico.
Si **voy** a Panamá, **tomaré** el sol en una de las playas.
No **dejes** de ver el canal de Panamá si **estás** en Panamá.

❯ Con acciones o situaciones inciertas o contrarias a la realidad en el presente o en el futuro, la cláusula que contiene **si** está en el imperfecto de subjuntivo y la cláusula que contiene el resultado está en el condicional.

Cláusula que contiene **si**	Cláusula que contiene el resultado
si + imperfecto de subjuntivo	condicional

Si mis padres **fueran** a las islas San Blas, **comprarían** muchas molas.

❯ Con acciones que no se realizaron en el pasado, y que por lo tanto son contrarias a la realidad, la cláusula que contiene **si** está en el pluscuamperfecto de subjuntivo y la cláusula que contiene el resultado está en el condicional perfecto.

Cláusula que contiene **si**	Cláusula que contiene el resultado
si + pluscuamperfecto de subjuntivo	condicional perfecto

Si hubiera ido a Portobelo, **habría visto** la vieja aduana desde donde salía el oro para España.

Nota para hispanohablantes

Hay una tendencia dentro de algunas comunidades de hispanohablantes a mezclar estos tiempos de distintas maneras. Por ejemplo, en vez de decir **si hubiera ido, habría visto los cuadros, dicen**: *si hubiera ido, hubiera visto los cuadros; si habría ido, habría visto los cuadros;* o *si habría ido, hubiera visto los cuadros.* Es importante evitar este uso fuera de esas comunidades y en particular al escribir.

Ahora, ¡a practicar!

A. Islas del paraíso. Si pudieras ir, ¿cómo sería tu visita a las islas San Blas?

> **MODELO** ver el modo de vida de los indios kunas
> **Si pudiera ir a las islas San Blas, vería el modo de vida de los indios kunas.**

1. viajar a una de las islas en un pequeño avión
2. tratar de hospedarme en la casa de una familia
3. adquirir algunas molas
4. hacer buceo en aguas transparentes
5. querer visitar más de una isla
6. sentirse lejos del ruido de las ciudades
7. aprender algunas palabras del idioma kuna

B. Planes. ¿Qué planes tienes para los días que vas a pasar en Ciudad de Panamá?

> **MODELO** tener tiempo / ir al Museo de Arte Contemporáneo
> **Si tengo tiempo, iré al Museo de Arte Contemporáneo.**

1. ir al Casco Viejo / admirar los edificios coloniales
2. entrar en la iglesia San José / poder admirar el famoso Altar de Oro
3. querer distraerme / dar una vuelta por la avenida Balboa
4. alguien acompañarme / pasear por el Parque Natural Metropolitano
5. no estar muy cansado(a) / visitar el Museo del Canal Interoceánico
6. subir al ferrocarril de Panamá / ir del océano Pacífico al océano Atlántico
7. desear un objeto de recuerdo / comprar algunos CD de Danilo Pérez
8. darme hambre / almorzar en uno de los restaurantes en el barrio El Cangrejo

C. ¡Qué lástima! En tu viaje a Panamá no pudiste visitar todo lo que querías. Di lo que habrías hecho si hubieras tenido tiempo.

> **MODELO** asistir a una función en el Teatro Nacional
> **Si hubiera tenido tiempo, habría asistido a una función en el Teatro Nacional.**

1. recorrer el fuerte San Lorenzo, cerca de Colón
2. ir a la península de Azuero
3. pasear por el parque Cervantes, en medio de la ciudad de David
4. ver un lugar habitado por el pueblo indígena emberá
5. viajar al archipiélago de Bocas del Toro
6. hacer buceo en una de las islas de Panamá

Lección 10: Costa Rica

Transbordador espacial

ambiental
desembarcar
desempeño
elaborar
Marte *(m.)*
naturaleza muerta
pisar
terreno
transbordador espacial *(m.)*

Presupuesto

anular
bolsillo
disminución *(f.)*
disolver (ue)
invertir (ie)
manejo
presupuesto
quiebre *(m.)*

Políticos

bipartidista *(m. f.)*
cuestionamiento
decaer
eminentemente
marginación *(f.)*
matricularse

Moda

corte *(m.)*
enfoque *(m.)*
físico(a)
mercancías

Palabras útiles

envoltorio
fachada
monopolio
montar
retrato

Photo courtesy Ana Istaru, ©Julia Ardón

Lección 10: Panamá

Istmo
franco(a)
jefatura
reanudarse
resentimiento
zona franca

Concurso
apoyar
aspirante *(m. f.)*
concurso
consagrar
portada
talla

Verbos
acercar
incursionar
recopilar

Palabras útiles
fallido(a)
franja
inmobiliario(a) *(adj.)*
vinculación *(f.)*
cadena

rj lerich / Shuttertock

Tablas **verbales**

Conjugaciones verbales

VERBOS REGULARES	verbos en -*ar*	verbos en -*er*	verbos en -*ir*
Infinitivo	hablar	comer	vivir
Gerundio	hablando	comiendo	viviendo
Participio pasado	hablado	comido	vivido
TIEMPOS SIMPLES			
Presente de indicativo	hablo hablas habla hablamos habláis hablan	como comes come comemos coméis comen	vivo vives vive vivimos vivís viven
Imperfecto	hablaba hablabas hablaba hablábamos hablabais hablaban	comía comías comía comíamos comíais comían	vivía vivías vivía vivíamos vivíais vivían
Pretérito	hablé hablaste habló hablamos hablasteis hablaron	comí comiste comió comimos comisteis comieron	viví viviste vivió vivimos vivisteis vivieron
Futuro	hablaré hablarás hablará hablaremos hablaréis hablarán	comeré comerás comerá comeremos comeréis comerán	viviré vivirás vivirá viviremos viviréis vivirán
Condicional	hablaría hablarías hablaría hablaríamos hablaríais hablarían	comería comerías comería comeríamos comeríais comerían	viviría vivirías viviría viviríamos viviríais vivirían
Presente de subjuntivo	hable hables hable hablemos habléis hablen	coma comas coma comamos comáis coman	viva vivas viva vivamos viváis vivan

Imperfecto de subjuntivo (-ra)	hablara	comiera	viviera
	hablaras	comieras	vivieras
	hablara	comiera	viviera
	habláramos	comiéramos	viviéramos
	hablarais	comierais	vivierais
	hablaran	comieran	vivieran

Mandatos	(tú)	habla, no hables	come, no comas	vive, no vivas
	(vosotros)	hablad, no habléis	comed, no comáis	vivid, no viváis
	(Ud.)	hable, no hable	coma, no coma	viva, no viva
	(Uds.)	hablen, no hablen	coman, no coman	vivan, no vivan

TIEMPOS PERFECTOS

Presente perfecto de indicativo	he hablado	he comido	he vivido
	has hablado	has comido	has vivido
	ha hablado	ha comido	ha vivido
	hemos hablado	hemos comido	hemos vivido
	habéis hablado	habéis comido	habéis vivido
	han hablado	han comido	han vivido

Pluscuamperfecto de indicativo	había hablado	había comido	había vivido
	habías hablado	habías comido	habías vivido
	había hablado	había comido	había vivido
	habíamos hablado	habíamos comido	habíamos vivido
	habíais hablado	habíais comido	habíais vivido
	habían hablado	habían comido	habían vivido

Futuro perfecto	habré hablado	habré comido	habré vivido
	habrás hablado	habrás comido	habrás vivido
	habrá hablado	habrá comido	habrá vivido
	habremos hablado	habremos comido	habremos vivido
	habréis hablado	habréis comido	habréis vivido
	habrán hablado	habrán comido	habrán vivido

Condicional perfecto	habría hablado	habría comido	habría vivido
	habrías hablado	habrías comido	habrías vivido
	habría hablado	habría comido	habría vivido
	habríamos hablado	habríamos comido	habríamos vivido
	habríais hablado	habríais comido	habríais vivido
	habrían hablado	habrían comido	habrían vivido

Presente perfecto de subjuntivo	haya hablado	haya comido	haya vivido
	hayas hablado	hayas comido	hayas vivido
	haya hablado	haya comido	haya vivido
	hayamos hablado	hayamos comido	hayamos vivido
	hayáis hablado	hayáis comido	hayáis vivido
	hayan hablado	hayan comido	hayan vivido

Pluscuamperfecto de subjuntivo	hubiera hablado	hubiera comido	hubiera vivido
	hubieras hablado	hubieras comido	hubieras vivido
	hubiera hablado	hubiera comido	hubiera vivido
	hubiéramos hablado	hubiéramos comido	hubiéramos vivido
	hubierais hablado	hubierais comido	hubierais vivido
	hubieran hablado	hubieran comido	hubieran vivido

Verbos con cambios en la raíz

1 Verbos con cambios en la raíz que terminan en *-ar* y *-er*

e → ie: pensar

Presente de indicativo	pienso, piensas, piensa, pensamos, pensáis, piensan
Presente de subjuntivo	piense, pienses, piense, pensemos, penséis, piensen
Mandatos	piensa, no pienses (tú) pensad, no penséis (vosotros)
	piense, no piense (Ud.) piensen, no piensen (Uds.)

Verbos adicionales	cerrar	empezar	perder
	comenzar	entender	sentarse

o → ue: volver

Presente de indicativo	vuelvo, vuelves, vuelve, volvemos, volvéis, vuelven
Presente de subjuntivo	vuelva, vuelvas, vuelva, volvamos, volváis, vuelvan
Mandatos	vuelve, no vuelvas (tú) volved, no volváis (vosotros)
	vuelva, no vuelva (Ud.) vuelvan, no vuelvan (Uds.)

Verbos adicionales	acordarse	demostrar	llover
	acostarse	encontrar	oler (o → hue)
	colgar	jugar (u → ue)	mover
	costar		

2 Verbos con cambios en la raíz que terminan en *-ir*

e → ie, i: sentir

Gerundio	sintiendo
Presente de indicativo	siento, sientes, siente, sentimos, sentís, sienten
Presente de subjuntivo	sienta, sientas, sienta, sintamos, sintáis, sientan
Pretérito	sentí, sentiste, sintió, sentimos, sentisteis, sintieron
Imperfecto de subjuntivo	sintiera, sintieras, sintiera, sintiéramos, sintierais, sintieran
Mandatos	siente, no sientas (tú) sentid, no sintáis (vosotros)
	sienta, no sienta (Ud.) sientan, no sientan (Uds.)

Verbos adicionales	adquirir (i → ie, i)	convertir	herir	preferir
	consentir	divertir(se)	mentir	sugerir

e → i, i: servir

Gerundio	sirviendo
Presente de indicativo	sirvo, sirves, sirve, servimos, servís, sirven
Presente de subjuntivo	sirva, sirvas, sirva, sirvamos, sirváis, sirvan
Pretérito	serví, serviste, sirvió, servimos, servisteis, sirvieron
Imperfecto de subjuntivo	sirviera, sirvieras, sirviera, sirviéramos, sirvierais, sirvieran
Mandatos	sirve, no sirvas (tú) servid, no sirváis (vosotros)
	sirva, no sirva (Ud.) sirvan, no sirvan (Uds.)

Verbos adicionales	concebir	elegir	reír	seguir
	despedir(se)	pedir	repetir	vestir(se)

o → ue, u: dormir

Gerundio	durmiendo
Presente de indicativo	duermo, duermes, duerme, dormimos, dormís, duermen
Presente de subjuntivo	duerma, duermas, duerma, durmamos, durmáis, duerman
Pretérito	dormí, dormiste, durmió, dormimos, dormisteis, durmieron
Imperfecto de subjuntivo	durmiera, durmieras, durmiera, durmiéramos, durmierais, durmieran
Mandatos	duerme, no duermas (tú) dormid, no durmáis (vosotros)
	duerma, no duerma (Ud.) duerman, no duerman (Uds.)
Verbos adicionales	morir(se)

Verbos con cambios ortográficos

1 Verbos que terminan en *-ger* o *-gir*

g → j antes de o, a: escoger

Presente de indicativo	escojo, escoges, escoge, escogemos, escogéis, escogen
Presente de subjuntivo	escoja, escojas, escoja, escojamos, escojáis, escojan
Mandatos	escoge, no escojas (tú) escoged, no escojáis (vosotros)
	escoja, no escoja (Ud.) escojan, no escojan (Uds.)

Verbos adicionales	coger	dirigir	encoger	proteger
	corregir (i)	elegir (i)	exigir	recoger

2 Verbos que terminan en *-gar*

g → gu antes de e: pagar

Pretérito	pagué, pagaste, pagó, pagamos, pagasteis, pagaron
Presente de subjuntivo	pague, pagues, pague, paguemos, paguéis, paguen
Mandatos	paga, no pagues (tú) pagad, no paguéis (vosotros)
	pague, no pague (Ud.) paguen, no paguen (Uds.)

Verbos adicionales	entregar	jugar (ue)	llegar	obligar

3 Verbos que terminan en *-car*

c → qu antes de e: buscar

Pretérito	busqué, buscaste, buscó, buscamos, buscasteis, buscaron
Presente de subjuntivo	busque, busques, busque, busquemos, busquéis, busquen
Mandatos	busca, no busques (tú) buscad, no busquéis (vosotros)
	busque, no busque (Ud.) busquen, no busquen (Uds.)

Verbos adicionales	acercar	indicar	tocar
	explicar	sacar	

4 Verbos que terminan en -zar

z → c antes de e: empezar (ie)

Pretérito	empecé, empezaste, empezó, empezamos, empezasteis, empezaron
Presente de subjuntivo	empiece, empieces, empiece, empecemos, empecéis, empiecen
Mandatos	empieza, no empieces (tú) empezad, no empecéis (vosotros)
	empiece, no empiece (Ud.) empiecen, no empiecen (Uds.)
Verbos adicionales	almorzar (ue) comenzar (ie) cruzar organizar

5 Verbos que terminan en una consonante + -cer o -cir

c → z antes de o, a: convencer

Presente de indicativo	convenzo, convences, convence, convencemos, convencéis, convencen
Presente de subjuntivo	convenza, convenzas, convenza, convenzamos, convenzáis, convenzan
Mandatos	convence, no convenzas (tú) convenced, no convenzáis (vosotros)
	convenza, no convenza (Ud.) convenzan, no convenzan (Uds.)
Verbos adicionales	ejercer esparcir vencer

6 Verbos que terminan en una vocal + -cer or -cir

c → zc antes de o, a: conocer

Presente de indicativo	conozco, conoces, conoce, conocemos, conocéis, conocen
Presente de subjuntivo	conozca, conozcas, conozca, conozcamos, conozcáis, conozcan
Mandatos	conoce, no conozcas (tú) conoced, no conozcáis (vosotros)
	conozca, no conozca (Ud.) conozcan, no conozcan (Uds.)
Verbos adicionales	agradecer obedecer pertenecer
	conducir[1] ofrecer producir
	desconocer parecer reducir
	establecer permanecer traducir

7 Verbos que terminan en -guir

gu → g antes de o, a: seguir (i)

Presente de indicativo	sigo, sigues, sigue, seguimos, seguís, siguen
Presente de subjuntivo	siga, sigas, siga, sigamos, sigáis, sigan
Mandatos	sigue, no sigas (tú) seguid, no sigáis (vosotros)
	siga, no siga (Ud.) sigan, no sigan (Uds.)
Verbos adicionales	conseguir distinguir perseguir proseguir

8 Verbos que terminan en -guar

gu → gü antes de e: averiguar

Pretérito	averigüé, averiguaste, averiguó, averiguamos, averiguasteis, averiguaron
Presente de subjuntivo	averigüe, averigües, averigüe, averigüemos, averigüéis, averigüen
Mandatos	averigua, no averigües (tú) averiguad, no averigüéis (vosotros)
	averigüe, no averigüe (Ud.) averigüen, no averigüen (Uds.)
Verbos adicionales	apaciguar atestiguar

[1]Véase **conducir** en la sección de verbos irregulares (pág. 520) para otros tipos de irregularidades de verbos que terminan en **-ducir.**

9   Verbos que terminan en -*uir*

i no acentuada → y entre vocales: construir

Gerundio	construyendo
Presente de indicativo	construyo, construyes, construye, construimos, construís, construyen
Pretérito	construí, construiste, construyó, construimos, construisteis, construyeron
Presente de subjuntivo	construya, construyas, construya, construyamos, construyáis, construyan
Imperfecto de subjuntivo	construyera, construyeras, construyera, construyéramos, construyerais, construyeran
Mandatos	construye, no construyas (tú) construid, no construyáis (vosotros)
	construya, no construya (Ud.) construyan, no construyan (Uds.)
Verbos adicionales	concluir destruir instruir
	contribuir huir sustituir

10   Verbos que terminan en -*eer*

i no acentuada → y entre vocales: creer

Gerundio	creyendo
Pretérito	creí, creíste, creyó, creímos, creísteis, creyeron
Imperfecto de subjuntivo	creyera, creyeras, creyera, creyéramos, creyerais, creyeran
Verbos adicionales	leer poseer

11   Algunos verbos que terminan en -*iar* y -*uar*

i → í cuando va acentuada: enviar

Presente de indicativo	envío, envías, envía, enviamos, enviáis, envían
Presente de subjuntivo	envíe, envíes, envíe, enviemos, enviéis, envíen
Mandatos	envía, no envíes (tú) enviad, no enviéis (vosotros)
	envíe, no envíe (Ud.) envíen, no envíen (Uds.)
Verbos adicionales	ampliar enfriar variar
	confiar guiar

u → ú cuando va acentuada: continuar

Presente de indicativo	continúo, continúas, continúa, continuamos, continuáis, continúan
Presente de subjuntivo	continúe, continúes, continúe, continuemos, continuéis, continúen
Mandatos	continúa, no continúes (tú) continuad, no continuéis (vosotros)
	continúe, no continúe (Ud.) continúen, no continúen (Uds.)
Verbos adicionales	acentuar efectuar graduar(se) situar

Verbos irregulares

1

abrir

Participio pasado	abierto
Verbos adicionales	cubrir descubrir

andar

Pretérito	anduve, anduviste, anduvo, anduvimos, anduvisteis, anduvieron
Imperfecto de subjuntivo	anduviera, anduvieras, anduviera, anduviéramos, anduvierais, anduvieran

3

caer

Gerundio	cayendo
Participio pasado	caído
Presente de indicativo	caigo, caes, cae, caemos, caéis, caen
Pretérito	caí, caíste, cayó, caímos, caísteis, cayeron
Presente de subjuntivo	caiga, caigas, caiga, caigamos, caigáis, caigan
Imperfecto de subjuntivo	cayera, cayeras, cayera, cayéramos, cayerais, cayeran

4

conducir[1]

Presente de indicativo	conduzco, conduces, conduce, conducimos, conducís, conducen			
Pretérito	conduje, condujiste, condujo, condujimos, condujisteis, condujeron			
Presente de subjuntivo	conduzca, conduzcas, conduzca, conduzcamos, conduzcáis, conduzcan			
Imperfecto de subjuntivo	condujera, condujeras, condujera, condujéramos, condujerais, condujeran			
Verbos adicionales	introducir	producir	reducir	traducir

5

dar

Presente de indicativo	doy, das, da, damos, dais, dan
Pretérito	di, diste, dio, dimos, disteis, dieron
Presente de subjuntivo	dé, des, dé, demos, deis, den
Imperfecto de subjuntivo	diera, dieras, diera, diéramos, dierais, dieran

6

decir

Gerundio	diciendo	
Participio pasado	dicho	
Presente de indicativo	digo, dices, dice, decimos, decís, dicen	
Pretérito	dije, dijiste, dijo, dijimos, dijisteis, dijeron	
Futuro	diré, dirás, dirá, diremos, diréis, dirán	
Condicional	diría, dirías, diría, diríamos, diríais, dirían	
Presente de subjuntivo	diga, digas, diga, digamos, digáis, digan	
Imperfecto de subjuntivo	dijera, dijeras, dijera, dijéramos, dijerais, dijeran	
Mandato afirmativo familiar[2]	di	
Verbos adicionales	desdecir	predecir

[1]Todos los verbos que terminan en **-ducir** siguen este patrón.

[2]Única forma irregular cuando aparece en un verbo de estas tablas; el resto de los mandatos se forma según las normas que usan todos los verbos.

7

escribir

Participio pasado	escrito		
Verbos adicionales	inscribir	proscribir	transcribir
	prescribir	subscribir	

8

estar

Presente de indicativo	estoy, estás, está, estamos, estáis, están
Pretérito	estuve, estuviste, estuvo, estuvimos, estuvisteis, estuvieron
Presente de subjuntivo	esté, estés, esté, estemos, estéis, estén
Imperfecto de subjuntivo	estuviera, estuvieras, estuviera, estuviéramos, estuvierais, estuvieran

9

haber

Presente de indicativo	he, has, ha, hemos, habéis, han
Pretérito	hube, hubiste, hubo, hubimos, hubisteis, hubieron
Futuro	habré, habrás, habrá, habremos, habréis, habrán
Condicional	habría, habrías, habría, habríamos, habríais, habrían
Presente de subjuntivo	haya, hayas, haya, hayamos, hayáis, hayan
Imperfecto de subjuntivo	hubiera, hubieras, hubiera, hubiéramos, hubierais, hubieran

10

hacer

Participio pasado	hecho		
Presente de indicativo	hago, haces, hace, hacemos, hacéis, hacen		
Pretérito	hice, hiciste, hizo, hicimos, hicisteis, hicieron		
Futuro	haré, harás, hará, haremos, haréis, harán		
Condicional	haría, harías, haría, haríamos, haríais, harían		
Presente de subjuntivo	haga, hagas, haga, hagamos, hagáis, hagan		
Imperfecto de subjuntivo	hiciera, hicieras, hiciera, hiciéramos, hicierais, hicieran		
Mandato afirmativo familiar	haz		
Verbos adicionales	deshacer	rehacer	satisfacer

11

ir

Gerundio	yendo
Presente de indicativo	voy, vas, va, vamos, vais, van
Imperfecto de indicativo	iba, ibas, iba, íbamos, ibais, iban
Pretérito	fui, fuiste, fue, fuimos, fuisteis, fueron
Presente de subjuntivo	vaya, vayas, vaya, vayamos, vayáis, vayan
Imperfecto de subjuntivo	fuera, fueras, fuera, fuéramos, fuerais, fueran
Mandato afirmativo familiar	ve

12

morir (ue)

Participio pasado	muerto

13

oír

Gerundio	oyendo
Participio pasado	oído
Presente de indicativo	oigo, oyes, oye, oímos, oís, oyen
Pretérito	oí, oíste, oyó, oímos, oísteis, oyeron
Presente de subjuntivo	oiga, oigas, oiga, oigamos, oigáis, oigan
Imperfecto de subjuntivo	oyera, oyeras, oyera, oyéramos, oyerais, oyeran

14

poder

Gerundio	pudiendo
Presente de indicativo	puedo, puedes, puede, podemos, podéis, pueden
Pretérito	pude, pudiste, pudo, pudimos, pudisteis, pudieron
Futuro	podré, podrás, podrá, podremos, podréis, podrán
Condicional	podría, podrías, podría, podríamos, podríais, podrían
Presente de subjuntivo	pueda, puedas, pueda, podamos, podáis, puedan
Imperfecto de subjuntivo	pudiera, pudieras, pudiera, pudiéramos, pudierais, pudieran

15

poner

Participio pasado	puesto		
Presente de indicativo	pongo, pones, pone, ponemos, ponéis, ponen		
Pretérito	puse, pusiste, puso, pusimos, pusisteis, pusieron		
Futuro	pondré, pondrás, pondrá, pondremos, pondréis, pondrán		
Condicional	pondría, pondrías, pondría, pondríamos, pondríais, pondrían		
Presente de subjuntivo	ponga, pongas, ponga, pongamos, pongáis, pongan		
Imperfecto de subjuntivo	pusiera, pusieras, pusiera, pusiéramos, pusierais, pusieran		
Mandato afirmativo familiar	pon		
Verbos adicionales	componer	proponer	sobreponer
	descomponer	reponer	suponer
	oponer		

16

querer

Presente de indicativo	quiero, quieres, quiere, queremos, queréis, quieren
Pretérito	quise, quisiste, quiso, quisimos, quisisteis, quisieron
Futuro	querré, querrás, querrá, querremos, querréis, querrán
Condicional	querría, querrías, querría, querríamos, querríais, querrían
Presente de subjuntivo	quiera, quieras, quiera, queramos, queráis, quieran
Imperfecto de subjuntivo	quisiera, quisieras, quisiera, quisiéramos, quisierais, quisieran

17

reír (i)

Participio pasado	riendo
Pretérito	reí, reíste, rió, reímos, reísteis, rieron
Imperfecto de subjuntivo	riera, rieras, riera, riéramos, rierais, rieran

Verbos adicionales	freír	sofreír	sonreír(se)

18

romper

Participio pasado	roto

19

saber

Presente de indicativo	sé, sabes, sabe, sabemos, sabéis, saben
Pretérito	supe, supiste, supo, supimos, supisteis, supieron
Futuro	sabré, sabrás, sabrá, sabremos, sabréis, sabrán
Condicional	sabría, sabrías, sabría, sabríamos, sabríais, sabrían
Presente de subjuntivo	sepa, sepas, sepa, sepamos, sepáis, sepan
Imperfecto de subjuntivo	supiera, supieras, supiera, supiéramos, supierais, supieran

20

salir

Presente de indicativo	salgo, sales, sale, salimos, salís, salen
Futuro	saldré, saldrás, saldrá, saldremos, saldréis, saldrán
Condicional	saldría, saldrías, saldría, saldríamos, saldríais, saldrían
Presente de subjuntivo	salga, salgas, salga, salgamos, salgáis, salgan
Mandato afirmativo familiar	sal

21

ser

Presente de indicativo	soy, eres, es, somos, sois, son
Imperfecto de indicativo	era, eras, era, éramos, erais, eran
Pretérito	fui, fuiste, fue, fuimos, fuisteis, fueron
Presente de subjuntivo	sea, seas, sea, seamos, seáis, sean
Imperfecto de subjuntivo	fuera, fueras, fuera, fuéramos, fuerais, fueran
Mandato afirmativo familiar	sé

22

tener

Presente de indicativo	tengo, tienes, tiene, tenemos, tenéis, tienen
Pretérito	tuve, tuviste, tuvo, tuvimos, tuvisteis, tuvieron
Futuro	tendré, tendrás, tendrá, tendremos, tendréis, tendrán
Condicional	tendría, tendrías, tendría, tendríamos, tendríais, tendrían
Presente de subjuntivo	tenga, tengas, tenga, tengamos, tengáis, tengan
Imperfecto de subjuntivo	tuviera, tuvieras, tuviera, tuviéramos, tuvierais, tuvieran
Mandato afirmativo familiar	ten

Verbos adicionales	contener	detener	retener

23

traer	
Gerundio	trayendo
Participio pasado	traído
Presente de indicativo	traigo, traes, trae, traemos, traéis, traen
Pretérito	traje, trajiste, trajo, trajimos, trajisteis, trajeron
Presente de subjuntivo	traiga, traigas, traiga, traigamos, traigáis, traigan
Imperfecto de subjuntivo	trajera, trajeras, trajera, trajéramos, trajerais, trajeran
Verbos adicionales	contraer　　　　　distraer

24

valer	
Presente de indicativo	valgo, vales, vale, valemos, valéis, valen
Futuro	valdré, valdrás, valdrá, valdremos, valdréis, valdrán
Condicional	valdría, valdrías, valdría, valdríamos, valdríais, valdrían
Presente de subjuntivo	valga, valgas, valga, valgamos, valgáis, valgan

25

venir	
Gerundio	viniendo
Presente de indicativo	vengo, vienes, viene, venimos, venís, vienen
Pretérito	vine, viniste, vino, vinimos, vinisteis, vinieron
Futuro	vendré, vendrás, vendrá, vendremos, vendréis, vendrán
Condicional	vendría, vendrías, vendría, vendríamos, vendríais, vendrían
Presente de subjuntivo	venga, vengas, venga, vengamos, vengáis, vengan
Imperfecto de subjuntivo	viniera, vinieras, viniera, viniéramos, vinierais, vinieran
Mandato afirmativo familiar	ven
Verbos adicionales	convenir　　　　　intervenir

26

ver	
Participio pasado	visto
Presente de indicativo	veo, ves, ve, vemos, veis, ven
Imperfecto de indicativo	veía, veías, veía, veíamos, veíais, veían
Pretérito	vi, viste, vio, vimos, visteis, vieron
Presente de subjuntivo	vea, veas, vea, veamos, veáis, vean

27

volver (ue)	
Participio pasado	vuelto
Verbos adicionales	devolver　　　　envolver　　　　resolver

This **Vocabulario** includes all active and most passive words and expressions in **El Mundo 21 hispano** (conjugated verb forms and proper names used in passive vocabulary are generally omitted). Two numbers separated by a period appear in parentheses following all active vocabulary. The first number refers to the lesson where the word or phrase is introduced. The second number refers to the first, second, or third country presented in the lesson. The numbers **(1.2),** for example, refer to *Lesson 1* and *Puerto Rico*, which is the second country presented in **Lesson 1**. The gender of nouns is indicated as masculine *(m.)* or feminine *(f.)* on all nouns, except for masculine nouns ending in –**o** and feminine nouns ending in –**a**. –**ción** and -**dad.** When the noun designates a person, both the masculine and feminine forms are given if the English equivalents are different, for example, **abuelo** (grandfather), **abuela** (grandmother). Adjectives ending in –**o** are given in the masculine singular with the feminine ending –**a** given in parentheses, for example, **acomodado (a).** Verbs are listed in the infinitive form **(-ar, -er, -ir).** Stem-changes in verbs are given in parentheses, for example **conferir (ie, i).** Spelling changes in verbs are given in parentheses, for example **brincar (qu).**

A

a bordo *on board*
a cargo de *in charge of*
a causa de *because of, due to* (3.2)
a consecuencia de *as a consequence of, as a result of* (9.1)
a favor *in favor*
a fin de *in order to*
a finales de *at the end of* (4.2)
a fines de *at the end of* (4.1)
a golpes *bash, batter*
a lo largo de *throughout* (5.1)
a mediados *mid, middle*
a medida *made to measure*
a menudo *often*
a partir de *starting from, as of* (1.2)
a perpetuidad *a life sentence*
a pesar de *in spite of, despite* (1.1)
a principios de *at the beginning of* (8.2)
a propósito *by the way*
a tientas *to feel one's way*
a través de *by means of, through* (4.1)
abarcar (qu) *to contain, include, cover* (5.2)
abeja *bee*
abogado (a) *lawyer*
abominable *detestable*
aborigen *(m. f.) aboriginal, the earliest inhabitants* (1.1)
abortar *to abort, to miscarry, to foil*
abotonarse *to button up*
abovedado (a) *arched, vaulted*
abrazar (c) *to embrace*
abrazo *embrace*
abreviar *to abbreviate* (2.2)
absorber *to absorb*
abstracción *abstraction*
abundante *abundant*
abundar *to abound*
aburrido (a) *boring*
aburrir (c) *to be boring*
acabar de *to have just*
acabarse *to finish, to come to an end, to run out*
acantilado *cliff*
acariciar *to caress, to stroke*
acarrear *to carry, to haul*
acaso *by chance, by accident*
acceder *to agree; to come to power* (5.2)
acceso *access, entrance*
acción *stock*
aceite *(m.) oil*
acelerar *to speed up, to accelerate*
acerca *about, relating to*

acercar (qu) *to bring nearer* (10.2)
acertar *to guess correctly, to be right*
acoger (j) *to receive, to welcome* (5.1)
acomodado (a) *prosperous, well-off* (1.1)
acomodarse *to settle down, to conform*
acompañante *(m. f.) companion, accompanist*
aconsejar *to advise, to counsel*
acontecimiento *event* (9.2)
acordarse de *to remember*
acordeonista *(m. f.) accordionist*
acoso *(m.) relentless pursuit, harassment*
acostumbrado (a) *accustomed*
acostumbrar *to get somebody used to doing something; to be in the habit of doing something*
acreedor (a) *worthy of; creditor* (5.1)
acta *minutes, proceedings*
activista *(m. f.) activist*
actual *present, current* (1.1)
actualidad *currently, at present* (6.2)
actualmente *currently* (1.1)
acueducto *aqueduct* (2.1)
acuerdo *agreement* (5.1)
acuerdo de paz *peace agreement, accord* (8.2)
acumular *to accumulate*
adaptarse *to adapt oneself*
adecuado (a) *adequate, appropriate*
adelantado (a) *advanced* (2.1)
adelantar *to advance*
adelante *forward*
adelgazar *to lose weight, to be thin*
además *also*
adivinar *to guess*
adoración *adoration*
adorar *to adore*
adosado (a) *semidetached, terraced*
adquirir (ie) *to acquire*
aduana *customs*
advertir (ie) *to warn* (9.2)
afamado (a) *famous* (6.1)
afectado (a) *affected*
afectar *to affect*
afecto *affection*
afectuoso (a) *warm-hearted, affectionate*
afeitar (se) *to shave*
aferrar (se) *to seize, to clutch, to cling*
aficionado (a) *fan, enthusiast*
afiliado (a) *affiliated*
afirmar *to affirm* (2.2)
afortunado (a) *fortunate*
afro-caribeña (a) *Afro-Caribbean*
afueras *(f. pl.) outside, outskirts*

agitación *agitation, turmoil* (4.1)
agitar *to shake, to stir*
agobiar *to burden, to exhaust* (3.1)
agotador (a) *exhausting*
agradar *to be pleasing or agreeable*
agradecer (zc) *to appreciate*
agradecido (a) *grateful*
agrado *liking* (8.1)
agrario (a) *agrarian, agricultural* (3.2)
agrícola *agricultural*
agrietado (a) *chapped, cracked, split*
agropecuario (a) *farming and lifestock* (6.2)
aguantar *to bear, to stand*
aguja *needle*
ahorrar *to save (money)*
aislado (a) *isolated* (4.1)
aislamiento *isolation*
aislar *to isolate*
ajeno (a) *foreign, strange*
ajustar *to tighten, to adjust*
ajusticiamiento *execution* (8.2)
al comienzo de *at the beginning of* (2.2)
al filo de *at the edge of* (1.1)
al igual que *the same as* (3.3)
ala *wing*
alameda *avenue, boulevard*
alarido (a) *shriek, howl*
alba *(m.) dawn*
albergar (gu) *to house, to accommodate* (6.2)
albiceleste *white and light blue*
alcalde, alcaldesa *mayor*
alcance *(m.) reach, range, scope*
alcanzar (c) *to reach, to attain* (1.1), *to catch up with*
aldea *village* (1.1)
alegrar *to make happy, to cheer up*
alemán *German*
álgido (a) *culminating, decisive* (4.1)
alimento *food*
almacén *(m.) warehouse, store, grocery store*
almohada *pillow*
alrededor *around* (1.1)
alrededores *(m. pl.) surrounding area; outskirts*
alta costura *high fashion* (3.2)
alterar *to change, to alter*
alternar *to alternate*
altiplanicie *(f.) highlands*
altiplano *high plateau*
altura *height; altitude*
amanecer *(m.) dawn*
amante *(m. f.) lover*
amargamente *bitterly*

amargo (a) *bitter*
amazónico (a) *Amazonian, Amazon* (3.2)
ámbar *(m. f.) ambar*
ambicioso (a) *ambicious*
ambiental *environmental* (10.1)
ámbito *field* (1.1)
ambos (as) *both* (2.1)
amenazar *to threaten*
amnistía *amnesty*
amoroso (a) *loving, caring*
ampliamente *widely, largely*
ampliar (í) *to enlarge*
amplio (a) *wide, spacious* (9.1)
amplitud *(f.) spaciousness, room, space*
analfabetismo *illiteracy*
anarquista *(m. f.) anarchist* (4.2)
ancho (a) *wide*
andar *to walk*
andino (a) *Andean* (3.1)
anestesia *anesthesia*
anexado (a) *annexed* (5.1)
anfibio *amphibian, amphibious*
anhelado (a) *yearned for* (2.1)
anhelo *wish, desire*
anidación *nesting*
anillo *(m.) ring*
aniquilado (a) *annihilated, wiped out* (7.1)
aniquilar *annihilate, wipe out*
anochecer *(m.) nightfall, dusk, to get dark*
anotación *annotation* (7.2)
ansiosamente *anxiously*
anteayer *day before yesterday*
anteojos *(m. pl.) glasses, spectacles*
antepasado *ancestor*
anticipando *anticipating*
anticuado (a) *old-fashioned*
antiguo (a) *old*
antihéroe *(m.) antihero*
antológico (a) *anthological; memorable, brilliant* (5.1)
antología *anthology*
antónimo (a) *antonymous*
antorcha *torch* (8.1)
anular *to cancel, to repeal* (10.1)
aparato *apparatus*
aparcar (qu) *to park*
aparcería *sharecropping*
aparecer (zc) *to appear* (1.2)
aparentar *to feign, to appear like*
aparentemente *apparently*
aparición *appearance, apparition*
apariencia *appearance*
apasionante *exciting, enthralling*
apelativo *name* (2.1)
apenas *scarcely* (1.1)
apiadarse *to take pity*
aplastar *to squash, to quash*
aplaudir *to applaud, to clap*
aplicar (qu) *to apply*
apoderado (a) *proxy, representative, agent, manager*
apoderarse *to seize, to take possession* (3.3)
apogeo *height, zenith, apogee* (3.1)
aportación *contribution* (1.1)
aportar *to contribute* (1.2)
aporte *(m.) contribution, support* (1.1)
apostar *to bet*
apoyar *to support* (10.2)
apoyo *support*
apreciado (a) *appreciated*
apreciar *to be fond of, to appreciate*
apresurarse *to hurry up*
apretar *to press, to push, to squeeze*
apretón *(m.) hug, crush*

aprobar (ue) *to pass, to approve* (1.2)
apropiado (a) *appropriate*
aprovechar *to take advantage of*
aprovecharse *to use to one's advantage, to take advantage of*
aprovisionamiento *supply, provision* (5.1)
aproximadamente *approximately*
aproximarse *approximate, come up to, approach*
apuesta *bet*
apuntar *to make a note of, to note down, to point out*
apurado (a) *in a hurry*
araña *spider*
arbitrario (a) *arbitrary*
archipiélago *archipelago*
archivo *file*
arduamente
argumento *plot, storyline*
arma *arm, weapon*
armada *Armada, navy* (7.1)
arpa *harp* (5.1)
arpista *(m. f.) harpist, harp player*
arquitectura *arquitecture*
arrasar *to sweep to victory* (8.1)
arrecife *(m.) reef*
arrepentirse *to be sorry, to regret*
arrestar *to arrest*
arriesgarse (gu) *to risk*
arrojar *to throw*
arruinarse *to be ruined*
artefacto *artefact*
arteria *artery*
artesanal *(m. f.) artisan* (5.1)
artesanía *craftwork, crafts* (2.1)
artesano (a) *artisan, craftsperson* (1.1)
artículo *article*
arzobispo *archbishop*
asaltar *to rob, to hold up*
asalto *holdup, robbery*
asamblea *assembly*
ascendencia *ancestry* (1.2)
ascender *to rise, to ascend; to be promoted*
ascenso *promotion, ascent*
asco *disgust, revulsion*
asegurar *to assure, to guarantee*
asegurarse *to assure oneself*
asentado (a) *settled, deep-rooted*
asentamiento *settlement* (9.1)
asesinado (a) *murdered, assassinated*
asesinar *to murder*
asesinato *murder*
asesino (a) *assassin, killer*
asexuado (a) *sexless*
asfaltado (a) *asphalted*
así como *as well as* (2.1)
asilo *asylum, refuge* (8.2)
asimilación *assimilation*
asimilarse *to assimilate* (8.1)
asimismo *likewise* (5.2)
asolar *to devastate, to destroy*
asomarse *to lean out, to take a look*
asombrado (a) *amazed, astonished*
asombrar *to amaze, to astonish*
aspecto *aspect*
aspirante *(m. f.) contender* (10.2)
aspirar *to aspire*
astrónomo (a) *astronomer* (8.1)
asumir *to assume*
asunto *matter, issue*
atacar (qu) *to attack*
ataque *(m.) attack*
atar *to tie, to tie up*

atardecer *to get dark, (m.) dusk*
ataúd *(m.) coffin*
atención *attention*
atender (ie) *to pay attention, to attend to, to see to*
aterciopelado (a) *velvety*
atestiguar (ü) *to testify*
atmósfera *atmosphere*
atracción *attraction*
atractivo (a) *attractive*
atraer *to attract* (6.2)
atraído (a) *attracted* (5.1)
atrás *behind*
atravesar (ie) *to cross, to go across*
atribuido (a) *attributed*
atribuir (y) *to attribute*
atropellar *to run over*
audición *audition*
audiencia *audience*
aula *classroom*
aumentar *to increase*
aumento *increase*
aún *still, yet*
ausentismo *absenteeism*
auténtico (a) *authentic*
autobiografía *autobiography*
autóctono (a) *indigenous, native*
autodestructivo (a) *self-destructive*
automotriz *automotive* (4.2)
autonomía *autonomy* (1.2)
autoritarismo *authoritarianism* (4.2)
avalado (a) *guaranteed*
avatares *(m. pl.) ups and downs* (9.1)
ave *(f.) bird*
aventurarse *to be adventurous*
aventurero (a) *adventurer*
avergonzar (üe) *to embarrass, to put to shame* (3.3)
averiguar (ü) *to find out*
avistamiento *sighting* (7.1)
¡Ay de mí! *Woe is me!*
ayudar *to help*
ayuntamiento *city hall*
azar *(m.) chance*
azotar *to whip, to flog*
azucareras *(f. pl.) sugar refineries*
azucarero (a) *sugar, sugar-producing* (1.2)

B

bahía *bay* (1.1)
balada *ballad*
balneario *spa, resort*
baloncesto *basketball* (2.1)
bananero (a) *banana picker; banana tree*
banano *banana tree*
bancario (a) *bank employee*
bancarrota *bankruptcy* (5.2)
banda *strip* (5.1)
bandera *flag*
bando *edict, side, camp* (8.2)
bañista *(m. f.) bather*
baraja *deck, pack of cards*
barba *beard*
bárbaro (a) *barbarian, brute* 5.1
barco *ship* (1.1)
barra *rail, rod, pole, bar*
barriga *belly, tummy*
barrilete *(m.) small barrel*
barro *mud, clay*
basar *to base*
basarse *to be based on*
basquetbolista *(m. f.) basketball player*

bastante *enough*
batazo *a great hit (baseball)*
batir *to beat, to whisk, to whip*
baúl *(m.) trunk*
bautizado (a) *baptized*
beca *scholarship (5.2)*
belleza *beauty*
bello (a) *beautiful*
beneficiar *to benefit*
beneficiarse *to benefit*
beneficioso (a) *beneficial*
bengala *flare, sparkler*
beso *kiss*
bestiario *bestiary*
biblia *bible*
bienes *(m. pl.) property, assets (2.2)*
bienestar *(m.) well-being, welfare*
billete *(m.) ticket*
biografía *biography*
bipartidista *(m. f.) bipartisan (10.1)*
blanquinegro (a) *black and white*
bloquear *to block*
bloqueo *blockade (7.1)*
boleto *ticket*
boliche *(m.) bar, small store*
bolsa *stock market*
bolsillo *pocket (10.1)*
boquete *(m.) hole, opening*
boquiabierto (a) *open-mouthed, flabbergasted*
Borinquen *Puerto Rico*
borrador *(m.) draft, rough draft; eraser*
bosque *(m.) forest*
bosquejo *outline*
bostezar *to yawn*
bostezo *yawn*
bravura *bravery*
brazo *arm*
bregar (gu) *to slave away*
breve *brief*
brillar *to shine*
brisa *breeze*
barómetro *barometer (9.2)*
bronce *(m.) bronze (2.1)*
bruma *(sea) mist*
bruto (a) *ignorant, uncouth, gross*
bucear *buccaneer*
buceo *underwater swimming*
buque *(m.) ship*
burlar *to outwit, to evade*
burlarse *to make fun of*
bursátil *stock market, exchange*
buscar (qu) *to look for*
búsqueda *search*

C

caballeriza *stable*
caballero *gentleman*
caballo *horse*
cabaña *cabin, shack*
caber *(irreg.) to fit*
cabezal *(m.) bolster, headrest; headboard*
cabo *cape, end*
cacerola *saucepan, pan*
cachorro *cub*
cacique *(m.) Indian chief (4.1)*
cada *each, every*
cadena *chain; network (10.2)*
caída *fall*
caja *box*
cajero (a) *cashier, teller*
cajita *small box*

cajón *(m.) drawer, box*
calabozo *cell, dungeon*
calcetín *(m.) sock*
caldera *caldron, boiler; crater*
calentamiento *warm-up*
caleta *cove, small bay*
calidad *quality (3.3)*
cálido *bold*
callado (a) *quiet*
callar *to be quiet, to shut up*
caluroso (a) *hot, warm*
cambio de guardia *changing of guard*
campana *bell*
campaña *campaign*
campeonato *championship (2.1)*
campesino (a) *peasant, rural, peasant-like*
campo *field*
caña *sugar cane (1.2)*
candidato (a) *candidate*
candombe *(m.) African-influenced dance (Uruguay)*
cangrejo *crab*
cansancio *tiredness*
cantautor (a) *singer-songwriter (3.1)*
cantidad *a large number (7.2), quantity*
canto *song, chant*
caoba *mahogany tree, mahogany*
caótico (a) *chaotic*
capa *layer, cape*
capacidad *capacity*
capaz *capable*
capilla *chapel*
capirote *(m.) pointed hood*
capitanía *a territory governed by the military independent of the viceroyalty to which it belonged (8.1)*
capricho *whim, caprice*
capturar *to capture*
cara *face*
cárcel *(f.) jail*
cardamomo *cardamom (8.1)*
cardiólogo (a) *cardiologist, heart specialist (2.1)*
carecer (zc) *to lack, to be without*
cargado (a) *loaded*
cargo *post (4.1)*
caribeño (a) *Caribbean*
caricia *caress*
cariño *affection*
cariñoso (a) *affectionate*
carismático (a) *charismatic*
carreta *wagon, cart*
carretera *highway, road*
carrocería *(auto) bodywork*
cartel *(m.) poster, sign*
cartón *(m.) cardboard, carton*
casco *helmet*
caserío *hamlet, village; farmhouse*
casi *almost*
caso *case*
castellano *Castillian (language); Spanish*
castigado (a) *affected; punished*
castigar (gu) *to punish*
castigo *punishment*
casualidad *chance, coincidence*
cataclismo *natural disaster, cataclysm*
catacumbas *(f. pl.) catacombs*
catarata *waterfall*
catástrofe *(f.) catastrophy*
catastrófico (a) *catastrophic*
catedrático (a) *university professor*
cauteloso (a) *cautious, careful*
cautivar *to captivate*
cautiverio *captivity, confinement (3.1)*

caverna *cave, cavern*
ceder *to cede, to hand over (2.2)*
cedido (a) *ceded, handed over (7.2)*
celda *cell*
célebre *famous (5.1)*
ceniza *ash*
censura *censureship (2.1)*
cerámica *ceramics, pottery*
ceramista *(m. f.) ceramist*
cercanías *(f. pl.) vicinity; surrounding area (6.1)*
cercano (a) *nearby, close (1.1)*
cercar *to fence off*
cerciorarse *to make sure*
cerebro *brain (1.1)*
cerezo *cherry tree*
cerros *(m. pl.) hills*
certamen *(m.) competition, contest (6.2)*
certidumbre *(f.) certainty*
chaleco *vest*
chancho *pig*
charlar *to chat, to talk*
chicotazo *whipping*
chiflar *to whistle; to boo*
chino (a) *Chinese*
chisme *(m.) gossip*
chismoso (a) *gossipy, gossip*
choque *(m.) crash, collision, shock*
ciclo *cycle*
ciego (a) *blind (1.2)*
cielo *sky*
cierre *(m.) closure, closing*
cierto (a) *certain, true*
cifra *number (1.1)*
cilantro *coriander*
cineasta *(m. f.) movie director*
cinta *ribbon, tape*
circuito *track, circuit*
circulación *circulation*
círculo *circle*
circunstancia *circumstance*
cirugía *surgery*
cirujano (a) *surgeon (9.2)*
cita *date, appointment*
ciudadanía *citizenship (1.1)*
ciudadano (a) *citizen*
claridad *clarity*
claro (a) *clear*
clase *(f.)* **menos acomodada** *lower class 1.1*
clavar *to hammer, to fix on*
clave *(f.) key, code*
clientela *clientele, customers*
coartada *alibi*
cobarde *coward*
cobijo *shelter*
cobro *collection (of payments) (9.2)*
cocido *stew; cooked*
coger (j) *to catch*
coherente *coherent, consistent*
colaborar *to collaborate, cooperate (1.2)*
colapso *collapse*
colchón *(m.) mattress*
colectivo *collective, group; bus*
cólera *(m.) cholera; anger, rage*
colina *hill*
collado *hill; pass*
collar *(m.) necklace, collar*
colocar *to place, to put (9.1)*
colonia *colony*
colonizador (a) *colonizer*
colonizar *to colonize, to settle*
colono *colonist (1.2)*
coloquial *colloquial*
colorado (a) *red*

colorido (a) *colorful, color* (3.2)
columnista *(m. f.) columnist* (9.1)
comandar *to command*
combatir *to combat, to fight*
combustible *(m.) fuel* (7.2)
comentar *to comment*
comentario *commentary*
comenzar (ie) *to start*
comerciante *(m. f.) storekeeper, shopkeeper*
comercio *trade, commerce*
comestible *(m.) food*
cometa *(m.) comet (astronomy)*
comicio *election* (9.1)
comienzo *beginning*
comillas *(f. pl.) quotation marks*
comisión *(f.) committee, commission*
cómodo (a) *comfortable*
compañía *company*
comparación *comparison*
comparar *to compare*
compartir *to share*
compatriota *(m. f.) compatriot, fellow countryman (woman)* (8.1)
compenetrado (a) *committed; sharing feelings, sympathizing*
compensación *compensation*
compensar *to offset* (8.2)
competir *to compete*
competitivo (a) *competitive*
complacer *(irreg.) to please*
completarse *to complement each other*
complicado (a) *complicated*
componer *(irreg.) to fix, to compose* (4.1)
comportamiento *performance, behavior* (1.2)
comprender *to cover, include* (2.1)
comprobar *to verify*
comprometido (a) *committed* (5.2)
compromiso *obligation, engagement, compromise*
computación *computing, computer* (1.1)
común *common*
comunismo *communism*
comunista *(m. f.) communist*
con maldad *with malice*
concebir (i) *to conceive* (9.2)
conceder *to grant, to concede* (2.2)
concentrar *to concentrate*
concertarse *to agree, to reach an agreement, to come to terms*
concesión *(f.) concession*
conciudadanos *(m. pl.) fellow citizen, fellow countrymen*
concluir (y) *to complete, to finish, to conclude*
concordancia *agreement, concordance*
concretar *to specify*
concurso *contest* (10.2)
conde *(m.) earl, count*
condecoración *decoration; award* (3.1)
condecorado (a) *awarded*
conducción *conduction* (3.1)
conductor (a) *conductor, director* (3.1)
conectar *to connect*
conferencia *lecture, talk* (7.1)
confianza *trust*
confirmar *to confirm*
congelado (a) *frozen*
congelar *to freeze* (9.1)
conglomerado *conglomeration*
congregación *congregation*
congreso *congress*
cónico (a) *conical, conic*
conjunto *band, group* (3.2); *collection*
conmemorar *to commemorate*

conmovedor (a) *moving, touching* (9.1)
cono *cone*
conocimiento *knowledge* (2.1)
conquista *conquest*
consagración *consecration* (3.1)
consagrado (a) *time-honored, hallowed* (7.2)
consagrar *to confirm, to establish* (10.2)
consciencia *conscience*
consciente *conscience*
consecuencia *consequence*
consecutivo (a) *consecutive*
conseguir (i, i) (g) *to achieve; to obtain* (2.1)
consejero (a) *advisor, counselor, director*
consejo *advice; council; meeting*
consejo de seguridad *security council* (4.1)
conservatorio *conservatory*
considerablemente *considerably*
consigo *with you/him/her/one*
consiguiente *resulting, consequent*
consistente *thick, solid, sound, consistent*
consolidar *to consolidate* (6.2)
constar *to figure in, to be included in, to consist of*
constituir (y) *to make up, to constitute, to represent*
construido (a) *constructed*
construir (y) *to construct*
consultar *to consult*
consumidor (a) *consumer*
consumir *to consume*
consumo *consumption*
contagio *contagion* (5.2)
contaminado (a) *contaminated*
contaminar *to contaminate*
contar (ue) con *to count on*
contemplación *contemplation*
contemplar *to contemplate*
contemporáneo (a) *contemporaneous* (1.2)
contener *(irreg.) to contain*
contenido *content*
contestación *answer, reply*
contexto *context*
contra *against*
contracciones *(f. pl.) contractions*
contragolpe *(m.) to counterattack* (5.1)
contraproducente *counterproductive*
contrario (a) *contrary*
contrastar *to contrast*
contraste *(m.) contrast*
contratar *to contract*
contribución *contribution*
contribuir (y) *to contribute*
contrincante *(m. f.) rival, opponent* (6.2)
control *(m.) de las armas de fuego gun control*
controvertido (a) *controversial* (3.3)
convencer (z) *to convince*
convencido *convinced*
conveniencia *coexistence*
convenio *agreement*
convenir *to be suitable*
convento *convent*
convertir *to convert*
convertirse (ie) (i) *to become* (1.1)
convivir *to live together, to coexist*
coordinador (a) *coordinator*
copia *copy*
copita *a small cup; a glass (of wine)*
coprotagonista *(m. f.) co-star* (4.1)
coqueteo *flirt*
coraje *(m.) anger; courage, bravery*
corazón *(m.) heart*
cordial *cordial, friendly*
cordillera *mountain range*

corona *crown*
coronar *to crown* (2.1)
corregido (a) *corrected*
correspondencia *correspondence*
corrida de toros *bullfight*
corriente *(f.) trend, current* (6.1); *ordinary; stream*
corrió la voz *there was a rumor; the news spread* (6.1)
corrupción *corruption*
corte *(m.) cut, style* (10.1)
cortejo *courtship, wooing*
cortina *curtain*
corto plazo *short-term*
cortometraje *(m.) short movie or film*
cosmovisión *(f.) view of the world* (3.2)
costilla *rib*
costo *cost*
costumbre *(f.) custom*
costura *sewing*
cotizado (a) *valued*
cráneo *cranium, skull*
cráter *(m.) crater*
creación *creation*
creacionista *creationist*
creador (a) *creator*
creativo (a) *creative*
crecer (zc) *to grow*
creciente *growing, increasing*
crecimiento *growth* (3.1)
creíble *credible, believable*
crepúsculo *twilight, dusk*
criar *to bring up, to raise*
criarse *to grow up*
crimen *(m.) crime*
criticar *to criticize*
crónica *report, article, chronicle*
cruce *(m.) crossing, crossroads*
crujido *creaking, rustling*
cruzar *to cross*
cuadrilla *team, gang, squad*
cuadrito *small square*
cuadro *square; painting; scene*
cualquiera *any, anyone*
cubierto (a) *covered, overcast*
cubista *cubist*
cubo *bucket, bin, garbage can*
cubrir *to cover*
cuentista *(m. f.) short-story writer, storyteller*
cuento de hadas *fairytale*
cuesta *slope; escarpment*
cuestionamiento *questioning* (10.1)
cuestionar *to question*
cueva *cave* (2.1)
cuidado *careful*
cuidar *to take care of*
culebra *snake*
culminar *to culminate*
culpa *fault*
cultivar *to cultivate*
cultivo *(m.) farming, cultivation*
cumplir *to carry out, to obey, to achieve*
cuna *cradle; birthplace* (7.2)
cura *(m.) priest* (1.1)
curar *to cure*
curiosear *to pry; to browse*
curiosidad *curiosity*
cuyo (a) *whose* (9.1)

D

damnificado (a) *victim*
dañar *to damage, to hurt*
danés *(m.) danesa (f.) Danish*

danza *dance*
danzante *(m. f.) dancer; adj. dancing*
dar fin a *to end, to put an end to* (8.1)
dar inicio a *to begin, start* 6.1
dar muerte *to kill* (3.1)
dar origen a *to give rise to* (5.2)
dar paso a *to give way to* (8.1)
darse a conocer *to make oneself known* (4.1)
darse cuenta *to realize* (3.1)
dato *piece of information, fact*
de cerca *closely*
de hecho *in fact, as a matter of fact* (3.3)
de lujo *luxury*
de pie *standing*
debido a *due to*
débil *weak*
debilitado (a) *weakened*
debutar *to make one's start, to appear for the first time* (6.1)
década *decade* (1.1)
decadencia *decadence* (2.1)
decaer *to decline, to fail* (10.1)
decisivo (a) *decisive* (1.1)
declaración *statement, deposition*
declarar *to declare*
declinar *to decline*
decretar *to decree* (5.1)
dedicar (qu) *to dedicate*
dedicatoria *dedication*
defensa *defense*
defunción *deceased, death*
degollar (ue) *to cut the throat of someone*
dejar de *to fail to, to stop*
dejar *to leave, to abandon; to permit*
delantero (a) *front, foremost; forward (sports)* (5.2)
delicadeza *delicacy*
delicado (a) *delicate*
delirar *to be delirious; to talk nonsense*
delito *crime, offense*
demora *delay*
demostración *demonstration*
denominar *to name, to call* (6.1)
dentadura postiza *false teeth*
dentadura *set of teeth*
denunciar *to denounce*
dependiente (a) *(m. f.) employee, clerk*
deponer (irreg.) *to overthrow, to depose* (9.1)
deportes (m. pl.) acuáticos *water sports*
deportivo (a) *sport, sports*
depositar *to deposit, to place*
deprimente *depressing*
deprimir *to depress*
depuesto (a) *deposed, overthrown* (4.2)
depuración *purge, cleansing* (9.1)
derechista *rightist, right-wing*
derechos (m. pl.) civiles *civil rights* (1.1)
derivar *to derive; to drift* (2.2)
derramar *to pour*
derrame (m.) *spilling, shedding; (cerebral) hemorrhage*
derretir (i) *to melt*
derrocado (a) *toppled, overthrown* (6.2)
derrocamiento (m.) *overthrow* (5.1)
derrocar (qu) *to overthrow*
derrota *defeat; disorder, shambles*
derrotado (a) *defeated* (2.2)
derrotar *to defeat*
derrumbar *to demolish, to tear down*
derrumbarse *to collapse, to cave in*
desabotonar *to unbutton*
desafío (m.) *challenge* (1.1)

desafortunado (a) *unlucky*
desairado (a) *slighted, snubbed*
desaparecer (zc) *to disappear*
desaparición *disappearance*
desapercibido (a) *unnoticed*
desarrollarse *to develop* (6.1)
desarrollo (m.) *development* (1.1)
desastrado (a) *dirty, slovenly*
desastroso (a) *disastrous*
desatender (ie) *to neglect, to ignore*
descalzo (a) *barefooted*
descansar *to rest*
descanso *rest*
descargar (gu) *to unload*
descender (ie) *to descend, to go down*
descendiente (m. f.) *descendant*
desconcertar (ie) *to disconcert*
desconocer *to not know, to not recognize*
desconocido (a) *unknown*
descubrimiento *discovery*
descubrir *to discover*
desembarcar *to disembark, to land* (10.1)
desembocar (qu) *to flow, to empty (river)*
desempeño (m.) *performance* (10.1)
desempleo (m.) *unemployment* (3.2)
desengaños (m. pl.) *bitter lessons of life*
deseo *desire*
desértico (a) *desert-like, barren*
desesperación *desperation*
desesperadamente *desperately*
desfavorecido (a) *disadvantaged* (6.2)
desfile (m.) *parade*
desfondado (a) *crumbling*
desgajar *to tear off*
desgracia *disgrace*
deshacer *to undo*
deshacerse de *to get rid of* (9.1)
deshecho (a) *undone*
desierto *desert*
designado (a) *designated* (6.2)
designar *to designate*
desigual *unequal; uneven* (2.2)
desintegración *disintegration*
deslizar *to slide, to slip*
desmovilización *demobilization*
desnudo (a) *naked*
desolado (a) *desolate, disconsolate*
desorden (m.) *disorder*
desordenar *to make untidy, to mess up*
despedir (i) *to discharge, to dismiss*
despertar (ie) *to awaken*
despiadado (a) *cruel, pitiless*
despierto (a) *wide-awake, alert*
despoblar *to depopulate* (1.2)
desposeído (a) *dispossessed*
destacado (a) *distinguished, prominent* (1.2)
destacar *to stand out, to highlight* (1.1)
destacarse *to stand out* (2.1)
destemplado (a) *out of tune, unharmonious*
destinado (a) *destined; assigned*
destino *destination; fate*
destituido (a) *removed, dismissed* (6.1)
destrozar *to wreck, to ruin* (9.1)
destruir (y) *to destroy*
desventaja *disadvantage*
detallado (a) *detailed*
detalle (m.) *detail*
detener (irreg.) *to detain; to stop; to arrest*
detenido (a) *stopped, halted* (8.2)
deteriorar *to deteriorate*
detestar *to detest*

deuda *debt*
deuda externa *foreign debt* (4.2)
devaluación *devaluation*
devastar *to devastate* (5.2)
devolución *return, restitution*
devolver (ue) *to return, to give back*
día (m.) *day*
diablo *devil*
diagrama (m.) *diagram*
dialecto *dialect*
diario *newspaper* (1.1)
diáspora *migration*
dibujante (m. f.) *sketcher, illustrator*
dibujar *to draw, to sketch, to design*
debutar *to debut* (6.1)
dicho *saying*
dictadura *dictatorship* (1.1)
dictarse *to announce* (2.1)
diente (m.) *tooth*
dificultar *to make difficult, to become difficult*
difundido (a) *spread, broadcast* (8.2)
difundir *to spread, to disseminate*
dinamismo *dynamism*
dinero *money*
dios (m.) *god*
dirigente (m. f.) *leader, head*
dirigido (a) *directed*
dirigir (j) *to direct*
discográfico (a) *record, recording* (3.2)
discriminación *discrimination*
discurso *speech*
diseñador (a) *designer*
diseño *design*
disfrutar *to enjoy*
disgustar *to annoy, to displease*
disidente (m. f.) *dissident, dissenter* (8.1)
disminución *decrease, reduction* (10.1)
disminuir (y) *to decrease, to diminish* (3.3)
disolver (ue) *to dissolve, to break up* (10.1)
displicente *disagreeable, fretful*
disponer (irreg.) *to arrange, to stipulate* (5.2)
dispuesto (a) *ready, prepared*
disputar *to dispute, to argue over*
disputarse *to contend, to compete for*
distancia *distance*
distinción *distinction*
distinguir (g) *to distinguish*
distinguirse (g) *to distinguish oneself*
distinto *distinct, different; various*
distraer (irreg.) *to distract; to amuse*
distribución *distribution*
distribuir (y) *to distribute*
distrito *district*
disuadir *to dissuade*
disuelto (a) *dissolved* (4.1)
diversidad *diversity*
diversificación *diversification*
diversificar (qu) *to diversify*
diverso (a) *diverse* (1.1)
divertir (ie, i) *to entertain*
divertirse (ie, i) *to enjoy oneself*
dividir *to divide*
divinamente *wonderfully, divinely*
divino (a) *divine*
divisa *foreign currency* (7.1)
doblar *to double; to fold*
doble *double*
docena *dozen*
doctorado *doctorate*
doctorarse *to get the doctor's degree*
doctrina *doctrine*
doler (ue) *to hurt, to ache*
dolorido (a) *grieving, sorrowing*

doloroso (a) *painful*
doméstico (a) *domestic, household*
dominación *domination*
dominar *to dominate*
dominio *domain, dominion* (2.1)
dominó *domino*
donaire *(m.) wit, grace*
dorado (a) *golden*
dotación *funding*
dotar *to endow; to equip* (7.2)
dotes *(f. pl.) talent, gift*
dramatizar *to dramatize*
dramaturgo (a) *playwright* (2.1)
ducha *shower, bath*
duda *doubt*
duelo *mourning; grief*
duelo nacional *national mourning* (5.2)
dueño (a) *owner* (1.2)
dulce *sweet*
dulzura *sweetness*
duplicar (qu) *to double, to duplicate*
duración *duration*
durar *to last*
duro (a) *hard*

E

echar *to throw, to throw out, to throw away*
echarse *to lie down*
echarse a *to begin to*
ecléctico (a) *eclectic*
ecuestre *equestrian*
edificación *construction, building*
edificar (qu) *to build*
efecto *effect*
efectuar (ú) *to carry out*
eficaz *efficient* (2.1)
ejecución *execution; performance*
ejecutado (a) *implemented, carried out* (8.2)
ejercer (z) *to practice, to exert*
ejercido (a) *practiced, exercised* 3.3
ejército *(m.) army*
elaborado (a) *elaborate, finished* (6.1)
elaborar *to elaborate; to work* (10.1)
elástico (a) *elastic*
electorado *electorate*
elegancia *elegance*
elegido (a) *elected*
elegir (i, i) (j) *to elect*
elevar *to lift, to elevate*
elogiado (a) *praised*
elogiar *to praise* (5.1)
embajador (a) *ambassador*
embarcación *boat, ship*
embargo *embargo; seizure*
emblemático (a) *emblematic*
embotellamiento *traffic jam, bottleneck*
emergencia *emergency*
emerger (j) *to emerge* (7.1)
emigrar *to emigrate* (1.1)
eminentemente *essentially, basically* (10.1)
empeñar *to pawn*
empeñoso (a) *eager, persistent*
empeorar *to get worse; to make worse*
emperador *(m.) emperor*
empezar (ie) *to begin*
empleo *employment*
emprendedor (a) *enterprising*
emprender *to embark on* (9.1)
empresa *company, firm* (3.2)
empresario (a) *manager, director* (1.2)

en busca de *in search of* (1.1)
en contra *against*
en ese entonces *at that time* 3.1
en la actualidad *nowadays* (3.3)
en último término *as a last resort* (2.1)
enamorado (a) *sweetheart, lover*
enano (a) *dwarf*
encabezar *to be at the top (of the list)*
encallado (a) *run aground* (7.1)
encallar *to run aground*
encaminar *to direct, to guide* (4.2)
encantador (a) *charming*
encantamiento *charm, enchantment*
encantar *to captivate, to enchant*
encargado (a) *agent, representative*
encargar (gu) *to entrust, to put in charge* (4.1)
encender (ie) *to light, to kindle; to turn on (lights)*
encontrarse (ue) *to encounter, to find*
encuentro *(m.) encounter*
encuesta *survey*
endeudado (a) *indebted*
énfasis *(m.) emphasis*
enfatizar *to emphasize*
enfermar *to get sick*
enfermedad *disease, illness*
enfermo (a) *sick*
enfocar (qu) *to focus*
enfoque *(m.) focus* (10.1)
enfrentamiento *(m.) confrontation* (3.3)
enfrentar *to confront* (4.2)
enfrente *opposite, in front*
enfriar (i) *to cool down*
englobar *to include, to put all together*
engordar *to fatten*
enjuto (a) *lean, skinny*
enmienda *amendment; emendation* (6.2)
enojar *to anger, to offend*
enorme *enormous*
enredarse *to get tangled up; to get involved*
enriquecerse (zc) *to get rich*
enriquecido (a) *enriched*
ensayista *(m. f.) essayist*
ensayo *(m.) essay* (1.2)
enterarse *to find out*
entero (a) *whole, entire*
enterrado (a) *buried*
enterrar (ie) *to bury*
entidad *entity* (6.1)
entregar (gu) *to deliver, to hand over*
entremeterse *to meddle*
entrenar *to train*
entretener (irreg.) *to amuse, to entertain*
entretenerse (irreg.) *to be amused, to amuse oneself*
entrevista *interview*
entrevistador (a) *interviewer*
entrevistar *to interview*
entristecer (zc) *to sadden, to make sad*
entrometido (a) *meddler, busybody*
entusiasmar *to enthuse, to make enthusiastic*
entusiasmarse *to become enthusiastic*
entusiasmo *enthusiasm*
entusiasta *enthusiastic*
enviado (a) *envoy*
enviar (i) *to send*
envidiar *to envy*
envoltorio *(m.) wrapping* (10.1)
eólico (a) *adj. wind*
episodio *episode*
época *time, period* (1.1)

equipo *equipment* (5.2)
equivalente *(m.) equivalent*
equivocado (a) *mistaken*
erguido (a) *erect, swelled with pride*
erigido (a) *erected, built*
erótico (a) *erotic*
erotismo *eroticism*
erupción *eruption*
escalar *to climb*
escalera *stair, stairway; ladder*
escalerilla *steps*
escalinata *stairway* (9.1)
escandalizar *to scandalize*
escapar *to escape, to flee*
escarabajo *(m.) scarab, black beetle*
escaramuza *skirmish* (4.1)
escena *scene*
esclavista *(m. f.) slaver*
esclavitud *(f.) slavery*
esclavizar *to enslave*
esclavo (a) *slave*
escocés (m.), escocesa (f.) *Scottish*
escoger (j) *to choose*
escogido (a) *chosen; select*
escondido (a) *hidden*
escondite *(m.) hiding place*
escotilla *hatch, hatchway*
esculpido (a) *sculpted*
escultor (a) *sculptor*
esencialmente *essentially*
esforzarse (ue) *to strive*
esfuerzo *(m.) effort* (8.2)
esmeralda *emerald* (6.1)
espacial *spatial*
espacio *space*
espalda *back*
esparcir (z) *to spread*
especie *(f.) species; sort, kind*
especificar (qu) *to specify*
específico (a) *specific*
espectacular *spectacular*
espectáculo *show, performance*
espectador (a) *spectator*
espectro *specter; spectrum*
especulador (a) *speculator*
especular *to speculate*
espejo *mirror*
espera *wait, waiting*
esperanza *hope*
espléndido (a) *splendid*
esplendor *(m.) magnificence* (1.1)
espontáneo (a) *spontaneous*
esposo (a) *husband (wife), spouse*
esquema *(m.) sketch, diagram*
esquina *corner*
establecer (zc) *to establish*
establecerse (zc) *to settle*
establecimiento *establishment, place of business*
estacionar *to park*
estadía *stay*
estadounidense *(m. f.) United States citizen* (1.1)
estallar *to break out* (3.1)
estándar (m.) de vida *standard of living*
estaño *tin*
estar al día *to be up to date*
estar bien presentado (a) *to be well dressed* (6.2)
estar de pie *to be standing* (8.1)
estar listo (a) *to be ready*
estatua *statue*
estela *stele (monument); wake (ship)*
estético (a) *aesthetic* (7.1)

estilista *(m. f.)* stylist, designer (5.1)
estima *esteem*
estimación *estimate; estimation*
estimarse *to respect, to hold in high esteem* (1.1)
estimular *to stimulate*
estrategia *strategy*
estrecho (a) *narrow*
estrella *star*
estremecer (zc) *to shake*
estructura *structure*
estupidez *(f.) stupidity, foolishness*
etcétera *etcetera, and so on*
eterno (a) *eternal*
etnia *ethnic group* (8.1)
étnico (a) *ethnic*
evaluación *evaluation*
evangelizar *to evangelize, to preach the gospel*
evangelización *evangelization* (5.1)
evidencia *proof, evidence*
evitar *to avoid*
exagerar *to exaggerate*
exaltado (a) *exalted*
examinar *to examine; to inspect*
excelencia *excellence*
exhaustivo (a) *exhaustive*
exhausto (a) *exhausted*
exhibición *exhibit*
exhibir *to exhibit*
exigir (j) *to demand*
exiliado (a) *exile* (4.1)
exiliarse *to go into exile*
exilio *exile*
eximir *to exempt*
existencia *existence*
existir *to exist*
éxito *success* (1.2)
exitoso (a) *successful* (7.1)
éxodo *exodus* (1.1)
exótico (a) *exotic*
expandirse *to expand, to spread*
expansión *(f.) expansion*
expectante *expectant*
expedición *expedition*
expedicionario (a) *member of an expedition* (4.2)
experimentar *to experiment, to try out*
explicación *explanation*
explicar (qu) *to explain*
explotación *exploitation*
explotar *to exploit* (2.2)
exponer *(irreg.) to exhibit, to show; to expound*
exportador (a) *exporter*
exportar *to export*
expositor (a) *speaker* (9.2)
exprimir *to squeeze, to press*
expuesto (a) *exposed* (5.1)
expulsión *(f.) expulsion* (5.1)
exquisito (a) *exquisite*
extender (ie) *to extend, to stretch out*
extenso (a) *extensive, vast*
extenuado (a) *exhausted*
exterminar *to exterminate*
exterminio *extermination*
extinguir (g) *to extinguish*
extraer *(irreg.) to extract*
extrañar *to miss*
extranjero *abroad*
extranjero (a) *foreigner* (2.1)
extraño (a) *strange, odd*
extraordinario (a) *extraordinary*

extraviar (i) *to mislay, to misplace*
extremadamente *extremely*
extremista *(m. f.) extremist*

F

fábrica *factory*
fabricado (a) *manufactured*
fabricar (qu) *to manufacture, to produce*
fabuloso (a) *fabulous*
faceta *facet*
fachada *façade* (10.1)
facial *facial*
facilidad *ease, easiness*
facilitar *to facilitate; to provide*
fallido (a) *unsuccessful, failed* (10.2)
falta *lack; foul (sports)*
fama *fame, reputation*
fantástico (a) *fantastic*
farmacéutico (a) *pharmaceutical* (1.2)
fármaco *(m.) medicine, drug* (9.2)
farmacólogo (a) *pharmacologist* (9.2)
fascinante *fascinating*
fascinar *to fascinate*
favorecer (zc) *to favor*
faz *(f.) face* (7.1)
fe *(f.) faith*
felicidad *happiness*
feminismo *feminism*
feminista *feminist*
fenómeno *phenomenon*
feria *fair*
feriado *(m.) holiday*
feroz *(m. f.) ferocious*
ferrocarril *(m.) railroad, railway* (3.3)
ferroviario (a) *railway* (4.2)
fiable *trustworthy*
fiar (i) *to entrust; to give credit to*
fiarse *to trust*
ficción *fiction*
fidelidad *fidelity* (3.2)
fiebre *(f.) fever*
fiebre *(f.) del oro gold fever*
figurar *to appear*
figurativo (a) *figurative*
filarmónico (a) *philharmonic*
filmar *to film*
filme *(m.) film*
filo *edge*
filosofía *philosophy*
fin *(m.) end*
final *(m.) end*
finca *farm*
fingir (j) *to feign, to pretend*
firma *signature*
firmar *to sign*
firme *firm*
física *physics*
físico (a) *physicist* (10.1)
flagelo *(m.) scourge* (3.2)
florecer (zc) *to flourish; to blossom*
floreciente *flourishing* (8.2)
fluidez *(f.) fluidity*
flujo *flow* (7.2)
fomentar *to foster, to encourage*
fondo *bottom*
forjado (a) *forged*
formar parte *to be part*
formidable *terrific*
foro *(m.) forum* (8.1)
fortalecer (zc) *to strengthen*
fortalecido (a) *strengthened*
fortaleza *fortress; fortitude* (1.2)
fortificado (a) *fortified*

forzado (a) *forced*
forzar (ue) *to force*
forzoso (a) *unavoidable*
fosilizado (a) *fossilized*
fotógrafo (a) *photographer*
fracasado (a) *failed, unsuccessful*
fracasar *to fail* (3.1)
fracaso *failure*
fragancia *fragrance*
fragmento *fragment*
franco (a) *free, open* (10.2)
franja *strip (of land)* (10.2)
fraude *(m.) fraud*
frecuencia *frequency*
frecuente *frequent*
freír (i) *to fry*
frente *(m.) front; (f.) forehead;*
frescor *(m.) cool; freshness*
frescura *freshness*
frígido (a) *frigid*
frivolidad *frivolity*
frívolo (a) *frivolous*
frontera *border*
fronterizo (a) *border* (3.2)
frustrar *to frustrate*
fuego *(m.) fire*
fuegos *(m. pl.) artificiales fireworks*
fuente *(f.) fountain* (1.1)
fuera *outside; away*
fuerte *strong, loud; (m.) fort* (4.1)
fuerza *strength; force*
fuerza laboral *work force* (1.2)
fuerzas *(f. pl.) armadas armed forces*
fundación *founding; foundation*
fundado (a) *founded, established*
fundador (a) *founder*
fundar *to found* (1.1)
funeral *(m.) funeral*
furia *fury, rage*
furtivo (a) *furtive*

G

gabinete *(m.) consulting room; cabinet; office*
galardón *(m.) reward, prize* (3.1)
galardonado (a) *awarded* (2.2)
gallego (a) *Galician*
gallina *hen*
gallinazo *buzzard*
galopar *to gallop*
ganadero (a) *cattle rancher; ranching, cattle-raising* (9.2)
ganado *cattle, livestock*
ganado vacuno *cattle*
ganador (a) *winner* (1.1)
ganar *to win; to earn*
garante *(m. f.) guarantor*
gas *(m.) gas*
gasto *expense* (4.2)
gastritis *(f.) gastritis*
gastronómico (a) *gastronomic*
gatillo *trigger*
gaveta *drawer*
gaviota *seagull* (8.1)
generador *(m.) generator*
generalizado (a) *generalized*
género *(m.) type, style* (3.1)
genial *brilliant* (2.1)
genio *genius; temper* (1.1)
gestión *(f.) administration, management* (6.2)
gigante *(m.) giant*
gigantesco (a) *gigantic, huge*

gira *tour* (6.2)
glifo *(m.) glyph, a concave ornament (architecture)* (9.1)
gobernante *(m. f.) leader, ruler*
gobierno *government*
goleador *(a) goal scorer*
golondrina *swallow*
golpe *(m.) militar military coup* (4.1)
golpeado *(a) hit* (2.2)
gótico *Gothic*
gótico *(a) Gothic*
gozar *to enjoy*
grabación *recording* (8.1)
grabado *engraving*
grabador *(a) engraver* (7.1)
grabar *to record* (3.1)
grama *grass; lawn*
grandioso *(a) grandiose, grand*
granero *granary* (4.2)
granja *farm*
granjero *(a) farmer* (1.1)
granuloso *(a) granular*
gravemente *seriously, gravely*
griego *(a) Greek*
gritar *to shout*
grosor *(m.) thickness*
grotesco *(a) grotesque*
guajira *Cuban folk song*
guardar *to keep, to put away*
guardia *guard*
guerra *war* (1.1)
guerrera *military jacket*
guerrero *(a) warrior* (8.1)
guerrillero *(a) guerilla (fighter)*
guía *(m. f.) guide*
guiarse *to be guided by, to go by*
guion *(m.) script* (6.1)
gusto *taste; pleasure*

H

habitado *(a) inhabited* (3.1)
habitante *(m. f.) inhabitant, resident* (2.1)
habitar *to live in, to inhabit* (2.1)
hábito *habit, custom*
hace poco *a short time ago* (2.2)
hacer el papel *to play the role, part* (6.2)
hacer frente a *to face up to* (9.1)
hacer mandados *to run errands*
hacia *toward*
hada *fairy*
hallar *to find*
hallarse *to find oneself, to meet up with*
hallazgo *finding, discovery*
hasta el momento *up until now* (2.1)
hecho *event; fact* (6.1)
hecho *(a) made* (6.1)
hectáreas *(f. pl.) acres* (8.1)
hemisferio *hemisphere*
heredar *to inherit* (2.1)
heredero *(a)* 3.1
herencia *heritage* (3.2)
héroe *(m.) hero*
hervir *(ie, i) to boil*
hierro *(m.) iron* (4.1)
hinchado *(a) swollen*
hiperrealista *(m. f.) hyperrealistic*
hispano *(a) Hispanic, person of Latin American or Spanish descent*
hispanohablante *(m. f.) Spanish speaker*
hispanoparlante *(m. f.) Spanish speaker*
hito *(m.) milestone* (3.2)
hogar *(m.) home*

hoja *leaf; blade*
hondo *(a) deep*
honores *(m. pl.) patrios national honors* (5.2)
honrado *(a) honest, honorable*
horrendo *(a) horrific*
hostigar *(gu) to harass*
hostilidad *hostility*
huellas *(f. pl.) footprints* (6.1)
hueso *bone*
huir *(y) to run away, to escape* (2.2)
humilde *humble*
humo *smoke*
humorístico *(a) humorous*
hundir *to sink* (9.1)

I

idílico *(a) idyllic*
idioma *(m.) language*
ídolo *idol*
igual *equal, the same*
igualdad de oportunidades *equal opportunity*
igualmente *equally, likewise*
ilustrar *to illustrate*
ilustre *illustrious, distinguished*
imaginar *to imagine*
imaginarse *to envision, to visualize*
imaginativo *(a) imaginative*
imitar *to imitate*
impactante *shocking, powerful*
impacto *impact*
impartir *to grant, to concede* (5.1)
impedir *(i, i) to prevent* (5.1)
impermeabilizar *to waterproof*
implicación *involvement*
implicar *to entail, involve*
imponente *impressive*
imponer *(irreg.) to impose* (2.2)
imponerse *(irreg.) to prevail*
importar *to import*
imprescindible *essential*
impresionante *impressive*
impresionar *to impress*
impresionista *impressionist*
imprevisto *(a) unforeseen, unexpected*
impronta *stamp, mark*
impúdico *(a) indecent, shameless*
impuesto *tax*
impulsado *(a) propelled, driven*
impulsar *to give a boost to* (6.1)
impulso *impulse*
inadvertido *(a) unnoticed, unseen*
inauguración *opening, inauguration*
inaugurar *to open, to inaugurate, to unveil*
incansable *untiring*
incentivar *to encourage, to give incentives*
inclinado *(a) slanted, inclined*
incluir *(y) to include*
incluso *even*
incomparable *peerless, unequalable*
incomprensible *incomprehensible*
inconcluso *(a) unfinished*
inconfundible *unmistakable*
incontable *countless*
inconveniente *inconvenient*
incorporación *incorporation*
increíble *incredible*
incrementar *to increase* (8.2)
incremento *increment*
incursionar *to penetrate, to make incursions* (10.2)

indeciso *(a) undecided*
indefinido *(a) indefinite, vague*
indicar *(qu) to indicate*
índice *(m.) level, index* (4.1)
indiferente *undefined, vague*
indígena *(m. f.) native* (3.2)
indígena *(m. f.) indigenous*
indignación *indignation, anger, outrage*
indignar *to make angry or indignant, to outrage*
indignarse *to get indignant*
indiscutible *indisputable, undeniable* (1.2)
indistintamente *without distinction or exception*
individuo *individual*
indocumentado *(a) without identity papers; illegal immigrant*
inédito *(a) unprecedented*
inesperado *(a) unexpected*
inestabilidad *instability*
inevitable *unavoidable*
infamia *infamy*
infantil *childlike, related to childhood*
infatuación *vanity, conceit*
infectado *(a) infected*
inferior *inferior*
infierno *hell, inferno*
inflación *inflation*
inflamado *(a) inflamed*
influencia *influence*
influenciado *(a) influenced*
influir *(y) to influence*
influyente *influential* (1.1)
informado *(a) informed, knowledgeable*
informar *to notify, to inform*
informática *computer science* (7.2)
informe *(m.) report*
ingeniero *(a) engineer*
ingenio *ingenuity, inventiveness*
ingresar *to join, to enter, to deposit*
ingreso *income* (2.2)
inhumanamente *inhumanely*
iniciar *to start, to initiate*
iniciarse *to begin, start* (2.2)
iniciativa *initiative*
inicio *beginning, start* (7.1)
inigualable *unequaled* (1.2)
ininteligible *unintelligible, incomprehensible*
inmenso *(a) immense*
inmigración *immigration*
inmigrante *(m. f.) immigrant*
inmigrar *to immigrate* (1.1)
inmobilario *(a) (adj.) real estate* (10.2)
inmune *immune*
innato *(a) innate, natural* (5.1)
innumerable *countless*
inoxidable *stainless steel*
inquietudes *(f. pl.) worries*
inscrito *(a) to register, to enroll*
inseguro *(a) insecure, unstable*
insinuado *(a) insinuated, hinted*
insistir *to insist*
insoportable *unbearable*
inspeccionar *to inspect*
inspirado *(a) inspired*
inspirar *to inspire*
instalado *(a) installed, settled*
instalar *to install*
instaurar *to establish* (6.2)
instituir *(y) to establish, to set up* (2.1)
instituto *institute*
insultar *to insult, to offend*
insurrección *uprising, insurrection*

insurrecto (a) *rebel, insurrectionist*
intacto (a) *intact*
integración *integration, incorporation*
integrarse *to integrate (2.1)*
intención *intention*
intensificar *to intensify*
intenso (a) *intense, strenuous*
intentar *to try*
intercambiar *to exchange, to swap*
intercambio *exchange*
interés *(m.) interest*
interino (a) *interim, substitute*
interponer *(irreg.) to interpose*
interpretación *interpretation*
interpretar *to interpret*
intérprete *(m. f.) interpreter*
interrumpir *to interrupt*
interurbano (a) *intercity; long distance (call)*
intervenir *to take part, to intervene (8.2)*
intimidad *privacy, intimacy*
intolerante *intolerant*
intransigente *intransigent, uncompromising, inflexible*
intrincado (a) *intricate, complex*
introducir *(irreg.) to insert, to bring in*
intrusión *(f.) intrusion, interference*
inundación *flood*
invadido (a) *invaded, attacked*
invadir *to invade*
invariable *constant, stable*
invasión *(f.) invasion*
invasor (a) *invader*
inventar *to invent*
inversionista *(m. f.) investor*
inversor (a) *investor*
invertir *(ie) to invest (10.1)*
investigación *investigation (1.1)*
invitación *invitation*
involucrado (a) *involved (9.2)*
ira *rage, anger (3.3)*
ironía *irony*
irónico (a) *ironic*
irregular *irregular*
irritante *irritating*
isla *island*
istmo *isthmus (6.1)*
izquierdista *leftist, left-wing*

J

jadeante *panting*
jefatura *leadership (10.2)*
jefe (a) *boss, chief*
jefe (a) ejecutivo (a) *chief executive (1.1)*
jeroglífico *hieroglyph (9.1)*
jesuita *(m.) Jesuit*
jovialmente *jovially, cheerfully*
joya *jewel*
joyería *jewelry (store)*
judío (a) *Jewish (2.1)*
juez (a) *judge*
jugársela *to risk one's life*
juguete *(m.) toy*
juguetonamente *playfully*
jungla *jungle*
junta *meeting, board*
junta militar *military junta (3.2)*
junto *together, next to*
junto a *next to*
jurado *jury*
jurar *to swear in*
jurisprudencia *jurisprudence, body of law*
justificar *to justify*

justo (a) *fair, just*
juventud *(f.) youth (1.1)*

K

kilate *(m.) carat*

L

laboral *related to labor, work*
labrar *to work ; to carve, to sculpt*
lado *side*
ladrar *to bark*
lagartija *wall lizzard*
lago *lake*
lágrimas *(f. pl.) tears*
laguna *lacunae, lake*
lamentar *to regret*
lana *wool (3.2)*
lancha *small boat*
lanzado (a) *launched, set in motion*
lanzar *to launch; to give; to throw, to hurl (1.2)*
lanzarse *to dive (1.1)*
largo plazo *long-term*
larguísimo *extremely long*
lástima *shame, pity*
lastimar *to hurt*
latir *to beat, to throb*
latitud *(f.) latitude*
laurel *(m.) laurel*
lava *lava*
lavarropas *(m.) washing machine*
lazo *tie (9.1)*
leal *loyal*
lector (a) *reader*
legado *legacy (8.1)*
legendario (a) *legendary*
lejano (a) *distant*
lengua *tongue; language*
lentamente *slowly*
lento (a) *slow*
letras *(f. pl.) letters, arts*
leve *light, slight, trivial (1.2)*
ley *(f.) law*
leyenda *legend*
libertador (a) *liberator*
libertino (a) *libertine, dissolute*
libra *pound, balance (zodiac)*
libre *(m.) comercio free trade (4.1)*
licenciado (a) *graduate*
líder *(m. f.) leader*
liga *league, conference*
lírica *poetry (8.2)*
listo (a) *ready; clever, smart*
literario (a) *literary*
literato (a) *man (woman) of letters (5.1)*
litio *lithium (3.2)*
litoral *(m.) coast (9.1)*
llama *flame; llama (Andean animal)*
llamado *appeal, calling*
llano *plain*
llanura *plain, prairie*
llave *(f.) key*
lleno (a) *full*
llevar *to wear*
llevar a cabo *to carry out (3.1)*
lluvia *rain*
lo último *the latest, most up-to-date*
localizado (a) *located (3.1)*
locutor (a) *announcer, broadcaster (8.1)*
lograr *to achieve (2.1)*
logro *achievement*

longitud *(f.) length, longitude*
lucha *fight, struggle, conflict*
luchador (a) *fighter*
luchar *to fight, to struggle*
lucrativo (a) *lucrative, profitable*
luego *then*
lugar *(m.) place*
lugarteniente *(m. f.) lieutenant (4.1)*
lujo *luxury*
lujoso (a) *luxurious*
luminoso (a) *luminous, illuminated*
luna *moon*

M

machismo *sexism, male chauvinism*
macroeconómico (a) *macroeconomic*
madera *wood*
madero *timber*
madrastra *stepmother (2.2)*
madrugada *dawn, early morning*
madrugador (a) *early riser*
maestría *skill, mastery*
magia *magic*
magnate *(m. f.) magnate, tycoon*
magnificencia *magnificence*
mago (a) *magician (8.1)*
majestad *(f.) majesty*
majestuoso (a) *majestic, stately*
maldad *evilness, wickedness*
maldecir *(irreg.) to curse*
maldición *curse (3.2)*
malecón *(m.) breakwater, seafront*
maleducado (a) *rude, badmannered*
maloliente *stinky, smelly*
maltrato *abuse; mistreatment (7.1)*
maltrecho (a) *damaged, battered (2.2)*
manatí *(m.) manatee, sea cow of tropical Atlantic coasts and estuaries, with a rounded tail flipper*
mancha *stain, spot*
manchado (a) *stained*
mancharse *to get dirty*
mandados *(m. pl.) errands*
mandar *to order about, to command*
mandato *term of office (6.1)*
mandíbula *jaw*
manejado (a) *controled, managed*
manejar *to operate, to drive*
manejo *handling (10.1)*
manera *way, manner*
manifestar *to express, to demonstrate*
manifestarse *to declare oneself, to demonstrate (5.1)*
mano de obra *labor (5.1)*
mantener *(irreg.) to maintain*
mar *(m.) sea, ocean*
marca *brand, mark*
marcadamente *markedly (6.2)*
marcharse *to leave*
marchito (a) *withered, faded*
marciano (a) *Martian (6.2)*
marea *ocean tide*
maremoto *seaquake, tidal wave*
margen *(m.) side (5.2)*
marginación *exclusion (10.1)*
marido *husband*
marihuana *marijuana*
marina *navy, fleet*
marinero (a) *sailor*
mariposa *butterfly*
marítimo (a) *maritime*
Marte *(m.) Mars (10.1)*
masacre *(f.) massacre*

máscara *mask*
masivo (a) *massive*
matanza *slaughter* (8.2)
materialista *materialist*
matices *(m.) shades of meaning, nuances* (3.3)
matinal *morning, matinée*
matricularse *to register* (10.1)
máximo (a) *maximum, highest*
mayordomo *butler, servant*
mayoría *majority* (1.1)
me cuesta mucho *I find it difficult*
medalla *medal*
mediano (a) *medium, medium-sized*
mediante *through, by means of* (6.2)
medida *measurement, measure*
medio *environment* (6.1)
medio (a) *half*
medir (i, i) *to measure*
meditar *to meditate*
mejilla *chick*
mejorando *getting better*
mejorar *to improve*
melancólico (a) *melancholic*
mellizo (a) *twin*
mencionar *to mention*
menosprecio *contempt, scorn*
mensaje *(m.) message*
mentir (ie) *to lie*
menudo (a) *thin, slight*
mercader *(m.) merchant* (1.1)
mercancías *(f. pl.) merchandise, goods* (10.1)
meritorio (a) *commendable, deserving*
mestizaje *(m.) mixture of white and Indian races* (5.1)
mestizo (a) *of mixed parentage (Indian/Spanish)* (3.2)
meta *goal* (9.2)
metáfora *metaphor*
método *method*
metrópolis *(f.) metropolis*
mezcla *mixture*
mezclar *to mix*
mezquita *mosque, Muslim temple*
miembro *(m. f.) member*
mientras *while*
mierda *shit, crap*
migra *U.S. Border Patrol*
milagroso (a) *miraculous*
militar *(m. f.) soldier, military man or woman*
milla *mile*
millonario (a) *millionaire*
mimado (a) *spoiled, pampered*
mina *mine*
minería *mining industry* (7.2)
minero (a) *miner*
miniatura *miniature*
minicuento *brief short story*
minoría *minority* (1.1)
minuciosamente *meticulously*
miope *nearsighted, short-sighted*
mirada *gaze*
mirador *(m.) vista point, balcony*
mirar *to look, to watch*
misionero (a) *missionary*
mismo (a) *the same, similar*
mitad *(f.) half*
mitigar (gu) *to mitigate*
mito *myth*
mitología *mythology*
mitológico (a) *mythological*

mitómano (a) *pathological liar*
moda *fashion* (1.2)
modelaje *(m.) modeling* (3.1)
modista *(m. f.) couturier, designer* (6.2)
modo *way, manner*
molde *(m.) mold*
molestar *to bother, to annoy*
moneda *coin, currency*
monetario (a) *monetary*
monopolio *monopoly* (10.1)
monopolizar *to monopolize*
montado (a) *mounted, whipped*
montar *to stage* (10.1)
monto *total* (8.2)
montón *(m.) bunch, heap, cluster*
monumento *monument*
moraleja *moral, conclusion (of the story)*
moro (a) *Moor, Muslim, North African* (2.1)
mosca *fly*
mostrarse (ue) *to show, to manifest, to show off*
motivación *motivation*
motivado (a) *motivated*
motivar *to motivate*
muchedumbre *(f.) crowd*
mudéjar *Mudejar*
mudo (a) *mute, dumb*
muela *molar, back tooth*
muelle *(m.) spring, wharf*
muestra *sample, show*
multifacético (a) *multi-skilled, multi-faceted* (7.1)
múltiple *many, numerous, multiple*
multitud *(f.) crowd*
muñeca *doll*
municipio *municipality, town hall*
mural *(m.) mural*
muralista *(m. f.) muralist*
muralla *wall, rampart* (1.2)
murmurar *to murmur, to gossip*
músculo *muscle*
musgo *moss*
musulmán *(m.),* musulmana *(f.) Muslim* (2.1)
mutuo (a) *mutual* (3.1)
muy difundido (a) *widespread*

N

nacido (a) *born*
nacimiento *birth* (1.2)
nadador (a) *swimmer*
narcotráfico *drug traffic*
narración *tale, story*
natal *native, homeland* (8.2)
nativo (a) *native*
naturaleza muerta *still life* (10.1)
naufragio *shipwreck* (9.1)
nave *(f.) ship* (5.1)
navideño (a) *related to Christmas*
negar (ie) *to deny*
negociante *(m. f.) entrepreneur, businessperson*
negocio *business*
negrilla *bold (letter)*
nevado (a) *snowed*
nido *nest*
nítido (a) *clear, sharp*
nivel *(m.) level* (3.1)
no obstante *nevertheless* (1.2)
nómada *(m.) nomad* (5.1)
nombrado (a) *mentioned; famous, well-known*
nominación *nomination*

nota *note, receipt, grade*
notable *notable, outstanding*
novio (a) *boyfriend (girlfriend), groom (bride)*
nubarrón *(m.) large black cloud*
nublado (a) *overcast, clouded*
nuboso (a) *cloudy*
núcleo *nucleus, core*
numeroso (a) *numerous*
nupcias *(f. pl.) nuptials*

O

obligado (a) *obliged*
obligatorio (a) *mandatory*
obra *work* (1.1)
obrero (a) *worker* (8.1)
observar *to observe*
obstaculizado (a) *hindered, hampered, blocked* (9.1)
obstinación *stubbornness, obstinacy*
obstruir (y) *to obstruct*
obtener *(irreg.) to obtain* (4.2)
ocasión *(f.) chance, opportunity*
ocasionar *to cause* (6.1)
occidente *(m.) the west, Western world* (9.1)
octavo (a) *eigth*
ocultar *to conceal*
ocupante *(m. f.) occupying, occupant*
ocupar *to occupy*
odiar *to hate*
odio *hatred*
ofensa *insult*
ofensivo (a) *bird*
oferta *offer, deal (sale)*
oficio *job, profession*
ofrecer (zc) *to offer*
ojalá *I hope/wish*
ola *wave*
óleo *oil-based paint* (8.2)
oleoducto *oil pipeline* (3.3)
oler (hue) *to smell*
oligárquico (a) *oligarchic* (9.1)
olvidar *to forget*
onírico (a) *oniric, related to dreams*
opción *option*
opcional *optional*
operación *operation, surgery, transaction*
operar *to operate on*
opinar *to think, to give one's opinion*
oponerse *(irreg.) to oppose, to resist*
oportunidad *opportunity, chance*
oposición *opposition*
optimista *optimistic*
opuesto (a) *opposite*
oración *sentence, prayer*
orgánico (a) *organic*
orgía *orgy*
orgullo *pride* (5.1)
orgulloso (a) *proud* (8.1)
oriental *eastern*
oriente *(m.) east, Orient*
orificio *orifice*
originalidad *originality*
originario (a) *native*
orilla *shore* (6.1)
oro *gold*
orquesta *orchestra*
orquídea *orchid*
oscuridad *darkness*
oscuro (a) *dark*
otorgar (gu) *to grant, to give* (1.2)
otro modo *another way*

ovacionar *to applaud, to give an ovation*
oveja *sheep*
overoles *(m. pl.) overalls*
oxidado (a) *rusty*

P

pachanga *party*
pacífico (a) *peaceful, peace loving*
pacifista *pacifist*
paisa *(m.) In Colombia, a person from Antioquia. Also see* paisano.
paisaje *(m.) landscape*
paisajismo *landscape gardening, painting*
paisano (a) *from the same country*
paja *hay, straw (6.1)*
pájaro *bird*
palacio *palace*
palma *palm tree; palm of the hand*
palmera *palm*
palmito *palm heart (3.3)*
palo *stick, log*
palpitar *to beat*
pancarta *sign (during a protest or strike)*
pantalla chica *small screen (8.1)*
pañuelo *handkerchief*
panza *belly*
papel *(m.) paper; role (1.1)*
paquete *(m.) package, parcel*
par *(m.) pair, equal*
para nada *not at all*
paradoja *paradox*
paradójicamente *paradoxically (6.1)*
paraíso *paradise*
paralizado (a) *paralyzed*
paralizar *to paralyze*
paramilitar *paramilitary*
parapetarse *to take cover*
parecer (zc) *to seem, to resemble*
parecer mentira *to be unbelievable or hard to believe*
parecido (a) *similar, look alike*
pared *(f.) wall*
pareja *pair; couple; partner*
paridad *parity, equality (4.1)*
pariente *(m. f.) relative*
parisino (a) *Parisian; from Paris, France (7.1)*
parodia *parody*
párrafo *paragraph*
partidario (a) *supporter; partisan (6.1)*
partir *to split open; to depart*
pasado (a) de moda *out of fashion*
pasajero (a) *passenger*
pasar *to pass*
pasear *to go for a walk; to take somebody for a walk*
paseo *stroll, walk*
pastorear *to put (cattle) to pasture*
patria *homeland, native land*
patrimonio *patrimony, personal assets*
patriota *(m. f.) patriot*
patrono (a) *patron saint, employer*
pausa *pause*
pavor *(m.) terror*
pecado *sin*
pecho *chest, breast*
pedacito *little bit, little piece*
pedal *(m.) pedal*
pedalear *to pedal*
pedazo *piece, bit*
pedir (i, i) *to ask*
pegado (a) *glued, stuck, next to*
peldaño *step (staircase or ladder)*

pelear *to fight*
pelearse *to fight*
peligro *danger*
peligroso (a) *dangerous*
pelo *hair*
pelota *ball*
pelotón *(m.) bunch, pack*
pena de muerte *death penalty*
pena *embarrassment, sorrow*
peñascoso (a) *rocky*
pendejo (a) *dummy, stupid*
pendientes *(m. pl.) earrings; unresolved*
penetrar *to penetrate*
península *peninsula*
penoso (a) *lamentable (8.1)*
pensamiento *thought*
pensar en (ie) *to think about*
pensativo (a) *pensive, thoughtful*
peor *worse*
perder (ie) *to lose*
pérdida *loss (3.2)*
perdido (a) *lost*
perdonar *to forgive*
perdurar *to remain, to last (2.1)*
perejil *(m.) parsley*
perezoso (a) *lazy*
perfume *(m.) perfume*
perfumería *perfumery*
periódico *newspaper*
periodismo *journalism (2.2)*
período *period (5.2)*
perla *pearl*
permanecer (zc) *to stay, to remain (1.2)*
permanente *permanent*
permitir *to allow, to permit*
perpetuidad *perpetuity*
perro (a) *dog, bitch*
perseverar *to persevere*
persistente *persistent*
personaje *(m.) character*
persuasivo (a) *persuasive, convincing*
pertenecer (zc) *to belong*
perturbar *to disturb, to disrupt*
pesado (a) *heavy; boring*
pesar *to weigh*
pesca *fishing (e.g. tuna fishing)*
pescador (a) *fisherman, fisherwoman*
pese a esto *in spite of this*
pesimista *pesimist*
pésimo (a) *very bad, terrible*
peso *weight*
pestañear *to blink*
petición *petition, request*
petrolero (a) *oil, petroleum (3.3)*
petroquímico (a) *petrochemical 1.2*
pianista *(m. f.) pianist*
pie *(m.) foot*
pieza *piece, part, room*
pilar *(m.) pillar, column*
pilote *(m.) (wooden) pile (6.1)*
pingüino *penguin*
pintar *to paint*
pintor (a) *painter*
pisar *to step on (10.1)*
placer *(m.) pleasure, delight (1.2)*
plaga *plague, pest*
plagar *to infest*
plancha *iron, sheet, plaque*
planear *to plan, to glide*
planeta *(m.) planet*
planificación *planning, planned (5.1)*
planta *plant*
plantación *plantation, field*
plata *silver*

plátano *banana*
plato *plate, dish*
playa *beach*
plazo *time limit, due date*
plenamente *fully, completely (2.1)*
plenitud *(f.) fullness*
pleno (a) *full*
pluma *feather*
población *population; town, village*
poblado (a) *inhabited, settled, populated (1.1)*
poblador (a) *settler (2.1)*
pobreza *poverty*
poder *(m.) power, influence (4.1)*
poderío *power (3.1)*
poderoso (a) *powerful (1.1)*
política *politics*
polo *center*
polvo *dust*
poner a disposición *to offer, to place at one's disposal (8.1)*
poner fin a *to put an end to (1.1)*
populismo *populism (4.2)*
por ciento *percent (1.1)*
por medio de *from, through (2.1)*
por si fuera poco *what's more (2.1)*
por supuesto *of course (4.2)*
porcentaje *(m.) percentage (7.2)*
porcino (a) *pertaining to pigs*
pormenor *(m.) detail*
portada *cover, title page (10.2)*
portátil *portable, laptop*
portón *(m.) large door, front door, gate*
posarse *to alight, to land*
poseer *to own, to possess*
posesión *(f.) possession, ownership*
posesionar *to take possession (9.2)*
posponer *(irreg.) to postpone*
posteriormente *subsequently (6.1)*
postgrado *postgraduate course*
postguerra *post-war*
postizo (a) *false*
postre *(m.) dessert*
postular *to be a candidate for*
póstumamente *posthoumously*
potencia *power (2.2)*
potencia mundial *world power (2.1)*
práctico (a) *useful, handy, practical*
prado *field, park, yard*
precario (a) *precarious, poor, unstable*
preceder *to precede*
preciado (a) *prized (9.1)*
precioso (a) *precious, beautiful*
precipicio *precipice*
precisar *to specify, to need*
preciso (a) *precise*
precolombino (a) *pre-Columbian*
predecir *(irreg.) to predict*
predicción *prediction, forecast*
predominar *to predominate, to prevail (2.1)*
preferencia *preference*
preferido (a) *favorite*
preferir *to prefer*
prehispánico (a) *pre-Columbian*
premiar *to reward*
premio *award, prize*
premonición *premonition*
prendas *(f. pl.) de vestir garments*
prensa *press (5.2)*
preocupación *concern, worry*
preocupar *to worry*
preparado (a) *ready*
presencia *presence*

presenciar *to attend, to witness*
presentador (a) *announcer (TV) (9.2)*
preservar *to preserve, to maintain*
preso (a) *prisoner*
prestado (a) *on loan, loaned*
préstamo *loan (7.1)*
prestar *to loan, to borrow*
prestigio *prestige, prestigious*
presumir *to presume, to boast (7.2)*
presupuesto *budget (10.1)*
pretender *to pretend*
prevalecer (zc) *to prevail (3.2)*
prevenir *to prevent, to warn*
primario (a) *primary, basic*
primavera *spring*
primero (a) *first*
primo (a) *cousin*
princesa *princess*
principal *main, principal, capital*
principio *beginning, principle*
prioridad *priority*
prisa *rush, hurry*
prisión *(f.) prison*
prisionero (a) *prisoner*
privatización *privatization*
probar *to try*
procesar *to process, to try*
procesión *(f.) procession*
proceso *process*
proclamarse *to proclaim (5.1)*
producción *production, output*
producto nacional bruto *gross nationl
   product, GNP (3.1)*
productor (a) *producer, grower*
prófugo (a) *fugitive*
progenitor (a) *progenitor; father;
   mother (9.1)*
programa *(m.)* **matinal** *morning show (9.2)*
progresar *to progress*
progresista *(m. f.) progressive (8.1)*
progreso *progress*
prohibido (a) *forbidden, prohibited*
prohibir *to forbid, to prohibit*
prolífico (a) *prolific (3.1)*
prolongar (gu) *to prolong, to extend*
prolongarse (gu) *to extend, to continue (2.2)*
promesa *promise*
promocionar *to promote*
promover (ue) *to promote (6.2)*
promulgar (gu) *to pass (3.3)*
pronosticar *to predict, to forecast*
propietario (a) *landowner (5.2)*
propina *tip*
propio (a) *proper*
proponer *(irreg.) to propose, to suggest*
propugnar *to defend, to advocate*
prosa *prose*
proseguir (i, i) *to pursue, to proceed*
prosperar *to prosper, to do well*
prosperidad *prosperity*
próspero (a) *prosperous*
protagonista *(m. f.) protagonist, main
   character (1.2)*
protectorado *protectorate (9.1)*
proteger (j) *to protect*
protestar *to protest, to object*
proveer *to provide (7.1)*
proveniente *coming from (5.2)*
provenir *to come from*
provincia *province*
provocar *to provoke, to cause,
   to start (7.1)*
próximo (a) *next*
proyectar *to plan, to project*

proyecto *project*
publicación *publication*
publicar *to publish*
publicitario (a) *advertising*
público (a) *public*
pudor *(m.) modesty, reserve*
puerta *door*
puesto *place*
pulido (a) *polished*
pulir *to polish*
pulmón *(m.) lung (2.1)*
pulverizar *to pulverize, to crush*
puñado *handful*
puñal *(m.) dagger*
punta *tip, end*
punto *point*
puntuación *punctuation, score*
puramente *purely*
puro (a) *pure*

Q

¡Qué pena! *What a pity!*
quebrar (ie) *to go bankrupt (7.2)*
quebrarse (ie) *to break*
quedarse *to stay, to remain*
queja *complaint*
quejarse de *to complain*
quemar *to burn*
quemarse *to burn; to get burned*
querido (a) *dear*
quiché *(m.) Quiche*
quiebre *(m.) breakdown (10.1)*
quinina *quinine*
quitar *to take away*
quizás *maybe, perhaps*

R

radicar *to reside, to live (9.1)*
raíz *(f.) root*
rallar *to grate*
ramas *(f. pl.) branches*
rambla *boulevard, watercourse*
rancho *ranch*
rango *rank, order*
raro (a) *strange, odd, rare*
rascacielos *(m. pl.) skyscraper*
rasgo *traits*
ratificar *to confirm*
rato *while*
raya *line*
rayo *ray, beam, bolt*
rayuela *hopscotch*
razón *(f.) reason*
reaccionar *to react*
reafirmar *to reaffirm*
real *real, royal*
realizador (a) *producer (6.1)*
realizar *to carry out, to execute (3.1)*
realzar *to raise, to elevate (7.2)*
reanudación *resumption (7.1)*
reanudar *to resume (9.1)*
reanudarse *to resume (10.2)*
rebasar *to exceed, to go beyond*
rebelión *(f.) rebellion*
recelar *to distrust*
recelo *suspicion, distrust (3.2)*
receloso (a) *suspicious, fearful*
recepción *reception*
recepcionista *(m. f.) receptionist*
recesión *(f.) recession*
receta *recipe, prescription*

rechazado (a) *rejected, turned down (6.2)*
rechazar *to reject, to turn down (9.1)*
reciente *recent, recently*
recinto *precinct*
recio (a) *strong*
recipiente *(m.) receptacle, container*
recital *(m.) recital, reading*
recitar *to recite, to rehearse*
reclamar *to claim, to demand*
recoger (j) *to collect, to gather*
recomendación *recommendation, advice,
   reference*
recomendar *to recommend*
reconocer *to recognize*
reconocido (a) *recognized*
reconocimiento *recognition (1.1)*
recopilar *to collect, to gather (10.2)*
recorrer *to tour, to travel*
recorrido *route, path*
recorte *(m.) cut, reduction*
recreativo (a) *recreational*
recuerdo *memory*
recuperar *to recover, to recoup*
recurrente *recurrent*
recurrir *to turn to (6.1)*
recurso *resource, resort*
red *(f.) network (4.1)*
reducciones *(f. pl.) missions (5.1)*
reducido (a) *limited, small, reduced*
reducir *(irreg.) to cut, to reduce*
reelección *reelection*
reelegido (a) *reelected*
reelegir *to reelect*
reemplazar *to replace (6.1)*
reemprender *to start over, to start again*
referéndum *(m.) referendum*
referir *to refer, to tell*
referirse *to refer*
refinado (a) *refined*
refinamiento *refinement, refining*
reflejar *to reflect*
reflexionar *to reflect, to meditate*
reforestar *to reforest*
reforzar (ue) *to reinforce*
refugiado (a) *refugee*
refulgir *to shine brightly*
regalo *gift*
regatear *to bargain*
régimen *(m.) system; regime (7.1)*
registrarse *to check in, register (4.2)*
reglamentar *to regulate*
regularmente *regularly*
rehusar *to refuse (2.1)*
reina *queen*
reingreso *return*
reino *kingdom (3.1)*
reinventar *to reinvent*
reír (i) *to laugh*
reivindicación *claim*
relacionado (a) *related*
relatar *to relate, to recount (9.2)*
relativo (a) *relative*
relato *story, tale*
releer *to reread*
relevante *notable, outstanding*
rellenar *to stuff, to fill*
reluciente *shining, gleaming, glowing*
remedio *remedy, cure*
remesa *sending of goods or money (7.1)*
remontar *to overcome*
rencoroso (a) *resentful*
renegociar *renegotiate*
renombre *(m.) renown, fame*
renovable *renewable*

renuncia *resignation* (7.1)
renunciar *to resign* (3.1)
repeler *to repel*
repertorio *repertoire* (4.2)
repleto (a) *full, packed*
replicar *to argue, to reply*
reposar *to rest*
represa *dam* (5.1)
representar *to represent*
reprimir *to repress; to suppress* (5.2)
repugnancia *repugnance*
resaltar *to stand out, to highlight* (4.1)
rescate *(m.) recovery* (1.2)
reseco (a) *dried-up*
resentimiento *resentment, bitterness* (10.2)
resentir (ie, i) *to resent, to be offended* (6.2)
reserva *reservation, reserve*
reservar *to make a reservation*
residir *to live, to reside*
residuo *remainder, residue*
resistencia *resistance*
resistir *to resist*
resolución *resolution*
resolver (ue) *to resove, to solve, to settle*
resorte *(m.) spring, means*
respaldado (a) *backed up, supported* (7.2)
respaldar *to backup*
respaldo *backup*
respectivamente *respectively* (4.2)
respecto *regarding*
respetar *to respect*
respeto *respect* (6.2)
respiración *breathing*
resplandeciente *gleaming, glowing*
resquebrajarse *to crack*
restablecer (zc) *to re-establish, to restore*
restablecimiento *re-establishment*
restauración *restoration*
restituirse *to restoer, to reinstate* (4.1)
resto *rest*
restringido (a) *limited, restricted* (7.1)
resumen *(m.) summary*
retablo *altarpiece, tableau*
retén *(m.) armed men; squad* (7.1)
retirar *to withdraw* (9.1)
retirarse *to remove oneself, to leave*
retratar *to paint a portrait of* (3.3)
retrato *portrait* (1.1)
revelar *to reveal*
revisar *to check*
revista *magazine, journal* (1.1)
revólver *(m.) revolver*
reina *queen*
rey *(m.) king*
Reyes Magos *(m. pl.) Three Magi* (3.1)
riachuelo *brook, stream*
rígido (a) *rigid*
rincón *(m.) corner* (3.1)
riñón *(m.) kidney*
río *river*
rioplatense *(m. f.) of/from the River Plate region*
riqueza *wealth*
rivalidad *rivalry* (3.3)
robado (a) *stolen*
roble *(m.) oak*
roce *(m.) rubbing, friction*
rodar *to roll*
rodeado (a) *surrounded*
rodear *to surround* (1.1)
rogar (ue) *to beg*
románico (a) *romanesque*
romper *to break*

rompimiento *breaking off* (7.1)
ron *(m.) rum*
rosado (a) *pink*
rostro *face* (3.1)
rotar *to rotate*
roto (a) *torn*
rotonda *traffic circle*
rozar *to touch, to brush, to rub*
rubro *area* (7.2)
rueda *wheel*
ruido *noise*
ruinas *(f. pl.) ruins*
rumbo *direction*

S

sabor *(m.) taste, flavor*
sacar *to take out, to remove*
sacrificar *to sacrifice*
sacudón *(m.) shake*
sal *(f.) salt*
salar *(m.) salt flats* (3.2)
salida *exit*
salitre *(m.) saltpeter*
saludo *greeting*
salvar *to save*
sangriento (a) *bloody*
sanguinario (a) *bloody* (6.2)
sanidad pública *healthcare*
sano (a) *healthy*
santo patrón *(m.) patron saint*
santuario *sanctuary*
sarmiento *vine shoot*
sátira *satire*
satisfacer *(irreg.) to satisfy*
satisfecho (a) *satisfied, pleased*
saya *bolivian folk dance*
secarse *to dry up*
sección *section, department*
sector *(m.) sector, group* (8.1)
sede *(f.) headquarters* (4.1)
seducir *(irreg.) to seduce*
seguido (a) *consecutive, straight on*
según *according to, depending on*
segunda vuelta *second term* (4.1)
segundo (a) *second*
seguridad *security*
seguro (a) *safe, sure*
seguro *insurance*
seísmo *earthquake*
selección *national team* (2.1)
sello *stamp, hallmark, seal*
selvático (a) *forest*
semáforo *traffic lights*
semana santa *holy week*
semblanza *biographical sketch*
sembrar *to sow, to scatter, to spread*
semejantes *(m. f. pl.) fellow men* (3.3)
semejanza *similarity*
señalar *to indicate, to point out*
sencillez *(f.) simplicity*
sencillo (a) *simple*
senda *path*
sendero *path, track*
seno *bosom* (3.3)
sentido *sense, meaning*
sentirse *to feel (healthwise)*
separar *to separate*
separarse *to split up*
separatista *(m. f.) separatist*
serenata *serenade*
serenidad *serenity*
seres *(m. pl.) beings (human)*
serpiente *(f.) snake*

siglo *century* (2.1)
Siglo de Oro *Golden Age* (2.2)
significado *meaning*
significativo (a) *meaningful*
signo *sign*
siguiente *following*
silencio *silence*
símbolo *symbol*
similitud *(f.) similarity, resemblance*
sin embargo *nevertheless* (8.2)
sin rodeos *without complications*
sindicato *labor union* (2.1)
sinnúmero *great number, no end*
sinvergüenza *shameless, rogue*
siquiera *at least*
sirena *mermaid, siren*
sirviente (a) *servant*
sismógrafo *seismograph* (9.2)
sitio *site, place*
situar (ú) *to site, to locate*
situarse (ú) *to place oneself, position oneself* (2.2)
soborno *bribery, bribe*
sobrar *to have left over, to be more than enough*
sobreponerse *(irreg.) to overcome*
sobresaliente *outstanding* (9.1)
sobresalir *to stand out* (3.1)
sobreviviente *survivor* (9.1)
sobrevivir *to survive* (1.1)
sociedad *society*
soledad *solitude, loneliness* (8.1)
soler *to be in the habit of*
sólido (a) *solid*
solucionar *to solve*
solvente *solvent*
sombra *shade, shadow*
someter *to subject* (7.1)
sonar (ue) *to sound, to ring*
soñar (ue) con *to dream of/about*
sonido *sound*
soñoliento (a) *sleepy*
sonoro (a) *sonorous, loud*
sonreír (i) *to smile*
sonrisa *smile*
soplar *to blow*
sórdido (a) *sordid*
sordo (a) *deaf*
sorprendente *surprising*
sorprender *to surprise*
sorprendido (a) *surprised*
sorpresivo (a) *unexpected*
sosegado (a) *peaceful, calm*
sospecha *suspicion*
sostenido (a) *sustained*
soviético (a) *soviet*
suave *soft*
subconsciente *(m.) subconscious* (2.1)
subdesarrollado (a) *underdeveloped*
súbdito (a) *subject* (7.1)
subempleo *underemployment* (2.2)
súbitamente *suddenly*
subrayado (a) *underlining*
subsiguiente *subsequent* (7.1)
substituir (y) *to replace*
subsuelo *subsoil*
subyugar *to subjugate, to captivate* (3.1)
suceder *to happen, to follow* (4.2)
sucesión *(f.) succession*
suceso *incident, event*
sucio (a) *dirty*
sudoroso (a) *sweaty*
Suecia *Sweden*
suela *sole*

suelo *ground, land, surface, floor*
suelto (a) *loose*
sueño *dream*
suerte *(f.) luck*
suficiente *enough*
sufrido (a) *long-suffering*
sufrir *to suffer*
sugerencia *suggestion*
sugerir *to suggest*
suicida *(m. f.) suicidal*
suicidio asistido *assisted suicide*
sumamente *extremely*
sumar *to add*
sumergirse *to submerge, to dive*
sumir *to plunge, to immerse (9.1)*
sumisión *(f.) submission, submissiveness*
sumiso (a) *submissive*
superar *to exceed, to go beyond (9.2)*
superfluamente *superfluously*
superioridad *superiority*
superpoblado (a) *overpopulated, overcrowded*
suponer *(irreg.) to suppose, to assume*
suposición *supposition*
suprimido (a) *supressed (3.3)*
suprimir *to suppress, to abolish*
supuestamente *supposedly*
supuesto (a) *supposed, alleged*
sureño (a) *southern (3.2)*
suroeste *(m.) southeast*
suspirar *to sigh, to yearn*
sustantivo *noun (8.1)*
sustituir (y) *to replace*
susurrar *to whisper, to murmur*
sutil *subtle, fine, sharp*

T

tabla *plank*
taíno (a) *indigenist tribe*
talento *talent*
talentoso (a) *talented*
talla *size; stature (10.2)*
tallar *to carve, to sculpt*
tallarse *to rub*
talón *(m.) heel*
tamaño *size*
tamarindo *tamarind*
tamboril *(m.) small drum*
tamborista *(m. f.) drum player*
tangible *tangible, concrete*
tardar *to take time, to take a long time*
tarea *homework*
tartamudear *to stutter*
tasa *rate (5.1)*
taurino (a) *related to bullfighting*
teatral *theatrical*
techo *roof*
tedioso (a) *tedious*
tela *material, textil (3.2)*
telaraña *spiderweb*
teleférico *cable railway*
temblar *to tremble*
temblor *(m.) tremor, earthquake*
temeroso (a) *frightful, fearful*
temido (a) *feared, dreaded*
temor *(m.) fear*
templo *temple*
temporada *season*
temprano (a) *early*
tendencia *trend*
tenedor *(m.) fork*
tener a gala *to take pride in oneself (4.2)*

teniente *(m. f.) lieutenant*
tenso (a) *tense*
tentación *temptation*
tercio *third (1.1)*
terciopelo *velvet*
terrestre *terrestrial (4.1)*
terminar *to finish, to end*
ternura *tenderness*
terrateniente *(m. f.) landowner (6.2)*
terremoto *earthquake*
terreno *terrain (10.1)*
territorio *territory*
tesis *(f.) thesis*
tesoro *treasure*
testigo *(m. f.) witness*
testimonio *testimony, statement (1.1)*
textil *textile, fiber (1.2)*
tibio (a) *tepid, lukewarm*
tierno (a) *gentle, tender, affectionate (8.2)*
tierra *land; earth*
tierra firme *solid ground (6.1)*
timar *to swindle, to cheat*
timo *swindle, scam, rip-off*
tinta *ink*
típico (a) *typical*
tipo *type, sort*
tirar *to throw, to knock over, to pull*
titular *(m.) headline, main story; titleholder*
título *title, name, heading; degree*
tiza *chalk*
tiznado (a) *blackened, smudged*
toalla *towel*
tocar (qu) *to play (an instrument); to touch*
tolerancia *tolerance*
tolerante *tolerant*
tolerar *to tolerate*
tomar *to take; to drink*
tonelada *ton*
tono *tone*
toque *(m.) touch (1.2)*
tornar *to return*
torneo *tournament, competition*
toro *bull*
torpe *clumsy, awkward*
torta *cake*
tortuga *turtle*
tortura *torture*
trabajador (a) *hard-working; worker*
tráfico *traffic*
tragar (gu) *to swallow*
tragedia *tragedy*
trágico (a) *tragic*
traición *treason, betrayal*
trama *plot*
trampa *trap; trick*
tranquilidad *tranquility*
transbordador *(m.) **espacial** space shuttle (10.1)*
transmitir *to transmit*
transporte *(m.) **colectivo** public transportation (7.2)*
trapo *cloth, rag*
tras *after (7.1)*
trasladar *to move, to transfer*
trasladarse *to move (7.1)*
tratado *treaty (1.1)*
tratar *to try; to treat, to have dealings with*
tratar de *to try, to attempt to*
través *through; over*
trayectoria *trajectory (4.2)*
tremendo (a) *tremendous*

tribu *(f.) tribe*
tristeza *sadness*
triunfador (a) *triumphant, winner*
triunfar *to be victorious, to triumph*
triunfo *victory, triumph*
trombosis *(f.) thrombosis*
tropa *troop*
trozo *piece, bit, slice*
trueno *thunder*
tubo *tube*
tumba *tomb*
túnel *(m.) tunnel*
turnarse *to take turns*
turno *turn; shift*

U

ubicado (a) *situated, located*
ubicarse *to be situated or located*
umbral *(m.) threshold*
único (a) *only; unique*
unirse *to join (1.1)*
urbanismo *city or town planning (2.1)*
urbanización *urbanization, development*
urbanizar *to develop, to urbanize*
urbano (a) *urban*
urgencia *urgency*
útil *useful*
uva *grape*

V

vacilar *to hesitate, to waver*
vacío *emptiness, meaningless*
vacuna *vaccine, vaccination*
vaina *thing; pain*
vale la pena *to be worth the effort*
valer *(irreg.) to be worth*
válido (a) *valid, worthwhile*
valiente *brave, valient*
valioso (a) *valuable (1.1)*
valor *(m.) value*
valorarse *assessed (3.3)*
vanidoso (a) *vain, conceited*
varado (a) *stranded*
variedad *variety*
varios (as) *several*
varón *(m.) male, man (6.2)*
vasto (a) *vast, immense (1.1)*
vecindario *neighborhood*
vehículo *vehicle*
velatorio *wake (5.2)*
velozmente *rapidly*
vencedor (a) *victor, winner (3.2)*
veneno *poison*
venerar *to venerate, to adore, to worship*
venganza *vengeance*
venta *sale*
ventaja *advantage*
ventana *window*
ventanal *(m.) large window*
ventanilla *small window*
verano *summer*
verdadero (a) *true, real*
verdor *(m.) greenery, lushness*
verdoso (a) *greenish*
verdura *vegetable*
vergüenza *embarrassment, shame, disgrace*
vernáculo (a) *vernacular*
verosímil *plausible*
verso *line of a poem*
vestimenta *clothes*

vez *(f.) time*
vía *route, road*
viajero (a) *traveler*
vibrante *vibrant*
vicecanciller *(m. f.) vice-chancellor (1.1)*
víctima *victim*
vida *life*
vidriera *shop window*
viento *wind*
vigilancia *vigilance, watchfulness (2.1)*
vinculación *connection, link (10.2)*
vinculado (a) *tied to (9.1)*
virreinato *viceroyalty (2.2)*
virrey *(m.) viceroy (6.1)*

virtuosismo *virtuosity (5.1)*
visionario (a) *visionary*
vistazo *look*
vistoso (a) *colorful (3.2)*
vivienda *housing, accommodation*
vocero (a) *spokesperson*
volar (ue) *to fly*
volver (ue) a *to do (an action) again*
votar *to vote*
voto *vote*
voz *(f.) voice*
vuelo directo *direct flight*
vuelta *return*
vulnerabilidad *vulnerablity*

Y

yacer *to lie (with someone)*
yacimiento *deposit (3.2)*
yariguí *Colombian Indian tribe*
yeso *gypsum; plaster cast*

Z

zambo (a) *person of mixed African and Native American descent (9.1)*
zigzaguear *to zigzag*
zona franca *duty-free zone (10.2)*

Índice gramatical

Índice temático